NEAL BAER
JONATHAN GREENE

Der Rätselmacher

Buch

Ein Serienmörder macht New York unsicher. Man nennt ihn den »Rätselmacher«, denn er scheint von Wortspielen besessen zu sein und gibt der Polizei eine Reihe von grausigen Rätseln auf, bei denen er einzelne Körperteile seiner Opfer als Lösungshinweise hinterlässt. Doch die ermittelnden Behörden tappen im Dunkeln.

Die junge forensische Psychiaterin Dr. Claire Waters befindet sich im zweiten Jahr ihrer Ausbildung am Manhattan State University Hospital. Als sie mit eigenen Augen mit ansieht, wie eine ihrer Patientinnen vor dem Krankenhaus entführt wird, glaubt ihr die Polizei nicht. Claire wendet sich an den einzigen Mann, von dem sie weiß, dass er ihr helfen wird: Detective Nick Lawler von der New Yorker Polizei – der die Morde des »Rätselmachers« aufmerksam mitverfolgt …

Autor

Neal Baer studierte Politikwissenschaft, verbrachte ein Jahr als Stipendiat im Fach Regie am American Film Institute und promovierte 1996 an der Harvard Medical School. Der gebürtige New Yorker **Jonathan Greene** studierte Politikwissenschaft und arbeitete als Fernsehjournalist und Drehbuchautor. Die beiden Autoren lernten sich am Set der erfolgreichen US-Krimiserie *Law and Order* kennen, für die sie elf Jahre lang als Produktionsleiter arbeiteten und die unter ihrer Führung vielfach ausgezeichnet wurde, u. a. mit mehreren Emmys und einem Golden Globe. Neal Baer und Jonathan Greene leben mit ihren Familien in Los Angeles.

Von Neal Baer & Jonathan Greene bei Blanvalet bereits erschienen:

Beuteschema (37921)

Neal Baer
Jonathan Greene

Der Rätselmacher

Roman

Aus dem Englischen von Fred Kinzel

blanvalet

Die amerikanische Originalausgabe erscheint 2015
unter dem Titel »Kill Again«
bei Kensington Books, New York.

FSC
www.fsc.org
MIX
Papier aus verantwortungsvollen Quellen
FSC® C014496

Verlagsgruppe Random House FSC® N001967
Das FSC®-zertifizierte Papier *Holmen Book Cream*
für dieses Buch liefert Holmen Paper, Hallstavik, Schweden.

1. Auflage
Taschenbuchausgabe April 2015 bei Blanvalet,
einem Unternehmen der Verlagsgruppe
Random House GmbH, München

Umschlaggestaltung und -motiv: www.buerosued.de
Redaktion: Sabine Thiele
ES · Herstellung: sam
Satz: Buch-Werkstatt GmbH, Bad Aibling
Druck und Einband: GGP Media GmbH, Pößneck
Printed in Germany
ISBN: 978-3-442-37922-4

www.blanvalet.de

Prolog

Die Einzimmerwohnung im Souterrain eines Backsteinhauses hatte die Form eines vollkommenen Quadrats und verfügte über einen eigenen Eingang. Ein großer, karg möblierter, spiegelloser Raum. Ein zufälliger Besucher sähe als Erstes das Fußende eines IKEA-Betts mit weißem Rahmen, das sorgfältig in die linke hintere Ecke des Apartments gezwängt war und so stand, dass der im Bett Liegende nur den Kopf heben musste, um die Eingangstür zu sehen. Auf der anderen Seite des Betts fügte sich nahtlos eine fleckenlose Kiefernkommode an, die Schubladen zeigten nach vorn und bildeten einen perfekten Neunzig-Grad-Winkel mit der Rückwand und dem Kopfende des Betts. Auf den ersten Blick mochte es vielleicht wie ein vager Feng-Shui-Versuch wirken. Doch die Person, die hier lebte, war an solchen Torheiten nicht interessiert.

Ginge man ein wenig weiter in den Raum hinein, sähe man gegenüber vom Bett rechts die kleine Keramikspüle und den Gasherd mit den zwei Kochstellen, die zusammen die Küche bildeten. Man würde vielleicht auch bemerken, dass alles makellos sauber ist, als würde jeder Quadratzentimeter täglich eingesprüht, gespült und gewischt. Das Badezimmer blitzte, als würde es nach jeder Benutzung geschrubbt. Es enthielt nur eine Toilette und eine jener Dusche-Wannen-Einheiten aus Fiberglas, die fraglos die gusseiserne Klauenfußwanne ersetzte, die der Erbau-

er des Backsteinhauses ursprünglich installieren ließ. Für den Mieter roch die Anwesenheit dieses … Dings *an einem solchen Ort nach der überstürzten Tat eines geizigen Pfuschers, eine ins Auge springende Unvollkommenheit an einem ansonsten für seine Bedürfnisse perfekten Ort. Doch im Augenblick war das nur eine zusätzliche Sünde, begangen von einem weiteren Sünder in einer Welt, in der es von beidem zu viele gab. Er musste sich um wichtigere Dinge kümmern.*

Neben dem Bad war die Tür zum einzigen Schrank der Wohnung, der beim Öffnen so bescheiden wie die Schränke in den meisten Vorkriegsbauten aussah. Alle Kleidungsstücke hingen an Kleiderbügeln derselben, aus hellem Holz gefertigten Art, der Abstand zwischen den Bügeln war jeweils gleich groß. Die Garderobe des Mieters bestand aus säuberlich gebügelten weißen Oxford-Hemden, Khakihosen und einem schwarzen Anzug. Nahm man dazu die Schlichtheit der Möblierung, mochte man auf einen Bewohner schließen, dem es nach Einfachheit verlangte, der sich nicht dem zusätzlichen Druck aussetzen wollte, jeden Tag zu entscheiden, was er anziehen sollte. Der sich keinen Deut um weltliche Besitztümer oder leibliche Genüsse scherte.

Und man läge richtig. Denn was ihn interessierte – und zuweilen in den Wahnsinn trieb –, waren die Gedanken, die ihm durch den Kopf gingen.

Er hatte das Apartment unter der Bedingung genommen, dass der Vermieter es nicht ohne Vorankündigung von einem Tag betrat. Er bestand sogar darauf, diese Bedingung in den Vertrag aufzunehmen, was den Vermieter natürlich sofort misstrauisch machte – bis er diesem, ohne mit der Wimper zu zucken, drei Monatsmieten im Voraus und zwei als Kaution in die Hand drückte. Das wiede-

rum ließ den Vermieter sofort seine Unterschrift unter den Mietvertrag setzen und gewährleistete, dass die Bestimmung des Mieters hinsichtlich neugieriger, unerwünschter Blicke respektiert wurde.

Er baute darauf. Er musste es. Denn wer würde schon einen erwachsenen Menschen verstehen, der Worte an die Wand schrieb? Die Polizei hatte beschriftete Wände in der Wohnung von David Berkowitz, dem berüchtigten Serienmörder »Son of Sam« gefunden – und sie verstanden es nicht.

Kein Polizist würde seine Schriften jemals zu Gesicht bekommen. Zumindest nicht, solange er lebte. Dessen war er sich sicher. Er schwor sich, das hier, seine Schöpfung, um jeden Preis zu schützen. Selbst wenn er sie dafür übermalen musste.

Jetzt, allein in seinem Heiligtum, beendete er den jüngsten Beitrag zu seinem Werk und schnüffelte noch einmal an seinem schwarzen Magic Marker, ehe er die Kappe daraufsetzte. Er liebte den berauschenden Geruch. Er hatte als Kind Magic Marker gesammelt und besaß einen in jeder Farbe: braun, blau, rot, orange, purpurn, grün – sogar gelb. Der gelbe war seine Trophäe. Er sah nie jemanden einen gelben Magic Marker benutzen. Eines Tages hatte seine Mutter sie dann weggeschmissen, weil er »scheußliche, kranke, perverse« Bilder an die Wand seines Zimmers gezeichnet hatte. Er lächelte, wenn er daran dachte. Er hatte den gelben Marker für ihre Geschlechtsteile benutzt. Seine Mutter übermalte die Bilder der Frauen, die er angefertigt hatte, als er zwölf war, denn Magic Marker lässt sich nicht abwaschen.

»Es ist auf Dauer«, dachte er und trat einen Schritt zurück, um sein Werk zu bewundern. Er fügte zwei Worte, »KAEMPFE CHORIST«, zu den Dutzenden von Wort-

paaren hinzu, die er bereits fein säuberlich, eins über dem andern, an die Wand geschrieben hatte. Er blickte lächelnd auf »EMPORE FAKTISCH«, »KOREA SCHIMPFTE« und »KASCHMIR TOEPFE«, ganz oben auf der Liste. Auch wenn die Wortkombinationen anderen sinnlos erschienen wären, beruhigten sie ihn, denn nur er kannte ihre Bedeutung.

Denn sie ergaben einen Sinn, oder nicht? Schließlich war es das Alphabet selbst, das keinen Sinn ergab. Es war nur eine lange Reihe von Buchstaben, die darauf warteten, dass sie zu Worten, Sätzen und Gedanken wurden. Einzelne Buchstaben konnten gepaart werden, man konnte wie bei einem köstlichen Rezept weitere Buchstaben hinzugeben, um Worte zu bilden. Er liebte es auch zu kochen, verschiedene Zutaten zusammenzufügen, um einen schmackhaften Eintopf oder einen Auflauf mit zarter Kruste zu machen. Genau wie bei den Buchstaben des Alphabets waren die Zutaten allein unbefriedigend. Aber die richtige Kombination von Buchstaben oder Zutaten brachte Ordnung ins Chaos seines Lebens. Die Worte an seiner Wand oder das Zimtaroma des Apple Pies, den er vorhin gebacken hatte, beruhigten seinen Verstand und brachten vorübergehend noch mehr Perfektion in eine im Werden begriffene makellose Welt, die er selbst erschuf.

Ordnung. Perfektion. Makellosigkeit. Er dachte, wie so oft, über diese Worte nach, denn sie waren genau das, wonach er in der Zufälligkeit seines Lebens strebte und was er aus dem einen oder anderem Grund nie zu fassen bekommen hatte.

Bis jetzt.

Er griff nach seinem gelben Lieblingsmarker, schrieb zwei Worte über die anderen Paare und umrandete die Buchstaben mit Braun, sodass sie im Schein der einen nackten Glühbirne, die den Raum erhellte, beinahe wie Gold leuchteten. ASTHMA EINTRAG.

Dann wandte er sich der Wand links zu, der, von der eines Tages alle reden würden, wie er wusste. Wieder bewunderte er sein Werk: ein Gitter aus penibel gezeichneten Kästchen, hoch und quer angeordnet wie ein leeres Kreuzworträtsel. Mithilfe eines Lineals und eines schwarzen Markers beendete er säuberlich das letzte Kästchen in der unteren rechten Ecke. Er hatte länger auf diesen Tag gewartet, als ihm bewusst gewesen war. Wenn das Gitter voll mit diesen wahllosen, endlich zu Worten geordneten Buchstaben war, würde es sein Meisterwerk sein. Das Werk seines Lebens, abgeschlossen. Und er wusste, mit diesen letzten Strichen des Magic Markers war es Zeit anzufangen.

Er durchquerte das Zimmer zu seiner kleinen Küche und hob ein braunes Kuvert auf, das er auf dem Herd abgelegt hatte. Er machte den Gasbrenner an und sah die blauen und gelben Flammen vor seinen Augen tanzen und ihn locken. Er öffnete das Kuvert und schüttete den Inhalt in seine Hand: perfekt ausgeschnittene, einen Zentimeter große Quadrate eines Fotos, die er dann über die Flamme warf. Das Feuer züngelte an den Papierstücken, ein Auge, eine Oberlippe, eine Nase, und verzehrte sie, bis nichts als ein Häufchen grauer Asche übrig war.

Zufrieden schaltete er den Brenner aus und holte zwei große Töpfe aus einem Unterschrank. Dann entnahm er einer Schublade ein zusammengerolltes Stück Stoff, aus dem die Griffe von Messern, einem Hackbeil und einer großen Schere ragten. Aus dem obersten Fach des Schranks zog er einen Schlafsack, ein kleines Leinenzelt und eine Luftmatratze, alles ordentlich zusammengefaltet. Er war immer gern draußen gewesen, und heute Nacht würde er unter den Sternen schlafen.

Nachdem er beendet hatte, was er tun musste. Und was ihn, wie er zweifelsfrei wusste, von der unerträglichen Angst befreien würde, die er sein ganzes Leben lang gespürt hatte.

Für immer befreien.

1

Claire Waters setzte sich kerzengerade im Bett auf und legte eine Hand auf den Mund, um einen Schrei zu unterdrücken. Mit der anderen Hand riss sie gleichzeitig die himmelblaue Steppdecke von sich. Claire liebte diese Jahreszeit in New York: Anfang Mai, noch kühl in den Nächten, besonders kurz vor Sonnenaufgang. Wenn man den pausenlosen Lärm von der Straße unten in der Stadt, die niemals schlief, ausblenden konnte, war es das perfekte Wetter, um bei offenem Fenster zu schlafen, zumindest für sie. Soweit sie sich erinnern konnte, hatte Claire selbst in den eiskalten Wintern ihrer Kindheit in Rochester lieber in wenig beheizten Räumen geschlafen. Schließlich konnte man noch mehr Decken auf sich türmen, so ihre Überlegung, wenn es zu kalt war. Aber man konnte sich nicht die Haut vom Leib reißen, wenn es zu warm war.

Was Claire in diesem Augenblick am liebsten getan hätte. Sie schwitzte heftig. Ihre Albträume kamen jetzt häufiger. Und dieser – ein Mann im Halbdunkel, der ein Messer in der Hand hatte und Claire genau in dem Moment ansprang, in dem sie aufwachte – war der bisher lebhafteste gewesen.

Sie versuchte das Angstgefühl abzuschütteln, doch ihr hämmerndes Herz wollte sich nicht beruhigen. Sie streckte die Hand nach der Schublade mit der Flasche Xanax in ihrem Nachttisch aus, überlegte es sich jedoch anders.

Wenn die Angst morgen Nacht, übermorgen Nacht und die Nacht danach wiederkam, was dann? Jedes Mal Xanax einwerfen, bis sie verging? Eine Benzodiazepin-Abhängigkeit konnte sie überhaupt nicht brauchen, die Substanz gehörte zu den am stärksten süchtig machenden. Die Albträume waren höllisch genug, aber ein Benzo-Entzug konnte einen umbringen. Buchstäblich.

Dennoch, als die Angst anhielt, überlegte sie noch einmal. Und noch einmal. Sie versuchte im Kopf nachzuzählen, wie viele Tage hintereinander sie nach einer dieser Episoden eine Tablette genommen hatte, und als sie es nicht mehr rekapitulieren konnte, wurde ihr klar, dass es bereits zu lange gewesen war. Lange genug, dass sie wahrscheinlich nicht nur ihre Zulassung als forensische Psychiaterin, sondern generell ihre ärztliche Zulassung verlieren würde, wenn sie einem Patienten dazu riete, das zu tun, was sie getan hatte.

Arzt, heile dich selbst. Ja, klar. Die Verfasser der Bibel hatten nie Benzos genommen.

So ungern sie es sich eingestand, Claire begriff, dass sie dem Rat folgen musste, den sie einem Patienten geben würde.

Sie musste darüber sprechen.

Sie musste es fühlen.

Doch in Claire war nur Leere. Nichts.

Fühlen ist noch zu schmerzhaft, dachte sie. Und dann kam der Gedanke, der unweigerlich folgte: Sie hatte genügend seelischen Schmerz für mehrere Leben erlitten.

Also tat sie, was sie immer getan hatte, wenn ihre Gefühle ihren Verstand überholten: Sie machte dicht. Sie übertönte sie. Mit weißem Rauschen und anderen Geräuschen.

Sie nahm ihren iPod, setzte die Ohrstöpsel ein und ließ

Led Zeppelins »Stairway to Heaven« so laut aus ihnen dröhnen, wie sie es aushielt. Musik war immer Claires Therapie gewesen, vor allem in den schlimmsten Zeiten, von denen sie im vergangenen Jahr mehr als genug gehabt hatte.

Sofort begann die sanfte Gitarrenmelodie ihre Spannung zu lösen, auf ihre Art auch eine Droge, und Claire bemühte sich, den anderen Teil ihres Bewusstseins zu ignorieren, der ihr erzählen wollte, auch die Musik sei nur eine vorübergehende Lösung. Als wissenschaftliche Forscherin wusste sie, dass es in ihrem Gehirn, in der Amygdala, der primitivsten neurologischen Struktur, einen Schalter gab, der auf Gefahr reagierte. Wenn sie in den Abgrund zu trudeln begann, nahm ihre Amygdala eine tödliche Bedrohung wahr. Aber welche? Sie hatte die Albträume seit ihrer Kindheit. Sie hatte sie schon vor den beiden Traumata gehabt, die ihr Leben bis jetzt bestimmt hatten. Sie waren drei Monate nach den Schrecknissen des letzten Jahres vergangen. Und obwohl Claire seitdem kontinuierlich Fortschritte gemacht hatte, waren sie vor zwei Wochen plötzlich wieder zurückgekommen. Warum?

Claire schloss die Augen und hoffte, der hämmernde Rhythmus der Bridge in dem Song von Led Zeppelin würde über ihre Gedanken siegen. Doch nicht einmal die Musik konnte die Sirene eines Rettungswagens übertönen, der achtunddreißig Stockwerke tiefer über die Second Avenue raste. Die Ablenkung war nur kurz; als der Lärm abebbte, verlor sie sich in der letzten Minute des Songs. Erst als Robert Plants A-cappella-Finale verklungen war, spähte sie durch die kaum geöffneten Lider und sah das erste Morgenlicht durch ihre weißen Vorhänge dringen, die leicht im Frühlingswind flatterten. Sie blickte auf die fantastische Stadtlandschaft hinaus und sah nur Schönheit. Keine Gefahr, keine Dämonen. Nichts, was ihr etwas antun könnte.

Sie warf einen Blick auf die Uhr auf dem Nachttisch. 5.29 Uhr. Perfekt. Sie stellte zur Vorsicht jeden Abend den Wecker, aber sie wachte immer ein paar Minuten vorher auf. Selbst nach diesen scheinbar endlosen Dreißigstunden-Schichten im Praktikum und als Assistenzärztin, wenn sie völlig übermüdet nach Hause gekommen und ohne zu essen ins Bett gefallen war.

Jetzt schwang sie die Beine aus dem Bett, machte den iPod aus und nahm die Kopfhörer heraus, dann schaltete sie das Licht ein. Kommode, Nachttisch und Kopfteil ihres breiten Betts waren aus hellem Holz und Laminat, gekauft in einem dieser großen Möbelhäuser, wo man das Mobiliar für jeden einzelnen Raum seiner Wohnung aussuchen kann, und am nächsten Tag ist man komplett eingerichtet. Wie sie es immer machte, wenn sie nicht in Eile war, nahm sie ihre neue Umgebung in Augenschein. Parkettböden, rechtwinklige Räume, eine durchschnittliche Zweizimmerwohnung in einem modernen Glasturm. So nichtssagend, wie es in Manhattan sein konnte.

Vielleicht so nichtssagend, wie Claire selbst im Augenblick sein wollte.

Sie sah zu dem gerahmten Foto ihres Verlobten Ian, neben dem sie jeden Morgen aufwachte und das auf dem Nachttisch hinter dem Wecker stand. Ihre gemeinsame Wohnung war gemütlich eingerichtet gewesen, mit Antiquitäten und Erinnerungsstücken, die Claire größtenteils verkauft oder verschenkt hatte.

»Kannst du dir vorstellen, dass ich tatsächlich in so einer Wohnung lebe?«, sagte Claire zu dem Foto.

Als könnte er ihr irgendwie antworten.

Claire duschte und bürstete das schulterlange braune

Haar (keine Zeit zum Fönen), dann zog sie ein elegantes, dunkelblaues Kostüm von Donna Karan, eine weiße Bluse und ein Paar schwarze Pumps von Louboutin aus ihrem Schrank. Vor einem Jahr, als sie mit dem Forschungsstipendium in forensischer Psychiatrie am Manhattan State University Hospital begann, war es ihr unvorstellbar erschienen, diese »Verkleidung« jeden Tag zu tragen. Sie war von Forschungsarbeit in einem Labor des National Institute of Health gekommen, wo es keinen Menschen interessierte, was man unter dem weißen Mantel trug. Damals war sie bevorzugt in bequemen Jeans und Turnschuhen herumgelaufen. Aber als sie am zweiten Tag ihres Stipendiums erneut in diesem Aufzug auftauchte, hatte ihr früherer Mentor sie vor den Kollegen lächerlich gemacht. Forensische Psychiater standen über den Dingen und sollten besser so aussehen. Widerstrebend hatte sie einige Kostüme und Schuhe gekauft, die sie sich kaum leisten konnte. Und es gehasst.

Aber das war, bevor die Probleme anfingen. In den Monaten seit ihrer Rückkehr in das Programm nach einer dringend benötigten Auszeit hatte sie ihren Kleiderschrank mit Kostümen, Schuhen und Halstüchern gefüllt. Und es tatsächlich genossen, das alles zu tragen. Sie ertappte sich ständig bei Überlegungen, ob dieses plötzliche Verlangen nach Mode ihre Art war, die Leere in ihrem Leben mit materiellen Belohnungen zu füllen. Dann verwarf sie den Gedanken wieder, gönnte sich eine Pause von ihren inneren Zweifeln und sagte sich, es käme nur darauf an, dass sie sich gut fühlte, wenn sie gut aussah.

Sie machte sich weiter fertig und wollte gerade in ihre Schuhe schlüpfen, als ihr der Gast einfiel, der im anderen Zimmer schlief. Das Klappern der Absätze auf dem Parkettboden würde ihn zweifellos wecken.

Sie nahm die Pumps in die Hand und zog vorsichtig die Schlafzimmertür auf, dann schlich sie lautlos zur Wohnungstür. Sie nahm ihre Handtasche von Coach und die braune Aktentasche aus weichem Leder und warf einen raschen Blick ins Wohnzimmer. Der Anblick des Mannes, der auf dem Sofa schlief, ließ sie das erste Mal an diesem Tag lächeln. Ihr Vater.

Frank Waters hatte angefangen, mehr Zeit mit seiner Tochter zu verbringen, nachdem sie im Herbst zuvor für eine Beurlaubung von ihrem Forschungsstipendium nach Hause nach Rochester, New York zurückgekehrt war. Frank, ein Spezialist für Fiberoptik, hatte sich zu diesem Zeitpunkt bis zum Vice President seiner Firma hochgearbeitet, die Computernetzwerke und die dazugehörigen Geräte baute. Seine neue Position ermöglichte ihm, das Büro tagsüber für ein spätes Frühstück oder ein frühes Mittagessen mit seiner Tochter zu verlassen, und Claire genoss es, Zeit mit dem Vater zu verbringen, den sie als Kind kaum zu Gesicht bekommen hatte, und ihn in einer Weise kennen zu lernen, von der sie immer geträumt hatte.

Nachdem Claire zwei Monate lang zu Hause herumgesessen war, überraschten ihre Eltern sie mit einer vierwöchigen Europareise, weil sie dachten, diese würde ihr helfen. Doch Claire, die sich nur zu gern wieder ins Nest flüchtete und sich umsorgen ließ, war noch nicht so weit, sich um sich selbst zu kümmern. Sie wollte nicht einmal nach New York und zu ihrem Stipendium zurück. So luxuriös es sich anhörte, sie hatte kein Verlangen, allein durch Europa zu reisen, sie befürchtete, ohne die verstorbene Liebe ihres Lebens würde sie sich nur umso leerer fühlen.

Frank redete seiner einzigen Tochter freundlich zu und erinnerte sie daran, dass sie viele Gelegenheiten zu reisen gehabt und jede einzelne zugunsten ihres Lernpensums am College und im Medizinstudium abgelehnt hatte, und danach hatte sie als Assistenzärztin und in zwei aufeinanderfolgenden Stipendien gearbeitet. Später würde sie ohne Frage eine Praxis aufmachen und eine neue Ausrede haben. Sie hatte eine Pause verdient, vor allem nach der Tragödie des letzten Jahres. Wenn nicht jetzt, wann dann?

Claire wusste, dass ihre Eltern einen gewissen Mangel an Aufmerksamkeit während ihrer Kindheit wiedergutzumachen versuchten. Es war eine überaus großzügige Geste, und sie hasste es, undankbar zu erscheinen, aber so gut ihr Vater ihr auch zuredete, sie lehnte ab.

Also hatte Frank zu Plan B greifen müssen.

»Tja, dann werden wir wohl einfach alle zusammen fahren müssen«, hatte er schalkhaft lächelnd gesagt und zwei weitere Tickets hervorgezogen. Claire war in Tränen ausgebrochen.

Freudentränen. Die erste Freude, die sie seit langer, langer Zeit empfand.

Sie waren zwei Tage später aufgebrochen und nach Berlin geflogen, um einen Monat lang durch Deutschland, Österreich, Italien und Frankreich zu reisen, mit Paris als letzter Station. Weder Claire noch ihre Eltern waren je an einem dieser Orte gewesen, und sie gemeinsam zu entdecken war die wunderbarste Zeit ihres Lebens.

Als der Jumbo Jet der Air France auf Bostons Logan Airport aufsetzte, fühlte Claire eine Ruhe wie noch nie. Als hätte sie endlich begonnen, Frieden mit der Dunkelheit zu schließen – oder aus ihr aufzutauchen, je nachdem, wie man es sehen wollte –, die das Trauma des letzten Jahrs verursacht hatte. Ihr wurde klar, dass ihre Furcht vor der Reise auch mit der Aussicht zu tun gehabt hatte, von Rochester über New York und zurück zu fliegen. Schon der Gedanke, auch nur auf dem Kennedy Airport umzusteigen, war mehr, als sie glaubte ertragen zu können. Ihr Vater hatte das jedoch klugerweise vorausgesehen und beide Flüge über Boston geplant.

Doch selbst Frank hatte nicht mit dem gerechnet, was am nächsten Morgen zu Hause in Rochester geschah. Er kochte gerade in der Küche Kaffee, als Claire nach einer trotz Jetlag durchgeschlafenen Nacht munterer denn je hereinspazierte und verkündete, es sei Zeit, nach Manhattan zurückzukehren und ihr altes Leben wiederaufzunehmen.

»Ich kann nicht ewig hierbleiben und mich bei euch durchschnorren«, sagte sie lachend. »Und außerdem, wie sollte ich hier oben einen Zeitvertreib finden, der den letzten Monat noch übertrifft?«

Es war ein Wendepunkt. Kein einziges Mal hatten Frank und Mona auch nur angedeutet, Claire solle darüber nachdenken, wieder zur Arbeit zu gehen; sie hatten sehr gut gewusst, dass der Wunsch von ihr kommen musste. Ohne Zögern stand Frank auf, umarmte Claire und sagte ihr, wie stolz er auf sie sei. Und dass es trotz der Gründe, die sie nach Hause geführt hatten, das größte Geschenk seines Lebens sei, sie hier zu haben und Zeit mit ihr verbringen zu dürfen.

»Meins auch«, hatte Claire erwidert, und ihre Augen hatten sich mit Tränen gefüllt.

»Lass uns einen Zeitplan ausarbeiten«, sagte Frank, nahm sein iPad von der Küchentheke und öffnete Notepad.

Claire sah ihrem Vater über die Schulter, während er tippte, und lächelte. Das war Frank Waters, wie er leibte und lebte. Immer vorwärts orientiert. Immer im Begriff, Dinge zu planen.

Es begann damit, dass Claire ihre neue und künftige Mentorin Dr. Lois Fairborn anrief. Sie hatten seit vielen

Monaten nicht miteinander gesprochen, und als Fairborn sich in ihrem Büro meldete, hätte sie nicht erfreuter sein können.

»Meine Liebe!«, hatte sie ausgerufen. Sie benutzte ständig Koseworte. »Bitte sagen Sie mir, dass Sie zurückkommen.«

»Ich glaube, ich bin bereit«, hatte Claire voll Zuversicht geantwortet. »Aber ich wollte mich vergewissern, dass es auch für das Programm am besten ist ...«

»Etwas Besseres, als Sie hier zu haben, kann dem Programm nicht passieren«, hatte Fairborn eingeworfen und ihr versichert, sie werde ihrer herausragenden Studentin einen Platz freiräumen, wann immer Claire nach New York zurückzukommen gedachte.

Sie hatten noch ein wenig geplaudert, Claire hatte von ihrer Europareise erzählt, und sie hatten vereinbart, dass sie Montag in zwei Wochen wieder im Manhattan State erscheinen würde. Claire würde jede Sekunde Zeit bis dahin brauchen, um alles zu organisieren. Sie hatte die Wohnung, die sie sich mit Ian geteilt hatte, geräumt und fast alles darin verkauft oder weggeworfen, weshalb sie buchstäblich bei null anfing.

Dachte sie zumindest. Bis Frank erklärte, er habe nicht die Absicht, Claire allein nach New York zurückgehen zu lassen.

Vater und Tochter verließen Rochester am nächsten Morgen, einem Freitag, und legten die rund fünfhundert Kilometer nach Manhattan gemächlich mit dem Auto zurück, mit einer Rast unterwegs, um der Wochenend-Rushhour zu entgehen. Kurz vor zehn Uhr abends trafen sie in ihrer vorübergehenden Unterkunft ein: einer Dreizimmerwohnung, die der Firma gehörte, für die Frank arbeitete. Sie befand sich im zweiundzwanzigsten Stock eines Gebäudes aus den Siebzigern an der Columbus Avenue, mit halbrunden Balkonen, die einen prächtigen Westblick vom Lincoln Center auf der anderen Straßenseite bis zum Hudson River und New Jersey dahinter boten.

Sie hatten ausgeschlafen und sich am nächsten Morgen aufgemacht, um eine Wohnung in Manhattan zu suchen, was immer eine mühsame Aufgabe war. In Claires Fall musste es eine sein, die sie von dem mageren Gehalt eines medizinischen Fellows bezahlen konnte. Sie und ihr toter Verlobter Ian hatten sich die Miete für eine hübsche Genossenschaftswohnung in einem kleinen, sicheren Gebäude in Chelsea geteilt. Aber Claire wusste, für sich allein würde sie Abstriche machen müssen. Sie hoffte nur, sich nicht letzten Endes mit einem Einzimmerapartment begnügen zu müssen.

Deshalb war sie schockiert, als sie – nachdem sie sich bei Daniel's in der Third Avenue Bagels geholt hatten – die 40th Street zum East River entlanggingen und Frank unmittelbar hinter der altehrwürdigen Feuerwache in ein hohes, luxuriöses Gebäude mit Portier steuerte, wo es einem Schild am Eingang zufolge freie Wohnungen gab.

»Machst du Witze?«, flüsterte Claire, als der Portier sie einließ. »Das ist absolut nicht meine Liga.«

»Tu deinem alten Herrn den Gefallen, okay?«, erwiderte Frank leichthin und ging unbeirrt weiter. Claire folgte resigniert. Wie hätte sie sich weigern können?

Natürlich führte die für Vermietungen zuständige Managerin sie zur hübschesten Zweizimmerwohnung, die sie hatten. Im achtundzwanzigsten Stock, nach Osten, zur Second Avenue gelegen, mit Blick über den East River auf Long Island City und das restliche Queens dahinter. Und mit einem Balkon, von dem man den Blick genießen konnte, was Frank und Claire nun taten, während die Maklerin hinter ihnen im Wohnzimmer stand.

»Was meinst du?«, fragte Frank seine Tochter, lehnte sich an das Geländer und atmete einen tiefen Zug verschmutzte Stadtluft ein.

»Ich meine, dass du spinnst«, antwortete Claire.

»Und das ist ein medizinischer Ausdruck?«

»Du leidest unter Wahnvorstellungen. Ich verdiene in einem Monat nicht einmal so viel, wie diese Bude kostet.«

Was nicht ganz richtig war. Die Wohnung kostete viertausend im Monat, aber da die Eigentümer als Sonderangebot einen Monat mietfrei anboten, hätte sie nur etwa dreitausendsechshundert zahlen müssen. Nur.

Claire wollte der Maklerin schon für ihre Zeit danken und einen würdigen Abgang hinlegen, als sie Frank fragen hörte: »Wann kann sie einziehen?«

»Sofort, kommenden Monat«, erwiderte die Frau, die ebenso überrascht war wie Claire. Sie war schon lange im Geschäft und erkannte an der Körpersprache der Interessenten, ob diese eine Wohnung haben wollten oder nicht.

»Akzeptieren Sie eine zweite Unterschrift auf dem Mietvertrag?«, fragte Frank und klopfte seine Taschen nach dem Scheckbuch ab.

»Solange Ihre Kreditauskunft positiv ist, ja«, antwortete die Maklerin.

»Dad«, flehte Claire, »ich kann mir das trotzdem nicht leisten.«

Frank blieb unbeirrt und schrieb bereits einen Scheck aus. Die Augen der Maklerin wurden groß wie Untertassen, als sie den Betrag darauf sah. »Das sollte für die Kaution und ein halbes Jahr Miete im Voraus reichen«, versicherte Frank und klickte abschließend auf seinen Kugelschreiber.

Eine Stunde später, als alles geregelt und unterschrieben war, durchquerten sie die in Marmor gehaltene Eingangshalle des Gebäudes und traten auf die 40th Street hinaus. Claire schwamm noch der Kopf. Ihr Vater war immer ein so penibler, vorsichtiger Mensch gewesen, vor allem, wenn es um Geld ging. Jetzt, mit der vierwöchigen Europareise – die Zehntausende von Dollar gekostet haben musste – und dieser spontanen Demonstration von Großzügigkeit, wusste sie nicht, ob sie dankbar oder besorgt sein sollte. Als Psychiaterin fragte sie sich, was eine so plötzliche Veränderung von Franks Verhalten bewirkt hatte.

Und sie wusste nicht recht, wie sie es ansprechen sollte, aber sie musste es tun.

»Das hättest du nicht tun müssen, Dad«, begann sie und blickte stur geradeaus, während sie auf die Third Avenue zumarschierten.

Frank seinerseits bewegte sich mit der Selbstzufriedenheit eines Mannes, der eine überaus wichtige Sache erledigt hatte. Er sah seine Tochter nicht an, als er antwortete.

»Dein ganzes Leben, schon als Kind, hast du uns nie um etwas gebeten. Kein Spielzeug, kein Buch, nicht einen Cent. Gar nichts.«

Es war das erste Mal, dass er so etwas zu ihr sagte. Das Innenleben ihres Vaters war Claire immer ein Rätsel gewesen, denn er hatte über die Jahre nur sehr wenig davon enthüllt. Abgesehen von seiner Freundlichkeit und seiner Liebe zu seiner einzigen Tochter. Die für Claire nie in Frage stand, ganz im Gegensatz zu ihrer Mutter, die zwar nicht kalt zu ihr war, aber doch immer distanziert wirkte, was ihre Gefühle anging.

»Erzählst du mir das, oder willst du wissen, warum?«, fragte sie.

Frank fuhr fort, als hätte er sie nicht gehört. »Alles, was du erreicht hast, alles …« Er ließ den Satz ausklingen, als würde er mit sich selbst sprechen, und vielleicht tat er genau das. »Alles hast du immer allein geschafft.« In diesem Moment wurde ihm offenbar bewusst, dass sie direkt neben ihm war. Er blieb stehen und sah ihr in die Augen. »Als würdest du denken, dass wir …«

»Dass ihr was, Dad?«, fragte sie und mäßigte ihren etwas zu harschen, drängenden Ton. *Warum? Warum jetzt?*

Doch falls Frank beabsichtigt hatte, eine Art emotionale Bombe platzen zu lassen, überlegte er es sich plötzlich anders. »Wir haben so viel Geld für deine Ausbildung gespart«, sagte er. »Genug, um alles bezahlen zu können, ohne ein Darlehen aufnehmen zu müssen. Und du hast ein Stipendium nach dem anderen erhalten, sodass wir nie etwas davon verwenden mussten. Es liegt jetzt schon all die Jahre auf einem Treuhandkonto unter deinem Namen. Ich dachte einfach, es ist an der Zeit, dass wir etwas von dem Geld für einen sinnvollen Zweck einsetzen.«

Was Claire in diesem Moment irritierte, waren nicht die Worte ihres Vaters. Es war sein Gesichtsausdruck. Oder was sie zumindest in seinen Augen zu sehen glaubte. Fast als würde er sie anflehen, diese Erklärung zu akzeptieren und nicht weiter zu bohren.

Claire wollte unbedingt wissen, was er ihr nicht sagte. Aber er war so großzügig gewesen und schien sich so unwohl in seiner Haut zu fühlen, dass sie es nicht über sich brachte zu fragen. Frank musste das gespürt haben, denn plötzlich sprach er weiter.

»Es ist nur so, dass deine Mutter und ich … Wir wollen dir helfen, diese Geschichte durchzustehen …«

»Stopp, Dad«, sagte Claire leise. »Ich weiß nicht, wo ich im Augenblick emotional oder anderweitig wäre, wenn ich euch beide im letzten Jahr nicht gehabt hätte.«

»Das Kind soll sich nicht um die Eltern kümmern müssen«, entfuhr es Frank. »Emotional oder anderweitig. Ich dachte immer, du hast nie um etwas gebeten, weil dir etwas in deinem Innern sagte, es sei deine Aufgabe, dich um uns zu kümmern. Um unsere Bedürfnisse. Dabei hätten wir uns um deine kümmern müssen …«

»Das habt ihr getan«, unterbrach ihn Claire. »Du bestrafst dich für nichts.«

Frank hob die Hand, um sie zum Schweigen zu bringen. »Lass mich ausreden«, sagte er, und seine Stimme zitterte, als könnte er jeden Moment in Tränen ausbrechen. »Ich weiß, du denkst, du bist jetzt wieder in Ordnung. Du wirst dich in dein Forschungsstipendium stürzen und ganz darin aufgehen. So wie sich deine beiden Eltern jeweils in ihre Karriere gestürzt haben und darin aufgegangen sind. Du hast wie alle Kinder dem nachgeeifert, was du gesehen hast. Wir haben dir wunderbar beigebracht, wie man überlebt und vorwärtskommt. Aber wir haben dir nie gezeigt, wie man *lebt.*« Er betonte das letzte Wort überdeutlich, um klarzumachen, worum es ihm ging. »Ich weiß, du hast dich in Europa prächtig amüsiert. Es war das erste Mal, dass ich dich etwas genießen sah, seit … na ja, seit 1989.« Er musste nicht aussprechen, was in diesem Jahr passiert war, weil sie es beide wussten. »Und ich weiß es deshalb, weil diese Reise das erste Mal seitdem war, dass ich mir selbst erlaubt habe, etwas zu genießen.«

Er sah zu dem Hochhaus hinauf, das bald Claires neues Zuhause werden würde, und streckte den Arm in die Höhe, als würde er eine neue Welt in der Hand halten. »Es ist Zeit, dass du dir ein bisschen Leben gönnst. Ich bin zwar kein Experte darin, aber da wir es dir damals nicht beigebracht haben, musst du deinem alten Herrn vielleicht erlauben, dich ein bisschen zu verderben.« Er lächelte. »Nur ein bisschen.«

Claire erwiderte das Lächeln, vor allem als dieses Funkeln wieder in den Augen ihres Vaters war, dieses schalkhafte Grinsen, das immer auf seinem Gesicht erschien, wenn er noch einen Trumpf im Ärmel hatte. Sie wollte immer noch wissen, was er ihr nicht erzählte, aber sie wollte ihrem Vater den großen Moment nicht ruinieren.

»Ich schätze, ein bisschen Leben könnte ich im Augenblick gebrauchen«, erwiderte sie.

»Dann mal los«, sagte er und hob die Hand, um ein sich näherndes Taxi anzuhalten.

Sie waren in den Flatiron District in Midtown gefahren, wo Frank sie in eins der bekanntesten Einrichtungshäuser der Stadt schob. Er hatte ein wenig enttäuscht gewirkt, als Claire, die Antiquitäten liebte, die IKEA-artigen Schlaf- und Wohnzimmermöbel ausgesucht hatte, die jetzt ihre Wohnung füllten, hatte aber darauf bestanden, sie zu bezahlen.

Sie betrachtete ihn nun, und sein leises Schnarchen tröstete sie irgendwie. Sie dachte an jenen Montag zurück, als die Möbel geliefert worden waren und sie damit rechnete, ihr Vater werde ihr einen Kuss geben, seinen Koffer aus der Firmenwohnung holen und nach Rochester zurückfahren.

»Ich hätte nicht gedacht, dass wir so schnell etwas für dich finden«, hatte er gesagt. »Deshalb habe ich vereinbart, dass ich für zwei Wochen von unserem New Yorker Büro aus arbeite.«

Zu ihrer Überraschung hatte er für diese Zeit das Schlafsofa besetzt. Und war seitdem viele Male wieder zu Besuch gewesen, mindestens einmal alle zwei Wochen, stets unter dem Vorwand, »ein Projekt hier unten betreuen« zu müssen. Aber Claire ließ sich nicht täuschen. Die Schrecken des vergangenen Jahres hatten Schlagzeilen gemacht, und alle in Franks Firma wussten, was geschehen war. Er unterstand direkt dem Präsidenten und CEO des Unternehmens, der in Claires Kindheit fast wie ein Onkel für sie gewesen war. Frank hätte ihm erklären können, er müsse für einen Monat in Simbabwe arbeiten, und der Mann hätte kaum mit der Wimper gezuckt. Er kam Franks Bitte ohne Zögern nach, weil er wusste, es ermöglichte seinem langjährigen Kollegen und Freund, alle paar Wochen einige Tage bei Claire sein zu können.

Franks Erklärung für seine Tochter war, dass er mehr Zeit mit ihr verbringen wollte, und sie wusste, das stimmte, aber es war nur die halbe Wahrheit. Dasselbe galt für sein Beharren darauf, ihr die Hälfte der Miete für eine hoch gelegene Wohnung mit Portier zu zahlen: Er wollte sichergehen, dass sie so geschützt wie möglich war. Und sie liebte ihn dafür.

Sie wollte gerade die Tür aufziehen, als hinter ihr eine hellwache Stimme erklang.

»Du siehst wundervoll aus.«

Claire drehte sich um. Ihr Vater setzte sich auf. Frank Waters war hochgewachsen, schlank, mit einem dichten grauen Haarschopf und den durchdringenden grünen Augen, die seine Tochter von ihm geerbt hatte. Seine Begeisterung für das Fitnessstudio ließ ihn zehn Jahre jünger aussehen und sich bewegen als die sechsundsechzig, die er war. Er schlug die Steppdecke zurück; sein blauer Seidenpyjama war eine Nuance heller als Claires Kostüm.

»Ich dachte, ich wäre leise gewesen«, sagte Claire und ging zurück ins Wohnzimmer

»Du hast mich nicht geweckt«, versicherte ihr Vater.

Sie gab ihm einen Kuss auf die Wange. »Schlaf noch ein wenig.«

»Ach, nein«, erwiderte Frank. »Ich muss ins Fitnessstudio, und dann liegt ein Tag voller Besprechungen vor mir. Wann denkst du, kommst du nach Hause?«

Claire wusste, er fragte nur aus Fürsorge. »Wahrscheinlich gegen acht«, sagte sie. »Mein Terminkalender ist ebenfalls voll.«

»Siehst du deshalb so mitgenommen aus?«, fragte Frank.

Claire dachte, sie hätte sich nichts anmerken lassen. *Wie hat er das erkannt?*

»Ich habe immer gemerkt, wenn dich etwas beunruhigte«, las er ihre Gedanken. »Schon bevor es dir selbst klar war.«

»Es ist nichts«, erwiderte Claire und schlüpfte in ihre Pumps. »Ich hatte einen Albtraum.«

»Die hattest du als Kind auch«, sagte Frank und tastete mit den Füßen nach seinen Pantoffeln. »Du bist mitten in der Nacht aufgewacht und hast mir alles erzählt.«

»Ich würde dir auch den von letzter Nacht erzählen, aber ich erinnere mich nicht.« Sie tat, als würde sie ihren Rock zurechtrücken, damit sie ihn nicht ansehen musste. Sie wünschte, sie hätte nichts gesagt. Sie wollte nicht über den Traum sprechen, damit sie sich nicht verspätete – und damit die Dämme ihrer Angst nicht brachen.

»Vielleicht kann ich deinem Gedächtnis auf die Sprünge helfen«, sagte Frank, gähnte und zog die Vorhänge auf. »Weißt du noch, wie du aufgewacht bist?«

»Ich saß senkrecht im Bett mit der Hand auf dem Mund«, antwortete Claire und sah auf ihre Armbanduhr, um anzudeuten, dass sie dafür jetzt keine Zeit hatte.

Es funktionierte nicht. »Damit ich dich nicht schreien höre?«, fragte Frank und faltete die Decke zusammen. »Wie kann es sein, dass du in einem Albtraum an so etwas denkst?«

Claire lächelte über die Ironie, dass ein Physiker Seelendoktor bei ihr spielte. »Damit ich dich nicht aufwecke?«, fragte sie spielerisch.

Jetzt lächelte ihr Vater. »Vielleicht hat der Albtraum von mir gehandelt.«

»Das glaube ich nicht.«

»Aber du hast gesagt, du erinnerst dich nicht mehr«, sagte ihr Vater und klappte das Bett zusammen. »Wie kannst du dir dann so sicher sein?«

Schachmatt. Die Unterhaltung endete wie immer – an einer Wand. Bis Frank, der ständig in Bewegung war und jetzt die Sofakissen an ihren Platz räumte, eine andere Taktik versuchte.

»Du weißt«, sagte er und ließ sich auf sein Werk fallen, »dass du als Kind immer mit jemandem geredet hast, der nicht da war.«

»Ja, Dad«, bestätigte Claire und seufzte. »An das erinnere ich mich sehr wohl.«

»Wir haben uns Sorgen gemacht. Deine Mom und ich.«

»Unsichtbare Spielgefährten kommen bei Kindern häufig vor«, sagte sie mit ihrer offiziellen Psychiaterstimme.

Frank kannte diesen Ton. Er hatte ihn oft von ihr gehört und verstand, was er in diesem Fall bedeutete: »Ich muss los.« Er setzte oft einen ähnlichen Tonfall bei ihr ein – auch wenn er es nicht gern zugab – und wusste, wann er zurückstecken musste.

»Schon gut. Komm nicht zu spät«, sagte er und stand von dem Sofa auf.

»Danke, Dad.«

Er kam zu ihr und gab ihr einen Kuss. »Einen schönen Tag, Häschen.«

Claire lächelte über seiner Schulter, als er sie umarmte. Er hatte sie schon immer mit diesem Kosenamen genannt, und es gefiel ihr jedes Mal. Sie küsste ihn noch einmal auf die Wange und eilte zur Tür, um der Welt mit ein wenig mehr Sicherheit entgegenzutreten.

Er würde sich verspäten. Er sammelte alle Gegenstände ein, die er brauchen würde: die Töpfe, das zusammengerollte Tuch mit den rasiermesserscharfen Messern und Scheren, das Zelt. Er spürte ein Hämmern im Kopf, einen Rhythmus fast wie von einer Trommel, der alle Gedanken übertönen würde, die ihn daran hindern könnten, zu tun, was er tun musste. Dann verließ er das Apartment und trat ins kühle morgendliche Sonnenlicht hinaus, das einen schönen Tag verhieß.

2

»Ich wette, Sie haben nicht erwartet, dass Sie hier über Hirnforschung sprechen würden«, sagte Claire und hoffte, es gelang ihr, die Gehirne der sieben vor ihr sitzenden Personen zu stimulieren, anstatt sie einzuschläfern. »Aber es gibt eine Menge neue Befunde, die uns zu erklären helfen, warum Menschen kriminell werden.«

»Weil sie Psychos sind«, murmelte Miguel Colon, ein ernst dreinblickender, muskulöser Latino, dessen überdimensionierten rechten Bizeps ein Dolch zierte. Seine mit Bronx-Akzent vorgebrachte Bemerkung ließ die übrigen Anwesenden kichern und lächeln.

»Nicht alle«, verbesserte ihn Claire. »Aber Sie liegen auch nicht ganz falsch, Miguel. Es ist nur ein bisschen komplizierter.«

Miguel und seine fünf jungen Kollegen, die an einem modernen graphitfarbenen Tisch vor ihr saßen, waren Studenten der renommierten School of Criminal Justice and Forensic Science der New York State University.

Claire drehte sich zu der Kunststofftafel hinter ihr und schrieb ein einziges Wort: EPIGENETIK. Sie unterstrich es, ehe sie sich wieder der Gruppe zuwandte.

»Weiß jemand, was Epigenetik ist?«, fragte sie.

Wenig überraschend hob sich keine Hand. Und der einzige Mann im Raum, der über vierzig war, Professor Walt McClure, war klug genug, sich zurückzuhalten.

McClure war ein »Freund« von Claires Mentorin Lois Fairborn, und es gab Spekulationen, die beiden seien sehr viel mehr als das. Er unterrichtete den Kurs, in dem Claire gerade stand, ein Hauptseminar in Profiling, und hatte Fairborn gefragt, ob Claire sich zutraute, als Co-Dozentin zu fungieren und seine Studenten über jüngste Entwicklungen in der Psychiatrie und Genetik aufzuklären, insbesondere über das immer wichtiger werdende Feld der Epigenetik und seine mögliche Anwendung auf kriminelles Verhalten. Fairborn hatte Claire kurz nach ihrer Rückkehr in die Arbeit vor zwei Monaten wegen seiner Bitte angesprochen. Damals war es das Letzte gewesen, worauf sie Lust hatte. Aber sie schuldete Fairborn etwas für ihre Anteilnahme, für ihr Verständnis und ihre Flexibilität in Bezug auf Claires Beurlaubung und sah sich außerstande abzulehnen. In dem Glauben, es sei eine einmalige Angelegenheit, beschloss Claire, es einfach hinter sich zu bringen, und hoffte, es würde ihr nicht allzu viele Schmerzen bereiten.

Zum Glück kam es anders, als sie erwartet oder gar befürchtet hatte. Es waren nur sechs Studenten in dem Kurs, plus Professor McClure, in einem kleinen, aber keineswegs klaustrophobischen Seminarraum. Zu ihrer eigenen Überraschung war sie in dem Moment aufgeblüht, in dem sie zu reden anfing, als würde sie einer Schar von Freunden bei einer Essenseinladung eine Geschichte erzählen, und hatte die Studenten in ein lebhaftes Gespräch über ihre Erfahrungen bei der Verfolgung eines Serienmörders im vergangenen Jahr verwickelt. Sie hatten hingerissen zugehört und zahlreiche Fragen gestellt, McClure war begeistert gewesen, und die Art, wie er und Claire sich in der Kursleitung abwechselten, hatte ihnen bewiesen, dass sie gut zusammenarbeiteten. Claire für ihren Teil war schockiert, weil sie solchen Gefallen am Unterrichten fand, und genoss die Ablenkung ungeachtet allen Zögerns.

Dies war Sitzung Nummer zwei. Und nach dem Ausdruck auf den Gesichtern der Studenten zu urteilen, würde es kein solcher Erfolg wie beim letzten Mal werden. Epigenetik war selbst für Menschen mit medizinischem Hintergrund eine trockene Materie, und die jungen Leute hier waren alle auf dem Weg in den Gesetzesvollzug – sei es als Polizisten, FBI-Agenten oder forensische Ermittler. Nicht dass sie das als weniger intelligent oder leistungsstark gebrandmarkt hätte. Miguel Colon etwa hatte es irgendwie fertiggebracht, von Eltern aufgezogen zu werden, die einer Gang angehörten, ohne getötet oder verwundet zu werden und ohne sich eine Vorstrafe einzuhandeln. Als Einser-Collegestudent wollte Miguel nach dem Abschluss Jura studieren und dann zum FBI gehen. Trotz seiner Ecken und Kanten war Miguel Claires Held. Gegen die Widerstände, die er zu überwinden gehabt hatte, wirkte ein Medizinstudium wie ein Kinderspiel. Dennoch, er und die anderen waren Laien, und Claire sollte sich besser etwas einfallen lassen, um das Thema interessant zu machen.

Also sah sie Miguel in die Augen und fing zu reden an. »Epigenetik ist der Studienzweig, der untersucht, wie sich Gene im Lauf der Zeit ständig ändern, ohne dass sich die DNA ebenfalls ändert – und was diese Entwicklung hervorruft.«

»Sie meinen, so wie Tiere sich an die Veränderungen in ihrer Umwelt anpassen«, sagte Kara Wallace, eine zierliche Blondine aus Alpine, New Jersey, die zum Entsetzen ihrer wohlhabenden Familie davon träumte, zum NYPD zu gehen.

»Wie sich ihre Gene anpassen – und unsere ebenso«,

antwortete Claire. »Und die Umwelt schließt nicht nur die Luft ein, die wir atmen, Wasser, Essen …«

»Und der ganze chemische Scheißdreck darin«, spottete Wesley Phelps, ein witziger, gescheiter, intellektueller und gut aussehender, dunkelhaariger Möchtegern-Staatsanwalt mit schiefergrauen Augen – so stand es zumindest in seinem Facebook-Profil. »Du bist, was du isst.«

»Sprich lieber nur für dich selbst«, sagte Justine Hu, eine attraktive Vierundzwanzigjährige, die Forensik im Hauptfach studierte. Sie hatte schwarzes Haar, stark geschminkte Augen, und ihr roter Lippenstift lag eine Schattierung über dem, was Claire noch geschmackvoll fand. Bevor Miguel einwerfen konnte, wie sich Wesleys Antwort möglicherweise auf Justines Sexualleben mit ihrer Freundin anwenden ließ, mit der sie zusammenwohnte, entschloss sich Claire zu einem Präventivschlag.

»Das ist richtig, Wes, aber es ist nicht die ganze Geschichte. Wir werden auch durch unsere Herkunft definiert, davon, wo wir gelebt haben und mit wem. Wie wir erzogen wurden. Ob wir in unserem Leben einmal Opfer eines Traumas wurden – körperlich oder seelisch. Alle diese Faktoren erzeugen Reaktionen in unserem Körper und in unserer Gehirnchemie, die Spuren an unseren Genen hinterlassen – chemische Spuren. Wenn man sich also die DNA in diesen Genen als Computer-Hardware vorstellt, dann sind die Mechanismen der Epigenetik wie eine Software, die lenkt oder beeinflusst, wie die Gene im Lauf der Zeit arbeiten.«

»Wenn Sie sagen, im Lauf der Zeit, meinen Sie dann unsere Lebenszeit?«, fragte Leslie Carmichael, eine hübsche Afroamerikanerin mit langen, zu einem Pferdeschwanz zurückgebundenen Dreadlocks. Leslie war mit dreißig gerade ans College zurückgekehrt, um ihren Abschluss zu machen, nachdem sie sechs Jahre lang pausiert hatte, um ihre chronisch kranke Mutter zu pflegen, die vor kurzem gestorben war.

»Ja«, sagte Claire, »Obwohl es neuerdings Hinweise darauf gibt, dass epigenetische Veränderungen an unseren Genen an künftige Generationen weitergegeben werden können. Eine Studie begleitete eine Gruppe von Kindern, die massiv untergewichtig zur Welt kamen, weil ihre Mütter während einer Hungersnot schwanger waren. Klingt logisch, oder? Diese Kinder wuchsen dann aber ausreichend ernährt auf. Will jemand raten, was passierte, als sie selbst Kinder zur Welt brachten?«

Cory Mathis, ein schlaksiger Fünfundzwanzigjähriger aus Staten Island, der immer noch unter Akne litt, hob die Hand, bevor Claire zu Ende gesprochen hatte. »Die Babys hatten ebenfalls ein niedriges Geburtsgewicht.«

»Jedenfalls genügend von ihnen, damit ein Trend sichtbar wurde«, bestätigte Claire. »Aber gehen wir zum Anfang zurück ...«

»Halt, langsam«, unterbrach Miguel und fuchtelte mit einer Hand. »Soll das heißen, ich war in einer Gang, weil meine Eltern ebenfalls in einer waren, und meine Kinder werden es auch sein? Ich bringe sie nämlich um, wenn sie das tun.«

»Aber Ihre Kinder werden in eine Familie geboren werden, in der die Eltern einer verantwortungsvollen Tätigkeit nachgehen, und in einer positiven Atmosphäre aufwachsen«, erinnerte ihn Claire.

»Erst muss er mal jemanden finden, der ihn aushält und welche mit ihm machen will«, murmelte Justine, die eine Hassliebe mit Miguel verband.

»Willst du dich freiwillig melden?«, gab dieser boshaft grinsend zurück.

Professor McClure musste zwar ein Lachen unterdrücken, aber er wusste, es war Zeit einzugreifen. »Vielleicht könnte einer von euch Clowns mal überlegen, warum das alles etwas mit kriminellem Verhalten zu tun hat«, warf er ein, womit er Ruhe und Konzentration im Seminar wiederherstellte. Claire warf ihm einen dankbaren Blick zu und rief sich in Erinnerung, dass Unterrichten mehr war, als Wissen von sich zu geben. Es war eine Übung darin, die persönliche Dynamik sehr verschiedener Menschen unter einen Hut zu bringen.

»Okay«, sagte sie nach einem tiefen Atemzug. »Wer hat eine Idee?«

»Es ist irgendwie so, wie Miguel gesagt hat, oder?«, meinte Kara Wallace. »Dass man, wenn man in einer Familie von Verbrechern aufwächst, per Osmose selbst zu einem wird. Wie Tony Soprano«, schloss sie, stolz darauf, dass ihr die Fernsehfigur eingefallen war.

»Der ist eine fiktive Gestalt«, sagte Leslie Carmichael verächtlich und mit einem Tonfall, der ausdrückte: »Was bist du denn für eine Idiotin.«

Aber Claire fühlte sich plötzlich inspiriert von dem Beitrag. »Warten Sie, Leslie«, sagte sie. »Es gibt viele Beispiele dazu in der Popkultur. Bleiben wir bei Karas Vergleich. Was wissen wir noch über Tony Sopranos Hintergrund?«

Sie konnte ihre Gehirne beinahe arbeiten sehen. Claire selbst schaute nicht viel fern, aber ihr verstorbener Freund Ian war süchtig nach den *Sopranos* gewesen.

»Na ja, sein Vater und sein Bruder waren beide Mafiosi, nicht?«, sagte Justine.

»Und seine Mutter war ein verrücktes Miststück«, fügte Miguel hinzu.

Claires Hand ging automatisch in Miguels Richtung. »Erzählen Sie uns mehr darüber«, ermutigte sie ihn.

»Sie war zum Beispiel kalt. Sie sagte etwas, und hinterher behauptete sie, es nie gesagt zu haben. Sie hat Tony ständig enttäuscht. Sie nannte ihn in einem Augenblick einen guten Sohn, und im nächsten schrie sie ihn an, er sei ein *puto,* weil er nicht so hart ist wie sein Vater. Sie hat sogar versucht, ihn zusammenschlagen zu lassen.«

Er sagte es ohne die für ihn typische Großspurigkeit, ruhig, als wäre es eine Tatsache. Für Claire war es wie ein Blick darauf, wie Miguel das epigenetische Erbe seiner Eltern möglicherweise überwinden könnte.

»Miguel hat es genau erfasst«, sagte sie. »Was passiert, wenn eine Schwangere Kokain oder Heroin nimmt?«

»Das Kind kommt als Junkie zur Welt«, antwortete Wesley, der bis jetzt größtenteils geschwiegen hatte.

»Okay, sagen wir also, Sie hatten eine Mutter wie die von Tony«, fuhr Claire fort und sah echtes Interesse und Konzentration in den Gesichtern ihrer Studenten. »Was denken Sie, könnte geschehen?«

»Ich würde den Rest meines Lebens auf der Couch eines Psychiaters verbringen, wenn ich keine Antidepressiva einwerfe«, sagte Wesley gleichmütig. »Genau wie er.«

»Oder sein Sohn«, ergänzte Cory, »der sich zu einem richtigen Verrückten entwickelt hat.«

Claire nickte. »Genau, und die Wissenschaft stützt diese Aussagen. Eine 2010 veröffentlichte Studie wies eine Verbindung von Missbrauch in der Kindheit – sexueller oder körperlicher Art, oder auch nur in der verbalen Form, wie Tony ihn durch seine Mutter erfuhr – mit verkümmerter Aktivität eines Gens nach, das die Hormone reguliert, die wir unter massivem Stress freisetzen.«

»Wenn dich deine Eltern also die ganze Zeit anschreien, hast du keine Chance«, sagte Kara.

»Und sie müssen nicht einmal das tun. Eine andere Studie aus dem Jahr 2011 hat festgestellt, dass die Kinder von Eltern, die in den ersten drei Jahren ihrer Elternschaft unter starkem Stress standen, epigenetische Spuren an bestimmten Genen aufwiesen, die immer noch da waren, als die Kinder fünfzehn waren.«

»Und bis dahin ist das Kind wahrscheinlich bereits in Schwierigkeiten geraten, und es ist zu spät«, meinte Wesley, während Professor McClure unauffällig auf seine Uhr deutete, weil die Zeit um war.

»Richtig«, sagte Claire. »Und an dieser Stelle machen wir für heute Schluss.«

Die Studenten klappten ihre Laptops zu und dankten Claire, ehe sie zu ihren nächsten Kursen aufbrachen. »Ausgezeichnet gemacht, Claire«, sagte McClure begeistert. »Sie haben sie wirklich gefesselt.«

»Kara hat mir gewissermaßen den Arsch gerettet«, meinte Claire nachdenklich. »Ich wünschte, mir wäre die Soprano-Geschichte selbst eingefallen.«

»Darf ich Ihnen einen Rat geben?«, fragte McClure in einer Art, die Claire an ihren Vater erinnerte.

»Ich nehme jeden Rat an, den Sie haben«, antwortete sie.

»Machen Sie sich keinen Stress wegen dieser Sache«, sagte McClure freundlich und schlüpfte in ein uraltes kariertes Sakko mit Revers in einer Breite, die vor langer Zeit außer Mode gekommen war. »Wenn man zu unterrichten anfängt, glaubt man am Anfang, man müsse alles wissen. Aber wirklich zum Lehrer wird man erst, wenn man das Geheimnis entdeckt hat – dass man mehr von seinen Studenten lernen kann, als einem jedes Buch beizubringen vermag. Oder ihnen.«

Claire konnte sich ein Grinsen nicht verkneifen, als sie sich eine Haarsträhne aus dem Gesicht strich. Ihr früherer

Mentor hatte auf seinem Totenbett etwas Ähnliches zu ihr gesagt – dass er so viel von ihr gelernt habe. Sie hatte bis jetzt nicht wieder daran gedacht. Sie fühlte sich McClure dadurch näher und war stolz auf sich, als sie den Raum verließ.

Der Gebäudekomplex der medizinischen Hochschule nahm einen kompletten Straßenzug zwischen der First und der Second Avenue in Kips Bay ein, eine wild wuchernde Mischung aus alten und neuen Gebäuden mit dem Krankenhaus und den Büros der Verwaltung, mit Lehrgebäuden, Forschungseinrichtungen und Studentenwohnungen. Normalerweise legte man den Weg vom Campus des Colleges in fünf Minuten zurück, aber Claire musste feststellen, dass sie auf dem überfüllten Gehsteig kaum vom Fleck kam, da eine Motorradeskorte die First Avenue entlangraste, ohne Frage auf dem Weg zu den Vereinten Nationen. Sie verfluchte sich innerlich, weil sie vergessen hatte, dass der Präsident heute in der Stadt war und zur Generalversammlung sprach. Wie konnte er es wagen, die Stadt lahmzulegen, wenn eine Patientin auf sie wartete? Sie brauchte zusätzliche fünf Minuten, allein um die Straße zu überqueren, und würde nun garantiert zu spät kommen.

Als sie das MSU Hospital schließlich erreichte, stürmte sie aus dem Aufzug und hoffte, sie würde es in ihr Büro schaffen, ehe Fairborn ihre Abwesenheit bemerkte. Aber schon nach wenigen Schritten ertönte wie befürchtet eine Stimme hinter ihr.

»Guten Morgen, meine Liebe.«

Die Aufrichtigkeit, die aus ihr klang, verstärkte Claires schlechtes Gewissen. Dr. Lois Fairborn leitete die psychiatrische Abteilung der MSU seit mehr als zehn Jahren und hatte dazu jetzt noch das Kommando über das

Forschungsprojekt in Forensischer Psychiatrie geerbt, in dem Claire gerade ihr zweites Jahr als Stipendiatin anfing. Fairborn war gepflegt, Anfang sechzig, mit silbernem Haar, das sie seit kurzem nicht mehr kastanienbraun färbte. Heute trug sie ein anthrazitfarbenes Armani-Kostüm und mehrere Reihen Perlen. Ihr Gesicht war vollkommen entspannt.

»Tut mir leid, dass ich zu spät komme«, sagte Claire und schnappte nach Luft.

»Kein Problem«, antwortete Fairborn. »Ich bin einfach davon ausgegangen, dass Sie noch in dem Kurs sind. Wie lief es?«

»Besser, als ich dachte«, erwiderte Claire. »Die Studenten scheinen mich zu mögen. Aber das wissen Sie bereits.«

»Ertappt«, sagte Fairborn lächelnd. Die Beziehung der beiden ging über das übliche Geplauder hinaus, seit Claire einmal in der Woche in Therapie zu ihrer Mentorin ging. Sie kannte Fairborn inzwischen relativ gut und hatte richtig angenommen, dass McClure Claires Fortschritte bereits gemeldet hatte. Und Fairborn wusste, dass sie es wusste.

»Und wie kommen Sie sonst klar?«

Claire schwieg und überlegte, wie sie antworten sollte.

»Gut. Es geht mir gut«, erwiderte sie.

»Ich glaube, ich habe Rosa Sanchez vor Ihrer Tür warten sehen«, sagte Fairborn.

Claire lächelte und sah auf die Uhr. »Meine Musterpatientin. Zu früh dran wie immer.«

Aber sie hatte noch nicht einmal die Visite bei ihren anderen, stationären Patienten gemacht. Fairborn schien ihre Gedanken zu lesen.

»Ich kümmere mich um Ihre Patienten.«

»Danke«, sagte Claire, froh, dass sie Rosa nicht warten lassen musste.

»Gern geschehen, meine Liebe«, erwiderte Fairborn, machte aber keine Anstalten weiterzugehen. Was Claire signalisierte, dass ihre Unterhaltung noch nicht zu Ende war.

»Gibt es noch etwas, Dr. Fairborn?«

»Ich hatte in letzter Zeit den Eindruck, als würde Sie etwas beschäftigen. Ist alles in Ordnung?«

Claire holte noch einmal tief Luft und beschloss, die Wahrheit zu sagen. »Ich habe wieder Albträume.«

»Wie sieht Ihr Terminkalender heute aus?«, fragte Fairborn besorgt.

»Voll.«

»Kommen Sie vorbei, wenn Sie frei sind«, schlug Fairborn vor.

»Danke«, sagte Claire. »Das werde ich tun.«

Er manövrierte den Wagen durch den dichten morgendlichen Berufsverkehr in Manhattan. Er hatte ausgiebig nach dem richtigen Auto gesucht, für genau den Zweck, dem er sich heute widmen wollte. Einen Wagen zu besitzen war irrwitzig kostspielig in Manhattan, und einen Parkplatz zu finden war eine nervtötende Angelegenheit. Und auch wenn er froh war, ihn bald wieder los zu sein, entging ihm die Ironie nicht. Fahren beruhigte ihn, besonders hier, denn auch das war ein Weg, aus Chaos Ordnung zu erschaffen. So viele Fahrzeuge, die um die beste Position rangelten, die hupten und die Reifen quietschen ließen, und am Ende kam jedes am richtigen Ziel an. Das in seinem Fall nur wenige Blocks entfernt lag. Er warf einen Blick auf die Uhr am Armaturenbrett und lächelte. Er würde doch noch rechtzeitig eintreffen.

Rosa Sanchez stand vor der Tür zu Claires Büro. Als Claire sich näherte, sah sie, dass ihre hübsche vierundzwanzigjährige Patientin, der das dunkelbraune Haar fast bis in die Augen hing, tief bedrückt wirkte.

»Was ist los, Rosa?«, fragte Claire besorgt, als sie ihre Bürotür aufsperrte. Sie bemerkte, dass Rosa zitterte, als sie zusammen eintraten.

»Die Jugendbehörde sagt, dass ich meine Babys noch immer nicht sehen darf«, antwortete die junge Frau und ließ sich auf das bequeme dunkelgrüne Veloursledersofa fallen. Zusammen mit dem braunen Ledersessel, in dem Claire saß, war es der einzige farbige Gegenstand in einem ansonsten nüchtern-funktionell eingerichteten Büro. Nichts hing an den Wänden, nicht einmal Claires Diplome. Sie hatte das Büro nach der Rückkehr von ihrer Beurlaubung gewechselt und es mit der Zeit gemütlicher machen wollen. Aber dann hatte sie immer zu viel zu tun gehabt. Oder sich nicht dazu aufraffen können. Sie wusste selbst nicht, was von beidem.

»Erzählen Sie mir alles, von Anfang an«, drängte Claire.

Claire wusste das meiste davon bereits. Vor sechs Monaten war es Rosa richtig gut gegangen. Sie hatte nachts Bürogebäude gereinigt und das so ausgezeichnet gemacht, dass sie Larry Merchant, dem Eigentümer der Reinigungsfirma, aufgefallen war, der sie zur Schichtleiterin in den Bürotürmen eines seiner wichtigsten Kunden befördert hatte. Die damit verbundene höhere Bezahlung erlaubte Rosa und ihrem Mann Franco (der bei der New Yorker Müllabfuhr arbeitete), mit ihren beiden Kindern, zwei Mädchen im Alter von drei und vier, aus ihrer beengten Zweizimmerwohnung in der südlichen Bronx in eine saubere Vierzimmerwohnung am Grand Concourse im Viertel Fordham Manor zu ziehen.

Das Leben meinte es gut mit ihr. Bis zu einer Nacht kurz nach Beginn ihrer neuen Tätigkeit, als sie Larry

Merchant lächelnd auf sich zukommen sah. Er äußerte sich zufrieden, weil alles blitzsauber war, dann zog er Rosa in das Büro des CEO und begann sie ohne Umschweife zu betatschen. Als Rosa sich weigerte, ihn zu befriedigen, und ihn wegstieß, drohte Larry nicht nur damit, sie zu feuern, sondern sie außerdem der Einwanderungsbehörde zu melden. Rosa, die sich nichts gefallen ließ, erwiderte, sie sei im Lincoln Hospital in der Bronx zur Welt gekommen und damit ebenso sehr Amerikanerin wie er, und wenn sie ihm einen blasen müsse, um ihren Job zu behalten, könne er ihn sich sonst wo hinstecken. Dann marschierte sie zur Tür hinaus.

Und schnurstracks in das nächste Polizeirevier, wo sie Anzeige gegen Larry Merchant wegen sexueller Nötigung erstattete.

Als die Polizisten Larry am nächsten Morgen verhafteten, erzählte er eine ganz andere Geschichte. Er behauptete, Rosa habe ihn angemacht, und als er ihre Avancen zurückwies, habe sie gedroht, seiner Frau zu erzählen, dass er eine Affäre habe, und nur deshalb habe er sie überhaupt befördert.

In der Welt der Polizei war das der klassische Fall, in dem bei sexueller Nötigung Aussage gegen Aussage stand. Rosas Wort gegen Larrys. Es gab keine Zeugen. Rosa wies keine Spuren eines Übergriffs auf.

Der Detective der Abteilung für Sexualstraftaten, der sich Rosas Geschichte anhörte, präsentierte den Fall einer Bezirksstaatsanwältin, die zu dem Schluss kam, dass die Sache von Anfang an verloren war. Sie wies den Detective an, Larry wieder auf freien Fuß zu setzen.

Rosa war angewidert, ihr machte nur Mut, dass der Schweinehund sie zumindest nicht feuern konnte, weil sie bereits von sich aus gekündigt hatte. Sie war überzeugt, sie und Franco würden zumindest eine Zeitlang mit nur seinem Gehalt über die Runden kommen.

Doch damit fingen ihre Schwierigkeiten erst an.

Eine Woche später kam Franco von der Arbeit nach Hause und verkündete, ihre Ehe sei vorbei. Er würde sie wegen einer Frau verlassen, mit der er seit fast einem Jahr ein Verhältnis habe. Als Rosa ihn auf Unterhalt für die Kinder ansprach, sagte er, sie hätte mit ihrem Boss schlafen sollen, um ihren Job zu behalten, und wenn sie auch nur einen Cent von ihm sehen wolle, müsse sie ihn vor Gericht bringen.

Rosa ging sofort zu einem Geldwechsel in der Nachbarschaft, den sie schon oft benutzt hatte, und löste zwei Schecks über je fünftausend Dollar ein. Die Eigentümer zögerten, ihr so viel Geld auszuzahlen, aber sie kannten Rosa und mochten sie, und als sie ihnen ihre Situation erklärte, tat sie ihnen leid. Und Franco hatten sie nie gemocht. Also gaben sie ihr das Geld, mit dem sie drei Monatsmieten für ihre Wohnung bezahlte.

Unglücklicherweise hatte Franco die Konten der beiden bereits leergeräumt.

Als Rosas Schecks platzten, riefen die Eigentümer der Wechselstube die Polizei.

Rosa erklärte dem Detective, der sie verhaftete, unter Tränen, sie habe keine Ahnung gehabt, dass ihr Bankkonto leer sei, und es täte ihr leid.

Der Detective hatte Mitleid mit ihr und empfahl der zuständigen Bezirksanwaltschaft von einer Anklage abzusehen, da keine Absicht vorgelegen habe und somit auch keine Straftat begangen worden sei. Dort sah man den Fall jedoch als leichten Sieg an und klagte Rosa wegen zweimaligen Betrugs an.

Plötzlich sah sich Rosa, die bisher nicht den kleinsten

Ärger mit dem Gesetz gehabt hatte, sieben Jahren Gefängnis gegenüber. Sie wurde vor Gericht gestellt, für schuldig befunden und ins Singer Center gebracht, das einzige Frauengefängnis unter den zehn Haftanstalten, aus denen Rikers Island, das berüchtigte Gefängnis der Stadt New York, bestand. Ihre Mutter Maria versprach, die Kinder so oft wie möglich vorbeizubringen. Sie hielt Wort, solange sie konnte, und kam mindestens einmal wöchentlich mit den beiden zu Besuch. Aber schließlich musste Maria wieder sechs Tage in der Woche arbeiten gehen, um sich und die Kinder durchzubringen, und Rosa sah ihre Kleinen nur noch zweimal im Monat.

Und dann wurde alles noch sehr viel schlimmer.

Rosa wurde zum Dienst im Speisesaal eingeteilt, wo sie half, die Mahlzeiten für ihre Mitgefangenen zuzubereiten und zu servieren. Zwar gab es in den Zellentrakten der weiblichen Gefangenen nur weibliche Vollzugsbeamte, der Aufseher über den Speisesaal und die dort arbeitenden Frauen jedoch war ein Mann namens Jack Storm – ein passender Name angesichts seines aufbrausenden Temperaments.

Storm fand Gefallen an der hübschen, zierlichen Rosa.

Eines Abends, nicht lange, nachdem sie ihren Dienst im Speisesaal angetreten hatte, war sie zum Saubermachen nach dem Abendessen eingeteilt. Sie kam gerade mit einem Besen aus einer Putzkammer, als Storm sie rückwärts wieder hineinschob, die Tür schloss und sie betatschte.

Rosa sagte, er solle aufhören. Storm reagierte mit einem Schlag auf ihren Kopf.

Dann zog er ihr die Hose herunter, zwang sie, sich zu bücken, und vergewaltigte sie.

Als er fertig war, sagte er, falls Rosa jemandem von ihrer Begegnung erzählte, wäre der nächste Schlag an den Kopf tödlich.

Die Frauen, die Rosa blutend in der Kammer fanden, warnten sie davor, den Vorfall zu melden. Sie war nicht Storms erstes Opfer, und der Rest von ihnen wusste, dass man am besten mit dem Mann zurechtkam, wenn man ihm einfach gab, was er wollte. Sie versicherten Rosa, ihre Strafe würde dann reibungsloser verlaufen. Rosa nickte und sagte, sie habe verstanden.

Am nächsten Tag rief sie ihren Pflichtverteidiger an, der seinerseits die Special Victims Unit Queens anrief.

Nur wenige Stunden später erschien der Anwalt mit einem Teddybär von Detective namens Vito und einer richterlichen Anordnung, Rosa in Schutzhaft zu verlegen.

Man brachte sie ins Elmhurst Hospital, wo sie untersucht und forensische Beweise für die Vergewaltigung gesammelt wurden. Dann machte sie in der Dienststelle der SVU in Forest Hills ihre Aussage bei Detective Vito.

Vito erklärte ihr, er habe einen Informanten in Rikers, der genau über die Vorgänge informiert sei und Rosas Geschichte erhärtete. Er würde Rosa in einem Hotel unterbringen und rund um die Uhr bewachen lassen, während das Labor der städtischen Gerichtsmedizin den DNA-Test von dem bei ihr genommenen Abstrich im Eilverfahren durchführte. Er versuchte Jack Storm seit Jahren zu erwischen, aber keines seiner Opfer sei bisher zu einer Aussage bereit gewesen. Detective Vito fragte Rosa, ob sie vor Gericht gegen dieses Ungeheuer aussagen würde, damit er nie mehr eine Frau zum Opfer machen konnte.

Rosa sagte Ja. Und bei den nachfolgenden Ereignissen wurde ihr beinahe schwindlig.

Storm wurde verhaftet, man entnahm ihm eine DNA-Probe und verglich sie mit der DNA des in Rosa gefundenen Samens. Es gab eine hundertprozentige Übereinstimmung.

Als sich die Geschichte unter den weiblichen Insassen herumsprach, meldete sich mehr als ein Dutzend Frauen, die behaupteten, sie seien wie Rosa Storms Opfer. Und wie Rosa waren sie alle Ersttäterinnen, die keine Gewaltverbrechen begangen hatten und eine kurze Strafe absaßen.

Storm wurde der Vergewaltigung und sexuellen Nötigung in zweiundvierzig Fällen angeklagt. Die Beweise gegen ihn waren wasserdicht.

Die Stadt nahm mit Dr. Fairborn Kontakt auf und fragte an, ob ihre psychiatrischen Stipendiaten zur Verfügung stünden, um Storms Opfer zu beurteilen und zu überprüfen, ob sie für eine vorzeitige Entlassung in Frage kamen, und um sie zu betreuen, da sie als Opfer sexueller Übergriffe fraglos unter einer posttraumatischen Belastungsstörung litten.

Fairborn stimmte zu und teilte Claire Rosa Sanchez zu, da sie ihr zutraute, Rosa aus dem erlittenen Trauma herauszuhelfen.

Claire stellte nicht nur fest, dass Rosa eine Kandidatin für eine vorzeitige Freilassung war, sondern dass sie von vornherein nie in ein Gefängnis gehört hätte. Sie und ihre Kollegen in dem Programm fällten ein ähnliches Urteil bei jedem Einzelnen der siebzehn übrigen Opfer von Storm und empfahlen ihre sofortige Entlassung aus Rikers sowie eine Aussetzung der Strafe auf Bewährung, wo es als nötig erachtet wurde.

Binnen einer Woche kamen sämtliche Frauen auf Bewährung aus dem Gefängnis frei. Keine von ihnen musste jedoch gegen den Vollzugsbeamten aussagen, der sie überfallen hatte, denn am Abend vor dem Prozess setzte sich Jack Storm mit einer 9mm-Glock in einen Fernsehsessel in seinem im Siebzigerjahre-Stil holzverkleideten Wohnzimmer und pustete sich das Gehirn aus dem Schädel.

Jetzt half Claire Rosa dabei, mit der Vergewaltigung fertigzuwerden und die Trümmer ihres Lebens wieder zusammenzusetzen. Jedes Gespräch begann und endete mit den beiden Dingen, die ihr am wichtigsten waren: mit ihren Kindern.

»Die Frau von der Jugendbehörde sagte, solange ich auf Bewährung bin, darf ich sie nicht sehen«, erzählte Rosa.

»Das ist absurd«, erwiderte Claire und meinte es auch so. »Sie haben den Kindern nie etwas getan. Sie lieben sie. Ich rede mit ihr und sehe zu, ob ich etwas mit ihr vereinbaren kann.«

Rosa beruhigte sich ein wenig. »Ich dachte, es würde großartig sein, aus dem Gefängnis zu kommen«, sagte sie, »aber jetzt habe ich Angst.«

»Wovor haben Sie Angst?«, fragte Claire.

»Dass ich nicht in der Lage sein werde, eine gute Mutter für sie zu sein. Dass ich immer die Mutter sein werde, die im Gefängnis war.«

Es schmerzte Claire zu sehen, wie diese junge Frau, die unverschuldet schon so viel durchgemacht hatte, in solche Selbstzweifel stürzte. »Rosa«, sagte sie, »Sie sind eine Kämpferin.« Weiter kam sie nicht, ehe die Tränen aus Rosas Augen strömten. Claire gab ihr ein Taschentuch und fuhr fort: »Alles, was Ihre Kinder wissen oder wissen müssen, ist, dass Sie ihre Mutter sind. Sie lieben sie. Und glauben Sie mir, Ihre Kinder wissen das jetzt, weil Sie alles, was Sie getan haben, für sie getan haben.«

Rosa nickte und wischte sich die Augen, aber sie war nicht überzeugt. »Es ist nur … man denkt, das Leben verläuft nach Wunsch, und dann passiert auf einmal etwas Schlimmes. Und danach ist man nicht mehr frei, weil man ständig darauf wartet, dass die nächste schlimme Sache passiert, verstehen Sie?«

Ja, dachte Claire, *das weiß ich besser, als du dir jemals vorstellen könntest.*

Laut sagte sie: »Ich verstehe genau, was Sie meinen. Aber das Leben ist eine Reise. Ich bin hier, um Ihnen zu helfen. Wenn Sie weiter die Musterpatientin bleiben, die Sie bisher waren, gibt es keinen Grund, warum Ihr Leben nicht wieder so werden sollte wie früher.«

»Mit allem?«, fragte Rosa.

Claire lächelte. »Und ein bisschen was dazu«, sagte sie aufmunternd. »Wie ist es: Haben Sie noch Albträume?«

»Immer weniger«, antwortete Rosa. Sie beschrieb sie – ein Mann, der sie jagte und immer beinahe einholte –, aber Claires Gedanken schweiften ab. Sie überlegte, dass sie eine Art Seelenverwandte Rosas war, dass ihr Leben und das dieser wenig gebildeten, aber nichtsdestoweniger selbstsicheren jungen Frau parallel verliefen.

Warum kann ich nicht im Frieden mit mir sein? Warum fühle ich mich nicht frei, mein Leben zu leben? Was hält mich zurück? »Dr. Waters?«, fragte Rosa. »Alles in Ordnung mit Ihnen?«

Claire bemühte sich, die Fassung wiederzugewinnen. Früher hätte sie versucht, es zu überspielen. Aber sie war zu der Erkenntnis gelangt, dass Ehrlichkeit gegenüber ihren Patienten am besten war.

»Tut mir leid, Rosa. Ich habe wohl ein wenig vor mich hin geträumt«, entschuldigte sie sich, stand auf und streckte die Hand aus. »Kommen Sie, ich begleite Sie zur Eingangshalle.«

Er parkte den Wagen am Straßenrand in einer Ladezone und legte die Plastikkarte auf das Armaturenbrett, damit er keinen Strafzettel bekam oder abgeschleppt wurde. Diese Karte, die Ausrüstung, die er zwischen den beiden Vor-

dersitzen platziert hatte, sowie Marke und Modell der unscheinbaren Limousine selbst, würden garantieren, dass dieser Wagen, nach dem er lange gesucht und den er für genau diesen Zweck gekauft hatte, bei seiner Rückkehr noch da war.

Dann ging er rasch – aber ohne Aufmerksamkeit zu erregen – um die Ecke, zu einer Stelle auf der gegenüberliegenden Straßenseite des riesigen Gebäudes. Er sah wie jeder andere der Millionen Anzug tragenden Geschäftsleute aus, die durch das Chaos von Manhattan eilten. Auch wenn er wusste, dass er anders war als alle anderen und stolz darauf, war er heute zufrieden damit, einfach mit ihnen zu verschmelzen. Anonymität war genau das, was er jetzt brauchte. Er wusste, er war rechtzeitig eingetroffen. Er würde nur noch wenige Minuten zu warten haben.

Claire und Rosa gingen schweigend durch die Eingangshalle. Rosas ernster Gesichtsausdruck vermittelte Claire das Gefühl, ihre Patientin gekränkt zu haben, weil sie in der Sitzung mit den Gedanken abgeschweift war. Sie beschloss, das Problem frontal anzugehen, blieb stehen und wandte sich der jungen Frau zu.

»Rosa, was ich da oben getan habe, war unverzeihlich. Es hätte nicht passieren dürfen, dass ich in Gedanken woanders bin. Ich verspreche, es kommt nicht wieder vor.«

Nun schien sich Rosa noch unwohler zu fühlen. »Doktor, ich will mich nicht in fremde Angelegenheiten mischen. Aber bitte sagen Sie nicht, dass es Ihnen leidtut. Sie haben mir so viel geholfen …« Sie brach ab, unschlüssig, wie sie den Satz beenden sollte.

»Sie sind wirklich erstaunlich, Rosa«, sagte Claire. »Und danke, dass Sie fragen, aber ich komme klar.«

»Wir sehen uns am Donnerstag?«, fragte Rosa zögerlich, als erwartete sie, dass ihre Therapeutin verneinte.

»Natürlich«, erwiderte Claire. »Rufen Sie mich an, wenn Sie etwas brauchen.«

Rosa verließ das Gebäude, während Claire kehrtmachte und zum Aufzug eilte. Am Ende brauchte sie für ihre Sitzungen mit Rosa immer ein wenig mehr Zeit. Sie hatte noch eine halbe Stunde bis zum nächsten Termin und gehofft, in dieser kurzen Zeit nach ihren stationären Patienten sehen zu können.

Sie stürmte in einen offenen Aufzug und betrachtete sich im Spiegel. *Verdammt, ich habe mein Stethoskop vergessen.*

Sie drückte den Knopf für den zweiten Stock. Als die Tür aufging, rannte sie zu ihrem Büro, holte das Stethoskop und schlüpfte in die flachen Schuhe, die sie auf Visite immer trug (seitdem sie einmal mit ihren hohen Absätzen in den Körperflüssigkeiten eines Patienten ausgerutscht war). Sie wollte schon wieder aus dem Zimmer rennen, als ein Blitz sie auf das Frühjahrsgewitter aufmerksam machte, das sich draußen zusammenbraute.

Sie sah aus dem Fenster, von wo sie einen weiten Blick über die Second Avenue hatte. Unten auf der Straße fiel ihr etwas ins Auge, und ihre schlimmsten Befürchtungen schienen wahr zu werden.

Ein Mann im dunklen Anzug führte Rosa den Gehsteig entlang.

In Handschellen.

»Nein!«, rief Claire aus und stürzte aus der Tür.

Sie rannte die zwei Stockwerke nach unten, stürmte durch die Eingangshalle und lief auf die Straße hinaus. Dort blickte sie in die Richtung, in die der Mann im Anzug Rosa weggeführt hatte. Doch sie sah nur, wie der ohnehin schon zähflüssige Verkehr auf der Second Avenue vollends zum Stillstand kam und ein Meer schwarzer Regenschirme sich nahezu gleichzeitig öffnete, als es schließlich zu schütten begann.

Rosa und der Mann waren verschwunden.

Einige Regentropfen landeten in Claires Gesicht, und sie zog sich in den Krankenhauseingang zurück. Eine Kälte überlief sie, die nichts mit dem Wetter zu tun hatte, sondern damit, dass dies ein erschreckend vertrauter Moment in ihrem Leben war.

3

»Aber ich verstehe nicht«, bellte Claire in das Telefon auf ihrem Schreibtisch. »Wie kann es sein, dass sie nicht aktenkundig ist bei Ihnen?«

Eine Stunde, nachdem sie gesehen hatte, wie der Mann im Anzug Rosa in Handschellen wegführte, war sie einer Antwort darauf, wo sich ihre Patientin befand oder warum sie verhaftet worden war, keinen Schritt näher gekommen.

Wenn sie verhaftet worden war.

Sie sah ständig auf die Second Avenue hinaus, wo sowohl der Regen als auch der Verkehr schwächer geworden waren, und hoffte, der Polizeibeamte am anderen Ende der Leitung war endlich der richtige und konnte ihre Frage beantworten.

Denn es war nicht ihr erster Anruf. Nachdem sie ihren restlichen Patienten für den Tag abgesagt hatte, war sie darangegangen, Rosas Aufenthaltsort herauszufinden. Die Ereignisse des vergangenen Jahres hatten Claire eine unerwartete, aber gründliche Einführung in das innere Gefüge der New Yorker Polizei beschert. Sie hatten ihr außerdem Zutritt zu den Polizisten selbst verschafft; es gab sehr wenige, die nicht wussten, wer sie war und was sie getan hatte.

Als ihr also ein Polizeineuling im örtlichen Revier erklärte, Rosa sei nicht zu ihnen gebracht worden, versuchte sie es bei den Detectives in der Bronx, die die junge Frau wegen der ungedeckten Schecks verhaftet hatten. Ohne Erfolg. Doch man hatte ihr geraten, es bei Central Booking in Lower Manhattan zu versuchen, der Stelle, zu der alle Festnahmen von den örtlichen Revieren aus weitergeleitet wurden.

Das tat sie umgehend und sprach jetzt mit einem nicht unfreundlichen, aber zweifellos gelangweilten Sergeant, dessen Namen sie schon wieder vergessen hatte.

»Wahrscheinlich ist sie noch nicht erfasst«, sagte er. »Ehe Ihre Rosa Sanchez nicht im Computer ist und hierher transportiert wird, wissen wir nicht, dass sie existiert. Verstehen Sie, Doc?«

Claire holte Luft. Was immer mit Rosa geschehen war, es war nicht die Schuld dieses Mannes.

»Ja«, antwortete sie, »ich verstehe. Tut mir leid, wenn ich Ihnen das Leben schwer gemacht habe.«

Der Sergeant lachte. »Gnädigste, wenn Sie wissen wollen, was einem das Leben schwer macht, kommen Sie uns mal besuchen. Das war ein Kinderspiel. Wiederhören.«

Dann war die Leitung tot. Wenigstens hatte der Typ Humor. Aber als sie an ihrem faden Behördenschreibtisch das Telefon auflegte, tröstete sie das so wenig wie das öde Büro selbst. Claire wusste, der Sergeant würde sich nicht allzu sehr bemühen, eine von Hunderten von Verhafteten ausfindig zu machen, die womöglich nur ihre Bewährungsauflagen verletzt hatte.

Sie stand auf, ging zum Fenster und sah forschend hinaus, als könnte Rosa plötzlich auf wundersame Weise unter den Menschenmassen auf der Straße auftauchen. Es war Wunschdenken, und sie wusste es. Dann gingen ihre Gedanken in eine andere Richtung.

Habe ich etwas übersehen? War ihr bescheidenes Auf-

treten nur gespielt, und ich habe es nicht bemerkt oder nicht bemerken wollen? Hat sie eine weitere Straftat begangen, von der sie mir nichts erzählt hat?

So rasch die Fragen auftauchten, verwarf Claire sie wieder. Sie hatte den Charakter von Menschen immer sehr gut beurteilen können. Ihre Fähigkeit, Menschen zu lesen, hatte ihr ihr ganzes Leben hindurch gute Dienste geleistet. Rosa war genau das, wofür Claire sie hielt: eine hart arbeitende junge Frau, die von Umständen, die sie nicht beeinflussen konnte, geschluckt und zum Opfer gemacht worden war.

So wie die Stadt da draußen sie vor einer Stunde geschluckt hatte.

Claire schwor sich, alles zu tun, um Rosa zu finden.

Sie ging wieder an ihren Schreibtisch, auf dem noch Rosas Akte lag. Sie öffnete sie und begann darin herumzublättern, um vielleicht noch etwas zu entdecken, an das sie nicht gedacht hatte. Da läutete ihr Handy, auf dem Display stand »Cecil Ward«, Rosas Bewährungshelfer. Wards Bild tauchte vor ihrem geistigen Auge auf: ein schlanker Schwarzer, mit der Ausstrahlung eines Menschen, der schon alles gesehen hat. Sie nahm das Gespräch an.

»Cecil«, sagte sie, »danke, dass Sie so schnell zurückrufen.«

»Sie sagten, es sei dringend, und eine solche Nachricht haben Sie bisher kein einziges Mal hinterlassen«, meinte Cecil. »Was ist los? Ist unsere Kleine nicht aufgetaucht, oder was?«

»Doch, sie ist sehr wohl aufgetaucht, aber sobald sie von hier wegging, hat ein Zivilpolizist sie in Handschellen abgeführt.«

»Im Ernst?«, rief Cecil aus und klang nicht weniger fassungslos, als sie selbst war. Claires Hoffnungen sanken.

»Ich dachte, Sie könnten vielleicht wissen, wer es war, oder zumindest, warum.«

»Herrgott, die Frau ist wie eine Schweizer Uhr«, sagte Cecil. »Mir ist nicht das kleinste Fehlverhalten bekannt, und ein Haftbefehl gegen sie wäre umgehend auf meinem Schreibtisch gelandet.«

»Gibt es irgendwen, den Sie anrufen können?«, fragte Claire.

Nach zweiundzwanzig Berufsjahren war Cecil ein Veteran der Bewährungshilfe, und er wusste so gut wie Claire, dass Rosa nicht zu seinen Klienten gehörte, bei denen ein Verschwinden wahrscheinlich war. Er mochte Rosa, er fühlte beinahe so mit ihr wie Claire. Und er vertraute Claire; Rosa war ihr dritter gemeinsamer Fall. Er wusste, sie würde nicht grundlos Alarm schlagen.

»Moment mal, lassen Sie uns noch einmal rekapitulieren«, sagte Cecil, auch um Claire zu beruhigen. »Sie haben mit eigenen Augen gesehen, wie es passiert ist?«

»Ja«, antwortete Claire. »Von meinem Bürofenster aus.«

»Ihr Büro im zweiten Stock des Krankenhauses.«

»Sie waren auf der anderen Straßenseite der Second Avenue.«

»Das Gesicht des Mannes haben Sie also sicher nicht gesehen.«

Claire überlegte angestrengt, doch sie hatte nur den Rücken des Mannes im Blick gehabt. »Alles, was ich gesehen habe, waren ein schwarzer Anzug und die Handschellen.«

»Könnte es ein FBI-Mann gewesen sein? Oder dass es irgendwie mit der Einwanderungsbehörde zu tun hat?«

»Sie wissen doch genau, dass Rosa in der Bronx zur Welt gekommen ist, Cecil«, sagte sie, stand auf und ging wieder zum Fenster.

»Tut mir leid, Doc. Aber manchmal nimmt die Ausländerpolizei die Leute erst mit und stellt hinterher Fragen. Ich rufe die Detectives an, die sie in der Bronx verhaftet haben, und den Typ von der Abteilung für Sexualdelikte in Queens, der den Fall ihrer Vergewaltigung bearbeitet hat. Was halten Sie davon?«

»Vito von der SVU in Queens wäre mein nächster Anruf gewesen«, sagte Claire. »Bei den andern beiden habe ich es schon versucht. Aber ich befürchte, es handelt sich um irgendeine blödsinnige Anzeige, hinter der ihr Exmann steckt, und ich will nicht, dass sie deswegen in Schwierigkeiten gerät.«

Cecil schwieg einen Moment. »Hört sich an, als wäre sie bereits in Schwierigkeiten«, sagte er. »Sie versuchen mich hier aber nicht zu verscheißern, oder?«, fügte er vorsichtig an.

»Warum sollte ich das tun?«, fragte Claire. Sie hatte Mühe, ihn über die Sirene eines Rettungswagens der Feuerwehr unten auf der Straße zu verstehen.

»Na ja, zum Beispiel, weil Rosa heute in Wirklichkeit nicht zu ihrem Termin erschienen ist und Sie ›glauben, Sie hätten einen Mann gesehen‹, der sie in Handschellen wegführte, weil Sie nicht wollen, dass ich sie wegen Verletzung ihrer Bewährungsauflagen nach Rikers zurückschicke.«

»Cecil, wenn ich Rosa irgendwie zu schützen versuchte, wieso um alles in der Welt sollte ich Sie dann überhaupt anrufen?«, sagte Claire und hob die Stimme dabei. »Rosa hat in den zwei Monaten seit ihrer Freilassung nicht eine Sitzung verpasst. Sie ist jedes Mal zu früh da.«

»Nur die Ruhe, Doc, Sie müssen mich nicht überzeugen. Ich höre mich mal ein bisschen um und sage Ihnen, was ich in Erfahrung bringe. Falls ich etwas in Erfahrung bringe.«

»Danke, Cecil.« Sie legte auf und wusste, sie würde nicht stunden- oder gar tagelang auf einen Rückruf von Cecil warten wollen.

Sie wandte sich wieder der Akte zu, die offen vor ihr lag. Alles, was sie über das Leben ihrer Patientin wissen musste, stand darin. Hier musste sie anfangen zu suchen.

Es war kurz vor Mittag, als Claire den makellos sauberen Flur entlangeilte und um die Ecke zu Dr. Fairborns Büro bog. Kaum hatte sie geklopft, stand Fairborn schon vor ihr und sah sofort an Claires Gesichtsausdruck, dass etwas nicht stimmte.

»Was ist passiert?«, fragte sie und schob Claire in ihr geräumiges Büro, das mit bequemen Möbeln in Erdtönen und geschmackvollen, aber unaufdringlichen Drucken und Gemälden eingerichtet war. Sie wollte sich gerade auf ihren üblichen Platz setzen, einen Sessel mit hoher Lehne gegenüber dem Sofa, als Claire schon anfing, ihr von Rosa zu erzählen und was sie unternommen hatte, um ihre verschwundene Patientin ausfindig zu machen. »Ich habe es ein halbes Dutzend Mal auf ihrem Handy versucht und Nachrichten hinterlassen, weil sie nicht geantwortet hat. Und ich habe bereits ihren Bewährungshelfer angerufen. Er forscht nach ihrem Verbleib.«

Fairborn hörte zu, und sie wusste, dass Claire ihr etwas verschwieg. »Sie glauben, dass ihr etwas zugestoßen ist«, sagte sie.

Claire nickte, auch wenn sie es nicht laut aussprechen wollte. »Ich weiß nicht, warum, aber so ist es, ja«, gab sie zu.

»Nun«, begann Fairborn, »es könnte auch eine vernünftige Erklärung dafür geben.« Claire blickte abrupt auf, als wäre der Gedanke, dass an der Geschichte etwas vernünftig sein könnte, von vornherein Unsinn. Aber Fairborn drängte weiter. »Ich weiß, Rosa war immer gewissenhaft, aber selbst die entgegenkommendsten Patienten erzählen uns nicht alles.«

»Rosa kommt seit einem Monat zweimal die Woche zu mir«, sagte Claire und nahm die Schärfe aus ihrer Stimme. »Wenn sie etwas zu verbergen versuchte, wüsste ich es inzwischen.«

Fairborn forderte Claire mit einer Handbewegung auf, Platz zu nehmen, aber Claire blieb stehen. Sie war zu aufgewühlt, um sich zu setzen. Also versuchte es Fairborn auf einem anderen Weg. »Trotzdem, wir alle haben Geheimnisse, und manche Leute können sie sehr viel besser bewahren als andere«, sagte sie. »So gut Sie auch sind – und Sie sind die Beste, die ich hier habe –, es ist nicht ausgeschlossen, dass Rosa etwas getan hat, für das sie sich so schämt, dass sie es Ihnen nicht gesagt hat, und dass sie dafür verhaftet wurde.«

»Was soll ich dann tun?«, fragte Claire.

Fairborn wusste instinktiv, was Claire wollte: ihren Segen dafür, nach Rosa zu suchen. Und es war das Letzte, was Fairborn ihr geben wollte.

»Sieht aus, als hätten Sie alles getan, was Sie im Augenblick tun konnten«, meinte sie mit jener beruhigenden Stimme, die für Claire inzwischen eine Stütze war. »Jetzt können wir nur noch abwarten.«

Claire hatte auf das Aquarell einer Stadtlandschaft im Regen an der gegenüberliegenden Wand geblickt. Aber als sie Fairborn ansah, bohrte sich der Blick ihrer Mentorin in ihre Augen, als wollte sie ihr eine Botschaft ins Gehirn brennen. Auch wenn es auf eine sanfte Art geschah, hatte sie einen direkten Befehl von ihrer Vorgesetzten bekommen. Der General befahl dem einfachen Soldaten, sich zurückzuhalten. Es war das erste Mal, dass es geschah, und Claire wusste, dass sie besser nicht widersprach.

»Okay«, erwiderte sie und ging zur Tür. »Ich habe verstanden.«

Es war ein unangenehmer Moment für Fairborn, die ihre Starschülerin bisher nie in ihre Schranken weisen musste. »Bitte geben Sie mir Bescheid, wenn Sie etwas hören«, sagte Fairborn, während Claire hinausging; sie brachte den Satz kaum zu Ende, ehe die Tür zufiel.

Im Flur blieb Claire stehen und lehnte sich an die Wand, allein, voll Zweifel. Sie brachte ihrer Mentorin ungeheure Achtung entgegen – die Frau war im letzten Jahr wie eine zweite Mutter für sie gewesen. Aber Claire wurde das Gefühl nicht los, dass Rosa in mehr als nur rechtlichen Schwierigkeiten steckte. Bei dem Gedanken lief es ihr kalt über den Rücken, und sie kannte das Gefühl gut. Sie hatte es schon als Kind immer gehabt, wenn sie ein »Nein« zur Antwort bekam.

In diesem Augenblick entschied sie, dass sie nicht auf die Polizei oder irgendwen sonst zu warten bereit war, um etwas über Rosas Schicksal zu erfahren.

Sie musste es selbst in die Hand nehmen. Sie würde Rosa finden.

Das mit Graffiti übersäte, heruntergekommene vierstöckige Mietshaus im Stadtteil Soundview in der Bronx war ein Atavismus, ein Dinosaurier in seinen letzten Tagen, ehe ihn das Aussterben in Form der Gentrifizierung ereilte, die sich noch in die verrufensten Viertel ausbreitete. Claire öffnete zögerlich die demolierte Eingangstür des Gebäudes und wurde von einem überwältigenden Uringestank begrüßt, der sie zwang, durch den Mund zu atmen, um nicht zu würgen.

Sie stieg die abgenutzte hölzerne Treppe hinauf, als ein Zug der Linie 6 einen halben Block entfernt über die Hochbahngleise der Westchester Avenue rumpelte und noch den Lärm der Autos übertönte, die einen Block weit in die andere Richtung über den Bronx River Parkway dröhnten. Claire fragte sich, wie man, wenn man hier wohnte, einen klaren Gedanken fassen oder schlafen konnte.

Sie fand die im ersten Stock gelegene Wohnung und klopfte an die Sperrholztür. Sie hörte Schritte und eine weibliche Stimme.

»Wer ist da?«

»Ich suche nach Franco Rodriguez«, sagte Claire.

Die Tür ging so weit auf, wie es die Sicherheitskette erlaubte. Eine junge Frau mit dunklem Teint und Haar gab sich keine Mühe, den lavendelblauen BH und das passende Höschen zu verbergen, während sie durch den Schlitz spähte. Claire schätzte sie auf nicht älter als zwanzig.

»Sind Sie von den Bullen?«, fragte die Frau, mutmaßlich Francos Freundin.

Claire beschloss, die Frage nicht zu beantworten und zu sehen, wohin sie es führte. »Ich muss mit ihm reden«, sagte sie. »Über seine Frau.«

Die junge Frau schüttelte den Kopf und schloss die Tür. Einen Moment lang dachte Claire, sie wäre weggegangen. Aber dann hörte sie, wie die Kette entfernt wurde, und die Tür ging wieder auf. Die junge Frau blockierte den Eingang. Sie wollte Claire nicht hereinlassen, aber ihr fiel auf die Schnelle kein guter Grund ein, es ihr zu verwehren.

»Franco, die Bullen sind da wegen Rosa«, rief sie und verschwand durch eine Tür, die vermutlich ins Schlafzimmer führte.

»Danke«, rief Claire ihr nach und sah sich um. Die Wohnung war ein Loch. Eine Durchgangswohnung mit

Fenstern, die auf ein anderes Gebäude hinausgingen, das so nahe war, dass kaum natürliches Licht in die Räume fiel. Das mutmaßliche Wohnzimmer war nichts weiter als ein Holzboden, auf dem schäbige, gebrauchte Möbel standen, die aussahen, als wären sie von der Straße aufgesammelt worden. Claire hörte Gespräche und das Klappern von Geschirr von dem Coffeeshop darunter, als wäre er im Nachbarzimmer.

Zwei weitere Züge rumpelten draußen vorbei, ein kleineres Erdbeben, das das Gebäude erzittern ließ. Claire fragte sich, was Franco veranlasst hatte, die komfortable Wohnung, die er mit Rosa und den Kindern geteilt hatte, für dieses Höllenloch einzutauschen.

Als der Lärm von den Zügen nachließ, hörte Claire einen wütenden Wortwechsel auf Spanisch hinter der Tür, durch die die Freundin verschwunden war. Urplötzlich endete das Geschrei, die Tür ging auf, und Franco Rodriguez schaute finster, als er Claire erblickte.

»Sie ist nicht von der Polizei«, rief er über die Schulter und schlug die Tür wütend zu.

Dann konzentrierte er seinen Zorn auf Claire. »Wieso lügen Sie meine Freundin an?«, fragte er und zog ein schmutziges T-Shirt über den kräftigen Oberkörper; beide Arme waren grün und rot mit Bildern der Jungfrau Maria und von Harleys tätowiert. Seine Knie lugten durch große Löcher in der zerschlissenen Pyjamahose, die er trug.

»Ich habe nicht gelogen«, sagte Claire trotzig. »Sie hat gefragt, und ich habe einfach nicht geantwortet.«

Ihre erste Begegnung war genauso feindselig gewesen. Claire hatte Franco im Rahmen des Sorgerechtsprozesses für die beiden Kinder befragen müssen. Sie hatte Franco schnell als einen Fall von pathologischem Jähzorn ausgemacht, eine Diagnose, die ihre ausführlichen Gespräche mit den Kindern bestätigt hatten. Franco wollte, dass die Kinder bei ihm lebten. Rosa wollte natürlich, dass sie bei ihrer Mutter untergebracht wurden. Rosa gewann aufgrund der Empfehlung, die Claire gegenüber einem Familienrichter aussprach, und Franco war gezwungen, Unterhalt an seine künftige Exschwiegermutter zu zahlen, was ihn maßlos ärgerte.

»Was zum Teufel wollen Sie?«, fragte Franco.

»Sie, damit Sie mir sagen, wo Rosa ist«, gab Claire im gleichen Ton zurück. Es brachte Franco zum Grinsen.

»Ach, ist sie Ihnen etwa abgehauen, Mama?«, höhnte er und amüsierte sich plötzlich prächtig.

Claire dachte nicht daran, ihm etwas zu verraten, deshalb nahm Franco an, dass er richtiglag. »Ich habe Ihnen gleich gesagt, Sie sollen nicht zu sehr auf sie setzen«, sagte er und schob sein Gesicht vor ihres. »Und wieso kommen Sie an und erzählen mir das?«

»Weil«, antwortete Claire und wich nicht einen Millimeter zurück, »Sie vermutlich wissen, wohin sie gegangen sein könnte, wenn sie eine Weile von der Bildfläche verschwinden wollte.«

Als Franco sah, dass er Claire nicht einschüchterte, wandte er sich ab, nahm eine Colaflasche von einem wackligen Tisch und trank einen Schluck. »Wieso glauben Sie, dass ich das wüsste?«

Claire sah ihre Chance. »Sie waren mit ihr verheiratet«, sagte sie energisch, aber nicht so nachdrücklich, dass es klang, als versuchte sie seine Männlichkeit zu bedrohen.

»Na und?«, gab Franco zurück.

»Sie sind immer noch ein Vater«, entgegnete Claire. »Ob Sie mit ihr zusammen sein wollen oder nicht, sie ist immer noch die Mutter Ihrer Kinder, und diese Kinder brauchen Rosa. Sie brauchen sie mehr als Sie oder das hier«, schloss sie und gestikulierte in der heruntergekommenen Wohnung umher.

Aus irgendeinem Grund – und zu Claires Überraschung – zeigten ihre Worte tatsächlich Wirkung bei Franco. Er sah sie an und senkte den Blick, und Claire wusste, er schämte sich. Schließlich blickte er wieder auf und deutete zu der geschlossenen Schlafzimmertür.

»Manchmal macht man eben Fehler, wenn Sie wissen, was ich meine. Zum Beispiel, dass man als Mann mit dem falschen Körperteil denkt.«

Bei dieser Selbsterkenntnis begann Claire ihn beinahe zu mögen. Und es verschaffte ihr den Zugang, den sie brauchte. Sie setzte eine mitfühlende Miene auf und sprach in einem beifälligen Ton.

»Niemand ist perfekt, Franco«, sagte sie. »Und es erfordert Größe, sich anzusehen und es zu erkennen.«

Franco nickte. »Ich habe Mist gebaut, Doc«, erwiderte er. »Ich weiß es, glauben Sie mir. Und ich vermisse die Kinder. Zwei Tage in der Woche sind nicht genug.«

Zum ersten Mal, seit sie ihn kannte, benahm sich Franco tatsächlich wie ein Mensch. Er tat Claire ein wenig leid.

»Sie wissen wirklich nicht, wo Rosa sein könnte?«, fragte sie.

»Ich schwöre es, ich weiß es nicht«, antwortete Franco. »Aber sie würde die Kinder niemals zurücklassen. Ich höre mich mal um, okay? Und wenn ich was erfahre, rufe ich Sie sofort an.«

Claire glaubte ihm. So viel Kooperation hatte sie noch nie von dem Mann erfahren, und sie musste sie angemessen erwidern.

»Und wenn ich etwas höre, rufe ich Sie ebenfalls an«, sagte sie.

Franco nickte, zu einer deutlicheren Bekundung von

Dankbarkeit war er nicht fähig, dann öffnete er die Wohnungstür. »Sie sollten ihre Mutter fragen. Sie weiß immer Bescheid, was mit Rosa los ist.«

»Mein nächster Besuch«, versicherte sie ihm im Hinausgehen. »Danke.«

Sie eilte die Treppe hinunter so schnell sie konnte, diesmal hielt sie den Atem an, bis sie im Freien war, wo sie die feuchte, verschmutzte Luft der Bronx tief einatmete. Claire sah zu den dunkelgrau drohenden Wolken hinauf und verfluchte sich, weil sie ihren Regenschirm nicht mitgenommen hatte. Dann ging sie forschen Schritts in Richtung der U-Bahn-Station und hoffte, sie erreichte sie, bevor es wieder zu schütten anfing.

Der zweite Regenguss des Tages war in vollem Gang, als Claire einige Minuten später die Hochbahn am Halt Southern Boulevard verließ. Sie rannte zum Schutz unter die Treppe, die auf die Straße hinunterführte, und hoffte, ein Taxi zu finden, das sie bis zur Wohnung von Rosas Mutter brachte. Doch dann fiel ihr ein, wo sie war. Yellow Cabs kamen in der Regel nur in die südliche Bronx, wenn sie einen Fahrgast absetzen mussten, der in Manhattan, Queens oder Brooklyn zugestiegen war.

Sie suchte unter der Markise einer Versicherungsagentur Schutz und sah sich nach einem schwarzen Livery Cab um. Es waren jedoch keine zu sehen, was bei diesem Wetter alles andere als überraschend war. Sie schaute gerade, ob es in der Ladenzeile ein Geschäft gab, das möglicherweise Regenschirme verkaufte, als sie einen Stadtbus entdeckte, auf dessen Anzeige als Endhaltestelle Hunts Point angegeben war. Claire rannte mit ihren hohen Schuhen so gut wie möglich über die rutschige Straße und schaffte es einzusteigen, ehe die Türen sich schlossen.

Der Empfang bei Rosas Mutter und die Wohnung, in der sie mit ihren Enkelkindern lebte, hätten sich nicht deutlicher von Claires Besuch bei Franco unterscheiden können. Maria Lopez, so zierlich wie ihre Tochter, das Haar noch natürlich dunkel mit Ende vierzig, umarmte Claire, als wäre diese ein weiteres ihrer Kinder.

»Ich bin so froh, dass Sie vorbeikommen«, sagte Maria, bat sie herein und schloss die Tür. Claire sah sich um, ihr Blick ging zu den Fotos von Maria mit Rosa und ihren beiden Enkelkindern, beide mit den dunklen Augen und dem dunklen Teint ihrer Eltern. Die Möbel im Wohnzimmer waren alt, aber gut erhalten, darunter ein betagtes, aber weiches Sofa. Ein Kruzifix hing an einer Wand über einem Tischchen mit weiteren Fotos der Familie. Das größte Bild stand in der Mitte des Tischs: Rosa in ihrem weißen Kommunionkleid.

Als sich Claire in die Sofakissen fallen ließ, verglich sie unwillkürlich Marias sauberes, warmes, einladendes Heim mit Francos kaltem und abstoßendem Rattenloch.

»Es ist immer schön, Sie zu sehen, Maria«, erwiderte Claire und meinte es aufrichtig so. Rosas Mutter war eine unerschütterliche Stütze gewesen bei allem, was ihre Tochter durchgemacht hatte. Als Rosa verhaftet wurde, gab Maria ihren Job als Kassiererin in einem kleinen Feinkostladen in der Nachbarschaft auf und griff ihre Ersparnisse an, um sich um ihre Enkel zu kümmern. Obwohl es sie kränkte, dass Rosa nicht um Hilfe oder Geld bat, als Franco sie verließ, respektierte sie auch, dass ihre Tochter versuchte, es allein zu schaffen. Maria war immer überzeugt, dass Rosa kein Unrecht begangen hatte, auch als das Justizsystem etwas anderes sagte und sie zu einer Gefängnisstrafe verurteilte.

Claire fand, dass Maria, genau wie Rosa, nach allem,

was geschehen war, eine Pause verdient hatte. Sie fürchtete sich davor, die Nachricht zu überbringen.

»Wenn Sie gekommen sind, um die Kinder zu sehen«, fing Maria an, »ich habe sie heute Morgen in die Tagespflege gebracht. Ich habe einen Arzttermin.«

»Es geht nicht um die Kinder. Haben Sie heute schon mit Rosa gesprochen?«, fragte Claire vorsichtig.

Zu ihrer Überraschung hellte sich Marias Gesicht auf. »Ja, und ist das nicht wunderbar?«, sagte sie.

Ihre Hochstimmung verflog, als sie Claires Verwirrung bemerkte. »Hat Ihnen Rosa nicht erzählt, was passiert ist?«, fragte Maria.

Claire wusste, sie musste vorsichtig sein. »Sie wissen, dass ich Ihnen nicht verraten darf, worüber Rosa und ich sprechen.«

»Na ja, sie hat wohl …«, begann Maria und unterbrach sich dann abrupt.

»Sie hat wohl was, Maria?«, fragte Claire.

Maria zögerte und sah zu dem Tisch mit den Fotos ihrer Tochter darauf. »Es ist nur … also, ich will nicht, dass sie Schwierigkeiten bekommt.«

»Wenn Rosa etwas Falsches getan hat«, sagte Claire voller Mitgefühl, »dann muss ich es wissen, weil ich ihr helfen kann, selbst wenn sie ein Verbrechen begangen hat …«

»Meine Tochter hat nichts Unrechtes getan«, warf Maria sofort ein. »Sie versucht nichts weiter, als sich und den Kindern ein besseres Leben zu ermöglichen.«

»Wie könnte sie dann Probleme bekommen?«, fragte Claire. Ihre Stimme beruhigte Maria und entwaffnete sie vollkommen. Sie senkte den Blick, beschämt, weil sie laut geworden war. Dann holte sie tief Luft, nachdem sie offenbar beschlossen hatte, dass die Wahrheit ihre beste Wahl war.

»Sie ist nach Connecticut gefahren«, sagte Maria. Claire nickte, ihr Gesicht verriet nichts, sie hoffte auf mehr. Aber sie verstand Marias Furcht. Rosa hätte die Erlaubnis ihres Bewährungshelfers gebraucht, wenn sie den Staat New York aus irgendeinem Grund verließ, und die hatte sie eindeutig nicht eingeholt.

Aber das ist die geringste von Rosas Sorgen. Rosa ist nicht in Connecticut. Ich habe sie heute Morgen erst gesehen. In Handschellen. Das alles ergibt keinen Sinn. Warte. Denk nach.

Claire brauchte mehr Informationen. »Rosa weiß, dass sie in New York bleiben soll«, sagte sie zu Maria.

»Aber es ging um einen Job!«, rief die ältere Frau frustriert aus. »Um einen guten Job! Ich war so aufgeregt, als der Mann anrief ...«

Bei Claire schrillten sämtliche Alarmglocken, sie verlagerte das Gewicht, um Haltung zu bewahren. »Welcher Mann, Maria?«, fragte sie.

»Der Mann von dem Reinigungsunternehmen. In Hartford.« Maria stand auf und ging zu einem betagten roten Klavier, das vermutlich so furchtbar klang, wie es aussah.

»Erzählen Sie mir, was der Mann gesagt hat«, drängte Claire. Sie wusste, sie musste vorsichtig zu Werke gehen.

Die Worte sprudelten nur so, Maria konnte ihre Aufregung kaum bezähmen. »Er sagte, seine Firma will meiner Rosa eine Stelle als Schichtleiterin bei der Reinigung des Bürogebäudes von einer großen Versicherung anbieten. Er hat angerufen, um Bescheid zu geben, dass Rosa zum Vorstellungsgespräch nach Hartford hinaufgefahren ist.«

»Maria, hat Rosa noch etwas darüber gesagt, bevor sie heute früh gegangen ist?«

»Nein, sie hat gesagt, sie geht erst noch zu Ihnen. Aber als der Mann angerufen hat, wusste ich, dass Rosa es mir nicht erzählt hatte, damit ich mir nicht zu viele Hoffnungen mache. Oder sie davon abhalte zu fahren.«

»Was hat der Mann sonst noch gesagt?«

»Dass sie Rosa einen Haufen Geld bezahlen, genug, damit sie nach Hartford ziehen und ein Haus kaufen kann. Und dass ich bei ihr wohnen und mich um die Kinder kümmern kann.«

Claire hatte Mühe, ihre Angst im Zaum zu halten.

»Haben Sie darum gebeten, mit Rosa zu sprechen?«

»Natürlich«, erwiderte Maria, »aber der Mann sagte, sie ist damit beschäftigt, Papiere auszufüllen. Und dann meinte er, es könnte sein, dass sie Rosa über Nacht in einem Hotel in Connecticut einquartieren würden.«

»Hat der Mann seinen Namen gesagt?«

»Ja, und ich habe ihn aufgeschrieben. Thomas Smith.«

»Dann haben Sie seine Nummer also in Ihrem Handy?«

»Nein, er hat Rosas Gerät benutzt. Er sagte, seinem ist der Saft ausgegangen.«

Das bestätigte Claires schlimmste Ahnungen. Sie wusste jetzt, dass Rosa in großer Gefahr war. Dennoch hielt sie sich zurück, um Maria nicht unnötig zu beunruhigen.

Claire stand von der Couch auf. Sie warf einen Blick auf sich selbst in einem ovalen Spiegel an der Wand und überzeugte sich, dass ihr Gesicht nichts als Anteilnahme ausdrückte. Sie legte Maria die Hand auf die Schulter und sprach mit ruhiger Stimme, auch wenn sie sich alles andere als ruhig fühlte. »Maria, Sie müssen etwas sehr Wichtiges für mich tun. Rosa wird anrufen, um sich nach den Kindern zu erkundigen, oder?«

»Natürlich. Und um ihnen gute Nacht zu sagen.«

»Wenn sie es tut, müssen Sie ihr sagen, sie soll mich anrufen, auf der Stelle. Sie wird es nicht tun wollen, aber sie muss. Und Sie rufen mich ebenfalls an, wenn sie sich gemeldet hat – oder wenn sie sich nicht meldet, Sie rufen mich auf jeden Fall an. Okay?«

»Ja, ist gut. Stimmt etwas nicht?«

Claire musste vorsichtig sein. »Na ja, ich wünschte, sie hätte mir erzählt, was sie vorhat. Ich muss alles wissen. Von ihr selbst. Damit ich sie aus Schwierigkeiten heraushalten kann.«

»Ich verstehe«, sagte Maria. »Danke.«

Sie schlang die Arme um Claire, dankbar, dass sie nicht die Einzige war, die auf ihre Tochter achtgab. »Grüßen Sie die Kinder von mir«, sagte Claire, löste sich aus Marias Umarmung und verließ die Wohnung.

Als die Tür hinter ihr zufiel, blieb sie mit schwerem Herzen stehen, weil sie Maria so vieles verheimlicht hatte, und stützte sich an der Wand ab. Sie wusste, Rosa würde weder ihre Mutter noch sonst jemanden anrufen. Rosa war nicht in Hartford, Connecticut, und nicht in irgendeiner Polizeidienststelle. Die Tatsache, dass Rosas sogenannter Arbeitgeber ihr Handy benutzt hatte, bestätigte Claires schlimmste Befürchtungen.

Rosa ist entführt worden. Und ich habe große Angst um sie.

Ein Donnerschlag riss Claire aus ihrer momentanen Lähmung. Sie hielt sich mit einer Hand am Geländer fest und stieg die Treppe hinunter. Claire hasste Gewitter seit ihrer Kindheit. Schlimme Dinge schienen in ihrem Leben immer während eines Gewitters zu passieren. Und ohne Frage geschah mit Rosa gerade etwas Schlimmes.

Wenn es nicht bereits passiert ist. Konzentrier dich. Denk nach.

Sie holte tief Luft und ließ sie langsam wieder entweichen, und ihr Kopf schaltete endlich von nackter Panik zu dem logischen Denken, das sie jetzt brauchte.

Wenn Rosa tatsächlich von jemandem entführt worden war, der sich als Polizeibeamter ausgab, dann war sie, Claire, wahrscheinlich die einzige relevante Zeugin. Doch sie konnte unmöglich in ein Polizeirevier marschieren und eine solche Anschuldigung vorbringen.

Sie dachte an das letzte Jahr zurück. Als sie in einer ähnlichen Situation gewesen war und die Sache selbst in die Hand genommen hatte. Und wie es zum Tod ihres Lebensgefährten geführt hatte.

Claire trat auf den Gehsteig hinaus und stellte fest, dass es nur noch tröpfelte und sogar ein Fleck blauer Himmel sichtbar war. In ihrem Kopf formte sich ein Plan.

Sie gestand sich ein, dass ihr die Sache über den Kopf wuchs. Sie brauchte Hilfe. Sofort. Von dem letzten Menschen, den sie darum bitten wollte.

Aber sie wusste, sie musste es tun. Weder sie noch Rosa hatten eine andere Wahl.

4

Claire stürzte aus dem Taxi und lief durch den Regen zu dem Backsteinbau, eine Zeitung über dem Kopf. Ein Mann im Regenmantel öffnete gerade die Eingangstür des Gebäudes. Er hielt sie ihr auf und lächelte, als Claire schnurstracks durch die Tür in die Eingangshalle eilte. Sie war dankbar, nicht nur weil der Mann keine Fragen stellte, sie war sich auch nicht sicher gewesen, ob die Person, die sie hier besuchen wollte, sie überhaupt eingelassen hätte.

Sie stopfte die durchnässte Zeitung in einen Abfalleimer neben dem Eingang, schüttelte ihre Hände trocken und bemühte sich, nicht an das letzte Mal zu denken, als sie die zwei Stockwerke hinaufgestiegen war. Doch als sie schließlich vor Apartment 3A stand und die Hand an den Messingklopfer legte, wurde sie von ihren Gefühlen übermannt, und sie verharrte einen Moment wie erstarrt, als wäre sie in einem immer wiederkehrenden Albtraum gefangen, aus dem es kein Entrinnen gab. Sie war schon einmal hier gewesen, es war eines der schlimmsten Erlebnisse ihres Lebens, und sie hatte das letzte Jahr zum großen Teil mit dem Versuch verbracht, diesen Ort und alles, was auf der anderen Seite dieser Tür geschehen war, zu vergessen.

Diesmal ist es ähnlich, nur dass anstelle meines Lebens das von Rosa in Gefahr ist. Und ich werde nicht wieder dieselben Fehler machen.

Ein heftiger Donnerschlag ließ das Gebäude erzittern

und erinnerte Claire an jenen schwärzesten Tag vor vielen, vielen Jahren, als sie noch ein Kind war und den Moment erlebte, der den restlichen Verlauf ihres Lebens bestimmte: Ihre beste Freundin Amy war vor ihren Augen entführt und ihr für immer geraubt worden. Claire empfand dieselbe Furcht wie damals, die Angst, dass sie Rosa nie wiedersehen würde.

Aber diesmal würde sie handeln, bevor es zu spät war.

Sie schob ihre Gefühle beiseite, packte den Klopfer und schlug ihn zweimal an das Holz. Kaum hatte sie losgelassen, näherten sich Schritte. Aber es waren nicht die, die sie erwartet hatte. Sie waren leiser, leichter.

Weiblich.

Sie hörte, wie die Abdeckung des Spions beiseitegeschoben wurde, dann ein scharfes Einatmen hinter der Tür. Als das Schloss beinahe hektisch aufgesperrt wurde, erwartete Claire, das verängstigte kleine Mädchen vor sich zu sehen, das sie vor einem Jahr kennen gelernt hatte, vielleicht ein wenig älter geworden.

Aber dann stand zu Claires Überraschung ein wunderschöner, lächelnder Teenager vor ihr. Eine junge Frau mit seidigem brünettem Haar und den durchdringenden blauen Augen, die sie ohne Frage von ihrem Vater geerbt hatte. Diese Augen waren jetzt feucht und groß und sahen Claire an, als wäre diese ein lange verschollen gewesenes Familienmitglied.

»Claire«, sagte das Mädchen, erkennbar begeistert, sie zu sehen, und schlang die Arme um sie.

Er hörte den Namen durch die Tür und setzte sich in dem Bett auf, in dem er viel zu viel Zeit verbrachte, wie er sehr wohl wusste. Er drehte den Kopf, um auf die Uhr auf dem Nachttisch zu schauen, aber er sah sie nicht, und ihm wurde klar, dass er den Kopf inzwischen weiter drehen musste. Es war nur eine Frage der Zeit, bis er es sich ganz sparen konnte. Der Tunnel, auf den sein Sehvermögen geschrumpft war, war im Lauf des letzten Jahres noch enger geworden, es war ein Abgrund, auf dessen Boden es überhaupt kein Licht mehr geben würde.

Sein Gehör dagegen war nie besser gewesen. Als er den Namen hörte, dachte er im ersten Moment, er würde träumen. Aber die Unterhaltung da draußen überzeugte ihn schließlich, dass er sehr wohl wach war. Und keine Spur vorzeigbar.

Er sprang aus dem Bett, ging zu seinem Schrank und zog sich zum ersten Mal seit Tagen wieder etwas Richtiges an.

»Mein Gott, Jill, du bist ja richtig erwachsen geworden«, war alles, was Claire herausbrachte, als sie die Umarmung erwiderte und plötzlich spürte, wie sich ihre Nervosität wegen ihres Besuchs auflöste.

»Als ich Sie das letzte Mal gesehen habe, sind wir um unser Leben gerannt«, sagte Jill. »Kommen Sie rein, bevor der Hund entwischt.«

Claire trat ein und sah sich um. Ihr Besuch im vergangenen Jahr war kurz, und die Umstände waren erschreckend gewesen, und sie hatte kaum Zeit gehabt, die Wohnung in Augenschein zu nehmen. Sie wusste nur noch, dass sie zwar nicht schmutzig, aber höchst unordentlich und voll gewesen war. Jetzt sah sie die frisch gestrichene eisblaue Wand im Flur, an der Familienfotos hingen. Ein neues, jungfräulich aussehendes braunes Ledersofa im Wohnzimmer und Sessel, die auf einen Flachbildfernseher ausgerichtet waren, der nach Claires Schätzung mindestens sechzig Zoll haben musste.

Aber man nahm auch eine weibliche Hand wahr. Eine Vase mit hochwertigen kunstlichen Forsythien stand auf einem runden Tisch aus Kirschholz. Und alles war penibel sauber und ordentlich. Claire brauchte einen Moment, bis sie begriff, dass die Frau, die das bewirkt hatte, kein neues Familienmitglied war, sondern der lächelnde Teenager, der vor ihr stand.

»Wie geht es Ihnen?«, fragte Jill. »Oder besser gesagt, wo haben Sie gesteckt?«

Claire war überrascht von der Frage und beschloss augenblicklich, Jill nichts als die Wahrheit zu sagen. »Ich habe eine Auszeit genommen«, gab sie zu. Und dann wunderte sie sich, warum Jill gefragt hatte. »Hast du versucht, Kontakt mit mir aufzunehmen?«

Jill nickte. »Einmal. Vor ungefähr sechs Monaten. Ich habe im Krankenhaus angerufen, aber es hieß, Sie seien nicht mehr dort.«

Claire fühlte sich schlecht, weil sie nicht da gewesen war, um Jills Anruf entgegenzunehmen. »Es war nicht so wichtig; ich wollte Sie nur etwas fragen«, fuhr Jill fort, als hätte sie Claires Gedanken gelesen.

Sie wollte gerade antworten, als das Klirren eines Hundehalsbands sie auf einen freundlichen Schäferhund aufmerksam machte, der sich ihr näherte, um sie zu beschnuppern.

»Ich kann mich gar nicht erinnern, dass ihr einen Hund hattet«, sagte Claire.

»Er heißt Cisco«, erklärte Jill. »Er hilft Dad zurechtzukommen, wenn er unterwegs ist.«

Claire nickte. Sie hatte befürchtet, es würde dazu kommen. »Dann ist dein Vater also …«

»So gut wie blind in der Nacht«, bestätigte Jill.

»Und tagsüber?«

»Da ist es nicht so schlimm, aber toll ist es auch nicht. Er kann Gott sei Dank noch die Zeitung lesen. Und es war sein Vorwand für diesen Monsterfernseher.«

»Der ist wirklich groß«, bestätigte Claire und dachte, dass Jill weder wie ein Teenager sprach noch sich wie einer benahm. »Wie geht es Katie?«, erkundigte sie sich nach Jills jüngerer Schwester.

»Langsam wieder besser. Sie hat Nannas Tod wirklich schwergenommen …« Jill brach ab, als sie Claires schockiertes Gesicht sah. »Sie wussten es nicht, oder?«

»Wann ist das passiert?«, fragte Claire und ohrfeigte sich innerlich noch mehr, weil sie nicht in Kontakt geblieben war.

»Sie wussten es nicht«, wiederholte Jill, der jetzt klar wurde, dass ihr Vater und Claire seit Monaten nicht miteinander gesprochen hatten.

»Ich hätte es erfahren müssen«, stammelte Claire. »Dein Vater und ich … wir haben uns eine Weile nicht gesehen. Es tut mir so leid.«

»Danke«, sagte Jill und klang ein wenig zu sehr nach der Erwachsenen, die sie noch längst nicht sein sollte. »Es ist etwa einen Monat nach … dieser ganzen Geschichte passiert.« Sie sah Claire in die Augen, sie wussten beide, dass sie den Irrsinn des vergangenen Jahres meinte. »Nanna hatte Schmerzen im Bauch, und sie ließ geistig nach. Bis Dad sie endlich überzeugte, zum Arzt zu gehen, war es zu spät. Sie hatte Bauchspeicheldrüsenkrebs im Endstadium.«

»Drei Wochen später war sie tot«, ertönte eine vertraute männliche Stimme aus dem Flur, wo Nick Lawler auftauchte, bequem gekleidet in Jeans und ein T-Shirt der Mets. Seine ernste Miene wurde weicher, und er nahm Claires Hände.

»Detective Lawler«, sagte Claire und lächelte.

»Dr. Waters«, erwiderte er, erkennbar froh, sie zu sehen. *Oder vielleicht froh, dass er mich noch sehen kann,* dachte Claire. »Welchem Umstand verdanken wir diesen so erfreulichen wie überraschenden Besuch?«

Claire war nicht bewusst, dass sie lächelte, bis ihr einfiel, worüber sie gerade gesprochen hatten, und ihren Ton änderte. »Es tut mir schrecklich leid wegen Ihrer Mutter.«

»Danke«, sagte Nick. »Wenigstens ging es schnell. Wir haben sie direkt ins Hospiz gebracht, sie haben sie mit Morphium vollgepumpt, und sie hat nichts gespürt.«

»Das ist gut«, erwiderte Claire und schränkte dann ein. »Falls so etwas überhaupt gut sein kann.«

Was rede ich hier für Blödsinn, dachte sie. Sie hatte diese Szene in Gedanken ein Dutzend Mal durchgespielt auf dem Weg hierher und sich gefragt, was für ein Gefühl es sein würde, den Mann wiederzusehen, der ihr nicht nur das Leben gerettet, sondern auch geholfen hatte, dieses schreckliche Kindheitserlebnis, das sie prägte, zu einem Abschluss zu bringen. Sie verdankte Nick viel, tatsächlich so viel, dass es ihr peinlich war, in Kontakt mit ihm zu bleiben. Sie war überzeugt gewesen, er würde ihr mit Gleichgültigkeit begegnen, da sie einfach so ohne Erklärung verschwunden war. Doch als sie jetzt vor ihm stand, sah sie, dass Nicks Grinsen nicht das einzige Merkmal in seinem Gesicht war, das sie nicht erwartet hatte. Er trug den Beginn eines Barts zur Schau, etwa eine Woche alt, schätzte Claire.

Wow, steht ihm wirklich gut …

Nick sah immer noch so gut aus, wie ihn Claire in Erinnerung hatte, ein paar Fältchen mehr in den Augenwinkeln und das Haar mit einem Hauch von Silber, von dem sie letztes Jahr noch nichts bemerkt hatte. An seiner schlanken, muskulösen Figur hatte sich nichts geändert. Er ging offenbar immer noch täglich ins Fitnessstudio.

Dann riss sie sich von derlei Betrachtungen los. Sie hatte nie zugelassen, dass seine Anziehungskraft zwischen ihnen eine Rolle spielte. Nick schien ihr Unbehagen zu spüren und wandte sich an seine Tochter, um die Situation aufzulösen.

»Schon fertig mit den Hausaufgaben?«, fragte er.

»Die Schule ist so gut wie vorbei, Dad«, sagte Jill und sprach zum ersten Mal wie der Teenager, der sie war, in diesem »Seid ihr doof oder was«-Ton, in dem Jugendliche mit ihren Eltern reden. Aber sie verstand, was Nick sagen wollte.

»Ich lasse euch beide mal allein«, sagte sie und lächelte Claire an. »Lassen Sie sich nicht in Schwierigkeiten bringen von ihm.«

»Mache ich nicht«, erwiderte Claire und wandte sich wieder Nick zu, bemüht, sich nicht einzugestehen, dass in seinen Augen dasselbe Funkeln stand, das sie nicht vor ihm verbergen konnte.

»Sie ist schon richtig erwachsen, Ihre Tochter«, sagte Claire, um das Schweigen zu brechen.

»Das sind sie beide und viel schneller, als ich es mir gewünscht hätte«, antwortete Nick und führte Claire ins Wohnzimmer, wo er sich in einen bequemen braunen Ledersessel fallen ließ, der gut zu der neuen Couch passte. Sein Gesicht war leicht dem Fenster zugeneigt. Claire nahm an, er beobachtete die Regentropfen an der Scheibe, solange er es noch konnte.

Nach einer Weile sprach Nick. »Die Mädchen haben ihre Großmutter geliebt. Sie hat sich gut um sie gekümmert. Und dann starb sie so schnell, dass sie kaum Zeit hatten, sich zu verabschieden.«

»Sie machen einen Entwicklungsschritt, um die Leere zu füllen«, sagte Claire. »Das ist normal nach dem Verlust eines Elternteils.«

»Sie hätten es nicht tun müssen, wenn ihre Mutter noch

leben würde«, erwiderte Nick und sah weiter aus dem Fenster.

Er gibt sich immer noch die Schuld, erkannte Claire.

»Zum Glück haben sie einen starken Vater«, versuchte sie ihn aufzumuntern.

»Einen blinden Vater«, erinnerte sie Nick. »An diesem Punkt bin ich eine Beleidigung für alle Väter.«

»Sie tun, was Sie können«, sagte Claire, die das Bedürfnis unterdrückte, zu ihm zu gehen, und sich bemühte, nicht nach Psychiaterin zu klingen. »Der Tod ihrer Mutter war nicht Ihre Schuld.«

Als Nick sie ansah, war ein bittersüßes Lächeln in seinem Gesicht. »Jill ist die neue Mutter im Haus. Für Katie und traurigerweise auch für mich.«

»Auch das ist nicht Ihre Schuld.«

»Ich habe viel an Sie gedacht, als das alles passierte.«

Claire versuchte sich nicht anmerken zu lassen, wie sehr sie erschrak, dass er tatsächlich so etwas sagte. Sie hatte den Mann nicht als einen Quell von Emotionen in Erinnerung.

»Jill sagte, sie hat versucht, mich anzurufen«, war alles, was ihr einfiel. »Es tut mir leid, dass ich nicht für sie da war. Ich hätte gern geholfen.«

Nick zuckte mit den Achseln als Zeichen, dass es okay war. »Sie mussten sich um Ihren eigenen Kram kümmern. Ich dachte, ich komme mit meinem schon klar. Ohne Seelenklempner«, wiederholte er den alten Witz zwischen ihnen beiden. Claire lächelte, er tat ihr leid, und sie hoffte, er merkte es ihr nicht an, weil es das Letzte gewesen wäre, was ihm jetzt half. *Er ist deprimiert. Er hat schon so viel verloren, und er ist im Begriff, noch mehr zu verlieren.*

»Beschäftigen Sie sich immer mit etwas?«, fragte sie.

»Ob Sie es glauben oder nicht, aber ich arbeite noch«, sagte Nick.

»Doch wohl nicht als Polizist«, entfuhr es Claire, was sie sofort bereute. Als sie sich vor einem Jahr kennen gelernt hatten, war Nick Detective beim Morddezernat der New Yorker Polizei gewesen. Später hatte er ihr und nur ihr gestanden, dass er an Retinitis pigmentosa litt, einer degenerativen und unheilbaren genetischen Störung, die ihn letzten Endes das Augenlicht kosten würde. Er hatte große Anstrengungen unternommen, um seinen Zustand zu verbergen, damit man ihn nicht zwang, seinen Abschied bei der Polizei zu nehmen, aber sein Stolz und seine Eigensinnigkeit hätten beinahe nicht nur ihn selbst, sondern auch seine beiden Töchter und Claire umgebracht.

Sie achtete darauf, ihre Ungläubigkeit zu unterdrücken, als sie fortfuhr. »Sie haben es ihnen noch immer nicht gesagt?«

»Keine Angst«, sagte Nick. »Ich habe es meinem Boss erzählt.«

Gott sei Dank, dachte Claire. »Lieutenant Wilkes?« Sie hatte seinen früheren Vorgesetzten und Beschützer besser kennen gelernt, als ihr lieb war.

Falls Nick ein Problem mit dem Gang der Unterhaltung hatte, ließ er es sich nicht anmerken. »Er ist jetzt Deputy Inspector«, erwiderte er. »Aber genau der, ja.«

»Deputy Inspector?«, fragte Claire, die den Ausdruck noch nie gehört hatte.

»Ein Dienstrang zwei Stufen über dem, was er vor einem Jahr war.«

»Und das geht?«

»Er war nach dem letzten Jahr der Liebling der Polizeiführung.«

»Ist das der Grund, warum man Sie im Dienst gelassen hat?«, fragte sie.

»Ja. Der Chief of Detectives hat ein Zugeständnis an

den sogenannten Heldenpolizisten gemacht«, sagte Nick bescheiden, fast verlegen, obwohl nichts Sogenanntes daran war. »Ich bin in die Gummipistolen-Einheit versetzt worden.«

»Ich verstehe nicht«, meinte Claire. »Was für eine Einheit soll das sein?«

Ihre Naivität brachte Nick zum Lachen. »Eine, die in Wirklichkeit nicht existiert«, erklärte er. »Wenn sie dir die Waffe wegnehmen, bist du in der ›Gummipistolen-Einheit‹, egal wo du tatsächlich Dienst tust. Normalerweise ist es eine Schande. In meinem Fall heißt es, ich kann weiterarbeiten und meine Kinder ernähren.«

»Wo lässt man Sie arbeiten?«, fragte Claire.

»Morddezernat, Analyseeinheit. Ausschließlich Schreibtischtätigkeit. In der Zentrale, im Büro des Chiefs. Wo er mich im Auge behalten kann«, sagte er schalkhaft lächelnd.

»War das Ihre Idee oder die des Chiefs?«

»Seine«, gab Nick zu. »Um mich vor mir selbst zu retten. Seine Worte. All das soll nur verschleiern, dass sie mich davon abhalten wollen, etwas zu tun, was nach echter Polizeiarbeit aussieht. Ich verbringe meine Tage damit, an einem Computer virtuelle Stecknadeln in virtuelle Stadtpläne zu stecken«, erzählte er nachdenklich, als würde er sich mit seinem Schicksal langsam anfreunden. »Nicht meine erste Wahl, aber tausendmal besser, als mir meine Pension auszahlen zu lassen, zu Hause herumzusitzen und mir leidzutun.«

Er merkte nicht, wie er beschämt den Blick senkte, aber Claire sah es und wusste genau, wie er sich fühlte.

»Ich hatte den besten Job, den ein Polizist haben kann – Morde aufklären«, sagte Nick. »Für die Toten sprechen. Und bis mich meine Augen im Stich ließen, war ich verdammt gut darin.«

»Sie waren selbst danach noch gut«, erinnerte ihn Claire. »Sonst würden wir beide jetzt nicht hier sitzen, denn ich wusste garantiert nicht, was ich tat.«

»Verkaufen Sie sich nicht unter Wert«, sagte Nick und schüttelte den Kopf. »Soweit ich mich erinnere, waren Sie ziemlich geschickt mit dieser Waffe.«

»Bitte erinnern Sie mich nicht daran.«

Er sah zu ihr hinauf. »Wollen Sie eigentlich hier stehen bleiben? Ich bekomme nämlich langsam einen Minderwertigkeitskomplex. Als würde Freud persönlich über mir schweben.«

Claire hatte nicht bemerkt, wie reglos sie verharrt hatte. »Da haben Sie allerdings recht. Freud hätte es nicht gut gefunden, wie ich Sie überrage.« Sie setzte sich auf das neue Sofa, dessen Kissen eine Spur fester waren, als sie es gern hatte. Sie rutschte umher, und ihr augenscheinliches Unbehagen erinnerte Nick daran, dass er ihr bisher keine einzige Frage gestellt hatte. »Sie haben mir noch nicht erzählt, wie es Ihnen geht«, sagte er.

»Besser«, erwiderte Claire.

»Die Psychiaterin will also wieder einmal nicht selbst auf die Couch.«

Touché, dachte Claire. »Dieser Augenblick ... mit der Waffe ... Ich glaube, der kommt in einem der Albträume vor, die ich ständig habe.«

»Sie glauben?«, fragte Nick und zog die Augenbrauen in die Höhe. »Was soll das heißen?«

»Ich erinnere mich nicht sehr gut an die Einzelheiten. Der Albträume, meine ich.«

Es war mehr, als sie hatte erzählen wollen. Aber irgendwie fühlte sie sich in Nicks Gegenwart so wohl wie seit Monaten nicht. Sie sank entspannt an die Sofalehne und fragte sich, warum sie sich plötzlich fast wie zu Hause fühlte.

»Sie wissen, dass Sie vor nichts mehr Angst haben müssen«, versuchte Nick sie zu überzeugen und sah sie an, als würde er einen Verdächtigen vernehmen.

»Ich wünschte, es wäre so einfach. Dieses Gefühl – die Angst – hält sogar an, wenn ich schon wach bin.«

»Aber diese Träume sind nicht das Einzige, was Ihnen im Moment Angst macht«, sagte er und stand auf, als hätte er sich überzeugt, dass er ihre Gedanken lesen konnte. Claire verlagerte wieder das Gewicht, sie wusste nicht, wie sie den Grund für ihren Besuch zur Sprache bringen sollte, und befürchtete, Nick könnte ahnen, was sie dachte. Und genau das tat er offenbar.

»Egal, wofür Sie meine Hilfe brauchen, Sie müssen keine Angst haben zu fragen«, sagte er. »Also nur zu, fragen Sie.«

Woher zum Teufel weiß er das?

Claire räusperte sich. »Ich will nicht einen Vorteil daraus ziehen, dass …« Mehr brachte sie nicht heraus, ehe Nick sie unterbrach.

»Fragen Sie«, befahl er.

Sie nickte und erzählte, was Rosa Sanchez am Morgen widerfahren war. Sie sprach zehn Minuten lang, wobei Nick nur gelegentlich eine Frage einwarf. Als sie geendet hatte, fasste er die Situation zusammen.

»Sie glauben, der Kerl, der ihr Handschellen angelegt hat, hat sich als Polizist ausgegeben.«

»Ich habe überall nachgefragt«, erklärte Claire. »Wenn sie verhaftet wurde, müsste sie inzwischen irgendwo aufgetaucht sein. Dass der Typ Rosas Handy benutzte, um ihre Mutter anzurufen, sagt für mich alles.«

»Das würde ich allerdings auch meinen«, stimmte Nick zu. Die Rädchen in seinem Kopf begannen zu arbeiten.

»Könnte es helfen, wenn Sie die Vermisstenabteilung anrufen?«, fragte Claire.

»Das Problem ist, dass sie bei Erwachsenen erst nach achtundvierzig Stunden von einem Vermisstenfall ausgehen«, sagte Nick. »Und nicht einmal ich könnte die Maschinerie schneller laufen lassen. Sie bekommen ständig solche Anrufe, und sie werden sich, überlastet wie sie sind, nicht noch einen Fall aufhalsen, nur weil ich es sage.«

»Gibt es eine Einheit, die sich mit Entführungen beschäftigt?«

»Major Case«, sagte Nick. »Aber sie brauchen einen Beweis, dass tatsächlich eine Entführung vorliegt, und den haben Sie wohl kaum. Und selbst dann dürfen sie nur auf Befehl des Chiefs aktiv werden.«

Claire dachte schon, damit sei das Problem gelöst. »Sie sagten doch gerade, dass Sie im Büro des Chiefs …«

»Wenn ich mit dieser Sache zu ihm gehen würde oder wenn er Wind davon bekäme, dass ich mich damit befasse, würde er mich aufhängen wie ein Hühnchen im China-Restaurant.«

Sosehr sie Rosa finden wollte, Claire durfte es nicht auf Kosten von Nicks Job tun.

»Wie sieht es damit aus, Rosas Handy zu lokalisieren?«, schlug sie vor. »Dann wüssten wir zumindest, wo sie die letzten zwölf Stunden gewesen ist.«

Nick sah nachdenklich zur Zimmerdecke, als wäre es eine Möglichkeit. »Ohne richterliche Anordnung ist das sehr schwer.«

»Sie ist auf Bewährung, und der Mann am Telefon sagte, dass sie den Bundesstaat verlassen hat. Ist sie damit nicht flüchtig?«

Er nickte zustimmend. »Aber die Bewährungshilfe müsste sie für flüchtig erklären, und die richterliche Anordnung müsste über sie laufen.«

Das war genau das, was Claire nicht hören wollte.

»Wenn die Bewährungshilfe ins Spiel kommt, entzieht sich das Ganze meiner Kontrolle«, sagte sie. »Sie ist ein Opfer, keine Täterin.«

»Solange Sie das nicht beweisen können, wird uns kein Richter in den Telefondaten von irgendwem wühlen lassen.«

»Okay«, meinte Claire, die nicht so leicht aufgeben wollte. »Sie sagten, es sei schwer, es ohne richterliche Anordnung zu tun. Dann ist es also nicht unmöglich, oder?«

Sie versuchte ihn zu ködern, aber Nick biss nicht an. »Es ist nicht so einfach, wie es im Fernsehen aussieht«, antwortete er ernst. »Und entschuldigen Sie meinen Egoismus, aber es ist mein Arsch, um den es hier geht. Wenn ich es ohne Rosas Zustimmung veranlasse, breche ich das Gesetz. Man würde mich nicht nur feuern, ich würde auch meinen Pensionsanspruch verlieren und möglicherweise ins Gefängnis kommen. Und Rosas Erlaubnis werden wir uns nicht besorgen können, richtig?«

Er stand auf und lief erkennbar aufgebracht hin und her. Und dann wurde Claire bewusst, warum: Er *wollte* ihr helfen. Seine Bereitschaft brachte sie auf einen Gedanken. »Muss die Erlaubnis von der Person kommen, die das Handy benutzt, oder auch von der Person, auf deren Namen es angemeldet ist?«

Nick blieb stehen und sah sie an. »Juristisch heikel. Aber ist das denn hier der Fall?«, fragte er.

»Das weiß ich nicht. Aber ich kenne ihre Mutter. Und ich bezweifle, dass ein Mobilfunkanbieter einen Vertrag mit einer Frau abschließt, die verurteilt wurde, weil sie einen ungedeckten Scheck eingereicht hat. Oder?«

»Bestimmt nicht«, gab ihr Nick recht. »Und deshalb verbringen wir so viel Zeit damit, an die Daten von Handys ohne Vertrag zu kommen.«

Damit hatte Claire gerechnet. »Aber diese Möglichkeit

bestand für Rosa nicht, weil sie dann ständig neue Nummern gehabt hätte. Ich habe es zur Bedingung für ihre Freilassung aus dem Gefängnis gemacht, dass sie sich ein normales Handy besorgt und Tag und Nacht erreichbar ist. Es ging mir mehr um Rosas Sicherheit als darum, dass ich sie überwachen kann. Ich wette, Rosas Mutter hat zwei Handys auf *ihren* Namen laufen, und eins davon ist Rosas. Und ihre Mutter würde alles für mich tun.«

Nick sah sie mit diesen durchdringenden blauen Augen an.

»Selbst mit der Erlaubnis ihrer Mutter ist es ein gewaltiges Risiko, falls wir erwischt werden.«

Auch wenn es wie eine Warnung klang, sah Claire, dass es kaum mehr als eine Absicherung für alle Fälle war. Nick war dabei. Entschlossen. Hungrig auf die Lösung. Und er sehnte sich nach der Jagd, die er so schmerzlich vermisst hatte.

»Falls Rosa entführt wurde«, sagte sie, »ist es das Risiko wert, nicht wahr?«

Nick überlegte. Er war eine ganze Weile kein Risiko eingegangen. Und wenn Claire recht hatte, dann war jemand da draußen in großen Schwierigkeiten.

»Ich verspreche nichts«, sagte er. »Und wenn jemand herumzuschnüffeln anfängt, werde ich vielleicht aufhören müssen. Aber ich lasse es auf einen Versuch ankommen. Wie klingt das?«

Claire stand auf. Der Nick Lawler, den sie kannte, der kein Nein akzeptierte, war wieder da.

»Es ist mehr, als ich verlangen könnte«, sagte sie. »Danke.«

5

Es war kurz vor sieben am nächsten Morgen, als Nick Lawler aus der dunklen U-Bahn-Station unter dem alten Municipal Building am Ende der Chambers Street kam. Er rieb sich die Augen, um in dem hellen Sonnenlicht und der bedrückenden Schwüle scharf zu sehen und ging auf die rund hundert Meter entfernte riesige Zentrale der New Yorker Polizei zu. Die Gewitter der letzten Tage hatten die frühsommerliche Hitzewelle, die den Nordosten heimsuchte, kaum abgeschwächt, weshalb Nick seine anthrazitgraue Anzugjacke über dem Arm trug. Im Freien war es schon schlimm, bei solchem Wetter in eine U-Bahn-Station hinunterzusteigen war jedoch, als beträte man eine Sauna im Parka. Klimaanlagen hatten noch nicht existiert, als die U-Bahnhöfe in der City gebaut wurden. Seit man Nick die Waffe abgenommen hatte, konnte er wenigstens das Sakko ausziehen. Und zum Glück waren die neuen U-Bahn-Waggons klimatisiert, die die Stadt in den letzten zehn Jahren erworben hatte, ohne Frage, weil der Milliardär, der drei Amtszeiten als Bürgermeister absolviert hatte, selbst mit der U-Bahn zur Arbeit fuhr. Nick dankte ihm lautlos für die dreißigminütige Erholungspause von der Hitze in einem eiskalten Wagen und hoffte, er schaffte es bis in die Zentrale, bevor er wieder zu schwitzen anfing.

Er sah auf das kastenförmige Gebilde, das vor ihm aufragte und das von den meisten Polizisten spöttisch »Palast der Rätsel« oder abschätziger »Porzellanpalast« genannt wurde. Ihm erschien das Gebäude jedoch weniger wie eine Toilette als vielmehr wie ein Brennofen bei diesen weit über dreißig Grad, in dem jeder geschmort wurde, der es betrat. Die meisten Polizisten würden behaupten, das konnte einem dort selbst am kühlsten Tag widerfahren.

Er fühlte eben die ersten Schweißperlen unter seinem blauen Oxford-Hemd, als er durch die Eingangstür ging, sein Dienstausweis hing bereits an einem Band um den Hals, seine Detective-Marke war am Gürtel befestigt. Das einzige fehlende Accessoire war die 9mm-Glock, und nur hier fühlte er sich ohne sie wie ein Außenseiter. Jeder Polizist wusste, die Waffe und die Berechtigung, sie zu benutzen, waren der wahre Dienstausweis. Die Macht, ein Menschenleben damit zu retten oder zu beenden, war das, was sie von jedem Zivilisten unterschied. Ein Polizist ohne Waffe war wie ein Mann ohne Eier. Dass er jeden Tag ohne sie hier hereinmarschieren musste, war eine beständige Erinnerung an sein Schicksal.

Die andere Erinnerung war, dass er überhaupt in diesem Gebäude arbeiten musste. Zwei Jahre zuvor hatte seine Frau in der Wohnung der Familie mit Nicks Dienstwaffe Selbstmord begangen. Niemand, der Nick kannte oder jemals mit ihm gearbeitet hatte, glaubte, dass es irgendetwas anderes als Selbstmord gewesen sein könnte. Aber es war hier, in diesem Gebäude gewesen, dass irgendein Blödmann der Innenrevision glaubte, er könnte sich Freunde im Rathaus machen, wenn er gegen einen der höchstdekorierten Beamten der New Yorker Polizei ermittelte. Er hatte gegenüber einem mit ihm befreundeten Boulevardreporter den Verdacht durchsickern lassen, Nick habe in Wirklichkeit seine Frau ermordet. In der Presse und den Lokalsendern kam der Vorwurf der Vertuschung auf, und der Polizeipräsident (der Nick persönlich kannte und wusste, dass die Anschuldigung vollkommen aus der Luft gegriffen war) hatte keine andere Wahl, als Nick die Waffe abzunehmen und ihn zu Central Booking zu versetzen, bis die Ermittlungen abgeschlossen waren.

Während dieser Zeit bemerkte Nick, dass er nicht nur nachts nicht mehr so gut sah, sondern auch Probleme mit dem Sehvermögen hatte, wenn er vom Hellen ins Dunkle wechselte und umgekehrt. Er ignorierte es eine Weile, aber als es sich verschlimmerte, tat er, was man nicht tun sollte: Er versuchte sich selbst an einer Diagnose. Er gab seine Symptome in Google ein, und sofort tauchte *Retinitis pigmentosa* auf.

Er hätte es nicht geglaubt, wäre nicht sein Onkel Fred gewesen, der jüngere Bruder von Nicks verstorbener Mutter. Fred war in den Dreißigern gewesen, als ihm Retinitis pigmentosa das Augenlicht raubte. Nick wusste, die Krankheit war erblich, und man musste kein Detective sein, um zwei und zwei zusammenzuzählen oder sich das Ergebnis eines Arztbesuchs auszurechnen, der eine Untersuchung der Augen einschloss. Die ärztliche Schweigepflicht galt nicht im Fall von Polizisten. Jeder medizinische Befund (einschließlich psychischer Krankheiten), der einen vereidigten Polizeibeamten beeinträchtigte, seine Tätigkeit auszuüben und insbesondere eine Feuerwaffe zu führen, musste zwingend dem Polizeiarzt gemeldet werden.

Worauf man ihm aus medizinischen Gründen umgehend verwehrt hätte, in seinen Job zurückzukehren, während noch die Ermittlung wegen des Tods seiner Frau andauerte. Und sobald die Medien davon erfuhren, würde es alle Welt so interpretieren, dass das NYPD einen Weg gefunden hatte, den des Mordes verdächtigen Nick Lawler loszuwerden, ohne etwas einräumen zu müssen.

Nick war in der Zwickmühle. Er musste etwas unternehmen, aber einen Arzt irgendwo im Großraum New York aufzusuchen war ein gewaltiges Risiko.

Darauf ließ er es nicht ankommen. Er hatte den führenden Experten für Retinitis pigmentosa in Boston gegoogelt und das Geld aus der Lebensversicherung seiner Frau genommen, um ihn bar zu bezahlen. Aber er konnte niemanden täuschen. Von Beginn an hatte der Arzt vermutet, dass Nicks Geschichte vom Geschäftsmann ohne Krankenversicherung nichts als ein Haufen Mist war.

Dennoch, Nicks Scheine waren so grün wie alle anderen, und der Arzt erklärte sich zu einer Untersuchung bereit. Die erbrachte, dass Nicks Selbstdiagnose ins Schwarze getroffen hatte. Der Arzt bestätigte auch Nicks größte Angst: der degenerative Prozess seiner Krankheit war nicht umkehrbar und würde sich deshalb immer nur verschlimmern.

Nick fuhr an jenem Abend voller Verzweiflung mit dem Zug nach New York zurück. Selbst wenn ihn die Ermittlung zum Tod seiner Frau von jedem Verdacht freisprach, würde ihm bei seiner Rückkehr in welchen Job auch immer nichts anderes übrigbleiben, als mit der Sprache herauszurücken. Er beschloss, dass er keine andere Wahl hatte, als in sein Fegefeuer von Central Booking zurückzukehren und zu sehen, was passierte. Falls er dann noch etwas sah.

Also ging er wieder an die Arbeit und sagte es niemandem. Nicht seinen Vorgesetzten, nicht seinen Töchtern und nicht seiner Mutter.

Und eines Nachts griff dann das Schicksal ein. Wieder einmal.

Es war nur einen Monat später. Er und ein paar andere Polizisten hatten gerade einen gewalttätigen Betrunkenen niedergerungen, als die Erlösung in Form seines alten Chefs Brian Wilkes auftauchte. In Coney Island hatte es einen seltsamen Mordfall gegeben, und ein Gerichtsmediziner erinnerte sich an einen ganz ähnlichen Fall ein Jahr zuvor in Manhattan. Den Nick bearbeitet hatte. Der Chief of Detectives persönlich hatte Wilkes angewiesen, Nick zum Tatort in Coney Island zu bringen, wo man ihm ohne viel Aufhebens Waffe und Dienstmarke zurückgab und Nick Lawler so wieder zu einem Detective des Morddezernats machte, der für die gewaltsam ums Leben Gekommenen der Stadt sprach.

Es machte ihn außerdem zu einem Polizeibeamten, der – ohne dass es jemand wusste – blind wurde und eine Waffe trug. Dieser Fall brachte ihn mit Claire Waters zusammen. Sie war der erste Mensch, dem er seine fortschreitende Erblindung gestand.

Und zwar während einer Verfolgungsjagd mit Nick am Steuer, bei der sie hinter einem mutmaßlichen Serienmörder her waren.

Der Fall hätte Nicks Partner fast das Leben gekostet und beendete die Polizeilaufbahn des jungen Mannes. Trotz allem war er erfolgreich ausgegangen, wenn auch nicht für die Öffentlichkeit. Sowohl Nick als auch Claire erhielten dafür die höchste Sicherheitsstufe, aber nur, damit man sie ins Gefängnis werfen konnte, falls sie je ein Wort darüber verlauten ließen, was wirklich passiert war.

Aber es hatte auch damit geendet, dass sich Nick gezwungen fühlte, dem damaligen Lieutenant Wilkes, seinem Retter, von seinen Augenproblemen zu erzählen. Wilkes war schockiert gewesen, fasste aber Nicks Geständnis in dem Sinn auf, in dem es erfolgte: Er, Nick, war schockiert, weil er die Berufslaufbahn seines jungen Kollegen und beinahe auch sein Leben beendet hatte. Er wollte keine weitere Schuld auf sich laden.

Sie besprachen also ihre Möglichkeiten. Nick hatte seine zwanzig Dienstjahre auf dem Buckel und hätte mit einer Pension in Höhe seines halben Gehalts bis ans Lebensende in Ruhestand gehen können. Die meisten Beamten des NYPD nahmen dieses Geschenk an und stiegen aus; im Dienst zu bleiben bedeutete ihrer Meinung nach im Wesentlichen ohnehin nichts anderes, als für das halbe Gehalt zu arbeiten.

Nick jedoch war es nie ums Geld gegangen. Er liebte die Arbeit wahrhaftig. Und sogar noch mehr lebte er für die Kameradschaft. In seinem alten Job in Manhattan South hatte er mit den Besten der Besten gearbeitet – nicht nur Detectives, sondern Menschen. Jeder Einzelne hatte während der Untersuchung zum Tod seiner Frau zu ihm gestanden. Nicht einer hatte auch nur eine Spur Missbilligung zum Ausdruck gebracht, und alle hatten ihn mit offenen Armen aufgenommen, als er ohne viel Aufhebens wieder eingesetzt wurde.

Nick wollte bleiben. Er wusste, seine Laufbahn auf der Straße war vorbei. Aber er hatte zwei Mädchen durchs College zu bringen. Er brauchte sein volles Gehalt. Und vor allem musste er unter Leuten sein. Er konnte sich nicht vorstellen, was er Tag für Tag allein in seiner Wohnung tun sollte.

Er hätte nicht einmal mehr eine Pistole, die er sich in den Mund stecken konnte, wenn es ihm zu viel wurde.

Also wurde für den Polizeihelden ein Kompromiss ersonnen. Sein Zustand war mit Ausnahme weniger Auserwählter geheim gehalten worden, und Nick verbrachte seine Tage jetzt damit, dass er von 8.00 bis 16.00 Uhr in der Analyseeinheit Papiere hin und her schob und Stecknadeln in Karten steckte, die Resultate von forensischen Labors auswertete und Kriminalstatistiken für den Chief of Detectives zusammenstellte. Ironischerweise war es das erste Mal nach zwei Jahrzehnten im Dienst, dass Nick regelmäßige Arbeitszeiten hatte. Für die meisten Polizisten wäre sein Dienstplan ein Traum gewesen.

Als er nun die geräumige Lobby betrat und seinen Ausweis über das Lesegerät schwenkte, sagte sich Nick wie jeden Tag, dass sein neuer Posten sowohl ein Segen als auch ein Fluch war. Er würde in der Lage sein, seine Töchter zu unterstützen, solange er noch sehen konnte, vielleicht lange genug, um mit fast drei Vierteln seines Gehalts und seiner Krankenversicherung in Pension zu gehen. Vielleicht durfte er sogar Cisco, seinen ausgebildeten Schäferhund, mit zur Arbeit bringen. Zurzeit setzte Nick den Hund nur ein, wenn er nachts lange Spaziergänge durch die Stadt machte. Früher oder später würde er Cisco vermutlich auch tagsüber brauchen.

Er stellte sich in die Schlange der auf den nächsten Aufzug wartenden Leute und fragte sich, wie sie wohl reagieren würden, wenn Cisco ihn irgendwann hier herumführte. Nachdenklich blickte er sich um, und was er sah, spielte sich um diese Tageszeit so ähnlich in allen anderen Bürogebäuden in Manhattan ab: Menschenmassen mit Kaffeebechern und Aktentaschen in den Händen, die einem weiteren Tag in ihren Büros oder Verschlägen entgegensahen. Der einzige Unterschied hier waren die Ausweise, die alle um den Hals trugen und die sie entweder als Polizisten oder als Zivilangestellte der Polizei auswiesen. Ohne seine Waffe fühlte sich Nick zurzeit mehr wie ein Zivilist.

Dennoch, als die klapprigen, mehr als vierzig Jahre alten Aufzugtüren sich öffneten, beschloss er, sich und allen anderen zu beweisen, dass er es draufhatte wie kein anderer, halbblind oder nicht. Die Informationen, die er gestern Abend von Claire Waters bekommen hatte, würden ihm einen Weg zur Erlösung öffnen, davon war er überzeugt.

Die Aufzugkabine war bereits voller Polizisten in Uniform oder Zivilkleidung, die das Glück hatten, dass ihnen ein Parkplatz in der Tiefgarage des Gebäudes zustand. Den meisten von ihnen, wenn nicht allen, stand außerdem ein Dienstfahrzeug zu, und viele legten weite Strecken hierher zurück. Nick wusste, er hatte in dieser Beziehung Glück. Er hatte seine mietpreisgebundene Wohnung von seinen Eltern geerbt. Es war die einzige Möglichkeit gewesen, wie man vom Gehalt eines Polizisten in Manhattan leben konnte, als er damals anfing, und heute galt es erst recht.

Er stieg in den verbeulten, zerkratzten Metallkäfig und wollte schon Nummer dreizehn drücken, als er sah, dass alle anderen Knöpfe aufleuchteten. Er hoffte jeden Morgen, es würde anders sein, erlebte aber fast nie eine angenehme Überraschung. Der »Viehwaggon« würde wieder einmal auf jedem Stockwerk halten. Heute jedoch lächelte Nick, weil es ihm Zeit gab, über den gestrigen Abend nachzudenken. Er hatte im letzten Jahr viel an Claire gedacht. Es war sogar noch schöner gewesen, sie zu sehen, als er sich vorgestellt hatte. Dann zwang er sich, an Rosa Sanchez und die vor ihm liegende Aufgabe zu denken.

Bevor Claire gestern gegangen war, hatte sie Rosas Mutter angerufen und erfahren, dass Rosas Handyvertrag tatsächlich auf Marias Namen lief. Maria erteilte die Erlaubnis, das Gerät zurückzuverfolgen, und sagte, sie würde alle Papiere unterschreiben, die Claire brauchte.

Doch für diese Transaktion würde keine Unterschrift nötig sein, denn offiziell fand sie nie statt. Nick hatte nicht die Absicht, schriftliche Aufzeichnungen zu hinterlassen.

Kaum war Claire fort gewesen, hatte Nick Dave Banion angerufen, einen Detective, der bei TARU arbeitete, der technischen Unterstützungseinheit der Polizei. Zehn Jahre zuvor hatte Nick den achtzehnjährigen Neffen des Mannes vor lebenslangem Gefängnis bewahrt, nachdem zwei Verbrecherfreunde des Jungen diesen überredet hatten, sie zu einem kleinen Lebensmittelladen zu fahren, den sie überfielen und dessen verängstigten indischen Kassierer sie mit einem Schuss durch den Turban töteten, als er sich weigerte, die Kasse zu öffnen – was alles von einer Überwachungskamera aufgezeichnet wurde. Der Junge war währenddessen im Auto gesessen, hatte Heavy Metal gehört und keine Ahnung gehabt, was los war und was seine Kumpel getan hatten.

Nick übernahm den Fall. Er hatte die beiden Scheißkerle schnell geschnappt. Sie zogen den bis dahin unbescholtenen Neffen des Detectives in die Sache hinein und stellten ihn als Fahrer und Drahtzieher des Raubüberfalls dar.

Banion persönlich übergab seinen Neffen an Nick. Nach zehn Minuten in einem Vernehmungszimmer mit dem Jungen war Nick nicht nur von dessen Unschuld überzeugt, sondern überredete ihn auch, gegen seine beiden »Freunde« vor Gericht auszusagen. Die Raubmörder wurden schuldig gesprochen und zu lebenslänglich ohne die Möglichkeit vorzeitiger Entlassung verurteilt, während der Neffe ohne Vorstrafe aus der Sache herauskam. Dave Banion versprach Nick, er müsse nur fragen, falls er einmal etwas brauche.

Und so hatte Nick letzte Nacht, zehn Jahre später, seinen ersten Gefallen von Banion eingefordert: Rosa Sanchez' Handy zu lokalisieren. Banion versicherte, wenn Nick am Morgen zur Arbeit kam, würde er alles Benötigte vorfinden, und niemand würde es je erfahren.

Die Aufzugtür öffnete sich, und Nick betrat die mit Eichenholz getäfelte Bürosuite, die der Chief of Detectives und sein großer Stab einnahmen. Er nickte Patrick Young zu, dem sechzigjährigen Sekretär und Torwächter des Chiefs, der seinem Ruhestand hier am Empfang entgegensah. Dann ging Nick durch eine zweite Tür in ein Großraumbüro mit moderneren Arbeitsplätzen; es war mit neuem Teppichboden ausgelegt, und jedes der einzelnen Abteile wurde von einem Detective in Anzug und Krawatte besetzt. Wenn die Leute in diesem Raum keine Waffen tragen würden, dachte Nick oft, hätte es das Büro jeder beliebigen Firma sein können.

Aber damit lenkte sich Nick nur von den Blicken ab, die ihm diese Zivilpolizisten jeden Tag zuwarfen. Er fühlte sie in seinem Rücken und wusste, welche Gedanken dahinterstanden: Was hat der große Nick Lawler *diesmal* angestellt, dass sie ihn zu einem Scheißjob wie diesem hier verdonnern?

Nick sagte sich, nicht er hatte etwas angestellt, sondern sein Körper stellte etwas mit ihm an. Er war ansonsten ausgezeichnet in Form, mit Anfang vierzig sah er zehn Jahre jünger aus und fühlte sich auch so. Aber wie ihm sein Augenarzt erklärt hatte, konnte alles Training und gesundes Leben der Welt nichts daran ändern, dass er langsam sein Augenlicht verlor. Niemand in seinem Büro außer dem Big Boss, Chief of Detectives Tim Dolan, und seinen engen Freunden Detective Sergeant Tony Savarese und Deputy Inspector Brian Wilkes wusste von seiner bevorstehenden Blindheit. Auch wusste niemand, dass er keine Waffe mehr trug. Für die anderen war sie in einem Knöchelhalfter im Hosenbein versteckt. Polizisten, denen man die Waffe abgenommen hatte, bekamen einen entsprechenden Vermerk in ihren Polizeiausweis gestempelt, damit sie keine kaufen konnten. Das wäre mit Sicherheit passiert, wenn der Polizeiarzt von Nicks Zustand erfahren hätte.

Der Umstand, dass es niemand wusste, war Chief Dolan zu verdanken. Er hielt Nicks Krankheit geheim und ersparte ihm die Demütigung, weniger als der Cop zu sein, als der er sich so öffentlich bewiesen hatte, indem er ihn an einem Platz einsetzte, an dem niemand den Verlust seiner Sehkraft bemerkte. Im Gegenzug schwor Nick dem Chief, er würde nie wieder eine Feuerwaffe tragen. Er gab alle Waffen bei ihm direkt ab, und Dolan bewahrte sie in seinem persönlichen Safe im Büro auf. Am wichtigsten war die Abmachung, die die beiden Männer geschlossen hatten: Nick hatte sich auf Schreibtischarbeit zu beschränken, und es war ihm verboten, aktiv an Ermittlungen teilzunehmen, damit weder er noch jemand anderer zu Schaden kam.

Als Nick sein Abteil in der Ecke des großen Saals erreichte, entdeckte er einen versiegelten weißen Umschlag mit seinem Namen darauf auf dem Schreibtisch. Er wusste, er kam von Banion, der eindeutig seine Spur verwischt hatte, indem er ihn in den morgendlichen internen Postverteiler gesteckt hatte, damit niemand den Absender erfuhr. Nick setzte sich und öffnete das Kuvert, und es war ihm bewusst, dass er damit seinen ersten Verrat gegenüber dem Chief beging. Es war ein Vertrauensbruch, der wahrscheinlich den Verlust seines Jobs bedeutete, wenn er entdeckt wurde.

Vor allem wenn er – und Claire – sich irrten und Rosa nur gegen ihre Bewährungsauflagen verstoßen hatte. Er war sich jedoch ziemlich sicher, dass das nicht der Fall war. Claires Intuition hatte sie durch all den Irrsinn des letzten Jahres geleitet. Er wünschte sich oft, seine Polizeikollegen hätten ihren Instinkt, und es gab keinen Grund, jetzt an ihm zu zweifeln. Sie wusste, wenn etwas nicht stimmte.

Eine Minute später hatte Nick das Kuvert geöffnet und den Inhalt gelesen und fand bestätigt, dass Claire erneut recht gehabt hatte. Er hatte einen klaren Beweis, dass Rosa das Opfer einer Entführung geworden war. Er brauchte Hilfe. Und er musste es so lange wie möglich vor dem Chief geheim halten.

Letzteres geriet in Gefahr, als Nick im Aufzug stand und den Knopf für den sechsten Stock bereits gedrückt hatte und eine Hand sich in die fast geschlossene Tür schob, um sie wieder aufzuzwingen.

»Morgen, Nicky«, ertönte die Stimme von Tim Dolan.

»Morgen, Chief«, sagte er nur.

Sein Boss trug einen bläulich karierten Anzug, eine rote Krawatte mit Paisleymuster und schwarze Johnston & Murphys. Mit seinen eins neunzig war Dolan überall im Gebäude als der Big Man bekannt, auch wenn ihm der rasierte Schädel und die schicke Kleidung vor langer Zeit den Spitznamen »Kojak«, nach dem Fernsehermittler der Siebziger, eingetragen hatten. Dolan verwahrte sich demonstrativ gegen den Spitznamen, aber insgeheim liebte er ihn. Er ging auf die sechzig zu und war seit neununddreißig Jahren Polizist, die er bis auf die ersten vier alle im »Bureau« verbracht hatte, wie die Cops die Zentrale auch nannten. Als Chief of Detectives befehligte er eine Ermittlungsstreitmacht von fünftausend Leuten, sie war die zweitgrößte im Land nach dem FBI und hatte dieses unter der Vorgängerregierung auf fast allen Ebenen in Sachen Terrorabwehr locker abgehängt. Von fast allen seinen Leuten respektiert, machte Dolan kein Geheimnis daraus, dass er die Arbeit auf der Straße und an Tatorten der Büropolitik vorzog. Die Polizeibeamten sahen ihn als einen der ihren, eine Sorte von Chef, die nach Ansicht der meisten unter ihnen vom Aussterben bedroht war.

Dolan drückte den Knopf für die Tiefgarage und merkte, dass die Anzeige für den sechsten Stock aufleuchtete.

»Wohin wollen Sie, Nick?«, fragte er, da er wusste, dass Nick nichts auf einem Stockwerk verloren hatte, auf dem laufende Fälle untersucht wurden.

»Runter zur IT«, erwiderte Nick ohne Zögern. »Ich wollte über die Bestellung neuer Software mit ihnen sprechen.« Er hasste es, den Chief anzulügen, aber er konnte es nicht riskieren, sein tatsächliches Ziel preiszugeben.

Dolan sah ihn misstrauisch an. »Die IT ist im vierten Stock«, sagte er.

Nick tat verdutzt. »Dann muss ich wohl abgerutscht sein«, sagte er und grinste. Der Knopf für den vierten Stock war direkt unter dem für den sechsten.

Dolan für seinen Teil schien damit zufrieden zu sein, er brummte nur ungeduldig und sah auf die Uhr wie jemand, der es ständig eilig hat. »Alles in Ordnung, Boss?«, fragte Nick und drückte die richtige Nummer.

»Ich habe einen höllisch anstrengenden Tag beim Bürgermeister vor mir«, antwortete der Chief, worauf er Nick ansah und sich zu konzentrieren schien. »Was machen die Mädchen?«, fragte er aufrichtig besorgt und rückte seine Krawatte zurecht. Es war nicht so, dass etwas mit der Krawatte nicht stimmte. Dolan fühlte sich wirklich schlecht wegen Nick. Er wusste, die Untersuchung zum Selbstmord von Nicks Frau war erbärmlich gehandhabt worden. Als sie sich zu einem PR-Debakel auswuchs, hatte der Polizeipräsident Dolan gezwungen, Nick wieder in eine Uniform zu stecken und ihn Central Booking zuzuteilen. Nick war dankbar für den entschuldigenden Tonfall des Chiefs. Noch dankbarer war er jedoch dafür, dass der Aufzug ruckelnd stehen blieb und die Tür sich zum vierten Stock öffnete.

»Wie es den Mädchen geht?«, wiederholte Nick, stieg aus und grinste. »Ich brauche einen Crash-Kurs ›Wie überlebt man Teenager‹ ... Lassen Sie sich von Seiner Ehren nicht verscheißern«, fügte er an, ehe sich die Tür vor einem lächelnden Dolan schloss.

Nick atmete erleichtert aus und wartete auf den nächsten Aufzug nach oben.

Im sechsten Stock angekommen, ging er ein Stück den Flur entlang zu einer Tür, die mit Major Case Squad beschriftet war und durch die Nick jeden Tag gegangen wäre, wenn seine Augen ihn nicht im Stich gelassen hätten. Hinter ihr befand sich einer der prestigeträchtigsten Arbeitsplätze, die ein Detective bekommen konnte. Aber für Nick hätte wegen seines Versprechens, sich von laufenden Fällen fernzuhalten, ebenso gut »Zutritt verboten« auf dem Schild stehen können.

Und dieses Versprechen brach er nun, indem er die verbotene Tür öffnete und ohne jedes Zögern eintrat.

Es war noch früh. Die Normschreibtische aus Metall waren größtenteils leer, bis auf die beiden Männer, von denen Nick gewusst hatte, dass er sie antreffen würde. Einer von ihnen, sein alter Freund Tony Savarese, sprang auf wie ein kahlköpfiger Schachtelteufel, ehe Nick auch nur die Tür wieder geschlossen hatte.

»Hast du sie nicht mehr alle, Nick ...?«, sagte er leise und umarmte ihn. Nick und Savarese kannten sich seit mehr als zwanzig Jahren, und er trug dasselbe blaue Sakko und die rot-blau gestreifte Krawatte, die er damals getragen hatte. »Was zum Teufel treibst du hier unten?«

»Ich muss mit dir und dem Boss reden«, sagte Nick und erwiderte die Umarmung.

»Der wird ausflippen, wenn er dich sieht«, murmelte Savarese und führte Nick bereits zum Büro seines Vorgesetzten. Sie waren erst auf halbem Weg dorthin, als Deputy Inspector Brian Wilkes den Kopf zur Tür herausstreckte.

»Mir war, als hätte ich eine Stimme gehört«, sagte er in dem für ihn typischen mürrischen Brooklyn-Slang. »Aber das kann eigentlich nicht sein, denn es würde bedeuten, dass hier jemand sehr ungezogen ist.«

Ein schiefes Lächeln von einem Ohr zum anderen erschien auf Wilkes' rundem, sommersprossigem Gesicht, das von flammend rotem Haar gekrönt war und ihm das Aussehen einer alt gewordenen Kürbislaterne gab.

»Herein mit Ihnen, Sie verrückter Hurensohn«, sagte Wilkes und umarmte Nick. Er zog ihn über die Schwelle in sein Büro und winkte Savarese gleich mit dazu. Wilkes, der nie ein Blatt vor den Mund nahm, hielt den Erlass des Chiefs für Schwachsinn, obwohl er den Handel ursprünglich selbst eingefädelt hatte. »Wie geht es, Mann, und wieso verletzen Sie Ihre Bewährungsauflagen und treiben sich hier unten herum?«

Nick sah sich in dem Büro um. Es war voller nichtssagender Möbel, kaum weniger abgenutzt als das Metallzeug draußen im Mannschaftsraum. Es gab ein altes, aber sauberes Sofa an der südlichen Wand, unter Fenstern, die einen weiten Blick über die Brooklyn Bridge und Lower Manhattan boten. Ein betagter, aber gut erhaltener Schreibtisch aus Holz stand gegenüber dem Eingang, darauf in einer Ecke ein Computermonitor. Auszeichnungen und Fotos schmückten die Wand und einen halbhohen Aktenschrank hinter dem Schreibtisch. Auf einem der Bilder waren Nick und Wilkes zu sehen, beide lächelnd, das Band zwischen ihnen war mehr als offensichtlich.

Nick sah aus dem Fenster und setzte sich auf einen Stuhl. »Hübsch«, sagte er. »Besser als der Blick aus dem alten Büro.«

»Ja, ich hatte es weiß Gott satt, auf euch traurige Säcke zu blicken«, erwiderte der Inspector. »Also, wie geht es Ihnen, verdammt, und wieso brechen Sie das Gesetz des Chiefs und kosten mich den Arsch, weil Sie sich hier unten herumtreiben?«

»Ich brauche Ihre Hilfe«, sagte Nick und erzählte die Geschichte von Rosa Sanchez bis zu der Vergewaltigung durch den Vollzugsbeamten, ehe Wilkes die Hand hob.

»Halt, langsam«, unterbrach er, »ich erinnere mich sehr gut an den Fall. Sie war eins der Spielzeuge von dem Kerl?«

»Ja«, sagte Nick, den es nicht überraschte, dass Wilkes über Jack Storm Bescheid wusste, auch wenn die Namen der Opfer der sexuellen Übergriffe in Rikers nie an die Medien gegeben wurden.

Bei Wilkes schrillten sämtliche Alarmglocken.

»Habe ich nicht irgendwo gelesen, dass diese Frauen alle freigelassen und im Manhattan State Hospital medizinisch betreut wurden?«

»Ja«, erwiderte Nick und rutschte unruhig auf seinem Sitz umher. Er wusste, was kommen würde. Wilkes hatte es nicht zu dieser Position gebracht, weil er ein Idiot war.

»Dann steckt da also diese verrückte Psychiaterin dahinter, Waters«, sagte er. »Und für die riskieren Sie hierherzukommen?«

»Das Schlimmste, was passieren kann, ist ein erzwungener Ruhestand und meine Pension, oder?«

»Ja, für Sie vielleicht«, erwiderte Wilkes und lehnte sich zurück, als wollte er sich in sein Schicksal ergeben. Es stand nie in Frage, dass er Nick helfen würde, und sie wussten es beide. Für Wilkes war es einfach: Ohne Nick Lawler würde er nicht in diesem Sessel sitzen.

»Ich riskiere, dass ich ein Revier irgendwo am Arsch der Welt in Staten Island leite.« Wilkes seufzte. »Ich hoffe sehr, dass es die Sache wert ist.«

»Sie ist es verdammt noch mal wert«, sagte Nick eine Spur zu heftig, und die beiden anderen Beamten erschraken. »Wer immer dieser Frau Handschellen angelegt hat, hat sich als Polizist ausgegeben, damit er sie sich am helllichten Tag schnappen …«

»Okay, okay, Nick, immer mit der Ruhe«, beschwichtigte Wilkes und hob die Hände, als wollte er sich ergeben. »Wir haben es verstanden, also regen Sie sich wieder ab, ja?«

Nick hielt inne und holte tief Luft. Er hatte selbst nicht erwartet, dass er so explodieren würde. »Tut mir leid, Boss. Mir ist wohl der Gaul durchgegangen.«

»Vergessen Sie es«, sagte Wilkes. »Ich wusste, Sie würden nicht wegen irgendeines Mists riskieren hierherzukommen. Sagen Sie mir nur, dass es nicht etwas ist, was die gute Frau Doktor zusammenfantasiert hat und das Sie ihr abkaufen, weil Sie zu lange am Schreibtisch hocken.«

Nick griff in die Brusttasche seines Sakkos und zog drei Sätze zusammengehefteter Papiere heraus. Er gab Wilkes und Savarese je einen und behielt einen selbst. »Die solltet ihr vielleicht in den Reißwolf stecken, wenn wir fertig sind«, sagte er.

»Das brauchen Sie mir nicht zu sagen«, antwortete Wilkes und hatte die Nase bereits in den Papieren. »Und auch nicht, woher Sie das haben.«

»Das« war eine Reihe von Stadtplänen, auf denen der Standort von Rosa Sanchez' Handy im Lauf des vorangegangenen Tages eingetragen war. Es waren farbige Ausdrucke mit Punkten, die ihren Weg markierten, zu Linien verbunden; neben den Punkten stand die Uhrzeit.

Nicks Freund Banion hatte ganze Arbeit geleistet.

»Es ist alles legal«, erklärte Nick.

Aber Wilkes' Miene war wie versteinert. »Und selbst wenn der Oberste Bundesrichter die Anordnung unterzeichnet hätte«, erwiderte er mit Nachdruck. »Sie dürfen diesen Scheiß nicht tun, Nick.«

»Es gab keine richterliche Anordnung«, sagte Nick. »Wir suchen sie als Opfer, nicht als Täterin.«

Wilkes blieb unbeeindruckt. »Sie ist auf Bewährung draußen und verduftet. Das macht sie zur Täterin, und es macht sie schuldig, bis ihre Unschuld erwiesen ist. Und das bedeutet, wir bräuchten eine richterliche Anordnung«, erklärte er praktisch in einem Atemzug, als ihm das ganze Ausmaß des Schlamassels bewusst wurde, in das Nick sie führte.

»Sieht aber irgendwie verdächtig aus, Boss, finden Sie nicht?«, sagte Savarese und blätterte in seinen Papieren. »Der Kerl nimmt die Frau fest, und dann geht er auf eine Stadtrundfahrt durch sämtliche Bezirke mit ihr?«

Wilkes sah von seinen Unterlagen auf. »Ich habe nie behauptet, dass er nicht recht hat, Sie Idiot.« Er wandte sich an Nick. »Bitte sagen Sie mir, dass Sie nicht den Provider ihr Handy haben pingen lassen.«

Wilkes fragte aus gutem Grund. Pingen hätte bedeutet, dass Rosas Netzbetreiber aktiv ein Signal an ihr Gerät geschickt hatte, um dessen GPS-Koordinaten anzufordern, ein Routineverfahren, mit dem die Polizei Flüchtigen und anderen Personen nachspürt, meist nach erheblichem Widerstand seitens der Telefongesellschaften, die nicht wegen Verletzung der Privatsphäre vor ein Gericht gezerrt werden wollen.

»Das wäre nicht möglich gewesen, weil ihr Handy ausgeschaltet war«, sagte Nick. »Die Karten sind alle durch Triangulation entstanden.«

Bei Triangulation wird mithilfe von Anrufen zu oder von einem Handy dessen Standort basierend auf der Stärke des Signals bestimmt, das von den Funkmasten in seiner Reichweite abstrahlt (die meisten Mobiltelefone können wenigstens drei Masten von jedem beliebigen städtischen Standort anfunken). Anders als Pingen lässt sich Triangulation mit Daten früherer Anrufe durchführen, allerdings ist der Standort des Geräts weniger genau zu ermitteln.

Wobei der Standort von Rosas Handy überraschenderweise mitten im East River zu liegen schien.

Wilkes' Züge wurden weicher, während er Ordnung in dem Chaos zu finden versuchte, einen Grund für die scheinbare Wahllosigkeit von Rosas Bewegungen. »Okay, um 10.14 Uhr vormittags fahren sie also über die Williamsburg Bridge, vermutlich nach Brooklyn hinein, und dann nach Norden, denn vierunddreißig Minuten später sind sie am Vernon Boulevard und der Forty-First Avenue in Astoria.«

Plötzlich fiel Wilkes etwas auf. »Hey«, sagte er, »die Anrufe auf Rosas Handy kamen alle von derselben Nummer. Wissen wir, zu wem sie gehört?«

»Claire Waters«, erwiderte Nick. »Sie hat Rosa alle paar Stunden zu erreichen versucht.«

»Der nächste Anruf der Psychiaterin war also erst um 13.20 Uhr nachmittags«, stellte Savarese fest. »Rosas Handy war in der South Bronx, Mott Haven, höchstwahrscheinlich auf der Walton Avenue.«

Wilkes schüttelte den Kopf. »Dann Ocean Avenue und Lincoln Road beim Prospect Park in Brooklyn um 14.42

Uhr und Battery Park um 15.56 Uhr … Was zum …?«, fing er sich gerade noch, als er auf die letzte Seite umblätterte.

»Das ergibt keinen Sinn«, sagte Savarese mit einem Blick auf den letzten Standort, mitten in einem riesigen Park am südlichen Ende von Staten Island. »North Mount Lorretto State Forest, 18.33 Uhr. Wieso dort?«

Nick sah die Sorge auf Wilkes' Gesicht und wusste, er hatte ihn überzeugt. »Für mich sieht das nach Verzweiflung aus«, sagte er etwas zuversichtlicher. »Mann entführt Mädchen, Mann sucht nach Ort, um sie zu vergewaltigen oder zu töten, Mann fährt kreuz und quer durch alle fünf Borroughs, bis er die richtige Stelle findet. Wenn man sich die Karte ansieht, dann sind bis auf die Williamsburg Bridge alle diese Orte in mehr oder weniger unmittelbarer Nähe eines Parks.«

»Er müsste ein Vollidiot sein, wenn er glaubt, er könnte im Battery Park eine Leiche verstecken«, murmelte Wilkes nachdenklich und ohne von der Karte aufzublicken.

»Es sei denn, er dachte, er kann die Autofähre nach Staten Island nehmen, und dann wäre er ein noch größerer Trottel, oder er kommt von außerhalb.« Nick spielte auf die Schließung der Fähre für Fahrzeuge seit den Terrorattacken vom 11. September 2001 an. Wilkes stieß den Finger auf die letzte Seite des Ausdrucks. »Glaubt ihr, er hat sie dort abgeladen?«

»Wahrscheinlich würde es sich lohnen, einen Streifenwagen rauszuschicken, um nachzusehen, Boss«, schlug Savarese vor.

»Streifenwagen, meine Fresse«, brummte Wilkes. »Was ich wirklich brauche, ist, dass Dolan mich fragt, wieso ich eine Streife in den Wald am Arsch von Staten Island schicke, um nach einem Phantom zu suchen, und, noch besser, woher ich den Tipp habe. Nein, Tony, wir beide werden das tun müssen. Wir beide allein.«

Er stand auf und schüttelte den Kopf, dann sah er Nick an. »Keinen Mucks zu irgendwem von der Sache, *capisce?* Keine Anrufe bei mir oder Tony oder sonst jemand aus der Dienststelle, nichts. Ich schicke Ihnen eine SMS von meinem privaten Handy, wenn wir festgestellt haben, ob da etwas ist, und keinen Moment früher. Verstanden?«

Nick schürzte die Lippen und nickte, aber Wilkes war noch nicht fertig. »Und noch etwas. Ich will nicht, dass Sie Dr. Waters auch nur ein Wort sagen. Sie rufen sie nicht an, Sie nehmen Ihre Anrufe nicht an, bis ich sage, dass Sie es dürfen.«

»Verstanden«, antwortete Nick, froh, dass ihn Wilkes nicht aus dem Büro warf. Er wäre mit allem einverstanden gewesen, was herauszufinden half, was mit Rosa passiert war.

»Sie und Dr. Waters interessieren mich im Augenblick einen Dreck«, fuhr Wilkes fort. »Ich sichere mich nur ab und sorge dafür, dass wir beide uns nicht missverstehen. Alles klar, Sie Hurensohn?«

»Kristallklar«, sagte Nick.

6

Es war kurz vor zwei Uhr nachmittags, als Claire ihren letzten Patienten des Tages verabschiedete und die Bürotür schloss. Sie holte ihr Telefon aus der Handtasche und sah nach, ob Nick angerufen hatte, während sie in der Sitzung gewesen war.

Ein Blick auf das Display verriet ihr, dass es nicht der Fall war.

Was ist passiert?

Sie ging die Möglichkeiten durch. Vielleicht hatte Nick nichts erreicht. Oder er hatte etwas erreicht und war von seinen Vorgesetzten erwischt worden.

Oder er hatte es sich anders überlegt.

Claire bedauerte es, dass sie Nick mit hineingezogen hatte, aber was war ihr anderes übriggeblieben? Sie war überzeugt, dass Rosa in Gefahr war – wenn nicht bereits tot oder schwer verletzt.

Claire starrte auf ihr Telefon, als würde das Nick anrufen lassen. Schließlich legte sie das Gerät wieder in die Handtasche, die sie neben ihren Schreibtisch stellte. Sie machte die Bürotür auf, um sich am Ende des inzwischen ruhigen Flurs ein Glas Wasser zu holen.

Sie wollte die Tür gerade wieder zuziehen, als sie gedämpftes Läuten hörte.

Fast wäre sie gestolpert, als sie zu ihrem Schreibtisch zurückeilte und umständlich in ihrer Tasche wühlte, bis sie das Telefon in der Hand hielt. Sie drückte den Antwortknopf. »Hallo?«, sagte sie, noch ehe sie das Gerät ans Ohr hielt.

»Dr. Waters?«, ertönte eine gehetzte weibliche Stimme, die Claire sofort als Rosas Mutter erkannte.

»Maria?«, sagte Claire. »Ist alles in Ordnung?«

»Nein«, antwortete Maria und schniefte. »Rosa geht nicht an ihr Telefon, und sie hat seit gestern Morgen nicht angerufen. Sie würde es niemals versäumen, den *niñas* gute Nacht zu sagen …« Sie brach ab, und Claire wusste, Maria befürchtete, was sie selbst auch befürchtet hatte, als sie sah, wie Rosa in Handschellen weggeführt wurde.

»Holen Sie erst mal Luft, Maria«, drängte Claire die Mutter ihrer Patientin.

»Haben Sie etwas von ihr gehört? Und haben Sie herausgefunden, wo ihr Handy ist?«

Claire verfluchte Nick insgeheim, weil er sie gegenüber dieser Frau mit leeren Händen dastehen ließ.

»Es tut mir leid«, war alles, was ihr einfiel. »Aber ich werde meinen Freund fragen, der mir helfen wollte.«

»Bitte«, flehte Maria. »Die Kinder vermissen ihre Mama.«

»Ich rufe Sie zurück, sobald ich etwas weiß«, sagte Claire und legte auf.

Sie hatte es bereits einige Male auf Nicks Handy versucht und sich geärgert, weil er nicht antwortete. Claire wollte ihn nicht belästigen, aber sie musste es wissen, und das trieb sie dazu, ihn noch einmal anzurufen. Wieder hörte sie es läuten …

Nick starrte auf sein Mobiltelefon, das auf dem Schreibtisch vibrierte und Claires Namen auf dem Display anzeigte. Einmal mehr. Er konnte es ihr nicht verübeln, er selbst war ebenfalls ruhelos und unfähig, sich auf seine Arbeit zu konzentrieren. Er sah auf die Uhr. Es war schon kurz vor zwei, fast sechs Stunden nach seinem Treffen mit Wilkes und Savarese. Es machte ihn wahnsinnig, auf eine Nachricht von ihnen zu warten. Er hätte Claire gern gesagt, sie solle stillhalten, er arbeite daran, Rosa zu finden. Aber Wilkes' Befehl, nicht mit ihr zu sprechen, zwang Nick, ihren Anruf auf den Anrufbeantworter umleiten zu lassen.

Wieso zum Teufel dauert das so lange, fragte sich Nick. Wilkes hatte angekündigt, er und Savarese würden nicht vor zehn nach Staten Island aufbrechen, um dem Berufsverkehr aus dem Weg zu gehen. Aber das war vier Stunden her, die Pendlerströme flossen am Morgen in die Gegenrichtung, nach Manhattan hinein, das Wetter war klar, und falls wirklich viel Verkehr herrschte, hätten sie sicher Blaulicht und Sirene in Wilkes' zivilem Crown Victoria eingesetzt. Sie hätten spätestens mittags dort sein müssen.

Aufgewühlt erhob sich Nick von seinem Schreibtisch, um sich zu strecken, und fragte sich, ob Wilkes und Savarese überhaupt gefahren waren. Er ließ den Blick über den Raum mit seinen Abteilen und dem Teppichboden schweifen, mit seinen modernen Möbeln, die eine Stufe über dem vergleichsweise erbärmlichen Zustand eines Polizeireviers oder selbst einer renommierten Einheit wie der Major Case Squad lagen, bei der die Einrichtung immer noch aussah, als stammte sie aus einem Siebzigerjahrefilm. Rang hatte seine Privilegien beim NYPD, und die jüngste Renovierung von Dolans Büro war einer dieser Vorzüge. Aber Nick sah sich immer noch als echten Polizisten, und die gehörten nicht an Orte wie diesen. Hier war er nur ein weiterer Angestellter in einem weiteren ruhigen, gesetzten, öden Büro. Das wahre Büro eines echten Polizisten war die Straße oder eine geschäftige Einheit wie Major Case. Er wusste, der wahre Grund, warum er wahrscheinlich noch nichts von Wilkes und Savarese gehört hatte, war der Job selbst. Alles konnte seit heute Morgen aufgetaucht sein und sie in eine neue Richtung gelenkt haben – ein neuer Fall, ein Durchbruch in einem alten. Da er sie nicht anrufen durfte, war Nick Wilkes' Gnade ausgeliefert. Er konnte nichts weiter tun, als möglichst nicht auf sein Handy zu starren. Und warten.

Er ging zur Kaffeemaschine, vorbei an seinen ebenfalls an den Schreibtisch gebundenen und zivil gekleideten Detective-Kollegen. Die meisten waren hier, weil sie es so wollten, weil sie dachten, eine Stelle im Büro des Chiefs würde ihnen den Weg zu etwas Besserem ebnen. Aber Nick wusste, für ihn war es das Ende der Fahnenstange. Jeden Tag in diesem Umfeld hatte er das Gefühl, dass ein Teil von ihm starb.

Ich bin nur Büromobiliar, dachte er. Genau wie die Aktenschränke, an denen er gerade vorbeiging.

Er blieb zwar aus einem guten Grund, damit es die Mädchen einfacher hatten und er für ihre College-Ausbildung sparen konnte. Aber zu welchem Preis? Lohnte es sich, dafür den Rest seines Arbeitslebens in diesem Sackgassenjob zu verbringen?

Nein.

Er schenkte sich eine Tasse Kaffee ein, ging zurück zu seinem Abteil und fing an, einen Plan für die Zukunft zu entwerfen. Er würde mit sechsmonatiger Frist kündigen und seinen Resturlaub nehmen. Er und die Mädchen würden schon über die Runden kommen mit seiner Pension, und er würde ihnen helfen, nach finanzieller Unterstützung für das College zu suchen …

Das schrille Läuten des Telefons auf seinem Schreibtisch schreckte Nick aus seinen Gedanken. Wilkes und Savarese riefen ihn bestimmt nicht über eine offizielle Polizeileitung an. Und sonst musste er mit niemandem reden.

Ein Blick auf das Display zeigte ihm, dass es Patrick Young war, der Detective Sergeant vorn am Empfang, Dolans Torwächter, dessen Schreibtisch höchstens zwanzig Meter von seinem eigenen entfernt stand. Nick nahm den Hörer ab.

»Ja, Sergeant«, sagte er in gespielt gönnerhaftem Ton.

»Sparen Sie sich den Quatsch mit dem Sergeant«, erwiderte Young, dessen Stimme er leise sogar ohne Telefon hörte. »Nehmen Sie Ihre Jacke, und treffen Sie den Big Man auf dem Dach. Unverzüglich.«

Nick war verdutzt. Auf das Dach von Police Plaza One ging man nur aus einem einzigen Grund: um in einen Polizeihubschrauber zu steigen.

»Wohin genau geht es?«, fragte Nick und griff nach seinem Sakko.

»Woher zum Teufel soll ich das wissen?«, meinte Young. »Ihre Sicherheitsfreigabe ist höher als meine.«

Elektronische Musik hämmerte aus den Lautsprechern über Claires Kopf und konkurrierte mit dem Trampeln der Füße auf der Batterie von Laufbändern. Sie lief in ihrem Fitnessstudio in der 33rd Street East auf einem von ihnen so schnell sie konnte, als wollte sie vor ihren Gedanken an Rosa fliehen. Doch je schneller sie rannte, desto schneller schien ihr Verstand die schwärzesten Möglichkeiten durchzuspielen. Im Augenblick stellte sie sich Rosa in einem fensterlosen Raum mit einer Matratze auf dem Boden vor, wie sie um Hilfe schrie. Sie blinzelte den Gedanken weg – und sofort sah sie Rosa in einer dunklen Kiste, einem Sarg, gefangen und nach Luft schnappend. Aber sie lebte noch. Claire verscheuchte die Vorstellung, doch umgehend tauchte das Bild eines flachen Grabes auf, auf das Erde geschaufelt wurde. Sie bekam keine Luft … sie erstickte. Sie brauchte Hilfe …

Claire rang nach Atem und lief langsamer. Sie hatte nicht gemerkt, wie schnell sie gewesen war, als wäre jemand hinter ihr her. Wie in ihrem Traum.

Sie schaltete das Laufband aus, hob ihre Sporttasche vom Boden auf und holte das Handy heraus. Der einzige Anruf war von ihrem Vater, und sie hörte sich seine Nachricht an. Er sei auf dem Heimweg nach Rochester, sagte er, würde aber nächste Woche wieder vorbeikommen. Dann rief sie Nick noch einmal an, aber diesmal meldete sich direkt die Mailbox.

Was zum Teufel war da los? Wieso hatte Nick sein Handy ausgeschaltet?

Nun war Claire noch nervöser, als sie in den Umkleidebereich ging, und sie hoffte, die Dusche würde ihre Ängste wegspülen.

Der Motor des Helikopters vom Typ Agusta 119 kam bereits auf Touren, als Nick den Heliport auf dem Dach betrat, ohne auf die überwältigende Aussicht zu achten, die man hier in alle Richtungen über Manhattan hatte. Er zog den Kopf ein und kämpfte sich durch den Wind zu der offenen Hecktür des Hubschraubers.

Als er an Bord kam, fand er Chief Dolan bereits angeschnallt und mit einem Headset auf dem Kopf vor. »Nicky«, rief der Chief über den Lärm hinweg, während Nick die Tür zuzog, Kopfhörer aufsetzte und neben seinem Vorgesetzten Platz nahm. Erst nachdem er sich angeschnallt hatte, fiel ihm auf, dass Dolan die ganze Zeit starr geradeaus blickte. Nicht einen Moment lang hatte er Nick angesehen.

»Chief«, erwiderte Nick, hielt seine Nervosität im Zaum und fragte sich, wie groß der Ärger war, den er sich eingebrockt hatte. »Darf ich fragen, wohin wir fliegen?«

»Ich denke, das wissen Sie«, sagte Dolan ohne Gefühlsregung.

Nick wurde schlagartig klar, dass der Chief genau Bescheid wusste über alles, was am Morgen in Wilkes' Büro besprochen worden war. Und das war der Moment, in dem Nicks Angst um die eigene Haut in Aufregung umschlug. Der Chief of Detectives flog nicht ohne guten Grund auf Steuerzahlerkosten nach Staten Island oder woandershin. Und gewiss nicht mit einem halbblinden Detective.

Es sei denn, dieser halbblinde Detective hatte einen Treffer gelandet. Seine Anwesenheit hier konnte nur bedeuten, dass Wilkes und Savarese etwas gefunden hatten. Und Wilkes, der es nicht so weit gebracht hätte, wenn er die Winkelzüge in der Polizeihierarchie nicht beherrschen würde, hatte das Einzige getan, womit er seine Haut retten konnte. Er war in die Offensive gegangen und hatte den Chief angerufen.

Als der Hubschrauber abhob, wusste Nick nicht, ob er mitfliegen durfte, weil er recht gehabt hatte, oder ob der Chief ihm die Eier abschneiden wollte, weil er ihre Vereinbarung gebrochen hatte. Doch als er aus dem Fenster schaute, musste er plötzlich grinsen. Er brauchte einen Moment, bis er begriff, warum: Er war voller Dankbarkeit. Er blickte auf den fast fertiggestellten Freedom Tower, dessen Außenhaut wie ein Leuchtturm funkelte, ein Symbol für die Genesung der Stadt von ihrem schwärzesten Tag.

Vielleicht war es ein gutes Omen, dachte er. Eine Erholungspause von einem Schicksal, auf das er nicht den geringsten Einfluss hatte. Ein Aufschub für die Hinrichtung seiner Karriere.

Erst als sie den Steigflug beendet hatten und in südwestlicher Richtung über die Brooklyn Bridge flogen, sprach der Chief.

»Das erste Mal?«, fragte er. Dolan blickte immer noch geradeaus, aber sein Ton war in keiner Weise anklagend. Er machte beinahe Smalltalk.

»In einer Agusta, ja«, antwortete Nick. »Im ersten Golfkrieg bin ich Aufklärungsflüge in Cobras geflogen.«

»Army?«

»Ja, Sir. Special Forces.«

Der Chief nickte, als hörte er es zum ersten Mal, aber Nick wusste sehr wohl, dass Dolan mit seinem militärischen Hintergrund vertraut war. Er wandte sich plötzlich über das Mikro in seinem Headset an den Piloten und dessen Beobachter auf dem Vordersitz. »Leute, wir müssen uns hier hinten ein wenig ungestört unterhalten.«

»In Ordnung«, ertönte die Stimme des Beobachters, der einen Schalter betätigte, damit er und der Pilot nicht mehr mithören konnten.

»Wir hatten eine Abmachung«, sagte der Chief, und in seiner Stimme lag nicht eine Spur von Bosheit oder Zorn. Sein ruhiger Ton entnervte Nick noch mehr, als wenn er geschrien hätte.

»Ich weiß, Sir«, war alles, was er sagen konnte.

»Sie haben direkte Befehle missachtet. Nachdem ich meinen Kopf für Sie hingehalten habe.«

»Ja, Sir«, erwiderte Nick matt und fragte sich, warum der Chief ihm die Demütigung vor den beiden Männern vorn ersparen wollte, wenn er ohnehin dabei war, den Knüppel aus dem Sack zu holen.

»Ich sollte Sie rausschmeißen«, sagte Dolan.

Für Nick wäre es fast eine Erleichterung gewesen. »Das ist Ihr Recht, Boss«, entgegnete er und machte sich auf seine Bestrafung gefasst. »Aber wozu es auch gut sein mag, ich habe getan, was ich tun musste.«

Der Chief sah aus dem Fenster auf den Battery Park hinunter, während der Hubschrauber über die südliche Spitze von Manhattan flog. Die Headsets ersparten es Nick, von den Lippen des Chiefs lesen zu müssen, was gut war, denn er konnte sie nicht sehen.

»Sie sollten besser hoffen, dass Sie recht haben«, sagte der Chief.

»Ich weiß«, erwiderte Nick.

Er atmete erleichtert aus, als er seine kleine Souterrainwohnung betrat. Er hatte seinen Auftrag erfüllt. Perfekt. Jedes Detail wie geplant ausgeführt. Er empfand eine Heiterkeit, die er seit langer Zeit nicht gespürt hatte, und ging in Gedanken die vielen Momente seines Sieges noch einmal durch. Kostete sie aus.

Er packte die Messer aus. Er hatte sie in einen Eimer Bleiche getaucht, und die Edelstahlklingen funkelten. Sie werden geschärft werden müssen, dachte er.

Zehn Minuten später setzte der Hubschrauber auf dem leeren Parkplatz einer Highschool auf, unmittelbar südlich des ausgedehnten Waldgebiets, in dem Rosas Handy zuletzt geortet wurde. Nick sah zwei Männer in Anzügen neben einem zivilen Polizeifahrzeug stehen, und er fragte sich, wo der Rest der Kavallerie war, denn für die vor ihnen liegende Aufgabe würden sie ohne Frage mehr Leute brauchen. Eine gründliche Durchsuchung dieses Waldes würde sehr viele Kräfte erfordern.

Sie stiegen aus dem Helikopter und wurden von einem der Männer im Anzug freundlich begrüßt. Lieutenant Mike Fitzsimmons, der Leiter der örtlichen Detective-Brigade, machte Smalltalk mit dem Chief, während sie zu dem neueren der beiden Autos geführt wurden, einem dunkelbraunen Ford Taurus. Fitzsimmons gab Nick die Schlüssel.

»Versuchen Sie ihn nicht zu sehr zu verbeulen«, sagte Fitzsimmons. »Wir haben das Ding erst letzte Woche bekommen.«

»Hey, Nick, was halten Sie davon, mich fahren zu lassen?«, sagte Chief Dolan. »So einen wollte ich schon lange einmal ausprobieren.«

Nick gab Dolan die Schlüssel und war seinem Boss dankbar, weil er ihn nicht bloßstellte. Niemand von Dolans hohem Rang fuhr beim NYPD jemals selbst – er oder sie wurde immer gefahren. Aber nicht von Beamten, die im Begriff waren zu erblinden.

»Sie wissen den Weg?«, hörte Nick Fitzsimmons fragen, als er sich auf dem Beifahrersitz anschnallte.

»Ja. Und seien Sie unbesorgt, Mike, das ist Ihr Revier hier, und ich werde Sie nicht außen vor lassen. Haben Sie nur ein wenig Geduld.«

Der Chief fuhr das Fenster hoch, legte den Gang des neuen Wagens ein und steuerte ihn aus dem Parkplatz auf den Hylan Boulevard. »Nur fünf Leute wissen von der Sache hier«, sagte er. »Wir beide, Wilkes, Savarese und ein Detective von der Spurensicherung. Verstanden?«

»Ja, Sir«, antwortete Nick, der seine Vermutung bestätigt fand. Wenn Wilkes die Spurensicherung gerufen hatte, hieß das, er und Savarese hatten etwas gefunden.

Kaum einen halben Kilometer entfernt stand ein Streifenwagen mit blinkendem Dachlicht an der Ecke. Der uniformierte Fahrer bedeutete dem Chief, rechts abzubiegen.

Sie fuhren schweigend eine Wohnstraße mit gepflegten Angestellten-Heimen entlang, meist kleine Häuser im Cape-Cod-Stil, Split-Levels, gelegentlich eine Ranch, die

Rasenflächen alle ordentlich gemäht. Am Ende der Straße sah Nick Wilkes' Crown Vic und einen Transporter der Spurensicherung am Waldrand stehen.

Anwohner kamen aus ihren Häusern. In einer ruhigen, sicheren Wohngegend wie dieser fiel das Fahrzeug der Spurensicherung eklatant auf und kündete davon, dass sich eine größere Geschichte zusammenbraute. Nick fragte sich, wieso der Van quer über den Asphalt geparkt war, die linke Fahrzeugseite dem Verkehr zugewandt. Als sie stehen blieben, kam der Streifenwagen von der Abzweigung weiter vorne hinzu und stellte sich knapp vor den Transporter. Nick und Dolan stiegen aus, und der Chief ging zum offenen Fenster auf der Fahrerseite des Streifenwagens.

»Niemand passiert diesen Wagen, einschließlich euch beiden«, sagte er zu den Polizisten darin. »Wenn irgendwelche Chefs auftauchen und euch anmachen, weil ihr sie nicht durchlasst, und wenn es der Borough Commander persönlich ist, dann sagt ihr ihnen, sie müssen auf Befehl des Chiefs draußen bleiben.«

»Jawohl, Boss«, hörte Nick den Beamten auf dem Fahrersitz gehorsam sagen. Dolan machte ihm ein Zeichen. Sie gingen um den Spurensicherungs-Transporter herum, auf die dem Wald zugewandte Seite, wo Wilkes, Savarese und ein CSI-Detective namens Terry Aitken warteten. Nick kannte Aitken, ein schlanker, muskulöser Bursche Anfang dreißig, mit militärisch kurzem blondem Haar. Sie hatten im vergangenen Jahr für kurze Zeit zusammengearbeitet, und Nick respektierte ihn, weil er auf der Suche nach Beweismaterial an einem Tatort buchstäblich jeden Stein umdrehte.

Erst als er auf den Mann zuging, um ihm die Hand zu schütteln, verstand er, warum Aitkens Transporter so ungewöhnlich geparkt war – um den Anwohnern die Sicht auf das gelbe Polizeiband zu versperren, das zwischen zwei Bäume gespannt war und den Zugang zu dem unbefestigten Weg blockierte, der am Ende der Asphaltstraße in den Wald führte.

»Sie sind mir vielleicht einer, Nicky, ehrlich«, sagte Wilkes. »Nur gut, dass Sie recht hatten, denn wenn ich umsonst hier an das Ende der Welt gefahren wäre, hätte ich Sie persönlich in den Arsch getreten.«

Es war die für Wilkes typische, zweischneidige Art, ein Kompliment an den Mann zu bringen, und Nick fragte sich, womit genau er recht behalten hatte.

»Was haben Sie beide gefunden?«, fragte Chief Dolan.

»Reifenabdrücke«, antwortete Savarese und führte die Gruppe an den Rand der unbefestigten Straße. »Sie müssen frisch sein, weil es letzte Nacht geregnet hat. Dadurch war der Weg schön schlammig.«

Aitken steckte seine rote Krawatte in das weiße Hemd und kniete neben den Spuren nieder. »Ich habe Fotos davon gemacht und sie in die Datenbank eingegeben«, erklärte er. »Es sind Dunlop-Reifen, 235/55 HR 17s.«

»Und gehören diese Reifen speziell zu einem bestimmten Wagentyp?«

»Ja, Sir«, antwortete Aitken, stand auf und wies mit einem Kopfnicken zu dem Crown Vic des Inspectors. »Es sind die Hochleistungsreifen, mit denen alle Ford Crown Victoria Police Interceptors ausgerüstet sind.«

Savarese schielte zu Wilkes' Wagen. »Davon hatten wir eine ganze Flotte, nicht?«, sagte er kryptisch. Nick wusste, er wollte nicht aussprechen, was alle dachten: dass ein Polizist Rosa Sanchez entführt und hier herausgebracht hatte, um weiß Gott was mit ihr zu machen.

Wilkes kam ihm zu Hilfe. »Sämtliche Polizeibehörden

im Großraum New York fahren diese Autos seit den späten Neunzigern. Wenn ein Cop Rosa Sanchez entführt hat, muss es keiner von uns gewesen sein.«

»Oder überhaupt kein Cop«, schaltete sich Nick ein. »Es könnte jemand sein, der sich als einer ausgibt. Gebrauchte Crown Vics aus Polizeibeständen sind leicht zu bekommen. Unser Täter könnte ihn so gut wie überall gekauft haben.«

»Wissen wir, was aus dieser Frau geworden ist?«, fragte Chief Dolan.

»Ja«, sagte Wilkes und gestikulierte in Richtung Wald. »Aber so wie das da hinten aussieht, dürfte es uns verdammt schwerfallen, es zu beweisen.«

Claire saß auf dem Sofa, das normalerweise ihre Patienten einnahmen, und versuchte in einem Heft von *People* zu lesen, das sie im Fitnessstudio versehentlich in ihre Tasche gesteckt hatte. Aber sie konnte sich nicht konzentrieren. Ihre Gedanken schweiften umher. Sie sah aus dem Fenster auf Manhattan hinaus und fragte sich, wo Nick steckte. Hatte er Rosa schon gefunden?

Sie zwang sich, an etwas anderes zu denken, egal was, Hauptsache sie sah nicht diese schrecklichen Bilder von Rosa vor sich. Sie begann frei zu assoziieren und dachte an die drückende Hitze. Dann dachte sie an die Sonne, wie Kinder sie immer mit einem lachenden Gesicht zeichnen. Aber sie hatte es nie getan. Als sie ein Kind war, waren ihre Sonnen rot-orange und zornig gewesen. Jetzt stellte sie sich die Sonne als einen Feuerball vor, der unerträgliche Hitze über die Stadt schickte. *Was wird passieren, wenn die Sonne ausbrennt,* dachte sie. *Was werden die Menschen dann machen? Wie wird die Welt überleben?*

Die Gruppe ging um die Bäume herum, zwischen denen das Absperrband gespannt war, und an der Seite des Wegs entlang, vorsichtig, damit sie weder die Reifenspuren noch andere potentielle Beweise zerstörten. Sie waren fast hundert Meter von der Teerstraße entfernt, als sie zu einer kleinen, offenen Fläche im Schatten der umstehenden hohen Ahorne und Eichen kamen. Aitken machte ihnen ein Zeichen, auf einem Bett aus trockenem Laub stehen zu bleiben, das aussah, als wäre es seit dem letzten Herbst unberührt geblieben.

»Weiter sollten wir nicht gehen«, riet er, »bevor ein Team von uns das alles bearbeitet hat.«

Er deutete zu vier großen schwarzen Metalltöpfen, die auf einem Rost standen, der ringsum von mächtigen, angekohlten Holzscheiten gehalten wurde. Ein Haufen Asche unter dem Rost war alles, was von dem Lagerfeuer übrig war.

»Sieht aus, als hätte jemand ein bisschen gekocht«, bemerkte Chief Dolan.

»Und vergessen, seine Töpfe mit nach Hause zu nehmen«, fügte Savarese an.

»Riecht außer mir noch jemand Bleiche?«, fragte Nick, als er einen Geruch wahrnahm, der seines Wissens in der Natur nicht vorkam.

Wilkes schüttelte den Kopf. »Das Einzige, was ich rieche, ist verbranntes Holz.«

»Nein, er hat recht, ich rieche es auch«, sagte Aitken. »Und ich wette, wenn wir näher rangehen, werden wir feststellen, dass diese Töpfe damit gereinigt wurden.«

Chief Dolan sprach aus, was sie alle vermuteten. »Der einzige Grund, mit Bleiche zu reinigen, ist, um menschliche Überreste ohne Rückstand zu entfernen. Damit keine DNA mehr nachweisbar ist.«

»Und er hat nicht nur gereinigt«, sagte Aitken und zeigte zu der Stelle am Rand der Lichtung, wo die Reifenspuren endeten. »Sehen Sie sich den Boden direkt hinter den Reifenspuren an. Er ist unnatürlich niedergedrückt, in Form einen vollkommenen Quadrats.«

»Er muss eine Plastikplane ausgelegt haben«, schlug Savarese vor.

»Eine sehr große«, stimmte Aitken zu. »Damit nichts auf dem Boden zurückblieb, als er die Leiche zerteilte.«

Tatsächlich sah die Stelle im Wald vollkommen fehl am Platz aus, dachte Nick. Wie sterilisiert. Ein kleines Stück Ordnung, das im Chaos der Natur nichts verloren hatte.

»Ich weiß nicht, wie das gehen soll, ohne dass man eine Unmenge Blut hinterlässt«, sagte Wilkes.

»Wenn ich raten müsste, würde ich sagen, er hat sie woanders ausbluten lassen«, erwiderte Aitken.

»Wir glauben also, dieser Wahnsinnige legt unserem Opfer Handschellen an, tötet sie und bringt sie dann hier heraus, um sie zu kochen?«, dachte Chief Dolan laut nach. »Wieso?«

»Um das Fleisch von den Knochen zu lösen«, erklärte Nick, der ein Stück hinter den anderen an einem Baum lehnte. Niemand hatte bemerkt, dass er sich von den anderen entfernt hatte.

»Alles in Ordnung mit dir, Nick?«, fragte Savarese und ging zu ihm. Nick sah aus, als würde er sich an dem Baum abstützen.

»Es ist, wie wenn man ein Huhn in einen Topf gibt, um Hühnersuppe zu machen. Wenn man es lange genug kocht, fällt das Fleisch praktisch von allein von den Knochen. Und genau das hat unser Mann hier getan«, sagte Nick, den Savarese inzwischen erreicht hatte.

»Du glaubst, dieses kranke Arschloch hat die Frau zerteilt, sie gekocht, damit sich das Fleisch von den Knochen löst, und ein Mahl aus ihr gemacht?«, fragte er.

»Nein, das Fleisch hat er entweder ins Feuer geworfen oder es anderweitig entsorgt …«

»Nicky?«, sagte Wilkes, der sich mit Aitken und Dolan näherte.

»Fresh Kills ist nur ein paar Meilen von hier entfernt«, fuhr Nick fort, der die Wut in seiner Stimme kaum noch unterdrücken konnte. Fresh Kills hieß die berühmte Mülldeponie an der Westküste von Staten Island. »Aber er konnte das Feuer nicht auf elfhundert Grad hochheizen, und die braucht man, um Knochen in Brand zu setzen.«

Savarese legte eine Hand auf Nicks Schulter. Dieser war blass, als er sich der Gruppe zuwandte. »Großer Gott, Nicky, was ist los, Mann? Du siehst aus, als hättest du einen Geist gesehen.«

»Das habe ich«, sagte Nick mit zittriger Stimme. »Den meines Vaters.«

»Was reden Sie da?«, fragte Wilkes. »Was hat Ihr Vater mit alldem zu tun?«

»Er hatte einen Fall genau wie diesen hier«, erklärte Nick. »Als ich zehn war. Er hat mir viel später alles darüber erzählt. Der Hurensohn hat Frauen getötet und gekocht. Ich hatte jahrelang Albträume davon.« Er sah Savarese an, der die Hand von seiner Schulter nahm. »Ich bin okay, Tony.«

»Wir machen Folgendes«, sagte der Chief zu Aitken. »Rufen Sie Captain Lummer an, Ihren Boss, und sagen Sie ihm, ich brauche so viele Teams hier draußen, wie er erübrigen kann. Wenn nötig, sollen sie Überstunden machen.«

Er wandte sich an Wilkes. »So ungern ich es sage, ich glaube, Nick hatte den richtigen Riecher. Wir gehen also weiter von der Annahme aus, dass dieser Verrückte Rosa

Sanchez auf offener Straße entführt, sie an einem anderen Ort getötet hat und ausbluten ließ und hier dann möglicherweise zerstückelte. Wir lassen den Schauplatz hier fotografieren und genau durchsuchen und schicken alles ans Labor, und das Ganze so schnell wie möglich, auch wenn wir die ganze Nacht durcharbeiten. Aber wir tun es unauffällig. Wenn die Medien Wind von der Geschichte bekommen und überall Reporter herumlaufen und Fragen stellen, weiß dieser Irre, dass wir ihm auf der Spur sind, und das ist das Letzte, was wir gebrauchen können.«

»Bei allem Respekt, Chief«, sagte Wilkes, »aber wenn wir eine Flotte CSI-Fahrzeuge an diesen Häusern vorbeifahren lassen, dürfte es mit der Geheimhaltung schnell vorbei sein.«

Dolan holte sein Handy heraus und konsultierte eine Landkarte auf dem Display. »Sieht aus, als würde diese unbefestigte Straße nach Norden weitergehen und in der Amboy Avenue enden. Dort oben sind nicht viele Häuser, wir bringen unsere Leute also über diesen Weg hierher. Tony, Sie leiten die Operation«, sagte er zu Savarese.

»Verstanden, Chief«, antwortete der Detective Sergeant.

»Und wir?«, fragte Wilkes und bezog Nick dabei mit ein.

»Wir fliegen zur Zentrale zurück«, sagte Dolan und sah Nick an. »Und dort verraten Sie uns dann, was zum Teufel Ihr Vater Ihnen erzählt hat.«

7

Eine Stunde und einen schweigsamen, unangenehmen Hubschrauberflug später saßen Nick, Wilkes und Dolan um den Kirschholztisch im Konferenzraum neben Dolans Büro. Der Raum war ein Tribut an seinen Vorgänger, den Konferenzraum im alten, historischen Hauptquartier des NYPD in der Centre Street 240. Sie waren nur zu dritt, und die Schweigsamkeit auf dem Rückflug war kein Zufall gewesen. Was in jenem Wald auf Staten Island geschehen war und was sie jetzt besprechen wollten, war nur für die Ohren dieser drei Männer bestimmt. Nick holte tief Luft und begann.

»Damals, 1977, ist mein Vater im Sechs-Neun Streife gefahren«, sagte er und bezog sich auf das Polizeirevier, das den Canarsie-Bezirk in Brooklyn abdeckte. »Am Anfang einer Tagschicht schickt ihn die Zentrale zu einem Zweifamilienhaus in der East 80th Street. Dort zeigt ihm der Besitzer einen Erdhügel in seinem Rasen, wo jemand in der Nacht ein Loch ausgehoben und wieder zugeschüttet hat.«

Nick hielt inne, als wartete er auf eine Reaktion. Doch sowohl Wilkes' als auch Dolans Miene signalisierten nur, er solle fortfahren.

»Dad sieht sich die Sache also an«, sprach Nick weiter, »und sagt zu dem Eigentümer, ob er einverstanden sei, wenn er wieder ausgrabe, was hier offensichtlich verscharrt wurde. Der Mann erwidert, nur zu, aber er habe keine Schaufel. Dad ruft also den Sergeant an und bittet diesen, ein paar Schaufeln vom Revier herüberzubringen. Dad und sein Partner fangen an zu graben, und in etwa dreißig Zentimeter Tiefe stoßen sie auf etwas Hartes. Sie räumen die Erde fort und sehen das obere Ende eines Jutesacks. Dad greift hinein, und im nächsten Moment hat er einen menschlichen Schädel mit einem Einschussloch in den Händen. Während er auf die Straße läuft und sein Frühstück wieder loswird, rufen sein Partner und der Sergeant Verstärkung. Spurensicherung und Gerichtsmediziner kommen und holen den Sack aus der Erde. Als sie hineinsehen, ist er voller Menschenknochen.«

Nick sah Wilkes und Dolan an, die ihm ihre ganze Aufmerksamkeit widmeten. Wilkes' Miene hatte allerdings etwas Komisches, er sah aus, als versuchte er, aus dem Schwamm seines Gehirns eine Erinnerung zu pressen, die nicht existierte. »Wieso zum Teufel weiß ich nichts mehr davon?«, überlegte er laut. »Ich war damals schon im Dienst.«

»Weil es am 1. August passiert ist«, sagte Nick sofort. »Einen Tag nachdem Dave Berkowitz seine letzten beiden Opfer drüben in Bath Beach erschossen hat. Mein Vater hat mir erzählt, dass der Sack Knochen nicht einmal in den Zeitungen erwähnt wurde, weil sich damals niemand einen Scheißdreck für etwas anderes als den Son of Sam interessiert hat.«

»Großer Gott«, meinte Dolan, und ein gequälter Ausdruck huschte über sein Gesicht, den Nick noch nie an ihm beobachtet hatte.

»Alles in Ordnung, Chief?«, fragte er.

»Erzählen Sie nur weiter«, erwiderte Dolan ausdruckslos.

»Okay«, sagte Nick. »Der Gerichtsmediziner untersucht die Knochen und sagt zu meinem Vater, dem Umfang des Beckengürtels nach sei das Opfer mit Sicherheit eine Frau gewesen. Dann passiert in der nächsten Nacht genau das Gleiche zwei Straßen entfernt. Ein Sack mit den Knochen einer armen Frau wird im Rasen eines anderen armen Teufels vergraben. Ich werde es nie vergessen. Dad kam nach Hause und hat sich beinahe ins Koma gesoffen. Er fing an, den Täter als den ›Metzger‹ zu bezeichnen. Dad konnte nicht verstehen, was für ein Monster Menschen tötet, sie zerstückelt und dann kocht, um das Fleisch von den Knochen zu lösen …«

»Moment mal«, unterbrach Wilkes. »Der Gerichtsmediziner wusste, dass die Knochen gekocht waren?«

»Ja, bei beiden Opfern, ich weiß nicht mehr, wie er es festgestellt hat«, erwiderte Nick rasch. »Wir müssen uns die Akten ansehen, wenn wir sie noch finden. Fakt ist jedenfalls«, schloss er, »dass sämtliche Polizisten der Stadt nach Berkowitz suchten, die Knochen wurden also hintangestellt. Die Opfer wurden nie identifiziert, der Täter nie gefasst. Und soweit mein Vater wusste, ist es nie wieder passiert.«

Chief Dolans Miene hatte sich nicht verändert, und jetzt lehnte er sich müde zurück. Als hätte er zwei und zwei zusammengezählt und sechs herausbekommen.

»Das stimmt«, sagte er mit schwerer Stimme. »Es ist nicht wieder geschehen. Aber es war damals nicht das erste Mal.«

Wilkes und Nick sahen sich kurz in die Augen und ließen sich ihren Schock aus Respekt für ihren Boss nicht anmerken. »Äh, Chief«, sagte Wilkes, »wären Sie vielleicht so freundlich, uns zu verraten, wovon Sie reden?«

»Etwa einen Monat vor dem, was Lawler gerade erzählt

hat«, erklärte der Chief. Er richtete sich auf, erkennbar beunruhigt. »Ich war Rekrut im Eins-Zwölfer in Forest Hills, und ein Hund hatte ein paar Knochen im Flushing Meadows Park ausgegraben. Sie ließen mich auf Überstunden im Regen Wache am Tatort stehen. Ich weiß nicht einmal, ob die Detectives den Fall überhaupt untersucht haben. Wir waren das einzige Revier in der Stadt, in dem Berkowitz zweimal zuschlug. Niemand interessierte sich für etwas anderes.«

»Wurde dieses Opfer jemals identifiziert?«, fragte Nick.

»Ich glaube nicht, und mir war klar, dass ich als Anfänger besser nicht danach frage«, sagte Dolan. Angesichts der Position, die er jetzt innehatte, klang die Bemerkung ironisch. »Ich erinnere mich nicht mehr, ob ich jemals von den Knochen in Brooklyn erfahren habe.«

»Irgendwer wird sich aber daran erinnern«, warnte Wilkes.

Das läutende Handy des Chiefs unterbrach das Gespräch. »Moment, Leute, es ist Savarese«, sagte Dolan und nahm den Anruf an. »Tony, ich bin mit Wilkes und Lawler hier, und Sie sind auf Lautsprecher. Was gibt es Neues da draußen?«

»Nichts Gutes«, ertönte Savareses Stimme. »Aitken sagt, an diesen Töpfen oder um das Lagerfeuer herum ist keine Spur von einer Leiche zu entdecken.«

»Wie kann er das so schnell wissen?«, brummte Wilkes.

»Weil das Leichengas eine Unmenge Fliegen und andere Tiere angezogen hätte, und nichts deutet darauf hin, dass da welche waren. Wir suchen weiter, aber wenn da wirklich jemand eine Frau gekocht hat, dann hat er hinterher wahnsinnig gründlich saubergemacht.«

»Lassen Sie es uns wissen, wenn sich etwas ändert«, sagte Dolan und beendete das Gespräch.

»Okay, Leute, und was jetzt?«, fragte er. »Wenn eine Leiche im Wald gekocht wird, und niemand kann eine Spur von ihr finden, ist die Person dann tatsächlich tot?« Es war eine rhetorische Frage. Sie waren alle überzeugt davon, dass Rosa Sanchez tatsächlich einem Mord zum Opfer gefallen war.

»Die einzige Möglichkeit, es mit Sicherheit festzustellen, ist, diese Knochen zu finden«, meinte Nick

»Und wie zum Teufel machen wir das?«, fragte Wilkes.

»Angenommen, es ist derselbe Kerl wie vor fünfunddreißig Jahren«, sagte Nick, »dann sollten wir nachsehen, wo er sie damals gelassen hat.«

Dolan sah ihn an, als hätte er den Verstand verloren. »Wenn es derselbe Kerl ist, kann er unmöglich so dumm sein.«

Aber Nick ließ sich nicht beirren. »Er war dumm genug, Rosas Handy eingeschaltet zu lassen. Soll heißen, es war überhaupt keine Dummheit. Er wollte, dass wir die Feuerstelle finden. Und deshalb glaube ich, er will auch, dass wir die Knochen finden. Ich denke, es ist einen Versuch wert.«

Sie beschlossen, sich rückwärts zu arbeiten, und fuhren quer durch Brooklyn zu der Stelle unter der Verrazano Bridge, wo vor mehr als drei Jahrzehnten der letzte Sack mit Knochen gefunden worden war. Sie durchsuchten die Rasenflächen eine Stunde lang, bis sie überzeugt waren, dass niemand in letzter Zeit hier gegraben hatte.

Ihr nächster Stopp lag geradeaus den Belt Parkway hinauf in Canarsie. Chief Dolan blieb im Wagen und telefonierte, während Wilkes und Nick vier Blocks die East 80th Street hinaufgingen und nach frisch umgegrabener Erde Ausschau hielten. Doch offenkundig waren keine Leichen in dem Viertel entsorgt worden. Sie sahen einen Streifenwagen des 69er-Reviers im nächsten Block am Straßenrand stehen, die Beamten darin erledigten offenbar Papierkram.

»Das ist Wahnsinn«, sagte Wilkes und machte Nick ein Zeichen, umzukehren, ehe die Beamten sie entdeckten. »Wenn jemand den Chief of Detectives hier draußen sieht, weiß er, dass etwas im Busch ist«, knurrte er, ehe sie zu ihrem eigenen Wagen zurückeilten.

»Fahren wir zum nächsten Stopp«, schlug Nick vor.

»Scheiß drauf«, sagte Wilkes und zog sein Sakko aus, ohne sich darum zu kümmern, dass man seine Glock nun im Gürtelhalfter sehen konnte. Die Hitze setzte ihm eindeutig zu. »Ich werde dem Chief empfehlen, eine Streife zu der Stelle im Flushing Meadow Park zu schicken. Sie sollen nachsehen, ob dort gegraben wurde. Wir müssen den Männern nicht sagen, warum …«

Ein kurzes Aufheulen der Sirene an Dolans Chevy Tahoe ließ ihn abbrechen und zusammen mit Nick den restlichen Block zu der Stelle eilen, an der der Wagen geparkt war.

»Was ist los, Chief?«, keuchte Wilkes, als er sich hinter das Lenkrad klemmte.

Aber Dolan rief gerade in das Funkmikro. »Nein, Zentrale, die Streife soll die Straße abriegeln und auf unser Eintreffen warten. Niemand geht in die Absperrung oder aus ihr heraus, bis ich da bin.«

»Zehn-vier«, ertönte die Stimme des Mitarbeiters in der Telefonzentrale.

»Wohin fahren wir?«, fragte Nick, der noch nicht einmal richtig saß, als Wilkes losbrauste.

»Südliche Bronx«, rief der Chief über den Lärm der Sirene. »Ein paar Müllmänner haben einen Abfalleimer von einer Straßenecke in ihren Laster gekippt, und dabei ist ein Sack Knochen herausgefallen.«

8

Es gab keinen einfachen Weg von Canarsie zum Yankee Stadion. Wilkes wählte oberirdische Straßen, um den ständigen Baustellenstaus auf dem Belt Parkway zu entgehen. Er steuerte den Tahoe die Pennsylvania Avenue hinauf durch Brownsville und East New York, immer noch zwei der am meisten von Kriminalität geplagten Gegenden der Stadt. Sie hatten auch die am schlimmsten vernachlässigten und von Schlaglöchern übersäten Straßen der Stadt. Von den Schlägen, dem Getöse der Sirene und den heruntergekommenen Häusern, die an seinem Tunnelblick vorbeizogen, bekam Nick rasende Kopfschmerzen, und ihm wurde fast übel. Das ständige Stop-and-go machte die Sache nicht besser. Autofahrer in Brooklyn bildeten von Haus aus selten eine Gasse, um Polizei- oder Notfallfahrzeuge durchzulassen. Wenn man dann noch Klimaanlagen und laut aufgedrehte Musik bei geschlossenen Fenstern dazurechnete, dann hörten die meisten Fahrer die Sirenen überhaupt erst, wenn sie direkt hinter ihnen waren. Und selbst dann nicht immer.

Schließlich erreichten sie den Jackie Robinson Parkway, die Fahrt wurde ruhiger und der Verkehr dünner. Wilkes jagte den Tahoe mit mehr als einhundertzwanzig Sachen auf den Grand Central Parkway, und sie flogen an Flushing Meadow Park, Citi Field und dem Flughafen LaGuardia vorbei. An der Triborough Bridge kamen sie wegen eines

Unfalls zum Stehen, und Wilkes' Fluchen über den glücklosen Taxifahrer, der beim Spurwechsel einen Toyota Camry gerammt hatte, machte Nicks Kopfweh nicht besser. Genauso wenig wie die Befürchtung, dass der Tatort längst kontaminiert sein würde, bis sie endlich eintrafen.

Fast eine Stunde war vergangen, bis sie auf den Deegan Expressway kamen, der in das nördlichste Borough der Stadt führte. Erst als das Yankee Stadion in Sicht kam, wusste Nick, dass es nicht mehr weit bis zu ihrem Ziel war. Das Pochen in seinem Kopf ließ allmählich nach. Wilkes jagte die Walton Avenue entlang, vorbei am Bronx Courthouse, und hielt vor mehreren Streifenwagen, die kreuz und quer auf der Fahrbahn standen und die 157th Street für den Verkehr sperrten.

Als er zusammen mit Wilkes und Dolan aus dem Tahoe sprang, schwanden auch seine Befürchtungen. Was ihn beruhigte, war das, was nicht da war: kein Wagen der Gerichtsmedizin, kein Fahrzeug der Spurensicherung. Chief Dolans Befehle waren genauestens befolgt worden. Nur das Müllabfuhrauto stand dort, die beiden verschreckten Arbeiter standen bei vier uniformierten Polizeibeamten, die dafür sorgten, dass niemand an ihrem Streifenwagen vorbeikam.

Von der blockierten Durchfahrt abgesehen, schien die Sache keinen Menschen zu interessieren. Wenn jemand Fragen stellte, antworteten die Beamten, was ihnen Dolan eingeschärft hatte. »Eine Hauptwasserleitung wird überprüft. Keine Gefahr.«

Nick zog die Kette mit seiner Detective-Marke heraus und hängte sie sich um den Hals. Es war das erste Mal seit fast einem Jahr, dass er an einem Tatort war, und obwohl es sich um eine ernste Angelegenheit handelte, musste er ein Grinsen unterdrücken. Er war zurück auf der Straße und damit wieder im Spiel. Er folgte Chief Dolan und Wilkes zum Heck des Mülllasters und sah in den Ladebehälter.

Auf einem Berg von Müll lag ein großer Jutesack. Menschliche Knochen ragten aus einem Riss auf der Seite. Es stank, aber Nick nahm es kaum wahr. Er hatte im Lauf der Jahre viele verwesende Leichen gerochen, und fauliger Müll war für ihn ein Spaziergang.

Chief Dolan wandte sich mit einem Pokergesicht den Streifenbeamten zu, alle jung, alle eingeschüchtert und vielleicht sogar verängstigt angesichts Dolans hohem Rang.

»Wer war als Erster hier?«, fragte der Chief.

Zwei der Uniformierten hoben die Hand, und Dolan winkte sie zu sich. »Habt ihr gesehen, was in dem Müllfahrzeug war?«

»Ja, Sir«, sagte einer der Cops, dessen Namensschild ihn als *Singh* auswies.

»Hat es sonst jemand gesehen? Außer den beiden Müllmännern?«

»Nein, Chief«, erwiderte der andere Beamte, der Hammond hieß. »Wir hatten Befehl, niemanden in die Nähe zu lassen. Nicht einmal der Sergeant hat es gesehen.«

»Habt ihr Einundsechziger ausgefüllt?«, fragte Dolan und bezog sich auf die Nummer des Formulars für den Standardbericht.

»Es hieß, wir sollten auf Sie warten«, sagte Officer Singh.

Dolan nickte zufrieden, weil die Polizisten seinen Anordnungen gefolgt waren. »Wir machen es so«, sagte er. »Die Müllmänner haben gemeldet, was sie ihrer Meinung nach gesehen haben. Ihr habt auf die Funkmeldung reagiert und euch die Sache selbst angesehen, und da ihr euch nicht sicher wart, was ihr vor euch habt, habt ihr das Fahrzeug erst einmal sichergestellt. Und auf meinen Befehl hin übernimmt ab hier das Detective Bureau. Wir verstehen uns?«

»Sie sagen es, Chief«, antwortete Officer Hammond, erkennbar eingeschüchtert von der Anwesenheit des Chief of Detectives. Dolan zog einen Notizblock aus der Tasche. »Ich schreibe mir eure Namen und Dienstnummern auf«, sagte er und schrieb bereits. »Tut, was ich sage, behaltet die Sache für euch, und ich sorge persönlich dafür, dass man sich um euch kümmert.«

Beide Beamten wussten, was das bedeutete: Wenn sie die Befehle des Chiefs befolgten, würde er sie auf seine Liste für eine Versetzung zu einer Detective-Einheit setzen. »So«, sagte Dolan abschließend. »Das Müllfahrzeug muss auf den Betriebshof geschleppt und die beiden Arbeiter müssen in meine Dienststelle in Manhattan gebracht werden. Sagt eurem Sergeant, ich habe euch gebeten, dass ihr das übernehmt, und wenn er Fragen hat, kann er sich direkt an mich wenden.«

»Der Sergeant ist eine Sie, aber wir richten es ihr aus«, erwiderte Officer Singh, und die beiden bedeuteten den schockierten Müllmännern, ihnen zum Streifenwagen zu folgen. Als sie außer Hörweite waren, wandte sich Dolan wieder an Wilkes. »Wir lassen die Spurensicherung mit ihrem zivilen Van kommen und die Mülltonne holen. Dann sollen sie uns zusammen mit dem Gerichtsmediziner auf dem Betriebshof treffen und den Müllwagen ausleeren.«

Nick hörte das alles, während er die Straße mit ihren in Eigentumswohnungen umgewandelten Mietshäusern hinauf und hinunter blickte. Sein Unbehagen wuchs mit jeder Sekunde. »Ich kapiere es nicht«, sagte er.

»Was?«, fragte Wilkes.

»Er hätte die Knochen draußen in diesem Wald auf Staten Island verstreuen können, und wir hätten Wochen gebraucht, um sie zu finden, falls wir sie überhaupt je gefunden hätten. Stattdessen wirft er sie am helllichten Tag in eine Mülltonne drei Blocks vom Yankee Stadion entfernt, in einer Gegend, in der es mehr Kameras gibt als in einem Bus voll japanischer Touristen.«

Dolan wandte sofort den Kopf, um sich nach den Kameras umzusehen, von denen Nick gesprochen hatte, und drei Stück fielen ihm sofort ins Auge. »Er traut sich was, wer immer dieser Psycho ist«, sagte der Chief. »Die Gerichtsmedizin muss sich mit der DNA beeilen.«

»Erst müssen sie DNA von den Knochen gewinnen, bevor sie etwas bearbeiten können«, meinte Wilkes niedergeschlagen. »Bis wir eine positive Identifizierung dieser Knochen haben, vergeht noch ein Monat.«

»Wir haben keinen Monat Zeit«, gab Dolan zurück. »Wir haben Zeit, bis durchsickert, dass das die Knochen von Rosa Sanchez sind. Irgendwer wird sich an die Fälle von 1977 erinnern, die Medien werden es erfahren, und die Leute werden in Panik geraten, dass ein Serienmörder wieder da ist, den wir vor dreißig Jahren nicht erwischt haben.« Er wandte sich an Nick. »Bis wir diese Knochen eindeutig als die von Rosa Sanchez identifiziert haben, kein Wort von alldem zu Ihrer Dr. Waters, verstanden?«

»Ja, Sir«, antwortete Nick gehorsam.

»Gut«, sagte Dolan und klang beinahe abweisend. »Sie waren eine große Hilfe. Begleiten Sie die beiden Müllmänner im Streifenwagen nach Downtown und hinauf zu Major Case. Sie brauchen ihnen keine Fragen zu stellen. Inspector Wilkes' Leute werden von da an übernehmen.«

»Und das war's?«, sagte Nick, der seine Enttäuschung nicht verbergen konnte, da ihm plötzlich klar wurde, dass er wieder raus war aus dem Spiel.

Aber Dolan war fertig mit Nick und wandte sich wieder an Wilkes. »Major Case wird den Fall als Entführung mit Mord behandeln«, erklärte er. »Wählen Sie fünf Detectives aus, denen Sie vertrauen, und setzen Sie sie in ein freies Büro. Tony Savarese soll die Leitung übernehmen. Wir müssen die Geschichte so gut wie möglich eindämmen.«

Als er merkte, dass Nick noch immer bei ihnen stand, versteinerte sich seine Miene.

»Sie haben Ihre Befehle«, knurrte der Chief. »Und diesmal befolgen Sie sie. Ich sehe Sie an Ihrem Schreibtisch, wenn ich ins Büro zurückkomme.«

Nick entfernte sich, bevor er noch etwas sagte, was er bedauern würde. Er steckte die Dienstmarke zurück in die Tasche und nahm auf dem Beifahrersitz des Streifenwagens Platz. Die beiden Müllmänner saßen bereits auf der Rückbank. Er verstand nicht, warum Dolan ihn vor Wilkes demütigen musste, aber er wusste sehr gut, warum er so unsanft entlassen worden war. Dolan schätzte Loyalität und Vertrauen über alles, und das war Nicks Quittung dafür, dass er die Abmachung mit dem Chief gebrochen hatte.

Das Problem war nur, dass Nick Lawler eine Sache, die er angefangen hatte, grundsätzlich auch zu Ende brachte. Und während sich der Streifenwagen mit heulender Sirene durch den Verkehr schlängelte, schwor er sich, es würde dieses Mal nicht anders sein.

Auch wenn er dafür schon wieder die direkten Befehle des Chiefs missachten musste.

Claire saß an einem Tisch im hinteren Teil des Chelsea Diners, einem mit Edelstahl ausgekleideten Gebilde, das wie ein alter Speisewagen aussah, trank ungeduldig ihren schwarzen Kaffee und verbrannte sich prompt die Zunge.

Lautlos fluchend sah sie aus dem Fenster auf die Eleventh Avenue hinaus, auf der jetzt um elf Uhr abends kaum noch Verkehr war, und fragte sich, warum Nick den ganzen Tag nicht ans Telefon gegangen war. Vor drei Stunden hatte er dann endlich zurückgerufen und gesagt, er könne gerade nicht sprechen, und sie hatten sich in dem Diner verabredet. Aber nach all den Stunden ohne Nachricht war Claire in Bezug auf Rosas Wohlergehen regelrecht in Panik.

Sie sah sich in dem so gut wie leeren Diner um, wo eine Bedienung die Salzstreuer und Ketchupflaschen für den nächsten Tag auffüllte. Sie dachte an ihren letzten Besuch mit Nick hier und war froh, dass diesmal wenigstens nicht ihr Leben in Gefahr war, auch wenn sie außer sich vor Sorge um Rosa war.

Sie griff gerade in ihre Handtasche, um ihr Handy herauszuholen, als sie hörte, wie die Tür sich quietschend öffnete. Als sie aufblickte, sah sie Nick hereinkommen, mit einem Gesicht, als wäre er durch die Hölle gegangen – und als ob das nicht genug gewesen wäre, hatte er Cisco, seinen Blindenhund, an der Leine.

Mit einem Mal empfand sie nur Mitgefühl mit diesem Mann, der so viel für sie getan und mit ihr durchgemacht hatte, nachdem er den Selbstmord seiner Frau und eine Untersuchung wegen Mordverdachts gegen ihn überlebt hatte. Und jetzt war er wieder ein Opfer, dieses Mal das seiner eigenen schlechten Gene.

»Hier drüben«, rief Claire.

Nick wandte den Kopf, seine Augen hatten sich noch nicht an den Lichtwechsel angepasst. Cisco kam freudig mit dem Schwanz wedelnd auf Claire zu, er erkannte ihren Geruch von ihrem Besuch in Nicks Wohnung.

»Tut mir leid, dass ich zu spät komme«, sagte Nick müde, als er gegenüber von ihr Platz nahm und auf die braune Porzellantasse mit schwarzem Kaffee schielte, die Claire vor mindestens zehn Minuten für ihn hatte einschenken lassen.

»Sie sollten sich vielleicht frischen kommen lassen«, bemerkte sie.

Nick hob die Tasse an und trank einen Schluck. »Schon in Ordnung«, erwiderte er. »Und es tut mir noch mehr leid, dass ich Ihre Anrufe nicht beantworten konnte. Ich habe strikten Befehl, nicht ein Wort über all das, was heute passiert ist, zu Ihnen zu sagen.«

Claire setzte sich zurück, sie war fix und fertig. Sollte alles umsonst gewesen sein?

Aber Nick war noch nicht am Ende. »Keine Angst«, fuhr er fort. »Dass ich diesen Befehl habe, heißt nicht, dass ich ihn befolgen werde.«

Das ist der Nick, den ich kenne, dachte Claire. Sie war nervöser denn je, aber dankbar dafür, die Wahrheit zu erfahren. »Was ist passiert?«

»Nicht so schnell. Ich habe es mir bereits gründlich verscherzt mit dem Chief of Detectives, weil ich unsere Abmachung gebrochen habe. Wenn er herausfindet, dass ich ihm erneut nicht gehorcht habe, stehe ich auf der Straße.«

»Niemand sonst muss jemals erfahren, was Sie mir erzählen.«

Nick holte tief Luft. »Wappnen Sie sich, es ist nicht schön.«

Aber Claire war bereits auf das Schlimmste vorbereitet. »Rosa ist tot«, sagte sie, und eine Träne fiel aus ihrem rechten Auge.

»Wir sind uns ziemlich sicher«, antwortete Nick und schilderte die irrwitzigen Ereignisse des Tages, wobei er nur die beiden Morde vor dreißig Jahren wegließ. Claire bemühte sich nach Kräften, alles so emotionslos wie möglich aufzunehmen, aber als sie hörte, dass Rosas Knochen in eine Mülltonne geworfen worden waren, flossen neue Tränen.

»Was ist mit ihrer Familie?«, fragte sie und rang um Fassung. »Ihre Mutter muss es erfahren.«

Nick schüttelte den Kopf. »Das geht im Moment nicht. Und Sie dürfen weder ihr noch irgendjemand anderem davon erzählen, sonst bin ich geliefert. Ich dürfte mich nicht einmal mit dem Fall beschäftigen.«

»Sie wollen also Rosas Mutter warten und hoffen lassen, dass ihre Tochter noch lebt?«, sagte Claire. »Das ist schlicht und einfach grausam.«

»Alles, was wir haben, sind Knochen, Claire«, erinnerte Nick sie leise, aber mit Nachdruck. »Sie wissen das alles nur, weil Sie mich kennen. In jedem anderen Fall warten wir eine eindeutige Identifizierung ab, ehe wir die Angehörigen verständigen. Wenn es so weit ist, wird Inspector Wilkes das übernehmen.«

»Sie werden eine DNA-Probe von einem Familienmitglied brauchen.«

Eine lärmende Gruppe von knapp einem Dutzend laut lachender, betrunkener Männer und Frauen in den Zwanzigern kam plötzlich in das Diner und verärgerte Nick, weil sie sich näher zu ihnen setzten, als ihm lieb war. Cisco hatte auf dem Boden zu Nicks Füßen gelegen und setzte sich nun abrupt auf, bereit, seinen Herrn zu schützen.

»Ich kann Rosas Mutter nicht bitten, uns eine zu geben«, sagte Nick und trank noch einen Schluck von seinem lauwarmen Kaffee. »Offiziell bin ich nicht involviert. Es wird einen Monat dauern, bis DNA aus diesen Knochen entnommen und bestimmt ist, und bis die Ergebnisse vorliegen, existieren sie offiziell nicht, was die Polizei angeht.«

Claire wusste, er verschwieg etwas. Und es machte sie wütend.

»Was erzählen Sie mir nicht?«, fragte sie mühsam beherrscht.

Ihr Blick folgte Nicks durch das Lokal, und mit einem Mal wurde ihr klar, was er ihr mitzuteilen versuchte.

Er will es mir sagen, aber hier sind zu viele Leute.

Als hätte er ihre Gedanken gelesen, winkte Nick der Bedienung wegen der Rechnung.

»Draußen«, sagte er.

Sie gingen die Straße entlang. Eine frische, kühle Brise wehte vom Hudson River herauf, der nur einen Block entfernt lag. Es war eine Wohltat nach der Hitze des Tages. Claire sah vereinzelt Leute auf der zum Park umgebauten Hochbahntrasse spazieren gehen. Mit Cisco an der Leine konnten sie und Nick leicht für ein Paar aus dem Viertel gehalten werden, das spätabends noch einen Spaziergang machte. Nachdem sich Nick überzeugt hatte, dass sie allein waren, fing er zu erzählen an.

»Weniger als zehn Leute wissen, was ich Ihnen jetzt sagen werde, und dabei muss es bleiben«, betonte er und berichtete dann von den beiden Morden aus dem Jahr 1977. Als er fertig war, sah ihn Claire wie betäubt an. »Und Sie glauben, dieselbe Person hat Rosa getötet?«

»Warum nicht?«, meinte Nick. »Er wurde nie gefasst, und die Opfer wurden nie identifiziert.«

»Na ja, wenn es derselbe Mörder ist, müsste er inzwischen ziemlich alt sein«, entgegnete Claire. »Und von einem Serienmörder, der fast vierzig Jahre Pause macht, hat man auch noch nie gehört, oder?«

»Aber es ist nicht ausgeschlossen«, sagte Nick. »Er könnte wegen eines anderen Verbrechens gesessen haben und kürzlich freigekommen sein. Die Jungs werden das überprüfen müssen. Andererseits könnte es auch ein Nachahmungstäter sein«, schloss Nick.

Claire war skeptisch. »Nachahmungstäter eifern normalerweise bekannten Verbrechern nach, weil sie so sein wollen wie diese oder sogar noch besser. Und Sie haben keine Ahnung, wer das ursprüngliche Verbrechen begangen hat.«

»Gutes Argument«, gab Nick zu. »Ich kann nur hoffen, unsere Leute suchen im Asservaten-Lagerhaus nach den Knochen der ersten beiden Frauen – falls sie nicht vor Jahren in einem Armengrab beigesetzt wurden. Wenn sie die Knochen finden und ihre DNA entnehmen, haben wir vielleicht eine Chance, die Opfer zu identifizieren. Und außerdem«, sagte er plötzlich, da ihm eine Idee kam, »wer sagt, dass es nicht mehr Opfer von dem Kerl in flachen Gräbern überall im Großraum New York gibt? Das Problem ist, dass die beiden alten Fälle damals wegen Son of Sam kaum untersucht wurden. Wir – ich meine *sie*«, korrigierte er sich, »wissen nicht einmal, wo sie anfangen sollen.«

»Mit Rosa Sanchez zum Beispiel«, sagte Claire, während sie auf die Ampel an der Ecke der 23rd Street warteten. »Und sich rückwärts arbeiten. Aber anscheinend wollen sie nichts weiter, als die Sache vertuschen, damit niemand erfährt, welchen Mist sie vor dreißig Jahren gebaut haben.«

Die Ampel schaltete um, und Claire marschierte los, um die Straße zu überqueren. Im selben Moment zerrte Cisco Nick vom Randstein, sodass er stolperte und Claires Arm packte, um nicht zu stürzen.

»Verzeihung«, sagte Nick.

»Schon gut«, erwiderte Claire, der bei Nicks Berührung

war, als hätte sie einen elektrischen Schlag erhalten. Was allerdings nicht unangenehm gewesen war.

»Es geht nicht um Politik«, sagte Nick. »Sie wollen nichts vertuschen. Sie wollen nur keine Panik in der Stadt, und ich kann es ihnen nicht verübeln. Aber sie können es nur so lange verheimlichen, bis Rosa eindeutig identifiziert ist. Sie haben also rund einen Monat.«

»Nicht wenn ich es verhindern kann«, sagte Claire.

»Was zum Teufel soll das bedeuten?«, fragte Nick, der Angst hatte, Claire könnte die Neuigkeit durchsickern lassen.

»Das bedeutet, ich werde versuchen, sie schneller zu identifizieren.«

Das beunruhigte Nick. »Sie dürften nicht einmal wissen, dass sie tot ist. Ich würde ungern bedauern müssen, es Ihnen erzählt zu haben.«

Er hatte recht, und Claire wusste zu schätzen, welches Risiko er für sie einging.

»Lassen Sie es mich anders formulieren«, lenkte sie ein, während ein offener Doppeldeckerbus auf Nachttour vorbeifuhr. Die Touristen an Bord winkten ihnen zu. »Was würden Sie dazu sagen, wenn ich Rosa möglicherweise schneller identifizieren könnte?«

»Müssen Sie dazu Gesetze brechen?«

»Wollen Sie darauf wirklich eine Antwort?«

Zum ersten Mal seit Beginn ihrer Unterhaltung lächelte Nick.

»Natürlich nicht«, sagte er, und sein Tonfall machte deutlich, dass sie seinen inoffiziellen Segen hatte. »Und falls mich jemand fragt, werden wir dieses Gespräch nie geführt haben.«

Claire grinste. »Welches Gespräch?«

9

Claire ging rasch den Flur zu ihrem Büro entlang, jedoch nicht so schnell, dass sie die Aufmerksamkeit der Gebäudereiniger erregte, die hier und dort den Boden wischten. Es war nach Mitternacht, der Krankenhausflügel mit den Büros der Ärzte war leer, und obwohl ihre Sneakers kaum ein Geräusch machten, fühlte Claire sich verwundbar und allein im grellen Schein der Deckenbeleuchtung. Ihr Ziel war es, Rosa zu identifizieren und ihrer Familie Bescheid zu geben. Dass sie es spätnachts tat, war kein Zufall. Das Gebäude wimmelte untertags vor Patienten und Ärzten. Aber um diese Uhrzeit war es sehr viel unwahrscheinlicher, dass sie erwischt wurde. Und das durfte auf keinen Fall geschehen, denn was sie vorhatte, konnte sie ihre Zulassung als Ärztin kosten, für die sie so unermüdlich gearbeitet hatte, ganz zu schweigen davon, dass sie persönlich und das Krankenhaus sich einem höchst unangenehmen Prozess gegenübersehen würden.

Vor ihrem Büro blieb sie stehen, sperrte leise auf und machte kein Licht. Sie trat ein, zog die Tür zu und stand im Dunkeln. Sie verfluchte sich, weil sie tagsüber die Jalousien am Fenster heruntergelassen hatte, als sie sich zum Schreibtisch vortastete. Als sie sich den Zeh am Fuß der Couch anstieß, zuckte sie vor Schmerz zusammen und dachte sofort an Nick. *Bald wird er in totaler Finsternis leben.*

Am Schreibtisch angekommen, schaltete sie schließlich die Lampe an, deren Schein man im Spalt unter der Tür weniger wahrnehmen würde als das Deckenlicht. Sie tadelte sich selbst, weil sie sich solche Sorgen machte, jemand könnte sie sehen. Jeder Arzt kann eine plausible Erklärung dafür finden, warum er spät noch arbeitet. Aber sie würde sich ihre Erklärungen für den nächsten Schritt aufsparen müssen. Das würde der gefährlichste Teil ihrer nächtlichen Mission werden und in einem andern Teil des Krankenhauses über die Bühne gehen.

Aber nur, wenn sie recht hatte.

Claire schloss ihren Schreibtisch auf. Das Klicken des Schlosses hallte durch das Zimmer und erinnerte sie daran, dass sie eine letzte Chance hatte umzukehren. Aber die Erinnerung an Rosa war zu stark und trieb sie vorwärts. Sie öffnete die linke untere Schublade, zog einen dicken Ordner heraus und blätterte ihn durch, bis sie zu dem gesuchten Abschnitt kam und bestätigt fand, dass ihre Erinnerung sie nicht getrogen hatte. Sie machte sich ein paar Notizen, riss den Zettel aus dem Block und stopfte ihn in ihre Handtasche. Dann schaltete sie die Lampe aus und schaffte es ohne erneutes Missgeschick zur Tür. Sie war überzeugt, das Richtige zu tun.

Und sie wusste, es musste getan werden, ob sie Erfolg hatte oder nicht.

Die Klimaanlage war eine Wohltat, als Nick das betagte Gebäude an der First Avenue betrat, in dem die Gerichtsmedizin untergebracht war. Obwohl es erst acht Uhr morgens war, lastete die schwüle Wärme schon wieder schwer auf der Stadt. An Tagen wie diesem sehnte sich Nick nach dem kühlen Luftstrom aus der Klimaanlage des Impala, den er früher gefahren hatte.

Er holte seine Marke und den Ausweis hervor, um sie dem Wachmann am Empfang zu zeigen, aber der Summer ertönte schon, ehe er seine Brieftasche aufgeklappt hatte. Er blickte auf und sah Lester, einen Veteranen mit weißen Haarbüscheln, die seitlich von dem sonst kahlen Kopf abstanden, hinter der Scheibe hervorgrüßen. Nach so vielen Jahren beim Morddezernat war Nick schwerlich ein Fremder hier. Ärzte und Personal waren alte Freunde.

Er winkte Lester zu, stieß die schwere Metalltür auf und ging wie immer zur Treppe ins Untergeschoss, wo sich die Autopsieräume befanden. Heute war es jedoch anders. Er durfte eigentlich nicht hier sein. Keine der Leichen in den Kühlschränken der Gerichtsmedizin »gehörte« ihm.

Doch ein Anruf von Claire, gut eine Stunde nachdem sie das Diner verlassen hatten, führte ihn trotz der Warnung von Chief Dolan, sich von dem Fall fernzuhalten, nun hierher. Ihre Unterhaltung war kurz gewesen. Claire hatte Nick gesagt, was sie brauchte, und wollte ihm gerade erklären, wieso, als er sie unterbrach.

»Das muss ich nicht wissen«, hatte er gesagt, weil er dachte, sie müsse einen guten Grund haben zu fragen. »Ich besorge es Ihnen morgen.«

Dann legte er auf.

Nicks Problem war jetzt, jemanden zu finden, der ihm half, Claires Bitte zu erfüllen.

Er kam im Untergeschoss an und ging einen gefliesten, hell erleuchteten Gang mit Rollbahren an den Wänden entlang. Unwillkürlich dachte er, dass es eine ruhige Nacht hier im »Chop Shop« war, in einer Nacht mit viel Betrieb wären diese Bahren mit Leichensäcken beladen gewesen, die die Körper von New Yorks frisch Verstorbenen enthielten. Der Körper, nach dem er jetzt Ausschau hielt, war jedoch nicht der eines Mordopfers, sondern der einer bestimmten Gerichtsmedizinerin namens Pam. Pam mit dem Hammerkörper, die unmissverständlich klargemacht hatte, dass Nick nur zu fragen brauchte, falls er unter den Hammer kommen wollte. Doch da ihr Gesicht eher für das Radio geeignet war, hatte Nick bisher keinen Gebrauch von dem Angebot gemacht. Er wollte gerade um die Ecke in einen anderen Flur biegen, als er eine männliche Stimme hinter sich hörte.

»Was ist, lieben Sie uns etwa nicht mehr?«

Nick musste sich nicht umdrehen, um zu wissen, wem die Stimme gehörte.

»Wer sagt, dass ich Sie je geliebt habe?«, erwiderte er und wandte sich Dr. Rich Ross zu, einem Gerichtsmediziner, dessen dichte dunkelrote Mähne und spitze Züge Nick immer an einen Fuchs erinnerten. Die Bemerkung war ein Witz zwischen den beiden; denn Nick hatte sich vor Jahren nicht etwa in diesen Mann verliebt, sondern stand seither in seiner Schuld, weil Ross ihm die entscheidende Spur in einem der größten Fälle seiner Karriere geliefert hatte.

Die beiden Männer umarmten sich. »Ich dachte schon, wir würden Sie nie wiedersehen«, sagte Ross.

»Sie *haben* mich nicht gesehen«, erwiderte Nick. »Ich meine es ernst«, fügte er an, als Ross ihn fragend ansah. »Wenn irgendwer im Palast der Rätsel herausfindet, dass ich hier bin, werde ich gevierteilt.«

»Dann sitzt unser Goldjunge also wieder mal in der Patsche«, sagte Ross mit freundlichem Sarkasmus.

Nick schüttelte den Kopf. »Nein, aber ich brauche Ihre Hilfe.«

»Ach, dann wollen Sie also mich in die Bredouille bringen«, witzelte Ross, und Nick wusste, diesem Mann über den Weg zu laufen war tausendmal besser, als Dr. Pam um einen Gefallen bitten zu müssen. Ross senkte die Stimme.

»Solange es nichts mit diesem Sack Knochen zu tun hat, der gestern *nicht* hier reingekommen ist.«

Nick sah ihn nur ausdruckslos an.

»Ich habe schon befürchtet, dass Sie das nicht sagen würden«, scherzte Ross wieder.

»Ich habe das verdammte Ding in einem Müllwagen gesehen.«

»Komisch, dass Sie dann nicht eine der drei Personen auf der Liste derjenigen sind, die ich informieren darf.«

»Die *Sie* informieren dürfen? Man hat Ihnen den Fall gegeben?«, fragte Nick und konnte es kaum fassen.

»Ja. Ich bin doch ein Glückspilz, was?«

»Ist der Name des Opfers angegeben?«

»Nein«, sagte Ross und senkte die Stimme zu einem fast verschwörerischen Flüstern. »Die Knochen gehören offiziell einer Unbekannten.«

»Ist irgendetwas interessant an ihnen?«

»Von der ganzen Heimlichtuerei abgesehen, meinen Sie? Ich habe sie noch nicht untersucht. Ich weiß nur, dass sie gestern spätabends hereinkamen und der Boss sie für mich aufgehoben hat. Erinnern Sie mich daran, dass ich mich bei ihm bedanke, wenn das alles vorbei ist.« Er lächelte Nick an und teilte die beste Neuigkeit am Schluss mit. »Ach ja, und es ist ein vollständiges Skelett.«

Darauf hatte Nick gehofft. »Besteht die Chance, dass Sie mir Röntgenaufnahmen besorgen?«

Ross stieß ein zynisches Lachen aus. »Wissen Sie, Nick, wenn mich dieser Job nicht umbringt, dann tun es bestimmt die Schwierigkeiten, in die Sie mich bringen. Wollen Sie die Filme, bevor ich die Knochen zur DNA-Entnahme ans Labor geschickt habe, oder danach?«

»Sie müssen möglicherweise gar nichts entnehmen, wenn Sie mir diese Röntgenaufnahmen besorgen.«

»Sie wissen verdammt noch mal, wer sie ist, oder?«

»Ja, und die drei Leute auf Ihrer supervertraulichen Liste wissen es ebenfalls. Aber ich kann Ihnen den Namen nicht nennen, denn wenn er Ihnen versehentlich herausrutscht, wissen die drei, von wem Sie ihn haben.«

»Ach, dann findet dieser Mantel-und-Degen-Quatsch also mir zuliebe statt.« Ross schüttelte den Kopf. »Okay, klar, was soll's. Ein paar Bundesgesetze zum Schutz der Privatsphäre brechen ist ja keine große Sache, oder?«

»Willkommen im Club. Wir haben auch Clubjacken.«

»Dass ich nicht lache. Sie meinen diese hübschen orangefarbenen Overalls, nicht wahr?«

Nick grinste nur schweigend.

»Was nützen Ihnen die Röntgenaufnahmen, wenn Sie nichts haben, womit Sie sie vergleichen können?«, fragte er gereizt.

»Wie kommen Sie darauf, dass ich nichts habe?«

»Sie Hurensohn. Lassen Sie mich sehen.«

»Ich habe es nicht«, antwortete Nick.

»Gerade sagten Sie, Sie haben etwas.«

»Ich sagte, ich habe etwas, das ich mit dem Film vergleichen kann.«

»Okay, hören Sie auf, mich zu verarschen. Bringen Sie her, was Sie haben, ich vergleiche es, und wir geben dieser Frau einen Namen«, sagte Ross, der ungeduldig wurde.

»Das kann ich nicht«, sagte Nick.

»Warum nicht, verdammt noch mal.«

»Es liegt daran, wo ich es habe.«

»Ach so, das meinten Sie mit ›Willkommen im Club‹. Wir landen beide im Ferienclub Rikers Island.«

»Niemand kommt ins Gefängnis, wenn Sie tun, was ich sage.«

Ross wirkte skeptisch, deshalb griff Nick tief in seine

Trickkiste. »Wir sprechen für die Toten, richtig? Nun, diese Frau hat es verdient, dass jemand für sie spricht, ihre Familie verdient zu wissen, wo sie ist, und das Scheusal, das sie zerstückelt und ihre Knochen gekocht hat, hätte es verdient, selbst öffentlich zerstückelt zu werden, aber ich begnüge mich damit, ihn lebenslang hinter Gitter zu bringen. Ich sehe hier den Nachteil nicht.«

Ross' Gesichtsausdruck machte deutlich, dass ihm diese letzte Information neu war. »Verzeihung, aber sagten Sie eben ›gekocht‹?«

»Allerdings«, bestätigte Nick. »Und je früher wir diese Frau identifizieren, desto schneller bekommen wir diesen Kerl von der Straße, bevor er es wieder tut.«

»Woher wollen Sie wissen, dass er es wieder tut?«

»Weil er es vorher schon getan hat. Vor fünfunddreißig Jahren. Und ich garantiere Ihnen, dass irgendwer in dieser Dienststelle in diesem Augenblick nach den Knochen von damals sucht.«

Nick wusste, er hatte Ross, als der Mann schließlich sprachlos war.

»Vor dem Alexandria gibt es dieses gläserne Café, das neue Gebäude neben dem Bellevue«, sagte Ross. »Trinken Sie einen Kaffee, und geben Sie mir eine halbe Stunde Zeit, dann bringe ich Ihnen die verdammten Filme persönlich.«

Wilkes erschien im Eingang zu seinem Büro und blickte ziellos in den Gruppenraum von Major Case, wo rund ein Dutzend Detectives an ihren Schreibtischen saßen und ihrer Arbeit nachgingen. Wilkes konnte ein Pokerface so gut wie jeder andere aufsetzen, und obwohl er einem seiner Leute, der gerade etwas holen ging, zulächelte, kochte er innerlich, weil sein Tag schon jetzt, zur Mittagszeit, nicht mehr zu retten war. Es hatte mit einem Anruf des Chiefs um 8.30 Uhr begonnen, der fragte, ob Wilkes wisse, warum Nick Lawler zu spät zur Arbeit komme und sich nicht die Mühe mache anzurufen. Wilkes hätte am liebsten geantwortet, wenn Dolan sich nicht wie ein Arschloch gegenüber Nick verhalten und ihn aus dem Fall rausgeschmissen hätte, wäre der Mann vielleicht pünktlich erschienen. Er selbst hatte Nick vertraut, und der hatte ihn nicht nur zu den Knochen auf Staten Island geführt, sondern auch die Verbindung zu den gespenstisch ähnlichen Morden von 1977 hergestellt. Es war das zweite Mal, dass Wilkes etwas riskiert und auf Nick gesetzt hatte, der das Vertrauen beide Male gerechtfertigt hatte. Und beide Male dafür bestraft worden war.

Aber natürlich hielt Wilkes den Mund und versicherte seinem Boss, er habe nicht mehr mit Nick gesprochen, seit sie gestern alle zusammen in der Bronx waren. Zufällig war es die Wahrheit, und es besänftigte Dolan so weit, dass er das Thema fallenließ.

Doch nun hatte Wilkes ein schwierigeres Problem am Hals. Vor dreißig Minuten, um 11.32 Uhr, hatte Rich Ross von der Gerichtsmedizin wegen einer »extrem wichtigen Angelegenheit« angerufen, wie er sagte, »die er am besten unter vier Augen« mit ihm besprechen wolle. Ehe Wilkes sich beschweren konnte, weil er nach Uptown fahren musste, hatte Ross gesagt, er werde bis Mittag in der NYPD-Zentrale an der Police Plaza sein, und aufgelegt, ohne eine Antwort von Wilkes abzuwarten.

Wenn er gut gelaunt war, scherzte Wilkes gern, er sei »vielleicht ein Idiot, aber kein Narr«. Im Augenblick fühlte er sich allerdings wie beides. Es gab keine Leichen, die Dr. Ross im Polizeihauptquartier untersuchen musste, er wusste von Ross' Beziehung zu Nick, und er glaubte wie die meisten erfahrenen Detectives nicht an Zufälle.

Als Ross also mit einem großen braunen Umschlag in der Hand durch den Gruppenraum zu Wilkes schlenderte, konnte dieser das Gefühl nicht abschütteln, dass Nick Lawler seine Hand im Spiel hatte bei dem, was nun über ihn hereinbrechen würde.

»Dr. Ross«, sagte Wilkes, streckte die Hand aus und lächelte wie der Kanarienvogel, der weiß, dass er gleich von der Katze gefressen wird.

»Danke, dass ich kommen durfte, Inspector«, antwortete Ross, als sie sich die Hände schüttelten. Wilkes schob ihn in sein Büro und schloss die Tür. »Tut mir leid, dass ich so kurz angebunden war am Telefon, aber ich wollte möglichst rasch hierherkommen.«

»Sie haben etwas dabei, was Sie mir zeigen möchten?«, bemerkte Wilkes mit Blick auf das Kuvert, das Ross auf den Schreibtisch legte. »Ich nehme an, es hat mit den Knochen aus der Bronx zu tun.«

»Ja, und wenn Sie einverstanden sind, würde ich es Ihnen gern bei geschlossener Jalousie zeigen«, sagte Ross mit Blick auf die Fensterfront zwischen Wilkes' Büro und dem Gruppenraum.

»Natürlich, Doc«, sagte der Inspector und ließ die dort befestigte Jalousie herunter. »Ich würde es auch nicht anders wollen. Noch irgendwelche Wünsche?«

»Können wir die Lampe auf Ihrem Schreibtisch benutzen?«, fragte Ross.

»Nur zu«, sagte Wilkes und nahm in seinem Sessel Platz.

Ross schaltete die Schreibtischlampe an und zog ein Röntgenbild heraus. »Wissen Sie, was eine okkulte Fraktur ist, Inspector?«, fragte Ross.

»Tut mir leid, da muss ich im Medizinstudium gefehlt haben«, antwortete Wilkes und grinste spöttisch.

Ross ging nicht darauf ein. »Das ist ein Bruch im Innern eines Knochens, der nur durch bildliche Darstellung sichtbar wird. Ich habe Ihre Knochen erst heute Morgen bekommen, und als Erstes habe ich Röntgenaufnahmen von den größeren angefertigt: Schädel, Becken, Extremitäten. Alles war sauber, bis auf das rechte Schienbein Ihres Opfers, wo ich die okkulte Fraktur entdeckt habe.«

Ross zeigte auf eine markierte Stelle eines Knochens, und Wilkes nickte. »Warten Sie, bis ich frage, oder erzählen Sie mir von sich aus, worum es geht?«, knurrte Wilkes, der mit seiner Geduld am Ende war.

Ross sah Wilkes an, der immer höflich zu ihm gewesen war und dessen bissiges Gebaren ihn jetzt erschütterte. »Tut mir leid«, sagte er und zog einen zweiten Film aus dem Kuvert. Er hielt ihn in die Höhe und zeigte darauf. »Hier ist exakt dieselbe Fraktur auf einem zweiten Film«, erklärte er und legte die erste Röntgenaufnahme über die zweite. »Die Frakturen auf beiden Filmen decken sich. Hundertprozentig.«

»Das sehe ich, Doc«, knurrte Wilkes wieder. »Und jetzt erzählen Sie mir gleich, dass die beiden Filme nicht gleichzeitig entstanden sind.«

Ross bewunderte Wilkes. Der Mann war intelligenter, als er aussah. »Richtig, Inspector. Die zweite Aufnahme entstand im Februar in der Krankenstation von Rikers Island, als eine Insassin bei einem sexuellen Übergriff verletzt wurde.«

Wilkes hatte genug. »Und der Name der Insassin?«

»Frühere Insassin«, antwortete Ross schnell und legte die Folien wieder in den Umschlag. »Ihr Name ist – oder vielmehr war – Rosa Sanchez.«

Wilkes war sprachlos, aber gleichwohl beeindruckt. »Sie wollen mir also erzählen, Sie können das Opfer anhand dieses einen kleinen Merkmals eindeutig als Rosa Sanchez identifizieren?«

»Um sicherzugehen, habe ich Dr. Wagner einen Blick darauf werfen lassen«, erklärte Ross und bezog sich auf die Leiterin der Gerichtsmedizin der Stadt. »Sie hat es bestätigt, die Antwort lautet also Ja. Und sie hat mich hierher geschickt, damit ich es Ihnen persönlich sage.«

Das war der Moment, in dem Wilkes begriff, dass ihm nicht einfach etwas enthüllt wurde. Er wurde ausgetrickst.

»Okay, Doc«, sagte er und gab sich Mühe, nicht in die Luft zu gehen. »Nur damit ich weiß, dass alles koscher ist, verraten Sie mir doch bitte, wie Sie wundersamerweise diese Aufnahme aus Rikers in die Finger bekommen haben. Oder wollen Sie, dass ich es Ihnen sage?«

»Das wollte ich Ihnen gerade erklären, Inspector. Ich ging von der Annahme aus, dass die Knochen einer obdachlosen Person gehörten, die möglicherweise irgendwann einmal im Gefängnis war, deshalb habe ich meine Röntgenaufnahme nach Rikers geschickt, und ein Arzt dort hat sie erkannt und die passende gefunden, die zu Miss Sanchez gehörte.«

»Und wenn ich Dr. Wagner anrufe, wird sie das alles bestätigen«, sagte Wilkes.

»Ja, das wird sie«, antwortete Ross.

Der Inspector verzog das Gesicht zu einem Lächeln und dachte, dass Ross ein lausiger Schauspieler war, aber es weiß Gott verstand, seinen Arsch abzusichern.

»Eins muss ich Ihnen lassen, Doc. Diese haarsträubende Geschichte kann es mit den besten erlogenen Alibis aufnehmen, die ich je gehört habe.«

Er stützte sich auf den Schreibtisch und lehnte sich so

nahe zu Ross, dass dieser eingeschüchtert seinen Stuhl zurückschob. »Aber wir beide wissen, dass es nicht so war, richtig? In Wirklichkeit hat nämlich Ihr beschissener Kumpel Nick Lawler diese Röntgenaufnahme von seiner nervtötenden Psycho-Freundin Claire Waters bekommen. Nick hat Sie überredet, diese Knochen abzuknipsen, und als sich die Filme deckten, haben Sie beide sich dieses abstruse Verwirrspiel ausgedacht.«

Als Ross nicht antwortete, wusste Wilkes, dass er recht hatte. Plötzlich bewunderte er Ross, weil der denselben Kerl deckte, den er, Wilkes, ebenfalls zu schützen versuchte. Und Ross hatte ihm außerdem einen Trumpf in die Hand gegeben, den er ausspielen konnte. Wilkes entspannte sich und setzte sich wieder in seinen Stuhl.

»Kommen Sie«, sagte er freundlicher, beinahe verschwörerisch. »Mir gefällt das Ganze nicht besser als Ihnen. Hier steht zu viel auf dem Spiel, als dass es unter politischen Winkelzügen begraben werden sollte. Glauben Sie mir, davon habe ich in diesem Job mehr als genug.«

Ross konnte nicht sagen, ob Wilkes es ernst meinte. »Sie nehmen mich hier nicht auf den Arm, Inspector, oder?«

»Schauen Sie«, begann Wilkes, »es gefällt mir vielleicht nicht, wie er es macht, aber Nicky gibt nicht auf. Und indem Sie auf diese Weise zu mir gekommen sind, haben Sie mir und ihm einen Riesengefallen getan.«

»Ich – wir haben Ihnen einen Gefallen getan?«

»Ja, natürlich. Ihr habt mir genug in die Hand gegeben, dass ich zu meinem Boss gehen kann, ohne dass ich Nick bloßstellen muss.«

Ross merkte, wie seine Anspannung nachließ. »Nick wollte nichts weiter, als dieser armen Frau Gerechtigkeit widerfahren lassen«, platzte er heraus, erleichtert, weil er das Theater beenden konnte. »Aber er hatte Angst, Ihr

Chief würde *Sie* für sein Handeln verantwortlich machen. Ja, er hat mir die Röntgenaufnahme von Dr. Waters gebracht. Aber der Anruf in Rikers und die Idee, meine Chefin alles bestätigen zu lassen, das habe ich mir selbst …«

Wilkes unterbrach ihn, indem er zum Telefon griff und wählte. »Ja, hier Inspector Wilkes. Sagen Sie dem Chief, ich muss ihn sprechen. Jetzt sofort.« Nach einer kurzen Pause sagte er: »Okay, ich bin gleich oben.« Er legte auf und sah Ross an. »Danke, Doc, Sie waren eine große Hilfe.«

Ross wagte fast nicht zu fragen, aber er tat es trotzdem. »Was werden Sie dem Chief sagen?«

Wilkes nahm die Röntgenbilder und ging zur Tür. »Was ich ihm gestern schon hätte sagen sollen«, antwortete er und ließ Ross mit der Hoffnung in seinem Büro zurück, dass Nick bei dem, was er hier in Gang gesetzt hatte, nicht unter die Räder kam.

Das grelle Sonnenlicht, das durch Dolans schmutzige Fenster fiel, blendete Wilkes, als er seinem Boss gegenübersaß, der die Röntgenbilder betrachtete und sie in alle möglichen Richtungen drehte wie ein Pubertierender, der das Ausklappbild eines Nacktmagazins studiert. »Wir sind uns in dieser Sache sicher?«, fragte er und sah Wilkes an.

»Die DNA wird es bestätigen, aber die Gerichtsmedizin sagt, es reicht, um das Opfer positiv als Rosa Sanchez zu identifizieren«, gab Wilkes wieder, was er von Ross gehört hatte. »Die Bekanntmachung überlassen sie uns.«

Dolan legte die Aufnahmen auf seinen Schreibtisch. »Lassen Sie uns nichts überstürzen«, sagte der Chief in diesem Politikertonfall, bei dem sich Wilkes innerlich krümmte. »Wir warten achtundvierzig Stunden und schauen, ob Ihre Leute bis dahin etwas in Bezug auf den Täter herausfinden. Wem trauen Sie genügend, um die Sache zu bearbeiten?«

An diesem Punkt musste Wilkes sehr vorsichtig sein. »Ich traue allen meinen Leuten, Chief«, sagte er. »Aber wenn die Geschichte still und leise über die Bühne gehen soll, mit der Option, notfalls alles abstreiten zu können, dann wäre Nick Lawler in diesem Fall der richtige Mann.«

Dolan stand aus seinem Stuhl auf, als wäre ihm unwohl. Er sah aus dem Fenster. »Nick Lawler ist theoretisch nicht einmal mehr Polizist«, presste er hervor.

»Umso mehr Grund, ihn einzusetzen«, konterte Wilkes. »Das ist nichts, wo er in der Stadt herumlaufen und Spuren verfolgen muss.«

Als Dolan nicht antwortete, stand Wilkes ebenfalls auf und trat zu seinem Boss ans Fenster, damit dieser dem Thema nicht ausweichen konnte. »Ich weiß, er ist Ihr Liebling«, sagte Dolan. »Aber Lawler wird allmählich zum Sicherheitsrisiko.«

»Wissen Sie, Chief, ich habe mich gestern zurückgehalten, aber ich werde es heute sagen«, platzte Wilkes heraus, ohne sich um die Folgen zu kümmern. »Ohne Nicky wüssten wir von der ganzen Sache nichts. Er ist ein Sicherheitsrisiko, weil er der Beste ist und von seinem eigenen Unglück kaltgestellt wird. Sie haben dem Mann einmal eine Chance gegeben, und er hat sich bewährt. Geben Sie ihm jetzt noch einmal eine, und wir werden alle profitieren.«

Dolan sah ihn nicht an. »Wenn das irgendwer da draußen erfährt, werden sie kübelweise Dreck über uns ausschütten.«

»Genau das ist der Punkt«, hakte Wilkes ein. »Je mehr Leute davon wissen, desto größer die Gefahr, dass es durchsickert. Also halten wir den Kreis klein und die Informationen unter Verschluss. Nick bearbeitet es von innen, Tony Savarese erledigt, was an Herumlauferei nötig ist. Wenn ein dritter Mann benötigt wird, springe ich selbst ein. Und ich brauche Ihnen nicht zu sagen, dass Nick den Mund halten wird.«

Dolan sah Wilkes an, weil er spürte, dass da noch etwas war. »Was noch?«, fragte der Chief. »Oder sollte ich besser fragen: *Wer* noch?«

Das war der riskante Teil, und Wilkes befürchtete, jede Antwort könnte den Zorn des Chiefs wecken. Aber jetzt gab es kein Zurück mehr. »Wir haben zwei Tage Zeit, um den Fall zu lösen. Zwei Morde, von denen kaum jemand weiß und die drei Jahrzehnte alt sind. Mit einer Vorgehensweise, die identisch mit dem Mord an Rosa Sanchez ist. Wir müssen annehmen, dass es derselbe Täter war, und wir müssen ihm zuvorkommen, damit er nicht noch eine Frau tötet.«

Dolan wusste, worauf Wilkes hinauswollte. »Sie wollen jemanden hinzuziehen, der ein Profil von dem Kerl erstellt. Und ich nehme an, es handelt sich um Dr. Claire Waters.«

Wilkes war beeindruckt. Dolan hatte ihn durchschaut. »Chief, ich kann selbst nicht glauben, dass ich das sage. Aber Dr. Waters hat uns letztes Jahr den Arsch gerettet. Sie und Nick arbeiten gut zusammen, und sie wird kein Buch darüber schreiben oder ins Fernsehen damit gehen. Wenn wir das FBI hinzuziehen, lassen sie es durchsickern, und das ist das Letzte, was Sie oder ich gebrauchen können.«

Dolan wusste, er hatte recht. Der Polizeipräsident und das FBI waren wie Öl und Wasser. Das FBI irgendwie um Hilfe zu bitten war im NYPD praktisch verboten. Wilkes' Idee gefiel ihm zwar nicht, aber er vertraute ihm, und etwas Besseres fiel ihm nicht ein.

»Dann machen Sie es so«, sagte Dolan.

10

Wilkes setzte sich auf das Plüschsofa in Claires Büro und bemühte sich sehr, sich nicht wie auf feindlichem Territorium zu fühlen oder, schlimmer noch, als würde er gleich psychiatrisch behandelt. Da seine Abneigung gegen Ärzte nur noch von seinem regelrechten Hass auf Krankenhäuser übertroffen wurde, war er wirklich alles andere als in seinem Element. Er versuchte, eine bequeme Stellung zu finden. Nick saß am anderen Ende des Sofas und Claire ihm gegenüber in ihrem Ohrensessel. Sie warteten darauf, dass er sprach. Wilkes wünschte, er hätte dieses Treffen in seinem eigenen Büro abhalten können.

»Zunächst einmal, Doktor«, fing er an, »brauche ich Ihre Zusicherung, dass alles, was wir besprechen, unter uns bleibt.«

»Ich bin Psychiaterin, Inspector«, erwiderte Claire. »Ich kann ein Geheimnis für mich behalten.«

»Okay«, sagte Wilkes, der sich entschieden hatte, auf seinen üblichen Sarkasmus zu verzichten. »Dann gleich noch die übrigen Bedingungen: Doc, Sie dürfen keinen Fuß in die Polizeizentrale setzen. Nicky, das ist das letzte Mal, dass Sie in dieses Krankenhaus kommen, bis wir fertig sind. Und Sie beide dürfen nicht zusammen in der Öffentlichkeit gesehen werden.«

»Wieso nicht?«, fragte Nick.

»Wegen der ganzen Medienaufmerksamkeit für Ihren

Fall im letzten Jahr. Diese Stadt ist voller Plappermäuler. Wenn ein Reporter Sie beide zusammen sieht, zählt er zwei und zwei zusammen, und im Handumdrehen ist die ganze Sache auf der Titelseite der *Post*«, antwortete Wilkes. »Bis jetzt haben wir es geschafft, dass die Medien keinen Wind davon bekommen haben, und dabei muss es bleiben, verstanden?«

»Ja, Sir«, antwortete Claire ernsthaft. Zwar gefielen weder ihr noch Nick die Bedingungen, aber als Preis dafür, zu der großen Show zugelassen zu werden, waren sie annehmbar.

»Wie geht es weiter?«, fragte Nick.

»Wir müssen eine Art Stützpunkt für Sie beide finden«, erklärte Wilkes. »Es kann nicht hier sein, wie gesagt, und ich kann Sie auch nicht in einer Polizeieinrichtung unterbringen.«

»Wir können bei mir zu Hause arbeiten«, schlug Nick zu Claires Überraschung vor. »Es gibt mehr als genug Platz, und tagsüber ist es ruhig im Gebäude, wir werden also nicht gestört. Und egoistischerweise kann ich dann zu Hause sein, wenn die Mädchen aus der Schule kommen.«

»Das ist nicht egoistisch«, versicherte ihm Claire. »Und ich bin einverstanden.«

»Ich auch«, sagte Wilkes, überrascht, wie einfach sich alles löste. »Nicky, Ihre Tarngeschichte ist simpel«, fuhr er fort. »Sie nehmen zwei Wochen Urlaub, die Ihnen nicht angerechnet werden. Ich lasse die Akten über Rosa Sanchez und die beiden unbekannten Opfer von 1977 von Tony Savarese zu Ihnen nach Hause bringen. Tony ist euer Mittelsmann, die Verbindung zwischen uns. Er wird euch besorgen, was ihr an Unterlagen benötigt, und alle sonstigen Gänge für euch übernehmen. Ihr dürft auf keinen Fall Leute befragen, Überwachungen durchführen oder sonstige Polizeiarbeit auf der Straße machen. Und noch etwas: keine elektronische Kommunikation. E-Mails, SMS, alles verboten. Wir können keine nachvollziehbare digitale Spur gebrauchen, falls uns die ganze Geschichte um die Ohren fliegt. Haben wir uns verstanden?«

»Ja, Boss«, antwortete Nick, »aber wie wird sich Tony als unser Botenjunge fühlen? Wir haben bereits Ross bei der Gerichtsmedizin.«

Das hatte Wilkes bedacht. »Offensichtlich weiß Ross bereits, dass Sie involviert sind, ich sehe deshalb kein Problem, wenn Sie direkt mit ihm sprechen. Aber Sie bleiben verdammt noch mal von dem Gebäude weg«, warnte der Inspector. »Und wir können auch nicht zu viel Kommunikation zwischen Ross und unserer Dienststelle gebrauchen, das wirkt verdächtig, falls jemand nachforscht. Tony ist loyal, ein braver Soldat, er weiß, was auf dem Spiel steht, und vor allem ist er einer von uns. Er wird tun, was man ihm sagt, und schweigen wie ein Grab. Er ist also unser Mann.«

Der Inspector sah Claire in die Augen, aber dieses Mal mehr wie der Kollegin, die er sie zu werden bat. »Jetzt zu Ihnen, Doc. Ich will keinen Druck ausüben oder so, aber ich habe mich verdammt weit aus dem Fenster gelehnt, um Sie zu dem Fall hinzuzuziehen. Sie arbeiten nicht für mich, aber wenn wir unser Ziel erreichen wollen, werde ich Ihre absolute Kooperation brauchen und Ihre Zusicherung, Befehle zu befolgen. Und ich verlange nicht, dass Sie es im luftleeren Raum tun. Ich habe auch eine Versicherung für Sie, und sie kommt direkt vom Chief of Detectives. Man wird Sie nicht auffordern, etwas zu tun, was Ihre Zulassung als Ärztin oder Ihre Stellung und Ihren Ruf am Manhattan State in Gefahr bringt. Ist das annehmbar für Sie?«

Claire war beeindruckt. Das war nicht der Wilkes, den

sie kennen gelernt hatte, und sie fühlte sich durch seine Worte sicherer bei einem Vorschlag, der nun einmal voller Unwägbarkeiten steckte. »Ja, Inspector«, sagte sie sofort, »und danke, dass Sie auf meine Belange achten.«

»Danken Sie mir nicht zu schnell, Doc«, gab dieser zurück und klang eher wieder wie der alte Wilkes. »Denn ich werde Sie ganz schön in die Mangel nehmen und sofort damit anfangen. Wir brauchen so schnell wie möglich ein Profil, am besten gestern. Wenn der Kerl, der Rosa Sanchez getötet hat, tatsächlich der gleiche ist, der damals in den Siebzigern die beiden Frauen ermordet hat, dann müssen wir davon ausgehen, dass Rosa nicht sein letztes Opfer war. Savarese soll also als Erstes Gefängnisunterlagen überprüfen. Wir suchen nach jemandem, der die letzten fünfunddreißig Jahre weggesperrt war, möglicherweise ein Serienvergewaltiger, der es auf Frauen, die Rosa ähnelten, abgesehen hatte.«

»Wir werden ein Foto von ihr brauchen«, sagte Nick.

»Ich schicke Tony zu ihrer Mutter«, erwiderte Wilkes.

Aber davon wollte Claire nichts wissen. »Das werden Sie nicht.«

Wilkes war sprachlos. Hatte sich die Psychiaterin nicht gerade mit allen seinen Bedingungen einverstanden erklärt? »Doktor«, begann er, immer noch zurückhaltend, »ich kann es nicht riskieren …«

»Rosas Mutter hat es verdient, zu erfahren, was ihrer Tochter zugestoßen ist«, unterbrach ihn Claire. »Sie finden es vielleicht in Ordnung, Informationen zurückzuhalten, aber ich lasse diese Frau nicht eine Sekunde länger leiden als nötig.«

»Es ihr zu sagen ist eine schlechte Idee, Doc«, entgegnete Wilkes.

Aber Claire blieb stur. »Ich kenne sie gut. Sie wird tun,

worum ich sie bitte, einschließlich den Mund halten. Dafür garantiere ich.«

Wilkes wusste, dass er diese Runde verlieren würde. »Ich würde Ihnen gern befehlen, es nicht zu tun, aber Sie werden wohl nicht gehorchen, egal, was ich sage.«

»Nicht in diesem Punkt«, stimmte Claire zu. »Ich gehe unmittelbar nach unserer Besprechung hier zu ihr. Und ich nehme Nick mit.«

Das war Nick neu, und Wilkes warf ihm einen bösen Blick zu.

»Er kann nichts dafür, Inspector, er erfährt es selbst erst in diesem Moment. Es ist meine Idee, nicht seine. Rosas Mutter muss wissen, dass die Polizei der Sache nachgeht. Es wird mir helfen, sie davon zu überzeugen, es nicht weiterzuerzählen.«

Wilkes verfluchte sich dafür, dass er Claire ins Spiel gebracht hatte, aber es war zu spät für einen Rückzieher. Er hatte keine Zeit, einen neuen Psychiater zu suchen, bei dem er darauf vertrauen konnte, dass er ihre Mission für sich behielt. Und was ihn wirklich störte, war, dass er Claire tatsächlich vertraute. Es war ein kleines Risiko für eine Investition, die einen großen Ertrag bringen konnte.

»In diesem Fall werde ich nicht mit Ihnen darüber streiten, Doc«, sagte Wilkes und stand auf.

»Wir werden arbeiten, so schnell wir können, Inspector«, versicherte ihm Claire.

Wilkes ging zur Tür. Nick folgte ihm auf den belebten Flur hinaus, was sie zwang, leise zu reden.

»Das ist mir vielleicht eine, Nick«, sagte Wilkes resigniert.

»Ja, das stimmt. Aber sie wird es nicht verpfuschen.«

Das wusste Wilkes, oder zumindest wollte er es gern

glauben. »Ich lasse Tony diese Akten heute Nachmittag zu Ihnen bringen«, sagte der Inspector.

»Danke, Boss«, antwortete Nick. Das war jetzt das dritte Mal, dass Wilkes seine Karriere wiederbelebt hatte. »Dafür, dass Sie mich wieder reingeholt haben.«

»Danken Sie mir noch nicht, Nick«, sagte Wilkes und drückte den Knopf für den Aufzug. »Wir setzen Sie ein, weil wir diese Geschichte unter Verschluss halten müssen und weil Sie im Moment *Der Unsichtbare* sind. Hoffentlich bringt drei Mal Glück, hm?«

Die Aufzugstür öffnete sich, und Wilkes ging hinein. Er drehte sich zu Nick um und gestikulierte in die Richtung von Claires Büro. »Halten Sie sie in Schach.«

»Wird gemacht«, sagte Nick, ehe sich der Aufzug vor seinem Schutzpatron schloss.

Als Maria Lopez die Tür öffnete, unterschied sie sich sehr von der fröhlichen Frau, die Claire vor zwei Tagen besucht hatte. Sie hatte dunkle Ringe unter den Augen, die vom stundenlangen Weinen gerötet waren. Sie sah zuerst Claire an und dann Nick und wusste sofort, dass sie keine guten Nachrichten brachten.

»Maria«, sagte Claire und nahm ihre Hand. »Sind die Kinder zu Hause?«

»Nein, sie sind in der Tagesstätte«, erwiderte Maria, sichtlich bemüht, ihre Emotionen im Griff zu behalten. »Bitte kommen Sie herein.«

Nachdem Maria die Tür geschlossen hatte, wandte sie sich an Nick. »Sie sind von der Polizei, oder?«

»Ja, Ma'am«, sagte Nick respektvoll und freundlich. »Detective Lawler.«

Marias Blick ging zu Claire, in deren kummervollen Augen sie ihre schlimmsten Befürchtungen bestätigt fand.

»O nein«, weinte sie und sah Nick wieder an. »War es ein Unfall?«, fragte sie, und das Wort wollte ihr kaum über die Lippen.

»Ich fürchte, nein«, antwortete Nick teilnahmsvoll, »und wir werden alles tun, was wir können, um die Person zu finden, die das …«

Er verstummte, als Maria so heftig zu schluchzen anfing, dass Nick sie festhielt, damit sie nicht zusammenbrach. Mit Claires Hilfe führte er sie zum Wohnzimmersofa. Nick räumte einen Spielzeuglaster und einen Stoffbären zur Seite, damit Claire sich mit Maria setzen konnte. Sie hielt die trauernde Frau in den Armen und strich ihr über das Haar, als wäre Maria ein kleines Mädchen und keine Großmutter.

»Es ist gut, lassen Sie es raus«, sagte Claire, während Nick sich in einem Sessel niederließ. Er hatte in seinem Berufsleben viele Male Angehörige über einen Todesfall informiert. Marias Ausbruch von Trauer war nichts Neues für ihn. Doch etwas an der Ermordung von Rosa Sanchez irritierte ihn, trotz der vielen Morde, die er untersucht hatte. Etwas, auf das er den Finger noch nicht legen konnte.

Marias Weinen wurde leiser, und nach einer Weile hatte sie sich wieder gefasst.

»Bitte verzeihen Sie«, bat sie schniefend.

»Kein Grund, sich zu entschuldigen«, sagte Nick. »Ihr Verlust tut uns schrecklich leid.«

Maria nickte. »Wo kann der Bestattungsunternehmer meine Rosa abholen?«

Jetzt kam der Teil des Gesprächs, vor dem sich Claire fürchtete, seit sie vom Tod ihrer Patientin gehört hatte. »Rosas sterbliche Überreste sind bei der Gerichtsmedizin«, erklärte sie. »Aber Sie können sie noch nicht holen lassen …«

»Ich will wissen, was Sie mit ›sterbliche Überreste‹ meinen«, forderte Maria mit Nachdruck, da sie wusste, dass Claire ihr die Details ersparen wollte. Aber das duldete sie nicht.

»Ich weiß nicht, ob das im Moment so eine gute Idee ist«, sagte Claire und bemühte sich, den Augenkontakt mit Maria zu halten.

Aber die trauernde Frau blieb standhaft. »Nein, es muss jetzt sein«, erklärte sie. »Ich muss es wissen.«

Claire nickte. »Ich verstehe«, antwortete sie, entschlossen, die Geschichte so gut wie möglich abzukürzen. »Wir glauben, dass Rosa entführt wurde, nachdem sie neulich bei mir gewesen ist. Als Sie uns erlaubt haben, ihr Handy zu orten, haben wir es zu einem Waldstück auf Staten Island verfolgt, wo wir Hinweise darauf entdeckten, dass sie getötet wurde. Alles, was wir noch bergen konnten, waren ihre Knochen.«

Es gehörte zu dem Plan, den sie sich mit Nick auf dem Weg hierher ausgedacht hatte, Maria nichts davon zu sagen, dass Rosas Knochen in der Bronx gefunden wurden. Je weniger Leute dieses Detail kannten, desto besser.

Zum Glück fragte Maria nicht nach. »Nur ihre Knochen?«, sagte sie und klang, als würde ihr die Luft wegbleiben. »Sonst nichts?«

»Nein«, sagte Claire und wünschte, sie könnte ein wenig von Marias Schmerz auf sich nehmen. Maria saß da und starrte ins Leere. Claire fragte sich, welche schrecklichen Szenarien sie in ihrem Kopf heraufbeschwor, um zu erklären, was ihrer Tochter geschehen war. Nach einer Minute blinzelte Maria, als würde sie aus einer Trance erwachen. »Wie können Sie dann wissen, dass die Knochen von Rosa sind?«, fragte sie.

Claire erklärte ihr, dass eine Röntgenaufnahme des

Bruchs, den Rosa bei dem Angriff im Gefängnis erlitten hatte, mit einer Röntgenaufnahme der gefundenen Gebeine übereinstimmte.

Marias Gesicht versteinerte, während sie die Informationen aufnahm, die zum Mörder ihrer Tochter führen konnten.

Sie sperrt ihre Gefühle aus, dachte Claire. *Darin bin ich weiß Gott eine Expertin.*

Als Claire alles berichtet hatte, senkte Maria den Blick, aber diesmal weinte sie nicht, sondern verarbeitete all die grauenhaften Details mit emotionaler Distanz. Schließlich blickte sie zu Claire und Nick auf. »Sie sagten, ich kann meine Kleine noch nicht zur Ruhe betten, und ich muss wissen, warum.«

Ehe Claire antworten konnte, ergriff Nick das Wort. »Ich weiß, das wird sehr schwer für Sie sein. Aber je länger niemand weiß, dass Rosa ermordet wurde, desto größer die Chance, den Mann zu finden, der sie getötet hat.«

»Wer so etwas Schreckliches tut, ist kein Mensch, sondern ein Ungeheuer«, sagte Maria voller Bitterkeit.

»Da haben Sie absolut recht«, stimmte Nick zu. »Und deshalb ist es so wichtig, dass Sie das, was Sie gerade gehört haben, für sich behalten. Sie dürfen es nicht einmal Ihren Enkeln erzählen. Und jetzt erkläre ich Ihnen, warum Sie Rosa noch nicht beerdigen können«, sagte er und trug kurz die Geschichte der beiden Morde aus dem Jahr 1977 vor. »Wir müssen dieses Ungeheuer fassen, bevor weitere Frauen zu Schaden kommen. Und wenn er weiß, dass wir ihm auf der Spur sind, verlässt er vielleicht die Gegend.«

Maria wischte sich neue Tränen aus den Augen. »Ja, ich verstehe. Und ich werde tun, was Sie sagen, wenn es mir und meiner Familie Gerechtigkeit für Rosa bringt.«

Claire und Nick standen auf, und Claire umarmte Maria. »Sie haben meine Nummer, und wenn Sie etwas brauchen, auch wenn es nur eine Schulter zum Anlehnen und Weinen ist, rufen Sie an, und ich komme sofort.«

Maria nickte. »Danke. Und danke, dass Sie mein kleines Mädchen gefunden haben.«

»Es ist gut, Cisco«, rief Jill Lawler dem Hund zu, der hinter der geschlossenen Tür von Nicks Schlafzimmer bellte, als sie zur Wohnungstür eilte und sich wunderte, warum Claire schon so früh kam. Erst vor einer Stunde hatte ihr Vater einen Anruf bekommen und war weggegangen, um jemanden zu treffen. Er sagte, er würde in ein paar Stunden wieder da sein, bevor Claire kam, aber falls er sich aus irgendeinem Grund verspätete, sollten Jill und ihre jüngere Schwester Katie nicht mit dem Abendessen auf ihn warten.

Deshalb war Jills Überraschung noch größer, als sie die Tür öffnete und Claire mit mehreren Tüten Lebensmitteln davorstehen sah. »Was ist das?«, fragte sie laut über das Bellen des Hundes hinweg und nahm Claire eine der Tüten ab.

»Abendessen«, sagte Claire, ordnete die beiden verbliebenen Tüten neu in ihren Armen und lachte über ihre eigene Unbeholfenheit.

Jill musste lächeln und führte Claire in die kleine, aber betriebsfähige Kochnische, die wie in den meisten Wohnungen mit Mietpreisbindung seit den Sechzigern bis auf neue Geräte nicht nachgerüstet worden war. Die Resopal-Arbeitsflächen mussten dringend ersetzt werden, und die Küchenschränke hatten mindestens zwei Lagen Farbe auf dem Holz, um die Kosten für neue zu sparen. Es gab einen kleinen Tisch in einer Ecke, der groß genug für vier Personen war. Auch wenn im vergangenen Jahr meist nur drei Personen an ihm gespeist hatten, würde er sich heute Abend als praktisch erweisen.

»Dad sagte, Sie würden erst nach dem Abendessen kommen«, meinte Jill.

»Er ist nicht da?«

»Er ist vor einer Weile weggegangen.«

Claire blickte in Richtung des Bellens. »Ohne den Hund?«

»Er hat einen Anruf bekommen und ist fort. Er wollte vor Sonnenuntergang zurück sein.«

Claire war skeptisch und fragte sich, wohin Nick so plötzlich musste, aber sie ließ sich ihre Besorgnis nicht anmerken. »Dann kommt er zu einer netten Mahlzeit nach Hause.«

Sie luden die Tüten auf dem Tisch aus. »Sie müssen das aber nicht tun«, meldete sich die Erwachsene in Jill zu Wort. »Ich schaffe das schon.«

Claire war auf diesen Widerstand vorbereitet. »Ich weiß, dass du es kannst«, sagte sie, »aber heute Abend darfst du eine Pause machen. Und außerdem ist es lange her, seit ich für jemanden kochen konnte.«

Jill wollte gerade antworten, als die elfjährige Katie aufgeregt in die Küche gerannt kam; sie trug eine pinkfarbene Trainingshose und ein gelbes T-Shirt, und das kastanienbraune Haar war wild zerzaust. »Was ist hier los?«

»Dr. Waters macht uns Abendessen«, sagte Jill und klang mehr wie eine Mutter als wie eine große Schwester.

»Bitte, ihr beiden, nennt mich Claire.«

»Das wird Dad vielleicht nicht gefallen«, sagte Katie. »Er sagt, wir sollen Erwachsene mit Mr. oder Miss ansprechen. Oder mit Doktor, schätze ich.«

»Ich werde ihm sagen, dass es in meinem Fall in Ordnung geht. Ich fühle mich wohler damit.«

Katie nahm die Lebensmittel in Augenschein, die gerade ausgepackt wurden. »Was gibt es?«, fragte sie.

»Magst du Hähnchen?«, fragte Claire.

»Dunkles Fleisch finde ich eklig«, sagte Katie. »Aber weißes mag ich.«

»Tja, da hast du Glück, denn ich habe nur weißes mitgebracht. Ich werde es in einer Senf-Knoblauch-Sauce dünsten. Weißt du, was *haricots verts* sind?«

»Dad sagt, das ist ein blöder Name für grüne Bohnen.«

»Eigentlich ist es Französisch«, erklärte Claire und lachte. »Außerdem mache ich noch Kartoffelgratin und einen Salat. Wie klingt das?«

»Besser als das, was Jill uns macht«, sagte Katie und wartete auf eine Reaktion ihrer Schwester, die ausblieb. Sie wandte sich wieder an Claire. »Kann ich helfen?«

»Du hast Hausaufgaben«, erinnerte sie Jill.

»Du hast auch welche«, äffte Katie ihre ältere Schwester nach.

»Wisst ihr was«, sagte Claire. »Katie, du machst deine Hausaufgaben, und Jill hilft mir, alles vorzubereiten. Und wenn du dann fertig bist, kannst du mir beim Kochen helfen, und Jill kann ihre Hausaufgaben erledigen. Hört sich das vernünftig an?«

Die sanfte, aber entschlossene Autorität beeindruckte beide Mädchen. »Hört sich nach einem Plan an«, meinte Katie, sichtlich bemüht, der einzigen erwachsenen Frau zu gefallen, die es seit dem Tod ihrer Großmutter in ihrem Leben gegeben hatte. Das Mädchen rannte so schnell aus der Küche, dass Claire und Jill lachen mussten.

»Das sieht so einfach aus bei Ihnen«, sagte Jill.

»Sie ist süß«, erwiderte Claire.

»Aber sie tut nichts so bereitwillig, wenn ich es ihr sage«, jammerte Jill.

Ein wehmütiges Gefühl regte sich in Claire. »Katie hat Glück, dass sie dich hat«, sagte sie und wünschte, sie selbst hätte jemanden wie Jill gehabt, eine ältere Schwester, an die sie sich hätte wenden können.

Falls Jill etwas davon bemerkte, behielt sie es für sich. »Ich kann die Hühnerbrüste waschen«, schlug sie vor.

»Großartig, und ich fange mit den Kartoffeln an«, stimmte Claire zu. Sie nahm die Knollen aus einer Tüte und beobachtete aus den Augenwinkeln, wie Jill das Huhn auspackte und fachkundig wusch. Sie hatte diese Aufgabe seit dem Tod ihrer Mutter und Großmutter erkennbar schon Dutzende Male erledigt. Eine Trauer um Jills verlorene Kindheit überkam Claire.

»Alles in Ordnung mit Ihnen?«, fragte Jill, nachdem es in der Küche still geworden war.

Claire bemerkte, dass sie einfach nur mit einer Kartoffel in der Hand dastand. »Entschuldige, ich habe gerade an etwas gedacht, was ich noch tun muss«, sagte sie und ging zur Spüle, um die Kartoffel abzubürsten.

Sie standen nebeneinander und teilten sich die Spüle. Es kam Claire beinahe normal vor, sie fühlte sich wohl dabei, und sie konnte nicht erklären, wieso. »Das kenne ich«, sagte Jill und legte eine weitere Hühnerbrust in eine Metallschale. »Manchmal träume ich auch vor mich hin.«

Claire sah einen Einstieg. »Du hast viel um die Ohren zurzeit«, meinte sie beiläufig.

»Kann man wohl sagen«, erwiderte Jill, um einen unbeschwerten Ton bemüht. »Mir war nie bewusst, wie viel es hier zu tun gibt, bis Großmutter krank wurde.«

»Du vermisst sie sicherlich.«

Jill hielt in ihrer Arbeit inne und sah aus, als würde sie gleich weinen. Claire taten ihre Worte leid. Aber nach ein paar Sekunden wusch das Mädchen weiter die Hühnerfilets. Claire erkannte, dass diese junge Frau ihr sehr ähnlich war, vor allem, wenn die Zeiten rau waren und man nur überlebte, wenn man seine Gefühle wegschloss und unbeirrt weitermarschierte.

Und dann öffnete sich Jill zu Claires Überraschung tatsächlich, als wirkte das Wasser, das ihr über die Hände lief, irgendwie therapeutisch. »Ja, ich vermisse sie wirklich sehr.«

»Ihr seid euch nahegestanden«, sagte Claire behutsam, während sie die Kartoffeln auf einem Schneidebrett neben der Spüle in Scheiben schnitt.

»Wir haben viel geredet, über Jungs, über die zickigen Mädchen in der Schule, solches Zeug. Es hat mir wirklich geholfen, nachdem Mom ... na ja, Sie wissen schon.«

»Ich weiß«, erwiderte Claire und bemühte sich, nicht in den Therapeutenmodus zu verfallen, auch wenn Jill ohne Frage einen gebrauchen konnte. »Es tut mir leid, dass dir das passiert ist«, sagte sie.

»Ich habe nicht von Moms Selbstmord gesprochen«, erwiderte Jill so leichthin, dass es fast schien, als würde es nicht schmerzen. Nicht ein einziges Mal seit Beginn der Unterhaltung hatte Jill sich von der Spüle abgewandt und Claire direkt angesehen. »Ich meine die Zeit ungefähr ein Jahr zuvor, als sie geistig ausgestiegen ist.«

Claire verstand, dass die Mutter das Mädchen schon lange vor ihrem Selbstmord emotional im Stich gelassen hatte. Sie legte das Schälmesser beiseite und griff um Jill herum, um den Wasserhahn zuzudrehen.

»Was tun Sie?«, fragte Jill.

Claire konnte die Anspannung des Mädchens fühlen und widerstand dem Impuls, Jill zu bemuttern, sie in die Arme zu nehmen und ihr zu sagen, dass alles gut werden würde. Aber Claire war nicht ihre Mutter. Und wie könnte sie oder jemand anderes eine solche Garantie abgeben?

Was sie jedoch tun konnte, war, Jill eine Pause davon zu verschaffen, selbst eine Mutter für ihre kleine Schwester sein zu wollen. »Lass mich das machen«, bot sie an.

Jill sah sie ausdruckslos an. »Aber Sie sagten doch …«

»Wann hat das letzte Mal jemand für dich gekocht?«, fragte Claire. »Ich dagegen habe nie jemanden, für den ich kochen kann. Lass mich das machen. Du kannst deine Hausaufgaben erledigen, und dann kannst du ausruhen.«

Aber Jill schien begierig auf Gesellschaft zu sein. »Ach was, das kann ich alles später machen.« Claire spürte, wie ausgehungert das Mädchen nach Gesprächen war. Sie wich zurück und ließ Jill genügend Platz, sich umzudrehen, damit sie sich nicht frontal gegenüberstanden.

»Ich finde es großartig, wie du nach allem, was du durchgemacht hast, hier eingesprungen bist«, sagte Claire und bemühte sich, wie die Freundin zu klingen, die Jill erkennbar brauchte. »Und ich weiß, du willst dich um deinen Dad und deine Schwester kümmern. Aber du musst auch zulassen, dass sich jemand um dich kümmert.«

Jill ließ das Stück Huhn in ihrer Hand fallen. Immer noch der Spüle zugewandt, gelang es ihr nicht mehr, die so lange aufgestauten Gefühle zurückzuhalten. Sie weinte lautlos, ihre Schultern bebten, halb schien sie zu hoffen, dass Claire es nicht bemerkte, und halb, dass sie es doch tat.

Von Schuldgefühlen geplagt, trat Claire hinter sie und legte erst die rechte Hand auf die Schulter des Mädchens, dann die linke auf die andere Schulter. Jill griff nach oben und zog beide Hände Claires nach unten, sodass sie ihre Taille umfassten.

»Es tut mir leid«, presste sie schluchzend hervor.

»Es ist gut«, sagte Claire beruhigend. »Du darfst weinen. Lass es raus.«

»Es ist nur, ich fühle mich so …«, begann Jill und konnte nicht zu Ende sprechen.

»So allein«, flüsterte Claire in ihr Ohr.

»Ja«, bestätigte Jill, und das vernachlässigte kleine Mädchen kam an die Oberfläche. Sie drehte sich herum und legte den Kopf an Claires Schulter.

»Niemand weiß, was du alles bewältigen musst«, fuhr Claire fort, die sich schrecklich fühlte, weil sie glaubte, sie habe das arme Mädchen zu weit getrieben. »Du willst für niemanden eine Last sein, besonders nicht für deinen Vater und deine Schwester. Du willst stark für sie sein, wie es deine Großmutter war und deine Mutter nicht sein konnte. Und im Innern weißt du nicht, wo Jill geblieben ist, was aus ihr wurde. Wer sie ist.«

Jill nickte. »Woher wissen Sie das?«, fragte sie, dann schüttelte sie den Kopf und lachte unter Tränen. »Das war dumm«, sagte sie. »Sie sind ja Psychiaterin.«

»Es war nicht dumm«, versicherte Claire und nahm die Hände des Mädchens. »Und ich weiß es, weil ich es auch erlebt habe. Ich schaue dich an und sehe mich selbst. Du hast mehr Schmerz erlebt, als man mit vierzehn durchmachen sollte. So zu tun, als würde es dich nicht quälen, macht es nur schlimmer.«

»Sie haben ebenfalls Schmerz erlebt. Dad hat mir erzählt, was passiert ist, als Sie ein Kind waren. Dass Ihre beste Freundin entführt wurde.«

Das überraschte Claire, aber sie ließ sich nicht davon aufhalten. »Ja, ich habe harte Zeiten durchgemacht, aber ich bin mehr als doppelt so alt wie du, deshalb kann ich besser damit umgehen«, sagte sie, und es war ihr egal, ob es stimmte oder nicht, solange es Nicks Tochter half. »Und ich würde dir ebenfalls gern helfen.«

»Als Psychiaterin, meinen Sie?«, fragte Jill.

Claire lachte. »Nein, als Freundin«, sagte sie. »Ehe ich heute Abend gehe, gebe ich dir meine Handynummer. Und immer, wenn du das Gefühl hast, du musst explodieren, oder wenn du nur reden, lachen oder weinen willst, ruf mich an.«

»Okay«, erwiderte Jill, da sie nicht nein sagen wollte. Claire war nicht überzeugt, dass sie das Mädchen von ihrer Aufrichtigkeit überzeugt hatte. »Du sollst wissen, dass das kein Befehl ist oder so. Falls ich zu weit gehe, sag es einfach. Tatsächlich kannst du mir alles sagen, und ich werde es nicht weitererzählen.«

»Nicht einmal meinem Vater?«

»Nicht einmal deinem Vater«, versicherte Claire.

»Kein Wunder, dass meine Ohren gejuckt haben«, ertönte Nicks Stimme von der Küchentür. Claire und Jill waren so in ihr Gespräch vertieft gewesen, dass sie nicht gehört hatten, wie er in die Wohnung gekommen war. »Ihr macht ja ein richtiges Festmahl hier«, bemerkte er mit Blick auf die Hühnerfilets, die Kartoffeln und das Gemüse auf dem Tisch.

»Hallo, Dad«, sagte Jill und ging zu ihm, um ihn zu umarmen. Er sah ihre roten Augen.

»Alles in Ordnung, Schätzchen?«, fragte er und küsste sie auf die Stirn.

»Ja, ja«, sagte Jill und genoss die Umarmung ihres Vaters. Claire musste an ihren eigenen Vater denken und wie viel Sicherheit ihr seine neuerliche Präsenz in ihrem Leben selbst jetzt noch gab.

»Du hast aber hier keine Familiengeheimnisse ausgeplaudert, oder?«, meinte Nick zu seiner Tochter, und auch wenn er es scherzhaft sagte, fragte er sich doch, worüber sie gesprochen hatten.

Claire lächelte. »Nur ein kleines Gespräch unter Frauen«, sagte sie und wechselte einen wissenden Blick mit Jill, während Katie in die Küche stürmte. »Fertig mit den Hausaufgaben«, rief sie und umarmte ihren Vater.

Nick lachte. »Worum dreht sich die ganze Aufregung hier?«

»Claire und ich haben ein Abkommen«, sagte Katie. »Wenn ich mit den Hausaufgaben fertig bin, darf ich ihr beim Kochen helfen.«

Nick zog die Augenbrauen in die Höhe. »Du meinst ›Dr. Waters‹, oder?«

»Ich habe es ihr erlaubt«, versicherte Claire. »Komm«, sagte sie zu dem Mädchen, »lass uns Abendessen kochen, und dann auf den Tisch damit.«

Anderthalb Stunden später waren die Mädchen in ihren Zimmern und machten sich bettfertig. Nick saß mit Claire im Wohnzimmer, den Hund zu seinen Füßen, und sie gingen die Akten der beiden Mordfälle von 1977 sowie das Wenige durch, was sie über Rosa hatten. Und obwohl draußen erst die Sonne unterging, hatte Nick bereits genügend Licht im Raum angemacht, um einen chirurgischen Eingriff vornehmen zu können.

»Ich sollte meine Sonnenbrille aufsetzen«, sagte Claire nur halb im Scherz.

»Tut mir leid«, antwortete Nick. »Cisco ist mir nachts bei vielen Dingen eine Hilfe, aber Lesen gehört nicht zu seinen Stärken.«

»Sie haben nicht übertrieben, als Sie sagten, dass da nicht viel ist«, meinte Claire frustriert. »Es sieht nicht danach aus, als hätten die Detectives damals auch nur versucht, die beiden unbekannten toten Frauen zu identifizieren. Ich habe gestern im Internet recherchiert und über beide Fälle nicht einen Artikel gefunden.«

»Ich weiß«, antwortete Nick und ließ Rosas Krankenakte sinken, die Claire kopiert und aus dem Krankenhaus geschmuggelt hatte. »Und Sie begreifen es nicht, weil Sie damals noch nicht auf der Welt waren. Ich war acht, und ich werde es nie vergessen. Berkowitz hat den gesamten Großraum New York in Angst und Schrecken versetzt. Niemand wusste, wo oder wann dieser Verrückte das nächste Mal zuschlagen würde. Er hat die Stadt ein ganzes Jahr lang terrorisiert. Die Knochen in Brooklyn wurden einen Tag nach seinem letzten Mord gefunden. Die Fälle wurden hintangestellt. Ende der Geschichte.«

»Ich verstehe, wieso«, sagte Claire, die in einem gerichtsmedizinischen Bericht über die in Canarsie gefundenen Knochen las. »Keine Zeugen, keine Frauen, die als vermisst gemeldet waren. Keine Spuren oder Hinweise bis auf die Knochen. Nicht viel, wo die Detectives damals hätten ansetzen können.« Sie legte die beiden alten Fallakten auf den Boden neben ihrem Sessel. »So ziemlich die einzige nützliche Information im gerichtsmedizinischen Bericht ist, dass der Täter die Frauen mit viel Geschick zerstückelt hat und über anatomische Kenntnisse zu verfügen scheint.«

»Sie meinen, wie ein Chirurg oder ein Fleischer?«

»Ja. Und er hat sich damals nicht die Mühe gemacht, alle Muskeln oder Knorpel zu entfernen.«

»Wahrscheinlich, weil er sich keine Sorgen machen musste, dass sie anhand von DNA identifiziert werden könnten«, meinte Nick.

Claire warf einen Blick zu der schmalen Akte auf Nicks Schoß, die das spärliche Material zu dem Mord an Rosa enthielt. »Geben Sie mir, was Sie gerade nicht brauchen«, sagte sie.

Nick gab ihr die Akte. »Ich habe sie bereits durchgearbeitet«, erklärte er.

»Gut, dann kann ich mich auf den neuesten Stand bringen.«

Sie öffnete den roten Ordner, der Fotos, eine Auflistung des im Wald von Staten Island gesammelten Beweismaterials und einen Polizeibericht enthielt, den Claire gerade lesen wollte, als Nick abwinkte.

»Vergeuden Sie nicht Ihre Zeit«, sagte er. »Da steht nur, dass zwei Müllmänner die Knochen gefunden haben, als sie einen Müllbehälter in ihr Fahrzeug leerten.«

Aber Claire riss plötzlich die Augen auf. »O mein Gott«, stieß sie hervor.

»Was ist?«, fragte Nick und wunderte sich, dass er etwas übersehen haben sollte.

Claire deutete auf den Bericht. »Nichts, was Sie hätten wissen können. Haben Sie mit diesem Mann gesprochen?«, fragte sie, stand auf und zeigte auf einen Namen, als sie ihm die Akte zurückgab.

»Ich habe mit keinem der Müllmänner gesprochen. Die Streifenbeamten haben ihre Aussagen aufgenommen.« Er zuckte mit den Achseln. »Wieso, was ist mit dem Mann?«

Claire war bis ins Mark erschüttert. »Franco Rodriguez«, sagte sie, »ist der Exmann von Rosa Sanchez.«

Nick war skeptisch. »Ihnen ist klar, wie viele Männer mit diesem Namen es in New York geben muss, oder?«

»Aber bestimmt nicht allzu viele, die bei der Müllabfuhr arbeiten«, antwortete Claire. »Wie sah er aus?«

Nick beschrieb ihn kurz. »Das ist er, keine Frage«, bestätigte Claire.

Nick legte den Bericht auf den abgenutzten Mahagoni-

Kaffeetisch und sah Claire verwundert an. »In jedem anderen Fall wäre mein erster Gedanke, dass der Mann damit zum Kreis der Verdächtigen gehört.«

»Aber Sie wissen, dass er es nicht gewesen sein kann«, sagte Claire, die denselben Gedankengang wie Nick hatte, »denn dann hätte Franco Rosas Knochen entweder in der Abfalltonne deponieren müssen, bevor er zur Arbeit ging, oder er hätte sie im LKW mitnehmen und sie, unmittelbar bevor sein Partner sie fand, hinten reinwerfen müssen.«

»Und so oder so müsste er schon ein Volltrottel sein, wenn er es so einrichtet, dass er selbst die Knochen seiner toten Frau findet, nachdem er sich zuvor so viel Mühe gegeben hat, alle Spuren und alle Hinweise auf ihre Identität zu beseitigen.«

Sie sahen einander an und waren beide bereits zu dem einzigen sinnvollen Schluss gelangt.

»Andererseits kann es aber unmöglich ein Zufall sein«, überlegte Claire.

»Nie im Leben«, rief Nick aus und staunte, dass es selbst nach so vielen Jahren im Mord-Geschäft noch Dinge gab, die ihn schockierten. »Wer immer dieser Wahnsinnige ist, er wollte, dass ihr Ex die Knochen findet.«

Claire konnte es selbst kaum glauben. »Das heißt, er hat Franco ausspioniert, damit er genau wusste, in welcher Mülltonne er die Knochen deponieren musste.«

Sie ließ sich wieder auf das Sofa fallen, griff nach Rosas Akte und holte einen Stapel Fotos heraus, die sie verwundert durchblätterte. »Das würde erklären, warum der Schweinehund den ganzen Weg von Staten Island zur Bronx gefahren ist, um ihre Überreste loszuwerden«, griff Nick ihren letzten Gedanken auf. Claire betrachtete inzwischen eine Galerie von Aufnahmen des Mülls aus der

Tonne. »Was ich nicht verstehe, ist, warum genau diese bestimmte Mülltonne. Es muss Dutzende davon an abgelegeneren Stellen auf Francos Route geben. Stattdessen sucht sich dieser Verrückte einen in einer Gegend mit jeder Menge Fußgängerverkehr und Überwachungskameras aus.«

»Was ist das hier?«, unterbrach Claire und zeigte ihm ein Foto von einer weggeworfenen Bananenschale.

Nick lachte zum ersten Mal. »Die Spurensicherung war ein bisschen übereifrig mit dem Inhalt der Mülltonne. Sie haben alles katalogisiert und fotografiert, was sie in dem Müllfahrzeug gefunden haben und was möglicherweise aus ihr stammen könnte. Haben Sie überhaupt gehört, was ich sage?«

»Jedes Wort«, antwortete Claire, die schon wieder die Fotos durchging. »Können wir die Bilder dieser Überwachungskameras bekommen?«

»Tony Savarese arbeitet daran«, versicherte Nick. »Wir bekommen Kopien. Unglücklicherweise war aber keine der Kameras in der Nähe direkt auf die Mülltonne ausgerichtet.« Nick sah zu, wie Claire die Fotos durchblätterte. »Wieso machen Sie sich die Mühe, diese Fotos noch einmal durchzusehen?«

»Weil sie da sind«, erwiderte Claire, »und weil wir nichts anderes zu tun haben.«

»Dann geben Sie mir ein paar«, sagte Nick müde, »sonst dauert das die ganze Nacht.«

Claire reichte ihm die untere Hälfte des Stapels und machte mit der oberen weiter. »Die Spurensicherung muss die halbe Nacht damit verbracht haben, Fotos von dem Scheißdreck zu machen.«

Ihre Ausdrucksweise ließ ihn aufblicken. »Na, Doktor, Sie haben sich wohl zu viel mit uns ordinären Polizisten herumgetrieben.«

»Ich bin müde. Seien Sie nicht so streng mit mir.«

Die Andeutung eines Lächelns erschien auf Nicks Gesicht, als er vom Foto einer leeren Zigarettenpackung aufsah. »Früher habe ich ständig auf der Suche nach Beweisen im Müll von Leuten herumgewühlt. Neben der Bewachung von Leichen ist das wohl die widerlichste Arbeit, die ein Polizist tun muss.«

»Aber man findet bestimmt interessantes Zeug«, sagte Claire.

»Manchmal, aber hauptsächlich ist es Mist wie das hier«, erwiderte Nick und hielt das Foto eines leeren Milchkartons in die Höhe. Er hob das nächste Foto auf. »Oder das hier«, sagte er und zeigte das Bild einer zerknüllten und glattgestrichenen Quittung.

Claire beugte sich vor, als versuchte sie etwas darauf zu entziffern.

»Sie ist von einer Bodega«, sagte Nick.

»Und jemand hat etwas oben an den Rand geschrieben.«

Nick betrachtete die handgeschriebenen Worte. *»Emigrant hasta?«,* las er.

»Was soll das heißen?«, fragte Claire und kniff die Augen zusammen.

»Wen interessiert das?«, gab Nick zurück und ging rasch weitere Fotos durch. »Das ist Zeitverschwendung. Morgen mache ich Savarese Dampf, dass er uns die Überwachungsvideos besorgt. Vielleicht haben wir Glück und sehen die Person, die die Knochen in den Mülleimer gelegt hat.«

»Lassen Sie mich dieses Foto noch einmal sehen«, sagte Claire plötzlich mit Grabesstimme.

Es ließ Nick den Kopf heben, und er sah, dass Claire wie hypnotisiert auf ein Foto in ihrer Hand starrte. »Welches?«

»Das mit der Quittung«, antwortete sie.

»Moment«, sagte Nick. »Was haben Sie da?«

Claire gab ihm das Foto, legte die anderen auf den Tisch und griff nach Rosas Akte. Nick betrachtete das Foto mit zusammengekniffenen Augen und hielt es ins Licht der Lampe hinter sich. Er sah einen Pappbecher für Kaffee mit dem Aufdruck »El Primero Deli & Restaurant« und die Adresse des Ladens in der Jerome Avenue in der Bronx.

»Was ist damit?«, fragte er.

»Rosa war kein zufälliges Opfer. Sie wurde vorher von ihrem Mörder ausgekundschaftet«, sagte Claire.

»Und das verrät Ihnen dieser Pappbecher?«, fragte Nick verwundert.

»Sie musste die Bewährungshilfe über alle Jobs informieren, die sie hatte. Und sie hat Teilzeit in diesem Laden gearbeitet. Ich glaube, er gehört einem Onkel von ihr. Und die Quittung stammt auch von dort.«

Sie gab Nick beide Fotos, der sie ansah wie das Gewinnerlos einer Lotterie. »Wer immer dieser Kerl ist, er ist schlampig. Erst vergisst er, Rosas Handy auszuschalten, sodass wir ihren Weg nach Staten Island zurückverfolgen können. Dann entsorgt er ihre Überreste in einem der belebtesten Viertel der Bronx, wo ihr Exmann der Müllfahrer, sie finden wird. Und als wäre das nicht genug, hinterlässt er auch noch Spuren, die uns helfen könnten, sie zu identifizieren.«

»Falls wir sie noch nicht identifiziert haben«, sagte Claire. »Nichts von alldem war ein Versehen.«

»Woher zum Teufel wollen Sie das wissen?«, fragte Nick.

»Wer Knochen kocht, um das Fleisch ablösen zu können, macht keine Flüchtigkeitsfehler. Rosas Mörder hat alle diese Spuren aus einem Grund hinterlassen.«

»Jetzt verstehe ich gar nichts mehr«, gab Nick zu. »Warum macht er sich all die Mühe, damit das Opfer nicht identifizierbar ist, und dann hinterlässt er uns praktisch eine Landkarte, die zu ihrer Identität führt?«

»Das ist genau das, was er getan hat«, bestätigte Claire. »Ich weiß nicht, warum, aber ich fühle es.«

Sie hielt das Foto mit der Quittung in die Höhe und deutete auf die handgeschriebenen Worte am oberen Rand. »Und wenn wir herausfinden, was *emigrant hasta* bedeutet – falls wir es je herausfinden –, dann werden wir ziemlich sicher wissen, was es mit dem Mord an Rosa auf sich hat.«

11

Deputy Inspector Wilkes lief am nächsten Morgen in seinem Büro hin und her und richtete wieder gerade, was der Putztrupp in der Nacht zuvor verrückt hatte. Im Grunde war Ordnung jedoch das Letzte, was ihn im Augenblick interessierte. Er tat es nur, weil es immer noch besser war, als am Schreibtisch zu sitzen und darauf zu warten, dass das Telefon läutete.

Es war jetzt zwei Tage her, seit Rosa Sanchez' Knochen in der Bronx aufgetaucht waren, und Nick Lawlers Anruf letzte Nacht um 2.00 Uhr hatte seine anhaltende Schlaflosigkeit nicht besser gemacht. Nick hatte um seine Erlaubnis gebeten, einen Pappbecher und eine Quittung, die man in dem Mülleimer mit Rosas Knochen gefunden hatte, für einen DNA-Test zur Gerichtsmedizin zu bringen. Wilkes, der zu diesem Zeitpunkt todmüde war, hatte Ja gesagt, ohne auch nur zu fragen, wieso, und sich auf die andere Seite gedreht, um weiterzuschlafen.

Nur dass sein Verstand dann fieberhaft zu arbeiten anfing und ihn die nächsten vier Stunden wach gehalten hatte. Er hatte versucht, Nick zurückzurufen, aber dreimal hatte sich sofort die Mailbox gemeldet, was Wilkes maßlos frustrierte. Es gab viele Dinge, die er an seinem Polizistendasein verabscheute. Nicht in der Lage zu sein, einen Untergebenen zu erreichen, stand ziemlich weit oben auf seiner Liste.

Um 6.00 Uhr morgens weckte Wilkes Tony Savarese und befahl ihm, zum Kriminallabor in Jamaica, Queens, zu fahren, die Beweismittel abzuholen und sie zu Dr. Ross in die Gerichtsmedizin zu bringen. Dort sollte er dann warten, bis das gerichtsmedizinische Labor die Zellen am Rand des Kaffeebechers entnommen und die DNA bestimmt hatte. Bestmögliches Szenario: Tony kam mit der Identität der Person zurück, die den Kaffeebecher benutzt hatte.

So viel Glück sollte er mal haben, dachte Wilkes und rückte einen Bildrahmen an der Wand gerade. Savarese hatte noch nicht angerufen, und jetzt wünschte er, er hätte Nick gelöchert, was es mit alldem auf sich hatte, und hoffte, sein Schützling hatte nicht voreilig gehandelt. Seine größte Sorge war, dass mit jedem Tag mehr Leute in die Ermittlungen miteinbezogen wurden, was die Gefahr einer undichten Stelle immer vergrößerte. Er war wohlgemerkt dankbar, dass Nick und Claire so schnell etwas gefunden hatten. Aber Wilkes wusste, wenn die Medien Wind von der Sache bekamen, würde man ihm die ganze Schuld geben.

Seinem politischen Instinkt folgend, hielt Wilkes den Chief of Detectives über alle Entwicklungen auf dem Laufenden, auch über diese jüngste. Dass Dolan heute Morgen bereits angerufen und gefragt hatte, ob die DNA schon da sei und was Nick und Claire gegebenenfalls noch ausgegraben hatten, verstärkte Wilkes' Unruhe nur. Während dieses Anrufs war er etwas mutiger geworden und hatte gegenüber dem Chief angedeutet, dass es im Nachhinein betrachtet Blödsinn gewesen sei, die beiden aus der Polizeizentrale in One Police Plaza zu verbannen. Immerhin arbeitete Nick in dem Gebäude, und Dr. Waters konnte aus tausend Gründen dort zu tun haben, mit denen sich sensationslüsternen Reportern gegenüber ihre Anwesenheit leicht erklären ließ. Der Chief hatte ihm beigepflichtet, und Wilkes hatte Nick und Claire umgehend in die Zentrale beordert.

Und genau deshalb stand er nun da und starrte auf sein Telefon. Wo zum Teufel blieben die beiden?

Er wollte Nick gerade noch einmal anrufen, als er Bewegung durch die Trennscheibe zwischen seinem Büro und dem Gruppenraum wahrnahm. Die beiden kamen gerade herein – mit Tony Savarese im Schlepptau. Ihre ernsten Mienen deuteten darauf hin, dass sie sich nicht soeben zufällig über den Weg gelaufen waren und dass etwas nicht stimmte.

»Ich nehme an, Sie kommen nicht gerade von zu Hause«, sagte er zu Claire und Nick, als sie zusammen mit Savarese in seinem Büro waren und die Tür hinter sich geschlossen hatten.

»Wir haben uns mit Tony in der Gerichtsmedizin getroffen«, informierte ihn Nick.

»Ohne meine Genehmigung?«, sagte Wilkes mehr erschöpft als verärgert, als er an seinem Schreibtisch Platz nahm.

Nick lehnte sich an das Fensterbrett, die Brooklyn Bridge im Rücken. »Sie haben mich autorisiert, mit Ross zu sprechen, deshalb dachte ich, es macht keinen Unterschied.«

Wilkes begriff, dass es tatsächlich keine Rolle spielte, und er ließ das Thema fallen. »Sagen Sie mir, dass man DNA an dem Pappbecher gefunden hat.«

»So ist es, Boss«, erwiderte Savarese. »Aber es gibt ein Problem.«

Claire ergriff das Wort, ehe Wilkes etwas sagen konnte. »Die Probe reichte nicht aus, um eine hundertprozentige

Übereinstimmung mit jemandem in der Datenbank herstellen zu können.«

»Mist«, sagte Wilkes, schloss die Augen und atmete geräuschvoll aus. »Und jetzt?«

»Wir haben das Labor gebeten, die Probe in Hinblick auf eine teilweise Übereinstimmung durch die Datenbank laufen zu lassen«, fuhr Claire fort, »damit wir sehen können, ob vielleicht jemand auftaucht, der zu unserem Profil passt.«

»Und wie viele tausend Leute waren das dann?«, fragte Wilkes.

»Drei«, antwortete Nick.

»Dreitausend?«

»Drei Leute«, erwiderte Nick und setzte ein Grinsen auf, das sofort wieder verschwand, als Wilkes mit einem Blick klarmachte, dass er es kein bisschen lustig fand. »Einer sitzt lebenslänglich wegen Mordes in Dannemora«, fuhr Nick fort. »Ein zweiter wurde vor zwei Jahren entlassen, aber er ist wegen multipler Sklerose an den Rollstuhl gefesselt. Bei Nummer drei könnten wir dagegen einen Treffer gelandet haben.«

Savarese reichte Wilkes den Ordner, den er bei sich hatte, und der Inspector schlug ihn auf. »Sein Name ist Jonah Welch«, sagte Savarese. »Saß in Greenhaven, weil er in ein Haus in Sheepshead Bay eingedrungen war, die Bewohnerin mit vorgehaltener Waffe vergewaltigte und sie halbtot schlug.«

»Wann war das?«, fragte Wilkes.

»September 1977«, antwortete Nick. »Rund einen Monat nach den ersten beiden Knochenfunden.«

Wilkes studierte Welchs Foto aus der Verbrecherkartei, es zeigte einen gut aussehenden, dunkelhaarigen Mann in den Zwanzigern. »Wann ist er freigekommen?«

»1997«, sagte Nick.

»Dann ist er also seit fünfzehn Jahren draußen.« Er wandte sich an Claire. »Okay, Doc, warum sollte er so lange warten, bis er Rosa Sanchez abschlachtet?«

»Er wäre nicht der Erste«, rief ihm Claire in Erinnerung. »Der ›Grim Sleeper‹ in Kalifornien hat sich immer viel Zeit zwischen seinen Morden gelassen. Wenn Welch unser Mann ist, könnte er im Gefängnis vielleicht abgekühlt sein, und vor kurzem ist dann etwas passiert, was sein Feuer neu entfacht hat.«

»Einmal Psychopath, immer Psychopath«, bemerkte Wilkes zustimmend.

Nick beugte sich über Wilkes' Schreibtisch und holte aus der Mappe ein Standfoto heraus. »Das wurde von einer Überwachungskamera in dem Deli aufgenommen, in dem Rosa gejobbt hat – zwei Tage vor ihrem Verschwinden. Ihr Onkel hat uns bestätigt, dass Rosa an der Kasse saß, als dieser Mann hereinkam.«

Es war eine vergrößerte Aufnahme eines älteren Mannes mit silbernen Strähnen im Haar. »Welch muss jetzt Ende fünfzig sein«, sagte Savarese.

Wilkes hielt das Karteifoto neben die Aufnahme der Überwachungskamera. »Ja, er sieht beschissen aus, aber das bewirken zwanzig Jahre im Gefängnis nun mal. Es ist derselbe Kerl.«

»Wir müssen ihn uns sofort schnappen«, sagte Nick, »bevor er noch eine Frau zerlegt.«

»Wir gehen nirgendwohin«, befahl Wilkes.

»Aber, Boss …«

»Schenken Sie sich den *Boss*, Nick. Sie wissen es besser. Wir machen das richtig – mit einem Haftbefehl und mit einem Sonderkommando um zwei Uhr morgens, wenn der Kerl tief und fest schläft. Und selbst wenn wir ihn am helllichten Mittag hochnehmen würden, wäre ich nicht so verrückt, einen unbewaffneten Beamten zu einem Gewaltverbrecher zu schicken.«

»Wenn Sie das sagen«, entgegnete Nick in diesem Schlaumeierton, der Wilkes verriet, dass er nicht vorhatte, weiter zu widersprechen.

»Okay, wo wohnt der Kerl?«, fragte Wilkes.

»Bay Ridge«, antwortete Nick.

»Nehmen Sie Simms, Frost und Lynch«, befahl der Inspector Savarese. »Besorgen Sie sich ein paar Überwachungsfahrzeuge von den Drogenfahndern, fahren Sie raus nach Brooklyn und beschatten Sie die Wohnung des Kerls. Ich will ihn nachts festnehmen, aber wenn er vorher abzuhauen versucht, dann schnappen wir ihn uns.«

»Verstanden, Boss«, sagte Savarese und ging hinaus. Nick und Claire wollten ihm folgen, aber Wilkes hielt sie auf. »Mit Ihnen beiden bin ich noch nicht fertig.«

»Brauchen Sie uns noch für etwas anderes, Inspector?«, fragte Claire.

»Und ob ich Sie noch brauche«, sagte Wilkes, sah seinem früheren Star-Detective in die Augen und stellte sich vor, wie der sich fühlen musste. »Ich übergehe Sie bei dieser Geschichte nicht, Nick. Wenn sie den Schweinehund bringen, machen Sie die Vernehmung.«

»Das weiß ich zu schätzen, Boss«, sagte Nick dankbar.

»Sie bleiben ebenfalls dabei, Doc«, erklärte Wilkes Claire und stand vom Schreibtisch auf. »Sie beide gehen zusammen Welchs Akte durch und denken sich eine Strategie für Nick aus, wenn er den Scheißkerl in die Mangel nimmt.«

Aber Nick dachte unwillkürlich, dass etwas nicht stimmte, als Wilkes um seinen Schreibtisch herumging, sich die Handflächen an den Ärmeln abwischte und Schweißflecken zurückließ.

»Alles was wir gegen Welch in der Hand haben, ist dieses Foto aus dem Deli und eine teilweise DNA-Übereinstimmung«, sagte Wilkes. »Anders ausgedrückt, die Staatsanwaltschaft wird sagen, wir haben einen Scheißdreck. Falls Sie ihn also nicht zu einem Geständnis bringen, könnte er wieder freikommen.«

»Hat Dolan sein Okay gegeben, dass ich es mache?«, fragte Nick, der plötzlich Verrat witterte.

»Er hat es vorgeschlagen«, sagte Wilkes und wandte sich ab.

Jetzt begriff Nick, wer der Verräter war. »Er braucht gegebenenfalls ein Bauernopfer. Und der blinde Cop ist entbehrlich.«

Wilkes fuhr aufgebracht herum. »Ich werde Sie nicht anlügen, das haben Sie nicht verdient«, platzte er heraus. »Es ist aus dem falschen Grund, aber es ist trotzdem richtig. Wenn jemand diesen Hurensohn zum Reden bringen kann, dann Sie.«

Falscher Grund oder nicht, Nick war es egal. Wenn das der Preis dafür war, wieder ins Spiel zu kommen, war er bereit, ihn zu zahlen.

»Keine Sorge«, erwiderte er. »Das werde ich.«

»Ich kapiere es nicht«, sagte Claire, ohne von dem Blatt Papier aufzusehen, das sie gerade las. Es war nach Mitternacht, und sie saßen allein in dem fensterlosen, nüchtern eingerichteten Konferenzraum der Major-Case-Einheit, auf hässlichen Metallstühlen, bei denen es sich nach Nicks Ansicht fraglos um die billigste Ausführung handeln musste. Der gleichermaßen hässliche dazugehörige Tisch war neben Papierstapeln und roten Aktenordnern übersät mit Fastfood-Verpackungen, Papptellern und Kaffeebechern. Nick saß am Kopfende, Claire rechts von ihm an der Längsseite, und sie konnte nicht länger den Mund halten.

»Sie kapieren was nicht?«, fragte er und legte einen Ordner in einen der Pappkartons zurück.

»Wie man Sie nach allem, was Sie geleistet haben, so behandeln kann. Und warum Sie sich nicht darüber aufregen.«

Nick stand auf und streckte sich. »Ich kann von Glück reden, dass sie mich das alles überhaupt tun lassen. Ich bin lieber hier, egal, wie sie mit mir umspringen, als mir etwas Neues zu suchen und ganz von vorn anzufangen. Ohne sehen zu können.«

»Die haben Sie in der Hand«, sagte Claire.

»Ich war schon in misslicheren Lagen«, antwortete Nick, setzte sich wieder und blätterte in Papieren, um das Gespräch zu beenden. »Auf diese Weise bestimme ich immerhin selbst, was geschieht.«

»Wie kommen Sie darauf?«

»Ich kann Welch dazu bringen, dass er gesteht.«

Ein vergilbtes DD-5, das Formblatt, auf dem Detectives des NYPD früher alle Schritte einer Ermittlung dokumentierten, stach Claire nun ins Auge. »Diesem Bericht hier zufolge hat Jonah Welch damals 1977 keine der Fragen beantwortet, die ihm die Detectives stellten.«

»Weil sie ihn an den Eiern hatten«, erwiderte Nick. »Nicht nur war das Opfer bereit, vor Gericht auszusagen, sie konnten auch durch ein Gutachten belegen, dass eine Bisswunde an der linken Brust der Frau von seinen Zähnen stammte. Und seine Blutgruppe stimmte mit dem Samen überein, den man in ihr fand. In den Zeiten vor DNA ließ sich eine Vergewaltigung nicht solider beweisen.«

Aber ihr Blick verriet ihm, dass sie etwas störte. »Sie sind nicht überzeugt davon, dass ich ihn dazu bringe, mit der Wahrheit herauszurücken?«, fragte er.

»Er ist seit fünfzehn Jahren aus dem Gefängnis«, sagte Claire. »Nicht ein einziges Mal in dieser Zeit wurde er von der Polizei wegen eines Sexualverbrechens befragt oder auch nur verdächtigt. Und keine Frauen sind kurz nach seiner Freilassung plötzlich verschwunden.«

»Sie meinen, er passt nicht in das Profil von jemandem, der Frauen zerstückelt und ihre Knochen kocht«, sagte Nick.

»Ich sehe es einfach nicht«, erwiderte Claire. Sie breitete die Arme über das Meer von Akten und Papieren auf dem Tisch aus. »Nichts in alldem lässt auf einen Zwang schließen, Frauen zu zerstückeln. Er hat nicht einen Termin mit seinem Bewährungshelfer verpasst, nie den Bundesstaat New York verlassen, er arbeitet sieben Tage die Woche in zwei Jobs, und der Mann ist vierundfünfzig.«

»Zwei Jobs?«, fragte Nick. »Woher haben Sie diese Information?«

»Aus seiner letzten Selbstauskunft für verurteilte Sexualtäter. Er hat ›Geschirrspüler‹ in einem Mittagsimbiss im Financial District angegeben und ›LKW-Fahrer‹ beim *New York Ledger*.«

»LKW-Fahrer?«, fragte Nick. »Zeitungen ausfahren ist ein Nacht-Job.«

»Was bedeutet, dass Welch möglicherweise nicht in seiner Wohnung ist, wenn Ihr Team ihn verhaften will.«

»Oder von der Arbeit nach Hause kommt, unsere Leute warten sieht und sofort abhaut.«

Nick zog sein Handy aus der Tasche, doch dann hielt er inne.

»Was ist?«, fragte Claire.

»Sie werden die Handys ausgeschaltet haben«, erklärte Nick. »Und die Funkgeräte sind bei solchen Operationen auf ein bestimmtes Frequenzband eingestellt.«

»Aber wir müssen sie warnen«, sagte Claire.

»Ja«, erwiderte Nick und stand auf. »Packen Sie Ihre Sachen zusammen.«

Zwei zivile marineblaue Dodge Sprinter bogen langsam von der Lincoln Road ab und schalteten wie auf Stichwort das Licht aus. Die Gegend auf der Ostseite des Prospect Park, früher eine der vornehmsten Brooklyns, war in den späten Siebzigern von Drogen und Verbrechen befallen worden und verwahrlost, und erst jetzt begann sich die Gentrifizierung über das Viertel auszudehnen und eine Wende herbeizuführen.

Die beiden Vans hielten gegenüber der U-Bahn-Station Prospect Park, auf einer Überführung, unter der ein Zug der Linie Q aus dem Untergrund kam, um in Richtung Süden nach Coney Island zu fahren. Sein Rattern hallte von den Vorkriegsmietskasernen zurück, die beide Seiten der Gleise flankierten.

Auf derselben Seite des Blocks, näher an der Flatbush Avenue, stand ein ziviler Dodge Charger, in dem Wilkes lächelnd auf dem Beifahrersitz saß, die Hände erhoben wie ein Maestro, der die Ankunft der Vans und das Kreischen der U-Bahn dirigierte, den letzten Satz der mächtigen Großstadt-Symphonie, die er komponiert hatte. Savarese auf dem Rücksitz beobachtete Wilkes und fragte sich, ob sein Boss endgültig reif für die Klapsmühle war. Am Steuer saß grinsend Billy Simms, ein gut aussehender, junger schwarzer Detective, und wartete auf Befehle.

»Wollen Sie das Rote Meer teilen, Boss?«, sagte Savarese.

»Lassen Sie mich den Augenblick genießen, Sie Idiot«, entfuhr es Wilkes. »Ich habe vergessen, dass die U-Bahn hier aus dem Untergrund kommt.«

»Und?«, fragte Savarese.

»Sie führt direkt an Welchs Gebäude vorbei«, sagte Wilkes. »Wenn die nächste kommt, bringen wir alle Leute in Stellung, und er wird nicht das Geringste hören.«

Savarese sah auf die Uhr. »Ein Uhr achtundfünfzig.«

»Alles okay mit dem Hausverwalter?«, fragte Wilkes.

»Müsste in diesem Moment in der Eingangshalle auf uns warten, um uns reinzulassen. Er hat den Fahrstuhl auf der Westseite des Gebäudes abgestellt.«

Wilkes öffnete die Tür. »Dann mal los.«

Der betagte Chevy raste die Flatbush Avenue entlang, seine ausgeleierten Stoßdämpfer trugen wenig dazu bei, die Fahrt über die mit Schlaglöchern übersäte Straße weicher zu gestalten.

»Langsam«, sagte Nick zu Claire, die wie ein Cop mit Bleifuß fuhr.

»Wir haben keine Zeit«, entgegnete Claire und wich einem Loch in der Straße aus.

»Wenn wir einen Unfall bauen, bin ich im Arsch«, sagte Nick.

Und so wäre es in der Tat gewesen. Da seine bevorstehende Blindheit nur einigen wenigen Auserwählten bekannt war, hatte Nick sich einfach die Schlüssel für eins der Zivilfahrzeuge von Major Case geschnappt.

Er hatte es, ohne Verdacht zu erregen, vorsichtig aus der Tiefgarage unter One Police Plaza gefahren, vorbei an den Wachen. Aber er war nicht dumm. Sobald sie weit genug von der Zentrale entfernt waren, blieb er stehen und tauschte Platz mit Claire; das Manöver hätten sie vielleicht komisch gefunden, wenn sie es nicht so eilig gehabt hätten.

Dennoch, wenn man ihn dabei erwischt hätte, wie er eine Zivilistin ein Polizeifahrzeug steuern ließ, noch dazu mit hoher Geschwindigkeit mitten durch die Stadt, wäre Nick bestenfalls vom Dienst suspendiert und schlimmstenfalls auf der Stelle gefeuert worden. Wahrscheinlich Letzteres.

Sie rasten nach Süden, den Abschnitt der Flatbush zwischen Grand Army Plaza und Prospect Park Zoo entlang, und näherten sich mit hoher Geschwindigkeit der Ampel an der Ocean Avenue.

»Wie fahre ich an der Ampel?«, rief Claire.

Nick konnte mit Mühe das grüne Licht vor ihnen erkennen. »Was steht auf dem Schild?«

»Eastern Parkway.«

»Dann rechts!«, rief Nick gerade noch rechtzeitig,

Claire riss das Steuer herum, und der Wagen reagierte. Claire hatte jedoch die unmittelbar folgende Linkskurve nicht vorhergesehen, schaffte es aber trotzdem irgendwie, nicht an der Reihe der auf der rechten Seite geparkten Autos entlangzuschrammen.

»Whoa!«, rief sie aus und riss das Steuer wieder herum.

»Langsam, verdammt noch mal!«, kommandierte Nick. »Die Lincoln kommt bei der nächsten Ampel.«

»Ich sehe sie«, sagte Claire. Die Ampel vor ihr wurde gelb.

Nick sah es ebenfalls. »Fahren Sie nicht bei Rot drüber«, warnte er. »Wenn sie umschaltet, halten Sie an und biegen dann links ab.«

Claire brachte den Wagen an der Kreuzung zum Stehen, ein anderes Fahrzeug wartete hinter ihr, um ebenfalls abzubiegen. Plötzlich nahm Claire Bewegung in der Lincoln Road wahr.

»Wir kommen zu spät«, sagte sie.

»Was sehen Sie?«, fragte Nick.

»Ihr Einsatzkommando springt aus dem Van auf die Straße.«

Nick überlegte rasch. »Da lässt sich nichts mehr machen.«

»Soll ich trotzdem noch abbiegen?«, fragte Claire.

»Ja, aber parken Sie auf dem ersten freien Platz, den Sie sehen.«

»Etwa vier Wagenlängen voraus ist ein absolutes Halteverbot vor einem Feuerhydranten«, sagte Claire, während sie abbog.

»Das muss reichen. Wir steigen ja nicht aus.«

Claire lenkte den Wagen unbeholfen in die Lücke, ohne rückwärts einzuparken.

»Wir stehen raus«, sagte sie.

»Wir sind in Brooklyn, das merkt hier keiner. Machen Sie den Motor aus.«

»Und jetzt?«

»Wir warten«, antwortete Nick, »bis wir sehen, wie sie Welch herausbringen. Falls er da ist.«

Wilkes, der eine kugelsichere Weste trug, bildete die Nachhut seiner Mannschaft schwer bewaffneter Polizisten, die in das aus Ziegeln erbaute Ungetüm von Mietshaus aus den Zwanzigern eindrang. Als der Hausverwalter die innere Sicherheitstür öffnete, schlug ihnen ein scheußlicher Gestank entgegen.

»Gras und Pisse«, murmelte Wilkes. »Himmel.«

Sie rückten in die geräumige Eingangshalle vor, früher ein Palast mit Marmorsäulen und -böden, jetzt verkleidet mit billigen, hässlichen und schmutzigen rot-weißen Keramikfliesen, die schlampig verlegt waren. Vor Wilkes waren Simms und Savarese, ebenfalls mit Schutzwesten, sowie sechs Beamte des Einsatzkommandos, die kurze Sturmgewehre schwangen.

Wilkes sah, wie der Hausverwalter nach rechts zeigte.

Er war in genügend Gebäuden wie diesem gewesen, um zu wissen, dass es wahrscheinlich zwei getrennte Seiten hatte mit je einem kleinen Aufzug. Er wusste außerdem, dass sie heute Nacht alle treppensteigen würden.

Er folgte dem Team nach rechts, zu einigen breiten Stufen und dann in einen Gang, vorbei am Aufzug. Am Ende des Gangs sammelten sie sich am Fuß der Treppe. Es gab keine Tür, das Treppenhaus lag offen vor ihnen, bis ganz nach oben und ein Stockwerk nach unten. Sergeant Tanner, der Leiter des Einsatzkommandos, hob die Faust im Handschuh, damit alle stehen blieben. Wilkes sah seine Gelegenheit.

Er lief um die Polizisten vor ihm herum an die Spitze der Schlange.

»Wir sollten auf den nächsten Zug warten«, flüsterte er Tanner zu.

»Da war keiner seit zehn Minuten«, gab Tanner verärgert zurück. »Je länger wir hier untätig herumstehen, desto eher riskieren wir, dass ein Mieter, der nicht schlafen kann, seinen Müll rausbringt und uns entdeckt. Oder Ihr Täter. Die U-Bahn fährt um diese Zeit sowieso nur selten.«

Wilkes wollte die Lage neu überdenken, als er das leise Grollen hörte, auf das er gehofft hatte. Er wies Tanner mit einer Kopfbewegung darauf hin. Der Zug wurde lauter, und der Sergeant machte seinen Leuten ein Zeichen.

Sie rannten in weniger als einer Minute die vier Stockwerke hinauf, und das Timing war so perfekt, dass der U-Bahn-Zug seine größte Lautstärke erreichte, als sie oben waren. Dann schlichen sie im Gänsemarsch zur Tür von 5H. Ohne auch nur innezuhalten, machte Tanner eine Blendgranate bereit, während einer seiner Leute einen schweren Hammer gegen das Türschloss schwang und es aufbrach.

»Polizei!«, rief der Sergeant, warf die Blendgranate in die Wohnung und schloss die Tür. Sie zündete eine Sekunde später, und Wilkes hörte Menschen hinter den Türen der anderen Wohnungen auf dem Stockwerk, die Schlösser öffneten und Ketten entfernten.

»Polizei!«, rief er, die Glock in der Hand. »Bleiben Sie in Ihren Wohnungen!« Er machte Simms und Savarese ein Zeichen, sicherzustellen, dass niemand auf den Flur kam. Dann hörte er Schreie aus Welchs Apartment.

»Runter, auf den Boden!«

»Gesicht nach unten, sofort!«

»Zeigen Sie mir Ihre Hände!«

»Nein, nein«, rief eine weibliche Stimme mit spanischem Akzent. »Nicht schießen!«

»Scheiße!«, rief Wilkes aus, da klar war, dass diese Stimme nicht zu Jonah Welch gehörte.

»Bleiben Sie zurück!«, brüllte Tanner, als Wilkes die Wohnung betrat und sah, wie die Polizisten, die ihre Sturmgewehre bereits hatten sinken lassen, einem jungen Mann und einer Frau auf die Füße halfen. Der Mann hielt einen Jungen in den Armen, den Wilkes auf vier Jahre schätzte und dessen verängstigte, tränennasse Augen nun dem Blick des Inspectors begegneten. Wilkes, der Religion im Allgemeinen als einen Quatsch für Schwächlinge abtat, dankte Gott, dass diese Familie nicht tot in ihrem Blut lag, weil ein Beamter versehentlich das Feuer eröffnet hatte.

»Sie haben nichts zu befürchten«, sagte Wilkes an die Familie gerichtet. Nichts würde den Shitstorm verhindern können, den die Medien unweigerlich entfachen würden. »Aber ich muss Sie fragen, ob ein Jonah Welch hier wohnt?«

»No, Señor«, erklärte der Mann. »Wir hier seit drei Jahren.«

Wilkes wandte sich an Simms und Savarese. »Sind wir uns sicher wegen der Adresse?«

Savarese war ebenfalls verängstigt, hauptsächlich wegen der bevorstehenden Strafpredigt durch seinen Boss. »Lincoln Road 42, Wohnung 5H«, antwortete er. »Ich habe es persönlich ein Dutzend Mal im Computer überprüft, bevor ich beim Richter den Antrag gestellt habe.«

»Holen Sie den Hausverwalter herauf, zeigen Sie ihm ein Foto von Welch und fragen Sie ihn, ob der Hurensohn überhaupt in dem Gebäude wohnt«, befahl Wilkes. »Und hoffen Sie, dass er Nein sagt, denn wenn Welch uns hier die Treppe heraufstürmen gehört hat, ist er über alle Berge, und wir sind im Arsch.«

Claire und Nick saßen nervös in dem Chevy, während Streifenwagen vom 71. Revier an ihnen vorbei auf das Gebäude zurasten, ohne Zweifel von hektischen Notrufen angelockt, in der Lincoln Road 42 sei eine Bombe hochgegangen. Seit dem Knall der Blendgranate waren drei Minuten vergangen. Claire spähte durch ein Fernglas, das Nick für sie mitgenommen hatte, und wartete darauf, dass die Polizisten des Einsatzkommandos Jonah Welch in Handschellen aus dem Gebäude führten.

»Noch nichts?«, fragte Nick.

»Denken Sie, ich würde es Ihnen nicht sagen?«, gab sie zurück. »Was zum Teufel dauert da so lange?«

»Sie sichern wahrscheinlich den Schauplatz«, erwiderte er, seine Stimme ruhiger, als er sich fühlte. »Sie bringen ihn jetzt bestimmt jede Minute heraus.«

»Was zum …?«, stammelte Claire.

»Was sehen Sie?«, fragte Nick.

»Wilkes ist gerade mit Savarese und Detective Simms herausgekommen.«

»Und Welch?«

»Nichts. Sieht aus, als würde Ihr Boss die beiden zusammenstauchen. Vielleicht hatten wir recht, und Welch war nicht da.«

Nick überlegte einen Moment. »Deshalb würde Wilkes die Jungs nicht anbrüllen. Aber er würde es tun, wenn jemand mit der Adresse gepfuscht hätte.« Er sah Claire an.

»Das könnte nur sein, wenn Welch für das Register verurteilter Sexualstraftäter eine falsche Adresse angegeben hätte.«

»Wäre nicht das erste Mal«, sagte Nick mehr enttäuscht als verärgert. »Vielleicht fahren wir besser in die Zentrale zurück, bevor der Boss merkt, dass wir da sind. Wenden Sie und fahren Sie denselben Weg zurück.«

Claire starrte geradeaus.

»Alles in Ordnung?«, fragte Nick.

»Ich wollte Welch in Handschellen sehen«, antwortete Claire und ließ den Chevy an. Sie wollte gerade die Scheinwerfer einschalten, als ihr Blick auf eine Gestalt fiel, die von unterhalb des Gehsteigs aus dem Gebäude kam und lässig, aber ein wenig zu schnell in ihre Richtung ging.

Nick spürte ihr Zögern. »Was ist los?«

»Jemand ist gerade aus dem Tiefgeschoss des Gebäudes gekommen.«

»Und geht wohin?«

»Er kommt gleich auf Ihrer Seite am Wagen vorbei.«

»Ich sehe nur Schatten«, sagte Nick. »Aber ist der Kerl vornübergebeugt?«

Tatsächlich sah Claire, dass der Mann eine Baseballmütze trug und den Kopf gesenkt hielt. Ein Schauder lief ihr über den Rücken.

»Es ist Welch«, sagte sie.

»Bestimmt?«, fragte er.

»Ich sehe genug von seinem Gesicht.«

»Nehmen Sie Ihr Handy und rufen Sie 911«, befahl Nick.

Claire öffnete bereits die Wagentür, als Nick sie am Arm packte. »Denken Sie nicht einmal dran.«

»Ich muss!«, erwiderte sie und erkannte, dass sie es zu laut gesagt hatte, als Welch den Kopf in ihre Richtung drehte.

Er stand direkt im Schein der Straßenlampe, und Claire sah, dass der Mann tatsächlich Jonah Welch war. Er erstarrte, wahrscheinlich fragte er sich, ob sie eine Polizistin war, ob sie ihn erkannt hatte, ob der Chevy, verbeult wie er war, tatsächlich ein Polizeifahrzeug sein konnte. Dann rannte er los.

»Er haut ab!«, schrie Claire, startete den Motor und wendete den Wagen.

»Wohin läuft er?«, fragte Nick und wünschte, er würde gut genug sehen, um fahren zu können.

»Um die Ecke«, sagte Claire und riss das Lenkrad nach links. Sie nahmen die Abzweigung so schnell, dass die Räder auf der rechten Seite fast den Boden verließen.

»Der Wagen taugt nichts!«, schrie Nick. »Wenn Sie das noch mal machen, kippen wir um!«

Zum Glück war Welch nicht gut in Form. Außer Atem wurde er auf der Parkseite der Ocean Avenue langsamer, und Claire raste an ihm vorbei.

»Ich schneide ihm den Weg ab«, sagte sie, bremste ab und schoss dann zwischen zwei geparkten Wagen quer auf den Gehsteig. Der Wagen kam mit quietschenden Reifen zum Stehen, und Nick sah einen Schatten, der Welch sein musste, auf sich zulaufen. Er sprang heraus, und Welch versuchte, ihm auszuweichen, aber selbst mit seinem beschränkten Sehvermögen konnte Nick ihn noch anspringen und zu Boden reißen.

»Lassen Sie mich!«, schrie Welch.

»Jonah Welch, Sie sind verhaftet«, verkündete Nick und legte dem Mann Handschellen an.

»Wofür, verdammt?«

»Weil Sie als registrierter Sexualstraftäter hinsichtlich Ihrer Adresse gelogen haben«, erklärte Nick, zerrte Welch auf die Füße und drückte ihn über die Motorhaube des Wagens, um ihn nach Waffen abzusuchen, während Wilkes' Dodge heranraste.

»Nick«, sagte Claire und gestikulierte in Richtung Wilkes, der aus seinem Wagen stieg.

»Ich sehe ihn«, erwiderte Nick, dem es egal war, weil er sich endlich wieder wie ein Cop fühlte. Wilkes hätte ihn auf der Stelle feuern können, und es hätte ihn einen feuchten Dreck geschert. Wenigstens würde er auf dem Höhepunkt abtreten.

»Was zum Teufel treibt ihr beide hier?«, fragte Wilkes.

»Wir haben ihn«, sagte Nick und stieß Welch seinem Boss entgegen, als würde er ihm einen Preis überreichen.

Wilkes widerstand dem Drang, seine Waffe zu ziehen und die beiden zu erschießen, stattdessen stand er nur da und gestattete sich ein Lächeln. Der Anblick, wie Nick Lawler, der nachtblinde Detective, einen Täter in Handschellen übergab, war so absurd, dass es ihm ausnahmsweise die Sprache verschlug.

»Was ist los, Boss?«, fragte Nick, dem Wilkes' Lächeln Angst machte.

»Nichts. Saubere Verhaftung, Nicky.«

12

Jonah Welch wand sich und versuchte, auf dem billigen Metallstuhl eine angenehme Position zu finden. Doch es gab keine Bequemlichkeit in dem klaustrophobisch engen Vernehmungszimmer mit den beigegrauen Betonwänden, in dem er für seinen Geschmack schon viel zu lange festgehalten wurde. Er rasselte mit den Handschellen, mit denen er an den Metalltisch gefesselt war, und schlug mit der freien Faust darauf. Das Geräusch hallte aus einem Lautsprecher im angrenzenden Raum, wo Nick und Claire seine Frustration auf einem Monitor beobachteten.

»Er wird nervös«, bemerkte Claire.

»Und genau so wollen wir ihn haben«, sagte Nick und fuhr die Lautstärke zurück. »Normalerweise sperren wir Täter da rein, lassen sie eine Weile drin, und wenn wir so weit sind, um mit ihnen zu reden, schnarchen sie schon.«

»Sind Sie sicher, dass Sie das schaffen?«, fragte Claire.

»Ja«, sagte Nick. Es war kurz nach vier Uhr morgens, und er war seit fast vierundzwanzig Stunden wach. Obendrein war die Verhaftung von Welch die erste körperliche Polizeitätigkeit seit einem Jahr für ihn gewesen. Doch irgendwie war er aufgekratzter denn je. »Es geht mir gut.«

Claire grinste. »Das ist das Adrenalin.«

»Hoffen wir, es hält an«, sagte Nick, klopfte auf die Mappe in seiner linken Hand und ging zur Tür zu dem Raum, in dem Welch saß.

»Viel Glück«, wünschte Claire.

»Danke, kann ich gebrauchen«, antwortete er, ehe er die Tür öffnete und im angrenzenden Raum verschwand.

Claire drehte den Kopf zum Monitor und stellte die Lautstärke höher, während Nick auf dem Bildschirm die Tür des Vernehmungszimmers schloss.

Welch blickte auf. »Wurde auch langsam Zeit«, knurrte er. »Verraten Sie mir jetzt, wieso ich hier bin?«

Nick zog den Stuhl gegenüber von Welch heraus und legte die Mappe auf den Tisch. »Das habe ich schon. Sie haben gelogen, was Ihre Adresse in der Sexualstraftäterkartei angeht.«

»Blödsinn. Deswegen schicken Sie keine Bullen mit Sturmgewehren.«

»Das tun wir doch, wenn der Mann mal wegen einer Tat mit Schusswaffengebrauch festgenommen wurde.«

»Das ist fünfunddreißig Jahre her. Seitdem habe ich keine Waffe mehr angerührt. Und bei der Adresse habe ich mich verschrieben, na wenn schon.«

»Das war kein Versehen, Jonah«, sagte Nick. »Wenn ein Kerl das tut, weiß ich, er versteckt sich. Mit einer falschen Adresse gewinnt man Zeit, wenn die Polizei zu nahe kommt.«

Ein bitteres Lächeln trat auf Welchs Gesicht. »Wollen Sie die Wahrheit wissen? Okay, ich habe es gemacht, weil es verdammt noch mal niemanden etwas angeht, wo ich wohne.«

»Stimmt. Scheiß auf die Leute in Albany, die die Gesetze machen. Sie fahren einen 98er Crown Vic. Wo ist er?«

»Das geht Sie ebenfalls einen Scheißdreck an.«

»Jonah, wenn Sie so unschuldig sind, wie Sie behaupten …«

Welch richtete sich mit seiner Version von gerechter Empörung auf. »Wir sind hier in den Vereinigen Staaten von Amerika. Ich habe ein Recht auf meine Privatsphäre.«

»Das haben Sie verwirkt, als die Jury Sie der Vergewaltigung dieses Mädchens schuldig sprach.«

»Und ich habe meine Schuld bezahlt. Ich habe im Gefängnis keinen Ärger gemacht. Nie einen Termin mit meinem Bewährungshelfer verpasst, nachdem ich draußen war, und ich war in fünfzehn Jahren nie ohne Job. Ich war ein braver Junge, und wissen Sie, warum? Weil ich mit neunzehn einen dummen, beschissenen Fehler gemacht und mit zwei Jahrzehnten meines Lebens dafür bezahlt habe. Ich habe nach den ersten zehn Jahren im Knast geschworen, wenn ich es lebend und mit einem jungfräulichen Arschloch aus Greenhaven rausschaffe, werde ich für die Zeit, die mir noch bleibt, wie ein Heiliger sein. Weil ich nie wieder reinwill.«

Nick lehnte sich zurück und holte Luft, als hätte ihn Welchs selbstgefällige Rede emotional berührt. Dann brach er in Applaus aus und stampfte mit den Füßen auf. »Joho! Bravo!«, schrie er.

Das schockierte Welch und entzog ihm jegliche verbleibende Widerstandskraft. »Hören Sie auf! Seien Sie verdammt noch mal still!«

»Nein, ehrlich«, sagte Nick und klatschte immer weiter. »Waren Sie im Gefängnis in der Theatergruppe?«

Welch sah aus, als würde er gleich zu weinen anfangen. »Warum müssen Sie mich so foltern?«

Es war der perfekte Einstieg. Nick entnahm der Mappe ein paar Fotos und knallte sie auf den Tisch.

Zack, zack, zack.

»Sie wissen alles über Folter, nicht wahr, Jonah«, stellte er fest.

Welch sah die Bilder an – drei Skelette auf Metalltischen im Leichenschauhaus – und wich angewidert zurück. »Was zum Teufel ist das?«

»Sie wissen nicht nur, was das ist, Sie wissen auch, wer sie sind«, sagte Nick in drohendem Ton. »Und Sie werden diesen Raum nicht verlassen, ehe Sie es mir gesagt haben.«

»Ich weiß nicht, wovon Sie reden«, entgegnete Welch und begann heftig zu zittern.

»Richtig, Jonah, Sie haben allen Grund, sich zu fürchten«, machte Nick weiter Druck. »Wenn man jemanden tötet, holt es einen früher oder später ein.«

»Ich schwöre, ich habe in meinem ganzen armseligen Leben niemanden getötet«, stammelte Welch.

»Lassen Sie mich Ihre Erinnerung auffrischen«, sagte Nick und tippte auf die ersten beiden Fotos. »Die zwei haben Sie 1977 ermordet, ihre Knochen gekocht, damit sich das Fleisch ablöst, und die Skelette dann vergraben, eins in einem Garten in Canarsie und das andere auf der Brooklyn-Seite der Verrazano Bridge.«

»Sagten Sie gekocht ... Sind Sie verrückt?«, schrie Welch.

»Dieses Mädchen, das Sie 1977 vergewaltigt haben, hatte Glück, dass Sie gestört wurden, sonst wäre sie Nummer drei gewesen. Und ich bin überzeugt, Sie haben sich bemüht, den Drang zu unterdrücken, als Sie vor fünfzehn Jahren aus dem Gefängnis kamen.« Er tippte auf das Foto von Rosas Überresten. »Aber als Sie sie sahen, wussten Sie, das ist sie.«

»Sie sind ja wahnsinnig!«, schrie Welch. »Ich wüsste nicht einmal, wie man das macht, was Sie da erzählen.«

Nick stand abrupt auf – hauptsächlich um der Wirkung willen –, was Welch so schnell zurückweichen ließ, dass er fast vom Stuhl fiel. »Tun Sie mir nichts«, wimmerte er.

»Das wäre zu einfach«, sagte Nick, griff nach einem Monitor, der an einem schwenkbaren Arm an der Wand hing, und zog ihn zum Tisch. »Ich zeige Ihnen stattdessen, wie Sie es verpfuscht haben.«

Er nahm eine Fernbedienung von einem anderen Tisch an der Wand und schaltete den Monitor ein. Ein Standbild des Videos erschien. »Kommt es Ihnen bekannt vor?«, fragte Nick.

»Was zum Teufel ist das?«, wollte Welch wissen.

»Schauen Sie zu«, sagte Nick und drückte auf »Play«. Es war das Video der Überwachungskamera in dem spanischen Deli in der Bronx. Sobald es lief, sah Welch sich selbst durch die Tür kommen und sprang von seinem Stuhl auf.

»Ich schätze, jetzt erinnern Sie sich«, sagte Nick.

»Was hat das mit allem zu tun?«, rief Welch.

Nick zeigte auf den Schirm, als Rosa ihn bediente. »Dieses Mädchen ist Ihr letztes Opfer, Sie krankes Arschloch.«

»Weil ich in einem Deli war?«

Nick lachte. »Schön wär's für Sie, Freundchen, wenn wir weiter nichts in der Hand hätten.« Er tat aufgeregt. »Der beste Teil kommt noch.«

Welch sah aus, als stünde er kurz vor einer spontanen Selbstentzündung, als ihm Rosa auf dem Schirm seinen Kaffeebecher und die Quittung reichte. Nick hielt das Video an. »Sehen Sie diesen Becher?«

»Ja, und?«

»Wir haben ihn in dem Sack mit ihren Knochen gefunden. Mit Ihrer DNA daran.«

Welch traf beinahe der Schlag. »Das ist unmöglich!«, rief er mit Tränen in den Augen. »Ich habe den Kaffee getrunken und den Becher weggeworfen.«

»Natürlich haben Sie das«, sagte Nick, ging zurück zum

Tisch und zog ein neues Foto aus der Tasche. »Und zwar in denselben Jutesack, in den Sie Rosa Sanchez' Knochen gestopft haben.«

Er ließ das Video weiterlaufen, und diesmal sah man eine Weitwinkelaufnahme der Straße, in der Rosas Knochen gefunden wurden. »Aber es hat Ihnen nicht gereicht, ihre Überreste wahllos irgendwohin zu werfen«, sagte Nick und deutete zu einer Gestalt auf dem Bildschirm, die mit dem Rücken zur Kamera zu der Mülltonne an der Ecke ging. »Sie haben auch noch dafür gesorgt, dass ihr Exmann, der Müllmann, sie finden würde!«

»Was?«, bellte Welch wie von Sinnen. »Ich kenne keine Müllmänner, und ich kenne dieses Mädchen nicht!« Er zeigte auf den Schirm. »Ich weiß nicht einmal, wo das ist.«

»Es ist zwei Blocks vom Yankee-Stadion entfernt«, erklärte Nick. »Und wir wissen, dass Sie an diesem Abend in der Gegend waren, weil Ihre Kreditkarte mit Karten für das Spiel an diesem Tag belastet wurde. Genauso wie an dem Tag, an dem Sie in dem Deli in der Jerome Avenue waren und Kaffee von Rosa Sanchez gekauft haben.«

Die ganze Tragweite der Anschuldigungen wurde Welch bewusst. Er war sprachlos. Nick nutzte die Gelegenheit, um seine Argumentation abzuschließen. »Sie haben Rosa gesehen. Sie sind ihr nachgeschlichen. Sie haben sie vor dem Manhattan State University Hospital entführt. Sie sind in Ihrem 98er Crown Vic kreuz und quer durch die Stadt mit ihr gefahren und schließlich hinaus nach Staten Island, wo Sie im Wald ihre Knochen gekocht haben.«

»Das ergibt doch alles keinen Sinn! Warum sollte jemand so etwas tun?«

Nick schob sich nahe an sein Gesicht. »Nicht jemand, Jonah, sondern Sie. Und Sie haben es aus demselben Grund getan, aus dem Sie diese anderen armen Mädchen damals vor fünfunddreißig Jahren getötet haben – damit niemand erfuhr, dass sie vergewaltigt wurden, falls jemand sie fand.«

Und dann passierte etwas, womit Nick nicht gerechnet hatte: Jonah Welch brach in ein fast irres Gelächter aus. »Finden Sie daran etwas komisch?«, fragte Nick wütend.

»Zunächst einmal kriege ich keinen mehr hoch – fragen Sie meinen Arzt. Ich kann diese Rosa oder wie sie heißt also nicht vergewaltigt haben. Und zweitens steht mein Auto drei Straßen von meiner Wohnung entfernt auf einem leeren Grundstück, das einem Freund gehört, hinter einem Bretterzaun. Ich habe es erst neulich dort gesehen und bin seit Wochen nicht damit gefahren.«

»Blödsinn!«, schrie Nick. Der Wagen war seine Trumpfkarte, und er gedachte sie gewinnbringend einzusetzen. Er riss ein weiteres Foto aus der Mappe und stieß es Welch mehr oder weniger ins Gesicht. »Eine Kamera hat Ihr Nummernschild an der Mautstation auf der Staten-Island-Seite der Verrazano Bridge aufgefangen, Sie Arschloch«, rief er. »An dem Tag von Rosas Verschwinden. Sie können sich herauszureden versuchen, wie Sie wollen. Wenn wir das alles einer Jury zeigen, werden Sie sich fragen, wie ein schlauer Bursche wie Sie so verdammt dämlich sein konnte. Man wird Sie wegsperren, Jonah, und diesmal für immer.«

Welch starrte auf das Foto, als würde er auf seinen eigenen Grabstein blicken. Er schüttelte den Kopf und versuchte zu begreifen, was ihm nun bevorstand. Nick seinerseits wusste, dass alles ein Riesenbluff war. Alles, was er hatte, waren dürftige Indizien, die von einer mehr als fadenscheinigen Geschichte zusammengehalten wurden. Aber er hatte schon Mordverdächtige mit sehr viel weniger dazu gebracht, alles auszuspucken. Jonah brauchte nur noch einen kleinen Schubs.

»Ich schicke die Spurensicherung los, damit sie Ihren Wagen holt«, sagte er ruhig und selbstbewusst und sah Welch dabei direkt in die Augen. »Sie werden ihn auf einem Tieflader in ihre Garage transportieren und jeden Quadratzentimeter absuchen. Sie werden sehen, ob der Wagen bewegt wurde, und sie werden Erde an den Reifen oder unter den Kotflügeln finden, die genau zu der Stelle in Staten Island passt, wo wir diese Knochen gefunden haben. Und dann haben wir Sie an den Eiern, Jonah. Es ist Zeit, dass Sie aufhören, diesen Bockmist zu erzählen, und dazu stehen, was Sie getan haben. Ich weiß, Sie waren es, und Sie wissen es auch. Sie müssen sich also entscheiden, jetzt und hier, letzte Chance. Wollen Sie hier sitzen und sich weiter dumm stellen, oder wollen Sie mir sagen, wie es wirklich war?«

Welch sah aus, als wüsste er nicht, wie ihm geschah.

»Ich … ich weiß nichts«, stammelte er. »Ich habe mit alldem nichts zu tun.« Dann schien er neue Kraft zu gewinnen. »Und ich sage jetzt kein Wort mehr.«

»Schön.« Nick sammelte die Fotos auf und schob sie wieder in die Mappe. Er wollte den Raum verlassen, ehe Welch um einen Anwalt bat. »Ich lasse Sie eine Weile allein, damit Sie nachdenken können. Sie müssen sich überlegen, was das Beste für Sie ist, Jonah, jetzt, da Sie wissen, was wir gegen Sie in der Hand haben.« Er ging zur Tür. »Ich komme in einer Weile wieder, und dann reden wir weiter. Hoffentlich erkennen Sie, dass es keinen Ausweg gibt. Sie können es sich und uns leichter machen oder es bleiben lassen. Ihre Entscheidung.«

Dann ging er hinaus, ehe Welch auch nur den Mund öffnen konnte.

Er ging in den Beobachtungsraum, wo er Claire mit Savarese und Wilkes antraf. Letzterer steckte gerade sein Handy weg. »Ich habe eben im 71er angerufen und sie gebeten, alle unbebauten Grundstücke mit Bretterzaun abzusuchen, bis sie diesen Wagen gefunden haben.«

»Wir sollten warten, bis sie ihn haben, bevor ich in die nächste Runde mit ihm gehe«, sagte Nick mit einem Blick auf den Monitor, wo Welch die Ellbogen auf den Tisch stützte und den Kopf in den Händen vergrub.

»Du hast ihm ganz schön Dampf gemacht, Nicky«, meinte Savarese.

»Der Kerl ist entweder ein Trottel, oder er verschließt die Augen vor der Wahrheit«, sagte Wilkes, »und ich tippe auf Trottel.«

Nick warf einen Blick zu Claire, die wie hypnotisiert auf den Monitor starrte. Sie hatte nicht nur kein Wort gesagt, seit er hereingekommen war, sondern schien seine Anwesenheit nicht einmal zur Kenntnis zu nehmen.

»Muss ich Sie auch erst zum Reden bringen?«, fragte Nick.

»Etwas stimmt nicht«, erwiderte sie, ohne den Blick vom Bildschirm zu nehmen.

»Das ist ja mal ganz was Neues«, ätzte Wilkes. »Tun Sie sich keinen Zwang an, Doc, nur raus mit der Sprache.«

»Er passt in kein Profil eines Serienmörders, von dem ich je gehört habe«, sagte sie.

»Es gibt sie in allen Größen, Formen und Persönlichkeiten«, gab Wilkes zurück. »Der Kerl ist emotional außer Rand und Band, weil er nie im Leben gedacht hätte, dass wir ihn festnageln.«

»Das glaube ich nicht, Inspector«, sagte Claire, drehte sich um und sah ihm in die Augen. »Ein Mörder, der so gründlich vorgeht, dass er ein Opfer präzise zerteilt, um die Knochen zu kochen, tut es nicht nur, um Beweise zu vernichten und seine Spuren zu verwischen. Er tut es, um das Opfer selbst zu vernichten, um es auszuradieren. Als hätte es nie existiert. Jemand, der sich das zutraut, hält sich für klüger als alle anderen. Für klüger als wir alle zusammen. Er würde die Fassade aufrechterhalten, uns vielleicht sogar weiterhelfen, wenn wir irgendwo feststecken, nur um zu beweisen, wie klug er ist. Er wäre stolz auf sein Werk.«

Wie um ihren Standpunkt zu unterstreichen, sah sie wieder auf den Monitor, wo Welch immer noch mit dem Kopf in den Händen dasaß.

»Aber unser Mr. Welch hier – der ist kurz davor zusammenzubrechen.«

»Er ist wütend. Weil er nicht das Genie des Bösen ist, für das er sich gehalten hat«, argumentierte Wilkes.

»Nein, Inspector. Er ist verloren. Er will nur wissen, wie zum Teufel er in diese Sache hineingeraten ist. Warum Sie versuchen, ihm diese Morde anzuhängen. Er sucht nach einem Ausweg aus etwas, was er nicht getan hat, und genau deshalb findet er keinen. Der Mörder dieser drei Frauen würde nicht abstreiten, was er getan hat, er würde Ihnen die Hand schütteln und Ihnen auf die Schulter klopfen, um Ihnen zu gratulieren, weil Sie es herausgefunden haben.«

Wilkes verfluchte sich innerlich schon wieder, weil er Claire hinzugezogen hatte. Er sah Nick nach Unterstützung heischend an. Nick zuckte mit den Achseln.

»Sie haben es selbst gesagt, Boss, es ist ein Haufen Nichts, das nach etwas aussieht, wenn man alles zusammenwirft. Aber selbst die DNA stimmt nur teilweise überein.«

»Wir haben schon Mörder mit weniger hinter Gitter gebracht, als wir in diesem Fall haben«, sagte Wilkes.

»Das verstehe ich, Inspector«, antwortete Claire respektvoll. »Aber niemand von uns will den Falschen hinter

Gitter bringen. Ich bin mir ziemlich sicher, dass Mr. Welch Rosa Sanchez nicht ermordet hat.«

Wilkes sah Nick an und betete zum Himmel, dass das, was er nun tun würde, nicht auf ihn zurückfiel. »Doc, ich kann es selbst kaum glauben, dass ich das sage«, fing er an, »aber wenn Sie es einmal versuchen wollen, gehört er Ihnen. Vorausgesetzt, Sie können objektiv sein, nachdem Miss Sanchez Ihre Patientin war.«

Nick sah seinen Boss scharf an, dann warf er Claire einen Blick zu. Die beiden hatten in dem Plan, den sie noch vor Welchs Verhaftung entworfen hatten, als letzten Trumpf erwogen, Claire auf ihn loszulassen. Stattdessen hatte Wilkes ihr unwissentlich jetzt bereits die Chance gegeben, ihre Karten auf den Tisch zu legen. Umso besser.

»Ich will Rosas Mörder mehr, als Sie es wollen, Inspector«, sagte sie. »Ihnen mitzuteilen, dass Mr. Welch sie nicht zerstückelt hat, ist so ziemlich das Objektivste, was ich je tun musste.«

Welch ließ den Kopf in den Händen vergraben, als Claire die Tür öffnete.

»Fünf Minuten, ist das alles, was Sie mir geben?«, fragte er mürrisch, ohne aufzublicken.

Erst als Claire auf den Tisch zuging, ließ ihn das Geräusch ihrer Absätze den Kopf heben. »Sie sind also doch eine Polizistin«, sagte er.

»Eigentlich bin ich Psychiaterin, Mr. Welch«, korrigierte ihn Claire.

»Aber Sie arbeiten für die«, sagte Welch aufgebracht. »Wenn die glauben, ich gestehe eher bei einer Seelenklempnerin, die einen Rock trägt, können sie es sich sonst wohin stecken, denn ich habe das nicht getan, was sie mir vorwerfen.«

»Wie erklären Sie sich dann all die Beweise gegen Sie?«

»Wie erklären Sie, warum man Sie hier reingeschickt hat?«, feuerte Welch zurück.

»Okay, einverstanden«, sagte Claire. »Rosa Sanchez war meine Patientin. Sie haben mich hier reingeschickt, weil ich ihnen mitgeteilt habe, dass Sie es nicht waren.«

Welch lachte. »Sie erzählen nur Scheiße«, sagte er. »Sie wollen mich einwickeln, nicht gehen lassen.«

»Ich habe Ihre Frage beantwortet, deshalb wäre es schön, wenn Sie meine beantworten würden.«

Die Autorität in ihrer Stimme trieb Welch das Grinsen aus dem Gesicht. »Sie wollen wissen, wie ich diese sogenannten Beweise erkläre? Entweder die Bullen haben sie sich ausgedacht, oder irgendwer legt mich rein.«

»Schließen wir der Einfachheit halber mal aus, dass die Polizei dahintersteckt. Wenn sie Ihnen die Sache anhängen wollten, hätten sie mich nie im Leben zu Ihnen gelassen. Können Sie sich irgendwen denken, der sich so viel Mühe machen würde, um Sie hereinzulegen?«

Er sah sie an, als wünschte er aufrichtig, ihr trauen zu können. »Woher soll ich das wissen?«, fragte er flehentlich. »Wie ich schon sagte, was ich dieser Frau angetan haben soll ... Ich kann mir nicht einmal vorstellen, wie ...« Er brach ab, als er Claires ausdruckslose Miene sah.

»Ich glaube Ihnen«, sagte sie schlicht.

»Blödsinn!«, rief Welch.

»Wenn Sie mir eine Minute Zeit geben, beweise ich es.«

»Wie?«

»Emigrant hasta.«

»Hä? Emigrant was?«

»Sie haben mich verstanden.«

Welch schlug mit der Faust auf den Tisch. »Versuchen Sie, mich hier auszutricksen?«

»Ich will, dass Sie mir sagen, was *Emigrant hasta* bedeutet.«

»Es bedeutet gar nichts!«, schrie Welch. »Ich mag ein Exknacki sein, aber ich bin kein Analphabet. Es ergibt überhaupt keinen Sinn!«

Claire knallte einen Notizblock auf den Tisch, die Worte waren auf das oberste Blatt geschrieben. So heftig wie ein Polizist bei einem Verhör schob sie das Papier über den Tisch. »Verdammt noch mal, Sie sagen mir jetzt, was diese Worte bedeuten. Auf der Stelle!«

Welch beäugte das Papier, er fürchtete, eine falsche Antwort würde er mit einem Leben im Gefängnis bezahlen. Ihre Blicke trafen sich, der Druck zerbrach ihn nun endlich, eine Träne lief über seine Wange. Er hatte Angst.

»*Emigrant hasta?* Warum tun Sie mir das an?«

Claire hob den Block vom Tisch auf. »Danke, Mr. Welch«, sagte sie.

»Warten Sie, wohin gehen Sie«, rief Welch. »Danke? Was bedeutet das? Sie können mich nicht einfach hier zurücklassen. Sagen Sie ihnen, ich verlange einen Anwalt.«

Sie drehte sich zu ihm herum und schlug zum ersten Mal einen weicheren Ton an. »Sie werden keinen Anwalt brauchen«, versicherte sie ihm.

»Aber sie war Ihre Patientin. Sie wollen mich auf dem elektrischen Stuhl sehen wie der Rest von ihnen.«

»Nur wenn Sie sie getötet haben, Mr. Welch«, erwiderte Claire und öffnete die Tür. »Und ich weiß jetzt mit Sicherheit, dass Sie es nicht waren.«

Sie schloss die Tür und ging in den Beobachtungsraum zurück, wo sie Nick allein vorfand. »Wo sind die anderen?«, fragte sie.

»Wurden ins Büro des Chiefs gerufen«, erwiderte Nick.

Claire sah auf die Uhr. »Um fünf Uhr morgens?«

»Der Chief ist ein Frühaufsteher. Und das hier ist nicht ihr einziger Fall.«

»Sind Sie zufrieden?«, fragte Claire.

»Ich muss wohl annehmen, er hätte sich etwas anmerken lassen, wenn er wüsste, was diese Worte bedeuten«, erwiderte Nick. »Es hätte irgendeine Art von Wiedererkennen gegeben, selbst wenn der Rest nur Theater war. Ein Typ, der eiskalt drei Frauen abschlachtet, würde wollen, dass wir seinem gewaltigen Ego Achtung erweisen, und dieser Idiot hier verfügt kaum über ein Ego. Kommt das ungefähr hin?«

»Volltreffer«, sagte sie.

Nick wandte sich dem Monitor zu, wo Welch wieder den Kopf in den Händen hatte, aber diesmal bebten seine Schultern vor Weinen. »Ich verstehe es nicht«, sagte er. »Der Boss hatte recht, wir hatten nur Indizien. Aber die gute Sorte Indizien.«

»Vielleicht ein bisschen zu gut«, meinte Claire.

»Jetzt fangen Sie mir nicht zu fantasieren an«, tadelte Nick. »Ich dachte, Sie sind hier der wissenschaftliche Typ.«

»Das dachte ich auch«, sagte Claire und entfernte sich von dem Monitor. »Aber ich weiß nicht mehr, was ich bin.«

Sein Blick folgte ihr. »Was soll das heißen?«

Sie sah auf. »Ich dachte früher, dass die Welt logisch ist. Dass man alles empirisch erklären kann, mit Fakten und Zahlen. Aber in letzter Zeit kann ich viele Dinge nicht mehr erklären.«

»Sie meinen, wie den Hunger auf der Welt oder Kriege?«

»Eher, warum ich immer mit mir selbst im Krieg liege«, sagte Claire und fragte sich, warum sie Nick das alles plötzlich gestand.

»Wegen was?«, fragte er.

Sie wollte gerade antworten, als Wilkes in den Raum stürmte.

»Wir müssen los«, sagte er. »Sie auch, Doc.«

»Warten Sie, Inspector, Sie müssen mir zuhören«, erwiderte Claire. »Mr. Welch ist unschuldig …«

»Das weiß ich, Doc.«

»Wie können Sie das wissen? Sie waren ja nicht einmal …«

»Eine Streife hat gerade einen neuen Sack Knochen in Brooklyn entdeckt, der erst vor kurzem deponiert wurde«, antwortete der Inspector. »Und wir hatten Mr. Welch mehr als achtzehn Stunden im Blick. Er kann es nicht gewesen sein.«

Er war bereits halb aus der Tür, als er das sagte. Nick und Claire eilten ihm zu den Aufzügen hinterher.

»Lassen wir Welch einfach da drin?«, wollte Claire wissen.

»Er ist soeben von der Rolle des Hauptverdächtigen in die eines unentbehrlichen Zeugen gewechselt«, sagte Wilkes und drückte wiederholt den Aufzugknopf. »Wenn Sie recht haben und er aufs Kreuz gelegt wurde, dann trägt er praktisch eine Zielscheibe von dem Kerl auf dem Rücken, der alle diese Morde begangen hat.«

»Wenn er weitertötet, dürfte es uns schwerfallen, alles unter Verschluss zu halten«, bemerkte Nick.

»Ach, es ist schon kein Geheimnis mehr, Nick«, klagte Wilkes. »Der Hurensohn hat soeben die Hose heruntergelassen. Er hat Channel 3 News angerufen und sie direkt zum Tatort geführt.«

Die Sonne ging gerade auf, als Savarese mit Wilkes' Wagen in hohem Tempo Manhattan verließ, noch rechtzeitig vor dem Berufsverkehr auf dem Brooklyn-Queens Expressway und dem Belt Parkway. Mit bescheidenen einhundertdreißig Stundenkilometern sowie Blaulicht und Sirene schafften sie es in weniger als einer halben Stunde in das immer noch von Kriminalität heimgesuchte East New York.

Ein Stück voraus sahen sie eine Menschenmenge, die von einer Schar Polizisten und einem quer über die Linwood Street gespanntem gelben Absperrband zurückgehalten wurde. Viele trugen Pyjamas, als hätten sie ihre Häuser räumen müssen. Reporter der Nachrichtensender und Fotografen bewegten sich zwischen ihnen, ihre Übertragungswagen mit den hoch aufgestellten Funkmasten strahlten Berichte in die Redaktionen.

»Gerade rechtzeitig für die gottverdammten Morgennachrichten«, beschwerte sich Wilkes. »Das ist kein Zufall.«

»Genauso wenig wie der Ort«, fügte Savarese an, während ein Streifenpolizist sie durch die Absperrung winkte. »Der Kerl reibt es uns diesmal wirklich unter die Nase.«

»Der Ort?«, fragte Claire, die in Bagdad nicht verlorener gewesen wäre als in Brooklyn.

»Das 75. Revier ist eineinhalb Straßen entfernt von hier«, sagte er. »Er will uns etwas beweisen.«

Wilkes lachte hämisch. »Ja, dass wir ein Haufen Idioten sind. Wir können ab hier zu Fuß gehen, Tony.«

Savarese hielt hinter einer Phalanx aus Polizeiautos, Feuerwehrfahrzeugen, dem Van des Gerichtsmediziners und dem neuen mobilen Labor der Spurensicherung, einem Gefährt von den Ausmaßen eines Reisebusses.

Erst als sie ausstiegen, sahen sie die verkohlten Überreste des Schauplatzes selbst: ein zweistöckiges Mietshaus aus braunen Ziegeln, aus dessen Keller Dr. Ross gerade auftauchte, hinter ihm zwei Mitarbeiter mit einer Rollbahre, auf der ein Leichensack lag, der vermutlich die Knochen enthielt.

Aber Nick konzentrierte sich auf Ross' Gesicht. Der normalerweise nicht zu erschütternde Pathologe sah aus, als wäre er buchstäblich einem Geist begegnet. So hatte Nick ihn noch nie gesehen.

»Alles in Ordnung?«, fragte er ehrlich besorgt.

»Wer immer dieses Scheusal ist, er geht mir auf die Nerven«, sagte Ross, der untypischerweise nicht zu Scherzen aufgelegt war. Er warf nur einen kurzen Blick auf Claire, die er ohne Frage für eine weitere Polizeibeamtin hielt.

»Können Sie uns etwas sagen, Doc?«, murmelte Wilkes.

»Derselbe Mist wie letztes Mal«, erwiderte Ross. »Wieder deutet der Umfang der Beckengürtelknochen auf eine erwachsene Frau hin«, berichtete er weiter. »Keinerlei weiches Gewebe, gelbliche Farbe, ein Hinweis, dass sie gekocht wurden wie beim letzten Mal, und sie wurden in dieselbe Art Jutesack gesteckt wie die beim Yankee-Stadion …«

»Irgendetwas mit in dem Sack?«, fragte Wilkes. »Sie wissen schon, noch ein Kaffeebecher etwa oder eine Quittung oder vielleicht eine Visitenkarte mit Namen und Adresse des Psychopathen?«

»Diesmal nicht«, erwiderte Ross. »Würden Sie an seiner Stelle den gleichen Fehler zweimal machen?«

»Es war kein Fehler«, sagte Nick. »Er hatte sonst niemanden, dem er es anhängen konnte.«

»Und Jonah Welch hat keine Ahnung, wer er ist«, ergänzte Claire.

Wilkes sah sie an. »Vielleicht sollten Sie dann mit Nick in die Zentrale zurückfahren, um seinem Gedächtnis noch ein wenig auf die Sprünge zu helfen.«

»Ist das eine Bitte oder ein Befehl?«, fragte Claire.

»Eine Bitte«, gab Wilkes zu. »Er hat Ihnen aus der Hand gefressen. Wenn er sich überhaupt öffnet, dann Ihnen gegenüber. Und darauf sind wir angewiesen, Doc. Denn falls der Kerl nicht ein Zeichen hinterlassen hat, das uns zu ihm führt – und dafür ist er zu schlau –, ist dieser armselige Trottel Welch unsere einzige Chance.«

13

Nicht einmal eine Stunde später betraten Claire und Nick das Vernehmungszimmer in One Police Plaza, wo sich Jonah Welch auf seinem Stuhl krümmte. Er wäre inzwischen die Wände hochgegangen, wenn er nicht an den Tisch gefesselt gewesen wäre.

»Was muss ich tun, damit Sie mir glauben?«, flehte er. »Ich schwöre beim Grab meiner Eltern, ich war das nicht.«

Nick trat direkt auf ihn zu und blickte auf sein gerötetes Gesicht hinab. Der Gefangene zuckte zusammen, Schweißperlen liefen ihm über die Stirn. Einen Moment lang schien er zu glauben, dass Nick ihn schlagen wollte.

Aber stattdessen zog Nick einen kleinen Schlüssel aus seiner Tasche und nahm ihm die Handschellen ab. Das erschreckte Welch noch mehr.

»Was ist hier los?«, fragte er furchtsam.

»Sie gelten nicht mehr als verdächtig in diesem Fall«, versicherte ihm Nick und hakte die Handschellen an seinem Gürtel ein.

Welch saß zunächst nur da und konnte es nicht glauben, Dann blickte er zu Nick auf und wurde wütend. »Machen Sie Witze? War das alles nur ein großer Irrtum, oder was?«

»Ja, und es war unser Irrtum, Mr. Welch«, antwortete Claire. »Aber jemand wollte, dass wir ihn begehen.«

Welch stand empört auf. »Was soll das jetzt wieder heißen?«

»Es war genau, wie Sie sagten. Sie wurden aufs Kreuz gelegt«, erklärte Nick und trat Welch vorsichtshalber in den Weg. Er konnte den heißen Atem des Mannes spüren, der nach Sauerkraut roch. Welch sank einfach wieder auf den Stuhl wie ein verängstigtes Kind.

»Aufs Kreuz gelegt? Wieso? Von wem?«

»Genau dafür brauchen wir Ihre Hilfe, Sie Genie«, sagte Nick.

Claire, die ihn wie das Opfer behandelte, das er nun war, zog einen Stuhl heran und setzte sich gegenüber von Welch.

»Ich weiß, Sie haben gesagt, Ihnen fällt niemand ein, der Ihnen so etwas antun könnte«, sagte sie teilnahmsvoll. »Aber Sie müssen es wirklich versuchen, wir brauchen Ihre Hilfe. Wer könnte Ihnen überhaupt etwas antun wollen?«

»Ich habe keine Ahnung«, antwortete Welch mit zittriger Stimme.

Nick ließ sich auf dem verbliebenen Stuhl nieder und schlug einen einfühlsameren Ton an. »Schauen Sie, mein Freund. Wer immer dieser Kerl ist, er ist gerissen. Bis jetzt hat er seinen Spaß gehabt, indem er uns für blöd verkauft hat. Aber niemand denkt sich einen derart ausgeklügelten Plan aus, wenn er das Opfer – nämlich Sie – nicht hängen sehen will.«

»Bitte verstehen Sie«, fuhr Claire fort, »Detective Lawler und ich versuchen Sie nicht irgendwie auszutricksen. Er hat Sie verhaftet, weil es handfeste Indizien gab. Und deshalb kann es sein, dass die Person, die alle diese Frauen getötet und diese Spuren gelegt hat, es nicht dabei belässt.«

»Was … was meinen Sie damit?«, fragte Welch und schien sich nicht sicher zu sein, ob er die Antwort hören wollte.

»Wir nehmen Sie in Schutzhaft«, erklärte Nick. »Vergessen Sie nicht, der Kerl hat Sie auf dem Kieker. Wenn er feststellt, dass es nicht funktioniert hat, dass wir auf seine Irreführung nicht hereingefallen sind, wird er versuchen, Sie auf andere Weise aus dem Weg zu räumen.«

Jetzt saß Welch wie erstarrt vor Angst da. »Das lassen Sie aber doch nicht zu, oder?«

»Wir bringen Sie in einem hübschen Hotel unter und lassen Sie rund um die Uhr beschützen. Auf Kosten der Stadt.«

Welch entspannte sich nur leicht. »Hört sich ja nicht so schlecht an«, sagte er zögerlich.

»Es ist besser als Ihre Bude in Flatbush, und es ist mit Sicherheit besser als zwanzig Jahre in Greenhaven. Aber es ist immer noch ein Gefängnis. Bis wir diesen Kerl gefunden und unschädlich gemacht haben.«

Welch vergrub das Gesicht wieder in den Händen, als könnte er auf keine Weise gewinnen. »Ich möchte Ihnen ja helfen, wirklich. Aber ich wüsste beim besten Willen nicht, wie.«

»Denken Sie einfach nach«, sagte Claire. »Strengen Sie sich an.«

»Wer könnte Sie auf dem elektrischen Stuhl sehen wollen?«, fragte Nick. »Hat jemand Sie im Gerichtssaal bedroht nach Ihrem Prozess? Vielleicht ein Angehöriger Ihres Opfers. Oder jemand, mit dem Sie gesessen haben?«

»Ich … ich weiß nicht«, stammelte Welch verwirrt. Nick konnte beinahe sehen, wie er sich bemühte, sich an alle Auseinandersetzungen zu erinnern, die er gehabt, an alle Leute, die er gegen sich aufgebracht hatte. Er tat Nick tatsächlich leid.

Welch wandte sich an Claire. »Heißt das, dass ich gehen kann?«, fragte er.

»Das entscheidet Detective Lawler«, antwortete sie.

»Theoretisch ja«, sagte Nick. »Aber sobald Sie das Gebäude verlassen, werden Sie zur lebenden Zielscheibe.«

Welch wusste nicht, dass Nick sicherstellte, dass der Mann nicht mit ihnen spielte. Es gab immer noch die vage Möglichkeit, dass Welch den Killer kannte und ihn schützte.

»Halten Sie einfach noch ein bisschen still, Jonah«, sagte Nick. »Überlegen Sie weiter. Wir lassen die Handschellen weg, und einer meiner Kollegen holt Ihnen etwas zu essen. Sobald ich zurückkomme, bringen wir Sie in dem Hotel unter. Aber erst muss ich noch eine Sache überprüfen.«

»Und was, zum Teufel?«, fragte Welch.

»Ihren Wagen«, erklärte Nick. »Sie haben vorhin gesagt, Sie hätten ihn seit Wochen nicht gefahren. Wir müssen uns nur überzeugen, dass Sie die Wahrheit sagen. Je schneller Sie mir erlauben, den Wagen zu durchsuchen, desto früher sind Sie hier raus.«

Welch zögerte keine Sekunde. »Wenn Sie etwas haben, das ich unterschreiben kann, dann her damit.«

»Sehr gut. Sie haben das verdammte Ding nicht versteckt, oder?«, fragte Nick. »Wir haben das örtliche Revier nämlich die ganze Nacht danach suchen lassen, und sie können ihn nicht finden.«

Nick hatte endlich eine Frage gestellt, die Welch beantworten konnte.

»Es gibt eine Tankstelle an der Ecke Empire Boulevard und Bedford Avenue«, sagte Welch. »Ich zahle dem Besitzer jeden Monat etwas, damit ich ihn dort abstellen darf.«

Detective Simms fuhr Nick und Claire in weniger als einer halben Stunde nach Brooklyn und die Flatbush Avenue hinunter zum Empire Boulevard und der fraglichen »Tankstelle«, einer heruntergekommenen, alten Bude, wo in Wahrheit seit Jahrzehnten kein Benzin mehr verkauft wurde. Aber Nick überließ nichts dem Zufall. Er hatte einen Freund bei den Detectives des 71. Reviers gebeten, hinüberzufahren, zu bestätigen, dass der Wagen da war, und ihn zu bewachen, bis Nick eintraf. Die Spurensicherung bat er, in einem zivilen Fahrzeug aufzukreuzen, damit sie keine Aufmerksamkeit erregten. Außerdem ordnete er explizit an, dass niemand den Wagen berühren durfte, bis er vor Ort war.

Bei ihrem Eintreffen war klar, dass man Nicks Bitten befolgt hatte. Der Detective des 71. Reviers winkte vom Fahrersitz seines eigenen Fahrzeugs und fuhr weg, während Nick, Claire und Simms ausstiegen und Aitken von der Spurensicherung sich von der Seite näherte.

»Danke für die unauffällige Behandlung der Sache«, sagte Nick, weil man auf das gelbe Absperrband verzichtet hatte.

»Ich dachte mir, wenn ich schon ein Tarnmobil benutzen soll …«, erwiderte Aitken und gestikulierte zu dem schäbigen alten Chevy, in dem er gekommen war. »Die Karre Ihres Täters ist noch tausendmal besser als meine.«

»Dann hat der Wagen also die ganze Zeit hier gestanden?«, fragte Simms. Aitken führte sie auf die andere Seite des Tankstellengebäudes.

»Ja, aber ich verstehe, warum ihn die Streifenbeamten nicht entdeckt haben. Ich hätte ihn selbst fast nicht gefunden, als ich hier ankam«, sagte Aitken. »Aber seht selbst.«

Sie passierten das Werkstatttor, und dann verstanden sie. Sechs zerbeulte Fahrzeuge standen, jeweils zwei hintereinander, neben dem Gebäude. Nur bei näherem Hinsehen erkannte man Welchs schwarzen Crown Vic, eingezwängt zwischen einem Zaun und einem verrosteten Brotlieferwagen aus den Sechzigern.

»Ich habe den Typ gefragt, dem der Laden gehört«, sagte Aitken. »Er hat den Brotwagen dort vor eineinhalb Wochen abgestellt und seitdem nicht bewegt.«

»Das hätte ich allein anhand des Drecks sagen können«, bemerkte Nick. »Machen Sie doch ein paar Fotos, bevor wir da hineinkriechen.«

Aitken nickte und entfernte sich, während ein silberhaariger Mann in den Fünfzigern auf sie zukam, der einen Mechaniker-Overall trug. Er parkte die beiden Fahrzeuge neben dem Brotwagen und Welchs Ford um.

»Keine Frage«, bemerkte Claire, die endlich einen Blick auf die eingestaubten Reifen des Crown Vic werfen konnte. »Dieser Wagen war nirgendwo.«

»Haben wir die Schlüssel?«, fragte Simms.

Aitken hielt sie in die Höhe. »Haben wir einen Durchsuchungsbefehl?«, stellte er die Gegenfrage.

»Viel besser«, sagte Nick und zeigte ihm ein Blatt Papier. »Eine schriftliche Genehmigung des Besitzers.«

Aitken warf ihm die Schlüssel zu. Nick zog Handschuhe an, öffnete die Tür auf der Fahrerseite des Fords und warf einen Blick hinein. Das Innere des Wagens war zwar abgenutzt, aber bemerkenswert sauber. Aitken öffnete die hintere Tür auf der Fahrerseite und inspizierte die Rückbank.

»Ich lasse den Wagen ins Labor bringen, damit ich ihn mit Luma-Light nach Blut absuchen kann«, sagte er, »aber ich sehe oder rieche nichts, was darauf hindeuten würde, dass hier drin eine Leiche war.«

»Wir haben den Kofferraum noch nicht geöffnet«, erinnerte ihn Nick und bediente den Entriegelungsmechanismus im Wageninnern, ehe er nach hinten ging.

»Genauso sauber wie der Innenraum«, sagte Nick.

»Wenn hier drin eine Leiche gewesen wäre, würden wir es merken.«

»Ich rieche auch kein Ammoniak oder Reinigungslösung«, sagte Nick, drückte den Kofferraumdeckel zu und wechselte einen Blick mit Claire. Sie wusste als Einzige hier, wie sehr sich Nick auf seinen Geruchssinn verließ, seit sein Sehvermögen immer schwächer wurde.

Doch ganz hatte es ihn offenbar noch nicht verlassen, denn plötzlich hielt er mit der Hand auf dem Kofferraumdeckel inne. »Terry, haben Sie ein Vergrößerungsglas in Ihrer Zauberkiste?«, fragte er.

»Was ist los, Sherlock?«, fragte Claire, die hinter ihnen stand.

»Sicher«, sagte Aitken, zog eins hervor und streckte es Nick entgegen. Der winkte ab.

»Nein, schauen Sie sich das Nummernschild an und sagen Sie mir, was Sie sehen.«

Aitken tat wie gebeten. Eine Sekunde später blickte er auf. »Frische Spuren um die Schrauben herum«, erklärte er. »Sie haben recht.«

»Recht womit?«, sagte Claire verdutzt.

Nick trat einen Schritt zurück, um Aitken Platz zum Arbeiten zu lassen, und wandte sich an Claire. »Wenn wir vermuten, dass ein Wagen gestohlen wurde, überprüfen wir als Erstes, ob die Nummernschilder ausgetauscht wurden. Man kontrolliert, ob die Schilder sauberer oder schmutziger sind als der Rest des Wagens, ob die Schrauben glänzen, ob sich frische Spuren eines Schraubenziehers an ihnen oder am Nummernschild finden.«

Claire sah ihn staunend an. »Sie wollen also sagen, anstatt den Wagen selbst zu nehmen, hat Rosas Mörder Jonah Welchs Kennzeichen gestohlen?«

»Genau das will er sagen«, bestätigte Aitken. »Aber ich habe noch nie jemanden das hier tun sehen.«

»Was?«, fragte Claire.

»Er hat Magic Marker in derselben Farbe wie die Kennzeichen und die Schrauben benutzt, um die Spuren zu verbergen, die er beim Auf- und Abmontieren hinterlassen hat«, antwortete Nick. »Er hat sogar Schmutz daraufgeschmiert, um alles zu kaschieren.«

»Aber es hat trotzdem nicht ganz geklappt«, sagte Aitken und lächelte.

»Wir werden feststellen, dass er dasselbe an der Vorderseite gemacht hat«, sagte Simms. »Und damit ist auch klar, warum die Kamera an der Mautstation Verrazano Welchs Kennzeichen erfasst hat.«

Claire war immer noch verwirrt. »Aber das würde bedeuten ...«

»Richtig«, sagte Nick, der ebenfalls nicht schlecht staunte. »Der Kerl hatte es wirklich massiv auf Jonah Welch abgesehen. Er wollte ihn so unbedingt hereinlegen, dass er sich seinen eigenen 98er Crown Vic kaufte, dieselbe Farbe wie Welchs, dasselbe Modell und derselbe Reifentyp, und um die Schlinge zuzuziehen, hat er noch Welchs Kennzeichen dranmontiert.«

»Und als er fertig war, hat er sie wieder zurückgetauscht«, fügte Simms an. »Beide Male wahrscheinlich nachts, der Brotwagen hat ihm die nötige Deckung geboten. Niemand konnte ihn hier sehen.«

»Lassen Sie uns das Ding zu Ihrer Werkstatt schleppen«, wandte sich Nick an Aitken. »Gehen Sie es von oben bis unten durch. Vielleicht hat unser Schlaumeier ja doch etwas hinterlassen.«

»Das bezweifle ich«, sagte Claire.

»Jeder macht Fehler«, meinte Nick. »Selbst er. Es ist so gut wie unmöglich, keine Spuren zu hinterlassen, etwa wenn man an einen Sitz streift oder versehentlich hustet.«

»Dieser Kerl macht keine Fehler«, beharrte Claire. »Sie

werden hier nichts weiter finden, so wie Sie auch nicht den richtigen Wagen finden werden, mit dem der Mörder Rosas Leiche in Wahrheit transportiert hat. Tatsächlich werden Sie nicht einmal eine Spur von diesem Wagen entdecken oder herausbekommen, wo er die Reifen gekauft hat.«

»Wie um alles in der Welt können Sie das wissen?«, fragte Nick.

»Weil ich zu verstehen anfange, mit wem wir es zu tun haben. Er ist organisiert, bis zur Zwanghaftigkeit sorgfältig – weil er denkt, er kann Sie besiegen. Uns besiegen. Er denkt, er ist klüger als alle. Die Frage ist, was hat ihn nach so vielen Jahren aktiv werden lassen.«

»Ich habe eine andere Frage«, warf Simms ein. »Wenn sich jemand für schlauer als die Polizei hält, will er es uns normalerweise unter die Nase reiben, er will uns wissen lassen, dass er es ist. Warum versucht dieser Verrückte also, den Mord an Rosa Sanchez diesem Welch anzuhängen?«

Claire sah ihn an, Simms' Einwand ergab Sinn. »Wissen Sie, wir haben nicht überlegt, ob Welch nicht doch nur ein unschuldiger armer Scheißer ist, und das wahre Ziel des Killers besteht darin, uns unfähig aussehen zu lassen, weil wir die falsche Person einsperren.«

»Nein. Ich meine, sicher, darum geht es schon auch. Aber er will diesen Kuchen behalten und gleichzeitig essen«, sagte Nick, der nicht überzeugt war. »Da muss etwas sein. Irgendeine Verbindung zwischen Welch und dem wahren Mörder. Wir müssen suchen.«

»Das können Sie tun, aber ich wette, es wird Zeitverschwendung sein«, sagte Claire.

»So ist Polizeiarbeit nun einmal«, erwiderte Nick, der Claires negative Haltung nicht verstand. »Darin besteht sie. Wir gehen Spuren nach. Wir untersuchen alle Möglichkeiten. Es ist nie Zeitverschwendung, wenn der falsche Weg am Ende an den richtigen Ort führt.«

»Ja, und die Person, die hier mit uns spielt, weiß das und will uns im Kreis rennen sehen«, entgegnete Claire, die sich nicht erklären konnte, warum Nick mit einem Mal so empfindlich war.

Nick merkte, dass Claire nicht wohl war, weil er seinen Frust an ihr ausließ, deshalb holte er tief Luft und beruhigte sich.

»Also gut«, lenkte er ein. »Was ist mit einer Verbindung zwischen Rosa und ihrem Mörder?«, fragte er.

Claire schüttelte den Kopf. »Das steht im Widerspruch zu dem, was ich aus dem Fenster beobachtet habe. Wenn es eine Verbindung zwischen Rosa und dem Mann gäbe, der sie weggeführt hat, wäre irgendeine Art von Vertrautheit zu sehen gewesen. Aber mein Eindruck war, dass sie ihn nie zuvor gesehen hatte.«

»Wir müssen noch einmal mit Rosas Mutter sprechen«, sagte Nick.

»Warum?«, fragte Claire.

»Weil wir sie nicht gefragt haben, ob um die Zeit von Rosas Verschwinden herum jemand da war und sich nach ihr erkundigt hat.«

Claire verstand, dass sie das tun mussten. »Lassen Sie mich hingehen. Allein.«

»Wieso?«

»Sie ist zerbrechlich«, sagte Claire und setzte sich in Richtung Wagen in Bewegung. »Ich will ihr keine Angst einjagen, und wir müssen uns immer noch darauf verlassen können, dass sie Rosas Tod für sich behält.«

»Umso mehr Grund, warum wir beide fahren sollten«, erklärte Nick, der ihr folgte und schon wieder pikiert wirkte. »Und nur für den Fall, dass Sie es vergessen oder nicht bemerkt haben, ich kann durchaus sanft mit den Angehörigen meiner Opfer umgehen.«

Claire blieb stehen. »Ich halte das für keine gute Idee«, sagte sie ein wenig nachdrücklicher.

»Das ist Sache der Polizei.«

»Rosa war meine Patientin.«

»Und jetzt ist sie mein Opfer«, rief Nick aus. »Wir fahren zusammen, oder ich fahre allein. Sie haben die Wahl.«

Claire sah ihm in die Augen und spielte kurz mit dem Gedanken, hinter Nicks Rücken zu Maria zu fahren. Aber das würde nur zu neuem Streit zwischen ihnen führen, und sie merkte plötzlich, dass ihr unbehaglicher denn je zumute war, wenn sie mit Nick stritt.

Was ist los mit mir, wenn er in der Nähe ist?

Sie wollte nicht von der Suche nach Rosas Mörder ausgeschlossen werden. Und sie wusste, dass die Konsequenzen diesmal verheerend sein würden, wenn sie auf eigene Faust loszog, um die Wahrheit zu ermitteln, und die Sache ihr über den Kopf wuchs.

»Also gut. Wir machen es so, wie Sie wollen«, lenkte sie ein.

14

Es war kurz nach ein Uhr nachmittags, als Maria Lopez die Tür ihrer Wohnung öffnete und Claire ohne ein Wort umarmte. »Guten Tag, Detective«, sagte sie über Claires Schulter hinweg zu Nick, Tränen in den Augen.

»Mrs. Lopez«, begrüßte Nick sie warm. Maria bat sie herein, schloss die Tür und führte sie ins Wohnzimmer.

»Wie geht es den Kindern, Maria?«, fragte Claire, die der trauernden Frau nicht zusetzen wollte, indem sie nach ihrem eigenen Befinden fragte. Man brauchte sie ohnehin nur anzusehen. Mit ihren dunklen Ringen unter den wässrigen Augen machte sie den Eindruck, als hätte sie seit einer Woche nicht geschlafen. Die Frau war ein Wrack.

»Sie vermissen ihre Mama«, sagte Maria. »Und ich bin sehr vorsichtig in ihrer Nähe, aber es wird immer schwerer. Jedes Mal wenn sie nach Rosa fragen, bin ich nahe dran, ihnen die Wahrheit zu sagen. Irgendwann demnächst rutscht sie mir bestimmt heraus.«

Doch so fix und fertig Maria sein mochte, Claire bemerkte sofort, dass die Wohnung sogar noch aufgeräumter war als bei ihrem letzten Besuch. Die Spielzeuge, die damals herumlagen, waren jetzt fort.

Sie bemerkte auch, dass der Kaffeetisch ein improvisierter Schrein war: das gerahmte Bild einer lächelnden Rosa, flankiert von zwei Kerzen. Maria sah, dass Claire darauf blickte.

»Ich räume es weg, bevor die Kinder von der Schule nach Hause kommen«, erklärte sie.

»Ich rufe nachher in der Gerichtsmedizin an und frage, wann Sie Rosa bestatten können«, sagte Nick.

»Danke, aber der Doktor hat heute Morgen schon angerufen und mir gesagt, dass er Rosa noch eine Weile braucht. Sie können es sich also sparen.« Sie sah Nick in die Augen. »Haben Sie Neuigkeiten für mich?«

»Ich wünschte, wir hätten welche«, sagte Claire und trat an Marias Seite. »Aber wenn wir welche haben, werden Sie die Erste sein, die sie erfährt.« Sie nahm Marias Hand. »Wir sind heute hier, weil wir Ihre Hilfe brauchen.«

»Ich habe ja gesagt, dass ich alles tue, um Ihnen zu helfen.« Sie bedeutete ihnen, Platz zu nehmen. »Aber wir müssen uns beeilen. Ich muss die Kinder bald abholen.«

»Wir wollten Sie nach den Tagen und Wochen vor Rosas Verschwinden fragen.«

»Warum ist das wichtig?«, fragte Maria.

»Weil wir uns ziemlich sicher sind, dass der Mann, der Rosa das angetan hat, sie entweder kannte oder ihr zumindest gefolgt war – sie vielleicht sogar ausgespäht hat«, sagte Claire und ließ Marias Hand los.

»*Dios mio*«, murmelte Maria. »Sie glauben aber nicht, dass die Kinder in Gefahr sind, oder?«

Nick schüttelte den Kopf. »Nein, aber sollten wir es je glauben, werden Ihre Enkelkinder auf Schritt und Tritt von Polizisten bewacht werden, und wir werden zu Ihrem Schutz einen Streifenwagen vor dem Haus postieren. Ich verspreche Ihnen, dass das beim geringsten Verdacht geschehen wird.«

Sein Blick huschte kurz zu Claire, bevor er fortfuhr.

»Was ich Sie fragen muss, Maria – ich darf Sie doch Maria nennen?«, fragte er.

»Natürlich, Detective«, antwortete sie.

»Okay, Maria«, sagte Nick. »Wir werden viele Stunden zusammen verbringen, und ich möchte, dass Sie sich mit mir so wohl fühlen wie ich mich mit Ihnen. Deshalb nennen Sie mich bitte Nick, okay?«

Claire sah bereits, wie Maria die Deckung sinken ließ. Sie verstand, was Nick tat und dass es aufgrund jahrelanger Erfahrung im Umgang mit Opfern geschah. Es ist eine Sache, wenn ein Patient zu einer Psychiaterin wie ihr geht und Hilfe sucht. Aber es ist etwas völlig anderes, wenn ein Polizist an die Tür klopft. Selbst wenn sie Opfer sind, fürchten sich die meisten Leute vor der Polizei.

Er ist darauf angewiesen, dass Maria ihm vertraut. So wie ich ihm vertrauen musste, als ich ein Opfer war.

»Ja … Nick«, sagte Maria zögernd.

Er zog eine Visitenkarte und einen Kugelschreiber hervor und begann zu schreiben.

»Ich gebe Ihnen meine Handynummer«, sagte er. »Falls Sie einmal eine Frage haben, etwas nicht verstehen oder meine Hilfe für irgendetwas brauchen – und natürlich falls Ihnen etwas einfällt, was uns helfen könnte, den Entführer Ihrer Tochter zu finden, können Sie mich Tag und Nacht anrufen. Und das meine ich genau so. Selbst wenn Sie nur reden müssen. Okay, Maria?«

Ein Lächeln deutete sich um Marias Mundwinkel an. »Ja«, sagte sie, erkennbar angetan von Nicks Freundlichkeit. Sie ergriff zum Dank seine Hand. »Was genau wollen Sie mich fragen?«

Nick legte seine zweite Hand auf ihre. »Erinnern Sie sich an irgendetwas in den Tagen vor Rosas Verschwinden, das Ihnen ein bisschen seltsam, ein bisschen ungewöhnlich vorkam?«

»Seltsam in welcher Hinsicht?«

»In jeder«, antwortete Nick und zog seine Hand sanft zurück. »Vielleicht ist Ihnen jemand vor dem Gebäude aufgefallen, der Ihnen verdächtig vorkam, jemand, der nicht dorthin gehörte, der Sie, Rosa oder die Kinder ein bisschen zu genau beobachtet hat. Oder Telefonanrufe, bei denen sich jemand verwählt oder wieder aufgelegt hat. Jemand, der unten am Eingang geläutet hat, und dann hat niemand geantwortet, wenn Sie gefragt haben, wer da ist. Post von einem unbekannten Absender. Irgendetwas.«

Maria zögerte keinen Moment. »Darüber denke ich schon seit dem Tag nach, an dem Rosa gegangen ist«, antwortete sie. »Und abgesehen von dem Anruf des Mannes, der sagte, Rosa sei nach Connecticut gefahren, erinnere ich mich an nichts, was mir merkwürdig vorkam.«

»Gut«, sagte Nick, der positiv blieb, auch wenn er wünschte, sie könnte ihm weiterhelfen. »Und wie sieht es mit Rosa aus? Hat sie Ihnen in den Tagen vor ihrem Verschwinden etwas über sonderbare Vorkommnisse erzählt?«

»Nein, nichts«, sagte Maria. »Sie war eigentlich glücklich. Glücklicher, als ich sie seit langer Zeit erlebt habe.« Sie sah Claire an. »Sie sagte, Sie hätten ihr geholfen. Sie hat die ganze Zeit von Ihnen gesprochen, wie viel Sie ihr bedeutet haben.«

Marias Kinn begann zu zittern, und Claire musste ihre ganze Beherrschung aufbieten, um es ihr nicht gleichzutun. Sie hätte Maria gern gesagt, dass Rosa etwas Besonderes für sie war, aber sie beschränkte sich auf ein Nicken.

Nick wusste, was er als Nächstes fragen musste, doch Claire fand ihre Stimme wieder und kam ihm zuvor.

»Maria«, sagte sie, »wenn Sie einverstanden sind, würden Nick und ich uns gern Rosas Sachen ansehen.«

»Natürlich bin ich einverstanden«, erwiderte Maria.

»Aber wonach suchen Sie? Ich habe ihr Schlafzimmer schon durchsucht. Ich dachte, vielleicht finde ich einen Zettel oder irgendetwas, das mir verrät, wohin sie gegangen ist. Aber ich habe nichts gefunden.«

»Das war gut überlegt, Maria«, sagte Nick. »Es ist jetzt vielleicht eine schlimme Vorstellung für Sie, aber ich werde immer ehrlich zu Ihnen sein: Wir müssen die Möglichkeit in Erwägung ziehen, dass Rosa den Mann kannte, der sie entführt hat. Und es könnte sich etwas in ihrem Zimmer finden, das Ihnen nichts sagt, aber für uns eine große Bedeutung hat.«

Es könnte sich etwas finden ... Nicks Worte erinnerten Claire an die merkwürdige Quittung, die man bei Rosas Knochen entdeckt hatte.

»Maria«, fragte sie abrupt, »sagen Ihnen die Worte *Emigrant hasta* etwas?«

»Nein«, antwortete Maria. »Warum fragen Sie?«

»Weil diese Worte auf eine Quittung aus dem Deli geschrieben waren, in dem Rosa gearbeitet hat«, sagte Claire. »Die Quittung wurde zusammen mit ihren sterblichen Überresten gefunden.«

Maria riss die Augen auf. »Schickt ihr Mörder uns eine Botschaft?«

»Das wissen wir nicht«, antwortete Claire und stand auf. Nick tat es ihr gleich. »Aber wenn Ihnen irgendein Zusammenhang zwischen diesen Worten und Rosa einfällt, sagen Sie uns bitte Bescheid.«

Maria führte sie durch einen kurzen Flur zu Rosas Schlafzimmer. »Tun Sie, was Sie tun müssen«, sagte sie. »Schauen Sie überall in der Wohnung nach. Kommen Sie so oft wieder, wie Sie müssen. Aber bringen Sie mir Gerechtigkeit für mein kleines Mädchen.«

Er griff zu einem schwarzen Magic Marker und stand vor seinem Kreuzworträtsel.

Wer kommt als Nächstes, *überlegte er, und ein Lächeln trat auf sein Gesicht.*

Er bewunderte sein Werk. Die Buchstaben R-O-S-A-S-A-N-C-H-E-Z *fügten sich sauber in ihr jeweiliges Feld. Er hatte die Welt von einem weiteren Parasiten befreit, und es vermittelte ihm ein Gefühl vollkommener Herrschaft. Er war der Herr seines Universums, und niemand würde schlau genug sein, um zu verhindern, dass er das Gitter mit weiteren Namen füllte.*

Nick und Claire betraten Rosas Schlafzimmer, das sich seit ihrer Kindheit wenig verändert zu haben schien. Rosa Rüschenvorhänge vor dem Fenster. Ein weißes Himmelbett mit einer passenden Kommode gegenüber. Das Mobiliar war zwar von billiger Machart, aber immer noch in fast einwandfreiem Zustand, eine ordentlich aufgereihte Stofftierfamilie füllte das Bücherregal. Sie hatte all ihre Habseligkeiten sehr pfleglich behandelt.

»Das ist eine sehr schöne Wohnung, Maria«, sagte Nick.

»Ich lebe schon lange hier«, erwiderte diese, »und ich bin froh, dass ich es noch kann. Mietpreisbindung.«

»Genau wie bei mir«, sagte Nick. »Ich wohne in derselben mietpreisgebundenen Wohnung, in der ich aufgewachsen bin.«

»Rosa hat ihr Zimmer sauber gehalten«, bemerkte Claire.

»Seit sie erwachsen ist, ja«, sagte Maria, die im Eingang stand. »Ich habe es so gelassen, als sie geheiratet hat und mit Franco zusammengezogen ist.« Ein halbes Lächeln huschte über ihr Gesicht. »In ihrer Jugendzeit hat es nicht so ausgesehen, das können Sie mir glauben. Aber als sie mit den Kleinen hier einzog, wollte sie ein gutes Beispiel geben. Deshalb hat sie ihre *animales* …« Sie kämpfte gegen die Tränen, es war zu viel für sie. »Ich lasse Sie wohl besser allein damit.«

»Wir werden nicht lange brauchen«, versprach Nick.

Maria ging zurück zum Wohnzimmer. Claire dachte, wie schwer es für sie sein musste, mit der ständigen Erinnerung an das Kind, das sie verloren hatte, zu leben. Claire kannte das Gefühl gut. Es machte sie jedes Mal beklommen, wenn sie ihre Eltern zu Hause in Rochester besuchte, wenn sie in die Einfahrt bog, aus der ihre beste Freundin Amy vor mehr als zwanzig Jahren entführt wurde. Claire konnte immer noch Amys tränenüberströmtes Gesicht durch die Heckscheibe des Autos sehen, in dem der Mann sie fortschaffte.

Ein dumpfer Laut riss sie aus ihren Gedanken. Sie blickte auf und sah, wie Nick Rosas Matratze hochhob.

»Was tun Sie da?«, fragte sie.

»Ich suche nach Rosas Tagebuch«, antwortete er, überrascht über ihre Frage. »Falls sie eins hatte. Kleiner Trick, den mir eine Psychiaterin letztes Jahr beigebracht hat.«

Claire lächelte und dachte an den ersten Fall, an dem sie zusammengearbeitet hatten. *Wenn sie nur ein Tagebuch gehabt hätte.* Sie hatte Rosa einmal vorgeschlagen, ihre Gedanken und Gefühle aufzuschreiben. Rosa hatte geantwortet, sie würde nicht gern schreiben und lieber mit Claire darüber sprechen.

»Tja, da war wohl der Wunsch der Vater des Gedankens«, sagte Nick und ließ die Matratze wieder sinken.

Claire schwieg. Etwas störte sie, ein Gefühl, das sie nicht benennen konnte. Sie suchte das Zimmer mit den Augen ab: die Stofftiere, die Rüschenvorhänge, das kindliche Erscheinungsbild eines Raums, der von einer Erwachsenen bewohnt wurde. Es sah ihrem eigenen Kinderzimmer sehr ähnlich.

Ist es das? Ich bin privilegiert aufgewachsen, Rosa beinahe in Armut. Wir sind so verschieden und ähneln uns doch sehr.

Ihr Blick ging zu einem gerahmten Bild auf einem Bücherregal, Rosa und ihre Töchter. Plötzlich erschien es ihr, als würde der Raum immer enger und sich langsam um sie drehen. Ihr Herz raste, und sie bekam kaum Luft. Die lächelnden Gesichter der Mädchen schienen aus dem Bild zu treten und wurden zu den Gesichtern der achtjährigen Claire und Amy.

»Alles in Ordnung?«, fragte Nick. Claire beruhigte sich wieder ein wenig, und dann nahm sie wahr, dass er den Arm um ihre Schulter gelegt hatte und sie festhielt, weil er fürchtete, sie könnte ohnmächtig werden.

»Ich brauche Luft.«

»Kommen Sie«, sagte Nick und führte sie aus dem Zimmer.

»Maria«, rief er im Flur, »wir müssen gehen, aber wir kommen wieder.«

»Tut mir leid, ich bin in *el baño*«, ertönte Marias Stimme hinter einer geschlossenen Tür.

»Kein Problem«, antwortete Nick. »Wir finden allein hinaus.«

Claire war erleichtert, dass Maria sie nicht in diesem Zustand sah.

Nick führte sie die Treppe hinunter und auf die Straße hinaus, wo die schwüle Luft sie wie eine Wand traf.

»Ich weiß nicht, ob Sie hier draußen leichter atmen«, sagte Nick. Er winkte Simms, der sah, dass Nick Claire stützte.

»Was ist passiert?«, rief er und sprang aus dem Wagen.

»Ich weiß nicht«, erwiderte Claire, »aber hier draußen ist es besser. Ich bekomme wieder Luft.«

Nick war noch besorgt. »Das nächste Krankenhaus ist Bronx-Lebanon«, sagte er, und es klang fast schon wie ein Befehl.

»Ich brauche kein Krankenhaus. Außerdem arbeite ich in einem, wissen Sie noch?«, sagte Claire. »Ich kann später hinfahren, falls es Probleme gibt. Aber jetzt geht es mir wieder gut.«

Aber sie wusste, es ging ihr nicht gut. Und sie verstand das plötzliche Auftauchen von Amy in ihrem Alltagsbewusstsein nicht. Vor einem Jahr hatte sie all die Gefühle rund um Amys Entführung und Ermordung zurückgelassen, damit sie sich nicht länger in ihr Leben stahlen, und war endlich in der Lage gewesen weiterzugehen. Hatte sie zumindest gedacht.

Warum jetzt?

Claire marschierte mit einer Entschlossenheit den Korridor ihres eigenen Krankenhauses entlang, die sie selbst überraschte. Nick und Simms hatten sie gerade abgesetzt, und während der größtenteils schweigend verbrachten Fahrt hatte sie sich zunehmend besser gefühlt. Sie fing an, bewusst zu atmen und sich im Kopf genau zurechtzulegen, was sie tun würde.

Als sie nun Dr. Fairborns Vorzimmer betrat, hoffte sie, ihre Mentorin anzutreffen und Hilfe zu erhalten.

»Claire«, sagte Fairborns Assistentin Sara, eine freundliche Afroamerikanerin, die immer in leuchtendes Rot und Gelb gekleidet war, was Claire aufheiterte. »Dr. Fairborn sucht nach Ihnen.«

»Das glaube ich gern. Ich muss sie ebenfalls sprechen«,

antwortete Claire in drängenderem Ton als beabsichtigt. »Wenn sie Zeit hat«, fügte sie gemäßigter an.

Sara war es nicht gewohnt, Claire so aufgelöst zu sehen, die sonst immer ruhig und gefasst war. Mit besorgter Miene hatte sie bereits das Telefon in der Hand. »Dr. Waters ist hier«, meldete sie. Ehe Claire noch ein Wort sagen konnte, ging die Tür zu Fairborns Büro auf, und ihre Mentorin erschien in einem dunkelblauen Kostüm, das konservativer war als das meiste, was sie trug.

»Kommen Sie herein, meine Liebe«, sagte Fairborn.

»Danke«, erwiderte Claire, eilte hinein und setzte sich rasch an ihren Lieblingsplatz, eine Ecke des bequemen Sofas. Fairborn schloss die Tür und kam ohne Umschweife und ungewohnt streng zur Sache.

»Sie waren tagelang weg, haben Patiententermine abgesagt und Ihre Kollegen Ihre Visiten übernehmen lassen«, sagte sie, noch ehe sie gegenüber von Claire Platz nahm. »Das alles sieht Ihnen überhaupt nicht ähnlich, und ich erwarte, dass Sie mir erklären, was los ist.«

Claire rutschte nervös hin und her. Natürlich hatte sie mit so etwas gerechnet, sie war ja nicht dumm. Aber sie hätte nicht gedacht, dass es so schnell kommen würde. Sie konnte es ihrer Mentorin allerdings kaum verübeln, denn Fairborn war ohnehin bereits nachsichtiger mit ihr, als sie es verdient hatte.

»Ich habe Nick Lawler wieder in mein Leben geholt«, platzte sie heraus und bereute ihre Wortwahl sofort.

Jetzt war es Fairborn, der unbehaglich zumute zu sein schien. »Wegen Rosa Sanchez?«, fragte sie missbilligend.

»Ja«, war alles, was Claire herausbrachte. Sie wusste, die Wahrheit war ihre einzige Chance.

»Nachdem ich Ihnen mehr oder weniger befohlen hatte, die Sache der Polizei zu überlassen und sich herauszuhalten.«

Aber Claire hatte nicht vor, kampflos unterzugehen. »Ich habe mir Sorgen um ihr Wohlergehen gemacht, und ich hielt es für meine Pflicht, mich zu vergewissern, ob es ihr gut geht. Und ich hatte recht.«

»Inwiefern?«

Claire wusste, sie musste bis zum Ende gehen. »Es tut mir leid, dass ich gegen Ihre Wünsche gehandelt habe, Doktor. Aber ich muss Sie bitten, das, was ich Ihnen jetzt sage, vertraulich zu behandeln.«

»Aber natürlich, meine Liebe«, erwiderte Fairborn sofort. »Ich bin Ihre Therapeutin. Ich darf niemandem sagen, was Sie mir anvertrauen.«

Claire atmete tief durch. »Rosa wurde ermordet«, gestand sie.

Fairborn umklammerte die Lehne ihres Sessels. »O mein Gott«, sagte sie. »Was ist geschehen?«

»Sie wurde entführt, und ich habe gesehen, wie es passiert ist«, begann Claire und erzählte ihrer Mentorin alle Ereignisse der vergangenen Tage. Als sie zwanzig Minuten später zu sprechen aufhörte, umklammerte Fairborn immer noch die Armlehne.

»Und Ihre Mitwirkung bei der ganzen Sache geschieht diesmal mit Wissen der Polizei?«

»Sie haben mich darum gebeten«, bestätigte Claire.

»Sie hätten ehrlich zu mir sein sollen, meine Liebe«, tadelte Fairborn.

»Ich weiß, aber ich hatte Anweisungen, zu niemandem …«

»Das verstehe ich, aber ich bin nicht irgendwer«, sagte Fairborn mit Nachdruck.

Claire saß still wie ein Kind da, das dabei ertappt wurde, wie es einen Schokoriegel stibitzt. Sie konnte nicht mit Fairborn streiten, die unzweifelhaft recht hatte.

»Trotzdem, Sie haben im wohlverstandenen Interesse Ihrer Patientin gehandelt«, sagte Fairborn plötzlich.

Es klang für Claire, als suchte ihre Mentorin nach einem Weg, sie davonkommen zu lassen.

»Dr. Fairborn«, begann Claire, »Sie waren immer verständnisvoll und entgegenkommend und haben meine Lage berücksichtigt. Ich habe Sie um mehr gebeten, als ich erwarten durfte …«

»Stopp«, sagte Fairborn und hob die Hand.

Aber Claire konnte nicht aufhören. »Es ist, als wäre ich wieder in den Strudel des letzten Jahres gezogen worden. Nur dass es diesmal eine neue Wendung gibt …« Sie hielt inne, die Gedanken wirbelten durch ihren Kopf. »Ich … ich hätte Ihnen sagen sollen, dass ich Nick angerufen habe«, brachte sie mit Mühe heraus.

»Claire. Ich weiß. Es ist gut.«

»Ja?«, fragte Claire schließlich zögerlich.

»Sie sind ein bisschen über den Punkt hinausgegangen, an dem ich Sie gestoppt hätte«, fuhr Fairborn fort, »aber unter dem Strich haben Sie das getan, wozu Paul Curtin Sie ausgebildet hat. Wenn auch übereifrig«, fügte sie an.

»Wollen Sie mich bitten aufzuhören?«, fragte Claire und fürchtete sich vor der Antwort.

»Nein«, erwiderte Fairborn, »weil ich weiß, Sie müssen es tun, für sich und für Rosa. Aber Sie müssen mich auf dem Laufenden halten. Sie müssen es mit Ihrer Arbeit hier in Einklang bringen. Und wenn ich höre, dass Sie sich … sagen wir ›danebenbenehmen‹ wie im letzten Jahr, werde ich meine Meinung ändern müssen.«

»Ich habe es nicht als ›danebenbenehmen‹ verstanden«, sagte Claire und bemühte sich, nicht zu defensiv zu klingen.

»Sie haben sich das Haar geschnitten und es anders gefärbt, um einen Serienmörder zu ködern«, erinnerte Fairborn sie. »So etwas kann die Polizei tun, aber keine Psychiaterin, auch keine forensische.«

»Ich verspreche, ich werde im Rahmen bleiben«, sagte Claire, auch wenn sie nicht wusste, ob sie ihr Versprechen würde halten können. »Aber wir haben es mit einem echten Rätsel zu tun, und wir sind nicht allzu optimistisch, dass wir es lösen können.«

»Vielleicht könnte ein unverbrauchter Blick auf die Sache nicht schaden«, meinte Fairborn.

Claire sah ihre Mentorin an und fragte sich, ob da wirklich die Frau sprach, die sie kannte. War Fairborn so fasziniert, dass sie an der Ermittlung zum Mord an Rosa mitwirken wollte?

»Was meinen Sie mit ›unverbrauchter Blick‹?«

»Sie unterrichten noch in Walters Kurs, oder?«

»Ja«, sagte Claire. »Ich bin morgen Vormittag dran.«

»Warum machen Sie es dann nicht zu einem Kursprojekt?«

Claire gab sich große Mühe, ihre Überraschung darüber zu verbergen, dass Fairborn so etwas auch nur vorschlug. Und doch sah sie den möglichen Nutzen – immerhin waren sie und Nick irgendwie an einem toten Punkt angelangt.

Aber im nächsten Moment verwarf sie es als lächerlich.

»Das ist eine interessante Idee«, begann sie, »aber die Polizei ist so paranoid wegen undichter Stellen, dass sie sich nie darauf einlassen würde. Und wir wollen sicher nicht, dass die Universität verantwortlich ist, wenn die Ermittlungen Schaden nehmen.«

»Wie das?«, fragte Fairborn, die zwar eine erfahrene Psychiaterin war, aber neu auf dem Gebiet der forensischen Psychiatrie, und die das Forschungsstipendien-Programm nur zu gern wieder abgab, sobald ein geeigneter Kandidat für Paul Curtins Nachfolge gefunden war.

»Die Polizei wird argumentieren, sie könne es nicht riskieren, wenn eine Gruppe von Studenten Einzelheiten über einen Fall erfährt, die nur der Täter wissen kann. Das könnte Probleme mit der Beweisführung geben, falls es zu einem Prozess kommt.«

»Sie müssen Ihnen ja nicht alles sagen, nur was ohnehin in den Medien vorkommt«, schlug Fairborn vor.

Was natürlich nicht funktionieren würde. »Aber zu dem letzten Mord war nichts in den Medien …«

Dann hielt sie inne. Und lächelte.

»Ich weiß, wie es gehen könnte«, sagte sie.

15

»Kommt nicht in Frage«, sagte Nick. »Es ist mir egal, wie brillant Ihre Studenten sind. Wir können sie nicht an einer laufenden Ermittlung beteiligen.«

»Das werden sie auch nicht«, entgegnete Claire, die Nick an dem abgenutzten Resopaltisch in seiner Küche gegenübersaß. »Jedenfalls nicht wissentlich.«

Sie griff nach ihrer Kaffeetasse, die, wenig überraschend, mit einer Detective-Dienstmarke des NYPD bedruckt war. Doch an der Stelle der Dienstnummer waren die Buchstaben DEA zu sehen, die Gewerkschaft, der Nick wie alle anderen Kriminalpolizisten der Stadt angehörte.

Claire trank einen Schluck und gähnte. Nicks Töchter waren längst im Bett, es war fast Mitternacht. Doch weder sie noch Nick schienen Schluss machen zu wollen. So müde Claire war, hier mit Nick zu sitzen und zu diskutieren war allemal besser, als in ihre sterile Wohnung zurückzukehren, wo sie allein ins Bett gehen würde und Gedanken an Rosa und Erinnerungen an Amy sie ohnehin nicht einschlafen ließen.

»Es ist zu riskant«, sagte Nick kategorisch.

»Was haben wir sonst?«, fragte Claire. Es war eine rhetorische Frage. »Wir hatten bisher kein Glück bei der Identifizierung des Opfers in Brooklyn. Wir wissen nicht einmal, wo wir anfangen sollen.«

Tatsächlich stellte sie ihr Dilemma noch untertrieben

dar. Sämtliche Bewohner des ausgebrannten Gebäudes in East New York, wo sie das jüngste Skelett gefunden hatten, waren ermittelt.

»Wir wissen nicht, wo das Opfer gelebt hat, wo es entführt wurde, wie alt es war, nichts«, erinnerte sie. »Was haben wir zu verlieren?«

Nick trank schweigend einen Schluck Kaffee, er hatte seine Grenze bereits deutlich gezogen. Claire fuhr mit dem Zeigefinger über die winzigen, fast unsichtbaren Krater auf der Tischoberfläche und überlegte, wie viele Mahlzeiten an diesem Tisch gegessen worden waren, als Nicks Frau und seine Mutter noch lebten.

»Wie immer bin ich jetzt also wieder am Zug«, sagte Nick.

»Ein kategorisches Nein ist keine Option. Wir müssen die ausgetretenen Pfade verlassen.«

Nick lächelte. Jeder der beiden kannte die Tricks des anderen.

»Die Sache mir aufzuhalsen *ist* der ausgetretene Pfad«, bemerkte Nick. »So läuft es immer.«

»Sturheit ist auch nicht gerade ein neues Verhalten«, gab Claire spielerisch zurück.

Sie dachte unwillkürlich, dass sie beide wie ein altes Ehepaar klangen. Und sie mussten dieses Patt irgendwie auflösen.

»Vielleicht haben Sie recht«, sagte sie. »Vielleicht ist es zu riskant.«

Jetzt war es an Nick zu grinsen. »Lassen Sie das.«

»Was?«, fragte Claire unschuldig.

»Mich mit der Schuldgefühl-Masche zu manipulieren. Sie glauben nicht, dass Sie falschliegen. Also bleiben Sie dabei.«

Er sah in ihr offenes Gesicht und die klaren blauen Augen. Ohne dass es ihm selbst recht klar war, fühlte er sich zu ihr hingezogen. Er wollte sie küssen. Claire wandte nervös den Blick ab. Es war nicht das erste Mal, dass es geschah, und ihr war immer weniger wohl dabei.

Aber nicht, weil er zu weit geht. Sondern weil ich es will. Glaube ich jedenfalls …

»Okay«, sagte sie und fing seinen Blick wieder auf. »Ich wollte Sie nicht manipulieren, aber ich glaube sehr wohl, dass wir es mit meinen Studenten versuchen sollten.«

»Aber Ihnen ist klar, dass sie, wenn überhaupt, nur durch Zufall auf eine richtige Idee kommen?«

»Welche Rolle spielt das, solange es zum Ziel führt?«, fragte Claire.

»Guten Morgen«, dröhnte Professor Walter McClure, als er vor seinen sechs Diplomkandidaten im Seminar über Profiling stand. Es war früh am nächsten Vormittag, und die Studenten ließen sich gerade am Konferenztisch nieder, holten ihre Laptops hervor, tranken Kaffee und nahmen sich Muffins aus den zwei Kartons, die McClure jede Woche mitbrachte.

McClure war fünfundfünfzig, mittelgroß und schlank, das glatte braune Haar zeigte an den Schläfen erste Spuren von Grau. Hornbrille und brauner Cordanzug verliehen ihm das ultimative professorale Flair. In Wahrheit war er alles andere. Master und Doktortitel hatte er erworben, während er gleichzeitig zum Rang eines Captain beim Philadelphia Police Department aufgestiegen war. Den Krebstod seiner Frau vor einigen Jahren hatte er zum Anlass genommen, seinen Abschied bei der Polizei einzureichen und näher zu seinen drei erwachsenen Kindern zu ziehen, die es alle irgendwie nach New York verschlagen hatte. Nach einigen Jahren, in denen er sich als Unternehmensberater einen soliden Ruf und ein beachtliches Bankkonto aufgebaut hatte, wurden McClure die ständigen Reisen zu viel, und es kam ihm deshalb mehr als gelegen, als ihm die Manhattan State University eine feste Professorenstelle anbot. Umso mehr, als er feststellte, dass er als Lehrer mehr Erfüllung fand als je als Polizist.

Links von McClure saßen Claire in ihrer Arbeitskleidung, einem burgunderroten Kostüm, und Nick, der eindeutig overdressed war: anthrazitfarbener Nadelstreifenanzug, blau-weiß gestreiftes Hemd, perfekt abgestimmte Krawatte im Paisley-Muster. Claire dachte unwillkürlich, dass er ebenso gut ein Investmentbanker an der Wall Street sein könnte.

»Ich habe Sie in der Zeitung gesehen, Detective«, sagte Miguel Colon sofort, den Kopf in die Hände gestützt, was den Dolch auf seinem rechten Bizeps zu einer Art Schwert dehnte. »So vor eineinhalb Jahren?«

»Ja, wahrscheinlich«, antwortete Nick, bemüht, keine Miene zu verziehen, auch wenn es schwerfiel. Der Zeitungsartikel, auf den sich Miguel bezog, hatte nichts mit dem Fall zu tun, den er und Claire letztes Jahr gelöst hatten. »Das war unmittelbar nachdem sich meine Frau mit meiner Waffe erschossen hatte. Das kriminaltechnische Gutachten ließ keine eindeutigen Schlüsse zu, deshalb kam jemand Übereifriges zu dem Schluss, ich müsste sie ermordet haben. Ein halbes Jahr lang wurde ermittelt, aber natürlich kam nichts dabei heraus.«

»Darf ich fragen, ob Sie es waren?«, fragte Cory Matthis, der aussah, als wäre er direkt aus dem Bett zum Unterricht gekommen.

Während seine Mitstudenten kicherten und stöhnten, sah ihm Nick direkt in die Augen. »Meine Antwort ist Nein, aber darüber hinaus berufe ich mich auf mein Recht zu schweigen und beantworte keine Fragen mehr ohne meinen Anwalt.«

Er sagte es so ernst, dass der ganze Kurs, einschließlich McClure und Claire in Lachen ausbrach, und sogar Nick selbst musste lächeln. Genau das war seine Absicht gewesen – so schnell wie möglich das Eis mit diesen Studenten zu brechen.

Justine Yu, ungeschminkt in Jeans und Sweatshirt, saß neben Cory und zog die Nase kraus. »Du hast gerade gevögelt, oder?«, konstatierte sie mehr, als dass sie fragte.

Wes Phelps lachte höhnisch. »Woher willst du das wissen?«, fragte er.

»Sie ist mehr als vertraut mit dem Geruch«, witzelte Miguel, und alle wussten, er spielte damit auf Justines sexuelle Vorliebe für Frauen an.

Cory seinerseits wurde röter als die Pickel in seinem Gesicht und sagte nichts, während McClure die Hand hob. »Genug damit, und als Corys Anwalt weise ich darauf hin, dass er nichts sagen muss, womit er sich selbst belastet.« Sein Blick wanderte über die Studenten, von denen einige noch immer grinsten. Als er sicher war, dass alle die Botschaft verstanden hatten und sich benehmen würden, fuhr er fort. »Dr. Waters hat Ihnen bereits geschildert, wie sie und Detective Lawler den Fall dieser ermordeten Frauen im letzten Jahr gelöst haben. Heute hat sie ihn nun aus einem anderen Grund mitgebracht.«

»Richtig«, sagte Claire. »Und auch wenn er es nicht wusste, als er Detective Lawler zu einem Geständnis bewegen wollte, führt Corys Frage mitten ins Zentrum des Themas, das wir ›Theorie des Verbrechens‹ nennen wollen. Möchte jemand raten, was damit gemeint ist?«

»Das ist aber keine Fangfrage, oder?«, meinte Kara Wallace unsicher.

»Nein«, versicherte ihr Claire.

»Dann ist es natürlich das, was nach Ansicht der Ermittler passiert ist«, antwortete Kara selbstbewusster.

»Für den Zweck des heutigen Kurses ist das nur teilweise richtig«, sagte Nick. »Es ist nämlich nicht so einfach.«

Zu Claires Überraschung stand Nick nun auf, ging zu einer Kunststofftafel an der Stirnseite des Raums und nahm einen schwarzen Filzstift zur Hand. »Ich habe lange Zeit an der Aufklärung von Morden gearbeitet«, sagte er, schrieb »Theorie des Verbrechens« in Blockschrift oben an die Tafel und unterstrich es schwungvoll, ehe er sich wieder dem Kurs zuwandte. »Wenn man an einen Tatort kommt, erkennt man meist auf Anhieb das, was wir ›Todesursache‹ nennen.« Er setzte den Ausdruck mit einem Spiegelstrich unter seine Überschrift. »Erschießen, Erstechen, Einwirkung stumpfer Gewalt und so weiter, Sie wissen schon. Dann«, fuhr er fort, »brauchen wir als Nächstes die ›Todesart‹.« Er schrieb den Begriff an.

»Ist das nicht dasselbe?«, fragte Leslie Carmichael, deren lange Dreadlocks heute unter einer Wollmütze steckten. Nick drehte sich wieder zu ihnen um.

»Er würde nicht fragen, wenn es dasselbe wäre«, sagte Wes Phelps.

»Na ja, diesmal könnte es natürlich eine Fangfrage gewesen sein«, witzelte Nick. »Aber Sie haben recht. Die ›Todesart‹ ist eher ein juristischer Begriff und kann nur von einem Gerichtsmediziner festgestellt werden. Nehmen wir zum Beispiel an, man ruft uns, weil eine Person an den Strand von Coney Island gespült wurde. Was ist die Todesart?«

Er sah die Studenten an, die seinen Blick erwiderten. Zum ersten Mal sagte keiner etwas. Claire konnte sich ein Grinsen nicht verkneifen, und als Nick es bemerkte, grinste er ebenfalls.

»Wie ist es, Dr. Waters? Wollen Sie es ihnen sagen, oder soll ich es tun?«

Claire blickte in die Runde. »Die Antwort ist: ›Kommt drauf an.‹ Denn diesmal hat Ihnen Detective Lawler tatsächlich eine Fangfrage gestellt.«

Die Studenten schienen sich nicht mehr ganz so dumm vorzukommen, weil sie die Frage nicht beantworten konnten.

»Warum kommt es drauf an? Weil es sich noch nicht automatisch um Mord handelt, wenn wir eine Person erschossen, erstochen, erschlagen oder ertrunken auffinden. Sagen wir, jemand wird am Strand von Rockaway angespült. Wenn er Wasser in der Lunge hat, was wissen wir dann?«

»Das ist leicht«, sagte Kara. »Er ist ertrunken.«

»Was ist dann die Todesart?«, fragte Nick.

»Ist ›Unfall‹ eine Möglichkeit?«

»Ja«, sagte Nick.

»Dann würde ich sagen, die Todesart ist Unfall.«

Miguel Colon schüttelte den Kopf. »Der Bursche mit der Klinge auf dem Bizeps glaubt es nicht?«, sagte Nick.

»Nein«, erwiderte Miguel. »Denn wir wissen nicht, warum er ertrunken ist.«

»Weiter«, forderte Nick ihn auf.

»Sagen wir, der Mann war in einem Boot. Wenn er hinausgefallen ist, war es ein Unfall, wenn ihn dagegen jemand hinausgestoßen hat, kann es sich um Mord handeln, aber aussehen würde es gleich.«

»Genau«, bestätigte Nick. »Hier ist noch ein Fall aus den Sechzigern, er ist legendär. Eine Frau fährt auf dem Belt Parkway. Wie es der Zufall will, ist ein Detective auf dem Weg zur Arbeit genau hinter ihr. Urplötzlich zieht die Frau von der äußersten linken Spur bis ganz hinüber auf die rechte und weiter auf den Grünstreifen, bis sie an einen Baum prallt. Der Detective hält an. Es ist eine junge Frau, in den Zwanzigern, tot. Irgendwelche Tipps, was die Todesart angeht?«

»Medizinisch«, sagte Wes Phelps sofort. »Sie hatte einen Schlaganfall oder einen Herzinfarkt, richtig?«

»Genau dasselbe hat der Detective auch gedacht«, antwortete Nick. »Aber als der Gerichtsmediziner sie im Leichenschauhaus auf den Tisch legte, entdeckte er ein kleines, blutloses Einschussloch direkt hinter ihrem rechten Ohr.« Er hielt inne und sah die Studenten an. »Wir wissen jetzt also, dass die ›Todesursache‹ eine Schussverletzung war. Was ist die Todesart?«

Wieder waren die Studenten sprachlos. Dann hob Justine Yu, die bisher nichts gesagt hatte, vorsichtig die Hand. »Es muss Mord gewesen sein, oder?«

Nick schraubte den Filzstift zu und legte ihn auf die Ablage. »Erklären Sie mir Ihre ›Theorie des Verbrechens‹.«

»Jemand wusste, dass sie diese Strecke jeden Tag fuhr, wartete an einer geeigneten Stelle und schoss«, sagte Justine selbstbewusst.

»So ein Quatsch«, murmelte Cory Matthis, der es ihr offenbar heimzahlen wollte, dass sie ihn vorhin so in Verlegenheit gebracht hatte.

»Man kann es auch höflicher sagen«, tadelte Nick, »aber erzählen Sie, warum Sie das denken.«

»Weil man unmöglich einen so perfekt gezielten Schuss auf ein fahrendes Auto abgeben kann«, sagte Cory.

»Lee Harvey Oswald hat es getan«, gab Justine zurück. »Zweimal. Davon einmal in den Kopf.«

»Wenn man es glauben will«, sagte Cory und wedelte abweisend mit der Hand. »Und angenommen, es stimmt: Kennedys Wagen fuhr vielleicht sechs, sieben Stundenkilometer, und Oswald hat bei den Marines das Schießen gelernt, oder? Diese junge Frau war auf dem Belt Parkway, wenn sie also nicht in stockendem Verkehr war, hätte der Schütze sich in einem Wagen befinden müssen, der exakt genauso schnell fuhr, sonst wäre dieser Schuss physikalisch nicht möglich gewesen.«

Seine Kameraden sahen ihn an, als hätte er den Verstand verloren. Nicht jedoch Nick. Er klatschte fünf, sechs Mal sehr langsam und betont in die Hände, was Cory ein Lächeln entlockte und Schock auf die Gesichter seiner Mitstudenten treten ließ.

»Er hat recht?«, fragte Justine verdattert.

»Selbst dieser Detective, der die Sache beobachtet hat, dachte wie Sie«, sagte Nick. »Aber Ihr Kollege hier hat recht, ja ...«

»Aber warten Sie mal«, unterbrach Justine, die noch nicht aufgeben wollte. »Es muss doch ein Loch von der Kugel in einem der Wagenfenster gewesen sein, oder?«

Nick lächelte wieder, als er sich setzte, er genoss das Ganze erkennbar sehr. »Sollte man meinen. Aber es war nicht so. Es gab keine Einschusslöcher im Wagen und keine zersprungenen Fenster. Will jemand raten, wieso?«

»Die Fenster waren offen?«, fragte Wes Phelps.

»Nicht ›die Fenster‹«, sagte Nick. »Das Fenster. Das rechte hintere. Nur durch dieses konnte die Kugel eingedrungen sein.«

Miguel Colon wandte sich mit neuem Respekt an Cory. »Du hast ins Schwarze getroffen, Holmes«, sagte er, ehe er Nick wieder ansah. »Dann war es also ein reiner Zufallsschuss, eins zu einer Million?«

»Ja«, antwortete Nick. »Was also war die Todesart?«

»Unfall«, stellte Miguel fest.

»Laienhaft ausgedrückt, haben Sie recht«, sagte Nick.

»Aber juristisch ausgedrückt war es auch damals schon grundsätzlich verboten, in der Stadt Schusswaffen abzufeuern. Der Kerl, den man schließlich ermittelt hat, hatte den Schuss von einem Boot aus abgegeben, fast eine Meile von dort entfernt, wo die junge Frau getroffen wurde. Er hatte eine alte vergessene Flinte getestet, die er an Bord gefunden hatte, und wollte nur sehen, ob sie noch funktioniert.«

»Und mit diesem Schuss hat er das Mädchen getötet?«, staunte Leslie.

»Wäre das rechte hintere Fenster ihres Wagens geschlossen gewesen, hätte sie inzwischen vielleicht Enkel, da der Schuss dann abgeprallt wäre.«

»So wie Kinder es irgendwie immer schaffen, in den Weg von verirrten Kugeln zu geraten, selbst wenn sie im Haus sind und der Schuss draußen abgegeben wird«, sagte Miguel mürrisch.

»Ja«, erwiderte Nick und trat wieder an die Tafel. »Solche Fälle hatte ich mehr als genug. Aber ich will nicht abschweifen. Worauf es ankommt, und ich benutze wieder Mord als Beispiel, ist, dass die ›Theorie des Verbrechens‹ mit der Todesart zu tun hat, aber es ist noch nicht dasselbe. Es ist genau das, eine Theorie. Das ›Warum‹, wenn man so will. ›Warum‹ ist eine Frage, und die Antwort beginnt fast immer mit ›weil‹.« Er schrieb die beiden Worte an die Tafel. »Meine Aufgabe als Detective des Morddezernats war es, hinter das ›Warum‹ zu kommen. Denn es führt einen fast immer zum ›Wer‹.« Er legte den Filzstift beiseite. »In dem eben besprochenen Fall lautet die Antwort darauf, ›warum‹ die junge Frau starb, ›weil‹ irgendein Arschloch auf einem Boot sein Gewehr in die falsche Richtung abgefeuert hat. Und schauen Sie, wie lange wir gebraucht haben, um zu diesem ›Weil‹ zu kommen. Die Theorie des Verbrechens hat sich in diesem Fall mehrmals geändert, weil die Beweislage die Ermittler fast täglich in eine neue Richtung lenkte. Ist so weit alles klar?«

Die Studenten tippten wie wild in ihre Laptops, als würde ihre Zukunft davon abhängen.

»Ich fasse das als Ja auf«, sagte Nick, während die Kursteilnehmer einer nach dem anderen zu Nick aufsahen, damit sie kein Wort verpassten.

Claire entging Nicks Können als Lehrer keineswegs. Ob er es wusste oder nicht, er war ein Naturtalent. Damit hatte sie nicht im Geringsten gerechnet, und sie hatte sogar mit Zähnen und Klauen darum gekämpft, den Vortrag selbst zu halten.

Aber diese Schlacht hatte sie verloren. Es war passiert, als Nick sie in der Nacht zuvor zur Tür brachte. Er hatte sich schließlich damit einverstanden erklärt, den Studenten den Fall vorzustellen und es so zu machen, wie Claire vorgeschlagen hatte. Doch seine letzte Bedingung war gewesen, dass er und nicht Claire derjenige sein würde, der das Reden übernahm. Es war eine Bedingung, und im Interesse der Sache hatte Claire nachgegeben.

Zu Hause hatte sie sich darüber geärgert. Aber Nicks Vorstellung hier hatte ihren Ärger aufgelöst wie die Sonne einen sommerlichen Morgennebel.

»Versuchen wir es einmal mit etwas, das noch nicht so lange zurückliegt«, sagte Nick, der immer noch vor der Tafel stand, wo er nun einen roten Filzstift von der Ablage nahm. »Hat gestern oder heute jemand die Nachrichten gesehen?«

Claires Herz setzte einen Schlag aus. Wie der geschickte Vernehmungsspezialist, der er war, hatte Nick die Kursteilnehmer dahin gebracht, dass alle dachten, es ginge nur um eine Übung. Claire wusste, es war der Übergang zu dem aktuellen Fall.

»Meinen Sie Lokalnachrichten oder weltweite?«, fragte Wes.

»Lokale«, antwortete Nick, »drüben in Brooklyn, gestern Morgen.«

»Der Brand, wo diese Leiche gefunden wurde?«, vermutete Leslie.

»Genau das«, sagte Nick. »Wir machen das in Echtzeit, mal sehen, wie wir das, was wir gelernt haben, einsetzen können.« Allgemeines Klappern auf den Laptops zeigte an, dass sich die Studenten auf den Schirm holten, was sie zu der Sache finden konnten. »Was wissen wir bisher also darüber?«

»Sieht nach nicht viel aus«, bemerkte Justine und las aus einem Artikel vor: »Die Polizei bezeichnet das Feuer, das gestern ein Mietshaus in East New York zerstörte, als Brandstiftung; nachdem im Keller des ausgebrannten Gebäudes eine Leiche gefunden wurde, kommt vielleicht noch Mord hinzu.«

»Okay, was ist bisher die Todesart?«, fragte Nick.

»Wie könnten wir das nach diesen paar Informationen sagen?«, antwortete Justine. »Hier steht nur, dass keiner der Hausbewohner vermisst wird …«

Sie hielt plötzlich inne. »Das heißt also, die tote Person hat nicht in dem Gebäude gewohnt«, erkannte sie.

»Ausgezeichnet«, lobte Nick. »Was ist also die Todesart?«

»Immer noch unmöglich festzustellen«, sagte Wes Phelps. »Was hat das Opfer überhaupt in dem Haus getan, wenn es nicht dort wohnte?«

»Sie sind auf der richtigen Spur«, ermunterte Nick. »Jetzt müssen Sie den nächsten Schritt tun. Wenn Sie an meiner Stelle wären und den Fall bearbeiten würden, welche Möglichkeiten würden Sie in Betracht ziehen?«

»Na ja, entweder das Opfer ist irgendwie in den Keller spaziert, oder es wurde vorher getötet und dann dort deponiert«, sagte Wes.

»Das ist ein guter Anfang. Noch jemand?«

»Müssten wir nicht wissen, in welchem Ausmaß das Opfer verbrannt war?«, fragte Cory.

»Ja, und lassen Sie uns rein theoretisch einmal annehmen, die Leiche ist vollständig verbrannt. Keine verwendbare DNA für eine Identifizierung, es sei denn, die Gerichtsmediziner finden verwertbare Zellen in den Knochen.«

»Ich würde vielleicht als Erstes nachforschen, ob es ähnliche Brandstiftungen in der Gegend oder sogar in der ganzen Stadt gegeben hat«, sagte Kara.

»Ja, und das ist ein grundlegender Schritt, den wir bei einer Ermittlung sofort machen würden«, bestätigte Nick und schrieb »ähnliche Brandstiftungen« an die Tafel. »Tatsächlich würden die Brandermittler des NYPD und der Feuerwehr vor Ort sein, und sie würden sofort erkennen, ob ihnen so ein Vorgehen schon mal begegnet ist. Aber denken Sie daran, wir sprechen von dem ›Warum‹. Warum sollte dieses Opfer in den Keller gegangen sein, wenn es denn so gewesen wäre?«

»Ich glaube nicht, dass es so war«, sagte Miguel kategorisch.

Nick legte den Stift beiseite. »Warum nicht?«

»Weil es ausgeschlossen ist, dass jemand zufällig genau in der Nacht in den Keller eines Gebäudes schleicht, in der ein Brandstifter das Haus abfackelt«, meinte Miguel.

»So wie es ausgeschlossen ist, dass einer jungen Frau in den Kopf geschossen wird, während sie mit neunzig Sachen über den Belt Parkway fährt, weil irgendein Arschloch in einem Boot …«

Er sah, dass Miguel verstanden hatte und den Kopf

schüttelte, mutmaßlich über sich selbst. »Okay, das war Blödsinn«, gab er zu.

»Kein Grund, sich zu geißeln«, sagte Nick. »Die Sache ist die, Leute: Diese Arbeit ist nicht so, wie man es im Fernsehen sieht. Manchmal finden wir den Täter an einem Tag, manchmal nach vierzig Jahren. Und manchmal, wie es auch schon passiert ist, wenngleich zum Glück nicht meiner Wenigkeit, nehmen wir die falsche Person mit den richtigen Beweisen fest. Und dann müssen wir Jahre später Scheiße fressen, verzeihen Sie meine Ausdrucksweise, wenn herauskommt, dass wir Mist gebaut und einen unschuldigen Menschen eingesperrt haben. Wissen Sie, wann das am wahrscheinlichsten geschieht?«

Es war keine rhetorische Frage. Er sah gespannt in die Runde, aber keiner der Studenten wollte eine Antwort wagen.

»Es passiert am wahrscheinlichsten dann, wenn Sie sich zu sehr auf das ›Wer‹ statt auf das ›Warum‹ konzentrieren. Und etwa die Frage vernachlässigen: ›Warum sollte diese Person, die ich gern als Täter hätte, mein Opfer getötet haben?‹ Oder andersherum: ›Warum könnte es trotz aller Beweise sein, dass die Person, die ich verdächtige, nicht der Mörder ist?‹«

»Also das, was man berechtigter Zweifel nennt«, sagte Wes Phelps, der Möchtegern-Staatsanwalt.

»Ganz recht«, bestätigte Nick. »Und berechtigter Zweifel sollte bei Ihnen als Polizist beginnen, nicht bei einer Jury, denn dann kann es zu spät sein. Aber in Fällen wie diesem kann man das ›Warum‹ unmöglich herausfinden, wenn man nicht weiß, wer das Opfer ist. Sagen wir also, die sterblichen Überreste gehen zur Gerichtsmedizin, wo man einige verwertbare Zellen für eine DNA-Bestimmung findet, aber keine vollständige Sequenz. Was ist der nächste Schritt?«

»Ich würde es trotzdem durch die Datenbank laufen lassen«, sagte Leslie.

»Warum?«, fragte Nick. »Sie würden kein Ergebnis bekommen.«

»Es sei denn, ich führe den Abgleich mit einem niedrigeren Prozentsatz an Übereinstimmung durch«, gab sie zurück. »Vielleicht hätte ich Glück und würde einen Angehörigen finden, dessen DNA in der Datenbank ist, und diese Person könnte mich zu dem Opfer führen. So wie man diesen ›Grim Sleeper‹ damals in L. A. erwischt hat.«

»Ausgezeichnete Idee«, sagte Nick und schrieb »DNA von Angehörigen« an die Tafel. »Aber was, wenn wir das getan haben und das Opfer noch immer nicht identifizieren können?«

»Moment mal«, sagte Cory und sah zur Tafel. »Wenn wir eine DNA haben, müssen wir das Geschlecht des Opfers kennen, oder?«

»Ja«, sagte Nick, der die Sache mit sanfter Gewalt voranzubringen versuchte, »und nehmen wir an, es ist männlich. Inwiefern hilft uns das?«

»Nicht sehr«, antwortete Kara, »es sei denn, jemand in der Nachbarschaft ist über Nacht auf mysteriöse Weise verschwunden.«

Claire platzte schier, weil sie sich an der Diskussion beteiligen wollte, aber sie hielt den Mund. Nick sah es, und er wurde noch frustrierter, als er ohnehin schon war.

»Okay«, sagte er und beschloss, sich noch ein wenig aus dem Fenster zu lehnen, was man ihm hoffentlich später nicht ankreiden würde. »Wir können das Opfer nicht identifizieren, also nehmen wir nur zum Spaß einmal an, die Leiche wurde von derselben Person deponiert, die dann das Feuer gelegt hat.«

»Wow«, meinte Cory. »Irgendein total durchgeknallter

Typ, der ein Gebäude voller unschuldiger Menschen niederbrennt, um einen Mord zu vertuschen?«

»Ist alles schon vorgekommen«, versicherte ihm Nick. »Die jamaikanischen Drogenbanden im South Ozone Park damals in den Achtzigern haben alles umgelegt, was geatmet hat, um ihre Geschäfte zu schützen oder um die Botschaft an den Mann zu bringen, dass nicht mit ihnen zu spaßen ist.«

»Aber wir sprechen hier von rund siebzig Menschen, die in dem Haus wohnen«, ließ Cory nicht locker. »Für mich läuft das auf einen astreinen Psychopathen hinaus.«

»Okay«, gab Nick zu, »das würde ich wohl auch sagen.« Er schrieb »Psychopath« an die Tafel, während Cory in seinem neugewonnenen Selbstbewusstsein einen Schluck Kaffee trank, als wäre es ein Elixier, das seine Superkräfte aufrechterhielt.

»Wenn wir von Psychopathen reden, wohin würdet ihr euch als Nächstes wenden?«

»Im Ernst?«, fragte Wes Phelps. »Ich würde das FBI hinzuziehen.«

»Sie würden den Fall nicht selbst abschließen wollen?«

»Doch, natürlich«, erklärte Wes. »Aber das FBI hat Leute, die auf solche Dinge spezialisiert sind, Profiler und so. Und wenn Sie Ihre lokalen Ressourcen bereits erschöpft haben, wenn Sie zum Beispiel in Ihren Datenbanken nichts finden, was Ihnen weiterhilft, dann machen Sie den nächsten Schritt, oder?«

Nick drehte sich zur Tafel um, nickte bejahend und schrieb »FBI«. »Es wäre vielleicht nicht unsere erste Wahl, da das Verhältnis zwischen FBI und NYPD nicht das beste ist, aber Ihr Kollege hat recht«, sagte er. »Ressourcen nicht zu bündeln ist die Art von Denken, die zum 11. September geführt hat. Wenn Sie die Informationen haben und in einer Sackgasse gelandet sind, dann teilen Sie die Informationen. Das ist ganz ähnlich wie im Leben als solchem, Leute. Alles, was man gibt, kommt zu einem zurück, häufig auf eine Weise, mit der man nie gerechnet hätte.«

Er bemerkte, wie ihm Professor McClure ein Zeichen machte, dass es an der Zeit war, zum Ende zu kommen.

»Detective Lawler wird nächste Woche mit Dr. Waters wiederkommen«, sagte er zu seinem Kurs. Dann wandte er sich an die beiden. »Gibt es etwas, was unsere Freunde hier zur Vorbereitung tun sollten?«

»Ja«, sagte Claire, die aufgestanden war. »Cory, Sie haben gefragt, wer mehr als siebzig Menschenleben in Gefahr bringen würde, um den Mord an einer Person zu vertuschen. Ich möchte, dass Sie alle von diesem Szenario ausgehen und aufschreiben, was für ein Mensch so etwas tun würde, als eine Art Profil. Als wären Sie die FBI-Spezialisten in Quantico. Lassen Sie Ihre Gedanken schweifen und schreiben Sie alles auf, was Ihnen einfällt. Denken Sie daran, es gibt keine dummen oder falschen Ideen.«

»So, und jetzt einen herzlichen Dank an Detective Lawler dafür, dass er uns aufgeweckt hat«, sagte McClure, und der Kurs brach in begeisterten und ehrlich gemeinten Applaus aus.

Während die Studenten aufstanden und zusammenpackten, sah Claire aus dem Fenster. Der Regen hatte aufgehört, und der Himmel war klar. McClure trat zu ihr und Nick.

»Sie sind ein Naturtalent da vorn an der Tafel«, sagte er zu Nick. »Und es gibt immer Bedarf an Lehrbeauftragten mit Ihrer Erfahrung. Haben Sie schon einmal überlegt, Teilzeit als Lehrer zu arbeiten?«

Claire war gespannt auf Nicks Antwort. Vielleicht war das ein Weg, den er beschreiten konnte, wenn sein Augenlicht schwächer wurde. *Und ich hätte nichts dagegen, mit ihm zu arbeiten,* dachte sie.

»Ich habe ein paar Kurse an der Polizeiakademie über Morduntersuchungen gegeben«, antwortete Nick, »aber noch bin ich nicht so weit, meinen Abschied einzureichen. Wenn es aber so weit ist, sind Sie der Erste, bei dem ich mich melde.«

»Danke für den großartigen Kurs.« McClure schüttelte ihm die Hand und griff nach seiner weichen Lederaktentasche. »Bis nächste Woche, gleicher Ort, gleiche Zeit«, verabschiedete er sich und ging hinaus.

»Das haben Sie wunderbar gemacht«, sagte Claire. Aber Nicks Miene sprach eine völlig andere Sprache. »Was ist los?«

»Es war reine Zeitverschwendung«, gab er zurück.

»Sie haben doch toll mitgemacht«, sagte Claire.

»Aber abgesehen von einem halbherzigen Teilzeitjobangebot ist nichts dabei herausgekommen. Und wir haben nicht die Zeit, auf nächste Woche zu warten.«

Claire war sich nicht so sicher. »Vielleicht hat dieser Wes recht. Wir sollten zum FBI gehen.«

»Das haben ›wir‹ bereits getan«, blaffte Nick sie an.

»Tatsächlich?«, erwiderte Claire, eine Spur Verärgerung in der Stimme.

»Es ist eins der ersten Dinge, die wir in solchen Fällen tun.«

Sie wandte den Blick ab, damit er ihren Ärger nicht sah. Und er wusste, was ihn ausgelöst hatte.

»Nein, ich erzähle Ihnen nicht alles«, bestätigte er. »Aber Wilkes hat einen Freund beim New Yorker FBI angerufen und ihn die Sache überprüfen lassen. Es gibt nicht viel, was die Bande von der Verhaltensforschung in Quantico bezüglich Serienmördern nicht kennt. Der Einzige, den sie wegen etwas Ähnlichem festgenagelt haben, sitzt lebenslänglich in Leavenworth. Und nur fürs Protokoll, ich muss Ihnen nicht alles erzählen, und Sie werden das einfach akzeptieren müssen.«

Claire sah ihn wieder an. »Es tut mir leid«, sagte sie. »Wenn ich so bin wie eben, ist das nicht gegen Sie gerichtet. Ich denke einfach nur an Rosa.«

Ihre Worte besänftigten Nick, der auf eine längere Auseinandersetzung eingestellt gewesen war. »Kein Problem. Und vielleicht lag dieser Wes tatsächlich nicht ganz falsch.«

Claire zog die Augenbrauen hoch. »Wie meinen Sie das?«, fragte sie.

»Wir hätten nicht beim FBI stehenbleiben sollen.«

»Aber wen gibt es da noch?«, fragte Claire.

»Uns«, sagte Nick und kam sich vor wie ein Idiot. »Uns und eine wirklich große Welt.«

Eine halbe Stunde später saßen sie in Nicks Wohnung am Küchentisch, wo Nick wild in seinen Laptop tippte. »Sie haben recht, der Kurs war keine Zeitverschwendung«, sagte er. »Allerdings wäre ich vielleicht zu demselben Schluss gekommen, wenn ich meine eigenen Kinder an ihren Computern gesehen hätte.«

»Klären Sie mich irgendwann auf, worum es geht?«, meinte Claire spitz.

»Natürlich. Mir ist klar geworden, dass wir mit dem FBI nicht weit genug gegangen sind und dass es ein größeres ›Netz‹ gibt, das wir auswerfen können. Das Netz eben, das Internet. Dass dieser Kerl es früher getan hat und dann verschwunden ist, muss nicht bedeuten, dass er hier im Gefängnis saß oder auch nur untergetaucht ist, um einer Festnahme zu entgehen, wie BTK, der fröhlich irgendwo in Kansas lebte.«

»BTK wurde erwischt«, erinnerte ihn Claire. Sie sprachen von dem berüchtigten Serienmörder Denis Rader in Wichita, der sich jahrzehntelang einer Verhaftung entzog, bis er 2005 endlich gefasst wurde.

»Er hat außerdem lange Pausen zwischen seinen Morden eingelegt«, bemerkte Nick. »Einmal fast acht Jahre lang.«

Claire kam um den Tisch herum und sah ihm über die Schulter, während er »gekochte Menschenknochen« bei Google eingab. Sie las die Suchergebnisse laut vor. »Das ist ja nicht zu fassen. Gebrauchsanweisungen, wie man Menschenknochen kocht? Die Kirche der Euthanasie? Geschichte des Kannibalismus?«

»Immer langsam«, mahnte Nick. »Wir sind erst auf der ersten Seite. Genau deshalb hatte das FBI nichts.«

»Rufen Sie die nächste Seite auf«, sagte Claire.

»Himmel«, murmelte Nick, »nicht so schnell.« Aber er tat es, und Claires Blick fiel auf eine Zeile etwa in der Mitte der nächsten Seite. Sie zeigte darauf und las.

»Hier. ›Am Strand gefundene Knochen sollen von Martha Palmer stammen …‹ Klicken Sie darauf.«

»Jawohl«, sagte Nick und tat es, auch wenn ihn ihr Eifer langsam nervte.

Auf dem Schirm erschien ein Zeitungsartikel aus der englischsprachigen *Costa Rica Times,* mit dem Foto einer schönen Frau mittleren Alters.

»Er ist von 2009«, bemerkte Nick. »Hier steht, die Knochen wurden zu weit oben am Strand gefunden, als dass sie angespült worden sein könnten, und sie lagen da, als hätte sie jemand zum Trocknen ausgelegt.«

»Steht da etwas von Kochen …?«

»Dazu komme ich gerade«, erwiderte Nick. »Hier: ›Polizeibeamten zufolge deutet die gelbliche Verfärbung der Knochen darauf hin, dass sie möglicherweise gekocht wurden, bevor sie an dem Strand ausgelegt wurden‹.«

»Ein Mord in einem anderen Land 2009 ergibt noch nicht gerade ein Muster«, sagte Claire entmutigt.

»Aber es ist einen Anruf bei der Polizei von Costa Rica wert«, erwiderte Nick.

»Vielleicht nicht einmal nötig«, sagte Claire plötzlich, die schon ein Stück weitergelesen hatte.

»Wo sind Sie gerade?«, fragte Nick.

»Ich lese gerade, warum die Ermordung von Martha Palmer so eine große Sache war. Ihr Mann, Victor Palmer, war der Besitzer des Hotels, zu dem der Strand gehörte. Er hat anschließend alles verkauft.«

Nick biss nicht an. »Wenn man meine Frau ermordet auf meinem Grundstück finden würde, würde ich es vielleicht auch verkaufen«, sagte er. »Das muss nichts bedeuten.«

»Aber diesen Anruf ist es definitiv doch wert«, drängte Claire.

»Das können wir vom Büro aus erledigen«, erwiderte Nick und klappte den Laptop zu. »Anstatt meine Telefonrechnung in die Höhe zu treiben.«

»Lassen Sie mich erst noch zur Toilette gehen«, sagte Claire.

Sie ging durch den Flur, vorbei an Fotos, auf denen Nick die Arme um Jill und Katie gelegt hatte, die einige Jahre jünger waren. Alle standen lächelnd vor einer Hütte irgendwo in den Adirondacks. Claire überlegte, ob Jenny, Nicks Frau, die vor zwei Jahren hier in dieser Wohnung Selbstmord begangen hatte, die Fotos gemacht hatte.

Kurz darauf wusch sie sich in der kleinen, selten benutzten Gästetoilette die Hände. Dabei fiel ihr die Tapete auf, ein verblasstes Himmelblau, durchsetzt von kleinen silbernen Sternen. Claire wurde bewusst, dass sie neuerdings die Wohnung analysierte und nicht nur nach Hinweisen auf Nicks Vorlieben suchte, sondern auch, um mehr über seine Mutter zu erfahren, die vierzig Jahre lang hier gelebt hatte.

Als sie den Wasserhahn zudrehte, bemerkte sie, dass die Toilettenspülung noch lief. Ihr Vater, der Physiker, hatte Claire dazu erzogen, dass sie sich im Haus zu helfen wusste. Sie wusste, wie man einen verstopften Abfluss frei bekam, eine Badewanne abdichtete und eine laufende Toilettenspülung reparierte.

Aber als sie den Porzellandeckel vom Spülkasten nahm, war er schwerer, als er hätte sein dürfen. Ein Blick auf die Unterseite enthüllte den Grund dafür: Ein in dunkelblauen Kunststoff gehülltes Päckchen war mit Klebeband daran befestigt. Claire sah aufgrund der dreieckigen Form, dass es eine Waffe sein musste.

Urplötzlich packte sie Wut. Nick hatte Wilkes geschworen, dass er alle seine Waffen abgeliefert hatte. Wenn man ihn mit dieser hier erwischte, würde es mit Sicherheit das Ende seines Jobs bedeuten.

Aber was sie wirklich wütend machte, war, dass er die Waffe an einem Ort gelassen hatte, wo sie nicht sicher war. Was wenn eine der Töchter versucht hätte, die Spülung zu reparieren, und das Päckchen entdeckt hätte?

Vorsichtig löste Claire die Waffe und steckte sie in ihre Handtasche. Sie setzte den Deckel gerade wieder auf, als Nicks laute Stimme vor der Tür ertönte. »Alles in Ordnung?«, rief er.

»Ja, ich komme«, rief sie zurück und senkte den Deckel leise wieder auf den Spülkasten. Dann vergewisserte sie sich im Spiegel, dass sie sich nicht schmutzig gemacht hatte, und trat mit Unschuldsmiene in den Flur hinaus.

16

Ein uniformierter Polizist mit militärischer Schutzweste und einem Sturmgewehr über der Schulter winkte den Impala durch den Security Checkpoint vor der hinteren Zufahrt zur Tiefgarage der Polizeizentrale. Nick fuhr den Wagen langsam (seine Augen hatten Mühe, sich an den plötzlichen Wechsel von hell zu dunkel zu gewöhnen) die Rampe hinunter zur tiefsten Ebene und stellte ihn auf einen leeren Platz, wo die Buchstaben MCS leuchtend gelb auf den Betonboden gemalt waren. Er öffnete die Tür und legte die Parkplakette auf das Armaturenbrett, während Claire auf ihrer Seite ausstieg und ihre Handtasche mit so viel Schwung von der Mittelkonsole riss, dass sie sich beinahe selbst damit geschlagen hätte – sie hatte vergessen, was die Tasche enthielt.

»Hoppla!«, rief sie aus.

Nick hatte das Ganze beobachtet. »Was haben Sie da drin – einen Goldbarren?«

Claire kam zu Bewusstsein, dass sie schwerlich mit der Waffe durch die Metalldetektoren im Polizeihauptquartier spazieren konnte. »Schön wär's«, sagte sie. »Es ist ein Briefbeschwerer, für den Fall, dass mich jemand überfallen will.«

»Versuchen Sie beim nächsten Mal dran zu denken, dass Sie ihn in der Tasche haben, sonst tun Sie sich noch selbst weh«, sagte Nick und blinzelte ihr zu.

Claire öffnete die Handtasche, holte ihre Geldbörse und ihr Handy heraus und schob die Tasche unter den Vordersitz.

»Sie können sie nicht hierlassen«, meinte Nick.

»Der Briefbeschwerer wird die Metalldetektoren auslösen«, erwiderte Claire und hielt Brieftasche und Telefon in die Höhe. »Weiter brauche ich nichts.«

»Von hier unten gehen wir durch keine Metalldetektoren«, sagte Nick. »Und diesen Wagen werden wir nicht mehr benutzen. Wenn uns jemand damit fahren sieht, der die Vereinbarung kennt, sind wir geliefert.«

»Zu schade«, sagte Claire, hob ihre Handtasche auf und schloss die Wagentür. Der Impala war hilfreich gewesen in den zwei Tagen, in denen sie ihn gefahren hatten. Sie waren nicht auf U-Bahnen oder Taxis angewiesen gewesen, um irgendwohin zu kommen, und mit der Parkplakette der Polizei hatten sie praktisch überall parken können, ohne befürchten zu müssen, abgeschleppt zu werden.

Sie gingen zu den Aufzügen im Tiefgeschoss und fuhren nach oben zum Büro von Major Case, das seltsam leer war für den späten Vormittag. Außer Wendy, der Verwaltungsangestellten, die Telefonanrufe entgegennahm, war niemand da. Alle Detectives waren fort, selbst Wilkes.

»Ist etwas los?«, fragte Nick.

»Der Boss ist oben bei einer Besprechung, und alle andern sind vermutlich dienstlich unterwegs«, antwortete Wendy.

»Trifft sich gut, dann haben wir Ruhe für unseren Anruf«, sagte Nick, setzte sich an den Schreibtisch und fuhr seinen Computer hoch.

»Wen genau rufen Sie in Costa Rica an?«, fragte Claire.

»Ihre Version des FBI nennt sich OIJ, Organismo de Investigación Judicial«, sagte Nick, rief die Website der Organisation auf und wählte eine längere Nummer. »Hoffen wir, dass jemand dort Englisch spricht.«

Zwanzig Minuten später kritzelte Nick rasend schnell in ein Notizbuch. Claire stand hinter ihm und versuchte, seine Schrift zu entziffern.

»Und Sie sind sich ganz sicher?«, fragte er. »Danke, ich danke Ihnen sehr. Wenn wir jemals etwas für Sie tun können ... Worauf Sie sich verlassen können. *Muchas gracias, mi amigo.*«

Er legte den Hörer nieder und blickte in Richtung von Wilkes' Büro. Der Inspector war einige Minuten zuvor gekommen, mit einem knappen Gruß in seine Höhle gestürzt und hatte die Tür geschlossen. »Antonio, mein neuer bester Freund in Costa Rica, wird mir alles per E-Mail schicken, was sie haben«, sagte Nick und konnte seine Begeisterung nicht verbergen, während er weiter in seinen Block schrieb.

»Alles, was er worüber hat?«, fragte Claire und setzte sich in den Sessel neben dem Schreibtisch.

»Über den Mord an Martha Palmer. Es war nicht der erste Mordfall mit gekochten Knochen da unten.«

»Wann ging es los?«

»Halten Sie sich fest: 1978. Großer Gott.«

»Unmittelbar nach dem ersten Knochenfund in Brooklyn«, sagte Claire staunend. »Wie viele Opfer in Costa Rica?«

Nick sah von seinem Notizblock auf. »Zweiundzwanzig.«

Claire war schockiert. »Wie konnten wir das übersehen?«, sagte sie.

»Schubladendenken«, erwiderte Nick. »Wobei unsere Schublade dieses Land hier war.«

»Aber von gekochten Knochen war nur in Zusammenhang mit dem Mord an Martha Palmer die Rede. Wo wurden die anderen Leichen gefunden?«

Nick holte die E-Mails auf den Schirm. »Keine Leichen, Knochen. Nur Knochen. Ein Mord alle ein, zwei Jahre. Manchmal mehrere in einem Jahr. Die Polizei tappte die meiste Zeit im Dunkeln, denn es gab kein erkennbares Muster, das die Opfer verband. Sie stammen aus allen Gesellschaftsschichten, arm und reich, Einheimische und Touristen, und sie wurden in verschiedenen Teilen des Landes gefunden, an Stränden auf der Karibik- und der Pazifikseite.« Nick sah Claire an, um ihre Reaktion abzuschätzen. »Und am wichtigsten ist, dass der Mord an Martha Palmer der letzte dieser Art war.«

»2009«, sagte Claire und dachte darüber nach. »Vor vier Jahren. Hat es zwischen 1978 und 2009 einen so langen Zeitraum ohne einen ähnlichen Mord gegeben?«

»Nein«, erwiderte Nick. »Darauf hat Antonio ausdrücklich hingewiesen.«

»Die Polizei von Costa Rica wird uns also helfen?«

»Das haben sie schon …«

»Ich meine, zum Beispiel in ihrem Melderegister nachsehen, wer das Land seitdem verlassen hat und nicht zurückgekommen ist.«

Nick klickte mit der Maus und fing wieder an zu tippen. »Das wird nicht nötig sein«, sagte er.

»Warum nicht?«

Er klickte noch einmal. »Weil wir die Antwort bereits kennen.«

Er zeigte auf den Schirm, und Claire blieb der Mund vor Staunen offen: Sie sah das Digitalbild eines New Yorker Führerscheins mit dem Foto eines Mannes Anfang sechzig, weißer Haarschopf und ein Gesicht, das entweder nicht gealtert zu sein schien oder von einem ausgezeichneten Schönheitschirurgen neu geformt worden war.

»O mein Gott«, rief Claire leise aus. »Er ist hier.«

Der Name des Führerscheininhabers lautete Victor Andrew Palmer.

»Seit 2010«, bestätigte Nick. »Er ist nach dem Verkauf der Ferienanlage wieder hierhergezogen.«

»*Wieder?*«

»Er stammt aus Brooklyn. Ist hier zur Welt gekommen und aufgewachsen.«

Heilige Scheiße. Sie saßen schweigend da.

»Es kann nicht so einfach sein«, sagte Nick. »Ich meine, ich kann mir ja noch vorstellen, dass er die Frauen da unten und hier getötet hat. Aber seine eigene Frau?«

»Entweder es überkam ihn einfach, oder sie hat herausgefunden, was ihr Mann die ganzen Jahre trieb, und er hat sie ermordet, um sie zum Schweigen zu bringen. Dann kommt er hierher zurück, sein Impuls zu töten überwältigt ihn, und er macht dort weiter, wo er in den Siebzigern aufgehört hat – bringt Frauen um und kocht ihre Knochen.«

»Wir müssen es Wilkes sagen.« Nick stand auf. »Kommen Sie.«

Fünfundvierzig Minuten später saßen Nick und Claire auf der Couch in Wilkes' Büro, Savarese im Sessel gegenüber und der Inspector an seinem Schreibtisch. Nick und Claire berichteten, was sie über die Morde in Costa Rica und über Victor Palmer herausgefunden hatten.

Da geschah etwas Merkwürdiges. Als er Palmers Namen hörte, stand Wilkes auf und fing an, im Zimmer hin und her zu rennen. Es amüsierte und beunruhigte Nick zugleich, denn in all den Jahren, die er seinen Boss und Schutzheiligen kannte, hatte er ihn das nie tun sehen.

»Das ist ja unglaublich«, sagte Savarese, nachdem die beiden zu Ende erzählt hatten. »Es klingt absolut logisch, aber es ist einfach unglaublich. Wissen wir, wo sich dieser Verrückte im Augenblick aufhält?«

»Die Adresse auf dem Führerschein, den sich Palmer nach seiner Rückkehr besorgt hat, ist in der 78th Street …«

»Zwischen Riverside und West End«, sagte Wilkes und ließ sich müde auf das Sofa fallen. »Ein großkotziges Backsteinhaus, das er mit dem Erlös aus dem Verkauf seines Beach Resort gekauft hat.«

Nach dieser Aussage war es erst einmal still im Raum, bis Claire schließlich das Schweigen brach. »Woher wissen Sie, wo Palmer wohnt, Inspector?«, fragte sie und sah ihm direkt in die Augen.

»Weil ich dort war«, erwiderte Wilkes bekümmert.

»Bei Palmer zu Hause?«, fragte Nick erstaunt.

»Der Polizeipräsident hat mich vor etwa eineinhalb Jahren zu einer Party dorthin geschleift«, antwortete Wilkes. »Sie sind einen Block entfernt voneinander in Flatbush aufgewachsen. Palmer ist auch eng mit dem Bürgermeister befreundet. Himmel, ich habe mich auf dieser Party ein paar Minuten lang mit dem Mann unterhalten. Ich habe ihm erzählt, ich würde einen Urlaub planen, und er hat mir Costa Rica und die Ferienanlage, die ihm früher gehörte, wärmstens ans Herz gelegt.«

Er verstummte, und Nick wusste genau, was ihm durch den Kopf ging: Sie waren dabei, einen politischen Shitstorm der Kategorie fünf zu verursachen, und Wilkes befand sich mittendrin.

»Und das ist alles ganz sicher«, wandte sich Wilkes an Nick. »Todsicher?«

»Ja, Sir«, sagte Nick. »Was sollen wir tun?«

Wilkes holte tief Luft und stand auf. Nick sah, dass sein alter Boss zurück war.

»Sie werden verdammt noch mal gar nichts machen, bis ich es sage«, knurrte er mit der drohenden Stimme, die Nick so gut kannte.

»Boss«, sagte Savarese, »vielleicht sollten wir das Arschloch beschatten lassen für den Fall, dass er zu einem neuen Mord loszieht.«

»Wir machen gar nichts, habe ich gesagt«, wiederholte Wilkes lauter. Dann fuhr er etwas gemäßigter fort: »Bis ich mich mit Chief Dolan besprochen – was ich heute Abend tun werde – und grünes Licht bekommen habe, unternimmt niemand das Geringste.« Er sah Nick und Claire direkt an. »Und das gilt besonders für euch zwei Nobodys. Alles klar?«

»Glasklar«, erwiderte Nick.

Nick sah die Sonne hinter den Gebäuden auf der anderen Seite des Central Park verschwinden, als er mit Claire zu seinem Backsteinbau ging. Sie blieben an der Treppe stehen, und er blickte zu dem verblassenden Licht im Westen. Claire stand neben ihm und wusste Bescheid.

»Besser ich genieße diesen Anblick, solange ich es noch kann«, sagte er, bemüht, sich in die Unvermeidlichkeit seines Schicksals zu fügen.

Er hatte sie nicht aufgefordert, noch hereinzukommen, und Claire hatte nicht den Eindruck, dass er es noch tun würde. »Ich gehe raus zur Avenue und versuche ein Taxi zu bekommen«, sagte sie.

Nick wandte den Blick nicht von dem wundervollen Gemälde des Sonnenuntergangs. »Wieso nehmen Sie nicht einfach meinen Wagen?«, fragte er.

»Den haben wir doch zurückgegeben«, erinnerte ihn Claire.

»Nein, nicht den von der Polizei. Ich habe ein Privatauto. Im Moment benutzt es allerdings ein Freund mehr oder weniger ständig, weil er einen kostenlosen Parkplatz hat.«

»Einen kostenlosen Parkplatz, in dieser Stadt?«, fragte Claire skeptisch.

»Sein Vater ist letztes Jahr gestorben. Er hat die Eigentumswohnung bekommen und den Tiefgaragenplatz dazu, aber der Mercedes ist an seine Schwester gegangen. Ich hatte keine Verwendung für die Scheißkarre, deshalb hat er sie mir vorübergehend abgenommen.«

»Vorübergehend?«, fragte Claire in dem Wissen, dass sein Sehvermögen nur immer schlechter werden würde.

»Bis Jill den Führerschein gemacht hat«, erwiderte Nick. Die Sonne war inzwischen verschwunden, und er drehte sich zu Claire um. »Peter fährt das verdammte Ding nur am Wochenende, und Sie bräuchten nicht immer ein Taxi, um zu mir zu kommen. Wenn ich schon die Versicherung für den Wagen bezahle, kann ihn ruhig auch jemand benutzen.«

»Danke, aber falls Ihr Freund Peter nicht zufällig in meiner Nähe wohnt und mich seinen Parkplatz weiter benutzen lässt, kann ich mir keine fünfhundert Dollar im Monat für einen Tiefgaragenplatz leisten.«

»Sie parken einen Block von Ihrem Gebäude entfernt beim Revier Midtown South, auf dem Gehsteig, wo die Cops, die dort arbeiten, ihre Privatautos abstellen.«

»Und sie werden nicht abgeschleppt?«

»So parken Polizisten, wenn sie mit dem Wagen in die Stadt fahren. Selbst diejenigen, die schon im Ruhestand sind, tun es. Ich gebe Ihnen eine Genehmigung, die Sie auf das Armaturenbrett legen, und niemand wird ihn anrühren.«

Claire war es peinlich, und doch war sein Angebot eine

große Erleichterung. Mit einem Wagen würden sie Geld für Taxis sparen, und Detective Simms müsste sie nicht in offiziellen dienstlichen Angelegenheiten durch die Gegend kutschieren. Noch wichtiger war, dass der Wagen eine große Hilfe sein würde, wenn sie in *nicht offiziellen* dienstlichen Angelegenheiten mobil sein mussten.

»Wenn Sie meinen, das geht«, sagte Claire, »dann behalte ich ihn einfach, bis wir mit dem Fall fertig sind.«

»Sicher«, antwortete Nick nur. »Sollen wir ihn gleich holen?«

»Gern«, sagte Claire und lächelte.

Sie lächelte allerdings nicht mehr, als sie sah, was Nick als Auto bezeichnete: einen roten Jeep Cherokee, Baujahr 1989, verbeult von jahrelangem Parken auf der Straße. Der Wagen sah aus, als gehörte er eher auf einen Schrottplatz als in die blitzsaubere Tiefgarage eines Gebäudes mit luxuriösen Eigentumswohnungen.

»Beurteilen Sie das Buch nicht nach dem Einband«, sagte Nick, der spürte, was sie dachte. »Er läuft tadellos und hat erst siebzigtausend Kilometer auf dem Tacho.«

»Und Sie lassen zu, dass man Sie darin sieht?«, fragte Claire ungläubig.

»Er ist abbezahlt«, entgegnete Nick. »Und in dieser Stadt interessiert es kein Schwein, was für ein Auto man fährt. Wenn das Ding ein Sicherheitsrisiko wäre, würde ich Sie nicht einmal in seine Nähe lassen, mein Wort drauf.«

Claire sah ihn finster an, als sie sich hinter das Lenkrad setzte und den Zündschlüssel umdrehte. Wie Nick gesagt hatte, klang der Motor einwandfrei, und das Wageninnere war makellos sauber. Sie fühlte sich nicht nur besser, sondern auch dankbar. Vielleicht würde sie den Jeep sogar benutzen, um am Wochenende der Stadt zu entfliehen.

»Danke. Tut mir leid, dass ich vorschnell geurteilt habe«, sagte sie. »Soll ich Sie zu Hause absetzen?«

»Ach was, ein kleiner Spaziergang wird mir guttun«, sagte er. »Die Parkerlaubnis liegt im Handschuhfach. Fahren Sie einfach die 51st Street hinauf, über die Third Avenue und suchen Sie sich dann einen Platz möglichst nahe an der Lexington. Und holen Sie mich morgen um sieben ab. Wir fahren zum Hauptquartier und parken hinter dem Gebäude in der Madison Street.«

»Okay«, sagte sie und legte den Gang ein, dann parkte sie aus und fuhr die Rampe hinauf, während Nick im Rückspiegel immer kleiner wurde.

Sie bog auf die Straße und fuhr ein kurzes Stück, bis sie an der Ecke an einer roten Ampel halten musste. Da ihr einfiel, dass sie die Rückspiegel nicht eingestellt hatte, tat sie es jetzt, erst den auf der linken Seite, dann den auf der rechten. Und in diesem sah sie, wie Nick aus dem Gebäude seines Freunds kam und die Straße entlangging.

Nur dass er in die falsche Richtung geht, wurde ihr klar. *Das ist die entgegengesetzte Richtung zu seiner Wohnung.* Warum sollte er lügen und nicht nach Hause gehen? Vor allem nach Sonnenuntergang und ohne seinen Hund Cisco.

Ein wütendes Hupen hinter ihr machte sie darauf aufmerksam, dass die Ampel auf Grün geschaltet hatte. Sie fuhr einmal um den Block, sah Nick dann auf der linken Straßenseite in ein Taxi steigen und hielt direkt rechts neben dem Wagen. Da sowohl ihr Fenster als auch die des Taxis offen waren, hörte sie, was er zu dem Fahrer sagte.

»79th und Broadway.«

»Wozu?«, rief Claire.

Nick drehte sich um und sah sie. »Nichts für ungut«, sagte er zu dem Fahrer und warf ihm zwei Dollar fürs Anhalten hin. »Ich habe eine kostenlose Mitfahrgelegenheit.«

Er schloss die Tür und kam um den Jeep herum zur Beifahrerseite.

»Sie fahren nach Norden?«

»Ich hatte es eigentlich nicht vor«, sagte sie misstrauisch. »Was ist 79th und Broadway?«

»Eine Kneipe, in die ich gern gehe.«

»Blödsinn«, erklärte Claire. »Sie wollen Palmers Haus bewachen. Trotz eines direkten Befehls von Ihrem Boss ...«

»Wir können nicht warten, bis er zum Chief of Detectives geht«, unterbrach sie Nick.

»Er sagte, er würde es heute Abend tun«, sagte Claire, die sich Sorgen wegen der Auswirkungen machte, falls Wilkes herausfand, dass Nick wieder einmal ungehorsam war.

»Und wenn Palmer heute Nacht beschließt, eine weitere Frau zu zerstückeln?«

»Was zum Teufel gedachten Sie dann allein zu unternehmen? Ihn verfolgen? Im Dunkeln, ohne Ihren Hund, wenn Sie kaum noch den eigenen Fuß auf dem Gehsteig erkennen?«

»Ich sehe noch gut genug«, brummte er. »Und ich will nicht eine tote Frau auf dem Gewissen haben, wenn ich die Chance gehabt hätte, es zu verhindern.«

»Sagen Sie das, um mich in Ihren kleinen Plan hineinzuziehen?«, fragte Claire. Die Spannung zwischen ihnen nahm spürbar zu.

»Sie hineinziehen? Sie waren diejenige, die mich in diese Kursgeschichte hineingezogen hat.«

»Es wäre keine schlechte Art, sich den Lebensunterhalt zu verdienen, oder? Wenig Druck, anständige Bezahlung, zusätzlich zu Ihrer Pension. Oder Sie bleiben im Dienst und unterrichten nebenbei.«

»Hören Sie auf, mein Leben zu planen!«, schrie Nick,

stieg aus und stürmte die Straße entlang, gegen den Einbahnstraßenverkehr. Claire legte den Rückwärtsgang ein und setzte neben ihn.

»Es geht nicht nur um Ihr Leben, sondern auch um das Ihrer Mädchen«, sagte Claire.

»Sie sind nicht ihre Mutter!«, rief Nick.

Claire trat auf die Bremse. »Nein, aber Sie sind ihr Vater! Haben Sie überhaupt an die beiden gedacht? Denn Ihre Zukunft wirkt sich auf sie aus. Wenn Sie also schon nicht Ihr eigenes Leben nach dem Abschied aus dem Polizeidienst planen wollen, dann planen Sie wenigstens für die beiden.«

Es ging so schnell, dass Claire nicht wusste, wie ihr geschah. Im nächsten Moment war Nick im Wagen, beugte sich über den Vordersitz, zog ihren Kopf zu sich und küsste sie. Claire war erst überrascht und verlegen, und dann wurde ihr klar, dass sie genau das gewollt hatte. Sie erwiderte den Kuss und verlor sich darin. Mindestens eine Minute verging, ehe sie sich plötzlich zurückzog. Unfreiwillig. Als hätte eine unsichtbare Kraft sie am Kragen gepackt und würde sie nicht mehr loslassen.

»Ich ... es tut mir leid«, sagte Nick in dem Glauben, eine Grenze überschritten zu haben.

»Kein Grund, sich zu entschuldigen«, erwiderte Claire. »Es ist ... einfach passiert.«

»Ich weiß nicht, warum ich ...« Nick verstummte, überrascht, was über ihn gekommen war.

»Schon gut«, versicherte ihm Claire. »Aber vielleicht sollten wir alles auf einer professionellen Ebene belassen.«

»Gut«, antwortete Nick, öffnete die Wagentür und stieg aus.

»Sie machen keine Dummheiten heute Nacht, oder?«

»Nein«, sagte er grinsend.

Claire war skeptisch. »Versprochen?«

»Großes Ehrenwort.«

Er hob die Hand, und Claire sah ihn da stehen vor dem fast dunklen Himmel mit den letzten roten und orangefarbenen Streifen darin und dachte, wie gut er aussah. »Ich rufe an, wenn ich morgen früh bei Ihnen bin«, sagte sie.

Nick schloss die Tür. Claire fuhr davon, im Rückspiegel sah sie, wie er ihr nachblickte. Sie fragte sich, ob er dasselbe dachte wie sie.

Wieso habe ich mich zurückgezogen, obwohl ich ihn wollte? Wieso führe ich Krieg gegen mich selbst?

Nick wartete, bis der Jeep um die Ecke gebogen war. Es war ihm peinlich, dass er sie geküsst hatte – was war über ihn gekommen? Immerhin hatte sie den Kuss erwidert. Er war sich sicher, dass sie auf ihn reagiert hatte …

Oder war sie nur zu überrascht gewesen, um ihn zurückzustoßen?

Er hielt sich ungern für einen Arsch, der die Situation ausnutzte. Als er nach Hause kam, wusste er, er musste etwas tun, damit er sich besser fühlte.

»Hi, Dad«, hörte er die Stimme seiner jüngeren Tochter Katie.

»Ich bin gleich bei euch«, rief Nick. Er hörte, dass sie in der Küche Teller auf den Tisch stellten. Aber er musste erst noch einen Zwischenstopp einlegen.

Er bog hinter der Eingangstür direkt in die kleine Gästetoilette ab und verschloss die Tür. Dann ließ er das Wasser im Waschbecken laufen, obwohl er nicht die Absicht hatte, sich die Hände zu waschen. So leise wie möglich hob er den Deckel vom Spülkasten und tastete auf der Innenseite nach …

Aber da war nichts!

In panischer Angst schaute er im Spülkasten nach.

Die Waffe war verschwunden!

Er ging in Gedanken hektisch seine Schritte durch. Das verdammte Ding war so schwer aus- und einzuwickeln, dass er seit Monaten nicht nach ihm geschaut hatte. Wenigstens nicht, soweit er sich erinnerte. Aber vergaß er etwas? Hatte er sie woanders versteckt?

Oder, schlimmer noch, hatte eins der Mädchen sie gefunden? Nein, sie hätten mich doch darauf angesprochen …

»Dad, geht es dir gut?«, ertönte die Stimme seiner Tochter Jill auf der anderen Seite der Tür.

»Ja, alles in Ordnung«, rief er zurück und setzte den Spülkastendeckel wieder auf.

Er öffnete die Tür und sah Jill besorgt davorstehen. »Was hast du da drin herumgeklappert?«, fragte sie.

»Die Klospülung hat heute Morgen nicht richtig funktioniert, ich habe nur nachgesehen, ob das verdammte Ding nicht womöglich die Wohnung überflutet.«

Falls Jill die Waffe genommen hatte, ließ sie sich nichts anmerken. »Ach so. Abendessen ist gleich fertig«, sagte seine Tochter, und in ihrer Stimme schwang die Autorität ihrer neuen Rolle als der »Frau im Haus« mit, die sie seit dem Tod ihrer Großmutter innehatte.

Katie kam hinzu und schlang die Arme um ihn. »Es gibt dein Lieblingsessen – Hackbraten. So wie Grandma ihn gemacht hat, mit den Bröseln.«

»Eben nicht genau wie Grandma ihn gemacht hat«, verbesserte Jill. »Ich glaube, ich habe es jetzt richtig nach Rezept hinbekommen.«

»Davon bin ich überzeugt«, sagte Nick, während Cisco schwanzwedelnd zu seinen Füßen auftauchte. Er setzte sich gehorsam auf die Hinterpfoten, und Nick tätschelte ihn. »Und ich kann es kaum erwarten, ihn zu probieren. Aber ich glaube, erst braucht Cisco noch ein wenig frische Luft.« Er sah den Blick auf ihrem Gesicht. »Wenn es recht ist.«

»Ach komm, Dad. Das Essen ist heiß. Und es steht auf dem Tisch«, sagte Jill.

Nick küsste seine Tochter auf die Wange. »Dann gehe ich eben nach dem Essen mit ihm«, meinte er.

Er folgte seinen Töchtern mit dem Hund in die Küche, wo er vorübergehend alles andere als seine beiden Mädchen und das Abendessen, das sie zubereitet hatten, vergaß. Der Hackbraten war sogar noch besser als der von seiner Mutter.

»Etwas ist anders«, sagte er.

»Die Sauce«, klärte ihn Jill auf. »Ich habe eine mit drei verschiedenen Sorten Käse versucht.«

»Du meinst, anstelle des Ketchups, das Grandma genommen hat?«, sagte Nick und aß noch einen Bissen.

»Ketchup enthält zu viel Zucker, Daddy«, erklärte Katie wie eine Mutter, die ihr Kind tadelt. »Grandma hätte dich nicht so viel davon essen lassen sollen.«

»Zu Grandmas Zeiten hat man auf solche Dinge nicht sehr geachtet«, sagte Nick. »Aber du hast recht.«

Cisco sprang plötzlich am Tisch hoch, der Geruch von Fleisch und Käse war trotz seiner Ausbildung zu viel für ihn. Alle lachten, als Nick ihn am Halsband packte und von dem Essen wegzerrte.

»Für dich gibt es nichts von dem, was wir essen, mein Freund«, sagte er.

Cisco saß da und schaute ihn bettelnd an. Nick sah ihm fest in die Augen. »Das wird nicht funktionieren, weder heute noch irgendwann«, versicherte er dem Hund. »Jetzt geh und warte an der Tür.« Cisco folgte gehorsam, wenn auch sehr langsam, den Schwanz zum Zeichen seiner Niederlage eingezogen, wie es nur ein Hund kann.

Der Hackbraten war nicht die einzige Verbesserung gegenüber den Kochkünsten von Nicks Mutter. Er biss in ein dampfendes Brokkoliröschen, staunte darüber, wie knackig es war, und registrierte dankbar, dass seine Töchter nicht ausnahmslos jedes Gemüse zu Brei kochten, wie es seine Mutter getan hatte.

Er entspannte sich und erfreute sich an dem einzigen Ort, an dem ihm die Außenwelt nichts anhaben konnte. Das Gefühl verflog jedoch rasch, als ihm Claires Worte vor seinem spontanen Kuss – oder besser, seinem Überfall auf sie – in den Sinn kamen. Hatte sie recht, bot er seinen Töchtern genügend Sicherheit?

Oder war er so mit seiner Rückkehr zu richtiger Polizeiarbeit und seiner bevorstehenden Blindheit beschäftigt, dass er seine Pflichten als Vater vernachlässigte?

Nick stand auf, küsste beide Töchter auf die Wangen und legte ihnen die Hand auf die Schulter. Nicht an solche spontanen Zuneigungsbekundungen seitens ihres Vaters gewöhnt, sahen ihn beide an, als wäre er nicht ganz bei Trost.

»Wofür war das?«, fragte Jill.

»Ihr wisst, wie sehr ich euch beide liebe, oder?«

»Natürlich wissen wir es, Dad«, antwortete Katie leichthin.

»Ich meine es ernst«, sagte Nick. »Ich weiß, es war schwer, seit eure Mom tot ist. Und ich weiß, ich bin nicht genügend hier – manchmal nicht einmal, wenn ich zu Hause bin.«

»Dad, was ist los?«, fragte Jill.

»Hört einfach zu, okay? Ich mache es wieder gut. Wir fahren in Urlaub – vielleicht irgendwohin wie …«

»Hawaii?«, fragte Katie aufgeregt und führte ihre Version eines Hula-Hula-Tanzes vor. Nick hatte ihr vor Jahren Bilder einer Reise dorthin gezeigt, die er vor seiner Heirat unternommen hatte, und seitdem schwärmte Katie für die Inseln.

»Sicher, warum nicht«, sagte Nick und lächelte, als er Katie so glücklich sah. Seit dem Tod ihrer Mutter hatte es wenige solche Augenblicke für die beiden gegeben.

»Nur wir drei?«, fragte Katie, um sich zu vergewissern, dass er es ernst meinte.

»Nur wir drei«, sagte Nick und bemerkte einen spöttischen Zug im Gesicht seiner älteren Tochter. »Was ist?«, fragte er.

»Vielleicht solltest du jetzt lieber Cisco nehmen und auf deinen Drink gehen«, sagte Jill.

»Okay«, erwiderte Nick. »Aber ich meine es ernst. Wir fahren in den Weihnachtsferien.«

»Wenn du das sagst, Dad«, antwortete Jill. »Nur wir drei.«

Claire saß am Steuer von Nicks Jeep, der am Straßenrand geparkt war, und spähte in eine Seitenstraße. Sie war nach Hause gefahren, hatte sich umgezogen und trug jetzt Jeans und eine dunkelblaue Baumwollbluse. Sie war schon eine Weile hier, weil sie sich an die letzten Strahlen Sonnenlicht bei ihrem Eintreffen erinnerte. Jetzt kam alles Licht nur noch von den Straßenlaternen und den Scheinwerfern der vorbeizischenden Autos.

In ihrem Kopf herrschte Aufruhr. Sie spielte den Kuss mit Nick immer wieder durch und fragte sich, wieso sie mehr davon gewollt hatte und dann doch zurückschreckte, als hätte sie etwas fürchterlich Falsches getan.

Habe ich ihn deshalb wieder in mein Leben geholt?

Ging es um mehr, als dass er mir helfen sollte, Rosas Mörder zu finden?

Sie dachte an Amy an jenem Tag in der Einfahrt ihrer Eltern, als ihre Freundin entführt wurde. Dieser Tag markierte das Vorher und Nachher ihres Lebens. Nachdem sie Amy verloren hatte, hörte sie auf, etwas zu empfinden. Sie erinnerte sich, wie sie zu ihrem Vater gesagt hatte, sie würde nie wieder traurig sein, und sie sorgte dafür, dass sie dieses Versprechen hielt. Wann immer etwas Beunruhigendes geschah, schaltete sie ihre Gefühle ab, machte dicht. Sie gewöhnte sich so daran, sich vom Leben abzusondern, um jeden Schmerz zu vermeiden, dass sie bald nicht mehr wusste, wie man überhaupt etwas empfand. Und jetzt, insbesondere nach dem Erlebnis mit Nick heute Abend, wünschte sie sich verzweifelt, etwas zu fühlen. Aber konnte sie es noch?

Kann ich mich je selbst befreien?

Wenn sie nicht in die Nebenstraße gespäht hätte, hätte sie den grünen Blitz nicht bemerkt, der sie aus ihren Gedanken riss. Er war zu schwach und zu kurz, als dass er von einer umschaltenden Ampel stammen konnte.

Sie griff nach dem Fernglas, das sie aus ihrer Wohnung mitgebracht hatte, und erkannte genau das, was sie erwartet hatte.

Nick. Er hielt Ciscos Leine in einer Hand und seine Videokamera in der anderen. Das grüne Licht kam vom Nachtsichtmodus der Kamera, und sie war auf Victor Palmers Backsteinhaus gerichtet.

Aus diesem Grund stand sie hier, an der Ecke von West End Avenue und 78th Street. Denn sie hatte Nicks Versprechen, sich von Palmer fernzuhalten, nicht einen Moment lang geglaubt. Und sie war entschlossen, ihn vor sich selbst zu schützen.

Die Videokamera half, erkannte Nick, mehr noch als früher, weil sein Sehvermögen im letzten Jahr stark nachgelassen hatte. Die Reise durch die Dunkelheit wurde schwieriger, selbst mit Cisco. Er wollte nicht den Anschein erwecken, als würde er Cisco als Blindenhund benutzen. Er fühlte sich schlecht, weil er Claire belogen hatte, und er war sich ziemlich sicher, dass sie genau wusste, was er trieb. Aber er würde kein Risiko eingehen. Sollte Victor Palmer heute Nacht wieder losziehen, um zu töten, dann würde Nick da sein, um ihn aufzuhalten.

Er bezog etwa zwanzig Meter westlich des Broadway auf dem Gehsteig Stellung, wo ihn Palmer seinem Gefühl nach nicht entdecken konnte. Er schaltete die Kamera ein, stellte auf Nachtsichtmodus und zoomte auf Palmers Eingangstür, während ein Pärchen händchenhaltend im Vordergrund vorbeispazierte.

Bin ich dabei, mich in sie zu verlieben?

Er unterdrückte den Gedanken, als ein Mann zwischen ihm und Palmers Haus vorbeiging.

Etwas an dem Mann veranlasste Nick, ihm mit der Kamera zu folgen, als er sich auf derselben Straßenseite wie Palmers Haus in Richtung West End Avenue entfernte. Der Mann bewegte sich schnell, über seine Schulter hing eine schwer aussehende Reisetasche. Nick konnte sich nicht erinnern, ihn gesehen zu haben, bevor das Paar vorbeigegangen war, was bedeutete, er musste aus einem der Backsteinhäuser in dem Block gekommen sein.

War es Palmer?

Er sah zu Palmers Gebäude. Es war unbeleuchtet. Nick wusste, es blieb ihm nichts anderes übrig, als es herauszufinden. Er ging zum gegenüberliegenden Ende des Blocks, aber nicht zu schnell, damit ihn der Mann nicht sah und misstrauisch wurde.

Der Mann erreichte die Ecke und wechselte auf Nicks Seite der Straße, dann überquerte er die West End Avenue.

Mist. Wenn es Palmer war, habe ich es vermasselt.

Er ging weiter zur Ecke, blieb stehen und richtete die Kamera auf die andere Straßenseite. Was er sah, schockierte ihn.

Der Mann war eindeutig Palmer, und er sprach mit einer Frau, die auf dem Gehsteig neben einem roten Jeep Cherokee stand.

Seinem roten Jeep Cherokee.

Claire hatte das Paar ebenfalls vorbeigehen sehen und Sekunden später den Mann mit der Reisetasche. Obwohl er sich schnell bewegte und auf der anderen Straßenseite war, erkannte ihn Claire als Victor Palmer.

Er trägt eine Reisetasche. Was befindet sich darin? Knochen?

Sie hob das Fernglas an die Augen und richtete es in die 78th Street. Von Nick war nichts zu sehen. Sie musste handeln.

Sie stieg aus, ging zum Heck des Jeeps und öffnete die Klappe. Dann hob sie die Abdeckung des Reservereifens an, holte die Glock aus der Vertiefung und hatte sie gerade in ihre Tasche geschoben, als eine Stimme vom Gehsteig ertönte.

»Alles in Ordnung, Miss?«

Claire drehte sich um.

Palmer stand direkt vor ihr und lächelte. Sein kräftiges weißes Haar war tadellos geschnitten, und er trug einen dunkelblauen Kaschmirpullover, eine graue Leinenhose und weiche braune Lederhalbschuhe.

Irgendwie fand sie den Mut zurückzulächeln.

»Danke, alles in Ordnung.«

Sie hoffte, Palmer würde weitergehen, aber er blieb bei ihr stehen.

»Es ist nur so, dass ich Sie gesehen habe und die offene Abdeckung für das Reserverad, und na ja, es ist mitten in der Nacht, und eine schöne Frau wie Sie sollte einen Platten nicht allein wechseln müssen.«

Claire verstand jetzt, wie dieser Mann seine Opfer einwickelte. *Und falls er auf der Suche nach einem neuen ist, mache ich es ihm leicht.*

»Ich habe keinen Platten«, sagte sie lachend, damit er nicht bemerkte, was für schreckliche Angst sie hatte. »Und danke für das nette Kompliment. Ich bewahre ein paar Werkzeuge hier hinten auf, und ich habe nur nach einem Schraubenzieher gesucht …« Und dann beschloss sie, sich zu vergewissern. »Verzeihung, aber ich habe Ihren Namen nicht verstanden.«

»Victor. Und Ihrer, meine Liebe?«

»Claire. Und es ist sehr nett von Ihnen, dass Sie stehen bleiben und Hilfe anbieten.«

»Entschuldigen Sie, ist hier alles in Ordnung?«, ertönte Nicks Stimme aus ein paar Schritten Entfernung. Claire war so auf Palmer konzentriert gewesen, dass sie nicht gesehen hatte, wie er mit Cisco die Straße überquerte und sich ihnen näherte. Sie beschloss, so zu tun, als würde sie Nick nicht kennen, aber als sie gerade zu sprechen ansetzte, ging Palmer in die Offensive.

»Ja, alles in Ordnung, Sir«, sagte er.

»Kennen Sie diese Frau?«, fragte Nick.

Palmer schien verwirrt zu sein. Wer war dieser Mann, der, seinem Hund nach zu urteilen, nicht viel sehen konnte und ihn hier ausquetschte?

»Ja, ich kenne sie. Ihr Name ist Claire. Allerdings dürfte Sie das kaum etwas angehen.«

»Doch, Sir, es geht mich sehr wohl etwas an«, sagte Nick und zog seine goldene Detective-Dienstmarke aus der Tasche. »Ich wohne ein paar Straßen entfernt, und wir hatten Beschwerden wegen Einbrüchen in der Nachbarschaft.«

»Tatsächlich?«, fragte Palmer misstrauisch.

»Als ich Sie hier mit Ihrer Reisetasche gesehen habe, kam es mir merkwürdig vor, das ist alles«, erklärte Nick.

»Dann sollten Sie vielleicht einen Kollegen anrufen, der tatsächlich etwas sieht«, sagte Palmer verärgert und musterte Ciscos Assistenzhundweste. »Ich habe nämlich gerade das Haus abgesperrt, als ich ein grünes Leuchten vor meinem Fenster bemerkt habe.«

»Ein grünes Leuchten?«, stellte sich Nick dumm.

»Wie von einem Nachtsichtgerät«, erläuterte Palmer. »Oder von der Kamera hier in Ihrer Hand.«

Claire und Nick schauten das Beweisstück an.

»Sie haben die Kamera auf mein Haus gerichtet. Und ich lebe allein.«

»Ich habe sie auf die gesamte Nachbarschaft gerichtet«, sagte Nick.

Palmer tat, als wäre er beruhigt, aber Nick und Claire wussten es besser. »Ich denke, es ist schon richtig, wenn Sie die Gegend vor Einbrechern schützen, Detective.«

»Haben Sie deshalb das Haus mit einer Reisetasche verlassen?«, fragte Nick. »Hatten Sie Angst, jemand könnte Ihre Wertsachen stehlen?«

»Ja, denn wenn jemand mein Haus beobachtet, soll er nichts zu sehen bekommen. Wenn Sie es unbedingt wissen müssen, ich hatte vor, bei einem Freund zu schlafen.«

»Wunderbar, dann sagen Sie mir nur rasch, wer der Freund ist und wo er wohnt, und schon sind wir hier fertig.«

Es war, als hätte ihn Nick nach der chemischen Formel

für Benzin gefragt. »Ich … Ich glaube nicht, dass Sie das etwas angeht«, stammelte Palmer, und Nicks Polizistenverstand sagte ihm, er hatte ihn in die Enge getrieben. Palmer schien jedoch seine Gedanken zu lesen und versuchte etwas Neues. »Ich wollte eigentlich meine Freundin Claire hier fragen, ob sie mich hinüberfahren kann.«

Palmer schaute Claire nicht an. Aber wenn er gedacht hatte, sie würde sein Märchen stützen, sah er sich bitter getäuscht.

»Freundin? Wir sind uns eben zum ersten Mal begegnet«, sagte sie und sah Nick an. Sie spielte ihre Rolle perfekt. »Ich habe etwas hinten aus dem Wagen geholt, da sprach er mich an. Ehrlich gesagt, habe ich mich ein klein wenig gefürchtet, Detective.«

Hab ich dich, dachte Nick. »Sir, lassen Sie die Tasche fallen und legen Sie beide Hände auf die Kühlerhaube des Jeeps«, sagte er.

Aber Palmer tat keins von beidem.

»Sie wollen mich nicht etwa filzen, oder?«, fragte er in gespielter Überraschung. »Falls es nämlich einen Unterschied macht: Der Polizeipräsident ist ein Freund von mir, und ich habe seine Handynummer im Kurzwahlverzeichnis.«

»Ach, viel kann mir der Polizeipräsident nicht anhaben«, meinte Nick.

»Er kann Ihnen jede Menge anhaben, wenn er erfährt …«

Palmer brachte den Satz nicht zu Ende. Nick packte ihn blitzschnell an den Schultern und stieß ihn mit dem Gesicht voran auf die Kühlerhaube des Jeeps.

»Maul halten und keine Bewegung«, befahl er.

Claire sah, wie sich Palmers rechte Hand um die Tasche schloss, und sie wusste, was kommen würde.

»Vorsicht!«, rief sie.

Zu spät. Palmer rammte Nick die Tasche in den Bauch, was diesen rückwärtstaumeln ließ, bis er stürzte, mit dem Kopf auf dem Gehsteig aufschlug und das Bewusstsein verlor.

»Halt!«, schrie Claire. Cisco sprang auf Palmer zu, konnte ihn aber nicht erreichen, weil Nick auf der Leine lag. Im Nu hatte Palmer die Tasche geöffnet und griff hinein. Als er die Hand wieder herauszog, hielt er ein Fleischermesser.

»Was tun Sie da?«, schrie Claire.

Palmer näherte sich Nick, das Messer hinter dem Rücken.

»Ich werde sagen, es war Selbstverteidigung«, sagte er in einem unheimlichen Ton, wie besessen. »Ich wusste nicht, dass er ein Polizist ist.«

»Lassen Sie das Messer fallen, oder ich schieße«, rief Claire.

Palmer drehte sich um und sah, wie sie Nicks Waffe auf ihn richtete.

»Weg von ihm!«, befahl Claire.

»Seien Sie nicht voreilig, Claire«, sagte Palmer und ließ das Messer auf den Gehsteig fallen. Claire hielt die Waffe weiter auf ihn gerichtet, als er das Messer mit einem Fußtritt auf die Straße beförderte.

Aber Palmer stand noch, und das war ein Problem.

»Runter auf den Bauch, Hände auf den Rücken und die Beine spreizen.«

Palmer rührte sich nicht. Um ihren Worten Nachdruck zu verleihen, entsicherte Claire die Waffe. Falls Palmer bisher nicht geglaubt hatte, dass sie es ernst meinte, glaubte er es jetzt und ging langsam auf die Knie.

»Sie machen einen Fehler, Claire«, sagte er.

»Das denke ich nicht«, antwortete sie, kniete neben Nick nieder und sah, dass eine dünne Blutspur von seinem Hinterkopf auf den Gehsteig floss. Sie nahm die Handschellen und die Dienstmarke von seinem Gürtel.

»Auf den Boden, sofort!«

Mehrere Passanten hatten sich um sie geschart. Palmer wusste, er hatte keine Chance. Langsam legte er sich flach auf den Gehsteig. Claire hielt die Waffe auf ihn gerichtet, setzte sich rittlings auf seine Beine und legte ihm die Handschellen an.

Sie sah zu der Menschenmenge hinauf.

»Jemand soll 911 rufen!«, brüllte sie. »Sagen Sie, ein Polizeibeamter ist bewusstlos, und wir brauchen einen Notarzt!«

17

»Wie geht es ihm?«, fragte Wilkes, als er auf Claire zuging, die soeben aus der vollgestopften Notaufnahme des MSU Hospital kam, in der es chaotischer zuging als um 22.35 Uhr unter der Woche üblich, da drei Teams von Sanitätern gerade die Verletzten eines Verkehrsunfalls vorbeirollten; dazu kamen die üblichen Verdächtigen: Grippekranke, Schnittverletzungen, weil sich jemand noch ein Häppchen vor dem Schlafen machen wollte, Psychotiker, die lebhaft auf unsichtbare Feinde einredeten.

»Er ist benommen, aber stabil«, erwiderte Claire, die wusste, dass das, was sie und Nick getan hatten, nicht ohne Konsequenzen bleiben würde. »Sie machen noch eine CT von seinem Kopf, um sicherzugehen, dass keine Blutung vorliegt.«

Wilkes hörte auf, sich besorgt zu geben. »Oh, es wird reichlich Blut fließen«, sagte er. »Nach dem, was Sie beide sich heute Abend geleistet haben.«

»Ich kann alles erklären, Inspector …«

»Einen Scheißdreck können Sie«, knurrte er, packte Claire am Arm und führte sie in eine Ecke voller Infusionsständer. »Wissen Sie, was Victor Palmer in der Sekunde nach seiner Erfassung getan hat? Er hat seinen Telefonanruf in Anspruch genommen.« Wilkes trat dicht vor Claire und sprach ihr direkt ins Gesicht. »Er hat seinen *persönlichen* Freund, den gottverdammten Polizeipräsidenten, angerufen, der seinerseits unverzüglich mich anrief. Auf meinem gottverdammten Handy. Ich sagte, ich würde in dieser Minute einen aktuellen Bericht über Lawlers Zustand erwarten und ihn sofort zurückrufen. Aber in Wahrheit habe ich ihn abgewimmelt, weil ich ihm nicht das Geringste zu erzählen habe.«

Claire hatte den Inspector noch nie so wütend gesehen. Sein Gesicht war dunkelrot, und der Schweiß lief ihm über das Gesicht.

»Also fangen Sie lieber zu reden an, Dr. Waters, denn wenn ich den Polizeipräsidenten zurückrufe, will ich ihm etwas sagen können, was ihn davon abhält, mich wieder in eine Uniform zu stecken und den Fuhrpark managen zu lassen.«

»Sagen Sie ihm, es war alles meine Schuld«, sagte Claire.

Wilkes lachte ungläubig. »Spielen Sie keine Spielchen mit mir, Doc, denn das ist nicht der richtige Zeitpunkt dafür.«

»Schieben Sie es auf mich«, erklärte Claire mit Nachdruck. »Es ist die Wahrheit.«

»Ich soll Ihnen glauben, dass das Ganze nicht Nicks Idee war?«

»Es war nicht seine. Ich habe ihn direkt von Ihrem Büro nach Hause gebracht. Er sagte, ich soll seinen Wagen nehmen. Er musste mir versprechen, dass er nicht in Palmers Nähe kommt, und das hat er getan.«

Wilkes hielt inne. Dann zog er zwei Stühle heran und bedeutete Claire, Platz zu nehmen.

»Okay, Doc, wir machen es auf Ihre Weise«, sagte er.

Sie setzten sich einander gegenüber, ihre Knie berührten sich.

»Und dann?«, fragte er und sah ihr direkt in die Augen. »Nach diesem angeblichen Versprechen an Sie?«

»Ich bin nach Hause gefahren. Aber wir wissen alle, was von Nicks Versprechen zu halten ist«, meinte Claire und bemühte sich um einen leichten Ton.

»Ja, und von Ihren«, erwiderte Wilkes humorlos.

»Ich beschloss, selbst bei Parker vorbeizufahren«, sagte Claire.

»Tatsächlich?«, fragte er spöttisch.

»Ja, Sir. Nur um zu sehen, ob Nick da war.« Wilkes hasste den trotzigen Unterton in ihrer Stimme.

»Nachdem ich Ihnen beiden erklärt hatte, dass das auf keinen Fall in Frage kommt?«

»Eigentlich hatten Sie das nur Nick gesagt. Ich war nur zufällig im Raum. Und bei allem Respekt, Inspector, ich arbeite nicht für Sie, deshalb bin ich an Ihre Befehle nicht gebunden.«

Claires Worte erzürnten ihn. Er beugte sich zu ihr.

»Hören Sie gut zu, *Doktor«*, zischte er verächtlich. »Solange Sie an dieser Ermittlung mitwirken – was Ihr Wunsch war – und wie ich ganz am Anfang schon sagte, als ich Sie hinzuzog, sollten Sie verdammt noch mal besser tun, was ich sage.«

Claire wartete einen Moment, damit sich Wilkes abkühlen konnte; sie musste um Nicks willen vorsichtig zu Werke gehen.

»Jetzt erzählen Sie mir den Rest Ihrer Geschichte«, befahl Wilkes und lehnte sich zurück.

»Es wurde dunkel, und ich saß in Nicks Wagen, als Palmer plötzlich aus seinem Haus kam und in meine Richtung ging. Also stieg ich aus und öffnete die Heckklappe …«

»Wozu, verdammt?«

»Um die Waffe zu holen.«

»Die Waffe«, wiederholte Wilkes. Es gefiel ihm gar nicht, welchen Verlauf die Geschichte nahm.

»Aus der Vertiefung für das Reserverad«, antwortete Claire ungerührt.

Wilkes senkte die Stimme, aber sein Tonfall verriet seinen Zorn.

»Sie wollen mir also erzählen, Sie wussten, dass Nick Lawler, der blinde Polizist, dem es untersagt ist, Feuerwaffen jeder Art zu führen, eine Waffe bei seinem Reserverad versteckt hat?«

»Aber nein, Inspector«, sagte Claire und wusste, die Lüge, die sie jetzt gleich vorbrachte, musste überzeugend sein. »Die Waffe gehört mir.«

»Im Ernst?«, fragte Wilkes und unterdrückte ein Lachen. »Sie besitzen jetzt eine Waffe?«

»Sie können glauben, was Sie wollen«, erwiderte Claire.

»Und diese Waffe, die Sie *angeblich* besitzen ... wo haben Sie die her? Nein, warten Sie, lassen Sie es mich neu formulieren: Wann genau hat Ihnen Nick Lawler die Waffe gegeben?«

»Das hat er nicht«, sagte Claire.

»Wenn Sie sie nicht von Nick haben, von wem dann?«

»Meinem Onkel Scott.«

»Ihr Onkel hat Ihnen also eine Waffe gegeben.« Wilkes glaubte ihr kein Wort. »Als Geburtstagsgeschenk? Zu Weihnachten?«

»Zum Schutz«, erklärte Claire. »Nach allem, was letztes Jahr passiert ist.«

Wilkes hielt inne. Von allem, was sie bisher gesagt hatte, war es das Erste, das glaubhaft klang.

»Okay, Doc, okay«, sagte er in einem Tonfall, der nahelegte, sie könnte ihn eventuell überzeugt haben. »Und diese Kanone – die nicht registriert ist, wie ich annehme – schleppen Sie seitdem ohne Waffenschein – wie ich weiter annehme – durch New York?«

»Ich habe keinen Waffenschein, Inspector. Mein Onkel hat sie mir gegeben, damit ich sie in meiner Wohnung aufbewahre. Ich weiß im Grunde nicht, wie man sie benutzt, deshalb nehme ich sie nie irgendwohin mit.«

»Warum hatten Sie sie dann heute Abend bei sich?«, fragte Wilkes.

»Ich hatte sie nicht bei mir. Sie war in der Vertiefung für das …«

»Hören Sie mit diesen Haarspaltereien auf, junge Frau«, warnte er. »Ich könnte Sie auf der Stelle einlochen, wenn ich müsste. Warum haben Sie die Waffe mitgenommen?«

»Ich kann es nicht erklären. Ich dachte einfach, ich sollte eine bei mir haben.«

»Ich verstehe«, sagte Wilkes, der wusste, dass alles, was aus Claires Mund kam, blanker Unsinn war. Doch er erkannte auch, dass sie mit dieser Geschichte tatsächlich durchkommen könnten, wenn sie sich daran hielten. Er seufzte und stand auf.

»Und falls ich Ihre Geschichte über diesen geheimnisvollen Onkel erhärten müsste?«, fragte er, in der Annahme, sie würde auch diesen Aspekt abgedeckt haben. »Denn theoretisch könnte ich ihn ebenfalls hopsnehmen.«

»Ich gebe Ihnen sogar seine Adresse«, erwiderte Claire. »Ihn zu verhaften dürfte allerdings schwierig werden. Sein aktueller Wohnsitz ist der Mount-Hood-Friedhof oben in Rochester. Er ist letzten Januar an Krebs gestorben.«

Wilkes lächelte. »Und das soll ich dem Chief of Detectives und dem Polizeipräsidenten erzählen, richtig?«

»Es sei denn, Sie möchten, dass ich es ihnen selbst sage, Inspector. Was ich mit dem größten Vergnügen tun würde.«

Wilkes machte sich schweigend auf den Weg zum Ausgang. Claire folgte ihm.

»Ich würde ihnen nämlich Folgendes erzählen«, fuhr

Claire fort. »Nick ist zu Palmer gefahren, nachdem er mich mehrmals erfolglos telefonisch zu erreichen versuchte. Da er mich kennt, dachte er, ich sei bestimmt auf eigene Faust zu Palmer gefahren, und er wollte sicherstellen, dass Ihre Befehle befolgt werden und nicht eine dumme und unfähige Person wie ich den ganzen Fall vermasselt.«

Wilkes betrachtete sie. »Sie sind sehr vieles, Doc«, sagte er, »und ›durchtriebenes Miststück‹ steht weit oben auf der Liste. Aber dumm und unfähig kommt nicht einmal ganz unten vor.«

Claire lächelte ihn an.

»Okay«, sagte Wilkes und ging mit Claire durch die Automatiktür zur Rettungswagenzufahrt. »Jetzt, da Sie diesen Riesenhaufen Scheiße aufgetürmt haben, habe ich noch ein bisschen mehr davon, die Sie gleich obendrauf schaufeln können.«

»Her damit«, sagte Claire, bereit für alles, was Wilkes auftischen mochte.

»Folgendes: Palmer lügt wie gedruckt. Nicht nur haben Sie keine Waffe auf ihn gerichtet, sondern diese Waffe, die Sie nie hatten – und es interessiert mich nicht, ob es ein Erinnerungsstück an Ihren Onkel ist –, wird verschwinden.«

»Inspector, einige Passanten haben gesehen, wie ich die Waffe auf Palmer gerichtet habe.«

»Ich weiß, Sie sind neu in diesem ganzen Lügengeschäft, Doctor«, sagte Wilkes. »Aber wenn das Labor Lawlers Fingerabdrücke auf der Knarre und den Patronen findet, dann war's das für ihn.«

»Das wird kein Problem darstellen, Inspector«, entgegnete Claire und verzog keine Miene. »Denn die einzigen Abdrücke, die Sie irgendwo auf der Waffe oder der Munition finden werden, sind meine.«

Wilkes blieb erstaunt stehen. Nicht nur hatte Claire

praktisch zugegeben, Beweismaterial manipuliert zu haben – was er natürlich weder beweisen konnte noch wollte –, sondern sie hatte an alles gedacht. Im Augenblick war er froh, dass sie auf der Seite der Guten war.

»Wie Sie meinen, Doc. Aber wir lassen die Waffe trotzdem verschwinden. Wir können keine Fragen gebrauchen, wieso Sie eine nicht registrierte Waffe mit sich geführt haben. Verstanden?«

»Verstanden.«

»Wunderbar. Also, Palmer behauptet, er habe in Notwehr zu dem Messer gegriffen, weil er nicht geglaubt habe, dass Nick ein echter Polizist sei – was er im landläufigen Sinn auch nicht mehr ist. Wir haben vierundzwanzig Stunden Zeit, um den Hurensohn anzuklagen, und wenn es so weit ist, will ich nicht, dass es nur wegen tätlichen Angriffs geschieht. Ich will ihn wegen Mordes festnageln.«

»Ist das ein Befehl?«, fragte Claire.

»Allerdings«, bestätigte Wilkes, »auch wenn es nicht Ihre Stärke ist, diese zu befolgen. Wir wissen, was wir zu tun haben. Schaffen Sie es, eine Nacht durchzuarbeiten?«

»Das habe ich im Medizinstudium und während der Assistenzarztzeit ständig getan, Inspector. Kein …«

»Dr. Waters«, ertönte eine Stimme vom Eingang her. Sie gehörte Trina Cates, der hübschen jungen afroamerikanischen Neurologin, mit der Claire sich gut verstand.

»Trina, alles in Ordnung?«, fragte Claire und ging zu ihr.

»Kann ich Sie kurz sprechen?«

»Machen Sie nur«, sagte Wilkes, und die beiden Frauen entfernten sich ein Stück. »Was ist los?«, fragte Claire.

»Ihr Freund ist bei Bewusstsein«, sagte Trina leise, »aber es gibt ein Problem.«

»Ist auf seiner Tomografie etwas aufgetaucht?«

»Nichts Lebensbedrohliches. Aber wenn der Mann Polizist ist …« Sie zögerte. »Er ist ein Freund von Ihnen, deshalb dachte ich, Sie wollen als Erste einen Blick darauf werfen.«

»Was ist los?«, fragte Wilkes.

»Nur eine Beratung wegen eines anderen Falls«, sagte Claire. Die Lüge kam ihr mühelos über die Lippen. »Ich bin sofort wieder da.«

Nick versuchte sich aufzusetzen, als Claire und Trina den Behandlungsraum betraten.

»Schön, dass Sie wieder da sind«, sagte Claire erleichtert, weil er wohlauf war.

»Wie lange war ich weg?«, fragte er und legte sich wieder auf den Rücken.

»Etwa fünfundvierzig Minuten, nach Dr. Waters' Angaben«, erklärte Trina und überprüfte seine Vitalfunktionen auf einem Monitor über dem Bett. »Sie haben Glück, Detective. Ihre Tomografie zeigt keine Blutung im Schädelinnern.«

»Warum war ich dann so lange weggetreten?«, fragte Nick und dachte, dass etwas mit ihm nicht stimmen konnte, wenn er in der Notaufnahme an Monitore angeschlossen war. »Was erzählen Sie mir nicht?«

»Sie haben eine Gehirnerschütterung«, erklärte Trina und legte Autorität in ihre Stimme. »Und wir behalten Sie hier, damit wir über Nacht ein Auge auf Sie werfen können.«

»Sie meint, Sie müssen es ruhig angehen lassen«, sagte Claire, die auf der anderen Seite des Betts stand. Bis zu ihrem Gespräch mit Wilkes war sie seit dem Eintreffen der Ambulanz in der West End Avenue an seiner Seite geblieben. Die Sanitäter hatten sie mitfahren lassen, weil sie

Ärztin war, und obwohl das Roosevelt Hospital näher lag, hatte sie darum gebeten, Nick ins MSU zu bringen, wo sie Vorrechte hatte und fast das gesamte Personal der Notaufnahme kannte. Und wo sie sich darum kümmern konnte, dass Nicks Geheimnis gewahrt blieb.

»Sie weiß Bescheid, oder?«, fragte er Claire und wies mit einem Kopfnicken zu Trina Cates.

»Ja, Mr. Lawler«, sagte Trina. »Ich habe eine gründliche neurologische Untersuchung durchgeführt und mir dabei auch Ihre Netzhäute angesehen.« Trina warf einen Blick zu Claire, ehe sie fortfuhr. »Da Ihre Vorerkrankung keine Auswirkungen auf Ihre Kopfverletzung hat, sehe ich keinen Grund, sie in das Krankenblatt aufzunehmen.«

»Danke, Doc«, antwortete Nick.

Trina lächelte. »Nichts zu danken.«

Der Detective bemühte sich, trotz des pochenden Schmerzes in seinem Schädel zu nicken. »Ich frage wirklich ungern, aber könnten Sie uns einen Moment allein lassen?«

»So lange Sie wollen«, versicherte Trina. »Geben Sie Bescheid, wenn sich Ihre Sicht eintrübt, wenn Sie sich schwindlig fühlen oder sich übergeben müssen«, erklärte sie Nick und ging hinaus.

»Wie geht es Ihnen?«, fragte Claire.

Nick rieb sich die Stelle, an der er mit dem Kopf aufgeschlagen war. »Als hätte ich eins mit dem Baseballschläger übergebraten bekommen.«

»Was Sie nicht umbringt, macht Sie härter«, antwortete Claire.

»Denken Sie das nächste Mal daran, wenn wir so eine Dummheit wie heute Abend machen.«

»Immerhin haben wir Palmer erwischt, oder?«, sagte Claire.

»Vor allem, wenn die Reisetasche etwas Interessantes enthielt?«, fragte Nick, der auf eine leichte Lösung des Falls hoffte.

»Nur das Fleischermesser und ein paar Kleidungsstücke«, sagte Claire. »Vielleicht war er unterwegs, um sich das nächste Opfer zu suchen, und hat etwas zum Umziehen für nach dem Blutbad mitgenommen.«

»Wo ist der Hurensohn jetzt?«, fragte Nick.

»Inspector Wilkes sagte, er ist unten in der Polizeizentrale.«

Die Erwähnung von Wilkes' Namen ließ Nicks Kopfschmerz sofort schlimmer werden.

»Ist Wilkes hier?«, fragte er.

»Unten in der Rettungswagenzufahrt, frische Luft schnappen.«

Nick wusste, er musste ein Thema zur Sprache bringen, das ihn beschäftigte, seit er wieder bei Bewusstsein war.

»Wie die Dinge liegen, war es wohl gut, dass Sie meine Waffe in der Toilette gefunden haben«, sagte er.

»Sie haben mir – und Ihren Kollegen – geschworen, dass Sie alle Feuerwaffen abgegeben haben.«

»Nur die registrierten. Von dieser wussten sie nichts.«

»Jetzt wissen sie von ihr«, meinte Claire, besorgt, wie Nick reagieren würde. »Sie haben sie nämlich.«

Nick glaubte zu wissen, was das bedeutete. »Dann bin ich geliefert.«

»Das glaube ich nicht.«

»Meine Fingerabdrücke sind überall auf dem verdammten Ding.«

»Das waren sie vielleicht einmal.«

Nick hielt inne und stemmte sich in eine sitzende Position. »Was haben Sie gemacht?«, fragte er.

»Alles abgewischt, einschließlich des Magazins und der Patronen. Dann neu geladen und darauf geachtet, dass ich alles anfasse.«

Nick schüttelte den Kopf. »Ich weiß, Sie versuchen mich zu beschützen. Aber das wird nicht funktionieren. Wilkes wird toben. Und ich werde verlieren, was von meinem Job noch übrig ist.«

»Um den Inspector habe ich mich gekümmert«, sagte Claire. »Er ist sehr stark daran interessiert, seinen eigenen Hintern und diesen Fall zu retten, und sehr wenig daran, dass seine Bosse glauben könnten, er habe einen blinden Cop eine Waffe behalten lassen.«

»Was für eine Geschichte haben Sie ihm verdammt noch mal erzählt?«

Claire beschrieb das Märchen, das sie Wilkes aufgetischt hatte, einschließlich der Lüge, sie habe die Waffe von ihrem toten Onkel bekommen. »Solange Sie bei *meiner* Wahrheit bleiben, wird Ihnen nichts passieren.«

Nick starrte an die Decke und konnte es nicht glauben. »Sie haben Wilkes einen Ausweg aus diesem Schlamassel eröffnet«, sagte er.

»Noch nicht ganz«, erwiderte Claire und strich sich eine Haarsträhne aus dem Gesicht. »Sein Ausweg wird darin bestehen, ein Geständnis von Palmer zu bekommen. Und es wird auch Ihr einziger sein.«

Nick schwang die Beine über den Bettrand. »Dann müssen wir uns ranhalten. Befreien Sie mich von diesen Drähten und Schläuchen, damit ich den Scheißkerl verhören kann«, sagte er und versuchte aufzustehen.

Aber Claire stellte sich ihm in den Weg. »Das werden wir tun«, sagte sie und hob seine Beine wieder aufs Bett. »Aber ich lasse nicht zu, dass Sie das Krankenhaus gegen ärztlichen Rat verlassen.«

Nick nahm ihre Hand. »Wilkes, Savarese ... Sie kennen diesen Fall nicht so gut wie ich. Wie wir ...«

»Mag sein. Aber wir kennen Palmer nicht. Deshalb müssen wir heute Nacht möglichst viel über ihn in Erfahrung bringen.«

»Und deshalb muss ich dabei sein«, rief Nick.

»Morgen früh«, erwiderte Claire. »Jetzt müssen Sie Dr. Cates erst einmal dafür sorgen lassen, dass Sie nicht umkippen, sobald Ihre Füße den Boden berühren.«

Nick wusste, diese Auseinandersetzung würde er nicht gewinnen. »Okay, Doktor«, gab er nach. »Was soll ich tun?«

»Hierbleiben und ein braver Junge sein«, sagte Claire. »Ich fahre mit dem Inspector in die Zentrale und verbringe die Nacht am Computer. Morgen früh komme ich und hole Sie hier ab. Bis dahin haben wir so viel Material über Palmer, wie wir brauchen oder wie wir zumindest bekommen können.«

Nick befürchtete, wenn er jetzt nicht dabei war, könnte er später ausgeschlossen werden, wenn es zur Sache ging. Aber es hatte keinen Sinn, mit Claire zu streiten – und er fühlte sich tatsächlich noch beschissen. Außerdem hatte sie gelogen, um seinen Arsch zu retten und das, was von seinem Job noch übrig war.

»Okay«, antwortete er nur.

18

Palmer saß am nächsten Morgen bereits ruhig am Tisch, als Nick das Vernehmungszimmer betrat. Er hatte einen Ordner in der Hand und eine dunkelblau verfärbte Schwellung von der Größe eines Eis über der rechten Schläfe, auf die Palmer starrte. Er bemerkte allerdings nicht, dass Nick Mühe hatte, das Gleichgewicht zu wahren, als er einen Stuhl ihm gegenüber herauszog und sich setzte.

»Sieht aus, als wären Sie böse gefallen«, sagte Palmer ruhig.

»Ja, Sir, so ist es«, erwiderte Nick. Die Höflichkeit gehörte zu seiner Strategie.

»Was Sie mit mir tun, ist unmenschlich und wahrscheinlich illegal, Detective.«

»Das mögen Sie glauben, Mr. Palmer, aber es ist nicht illegal. Und was unmenschlich angeht, so glaube ich kaum, dass Sie das Recht haben, ein solches Urteil abzugeben.«

»Detective und wer immer sonst noch zuhört«, sagte Palmer und zeigte auf den Einwegspiegel, »ich schwöre, dass ich dachte, Sie geben sich nur als Polizist aus. Warum sollte ich glauben, dass Sie einer sind, wenn Sie kaum sehen können?«

Nick zog seine Marke und seinen Ausweis hervor und warf sie auf den Tisch. »Deswegen«, sagte er. »Ich habe Ihnen beides gezeigt, als ich mich Ihnen gestern Abend als Polizist zu erkennen gab. Sie haben sich geweigert, den

Beweis anzuerkennen, und deshalb sitzen Sie jetzt in der Polizeizentrale.«

»Ja, und da wir gerade davon reden, ist Polizeipräsident Farrell in seinem Büro? Vielleicht könnte ich kurz mit ihm sprechen, er ist nämlich ein persönlicher Freund von mir.«

»Ja, ich glaube, das haben Sie gestern Abend schon erwähnt«, erinnerte ihn Nick. Tatsächlich hatte er sich auf dieses Ansinnen vorbereitet. Vor einer Stunde, unmittelbar nach seiner Entlassung aus dem Krankenhaus, hatten er und Wilkes sich mit dem Polizeipräsidenten in dessen weitläufigem Büro im fünfzehnten Stock von One Police Plaza getroffen. Bei Kaffee aus NYPD-Tassen legten sie ihm alles dar, was sie über Victor Palmer wussten, mit dem Ergebnis, dass Farrell nicht nur sichtbar zusammenzuckte, sondern auch der Realität ins Auge sah.

»Wenn sich herausstellt, dass Sie recht haben, werde ich zurücktreten müssen«, versuchte er zu scherzen. »Palmer war bei jeder größeren Veranstaltung, zu der ich eingeladen habe, und es gibt Dutzende von Bildern, die uns zusammen zeigen.«

Was für eine Ironie, überlegte Nick. *Vor ein paar Stunden dachte ich noch, meine Karriere wäre vorbei, und jetzt ist auf einmal der Arsch des Polizeipräsidenten in Gefahr.*

Nick beugte sich vor. Obwohl er die Nacht in einer Arrestzelle verbracht hatte, sah Palmer ausgeruht aus, sein Hemd war knitterfrei, und die Bartstoppeln waren in dem gebräunten Gesicht kaum zu sehen.

»Der Polizeipräsident weiß bereits, dass Sie hier sind«, informierte ihn Nick nun. »Er hat es jedoch abgelehnt, zu uns zu kommen. Freund hin oder her, er ist nicht gerade begeistert, wenn jemand seine Leute verprügelt.«

Palmer versuchte es mit gewohnter Lässigkeit abzutun. »Ich verstehe, natürlich. Er ist ein vielbeschäftigter

Mann. Er wird seine Meinung ändern, wenn sich herausstellt, dass alles ein tragischer Irrtum ist.«

»Tragisch, ja. Aber ich versichere Ihnen, es ist kein Irrtum.«

Palmer blinzelte – zum ersten Mal, seit er hier war.

»Ich weiß nicht, was das heißen soll«, sagte er. »Sie können unmöglich annehmen, dass ich meine eigene Nachbarschaft ausrauben wollte. Ich habe noch nie auch nur einen Strafzettel wegen Falschparkens bekommen.«

»Unsere Polizei hat ein langes Gedächtnis, Mr. Parker. Sie wurden 1971 in Queens wegen tätlichen Angriffs verhaftet.«

Palmer starrte Nick an – und brach in Lachen aus.

»Jetzt hören Sie aber auf, Detective. Das ist mehr als vierzig Jahre her. Ich war ein Jugendlicher. Und das Mädchen hat gelogen. Es war nichts.«

Nichts im Vergleich zu der kranken Scheiße, die du seitdem gemacht hast.

Palmer ging vermutlich davon aus, dass Nick nur von dieser einen Verhaftung wusste, und ohne Details. Aber der Polizeicomputer hatte bei Claires nächtlicher Suche die Akte zu dem alten Fall ausgespuckt, der Claire zufolge in Palmers Profil passte – eine tiefsitzende Wut auf Frauen.

»Von nichts kann wohl kaum die Rede sein«, sagte Nick und öffnete den Ordner, »deshalb will ich Ihr Gedächtnis kurz auffrischen. Sie haben ein Mädchen im Teenageralter dreimal ins Gesicht geschlagen – so heftig, dass es einen großen Teil seiner Zähne verlor und einen Schädelbruch erlitt«, las er vor. »Die Polizisten, die Sie festnahmen, sagten, Sie hätten versucht, dem Mädchen die Hose herunterzuziehen.«

Falls es irgendeine Wirkung auf Palmer hatte, dass Nick von dem Fall wusste, so ließ er es sich nicht anmerken.

»Bitte, Detective«, sagte er, »wenn wir schon unsere Zeit hier mit Nichtigkeiten vergeuden, dann lassen Sie uns wenigstens nicht so formell sein. Nennen Sie mich Victor.«

Nick klappte den Ordner zu. »Gern, Victor«, erwiderte er. »Es sei denn, Sie würden lieber Vittorio genannt.«

Er sah Palmer in die Augen, um seine Worte zu unterstreichen. Zum ersten Mal kroch der Zorn, der fraglos in Palmer brodelte, an die Oberfläche. Das gehörte alles zu Claires Plan. Unmittelbar bevor Nick das Vernehmungszimmer betreten hatte, hatte sie die Strategie erläutert, die Palmer hoffentlich in eine Falle locken würde. Jetzt beobachtete sie durch den Einwegspiegel, wie Nick den Plan in die Tat umsetzte.

»Vittorio Palmieri ist vor langer Zeit gestorben«, presste Palmer hervor. »Und ich bin für nichts von dem verantwortlich, was er getan hat.«

So spricht ein wahrer Psychopath, dachte Claire.

Nick hielt inne, dann schien er sich ein wenig zu entspannen. »Sie sollten zumindest auf manches von dem stolz sein, was er getan hat. Oder seine Eltern. Ich konnte nicht genug bekommen von dem Essen in ihrem Lokal.«

Irgendwie traf das einen Nerv bei Palmer. »Sie waren dort?«

»Ob ich dort war?«, sagte Nick mit einem leichten Grinsen. »Ich habe als Kind praktisch dort gewohnt. Mein Dad war eine Weile Polizist im fünften Revier. Meine Mom ist mit mir und meiner Schwester immer nach Downtown gefahren, und wir haben mit ihm zu Abend gegessen, wenn er lange Schichten arbeiten musste. Sie wollten immer chinesisch essen, aber ich habe gebettelt, dass wir zu *Palmieris Pasta House* gehen, und hin und wieder haben sie nachgegeben.«

»Und wann war das?«, fragte Palmer.

»1975, 76 oder so. Mein Dad war viel öfter dort als ich. Eins fünfundachtzig, dunkles Haar …«

»Der Laden war immer gerammelt voll mit Polizisten«, unterbrach Palmer verärgert und in scharfem Tonfall. Als würde Nick seine Zeit verschwenden. »Und ich habe damals als Koch in der Küche gearbeitet, deshalb habe ich Ihren Vater sicher nicht gekannt.«

»Entschuldigung. Klingt, als hätte ich einen wunden Punkt getroffen«, sagte Nick rasch und in aufrichtigem Ton. »Aber ich schwöre beim Grab meiner Eltern, das Huhn mit Parmesan dort war trotzdem das Beste, das ich je gegessen habe.«

Palmer schien sich daraufhin zu entspannen. »Nein, ich bin derjenige, der sich entschuldigen muss«, sagte er. »Ich sollte mich geehrt fühlen, dass Sie so liebevolle Erinnerungen an meine Arbeit haben.«

Du weißt nicht mal die Hälfte davon, dachte Nick.

Claire wusste, es gehörte zum Plan, Palmer aufzulockern, bevor Nick zuschlug. Ein Teil von ihr wünschte allerdings, sie könnte hineingehen und Palmer mit ein paar direkten, pointierten Fragen aufrütteln. Aber Nick beherrschte sein Handwerk.

Nur Geduld. Er kommt schon zur Sache. Auf seine Weise.

Nick schien traurig zu werden. »Jammerschade, dass keine Cops da waren, als diese Typen aus Genua Ihren Vater brutal zusammengeschlagen haben.«

Ein merkwürdiger Ausdruck huschte über Palmers Gesicht. »Sie erinnern sich daran?«, fragte er.

»Mein Dad hat es uns erzählt, als er an jenem Abend nach Hause kam«, antwortete Nick. Claire fragte sich unwillkürlich, ob es stimmte.

Palmer war immer tiefer auf seinem Stuhl zusammengesunken und richtete sich jetzt auf. Er kratzte sich an der Schläfe. »Es war Vormittag«, sagte er. »Ich war in der Schule. Er deckte gerade mit meiner Mutter zum Mittagessen. Ich habe es erst später erfahren.«

»Sie meinen, dass er verletzt wurde oder wer es war?«

»Beides«, sagte Palmer nüchtern. »Aber alle wussten, was lief. Der Mafia gehörte damals alles nördlich der Canal Street zwischen Lafayette und Bowery, und es gab kein Restaurant in Little Italy, das nicht Schutzgeld zahlte. Es war der Preis dafür, ein Lokal führen zu dürfen. Ich fand es dumm von meinem Vater, sich zu weigern.«

»Mag sein«, sagte Nick. »Aber finden Sie nicht, dass es ebenfalls ein bisschen dumm war, aus Rache dieses Mädchen anzufallen?«

»Nicht damals und nicht heute. Mein Vater hat für den Rest seines Lebens gehinkt.«

»Ihr Vater hätte Ihnen sagen sollen, dass Sie sich nicht mit der Mafia anlegen sollten. Es ist wie mit den Regeln in einem Krieg. Soldaten kämpfen, aber die Familien sind tabu.«

»Sie haben die Regeln zuerst gebrochen«, gab Palmer zurück. »Und es war *meine* Familie, der sie wehgetan haben.«

»Sie sind diejenigen, die die Waffen haben und kein Gewissen«, sagte Nick. »Hat Ihr Vater Ihnen einmal erzählt, dass er von dem Killer wusste, den sie auf Sie angesetzt hatten?«

Palmer schloss die Augen. *Er hat den Köder geschluckt,* dachte Claire.

»Ja«, sagte Palmer langsam und ließ die angehaltene Luft entweichen. »Nachdem die Anklage gegen mich fallengelassen wurde. Mom hat mich von dem Revier in Queens abgeholt, und ich sagte, ich sei stolz darauf, dass ich es ihnen heimgezahlt habe und ungeschoren davonkam. Sie schlug mir ins Gesicht und schimpfte mich einen Idioten. Sie sagte, sie hätten mich nur aus dem Gefängnis haben wollen, damit sie mich töten konnten.«

»Und deshalb musste Ihr Dad ihnen neunzig Prozent des Gewinns zahlen, den das Restaurant abwarf, nicht wahr? Damit Sie nicht unter die Erde wanderten?«

Palmer rutschte auf seinem Stuhl umher, der Zauber der Erinnerung war verflogen.

»Was hat das alles mit den Vorfällen von gestern Abend zu tun?«

»Ich versuche nur die Fakten zu klären«, sagte Nick.

»Ja«, räumte Palmer schließlich ein. »Er bezahlte für den Rest seines armseligen Lebens. Aber da Sie das alles wissen, wissen Sie wahrscheinlich auch, dass wir das Haus in Bay Ridge verloren und in eine Wohnung über dem Restaurant ziehen mussten.«

»Und als Ihre Eltern in Ruhestand gingen, haben sie das Restaurant deshalb Ihrem Bruder übergeben, weil sie Ihretwegen ihre einzig wahre Liebe verloren hatten.«

»Nein, sondern weil ich es nicht wollte«, entgegnete Palmer sofort aufgebracht.

»Sehen Sie, und das kaufe ich Ihnen nicht ab«, sagte Nick ruhig. »Denn Sie waren das geborene Talent als Koch und haben dem Laden schon mit siebzehn vier Sterne im amerikanischen Restaurantführer eingebracht.«

»Ich hatte Glück«, meinte Palmer abwehrend. »Da kam ein Typ herein und bestellte *scaloffine*. Ich war an diesem Abend für die Saucen zuständig. Ich wusste nicht, dass er ein Kritiker war. Und ich fühle mich geschmeichelt, dass Sie meinen Lebenslauf gelesen haben.«

»Es war eine interessante Lektüre. Sie sind ein faszinierender Mensch, wirklich. Aber wissen Sie, was ich nicht darin gefunden habe und gern wüsste?«

»Ich kann es nicht erwarten, es zu erfahren.«

»Warum Sie Ihren Namen geändert haben.«

»Ich fand, dass Victor Palmer etwas weltläufiger klang«, sagte er trocken.

»Vielleicht hätten Sie das anders gesehen, wenn es damals schon Reality-TV gegeben hätte.«

»Reality-TV?«, fragte Palmer verärgert. »Was hat denn das wieder damit zu tun?«

»Na ja«, sagte Nick, »ich habe zwei Töchter, und wissen Sie, was die gern tun? Sie schauen gern Kochsendungen. Wenn ich zu Hause bin, schaue ich sie mir mit ihnen zusammen an. Und plötzlich höre ich Namen wie Bobby Flay, Paula Deen, Mario Batali. Und dann schaue ich mir Sie an und denke: ›Da hat es ein Bursche, der nicht einmal eine richtige Ausbildung gemacht hat, in seinem Beruf ganz nach oben geschafft, und dann ändert er seinen Namen? Es ist ein Jammer.‹ Victor Palmer könnte jeder sein. Aber Vittorio Palmieri? Also, das klingt doch wie einer dieser berühmten Köche im Fernsehen, finden Sie nicht?«

Palmer verdrehte die Augen, er hatte genug von Nicks Gefasel.

»Gut, wenn Sie meinen«, sagte er.

Nick beugte sich vor. »Wissen Sie, was ich glaube? Dass Sie so angepisst waren, als Ihre Eltern das Restaurant Ihrem Bruder gaben, dass Sie Ihren Namen geändert haben, um sie zu verleugnen.«

Zu Nicks Überraschung versuchte Palmer es nicht einmal abzustreiten.

»Ich war der Erstgeborene. Ich habe dem Laden einen Ruf verschafft. Es war mein Geburtsrecht. Sie haben verdammt recht, dass ich angepisst war.«

»Nicht, dass Sie nicht trotzdem erfolgreich gewesen wären«, sagte Nick, der sich weiter bemühte, Palmer positiv gestimmt zu halten. »Ich kenne nicht viele Leute, die sich ein Townhouse in dieser Stadt leisten können. Dafür muss man sicher viel und hart arbeiten.«

Palmer wedelte mit der Hand. »Ein weiterer bemerkenswerter Glücksfall in meinem Leben«, sagte er. »Als Guillermo Rodriguez eines Abends in das Lokal kam.«

»Wer ist das?«, fragte Nick, obwohl er es bereits wusste.

»Mein Pate«, erwiderte Palmer und lachte. »Anders als die Mafia hat er mir wortwörtlich ein Angebot gemacht, das ich nicht ablehnen konnte. Er hat mir ein Vermögen dafür bezahlt, dass ich in sein Luxus-Resort in Costa Rica komme und in seinem Fünf-Sterne-Restaurant koche.«

»Und Sie haben es gekauft, als er starb?«, stellte sich Nick unwissend.

Palmer lächelte, und diesmal war es echt.

»Guillermo hatte keine Kinder. Er war wie ein Vater zu mir. Er hat mir das Resort in seinem Testament vermacht. Ich war vollkommen überrumpelt, wie Sie sich vorstellen können. Ich war gerade vierzig geworden. Ich kann bis heute nicht glauben, dass er so etwas getan hat. Man stelle sich vor.«

»Costa Rica soll angeblich fantastisch sein. Ich wollte immer mal hin.«

»Sollten Sie machen. Solange Sie noch ...« Er unterbrach sich.

»Sie wollten sagen, solange ich noch etwas sehe, richtig?«, sagte Nick.

»Tut mir leid, Detective.

»Bitte nennen Sie mich Nick.«

»Nun, Nick, falls Sie je hinfliegen, ich verstehe mich ausgezeichnet mit den Leuten, an die ich verkauft habe. Wenn ich es ihnen sage, sind Unterkunft und Essen gratis für Sie. Sie müssen nur noch den Flug bezahlen.«

»Klingt nach einem Angebot, das *ich* nicht ablehnen kann«, erwiderte Nick lächelnd. »Und ich wünschte bei Gott, ich müsste es nicht tun. Meine Mädchen und ich könnten wirklich einen Urlaub gebrauchen. Es war ein hartes Jahr für uns.«

»Tut mir leid, das zu hören«, sagte Palmer.

»Ach, es ist nur so, dass die beiden vor zwei Jahren ihre Mutter verloren haben, und dann ist vor ein paar Monaten meine Mutter gestorben, die sich danach um sie gekümmert hatte.«

Claire fand es großartig, in welche Richtung Nick das Gespräch lenkte. *Er hätte auch einen hervorragenden Psychiater abgegeben,* dachte sie.

»Ich weiß, was Sie durchmachen«, sagte Palmer. »Meine Frau ist gestorben, kurz bevor ich wieder hierhergezogen bin.«

»Mein Beileid«, sagte Nick und bemühte sich, aufrichtig zu klingen. »Wie hieß sie?«

»Martha«, antwortete er wehmütig.

Nick knüpfte an die Sehnsucht in Palmers Stimme an. »Vierzehn Jahre waren wir verheiratet.«

»Was ist passiert?«, fragte Palmer, und seine Körperhaltung drückte echtes Interesse aus. »Krebs?«

»Selbstmord«, erklärte Nick, überrascht, wie schnell es ihm über die Lippen kam.

»Mein Gott«, entfuhr es Palmer.

»Es wundert mich, dass Sie nicht davon gelesen haben«, sagte Nick. »Es stand ausführlich in der Zeitung.«

Jetzt sah ihn Palmer an, und ein Lächeln huschte über sein Gesicht, als er sich erinnerte.

»Ja, jetzt weiß ich wieder. Man hat Sie des Mordes verdächtigt«, sagte er.

»Ja, es war beschissen«, sagte Nick und rutschte auf

seinem Stuhl umher. »Ich dachte schon, ich würde für ein Weilchen ins Gefängnis gehen.«

»Wie haben Sie Ihre Unschuld bewiesen?«, fragte Palmer fasziniert.

»Es war eher so, dass der Staatsanwalt nicht genug hatte, um mich anzuklagen.«

Palmers Interesse war jetzt geweckt.

»Höre ich hier gerade, wie ein Polizeibeamter einen Mord gesteht?«, fragte er.

»Ach was«, sagte Nick mit einer wegwerfenden Handbewegung, obwohl er wollte, dass Palmer dachte, sie hätten vielleicht einen Mord gemeinsam. »Sie hat sich mit meiner Dienstwaffe erschossen. Damit war ich automatisch unter Verdacht.« Er tat, als wollte er das Thema wechseln. »Aber was ist mit Ihrer Frau passiert?«

»Das ist eine gute Frage«, sagte Palmer und lehnte sich zurück. Es schien, als fühlte er sich wohler nach den eben entdeckten Gemeinsamkeiten. »Sie ist eines Abends vor drei Jahren zu einem Spaziergang am Strand aufgebrochen und nie zurückgekommen.«

»Woher wissen Sie dann, dass sie tot ist?«

»Die Polizei hat ihre Knochen etwa zwei Wochen später an einem Strand auf der anderen Seite von Costa Rica gefunden.«

»Nur ihre Knochen? Sonst nichts?«

Palmer senkte den Blick, als könnte es die Erinnerung vertreiben. Nick wusste, er wollte nicht mehr darüber sprechen und brauchte einen Ausweg. »Schon gut. Wir müssen nicht darüber reden.«

Aber Palmers Blick ging ins Leere. »Ich habe sie kennen gelernt, als sie vierzehn war«, sagte er. »Ich habe in dem Hotel in der Küche gearbeitet. Sie war eine Schönheit. Langes braunes Haar, Augen wie Mandeln, ein Blick, der mitten durch einen hindurchging. In dem Moment, in dem wir uns trafen, war es, als hätten wir uns ein Leben lang gekannt.«

»War sie aus Costa Rica?«, fragte Nick, der nur wollte, dass der andere Mann weiterredete.

»Chicago«, antwortete Palmer. »Ihre Eltern haben sie und ihren Bruder jedes Jahr zum Urlaub mit in das Hotel gebracht.«

»So sind Sie also in Kontakt geblieben?«

»Sogar noch, als sie schon verheiratet war.«

»Sie war vorher schon einmal verheiratet?«

»Mit einem Anwalt aus Detroit. Sie haben sich auf dem College in Michigan kennen gelernt. Sie kamen zusammen zu uns. Netter Kerl. Er starb bei einem Autounfall. Sehr jung. Eine Tragödie.«

»Ja, das ist schrecklich«, sagte Nick und senkte den Blick. Palmer wäre nie darauf gekommen, dass Nick das nicht nur alles schon wusste, sondern auch darüber informiert war, dass der Unfall in Wirklichkeit keiner gewesen war. Es war ein Fall von Fahrerflucht gewesen, ein Auto hatte ihn angefahren, als er vor seiner Anwaltskanzlei in Chicago die Straße überqueren wollte. Und der Täter war bis heute nicht ermittelt. Nick fragte sich, ob Palmer irgendwie auch dahintersteckte, aber er wollte ihn nicht zu weit abschweifen lassen.

»Darf ich fragen, wie Sie dann schließlich zusammengekommen sind?«

Palmer überlegte einen Moment. »Marthas Freundinnen sind einige Monate nach dem Tod ihres Mannes mit ihr nach Costa Rica gekommen. Ich war inzwischen der Direktor des Hotels und habe dafür gesorgt, dass sie nur das Beste bekam. Ich habe sie in unserer Präsidentensuite untergebracht und ihren gesamten Aufenthalt spendiert, einschließlich der Mahlzeiten. Für ihre Freundinnen ebenfalls.«

»Das ist ja eine Wahnsinnsgeste«, sagte Nick und klang überzeugend beeindruckt.

Palmer sah Nick nicht einmal an. »Das fand sie offenbar auch, denn ein paar Monate später kam sie wieder. Und da sind wir dann … zusammengekommen.«

»Und es kam Ihnen nicht irgendwie … wie soll ich sagen … wie eine Abstauber-Geschichte vor?«

»Wir haben darüber geredet, aber sie sagte, sie sei vom ersten Tag an in mich verliebt gewesen.«

»Sie hatten bestimmt eine Wahnsinnshochzeit.«

Palmer lächelte bei der Erinnerung. »Fünfhundert Gäste, auf dem Strand des Hotels. Selbst der Präsident von Costa Rica war da«, sagte er stolz.

Nick musste das Gespräch wieder auf das ursprüngliche Thema zurücksteuern. »Weiß die Polizei, was ihr zugestoßen ist?«, fragte er.

»Nein«, erwiderte Palmer. »Sie haben keine Ahnung.«

Endlich, dachte Nick. Er hatte Palmer bei einer Lüge erwischt, die er beweisen konnte. Er sah ihm in die Augen und schwieg einen Moment dramatisch.

»Victor«, sagte er dann, »wir wissen beide, dass das nicht stimmt.«

Palmers Blick ging abrupt schräg nach oben, das untrügliche Zeichen, dass sich jemand eine Geschichte ausdachte. »Wovon reden Sie?«

»Die Polizei von Costa Rica sagt, sie wurde zerstückelt.«

»Natürlich weiß ich *das*«, brauste Palmer auf. »Ich meinte, sie wissen nicht, wer es getan hat oder warum. Und wenn Sie glauben, es macht mir Spaß, darüber zu reden, dann überlegen Sie noch mal.«

»Tut mir leid«, entschuldigte sich Nick. »Ich wollte Sie nicht aufregen …«

»Wieso um alles in der Welt sprechen Sie mit der Polizei von Costa Rica über mich?«, unterbrach ihn Palmer.

»Das habe ich nicht«, sagte Nick ohne eine Spur von Unsicherheit. »Ich habe Sie einfach gegoogelt und bin auf diese Information gestoßen.«

Das beruhigte Palmer. Nick sah, dass er leichter atmete, beschwichtigt. Aber er wusste, er musste schnell arbeiten. Es war an der Zeit, den zweiten Akt des Stücks zu beginnen, das er mit Claire geschrieben hatte. Er lehnte sich zurück, als würden sie über das scheußliche Wetter sprechen.

»Victor«, sagte er, »ich muss nur rasch eine kleine Sache erledigen, bevor wir weitersprechen. Ich muss Ihnen sagen, dass Sie das Recht haben zu schweigen, und dass alles, was Sie sagen, gegen Sie verwandt werden kann, falls Sie von diesem Recht keinen Gebrauch machen. Dass Sie das Recht auf einen Anwalt haben, während ich Sie vernehme, und dass das Gericht Ihnen einen Anwalt stellen wird, wenn Sie sich keinen leisten können. Aber wir wissen beide, Sie können es, nicht wahr?«

Palmer lächelte. »Natürlich. Aber nur wer schuldig ist, braucht einen Anwalt, Nick.«

»Dann verstehen Sie also Ihre Rechte und verzichten darauf, Sie in Anspruch zu nehmen?«

»Ich brauche keinen Anwalt für diese Geschichte. Ich habe nichts zu verbergen. Ich sagte bereits, ich habe Ihnen nicht geglaubt, dass Sie Polizist sind, als ich Sie schlug. Und dass es mir leidtut. Ich hatte Angst und habe unangemessen gehandelt.«

»Ich werde etwas später eine Unterschrift auf einem Formular von Ihnen brauchen.«

»Die werde ich gerne leisten, sobald Sie mich hier rauslassen«, erwiderte Palmer freundlich, wenn auch mit leicht ungeduldigem Unterton.

»Wir müssen nur noch über ein paar andere Dinge sprechen.«

»Was um alles in der Welt könnte es noch zu besprechen geben?«

»Warum Sie vor der Frau und mir auf der Straße ein Messer gezogen haben.«

»Das sagte ich doch. Ich hatte Angst«, antwortete er, jetzt wieder mit einer Spur Gereiztheit.

»Verzeihung. Ich meinte, warum Sie überhaupt ein Messer in Ihrer Tasche hatten.«

Palmer seufzte. »Sie wissen, dass ich Koch bin.«

»Ja«, sagte Nick, »aber Sie arbeiten nicht mehr als solcher.«

»Als ich dieses Leuchten sah und beschloss, das Haus zu verlassen, dachte ich, ich nehme lieber eins mit. Falls mich jemand beobachtete, um mich aus irgendeinem Grund anzugreifen, weiß ich mich mit einem Messer auf alle Fälle zu verteidigen.«

»Warum dachten Sie, jemand könnte Sie angreifen wollen?«

»Was weiß ich«, sagte Palmer. »Ich habe einen Haufen Geld. Sie hätten ja jemand sein können, der mich entführen will, um Lösegeld zu erpressen.«

Nick lächelte. »Aber Victor, wenn jemand Sie entführen würde, wer sollte dann das Lösegeld bezahlen?«

Palmer hielt Augenkontakt, schwieg aber. Nick wusste, es war reine Großspurigkeit. Er hatte Palmer am Haken, wenn auch nur vorübergehend. Es war der Moment, auf den er hingearbeitet hatte, der Höhepunkt seines zweiten Akts, und das Klopfen, das er jetzt an der Tür hörte, entsprach dem Vorhang, der zum dritten Akt aufgeht.

»Was ist?«, rief Nick.

Die Tür ging auf, und Claire kam herein.

»Detective«, sagte sie, ihre abgesprochene Begrüßung. Ihr knapper Ton ließ Palmer erschrocken den Kopf hochreißen.

»Wir sind gerade mitten in einer Sache«, sagte Nick und tat so, als würde ihn ihre Anwesenheit stören. Beide bemerkten sofort, dass Palmer ihren Blick mied.

»Was tut *sie* denn hier?«, fragte er Nick.

»Ich weiß nicht«, antwortete dieser. »Sie sollte eigentlich nicht hier sein.«

Palmer nahm sie noch immer nicht zur Kenntnis.

»Wer zum Teufel ist sie?«, fragte er Nick.

»Eine Seelenklempnerin«, erwiderte Nick und verdrehte gespielt verächtlich die Augen.

»Ich bin Psychiaterin«, sagte Claire. Sie sprach mit gebieterischer Stimme, da sie annahm, dass Palmer Frauen in verantwortlicher Position nicht mochte. »Mein Name ist Dr. Claire Waters. Und wenn Sie Fragen zu mir haben, können Sie mich selbst fragen, nicht Detective Lawler.«

»Schön, *Doktor*«, sagte Palmer mit aufrichtiger Verachtung. »Warum sind Sie hier?«

»Schleppen Sie viel Scham mit sich herum, Mr. Palmer?«

»Weswegen? Und Sie haben meine Frage nicht beantwortet.«

»Wegen der Ermordung Ihrer Frau. Und ich stelle hier die Fragen …«

Palmers Blick wurde wütend. »Sie haben uns belauscht?«

»Jedes Wort.«

»Sie waren mit einer Waffe vor meiner Wohnung!«, rief Palmer aus.

»Das stimmt nicht ganz, oder?«, gab Claire zurück. »Und ich will eine Antwort auf meine Frage. Auf der Stelle, bitte.«

Palmer funkelte sie wütend an. »Warum sollte ich mich wegen des Todes meiner Frau schämen?«, fragte er.

»Weil niemand erfahren sollte, was Sie mit ihr gemacht haben.«

Ihre Blicke begegneten sich, und das war der Moment, in dem Claire sah, wie die Erkenntnis einsetzte. »Sie glauben, ich habe sie ermordet?«

»Ihre Gebeine wurden gekocht, damit sich das ganze Fleisch davon löste. Wie bei einer Hühnersuppe«, sagte Claire schroff.

»Aber die Polizei von Costa Rica hat mich von jedem Verdacht reingewaschen!«, rief er aus.

»Ja, sie haben uns erzählt, sie hätten Sie fünf Stunden lang verhört. Sie seien kooperativ und zu Tode verängstigt gewesen, und sie kamen zu dem Schluss, dass Sie nicht verdächtig seien.«

»Wieso zum Teufel fangen Sie dann jetzt damit an?«

»Weil Sie ein faszinierender Mann sind, Mr. Palmer«, sagte Claire und lehnte sich ein Stück von ihm entfernt an die Wand. »Ich habe viel über Sie gelesen, seit wir uns gestern Abend auf der Straße begegnet sind. Wissen Sie, was ich am faszinierendsten fand?«

»Das ist mir von Herzen egal, aber Sie werden es mir bestimmt trotzdem sagen.«

»Dass Sie so viele Jahre, nachdem Sie die Küche verlassen haben und die Leitung des Hotels übernahmen, immer noch jeden Tag auf den Bauernmarkt in Santa Cruz oder Tamarindo gegangen sind.«

»Ich war sehr stolz auf das Essen, das wir serviert haben, und auf mein Talent, es auszusuchen«, gab Palmer barsch zurück. »Und ich habe meinen Tag gern auf diese Weise begonnen. Dass Sie das fasziniert, lässt mich an Ihrer Qualifikation zweifeln.«

Er hörte sich jedoch merkwürdig an, als er seine Rede beendete, während Claire einen Stuhl so nahe sie es wagte zu ihm heranzog, ihn umdrehte und sich rittlings, mit den Armen auf der Lehne, darauf setzte.

»Ich will Ihnen sagen, warum Sie mich so brennend interessieren«, setzte sie zum entscheidenden Schlag an. »Weil zwischen 1978 und 2010 die Knochen von dreiundzwanzig Frauen an verschiedenen Orten der Ost- und Westküste Costa Ricas gefunden wurden. Alle wurden ermordet, aber die Polizei weiß nicht wie und hat keine offizielle Todesursache – weil der Täter sie zerstückelt und gekocht hat, damit das Fleisch sich von den Knochen löste. Finden Sie das nicht interessant?«

»Warum?«, fauchte Palmer. »Weil meine Frau auf dieselbe Weise ermordet wurde?«

»Nein. Ich glaube, dass Sie der Mörder sind, weil bis auf Ihre Gattin alle diese jungen Frauen zum letzten Mal auf den Bauernmärkten von entweder Santa Cruz oder Tamarindo gesehen wurden. Genau die beiden, die Sie in den zweiunddreißig Jahren, die Sie in Costa Rica gelebt haben, täglich besuchten.«

Palmer blickte stur geradeaus und schwieg.

»Das war Ihr Jagdrevier«, sagte Claire. »Jeder Serienmörder hat eins. Und wissen Sie, warum ich weiß, dass Sie es waren? Weil Sie in der ganzen Geschichte, die Sie Detective Lawler über Ihre Frau Martha erzählt haben, nicht ein Mal sagten, dass Sie sie geliebt haben. Wenn Sie es überhaupt taten.«

»Natürlich habe ich sie geliebt!«, rief Palmer, ganz der schlechte Schauspieler, der er war. »Und wieso sprechen wir über Verbrechen, die in Costa Rica geschehen sind? Die gehen Sie nichts an.«

»Aber Verbrechen in New York gehen uns etwas an«, sagte Nick, öffnete den Ordner und schob ein Foto über den Tisch. »Dieser Kerl hier«, sagte er. »Welche Bedeutung hat er für Sie?«

Palmer starrte das Verbrecherfoto von Jonah Welch an und lachte.

»Keine«, antwortete er. »Ich habe ihn noch nie gesehen.«

»*Emigrant hasta«,* sagte Claire schnell, direkt in Palmers Gesicht.

»Was?«, gab Palmer zurück, und zum ersten Mal war Angst in seinen Augen zu erkennen.

»Sie haben mich verstanden.«

»*Emigrant hasta?* Was zum Teufel soll *das* bedeuten?«

»Ich denke, Sie wissen es«, sagte Claire.

»Und ich denke, dass Sie beide verrückt sind!«, schrie Palmer.

Claire zog weitere Fotos hervor und knallte sie nacheinander vor Palmer auf den Tisch. Rosa Sanchez. Ihre Knochen. Die Gebeine aus dem ausgebrannten Gebäude in Brooklyn. Und schließlich die der beiden Opfer aus den Siebzigern, auf die sie nun deutete. »Bis wir Sie gefunden haben, hatte die Polizei keine Ahnung, wessen Überreste das sind. Zwei Opfer, namenlos seit 1977.«

»Fahren Sie zur Hölle«, zischte Palmer und weigerte sich, sie anzusehen.

»Also haben wir ein wenig in Ihrer Vergangenheit gestöbert«, sagte Claire. »Sie hatten Probleme in der Schule, nicht wahr? Probleme mit Mädchen. Sie haben sie gern angefasst. Auf unangemessene Weise.«

»Sie wissen nicht, was Sie sagen«, rief Palmer und hielt

sich an der Sitzfläche seines Stuhls fest, als befürchtete er herunterzufallen.

»Das wussten wir eine Weile tatsächlich nicht, aber wir wissen es todsicher jetzt. Wir haben Ihre Schulunterlagen. Sechs Zwischenfälle, wo Sie Mädchenbrüste befummelt haben. Eins haben Sie geschlagen, als es Sie nicht fummeln lassen wollte. Dann haben Sie angefangen, die Schule zu schwänzen. Die U-Bahn-Polizei hat Sie aufgegriffen, wie Sie kreuz und quer durch ganz New York gefahren sind, wenn Sie nicht im Restaurant Ihrer Eltern gearbeitet haben. Hat es Sie wütend genug gemacht, um zwei dieser Schulmädchen zu töten, die Sie nicht haben wollten?«

Palmer sagte nichts. Er lächelte nur.

»Sie haben sich ihre Namen gemerkt«, fuhr Claire fort. »Selbst als sie wegzogen. Aber Sie haben gewartet. Und dann haben Sie zugeschlagen. Celia Donato und Camille Panza.«

Wenn Palmer die Namen erkannte, ließ er es sich nicht anmerken. Claire fuhr fort. »Die Polizei hat ihre Identität nie herausgefunden, weil beide nach Nassau County auf Long Island gezogen waren, bevor Sie sie getötet und ihre Gebeine in Brooklyn verscharrt haben. Sie wurden hier in der Stadt nie als vermisst gemeldet. Ihre Eltern sind tot. Sie werden nie erfahren, dass wir ihre Töchter und deren Mörder gefunden haben.«

Palmer spielte mit seinen Fingern und ließ die Knöchel knacken.

»Ich weiß nicht, wovon Sie sprechen.«

Nick zeigte auf das Foto von Rosas Gebeinen, dann zog er das Foto von der Quittung hervor und klatschte es Palmer praktisch ins Gesicht. »Was bedeutet ›*Emigrant hasta*‹?«, fragte er.

Aber Palmer starrte ihn nur ausdruckslos an. »Das ist

Herrgott noch mal nicht meine Handschrift!«, rief er aus und zeigte auf die beiden Worte. »Und warum sollte ich Wörter aus zwei verschiedenen Sprachen hinschreiben, die zusammengenommen keinen Sinn ergeben? Was ist los mit Ihnen?«

Nick warf einen Blick zu Claire und sah ihr an, dass sie beide dasselbe dachten: Wie unaufrichtig Palmers Leugnen im Übrigen auch sein mochte, in diesem Punkt schien es von reiner Furcht getrieben zu sein und klang echt. Zu echt. Deshalb ging er aufs Ganze und schlug mit der Faust auf die Fotos der menschlichen Überreste.

»Fünfunddreißig Jahre, vierundzwanzig Morde, alle auf die gleiche Weise an Orten begangen, an denen Sie sich aufhielten, als sie geschahen. Wenn ich allein das einer Jury vortrage, werden sie das Muster erkennen.«

»Dann versuchen Sie es ruhig«, sagte Palmer umstandslos, als wäre es eine abgemachte Sache. »Aber ich habe keine Ahnung, warum Sie mich solch schrecklicher Verbrechen bezichtigen, einschließlich der Ermordung meiner Frau, die ich geliebt und vergöttert habe. Ich habe bereits zugegeben, Sie geschlagen zu haben, Detective, und ich habe Ihnen gesagt, warum ich es tat. Und ja, ich schäme mich dafür und bitte Sie um Verzeihung. Aber das ist alles.«

Sein Blick ging nun zwischen den beiden hin und her wie ein Pingpongball. Als wollte er sich vergewissern, dass sie auch hörten, was er ihnen als Nächstes sagen wollte.

»Solange ich lebe, werde ich niemals etwas gestehen, das ich nicht getan habe.«

19

»Was übersehen wir hier?«, fragte Nick frustriert. Er stand mit Claire und Wilkes vor einem Videomonitor, der Palmer an dem Tisch im Vernehmungszimmer zeigte.

»Ich weiß es nicht«, brummte Wilkes »aber der Hurensohn ist gut, das muss man ihm lassen.«

Nick und Claire waren gegangen, kurz nachdem Palmer ihnen den Fehdehandschuh hingeworfen und sich nur bereit erklärt hatte zu unterschreiben, dass ihm seine Rechte vorgelesen wurden, und er darauf verzichtet hatte, sie in Anspruch zu nehmen. Sie hatten eine Standpauke von Wilkes erwartet, weil sie kein Geständnis aus Palmer herausgebracht hatten.

»Aber das seid ihr beide auch«, sagte Wilkes nun zur Überraschung von Nick und Claire. »Ihr habt euch an das Skript gehalten und ihm die Überzeugung vermittelt, dass er im Vergleich zu uns die reinste Intelligenzbestie ist.«

»Er hat diese Frauen in Stücke gehackt«, sagte Claire. »Wir müssen es nur beweisen.«

Wilkes schüttelte den Kopf. »Sie müssen Geduld haben, Doc. Der Kerl verrichtet sein schmutziges Handwerk seit vier Jahrzehnten und ist bisher nicht erwischt worden. Ich sage Ihnen, er weiß, dass wir ihm auf die Schliche gekommen sind. Der Schweinehund lässt uns nur dafür schuften.«

»Dann sehen wir uns lieber das Beweismaterial noch

einmal an«, schlug Nick vor. »Vielleicht ist uns etwas entgangen.«

Claire überlegte fieberhaft. »Okay, eine Frage. Wir haben alle drei die gesamte Vernehmung von Anfang bis Ende gesehen. An welcher Stelle ist Palmer am meisten aus der Fassung geraten?«

»Ist das ein Quiz, Doc«, sagte Wilkes, »oder wissen Sie es nicht mehr?«

»Ich weiß, was ich denke«, antwortete Claire, »und ich will sehen, ob Sie es ebenfalls so wahrgenommen haben. Und ich will nichts sagen, was Ihre Meinung beeinflusst.«

»Emigrant hasta«, sagte Nick. »Das hat ihn aufgeregt.«

»Würde ich auch sagen«, stimmte Wilkes zu.

»Ich ebenfalls«, bestätigte Claire. »Er hat bestritten, dass er weiß, was es bedeutet, und darauf hingewiesen, es sei nicht einmal seine Handschrift. Und er weiß, das ist etwas, das wir beweisen können.«

»Moment mal«, warf Nick ein. »Er hat gesagt, die Worte seien in zwei verschiedenen Sprachen geschrieben. Eine davon ist zufällig Spanisch. Palmer hat in Costa Rica gelebt und spricht es fließend.«

»Was wollen Sie damit sagen?«, fragte Wilkes.

»Sprechen Sie Spanisch?«, erkundigte sich Nick.

»Wie lange kennen Sie mich, Nicky?«, fragte Wilkes rhetorisch. »Mann, ich habe schon mit Englisch Probleme.«

»Okay, wenn Sie also mit jemandem kommunizieren, der nur Spanisch spricht, wie machen Sie das?«

»Sie meinen, wenn ich keinen Spanisch sprechenden Cop auftreibe, der für mich übersetzt?« Ein Ausdruck von Erkenntnis huschte über Wilkes' Gesicht. »Ich verwende die Worte, die ich kenne, und diejenigen, die ich nicht kenne, sage ich auf Englisch.«

»Genau wie es jeder andere in dieser Situation tun würde«, sagte Claire.

»Sie meinen also, ein Kerl, der mehr als dreißig Jahre in einem spanischsprachigen Land gelebt hat, würde die Worte nicht in zwei verschiedenen Sprachen aufschreiben müssen«, folgerte Wilkes.

»Das passt für mich nicht«, meinte Nick.

»Wollen Sie sagen, dass ihm ein Ausrutscher passiert ist?«

»Nein«, erwiderte Nick. »Ich will sagen, er hätte sich nicht so über einen Fehler aufregen dürfen, von dem er wusste, dass er ihn nicht machen würde. Vor allem, wenn er mit Sicherheit weiß, dass wir die Handschrift auf der Quittung nicht als seine identifizieren werden.«

Wilkes war gewiss kein Idiot, aber er kam sich im Augenblick wie einer vor. »Doc«, sagte er leise, »ich habe ehrlich gesagt Schwierigkeiten, mir einen Reim auf das alles zu machen. Und Sie sind die Expertin für Köpfe oder zumindest für das, was in ihnen vorgeht.« Er gestikulierte in Richtung Monitor. »Was geht in seinem Kopf vor?«

Zum ersten Mal empfand Claire eine Art innere Nähe zu dem Inspector. »Kein Grund zur Selbstkasteiung, ich weiß es nämlich auch nicht«, versicherte sie ihm. »Er ist eine schwer zu knackende Nuss. Lassen Sie uns einfach klären, ob die Schrift auf der Quittung nun seine ist oder nicht.«

»Und wir sollten uns damit beeilen«, sagte Wilkes und sah auf die Uhr. »Die Zeit läuft. Und der Hurensohn hat recht. Wenn wir ihm weiter nichts anlasten können als den Angriff auf Nick, kommt er auf Kaution frei. Und wir dürfen den Scheißkerl auf keinen Fall laufen lassen.«

Neunzig Minuten später machte die Handschriftenexpertin, die für das NYPD auf Abruf bereitstand, alles nur noch komplizierter.

»Es ist nicht eindeutig«, sagte Norma Rabin, eine wasserstoffblonde Frau, deren Alter auf mindestens siebzig geschätzt wurde und deren schwerer blauer Lidschatten Nick an seine eigene Großmutter erinnerte. Sie hatte bereits öfter mit Nick und Wilkes gearbeitet und genoss das volle Vertrauen der beiden, als sie auf Ähnlichkeiten zwischen der Schrift auf der Quittung und Palmers Unterschrift auf dem Formular, mit dem er auf seine Rechte verzichtete, hinwies. »Der Druck auf das Papier, die Art, wie der Querstrich beim t gemacht wurde, das c, das ein bisschen wie ein g aussieht, das stimmt alles überein. Aber es gibt auch sehr vieles, was sich unterscheidet.«

Claire entschuldigte sich und überließ die Handschriftenexpertin Wilkes und Nick. »Nicht eindeutig« hieß, sie mussten die Möglichkeit einkalkulieren, dass Palmer tatsächlich die Worte auf die Quittung geschrieben hatte. Aber selbst wenn das stimmte, würde es immer noch nicht erklären, warum er zwei verschiedene Sprachen benutzt hatte.

Sie schrieb die Worte in Großbuchstaben auf die Kunststofftafel in Wilkes' Büro. EMIGRANT HASTA. Was bedeutete das?

Emigrant war klar, jemand der sein Land verlässt, und *hasta* war Spanisch für »bis«. Auf den ersten Blick hat Palmer recht, dachte Claire, zusammengenommen ergaben sie keinen Sinn.

Was ging in seinem Kopf vor?

War das eine Botschaft? Dass er eine weitere Leiche zurückgelassen hatte und im Begriff war zu fliehen, das Land zu verlassen? Eine Art Abschied, bis zum nächsten Mal? *Hasta la vista, Baby?*

Oder war es etwas ganz anderes?

Botschaften können in Form eines Codes sein oder zerhackt. Ist es das? Eine Art perverses Spiel, das er mit uns spielt? Will er uns durcheinanderbringen?

Sie starrte auf die beiden Worte. Und plötzlich sah sie es.

Durcheinanderbringen …

Schnell schrieb sie in Blockschrift mit schwarzem Filzstift A-N-A-G-R-A-M an die Tafel.

Konnte das sein? Wollte Palmer ihnen tatsächlich etwas sagen? Claire konnte nicht glauben, dass die Buchstaben für *anagram* rein zufällig in *emigrant hasta* steckten. Aber damit blieben sechs Buchstaben übrig: T-T-S-H-E-I. Sie konzentrierte sich darauf und schrieb dann neben ANAGRAM ein weiteres Wort an die Tafel: T-H-E-I-S-T.

Sie war gerade fertig damit, als die Tür aufgerissen wurde und Nick hereinkam. Er erschreckte sie so, dass sie den Stift fallen ließ.

»Großer Gott, Nick …«

»Tut mir leid, wenn ich Sie erschreckt habe«, sagte er. Dann sah er die Schrift an der Tafel. »Was ist das?«

»Ich habe die Buchstaben durcheinandergeworfen und zwei neue Worte daraus gemacht.«

Er sah die Wörter an. »Aus irgendeinem besonderen Grund?«

Claire erläuterte ihm rasch ihren Gedankengang.

»Okay, ich weiß, was ein Anagramm ist«, sagte Nick, als sie fertig war, »aber was bedeutet Theist?«

»Ein Theist ist jemand, der glaubt, dass Gott der Schöpfer ist«, erläuterte Claire.

»Ah, von daher stammt das Wort Atheist für jemanden, der es *nicht* glaubt«, wurde Nick klar. Er grinste höhnisch. »Schwer vorstellbar, dass Palmer – oder wer immer das geschrieben hat, wenn er es nicht war – an Gott glaubt oder an irgendetwas, das heilig ist, wie ein Menschenleben etwa. Aber ich habe keinen Schimmer, was *anagram theist* bedeuten könnte.«

»Vielleicht fühlt er sich allmächtig«, schlug Claire vor.

»Weil er alle diese Frauen über dreieinhalb Jahrzehnte hinweg ermordet hat und nicht zur Rechenschaft gezogen wurde?«

»Und jetzt reibt er es uns mithilfe von Worträtseln unter die Nase …«

Sie hielt inne und fragte sich plötzlich, ob sie damit nicht zu weit ging, weil sie eine Erklärung für das Unerklärliche suchte.

Nick spürte ihren Zweifel. »Eine Theorie ist eine Theorie ist eine Theorie«, meinte er. »Wie ich zu den Studenten in Ihrem Kurs sagte, wenn eine nicht zum Ziel führt, lassen Sie sich von der Beweislage auf eine neue bringen. Wir können bei der Polizei in Costa Rica nachfragen, ob sie bei den Knochenfunden dort unten auf irgendwelche kryptischen Botschaften gestoßen sind. In der Zwischenzeit kommen Sie mit mir.«

»Wohin?«

»Ins Kriminallabor. Mit Savarese und Wilkes. Wir gehen die Beweismittel noch einmal aus der Nähe und persönlich durch. Vielleicht entdeckt einer von uns etwas, das auf einem Foto nicht auffällt.«

Ohne die Flotte der Dodge Sprinter, die entlang des vierstöckigen Ziegelbaus im Stadtteil Jamaica in Queens parkten, wäre man nicht darauf gekommen, dass in dem ehemaligen Mietshaus das hochmoderne Kriminallabor der New Yorker Polizei untergebracht war. Claire war überrascht, dass es kein Schild oder sonstige Kennzeichnung gab, nur die Phalanx der hochwertigen Überwachungskameras an beiden Enden des Gebäudes sowie das Ausweislesegerät an der Tür ließen vermuten, dass mehr hinter dem Laden steckte, als man auf den ersten Blick sah.

Oben legte die Labortechnikerin Renee Eckert, eine gut aussehende, rothaarige Mittvierzigerin, das spärliche Material des Mords an Rosa Sanchez auf einem Tisch aus. Es war jeweils mit *Wald auf Staten Island* oder *Mülltonne nahe Yankee-Stadion* etikettiert. Auf einem zweiten Tisch lag das noch dürftigere Material der anderen beiden Morde aus den Siebzigern.

»Ist das alles?«, fragte Wilkes. »Wo ist das Zeug von dem Brand in Brooklyn?«

»Sie meinen den Berg Asche, den wir drei Techniker draußen in einem Park beim Hafen durchsieben lassen?«, fragte Eckert sichtlich verärgert.

»Okay, schon verstanden«, antwortete Wilkes ernüchtert. »Es wird Wochen dauern, da etwas zu finden. Falls es überhaupt etwas zu finden gibt.«

»Das Einzige, was ich nicht herausgeholt habe, sind die Knochen«, sagte Eckert, deren Akzent Wurzeln in der Bronx verriet. »Ich dachte, die brauchen Sie sicher nicht.«

Nick untersuchte die großen Töpfe, in denen mutmaßlich Rosas Gebeine gekocht worden waren. »Ich weiß nicht, was es uns nützen soll, die noch einmal anzusehen«, sagte er.

Sie verbrachten eine halbe Stunde damit, alles genauestens durchzusehen, bis sie zu dem Schluss kamen, dass hier nichts war, womit sie Palmer oder möglicherweise jemand anderen als Mörder festnageln konnten.

»Tja, das war ja wohl Zeitverschwendung«, fasste Wilkes zusammen, was alle dachten, als sie auf den Aufzug warteten.

»Trotzdem einen Versuch wert«, sagte Nick, um sich nicht ganz so schlecht zu fühlen.

In diesem Moment ging der Aufzug auf, und Detective Terry Aitken von der Spurensicherung kam heraus.

»Hallo, Leute«, sagte er fröhlich. »Inspector«, fügte er an, um Wilkes' Rang gebührend zu würdigen. »Was führt Sie alle vom Palast der Rätsel zu uns heraus ins sonnige Jamaica?«

»Der Knochen-Fall«, antwortete Nick. »Wir wollten nur noch mal einen Blick auf eure Funde werfen.«

»Euren Gesichtern nach hat es nichts gebracht«, bemerkte Aitken.

»In welchem Sumpf sind Sie denn herumgewatet?«, fragte Savarese mit einem Blick auf Aitkens schlammbedeckte Stiefel.

»Alley Pond Park«, antwortete dieser. Es war der östlichste Park von Queens auf Long Island, direkt an der Grenze zum Nassau County. »Eine Streife hat auf einen Anruf wegen Belästigung reagiert und einen Toten direkt neben dem Unrat der Little Neck Bay gefunden.«

»Wie ist er gestorben?«, fragte Wilkes.

»Eigentlich halten wir es für Selbstmord«, sagte Aitken. »Aber einer von der schrägen Sorte. Der Kerl hat sich selbst den Bauch aufgeschnitten und ein Badetuch hineingestopft, um das Blut aufzusaugen.«

»Wirklich?«, fragte Claire, deren Neugier geweckt war.

Aitken war von ihrer Reaktion überrascht. »Verzeihung, wenn ich das sage, Doc, aber Sie scheinen eine merkwürdige Schwäche für das Makabre zu haben.«

»Sie kennen sich offenbar nicht in der Geschichte Ihrer Serienkiller aus«, tadelte Claire spielerisch.

»Ein Thema, von dem ich wünschte, ich wüsste noch weniger darüber«, murmelte Wilkes.

Aber Nick griff auf, worauf Claire offenbar hinauswollte. »Sie meinen, das hat schon einmal jemand versucht?«, fragte er.

»Nicht als Selbstmord«, sagte Claire. »Aber in den Zwanzigern hat ein perverser Typ namens William Edward Hickman ein kleines Mädchen entführt und zerstückelt. Nachdem er es aufgeschnitten hatte, hat er mit einem Handtuch das Blut aufgesaugt.«

Sie hielt inne, fast als würde sie einem neuerlichen Abspielen ihrer Worte in ihrem Kopf lauschen.

»Du meine Güte, Doc«, sagte Wilkes. »Lernt man das im ›Grundkurs Forensische Perversologie‹?«

Als Claire Aitken wieder ansah, war ihr Blick ernst. »Sind Sie sicher, dass es Selbstmord war?«

»Die einzigen Schuhabdrücke im Schlamm stammen von dem Opfer selbst. Und er hatte das Messer noch in der Hand.«

»Auf welchem Tiefpunkt muss man wohl sein, um auch nur auf die Idee zu kommen, sich so etwas anzutun?«, sagte Savarese, als hätte Aitkens Antwort die Sache besiegelt.

Aber Claire ließ nicht locker. »Hatte der Mann noch etwas bei sich?«, fragte sie.

»Keinen Ausweis, wenn Sie das meinen. Nur eine fast leere Packung Zigaretten und ein Streichholzbriefchen.«

»Und auch nichts in der Umgebung?«, drängte Claire weiter.

»Nichts für ungut, Doc, aber Sie vermitteln mir langsam das Gefühl, als hätte ich etwas übersehen«, sagte Aitken.

»Ganz und gar nicht, Detective«, versicherte ihm Claire.

»Worauf wollen Sie eigentlich hinaus, Doc?«, mischte sich Nick ein.

»Wahrscheinlich klammere ich mich nur an Strohhalme«, sagte Claire und tat ihre anfängliche Aufregung mit einem Achselzucken ab. »Viel Glück mit dem Fall«, wünschte sie Aitken.

»Danke, aber wenn wir das Beweismaterial katalogisiert haben, bin ich bis zum Prozess fertig, falls es überhaupt einen gibt«, erwiderte Aitken. »Aber da ich Sie gerade alle hier habe, hat jemand eine Idee, was ›Ichform Aspekte‹ bedeuten könnte?«

Wilkes lachte. »Klingt wie die Autobiografie eines Schizos«, sagte er. »Wieso?«

»Weil das mein Toter auf die Innenseite seines Streichholzbriefchens geschrieben …«

Weiter kam Aitken nicht, als Claire ihn am Arm packte.

»Das tut weh, Doc«, sagte der junge Detective. »Und außerdem machen Sie mir langsam Angst.«

»Wo ist das Briefchen jetzt?«, fragte sie drängend.

»Mein Partner Joey hat es gerade ins Labor gebracht. Wollen Sie es sehen?«

Es dauerte keine Minute, bis sie alle ins Labor zurückgerannt waren. Aitken zog Handschuhe an und suchte in seinem Beweismaterial nach dem Streichholzbriefchen.

»Sie glauben, das ist eins von diesen Anagrammen?«, vermutete Nick.

»Holen Sie die Quittung von Rosas Fundort«, war alles, was sie erwiderte.

»Anagramme? Wovon zum Teufel redet sie?«, rief Wilkes Nick nach, der bereits loslief, um die Quittung zu holen, während Aitken das Briefchen in der offenen Hand präsentierte. »Wovon zum Teufel reden Sie, Doc?«, wandte er sich an Claire.

Ihr fiel ein, dass Wilkes von ihren Gedankenspielen an seiner Kunststofftafel vor mehr als einer Stunde gar nichts wusste. »Warten Sie einfach mal ab, Inspector«, entgegnete sie, während sie beide die Worte auf der Innenseite des Briefchens betrachteten, »dann erklärt es sich von allein.«

»Ichform Aspekte«, las Wilkes. »Was um alles in der Welt könnte es bedeuten?«

»Ich glaube nicht, dass es überhaupt etwas bedeutet«, erwiderte Claire, während Nick die Quittung in einer durchsichtigen Hülle brachte. »Wichtig ist möglicherweise, was innerhalb dieser Worte enthalten ist.«

Wilkes war verwirrt. »Und was soll jetzt *das* wieder heißen?«, fragte er Nick.

Aber Nick und Claire waren zu sehr damit beschäftigt, die Handschrift auf der Quittung mit den Wörtern auf dem Streichholzbrief zu vergleichen.

»Schwer zu sagen«, meinte Nick. »Die Schrift auf den Streichhölzern sieht aus, als hätte der Schreiber es sehr eilig gehabt, während sie auf der Quittung bedächtiger wirkt. Norma Rabin wird es sich ansehen müssen.«

Aber Claire war in Gedanken woanders. »Gibt es hier einen Computer, den ich benutzen kann?«, fragte sie.

»Dort drüben«, sagte Aitken und deutete zu dem Terminal, auf dem die Spurensicherungsteams die Beweismittel eingaben. Er tippte sein Passwort ein, damit sie Zugang hatte. »Was brauchen Sie?«

»Nur das Internet«, erklärte Claire und setzte sich an die Tastatur, als Aitken fertig war. Sie tippte *Anagramm-Generator* in Google ein und erhielt eine Menge Webseiten zur Auswahl. Als Nick und Wilkes sich zu ihr gesellten, hatte sie bereits »Ichform Aspekte« in die Suchfunktion einer der Seiten eingegeben.

Nick schaute ihr über die Schulter; er wollte den Schlag abmildern, falls sie erkennen musste, dass die Theorie nirgendwohin führte. »Es gibt keinen Beweis, dass es sich überhaupt um einen Mord handelt«, sagte er leise. »Es ist in einem anderen Stadtbezirk passiert. Und das Opfer ist männlich, keine Frau.«

Aber Claire hatte nur Augen für die Ergebnisse ihrer Suche – es waren Unmengen. Sie sah ein, dass sie das nicht rasch nebenbei im Kriminallabor erledigen konnte. Und vorher gab es noch etwas anderes zu klären.

»Können Sie den Gerichtsmediziner anrufen und fragen, ob wir vorbeikommen können?«

»Jetzt?«, fragte Wilkes. »Wozu?«

»Damit wir uns die Knochen von sämtlichen Fällen noch einmal ansehen können. Mit ihm zusammen.«

Nick zögerte. »Er wird denken, dass wir glauben, er hat Mist gebaut.«

»Dann sagen Sie ihm, er kann nichts übersehen haben, wonach er gar nicht gesucht hat«, gab Claire zurück.

»Und wonach genau suchen wir?«, fragte Wilkes.

»So ganz genau weiß ich das noch nicht. Aber etwas stimmt nicht.«

Damit gab sich Wilkes nicht zufrieden. »Das werden Sie schon genauer erklären müssen.«

Claire verlor die Geduld. »Ich bin überzeugt, Sie wollen die Sache genauso sehr aufklären wie ich, Inspector, vielleicht sogar noch mehr. Und wenn das der Fall ist, dann rufen Sie bitte Dr. Ross an. Ich fange an zu glauben, dass die Antwort in diesen Knochen liegt.«

Besagte Knochen lagen nach den vier Opfern geordnet auf getrennten Tischen in einem nicht mehr benutzten, aber sauberen Obduktionsraum aus, als Claire und die drei Detectives eine Stunde später eintrafen. Ross lief zwischen ihnen hin und her, als wäre er der Hüter einer Hightech-Krypta des 21. Jahrhunderts.

»Wenn das nicht die Spanische Inquisition ist«, witzelte er. »Nur dass keiner von Ihnen wie Torquemada aussieht.«

»Der war ein Mann«, sagte Savarese und zeigte auf Claire. »Das Ganze war ihre Idee.«

»Nun, zumindest sprechen Dr. Watson und ich dieselbe Sprache«, sagte Ross.

»Zu viel der Ehre«, antwortete Claire und streifte Handschuhe über. »Ich habe zwar mein Pathologiepraktikum absolviert wie jede andere brave kleine Medizinstudentin, aber das macht mich noch zu keiner Expertin. Ich werde Ihre Hilfe brauchen.«

»Ihr Wunsch ist mir Befehl«, sagte Ross und zeigte mit einer ausladenden Geste über sein Totenreich. »Wonach suchen wir?«

»Nach allem, worin sich die Knochen der einzelnen Opfer von den jeweils anderen unterscheiden. Haben Sie alles so angeordnet wie gebeten?«

»Das habe ich«, antwortete Ross. »Sie können nicht feststellen, welche Knochen zu welchem Verbrechen gehören, bis ich es Ihnen sage.« Er nahm zwei Vergrößerungsgläser zur Hand und gab eins Claire. »Ihr Glas, Holmes.«

Die drei Polizeibeamten traten einen Schritt zurück und sahen zu, wie Claire jeden einzelnen Knochen von jedem Skelett studierte. Nach dem ersten schüttelte sie den Kopf und ging zum zweiten weiter. Verbrachte eine Weile damit. Nichts. Aber kurz nachdem sie begonnen hatte, das dritte Skelett zu untersuchen, hielt sie bei der linken Schulter abrupt inne.

»Hier«, rief sie Ross zu. »Sehen Sie sich das einmal an.«

Ross eilte zu ihr und spähte durch ihr Glas. »Sehen Sie? An der Innenseite des Schultergelenks?«

Ross nickte und ging weiter zum Kniegelenk. »Hier ebenfalls. Dieselben Spuren.«

»Weihen Sie uns in das große Doktor-Geheimnis ein, oder sollen wir hier bloß herumstehen und uns ärgern, dass wir zu doof waren für ein Medizinstudium?«, fragte Wilkes, wie nur er es konnte.

Ross zeigte zu den Knochen auf den anderen Tischen. »Diese drei Opfer – die beiden Frauen von 1977 und die Unbekannte von dem Brand in Brooklyn neulich – wurden auf identische Weise zerstückelt. Nämlich mit beinahe chirurgischer Präzision. Sachkundig ausgeführt, in einer Weise, die nahelegt, dass der Täter praktische Kenntnisse in Anatomie hat.«

Dann ging er zu den Knochen, die Claire weiterhin untersuchte. »Bei Rosa Sanchez sieht die Sache jedoch anders aus. In allen Gelenken finden sich Schnitt- und Meißelspuren, wenn auch kaum sichtbare. Verglichen mit den anderen ist es, als wäre Rosa von jemandem zerhackt worden, der nicht annähernd über diese Finesse oder die anatomischen Kenntnisse verfügte.«

»Oder von jemandem, der sehr wütend war und es vielleicht eilig hatte«, sagte Nick in vorwurfsvollem Ton und sah Ross missbilligend an. »Ich würde keine Möglichkeit ausschließen …«

»Schieben Sie es nicht mir in die Schuhe, Lawler«, meinte Ross abwehrend.

»Er hat recht, Nick«, stimmte ihm Claire zu. »Rosas Knochen weisen jede Menge anderer Spuren auf, wahrscheinlich weil sie im Fahrzeug des Täters herumgeschüttelt wurden. Die Spur, die ich an dem Gelenk entdeckt habe, konnte leicht damit verwechselt werden.«

Sie blickte die drei Detectives an. »Und was die Vermutung angeht, dass der Täter es eilig hatte, Nick, das sehe ich nicht so. Rosa wurde mitten in diesem Waldstück auf Staten Island zerstückelt. Buchstäblich meilenweit keine

Menschenseele. Warum sollte Palmer es da draußen eilig gehabt haben?«

»Vielleicht glaubte er, dass ihn jemand gesehen hatte, und wollte schnell wieder von dort verschwinden.«

In Nicks Kopf ratterten die Rädchen. Und mit einem Mal hatte er die Antwort.

»Oder es war nicht Palmer«, sagte er.

»Ich denke, das ist richtig«, bestätigte Claire.

Wilkes hätte aus der Haut fahren können. »Ihr beide habt eine bombensichere Indizienanklage gegen Palmer gezimmert, und jetzt soll er es auf einmal *nicht* gewesen sein?«

Claire legte das Vergrößerungsglas beiseite. »Versetzen Sie sich in Victor Palmers Lage«, sagte sie. »Er ist kein Chirurg, aber Koch, und das heißt, er weiß, wie man ein Stück Fleisch fachkundig behandelt. Er ist stolz auf seine Arbeit. Er ermordet 1977 die beiden Frauen in Brooklyn, zwei Leichen, die vergessen wurden, weil es keine Hinweise gab und sämtliche Polizisten der Stadt nach dem Son of Sam suchten. Dann zieht er nach Costa Rica und setzt seine Mordserie fort. Rufen Sie die Polizei dort unten an, und ich wette einen Wochenlohn, ihr Gerichtsmediziner wird bestätigen, dass jeder einzelne Knochen der zweiundzwanzig Opfer unbeschädigt ist, keine Kerben, keine Kratzer.«

Wilkes sah Savarese an. »Rufen Sie an«, sagte er, ehe er sich wieder Claire zuwandte. »Fahren Sie fort, Doc.«

»Okay. Palmer ermordet seine Frau und zieht zurück nach New York. Es ist durchaus möglich, dass er weitere Frauen getötet hat, die wir nur nicht gefunden haben. Aber nehmen wir an, er hat es nicht getan. Und dann hört er plötzlich von einem Knochenfund in einer Mülltonne drei Blocks vom Yankee-Stadion entfernt.«

»Großer Gott, Doktor«, unterbrach Wilkes. »Wollen Sie

sagen, Palmer ist wütend geworden, weil er Rosa Sanchez nicht getötet hat? Weil ihn jemand kopiert hat?«

»Genau das will sie sagen«, erwiderte Nick selbstbewusst und mit einem zufriedenen Grinsen im Gesicht. »Es ergibt Sinn, weil Rosa der einzige Pfusch hier ist. Palmer war stolz auf sein Werk. Deshalb musste er losziehen und unsere Unbekannte hier ermorden«, sagte er und zeigte auf die Knochen von dem Brand in Brooklyn. »Weil er ein Perfektionist ist. Niemand beherrscht es so gut wie er. Er musste allen zeigen ...«

»Halt, Moment«, sagte Wilkes und hob die Hand. »Da gibt es nur ein Problem. Der Mord an Rosa Sanchez ist bis heute nicht öffentlich bekannt. Wir haben ihn unter Verschluss gehalten. Woher sollte Palmer wissen, dass sie ...«

Er brach auf einen Blick von Nick hin mitten im Satz ab, ehe ihm eine Sekunde später die Antwort auf seine eigene Frage einfiel.

»Palmers Freund, der Polizeipräsident«, sprach Nick es aus. »Er muss es ihm bei einem Essen oder wann immer erzählt haben.«

»Deshalb hat er gesagt, er muss zurücktreten, wenn Palmer der Mörder ist«, sagte Wilkes. »Denn wenn Palmer nie von Rosa erfahren hätte, würde unsere Unbekannte vielleicht noch leben.«

»Mann, das ist ja nicht zu glauben«, meinte Ross.

»Zu niemandem ein Wort davon«, wandte sich Wilkes an den Gerichtsmediziner. »Nicht einmal Ihrem Boss gegenüber. Erst müssen wir noch ein paar weitere Fragen beantworten.« Sein Blick ging zu Claire. »Zum Beispiel, woher Sie das von der anderen Leiche draußen in Queens wissen.«

»Welche?«, fragte Ross.

»Der bizarre Selbstmord im Alley Pond Park«, klärte ihn Nick auf.

»Sie meinen, der Kerl, der sich in zwei Hälften zu schneiden versucht hat?«, fragte Ross.

»Es war höchstwahrscheinlich Mord«, sagte Claire. »Ebenfalls eine Nachahmungstat, von einem entsetzlichen Mord an einem kleinen Mädchen in den Zwanzigern. Die Verbindung sind die Worte auf dem Streichholzbriefchen dieses Opfers und auf der bei Rosas Knochen gefundenen Quittung.«

Wilkes bemühte sich verzweifelt, es zu begreifen. »Wir haben es also mit einem Irren zu tun, der herumläuft und obskure Serienmörder nachahmt und dazu Worträtsel mit uns spielt? Warum?«

»Weil, Inspector, unser Irrer genau wie Palmer ein Perfektionist ist. Und er will wissen, ob wir genauso perfekt sind wie er«, antwortete Claire.

Nick hatte verstanden. »Er testet unseren kollektiven IQ«, sagte er. »Um zu sehen, ob er so groß ist wie seiner.«

»Richtig«, bestätigte Claire. »Und es ist an der Zeit, dass wir es ihm zeigen.«

Sie saß im Gruppenraum des Major-Case-Teams vor dem Computer und war wieder auf der Anagramm-Website. Es gab keinen Grund mehr, sie in Wilkes' Büro zu verstecken oder sie heimlich in das Gebäude oder aus ihm hinaus zu schmuggeln. In Kürze würde alles offen zutage liegen, einschließlich ihrer Beteiligung. Sie rief Fairborn an, um sie zu informieren, da sie nicht wollte, dass sie es aus den Nachrichten erfuhr. Sie versprach, alles würde in wenigen Tagen vorbei sein, und sie bat um ihr Verständnis. Sie strapazierte die Geduld ihrer Mentorin, aber sie wusste auch, wenn alles vorbei war, würde Fairborn Grund haben, stolz auf sie zu sein.

Aber Claire musste ebenfalls auf sich stolz sein können,

und die Motive des Killers zu kennen reichte ihr nicht. Victor Palmer festzunageln reichte ihr ebenfalls nicht. Sie musste wissen, was die Worte bedeuteten. Sie musste wissen, wer Rosa Sanchez getötet hatte.

Sie hatte bereits *Ichform Aspekte* in die Suchmaschine getippt, brütete über den zahllosen Möglichkeiten und fragte sich, wann ihr die offenkundige Antwort ins Auge springen würde, als Nick hinter ihr auftauchte und einen Blick über ihre Schulter warf. »Wie geht's?«, fragte er.

»Zäh«, antwortete sie. »Und bei Ihnen?«

»Alles geregelt. Die Pressekonferenz ist heute Abend um sieben. Sie sollen erwähnt werden.«

»Kein Problem. Ich habe die Erlaubnis von Dr. Fairborn.«

»Ich hoffe, Sie haben sie ebenfalls auf Geheimhaltung eingeschworen«, sagte er, zog einen Stuhl heraus und setzte sich neben sie.

»Ja«, antwortete Claire, ohne den Blick vom Schirm zu nehmen. »Und ich habe ihr ohnehin nichts erzählt.«

»Claire«, sagte Nick in einem ernsten Tonfall, der sie aufhorchen ließ. Sie schwenkte den Stuhl herum und sah ihn an. »Was ist los?«, fragte sie.

»Sie wollen, dass Sie mit uns auf dem Podium sind.«

Claire war sprachlos. »Bitte sagen Sie nicht, dass Sie ...«

»So viel Mumm habe ich nicht.«

Es gab nur eine andere Möglichkeit, und sie verblüffte Claire. »Wilkes?«

»Er hat dem Chief, dem Polizeipräsidenten und dem Bürgermeister gesagt, dass das alles ohne Ihre Mitwirkung nicht möglich gewesen wäre. Was ihn angeht, sind Sie eine von uns. Er sagte, er würde Sie persönlich zum Detective ernennen, wenn er könnte.«

Als Claire nicht antwortete, begriff Nick, dass sie in Gedanken bei ihrem Bildschirm war. »Haben Sie überhaupt gehört, was ich sagte?«, fragte er.

»Perfektion«, erwiderte sie und starrte auf den Bildschirm. »Es geht um Perfektion.«

Nick folgte ihrem Blick. In der Liste der Anagramme betrachtete Claire jetzt Kombinationen von drei Wörtern, die mit *Perfekt* anfingen.

»Perfekt?«

Und plötzlich sah sie es. Wonach sie gesucht hatte. Sie schrieb es auf einen Notizblock neben der Tastatur.

Ichform Aspekte = PERFEKT IM CHAOS

»Was zum Teufel treibt ihr beiden da?«, fragte Wilkes plötzlich hinter ihnen. »Wir …«

Dann sah er, was Claire auf den Zettel geschrieben hatte. »Sind Sie sicher?«, fragte er.

»So sicher ich sein kann«, sagte Claire. »Und hier ist noch etwas. Ich glaube, er will, dass wir wissen, wer er ist. Oder zumindest, wer er zu sein glaubt.«

Sie schrieb ANAGRAM THEIST auf den gelben Block. »Sie sagten, Theist bezeichnet einen Glauben an Gott. Denken Sie immer noch, dass dieser Schlächter an Gott glaubt?«, fragte Nick.

»Vielleicht glaubt er, er *ist* Gott«, meinte Wilkes nur halb im Scherz.

»Fast«, sagte Claire und schrieb die Worte noch einmal um. »Wenn ich die ersten drei Buchstaben von Theist nehme, habe ich *the*. Und wenn ich die letzten drei an *anagram* hänge, bekomme ich …«

Claire schrieb es mit kräftiger Blockschrift auf den Zettel:

»THE ANAGRAMIST«

»So nennt er sich«, sagte sie.

Wilkes schüttelte den Kopf. »Vielleicht können uns seine Freunde Joker, Riddler, Penguin und Catwoman zu ihm führen«, scherzte er. »Dieser Fall ist schräger als ein Comic.«

»Wir müssen das Skript ändern, Inspector«, sagte Claire. »Nur ein bisschen.«

»Sie haben das verdammte Ding geschrieben«, meinte Wilkes und sah auf die Uhr. »Also ändern Sie es. Sie haben noch eine Stunde, bis die Show anfängt.«

»Ich danke Ihnen allen für Ihr Erscheinen«, sagte New Yorks Bürgermeister Mark Glassman in einen Wald von Mikrofonen vor dem Rednerpult auf der Bühne des Pressesaals im Polizeihauptquartier. Der Raum war brechend voll, und nach einigen einleitenden Worten übergab Seine Ehren an Polizeipräsident Farrell, der links von ihm stand. Trotz der unvermeidlichen Konsequenzen für ihn bewahrte Farrell eine undurchschaubare Miene. Hinter den beiden standen Chief of Detectives Dolan und Inspector Wilkes vor Claire, die von Nick und Tony Savarese flankiert wurde. Die Dienstmarken der beiden Detectives hingen aus den Brusttaschen ihrer Sakkos.

Farrell war über das Klappern der Kameraauslöser kaum zu hören, als er in wenigen Worten seinen Rücktritt vom Amt des Polizeipräsidenten bekanntgab, das er so geliebt hatte. Claire wusste, es war Quatsch. Farrell reichte seinen Abschied ein, um der öffentlichen Empörung zu entgehen, die ihm gewiss war, falls jemand herausfand, was er Victor Palmer erzählt hatte. Als Abschiedsgeschenk für den Bürgermeister verkündete er Palmers Verhaftung wegen der beiden Morde von 1977 und an der Unbekannten in East New York. Das alles dauerte fünf Minuten, in denen Claire dort stehen und sich zu der grimmigen Miene zwingen musste, die sie seit Jahren auf den Gesichtern der Teilnehmer bei ähnlichen Pressekonferenzen sah. Auch das gehörte zum Drehbuch.

»Ehe ich Fragen beantworte, möchte ich Inspector Brian Wilkes, den Leiter der Major-Case-Gruppe, nach vorn bitten, dessen Detectives in dem Fall ermittelt und ihn gelöst haben.«

Als Wilkes ans Rednerpult trat, fragte sich Claire unwillkürlich, ob er es schaffen würde, einen Satz ohne F-Wort zustande zu bringen. Aber sie hatte den professionellen, geschliffenen Karrierepolizisten Wilkes noch nicht in Aktion gesehen.

»Nicht dass ich meine Vorgesetzten korrigieren möchte«, begann Wilkes, »aber die Verhaftung von Victor Palmer wäre nicht möglich gewesen ohne die unschätzbare Hilfe von Dr. Claire Waters vom Manhattan State University Hospital. Es ist das zweite Mal, dass Dr. Waters mit uns gearbeitet hat, und die Polizei und die Stadt New York schulden ihr Dank. Dr. Waters wird uns als Beraterin in zwei anderen Fällen weiter zur Verfügung stehen, über die ich nun berichten möchte.«

Die Kameras klickten und surrten, aber jetzt waren sie alle auf Claire gerichtet, die weiterhin nur dastand, konzentriert geradeaus schaute und Wilkes' Lob mit einem Kopfnicken quittierte. Ihr Gesicht blieb auch ernst, als der Inspector fortfuhr, von seinem Skript abzulesen.

»Zur Verhaftung von Mr. Palmer haben Ermittlungen in einem Mordfall geführt, der vor mehr als zwei Wochen geschah. Sie erhalten zu dem, was ich gleich erzähle, Handouts und Fotos in einer Pressemappe. Das Opfer dieses brutalen Mords war Rosa Sanchez, vierundzwanzig, aus der Bronx. Ihre Gebeine wurden vier Tage nach ihrem Verschwinden in einer Mülltonne drei Blocks vom Yankee-Stadion entfernt gefunden. Zunächst verdächtigten wir Mr. Palmer des Mordes an Miss Sanchez, da die Vorgehensweise mit den anderen Fällen übereinzustimmen schien, deretwegen Mr. Palmer verhaftet wurde. Doch nun haben uns neue Hinweise zu der Überzeugung geführt, dass Mr. Palmer nicht für den Tod von Miss Sanchez verantwortlich sein kann. Deshalb bleibt ihre Ermordung ein ungeklärter Fall, und den Täter der Gerechtigkeit zuzuführen hat für das NYPD höchste Priorität. Wir bitten alle Personen, die möglicherweise Informationen zu dem Fall haben, uns unter der Nummer auf Ihrem Bildschirm anzurufen. Sie können jetzt Fragen stellen.«

Claire lockerte ihre Haltung und bemühte sich, ihre Anspannung nicht zu zeigen. Die wichtigsten Momente der Pressekonferenz kamen erst noch.

»Haben Sie eine Spur oder Verdächtige?«, fragte ein altgedienter Fernsehreporter.

»Kommen Sie, Louie, Sie wissen, dass wir hier nicht unsere Karten auf den Tisch legen können.« Die Bemerkung rief Gelächter im Pressekorps hervor. Es war typisch Wilkes, sich vor den Kameras ungezwungen zu geben. »Aber wir glauben, dass Miss Sanchez von einem Nachahmungstäter zufällig ausgewählt wurde.«

»Sie meinen, jemand, der die von Victor Palmer begangenen Morde nachahmte?«, rief ein Reporter.

»Und die anderer Killer«, antwortete Wilkes. »Wir arbeiten noch an einem zweiten Fall, über den ich Ihnen im Moment nichts sagen kann, der aber möglicherweise mit diesem in Verbindung steht. Ich kann Ihnen allerdings mitteilen, dass die Vorgehensweise vollkommen anders ist als im Fall von Miss Sanchez, aber bis ins Detail einem Mord ähnelt, der vor fast hundert Jahren begangen wurde.«

Eine Reporterin der *Times* meldete sich. »Können Sie

uns sagen, was genau Sie zu der Überzeugung geführt hat, dass Mr. Palmer *nicht* Miss Sanchez getötet hat?«

»Nicht annähernd so genau, wie Sie es gern hätten, Marissa«, erwiderte Wilkes, »aber ich kann Ihnen Folgendes sagen: Verglichen mit Mr. Palmers Werk, hat die Person, die ihn zu kopieren versuchte, sich furchtbar angestellt.«

»Was meinen Sie mit ›furchtbar‹?«, fragte ein anderer Reporter.

»Na ja, sagen wir einfach, Palmers Imitator ist schlampig, wie man es ist, wenn man nicht richtig recherchiert und sich vorbereitet. Für Palmer war Mord eine Kunstform. Verglichen mit ihm ist das Werk dieses Hochstaplers Vorschul-Fingermalen. Er ist ein blutiger Amateur.«

Claire blendete die weiteren Fragen an Wilkes aus. Auch wenn ihr Blick weiter ernst blieb, war sie jetzt zuversichtlicher und überzeugt, ihre Aufgabe erfüllt zu haben. Was Wilkes soeben in aller Öffentlichkeit gesagt hatte, war der wichtigste Teil des Drehbuchs, das sie geschrieben hatte. Wenn es Rosas Mörder vor allem um Chaos und Worte ging, konnten Worte vielleicht auch sein Verderben sein.

Sie würden einfach abwarten müssen.

Er sah, wie die Kamera auf Claires Gesicht zoomte, während der Typ, der die Ermittlung leitete – er konnte sich seinen Namen nicht merken, aber der war nicht wichtig –, immer weiterredete. Er hatte mit einem wunderbaren Geschenk begonnen: Die Nachricht, dass es ihm mit seiner Arbeit gelungen war, Victor Palmer nach all den Jahren aus der Deckung zu locken, erfüllte ihn mit nichts weniger als purer Freude.

Und dann drehten sie ihm das Messer im Bauch um. Palmer als van Gogh zu beschreiben und ihn selbst als Hochstapler, dessen Werk nicht mehr taugte als das Ge-

schmier von Vorschulkindern? Als einen Pfuscher? Einen Amateur?

Wofür zum Teufel hielten sich diese vertrottelten Cops eigentlich? Was glaubten sie, mit wem sie es hier zu tun hatten? Nun, sie würden es bald herausfinden!

Er nahm die antiquarische Porzellanlampe neben seinem Bett und schleuderte sie durch den Raum, dass sie in tausend Stücke zersprang. Dann packte er seinen Wecker, den Wecker, den ihm seine Mutter gekauft hatte, als er sieben war, mit den römischen Ziffern, dem goldfarbenen Gehäuse und der Zwillingsglocke auf der Oberseite. Er warf ihn mit allem, was er in sich hatte, mit aller Wut, aller Abneigung und aller unerträglichen Eifersucht auf das Fernsehgerät.

Auf Claire Waters' Gesicht.

Der Schirm zersprang, wo ihr Kopf war, das Innere des Geräts sprühte Funken, bis es immer dunkler wurde und so tot war wie Rosa Sanchez.

Obwohl dieser Inspector, der ihn keinen Deut interessierte, die Worte gesprochen hatte, verriet ihm Claires Anwesenheit alles, was er wissen musste. Der Idiot am Rednerpult war nur das Gefäß. Claire hatte ihm alle seine Worte in den Mund gelegt. Seine geliebte Claire. Seine Heldin. Das Objekt sowohl seiner unsterblichen Liebe als auch seines grenzenlosen Hasses.

Denn sie hatte es geschafft. Sie wusste Bescheid. Sie war irgendwie dahintergekommen. Und das bedeutete, er hatte versagt. Sie war schlauer als er …

Was bedeutete, er musste noch schlauer sein.

Wir werden ja sehen, wie klug sie ist, *dachte er.* Sie täuscht sich in mir. So wie sich die medizinischen Fakultäten getäuscht haben, die mich nicht zuließen.

Er konnte es ihr immer noch zeigen. Er würde es allen zeigen.

Er näherte sich dem großen Gittermuster an seiner Wand. Nahm seinen Stift, das Schwert, mit dem er die Drachendame Claire töten würde. Wie von Sinnen schrieb er Namen in das Gitter, über, unter und neben die Namen, die er bereits eingetragen hatte:

ROSA SANCHEZ

JAMES FRANKLIN

ROBERT NEWMAN

Er trat ein paar Schritte zurück und bewunderte sein Werk. Und dann erkannte er, dass er den wichtigsten Namen von allen ausgelassen hatte, und er ging wieder an die Wand und schrieb langsam und bedächtig in das Kreuzworträtselgitter:

CLAIRE WATERS

Sie würde den Tag noch bitter bereuen, an dem sie es gewagt hatte, ihn zu übertreffen.

Denn jetzt würde es nicht mehr genügen, besser zu sein als sie.

20

Der Donner eines Sommergewitters drang durch die Ziegelwände von One Police Plaza und übertönte fast Wilkes' Worte, als er mit Claire und Nick in das Büro des Major-Case-Teams kam. Es herrschte Hochbetrieb, sämtliche Schreibtische waren besetzt, alle Detectives telefonierten. »Damit dürften Sie unseren Mr. Anagramist ganz schön auf die Palme gebracht haben, Doc«, sagte er. »Großartig gemacht. Sie haben sogar ausgesehen wie eine von uns, als Sie da oben standen.«

Es war kurz vor acht Uhr abends, und obwohl Claire selbst erschöpft war, sah sie, wie Nick gebeugt ging; Schlafmangel und die Folgen seiner Gehirnerschütterung ließen ihn halb zusammenbrechen. Und sie war nicht die Einzige, die es bemerkte.

»Sie hingegen sehen aus wie ein Haufen Hundescheiße«, sagte Wilkes zu Nick.

»Es geht mir gut«, winkte Nick ab und bemühte sich, ein munteres Gesicht zu machen.

»Von wegen«, erwiderte Wilkes in freundlicherem Ton. »Sie fahren nach Hause.«

Nick wollte nichts davon wissen. »Es gibt zu tun.«

Und dann stolperte er beinahe über ein Stuhlbein. Claire packte ihn am Arm.

»Alles okay«, sagte er und schüttelte sie ab.

Aber Wilkes duldete keinen Widerspruch. »Das ist ein

ausdrücklicher Befehl, Detective.« Hilfesuchend sah er Claire an.

»Sie müssen sich ausruhen«, sagte diese. »Sonst heilt Ihr Kopf nicht richtig.«

Sie hatten recht, aber Nick wollte es nicht zugeben. »Ich gehe nirgendwohin, bevor das vorbei ist«, entgegnete er.

»Für Sie ist es jetzt vorbei, zumindest fürs Erste«, sagte Wilkes. »Sie sind nicht der einzige Beamte hier. Und viel können wir ohnehin nicht tun, da wir nicht wissen, wer zum Teufel Mr. Anagramist ist. Also treffen wir uns alle morgen früh wieder.«

»Sind Sie sicher?«, versuchte es Nick ein letztes Mal.

»Ich bin mir sicher, dass ich Sie wieder ins Krankenhaus schicke, es sei denn, unser Doc hier bringt Sie nach Hause«, sagte Wilkes mit Nachdruck, ohne die Stimme zu heben. »Wir müssen einfach hoffen, dass dieser Verrückte nicht heute Nacht loszieht. Aufhalten könnten wir ihn so oder so nicht.« Er wandte sich an Savarese, der telefonierte. »Wie weit sind Sie, Tony?«

Savarese deckte den Hörer ab. »Wir informieren alle Reviere, dass jeder Todesfall, der nur ein bisschen verdächtig aussieht, sofort an uns gemeldet wird. Billy, Vernon und ich bauen hier im Gruppenraum unsere Liegen auf und bewachen die Telefone.«

»Sehen Sie?«, sagte Wilkes zu Nick. »Es ist für alles gesorgt. Und Doc, Sie haben bis morgen früh Ihr Zeug fertig?«

»Jawohl«, antwortete Claire. »Das Profil des Anagrammisten ist bis morgen erstellt.«

»Gut«, meinte Wilkes mit einem Seitenblick auf Nick. »Dann schaffen Sie jetzt diesen total fertigen Typen hier nach Hause.«

Claire nestelte an Nicks umfangreichem Schlüsselbund herum, bis sie den Schlüssel gefunden hatte, der die Wohnungstür öffnete. »Es wundert mich, dass Ihre Täter Sie nicht schon von weitem hören bei diesem Geklirre«, witzelte sie.

Er hatte ihr den Schlüsselring gegeben, als sie draußen vor seinem Gebäude beim Feuerhydranten parkten. Trotz seiner Polizeiplakette auf dem Armaturenbrett war die Stelle nicht ihre erste Wahl. Nick hatte sie zu überzeugen versucht, er sei durchaus noch fähig, ein Stück zu gehen, aber Claire sah, dass er rapide schwächer wurde. Sie hatte die Tür kaum geöffnet, als Nick, ohne auf den sich schwanzwedelnd nähernden Cisco zu achten, schnurstracks auf das Sofa im Wohnzimmer zustrebte und sich mit letzter Kraft darauffallen ließ.

»Vielleicht sollten Sie morgen zu Hause bleiben«, schlug Claire vor, die in dem Sessel Platz nahm, damit er sich auf dem Sofa ausstrecken konnte. Was er auch tat, während sich Cisco auf dem Boden vor seinem Herrn niederließ.

»Vergessen Sie es«, sagte Nick mit leichtem Lallen. Claire hoffte, es lag an der Erschöpfung und nicht an der Gehirnerschütterung. Sie machte eine Lampe neben dem Sofa an und beugte sich über Nick.

»Öffnen Sie die Augen«, sagte sie.

Nick gehorchte, und Claire senkte den Kopf so tief, dass ihr Gesicht nur noch Zentimeter von seinem entfernt war. Dann leuchtete sie mit ihrem Handylicht in beide Augen.

»Aua!«, schrie er, der plötzliche grelle Schein war ihm zu viel. »Wollen Sie, dass ich schneller blind werde?«

»Ich will mich vergewissern, dass Ihre Pupillen nicht unnatürlich geweitet sind.«

»Und«, erwiderte Nick ungeduldig. »Wie lautet der Urteilsspruch?«

»In meiner Branche nennt man es eine Diagnose«, sagte sie ungerührt. »Sie werden es überleben …«

»Daddy!«, rief Jill, die in übergroßem T-Shirt mit der Popsängerin Adele auf der Brust angerannt kam, um ihrem Vater einen Kuss zu geben. Sie hielt abrupt inne, als sie den inzwischen einen Tag alten Verband an seinem Kopf sah. »Alles okay, Dad?«, fragte sie und wandte sich, ohne eine Antwort abzuwarten, an Claire. »Was ist passiert?«

»Er hat einen Schlag auf den Kopf bekommen, als er einen Mörder verhaftet hat«, sagte Claire. »Dein Vater ist wieder einmal ein Held. Aber er weiß nicht, wann er aufhören muss.«

»Das kommt daher, weil er ein störrischer Maulesel ist«, sagte Jill und strich ihrem Vater über den Kopf.

»Sie sind die Heldin, Claire«, murmelte Nick. »Ich habe nichts weiter getan, als bewusstlos werden. Sie haben ihn festgenommen.«

Jill spürte, dass sich zwischen den beiden etwas verändert hatte. »Sagt mir jemand bitte mal, ob er wieder gesund wird?«

»Mir geht es gut«, versicherte Nick.

»Jedenfalls wenn er sich ausruht«, ergänzte Claire.

»Ich bin hier«, sagte Nick und versuchte sich aufzusetzen. »Ich kann für mich selbst sprechen.«

Jill drückte ihn wieder nach unten. »Langsam, großer Mann«, sagte sie sanft. »Sie ist Ärztin. Hör einfach auf sie. Hör zur Abwechslung mal auf jemanden.«

»Ich kann bleiben, wenn ihr wollt«, bot Claire an, was Nick sofort wieder den Kopf heben ließ.

»Danke«, antwortete Jill. »Ich weiß das Angebot zu schätzen. Aber Sie müssen selbst total müde sein. Ich kümmere mich schon um ihn.«

»Wo ist Katie?«, fragte Nick benommen.

»Sie schläft«, sagte Jill. »Ich habe ihr erzählt, du arbeitest an einem wichtigen Fall. Sie hat keine Fragen gestellt.«

Claire wollte gern bleiben. Sie fühlte sich für Nicks Zustand verantwortlich und ohrfeigte sich innerlich, weil sie nach seiner Entlassung aus dem Krankenhaus nicht darauf bestanden hatte, dass er sich schonte. Andererseits wusste sie, dass er niemals auf sie gehört hätte. So wie er jetzt nicht zuließ, dass sie sich um ihn kümmerte. »Dann fahre ich mal«, sagte sie. »Aber ich komme gleich morgen früh wieder.«

»Sie müssen nicht läuten«, sagte Nick. »Unter dem Fahrersitz des Wagens ist ein Satz Wohnungsschlüssel mit Klebeband befestigt.«

»Der große Detective hat nämlich eine Denkblockade, wenn es darum geht, seine Schlüssel zu finden«, erklärte Jill.

»Ruf mich an, wenn du etwas brauchst«, sagte Claire zu dem Mädchen. »Du hast meine Nummer.«

Nick mobilisierte seine letzten Energiereserven und setzte sich auf. »Ich bringe Sie hinaus«, sagte er.

»Aber nicht ins Freie, Dad«, befahl Jill. »Es regnet in Strömen.«

»Jawohl, Ma'am«, sagte Nick und salutierte spöttisch. »Nur bis zur Wohnungstür.«

Er stemmte sich vom Sofa hoch und ging mit Claire zur Tür. Sie widerstand dem Drang, ihn zu stützen, weil sie wusste, wie sie sich fühlen würde, wenn er sie wegstieß. Stattdessen folgte sie ihm einfach, und bei den kleinen Schritten, die er machte, wurde ihr immer unwohler.

Und seltsam, dachte sie, als er die Tür öffnete und sich daran festhielt, sein geschwächter Zustand schien ihn noch attraktiver für sie zu machen. Sie hatte versucht, sich einzureden, dass sie es zum ersten Mal gespürt hatte, als er sie neulich im Wagen geküsst hatte. Aber sie konnte nicht länger leugnen, dass diese Gefühle schon früher wach geworden waren, als sie zugeben wollte. Es störte sie, dass sie sie nicht akzeptieren und gutheißen konnte. Fühlte sie sich zu ihm hingezogen, weil er ihr letztes Jahr das Leben gerettet hatte? War es aus Dankbarkeit oder weil sie in seiner Schuld stand? Fühlte sie sich nicht nur zu ihm hingezogen, sondern zu der Vorstellung, sich um ihn und seine Töchter zu kümmern, Teil einer Familie zu sein?

Oder ging es tiefer? Hatte sie sich schlicht in ihn verliebt? Und wenn ja, warum verdrängte sie ihre Gefühle dann?

Es war nicht Angst vor einer Bindung. Sie hatte Heiratspläne mit Ian gehabt, der unbestreitbar in sie verliebt gewesen war: Diese Liebe hatte auf tragische Weise an dem Tag geendet, an dem sie und Nick ihn brutal ermordet in ihrer gemeinsamen Wohnung gefunden hatten. Sie schauderte immer noch bei dem Gedanken.

Und plötzlich wurde es ihr klar. Glaubte sie zumindest. *Vielleicht ist es das. Alles, was ich liebe, stirbt. Und das will ich niemandem mehr antun. Einschließlich mir selbst.*

»Danke fürs Nachhausebringen«, sagte Nick und strich ihr das Haar hinters Ohr.

»Sie müssen ins Bett«, sagte Claire. »Und dort bleiben.«

»Was heißt das?«

»Das heißt, wenn Sie sich beschissen fühlen, dürfen Sie sich nicht zwingen, sonst könnte Ihnen ein bleibender Gehirnschaden …«

Weiter kam sie nicht. Zärtlicher als beim letzten Mal beugte sich Nick zu ihr hinunter und küsste sie. Und diesmal zögerte sie nicht, sie schloss die Augen, verlor sich in dem Kuss und gestattete sich zum ersten Mal seit Ians Tod, diese Art von Nähe zu fühlen. Es dauerte sehr lange, bis sich ihre Lippen wieder voneinander lösten.

»Wow«, war alles, was Nick sagte.

»Es tut mir leid«, stammelte sie.

»Das sollte es nicht. Ich habe angefangen.«

Claire hob ihre Handtasche auf, die sie während des Kusses fallen gelassen hatte. »Bis morgen früh«, sagte sie und eilte zur Treppe.

Sie war noch ganz verwirrt, als sie in den Jeep stieg und zu ihrem Viertel auf der East Side fuhr, wo sie einen der raren freien Parkplätze gleich um die Ecke von ihrem Gebäude fand. Als sie ausstieg, wurde ihr bewusst, dass sie keine Erinnerung an die Fahrt hatte.

Im Schein einer Straßenlaterne betrachtete sie ihr Spiegelbild im Beifahrerfenster des Jeeps. Ihr Haar war wirr. Sie überlegte, ob ihr Vater heute Abend in der Wohnung war. Sie wollte nicht, dass er sie so sah, und sie wollte auch die Fragen nicht beantworten, die er unweigerlich stellen würde.

Die Fahrt mit dem Aufzug nach oben verschaffte ihr Zeit, sich so weit zu beruhigen, dass sie sich darauf freute, ihren Vater zu sehen, mit ihm zu sprechen und seine tröstliche Stimme zu hören. Aber sobald sie die Wohnungstür öffnete, war ihr klar, dass er nicht da war. Er ließ immer das Licht im Badezimmer an, und jetzt war die Wohnung stockdunkel. Sie ging direkt in ihr Schlafzimmer und legte sich vollständig bekleidet aufs Bett. Die Erschöpfung, die sich über zwei Tage hinweg aufgebaut hatte, forderte ihren Tribut. Sie hatte kaum die Schuhe von den Füßen gestreift, als sie in einen traumlosen Schlaf sank, aus dem sie erst durch das Läuten ihres Telefons auf dem Nachttisch wieder erwachte.

Als sie die Augen öffnete, war es heller Tag, die Vorhänge waren offen. Sie griff nach dem Hörer, ohne nachzusehen, wer anrief. »Hallo?«, meldete sie sich verschlafen.

»Claire, mein Schatz«, sagte ihre Mutter und klang so angespannt dabei, dass Claire sofort hellwach war. Sie sah auf das Display, woher der Anruf kam, und wurde von Panik erfasst. »Mom, warum bist du im Rochester General Hospital?«, fragte sie und fürchtete sich vor der Antwort.

»Erschrick nicht und spring nicht gleich in ein Flugzeug ...«

»Mom!«, unterbrach sie, schlüpfte aus dem Bett und lief zu ihrem Kleiderschrank, während sie sprach. »Jetzt sag schon. Ist etwas mit Dad?«

»Ja, aber die Ärzte meinen, er hat Glück gehabt.«

»Sie meinen? Was ist passiert?«, fragte Claire. Sie befürchtete einen Herzinfarkt oder Schlaganfall.

Sie hörte, wie ihre Mutter tief Luft holte. »Er hatte heute Morgen einen Autounfall«, sagte sie schließlich.

Claire dachte daran, wie sie sich gestern Abend gewünscht hatte, mit ihm zu sprechen. Dann schaltete sie auf professionell um.

»Erzähl mir genau, was die Ärzte sagen«, wies sie ihre Mutter an.

»Deb Hunter behandelt ihn«, antwortete ihre Mutter, was Claire augenblicklich beruhigte. Deborah Hunter war eine Freundin der Familie und zufällig auch die Chefin der Unfallabteilung des Krankenhauses. »Sie hat jeden Test bei ihm machen lassen, den es gibt, und sie sagt, deinem Vater geht es gut und er sei der größte Glückspilz unter der Sonne, angesichts dessen, was passiert ist.«

»Was ist denn nun passiert, Mom?«

»Na ja, du weißt ja, dass er immer schon bei Tagesanbruch ins Fitnessstudio ...«

Komm zur Sache. »Mom, bitte!«

»Tut mir leid. Er war auf der East Avenue, an der Kreuzung mit der Culver Road, und er hatte Grün, wie alle

Zeugen sagen. Aber ein Stadtbus raste bei Rot über die Kreuzung und erfasste ihn seitlich.«

Claire war verwirrt. »Zeugen? Um halb sechs Uhr morgens?«

»Gott sei Dank hat dein Vater das Ding im letzten Moment noch kommen sehen und aufs Gas gedrückt, sodass es ihn nur am Heck erwischt hat und sein Wagen an einen Telefonmasten schleuderte.«

Claire hatte Mühe, ihre Mutter zu verstehen. »Langsam, Mom, nicht alles auf einmal. War der Busfahrer betrunken oder was?«

»Sie wissen nicht, wer den Bus gefahren hat.«

»Mom, das ergibt keinen Sinn …«

»Nichts von alldem ergibt einen Sinn!«, schrie ihre Mutter ins Telefon. »Es heißt nur, der Bus wurde gestohlen.«

»Unglaublich«, sagte Claire, zog einen kleinen Koffer aus dem Schrank und warf ihn aufs Bett. Der Gedanke, ihrem Vater könnte etwas zugestoßen sein, war … nun ja, undenkbar. Aber sie musste sich um ihrer Mutter willen zusammenreißen.

»Na, wenigstens ist Dad nichts passiert. Kann ich mit ihm sprechen?«

»Sie machen noch einen letzten Test, eine Computertomografie, glaube ich. Sobald er wieder hier unten ist, sage ich ihm, er soll dich anrufen. Man darf da drin nämlich keine Handys benutzen.«

Claire verdrehte unwillkürlich die Augen. »Ich weiß, Mom. Ich bin Ärztin, wie du dich vielleicht erinnerst.«

Ihre Mutter lachte nervös. »Tut mir leid, Schatz«, sagte sie. »Es war ein langer Morgen.«

»Kann ich mir vorstellen«, erwiderte Claire, immer noch erschüttert.

»Mach dir keine Sorgen, Liebes«, sagte ihre Mutter in

möglichst beruhigendem Ton. »Es geht ihm gut. Wo bist du später erreichbar?«

Claire warf einen Blick zu dem leeren Koffer auf dem Bett und traf eine Entscheidung. »In der Arbeit, Mom«, antwortete sie und erwähnte nicht, dass ihr Arbeitsplatz heute in der Polizeizentrale sein würde. »Und wenn du mir auf einen Stapel Bibeln schwörst, dass mit Dad wirklich alles okay ist, mache ich mich jetzt tatsächlich auf den Weg dorthin. Versprich mir nur, dass du ihn anrufen lässt, sobald er es kann. Ich möchte seine Stimme hören.«

»Ich verspreche es.«

»Wenn ich in zwei Stunden nichts von dir gehört habe, melde ich mich wieder.«

»Ich schwöre es auf einen Stapel Bibeln«, scherzte ihre Mutter.

Sie verabschiedeten sich und legten auf. Claire verstaute den Koffer wieder im Schrank, duschte und zog eine dunkelblaue Hose, eine braune Bluse, einen grauen Blazer und flache Schuhe an. Auf das Frühstück verzichtete sie und eilte stattdessen nach unten und um die Ecke, wo sie Nicks Jeep gestern Abend abgestellt hatte.

Sie blieb wie vom Donner gerührt stehen. Der Jeep war fort, an seiner Stelle stand ein VW Beetle.

Ganz langsam und ruhig. Du warst gestern Abend übermüdet. Bist du dir sicher, dass du ihn hier geparkt hast?

Sie suchte die Straße in alle Richtungen ab, bis ihr Blick auf die Straßenlampe fiel, in deren Schein sie gestern ihr Spiegelbild betrachtet hatte. Sie überprüfte die Parkbeschilderung in der Straße und fand bestätigt, dass sie legal geparkt hatte und der Jeep nicht abgeschleppt worden sein konnte …

»Hey, Lady!«, ertönte eine männliche Stimme.

Sie fuhr herum. Ein Portier vom nächstgelegenen Gebäude sah sie an. »Haben Sie etwas verloren?«, fragte der junge Mann.

»Ich glaube, mein Wagen wurde gestohlen«, antwortete Claire und zeigte auf den Platz, wo der Jeep gestanden hatte. »Ich meine, der Wagen eines Freunds. Hier habe ich ihn gestern Abend abgestellt.«

»Was für ein Wagen war das?«

»Roter Jeep Cherokee. Die alte Kastenform aus den Achtzigern.«

»Kann nicht behaupten, dass ich den hier gesehen hätte, seit ich hier bin«, sagte der Portier mit deutlichem Brooklyn-Akzent. »Sie rufen wohl besser die Polizei. Ich wünschte, ich könnte Ihnen helfen.«

Claire hatte eine Idee. »Vielleicht können Sie es sogar«, sagte sie. »Gibt es an Ihrem Gebäude Überwachungskameras, die auf den Gehweg gerichtet sind?«

»Ob es die gibt? Man könnte meinen, die verfluchte CIA hat hier ihren Sitz, so viele Kameras gibt es. Wollen Sie das Video ansehen?«

»Ich höre mich wahrscheinlich verrückt an, aber doch, das würde ich gern.«

Der Portier, der sich als Carl aus Canarsie vorstellte, sagte, er würde es ihr zeigen, sobald er jemanden gefunden hatte, der seinen Posten einnahm. Claire rief Nick an, sie fürchtete sich davor, ihm mitteilen zu müssen, dass sein Auto weg war, und war dankbar, als er sagte, sie solle sich keine Sorgen machen.

»Warte einfach«, sagte er. »Ich schnappe mir ein Taxi und komme sofort rüber.«

»Sofort« stellte sich aufgrund des Verkehrs als eine halbe Stunde später heraus, was aber in Ordnung war, da Carl genauso lange brauchte, um jemanden zu finden, der für ihn die Tür übernahm.

»Wenigstens bin ich nicht verrückt«, meinte Claire, als Carl das Überwachungsvideo auf einem kleinen Monitor in einem winzigen Zimmer hinter dem Empfangstisch des Gebäudes für sie abspielte.

»Das habe ich nie angenommen«, erwiderte Nick, der sich heute wieder mehr wie er selbst fühlte.

Claire unterdrückte das Bedürfnis, sich nach seinem Befinden zu erkundigen, da sie wusste, er würde ohnehin nur »gut« sagen. Sie wandte ihre Aufmerksamkeit dem Monitor zu, auf dem man deutlich sah, wie Claire ihr Spiegelbild in der Fensterscheibe betrachtete. »Bist du auf dem Weg zu einem Date oder was?«, witzelte Nick und grinste.

Aber Claire hörte ihn gar nicht. »Wer ist das?«, fragte sie und starrte auf den Schirm, wo ein dunkel gekleideter Mann mit einem breitkrempigen Hut, der sein Gesicht verdeckte, sich dem Jeep näherte. Ohne zu zögern, holte er ein schmales Metallwerkzeug hervor, schob es zwischen Fenster und Tür auf der Fahrerseite und hebelte das Schloss auf. Er stieg ein, griff unter das Armaturenbrett und schien einen Schlüssel ins Zündschloss zu stecken, dann fuhr er mit ausgeschalteten Scheinwerfern davon. Das Ganze dauerte nicht länger als zwanzig Sekunden.

»Du meine Güte, der Kerl ist ein Profi«, sagte Carl.

Claire drückte auf »Pause« und fror das Bild des Jeeps mitten auf der Straße ein. Nick wurde todernst. »Gehen Sie Ihren Boss holen, Carl. Ich brauche diese DVD. Sie ist ein Beweismittel in einem Kriminalfall.«

»Sicher, Detective«, sagte Carl und fügte murmelnd an: »Echtes Jahrhundertverbrechen, so eine alte Schrottmühle kurzzuschließen«, ehe er den Raum verließ.

»Carl ist näher an der Wahrheit, als er selbst glaubt«, sagte Nick.

»Wovon redest du?«, fragte Claire. »Ich dachte, Teile

für alte Autos sind in Ländern der Dritten Welt ein Vermögen wert.«

»Nicht für meinen Wagen, soviel ich weiß«, erwiderte Nick. »Und er hat ihn auch nicht kurzgeschlossen. Er hat den Ersatzschlüssel unter dem Armaturenbrett gefunden.«

»Für den Wagen? Ich dachte, du bewahrst die Wohnungsschlüssel unter dem Sitz auf.«

»Meine Wohnungsschlüssel sind nicht die einzigen, die ich ständig verliere. Ich habe den Wagenschlüssel unten an die Lenksäule geklebt, damit ich immer einen zweiten zur Hand habe.«

Claire gestikulierte in Richtung Monitor. »Der Kerl hat ihn gefunden, als hätte er ihn selbst dahin geklebt …«

Dann tauchte ein düsterer Gedanke in ihrem Kopf auf. »Er ist unmittelbar, nachdem ich den Wagen abgestellt hatte, dort aufgetaucht. Als hätte er auf mich gewartet.«

Nick hatte bereits dasselbe gedacht. »Dem kann ich nicht widersprechen«, sagte er. »Und wenn es so ist, muss er gewusst haben, dass du meinen Wagen fährst, und er muss dir gefolgt sein.«

»Oder er hat mein Gebäude beobachtet.«

Beide Möglichkeiten begeisterten sie nicht gerade. »Aber lass uns die Sache nicht überbewerten«, mahnte Nick. »Wir müssen uns um wichtigere Dinge kümmern.«

»Was machen wir mit dieser DVD?«, fragte Claire.

Es war eine gute Frage. »Ich rufe das zuständige Polizeirevier an, sie sollen jemanden schicken, der darauf aufpasst, bis die Formalitäten geklärt sind. Wir beide müssen in der Zwischenzeit ins Büro.«

»Der Polizeipräsident wäre uns dankbar, wenn wir diesen kranken Hurensohn irgendwann in den nächsten zwei Wochen schnappen könnten, bevor er in Ruhestand geht«, sagte Wilkes zu den Detectives, die sich im Büro des Major-Case-Teams um ihn scharten. Nun, da die Nachahmungstaten öffentlich bekannt waren, gab es keinen Grund mehr, die beteiligten Beamten auf ein Minimum zu beschränken. Im Augenblick war die Mannschaft, die den »Anagrammisten« jagte (dessen selbstgewählter Spitzname vor der Presse geheim gehalten wurde), neunzehn Detectives stark.

»Diesen Verrückten zu finden hat oberste Priorität«, fuhr Wilkes fort, »und das kommt direkt vom fünfzehnten Stock. Wir haben in dieser Sache alle Freiheiten. Unbeschränkte Ressourcen. Wir brauchen nur nach etwas zu fragen, und wir werden es bekommen. Und wir werden es auch brauchen«, fügte Wilkes an, »denn leider ist der einzige handfeste Hinweis auf dieses Arschloch die Art und Weise, wie er Rosa Sanchez zerstückelt hat. Es wurde nicht das Geringste gefunden, was ihn identifizieren könnte – Abdrücke, DNA, nichts, kein Wagen, keine Reifenspuren oder andere, absolut gar nichts. Der Kerl hat nicht nur Glück, er ist gut. Und die Tatsache, dass sich seine Vorgehensweise ständig ändert, ist nur das Sahnehäubchen auf diesem Haufen Scheiße, weil wir nicht einmal sagen können, wonach wir Ausschau halten.«

Hinter den ernsten, aufmerksamen Detectives stand Claire an die Wand gelehnt. Sie holte tief Luft: Sie war als Nächste dran. Und sie war nervös. Auf der Pressekonferenz hatte sie zumindest nicht sprechen müssen.

»Wonach wir suchen, Leute, ist ein Geist«, fuhr Wilkes fort. »Wir alle wissen, wie schwer die zu finden sind. Und jetzt, da wir im Fernsehen waren, weiß er, dass wir hinter ihm her sind. Damit sich da ja keiner täuscht: Er ist uns ein Stück voraus, und es wird höchste Zeit, dass wir in diesem perversen kleinen Spiel an ihm vorbeiziehen.«

Er machte Claire ein Zeichen, und sie kam nach vorn. »Ich weiß nicht, wer von euch Dr. Claire Waters schon kennen gelernt hat, aber sie war bisher eine unverzichtbare Hilfe, und sie arbeitet in offizieller Funktion mit uns daran, diesen Wahnsinnigen dingfest zu machen. Sie hat ein Profil von ihm erstellt, für das ihr die Stadt keinen Cent bezahlt – nicht dass sie darum gebeten hätte. Bitte, Dr. Waters.«

Claire war auf der Stirnseite angekommen, aber auf den spontanen donnernden Applaus dieser Detectives war sie nicht vorbereitet gewesen. Sie merkte, wie sie rot wurde vor Verlegenheit, und wusste nicht, wie sie reagieren sollte. Wilkes sah ihre Notlage und kam ihr zu Hilfe.

»Okay, ihr Schwachköpfe«, brüllte er über den Applaus hinweg, »jetzt lasst mal gut sein, bevor sich unsere Frau Doktor hier noch ins Hemd macht.« Über das Gelächter seiner Leute sagte er zu Claire: »Sie haben anscheinend ein paar Fans hier, und die haben Sie sich auch verdient.«

Claire richtete sich auf und holte tief Luft. »Danke, Inspector. Ich bin gerührt.«

»Er auch«, ertönte eine unbekannte Stimme aus den hinteren Reihen, was wieder alle zum Lachen brachte und Claire so weit entspannte, dass sie sich bereit fühlte, in diesem Raum voll erfahrener Polizisten fortzufahren.

»Okay«, sagte sie, als das Lachen abebbte. »Seien Sie froh, dass Sie jetzt lachen, denn ich glaube nicht, dass unser Freund, der Anagrammist, leicht zu fangen sein wird.«

Sie stellte ringsum Augenkontakt her, und die Blicke der Anwesenden bestätigten, dass alle zuhörten. »Unser Killer ist jemand, der Serienmörder studiert, und zwar weitgehend unbekannte. Anders als ich, der William Edward Hickman im ›Einführungsseminar Serienmörder‹ kennen gelernt hat (erneutes Gelächter), dürfte kaum jemand von Ihnen von ihm gehört haben. Um es kurz zu machen, Hickman hat in den Zwanzigern ein kleines Mädchen in Los Angeles ermordet und es ausbluten lassen. So wie es unser Täter auf genau dieselbe Weise mit einem noch nicht identifizierten männlichen Opfer in Queens versucht hat.«

»Was ist mit Victor Palmer, Doc?«, fragte Savarese. »Wir wussten bis vor kurzem nicht, dass er Frauen zerstückelt hat, wie könnte es also der Anagrammist gewusst haben?«

»Er konnte es nicht wissen, es sei denn, er hat Palmer gekannt«, stimmte Claire zu. »Höchstwahrscheinlich hat er einfach grausige Morde aus dem Internet gezogen, stieß auf Informationen über die beiden Fälle von 1977 und hat sie kopiert.«

»Und der Mord an Rosa Sanchez hat uns rückwirkend auf die Spur von Victor Palmer geführt«, sagte Nick, der an der Seite stand. »Erst dachten wir, Palmer habe Rosa getötet, aber dann erkannten wir, dass der Anagrammist es nur so aussehen ließ, als wäre es Palmers Werk gewesen. Auf eine verquere Weise haben wir dem Anagrammisten zu danken, weil er uns geholfen hat, Palmer aus der Deckung zu locken und festzunageln.«

»Und vergessen Sie nicht, dass der Mann es meisterhaft versteht, Dinge nachzumachen. Nicht nur kopiert er alte Serienmörder, er gibt sich auch als Polizist aus«, sagte Claire. »So hat er Rosa Sanchez dazu gebracht, dass sie mit ihm ging.«

Sie sammelte sich kurz. »So. Wie Sie vielleicht gestern Abend gesehen haben, hat der Inspector im Fernsehen eine großartige Vorstellung abgeliefert. Er hat sich dabei an ein Skript gehalten, das wir für ihn geschrieben haben. Das Ganze diente dem Zweck, bei unserer Zielperson auf den richtigen Knopf zu drücken und ihn hoffentlich dazu zu bringen, dass er einen Fehler macht. Es ist wahrscheinlich noch zu früh, um sagen zu können, ob es funktioniert hat. Ihn als Amateur zu bezeichnen sollte seinen gravierenden Mangel an Selbstwertgefühl ansprechen. Der Anagrammist sucht nach Wegen, sich gut zu fühlen, aber es fällt ihm sehr schwer, besonders jetzt, da wir ihn gefordert haben. Er bewundert und kopiert das Werk seiner Vorgänger, Serienmörder, die vor ihm kamen, und ich vermute, er sucht die unbekannteren heraus, weil ihm selbst nichts einfällt, was kreativer wäre als das, was er bereits gesehen hat. Es ist wie ein Plagiat in der Kunst. Er ist ein Möchtegern. Aber er gratuliert sich wahrscheinlich selbst zu seiner überragenden Intelligenz, weil er die unbekannten Meister kopiert, und er glaubt, er kann es besser als sie.«

»Hat das vor ihm schon einmal jemand getan?«, fragte eine Frauenstimme von hinten.

»Nicht als bewusste Vorgehensweise«, sagte Claire. »Soviel wir wissen. Es gibt jede Menge Morde, wo jemand seine Frau, Freundin oder seinen Geschäftspartner loswerden will und es wie das Werk eines aktuell aktiven Serienmörders aussehen lässt. Aber ich weiß von keinen Fällen wie diesem.«

»Was ist mit den Wortspielen?«, fragte Nick. »Wozu braucht er die?«

»Die Tatsache, dass er sich selbst einen Namen gegeben hat – The Anagramist –, lässt vermuten, dass er nach Ruhm strebt, nach den Titelseiten der Zeitungen und Hauptmeldungen der Nachrichtensender. Ganz ähnlich wie David Berkowitz, als die *Daily News* anfingen, ihn Son of Sam zu nennen.«

»Vielleicht ist unser Mann ein Schüler von Berkowitz«, rief Wilkes an Savarese gewandt. »Jemand, der mit ihm gesessen hat, dann freikam und beschloss, dass er berühmter werden wollte als der Son of Sam. Schicken Sie zwei

Leute nach Fallsburg hinauf, sie sollen mit Berkowitz reden. Er hat vor langer Zeit Gott gefunden, vielleicht wird er also kooperieren. Fragen Sie, ob es irgendwen gab, der ihn ein bisschen zu sehr zu vergöttern schien. Fahren Sie fort, Doktor.«

»Ich bin fast fertig, Inspector«, sagte Claire. »Eine letzte Sache noch über die Wortspiele, und das ist vielleicht der wichtigste Punkt: Menschen wie unsere Zielperson gleichen ihr geringes Selbstwertgefühl oft dadurch aus, dass sie sich einreden, sie seien klüger als wir alle. Bitte fassen Sie es nicht als Beleidigung auf, aber ein solches Individuum glaubt dann, ein – in seiner Denkweise – ›Haufen schwachsinniger Bullen‹ würde nie in der Lage sein, seine Anagramme zu entschlüsseln.«

»Vielleicht hat er recht«, sagte Wilkes in bedauerndem Ton, »denn wir haben sie nicht entschlüsselt. Das waren Sie.«

Claire wollte nicht, dass das Briefing mit einem solchen Beigeschmack endete. »Aber Sie waren klug genug, mich hinzuzuholen, Inspector«, erwiderte sie mit Unschuldsmiene und erntete die erhofften Lacher dafür, während Wilkes rot wurde. »Reicht das nicht?«

Wilkes konnte es aushalten, zum Ziel eines wohlplatzierten Witzes zu werden. »Wenn wir die Geschichte abgeschlossen haben, wird unsere Frau Doktor ins Comedy-Fach wechseln«, meinte er. »Ihr alle wisst, was ihr zu tun habt. Wir arbeiten in zwei Zwölf-Stunden-Schichten – Mitternacht bis Mittag und Mittag bis Mitternacht – und bleiben flexibel für unerwartete Geschehnisse. Und jetzt an die Arbeit, damit wir diesen Typ erwischen, der die Stadt so kolossal nervt.«

Claire war froh, dass es keinen weiteren Applaus gab, ehe die Versammlung sich auflöste. Die meisten Detectives gingen aus dem Raum, aber einer blieb sitzen – Billy Simms. Der gut aussehende junge Schwarze hatte während des gesamten Briefings telefoniert. Erst jetzt schaltete er sein Handy aus und zeigte Wilkes den hochgereckten Daumen.

»Was gibt es, Billy?«, fragte Wilkes und eilte zu ihm.

»Wir haben den Burschen im Alley Pond Park identifiziert, Boss«, sagte Simms.

Wilkes rief Claire und Nick zu sich, damit Simms sie informieren konnte. »Er heißt Robert Steven Newman, dreiundvierzig, aus Spring Lake, New Jersey«, berichtete Simms und holte Newmans Führerschein auf seinen Computermonitor. Ein gut aussehender, dunkelhaariger Mann im grauen Anzug mit konservativer roter Krawatte füllte den Schirm.

»Eigentlich nichts Besonderes«, murmelte Wilkes. »Wie ist er von der New-Jersey-Küste zu den Sümpfen von Little Neck gekommen?«

»Gute Frage, denn das letzte Mal wurde er vor drei Tagen am Vormittag gesehen, wie er vor dem Superior Court von Monmouth County in sein kanariengelbes Porsche Cabrio stieg und wegfuhr.«

»Superior Court?«, fragte Nick. »Wissen wir, warum er dort war?«

»Die Kollegen in New Jersey sagen, er war Anwalt, spezialisiert auf Personenschäden, in Teilzeit auch Pflichtverteidiger, und er war dort, um einen seiner privaten Fälle verschieben zu lassen. Newmans Frau rief die Polizei, als er am Abend nicht nach Hause kam. Sie haben ihn und sein Fahrzeug im ganzen Bundesstaat ausgeschrieben.«

»Lassen Sie die Beschreibung an unsere Leute und an die Polizei von Long Island verteilen«, befahl Wilkes. »Kanariengelber Porsche, da sollten wir doch eine Chance haben, dass ihn jemand …«

»Es hat ihn schon jemand gesehen«, unterbrach Simms. »Gestern, auf dem Parkplatz des Flughafens von Atlantic City.«

»Und ich rate mal, es gibt keinen Beleg dafür, dass der arme Kerl in ein Flugzeug gestiegen ist oder auch nur ein Ticket gekauft hat«, sagte Wilkes mit vor Sarkasmus triefender Stimme. »Fantastisch. Wer als Erster herausfindet, wie der arme Teufel ohne seinen Wagen von Atlantic City zu einem Sumpf in Queens gekommen ist, den schlage ich zur Beförderung vor.« Der Fall setzte Wilkes unverkennbar zu. »Ich schätze, wir sollten Newmans Leben ausleuchten, ob sich irgendein Anhaltspunkt für diese Geschichte ergibt …«

»Die Polizei von New Jersey ist schon dran …«, sagte Simms.

»Ich will aber, dass unsere Leute mit dran sind«, schnauzte Wilkes.

»Nick!«, rief ein Detective namens Stark durch den Raum. »Leitung drei.«

»Kannst du das übernehmen?«, fragte Nick.

»Es ist die Schule deiner Tochter«, sagte Detective Stark, »und es klingt dringend.«

Nick suchte sich das nächste Telefon und riss den Hörer vom Apparat.

»Hier ist Detective Lawler.«

»Hallo, Detective, hier ist Dawn Frandon, ich bin die stellvertretende Direktorin der …«

»Ich weiß, wer Sie sind, Miss Frandon«, sagte Nick, der sich an die Frau von der Highschool seiner Tochter Jill erinnerte. Sie war in den Wochen nach dem Selbstmord seiner Frau sehr hilfreich gewesen. »Ist alles in Ordnung mit Jill?«

»Nun ja, das wollte ich eigentlich Sie fragen«, sagte die

Lehrerin. »Weil Jill noch nie eine Stunde geschwänzt hat, und als sie heute nicht zu Geschichte erschienen ist …«

»Wissen Sie, wo sie hingegangen ist?«, fragte Nick. Seine Kollegen drehten den Kopf in seine Richtung, als sie die Angst in seiner Stimme hörten, und Claire eilte zu ihm.

»Nein, aber ihre Freundin Marnie hat uns erzählt, dass Jill einen Anruf von ihrer jüngeren Schwester Katie erhalten hat und aus dem Schuldgebäude gerannt ist.«

»Danke für den Anruf«, sagte Nick. »Bitte geben Sie mir Bescheid, wenn Jill zurückkommt.«

»Jill ist verschwunden?«, fragte Claire, als Nick aufgelegt hatte.

»Nachdem Katie sie angerufen hat«, sagte Nick, zog sein Handy hervor und drückte die Kurzwahl für Jill. Er beendete das Gespräch nach wenigen Sekunden.

»Die Mailbox war sofort dran«, erklärte er und versuchte Katies Nummer. Wieder beendete er den Anruf rasch; Angst trat auf sein Gesicht.

»Was ist?«, fragte der Inspector.

»Irgendwas mit Nicks Kindern«, antwortete Simms.

Nick suchte Katies Schule in seinen Telefonkontakten heraus und wählte. »I-S Eins-Zweiunddreißig«, meldete sich eine weibliche Stimme.

»Hallo, hier ist Nick Lawler, der Vater von Katie Lawler«, sagte Nick rasch. »Wissen Sie, in welchem Kurs Katie im Augenblick ist?«

»Alles okay, Mr. Lawler«, sagte die Stimme. »Alles ist geregelt.«

»Wovon reden Sie?«

»Na ja, wir haben Katie diesem Detective mitgegeben, den Sie geschickt haben.«

»Was?«, rief Nick. »Ich habe nie einen Detective geschickt, der meine Tochter abholen sollte!«

Bei diesen Worten rannte Wilkes zu Nicks Platz, und alle unterbrachen ihre Tätigkeiten und standen auf. »Was ist los?«, fragte der Inspector.

Claire streckte die Hand aus und drückte einen Knopf auf Nicks Telefonapparat, und die weibliche Stimme kam über Lautsprecher.

»Oh, wir haben es natürlich überprüft, als er sagte, er sei ein Freund von Ihnen, und Katie meinte, sie würde ihn nicht kennen. Aber dann sagte der Mann, Sie hätten ihm Ihren Wagen geliehen, damit er Katie abholen konnte, und wir gingen mit ihr hinaus, und sie sagte, ja, es sei Ihr Wagen, deshalb dachten wir, das wäre in Ordnung …«

Da ließ Nick den Hörer fallen. »Mr. Lawler? Sind Sie noch da? Mr. Lawler?«

Claire unterbrach die Verbindung. »Das ist er«, sagte sie zu Wilkes.

»Glauben Sie?«, erwiderte dieser, die Hand auf Nicks Arm, falls er umzukippen drohte.

Nick seinerseits schaute in die Gesichter seiner Kollegen, für die nun nichts anderes mehr zählte, wie er wusste. Er warf Claire einen Blick voller Angst zu – das erste Mal, dass sie ihn so sah. Auch sie wusste nicht, wie sie ihn trösten sollte.

Fast im selben Moment begann Wilkes, Befehle zu bellen. »Gebt eine Suchmeldung für Nicks Privatwagen heraus! Roter Jeep Cherokee, Baujahr 1988, Insassen wahrscheinlich zwei Mädchen im Teenageralter und ein mutmaßlich bewaffneter und gefährlicher Mann, dem man sich nur vorsichtig nähern darf. Straßensperren an allen Tunneln und Brücken, die von diesem Felsen runterführen. Vorsorglich Beamte auf sämtlichen U-Bahn-Bahnsteigen.« Er sah Nick an, um ihn zu beruhigen. »Wir müssen annehmen, dass er beide Töchter von Nick in seiner

Gewalt hat«, sagte er an alle gewandt, »und ich will, dass es jeder Polizist in New York weiß. Stark«, rief er, »Sie übernehmen die Telefone. Ich will, dass die Nachtschicht unverzüglich auf Überstundenbasis hier anrückt, alle Leute auf die Straße, jeweils zwei in einem Wagen. Wir postieren euch von der Battery bis Cloisters, damit ihr es sofort meldet, *wenn* wir sie gefunden haben.« Er betonte das »Wenn«, um keinen Zweifel aufkommen zu lassen, und wiederholte es noch einmal deutlich für Nick. »Dieser Scheißkerl wird die Insel nicht mit den beiden Mädchen verlassen. An die Arbeit!«

Im ganzen Raum brach hektische Betriebsamkeit aus. Claire legte eine Hand auf Nicks Schulter, und er widersetzte sich nicht. Sie schwieg, es gab nichts zu sagen, was ihm helfen konnte. Ihm zu erzählen, alles werde gut werden, hätte es nur schlimmer gemacht.

»Ihr beide«, bellte Wilkes sie an, »kommt mit, ich werde euch brauchen.«

»Wohin?«, fragte Nick benommen.

Wilkes war bereits auf dem Weg zur Tür. »Zu Katies Schule«, sagte er über die Schulter. »Ich schicke die Spurensicherung hin, sie sollen alles einstauben, was das Arschloch berührt haben könnte.«

Fünf Minuten später saßen sie in Wilkes' Crown Vic, und Savarese steuerte auf dem FDR Drive nach Süden, um die Südspitze von Manhattan herum und die West Street hinauf, mit eingeschaltetem Blaulicht und Sirene, und fuhr so schnell es der Verkehr zuließ. Das vertraute Gefühl linderte Nicks lähmende Angst. Zum ersten Mal, seit Wilkes das Kommando an sich gerissen hatte, sprach er mehr als ein Wort. Zu Claire.

»Er ist dir tatsächlich gefolgt«, sagte er. »Weil er genau

diesen Wagen haben wollte. Um Katie aus der Schule zu holen. Und er hat dieselbe Dienstmarke benutzt, mit der er schon Rosa Sanchez dazu gebracht hat, dass sie mit ihm ging.«

»Und dann hat er Katie benutzt, um Jill anzulocken«, vervollständigte Claire.

»Wagen Drei-Eins, rufen Sie Ihre Kommandoebene an«, ertönte eine Stimme aus dem Polizeifunk.

Wilkes griff zum Hörer der sicheren Funkverbindung in dem Wagen, der ihn direkt mit dem Büro des Chiefs verband. »Inspector Wilkes«, meldete er sich.

Er lauschte einige Sekunden. »Zehn-Vier«, sagte er schließlich. »Alle Kräfte dorthin.« Er hängte den Hörer ein und wandte sich an Savarese. »Inwood. Payson Avenue und Dyckman Street«, kommandierte er in untypisch ruhigem, aber festem Ton.

Es war ein Ton, der Nick und Claire vor Schreck starr werden ließ, während Savarese schweigend gehorchte und den Wagen die West Side hinaufjagte. »Was ist los, Inspector?«, fragte Claire.

Wilkes drehte sich zu den beiden um und sprach durch zusammengebissene Zähne.

»Eine Streife hat Ihren Wagen gefunden, Nicky. Die Mädchen sind darin, sie leben, und der Schweinehund hat sie nicht angerührt.« Er hielt inne und war ganz gegen seine Art um Worte verlegen. »Aber es ist nicht gut.«

21

Die Sirene des Wagens war ausgeschaltet, als Nick und Claire die Polizeiabsperrung in dem ansonsten ruhigen Viertel Inwood, fast an der Nordspitze von Manhattan, erreichten. Es war ein klarer Tag, aber durch die getönten Scheiben von Wilkes' Wagen erkannte Nick nicht sehr viel mehr als den Umriss seines Jeeps, der einen Block entfernt mitten auf einer Kreuzung stand.

Das Bild wurde nur geringfügig deutlicher, als er ausstieg. Er konnte zwei Mitglieder des Bombenentschärfungsteams in gepolsterter Schutzkleidung ausmachen, die den Jeep untersuchten.

Seinen Jeep. In dem er seine beiden Töchter nicht sehen konnte, auch wenn sie in dem Wagen waren.

Wilkes hatte ihnen die Geschichte unterwegs erzählt. Der Entführer, mutmaßlich der Anagrammist, hatte das Auto in der Mitte der Kreuzung angehalten, gleich hinter dem Inwood Hill Park. Er stieg aus, zeigte den Mädchen eine Fernbedienung und warnte sie, falls sie versuchten, durch eine Tür oder ein Fenster zu entkommen, würde der Jeep in die Luft fliegen. Dann war er in den dicht bewaldeten Park verschwunden, wie die Mädchen den ersten Polizisten erzählten, die eintrafen.

Ohne nachzudenken, ging Nick auf das Absperrband zu.

»Wohin willst du?«, fragte Claire beunruhigt.

Nick antwortete nicht. Er wollte eben unter dem Absperrband durchkriechen, als Wilkes ihn am Arm packte. »Sind Sie verrückt?«, rief er. »Sie können da nicht hingehen.«

Nick riss sich frei, aber sein Boss packte ihn erneut. »Nicky, bitte. Lassen Sie die Sprengstoffjungs ihre Arbeit tun«, flehte Wilkes.

»Ich bin ihr Vater«, sagte Nick. »Wenn sie hochgehen, gehen sie nicht allein.«

»Das ist genau das, was dieses Arschloch will«, entgegnete Wilkes.

»Wenn Sie mich aufhalten wollen, müssen Sie mir Handschellen anlegen«, erwiderte Nick und sah seinem Boss in die Augen. Wilkes wollte ihn nicht gehen lassen, aber er hatte keine Wahl. Nach einem Augenblick ließ er Nick los, der zum Dank nur knapp nickte und sich erst langsam und dann im Laufschritt auf den Weg zum Jeep machte.

Claire empfand brennende Schuldgefühle, weil sie Nick in die Geschichte um Rosa Sanchez' Ermordung hineingezogen hatte, und sie wünschte sich für einen Moment, sie hätte es nicht getan. Doch natürlich hatte sie dabei niemals daran gedacht, er und seine Familie könnten in Gefahr geraten.

Sie konnte es jetzt nicht mehr ändern. Aber vielleicht konnte sie den Schaden abmildern. Sie ging auf das gelbe Absperrband zu und versuchte durchzukriechen, ehe es jemand bemerkte. Aber Wilkes packte sie an der Schulter und zog sie zurück.

»Auf keinen Fall, Doktor.«

»Aber ich kann sie beruhigen«, bettelte sie. »Bitte.«

»Ich kann nicht einmal rechtfertigen, dass Nick da unten ist. Sie sind eine Zivilistin. Wenn ich Sie durchlasse, und das Ding geht hoch, ist es schon egal, was es für dienstrechtliche Folgen hat, dann verbringe ich den Rest meiner Tage sowieso in einer Flasche Johnnie Walker.«

Claire fügte sich ohne ein weiteres Wort. Wilkes gab ihr ein Fernglas. Sie stand hinter dem Absperrband und beobachtete, wie Nick den Wagen erreichte, und fragte sich, ob er sich noch ohnmächtiger fühlte als sie selbst, wenn er seine Kinder verängstigt und wimmernd auf dem Rücksitz kauern sah.

»Daddy!«, schrie Katie.

»Nicht bewegen!«, brüllte ein Beamter des Sprengstoffteams und drehte sich langsam wie ein Astronaut auf dem Mond zu Nick um, der als Schutzkleidung nichts weiter als seinen anthrazitfarbenen Nadelstreifenanzug aus hundertprozentigem Kammgarn trug. »Verschwinden Sie hier!«, schrie er.

»Das sind meine Kinder«, sagte Nick ruhig, als erklärte es alles.

Er blieb dreißig Zentimeter von der hinteren Beifahrertür des Jeeps entfernt stehen, sein Verstand war wieder scharf und klar, und seine kaputten Augen nahmen jede Einzelheit wahr. Als Erstes bemerkte er, dass alle vier Fenster einen Spalt offen waren.

Gott sei Dank hat ihnen der Hurensohn zumindest genügend Luft zum Atmen gelassen.

Nick beugte sich so nahe zum Fenster, wie er konnte, ohne den Wagen zu berühren.

»Ich bin hier, und ich gehe nicht ohne euch fort«, sagte er zu den Mädchen. »Diese Männer hier sind die besten. Bleibt einfach ruhig, und wir holen euch da raus. Ich verspreche es.«

Die Mädchen waren zu verängstigt, um etwas zu sagen. Nick wandte sich an die Bombenentschärfer. »Wo ist die Sprengvorrichtung?«, fragte er.

»Mann, ich muss schon sagen«, antwortete der Detective des Sprengstoffteams. »Wir haben den Wagen dreimal abgesucht, und wir können nichts finden – von außen, wohlgemerkt.«

Nick wandte sich wieder der Wagentür zu und sprach durch den Fensterspalt. »Jill, siehst du irgendwo im Jeep ein Gerät mit Drähten?«

Jill sah sich um, ohne Katie loszulassen, die sich ängstlich an sie drückte.

»Ich sehe nichts, Dad«, erwiderte Jill.

»Okay, Liebes«, sagte Nick so ruhig er konnte. »Erzähl mir alles, was passiert ist, von dem Moment, wo er dich aufgesammelt hat, bis zu dem Moment, als er ausgestiegen ist.«

Immer noch zitternd, begann Jill zu berichten. »Ich bin vor der Schule in den Wagen gestiegen. Er hat gesagt, er bringt uns zu dir. Aber dann sind wir den West Side Highway hinaufgefahren.«

»Und dann?«, fragte ihr Vater.

»Er hatte so einen Stöpsel im Ohr, du weißt schon, wie sie die Leute vom Secret Service tragen. Ich fragte, wohin wir fahren. Er sagte, du würdest drüben in New Jersey auf uns warten. An diesem Punkt sagte ich dann, dass ich dich anrufe, und da hat er eine Waffe gezogen und Katie und mich gezwungen, dass wir ihm unsere Handys geben. Ich kann es nicht fassen, dass ich so dumm war.«

»Du warst nicht dumm, sondern klug«, versicherte ihr Nick. »Wenn jemand eine Waffe hat, tut man besser, was er sagt. Erzähl mir den Rest.«

»Er wollte auf die George-Washington-Brücke fahren, aber dann ist er plötzlich weiter geradeaus gefahren. Wir sind eine Weile in der Gegend herumgekurvt, als würde er etwas suchen. Und dann ist er hier stehen geblieben und hat gesagt, wenn wir versuchen, aus dem Wagen auszusteigen, würde er in die Luft fliegen.«

»Hast du die Fernbedienung gesehen? Die, mit der er den Sprengstoff hochgehen lassen wollte?«

»Ja«, sagte Jill und versuchte ihr Zittern unter Kontrolle zu halten.

»Kannst du sie beschreiben?«

»Sie sah aus wie eins dieser Schlüsseldinger, mit denen man eine Autotür öffnet«, sagte Jill.

Nick schwieg einen Moment, dann traf er eine Entscheidung. Und er hoffte, es war die richtige, denn das Leben seiner Kinder – und damit auch sein eigenes – hing davon ab.

»Wir machen Folgendes«, sagte er zu Jill und Katie und winkte die Bombenentschärfer näher. Dann holte er seinen Notizblock hervor, schrieb etwas darauf und zeigte es allen. »Niemand sagt ein Wort, nickt nur zur Antwort. Alles klar?«, fragte er.

Die Mädchen gehorchten. Nick wandte sich den Sprengstoffexperten zu, die ebenfalls nickten.

Hinter dem Absperrband sah Claire alles durch ihr Fernglas. »Ich glaube, sie versuchen etwas«, sagte sie zu Wilkes.

»Scharf beobachtet, Sherlock«, erwiderte der Inspector. »Fangen Sie zu beten an, Doc.«

»Ich habe noch gar nicht aufgehört.«

Hundert Meter entfernt holte Nick tief Luft.

»Okay«, sagte er. »Ich zähle bis drei: Eins. Zwei. Drei!«

Er riss die hintere Tür auf, packte Katie und rannte davon, während Jill auf der anderen Seite aus dem Wagen kroch, direkt in die schützende Umarmung eines Beamten des Sprengstoffteams, der ebenfalls mit ihr weglief. Sie waren fünfzig Meter vom Jeep entfernt, ehe sie sich umdrehten.

Nichts. Der Jeep war noch da und in einem Stück.

Nick packte seine Töchter und drückte sie an sich. Beide weinten und zitterten nach dem durchlebten Schrecken. Langsam näherten sich die Sprengstoffexperten wieder dem Wagen, sahen hinein, schauten unter die Sitze, in das Fach für den Reservereifen, unter die Kühlerhaube.

»Alles in Ordnung«, rief einer nach wenigen Minuten.

Claire und Wilkes rannten zu Nick und den Mädchen, die dicht zusammengedrängt auf halbem Weg zwischen Absperrband und Jeep standen.

»Was zum Teufel war das denn?«, fragte Wilkes.

»Dieser Typ ist ein richtiges Arschloch«, keuchte Nick, der gerade wieder zu atmen anfing.

»Du hast etwas auf einen Zettel geschrieben und ihn allen gezeigt«, sagte Claire, als sie atemlos bei Nick eintraf.

Nick zog seinen Block hervor und zeigte ihnen, was er geschrieben hatte:

DAS MIT DER BOMBE IST QUATSCH
BEI 3 RENNEN WIR WEG

»Woher wussten Sie das?«, fragte Wilkes, erstaunt und erleichtert zugleich.

Nick berichtete, was Jill ihm erzählt hatte. »Unser Mr. Anagramist hat improvisiert«, fuhr er fort. »Er muss eine unserer Frequenzen abgehört haben, und als über die Zentrale die Anordnung kam, die Brücken zu sperren, ist er von der Auffahrt zur George Washington im letzten Moment wieder abgebogen. Er ist eine Weile herumgefahren und hat sich Plan B ausgedacht – die falsche Bombe –, damit er Zeit hatte zu verschwinden.«

Claire ging zu den Mädchen und umarmte sie. »Alles in Ordnung mit ihnen?«, fragte Wilkes.

»Sie stehen unter Schock«, sagte Claire, und in der Tat zitterten beide trotz des ungewöhnlich warmen Frühlingstags. »Sie sollten in einem Krankenhaus untersucht werden.«

Wilkes stimmte zu. »Was halten Sie davon, wenn Sie die beiden zu den Sanitätern hinüberbringen. Die nächste Notaufnahme ist im Columbia Presbyterian Medical Center.« Dann wandte sich Wilkes an die Mädchen. »Wir werden eure Hilfe brauchen, meine Damen. Ihr seid die Einzigen, die den Kerl gesehen haben. Ich schicke einen Phantombildzeichner zu euch ins Krankenhaus, damit ihr ihm den Mann beschreiben könnt. Das ist doch okay, oder?«

Die Mädchen hatten noch immer ihre Stimme nicht wiedergefunden und nickten nur. Wilkes machte Claire ein Zeichen, die einen Arm um Nicks Töchter legte und sie langsam zu zwei sich nähernden Rettungswagen führte.

»Boss ...«, begann Savarese atemlos, weil er den Block entlanggelaufen war.

Wilkes war nicht interessiert an dem, was er zu sagen hatte. »Wenn wir diese Zeichnung haben, will ich, dass sie an jede Polizeibehörde im Umkreis von fünfhundert Kilometern verteilt wird. Der Scheißkerl hat sich endlich einen Schnitzer geleistet, und wir kriegen ihn, egal ob in Handschellen oder in einem Kiefernsarg.« Er nahm den Jeep ins Visier. »Und die Spurensicherung soll dieses Ding in die Garage schleppen und auseinandernehmen. Vielleicht war er ja dumm genug, um Fingerabdrücke und/oder seine DNA zu hinterlassen.«

»Lassen Sie mich zuerst einen Blick auf den Wagen werfen«, sagte Nick. »Mir war, als hätte ich eine Delle bemerkt, die meines Wissens vorher nicht da war.«

Er ging um den Jeep herum, und tatsächlich entdeckte

er eine frisch verbeulte Stelle mit etwas weißer Farbe auf dem roten Wagen. »Claire!«, rief er und winkte sie zu sich.

Claire sah in seine Richtung, während zwei Sanitäter Blutdruck und Puls der Mädchen maßen. »Die Sanitäter bringen euch ins Krankenhaus, und wir treffen uns dort«, sagte sie zu Jill und Katie. Dann eilte sie zu Nick und seinem Jeep hinüber. »Was ist?«, fragte sie.

Nick ging neben dem Wagen in die Hocke und zeigte auf den Schaden. »Erinnerst du dich, ob das neulich Abend schon da war, als du den Wagen abgestellt …?«

Er unterbrach sich, weil er aus der Richtung des Parks etwas hörte. Ein Geräusch, das er ohne sein empfindliches Gehör vielleicht gar nicht wahrgenommen hätte. Wie von einem platzenden Luftballon …

Claire spürte, wie er sie am Arm packte und zog, genau in dem Moment, in dem der scharfe Schmerz, das Brennen rechts in ihrem Kreuz, einsetzte, als hätte ihr jemand ein Brandeisen aufgedrückt. Und dann wurde auf einmal alles langsamer und begann sich zu drehen.

»Da schießt jemand!«, hörte sie Nick schreien, während sie sich an einem Türgriff des Jeeps festhalten wollte, aber es bremste ihren Sturz nur. Sie war zu schwach und der Schmerz zu groß, als dass sie sich aufrecht halten konnte.

»Claire!«, schrie Nick und stand auf, um sie zu stützen, aber er war nicht schnell genug.

Claire fiel zu Boden, auf den Rücken, sie sah zu dem blauen Himmel hinauf und dachte, dass es ein schöner Tag war. Überlegte, wie es morgen sein würde. Der ganze Lärm um sie herum verebbte. Sie war in ihrer eigenen Blase, und sie wollte schlafen.

Wie eine Traumvision tauchte das Gesicht von Inspector Wilkes über ihr auf.

»Schafft diesen Rettungswagen hier rüber, sofort!«, hörte sie ihn sagen, aber es war sonderbar, denn seine Stimme war nur ein Flüstern. »Sie wurde angeschossen … angeschossen … angeschossen …« Es hallte immer weiter. Sie war sich Nicks Stimme in ihrer Nähe bewusst, aber sie sah einfach immer weiter in den Himmel über ihr. Mit diesen großen, flauschigen Wolken …

»Mach uns hier nicht schlapp«, sagte Nick ruhig. »Wir bringen dich ins Krankenhaus.«

Sie wusste, sie musste sich bemühen, die Augen offen zu halten.

Aber es gelang ihr nicht.

22

Als Erstes hörte Claire das Piepen. Sie hatte das Gefühl, in einem Nebel zu stecken. Es erforderte ihre ganze Kraft, die Augenlider zu öffnen. Nur einen Spalt, aber genug, damit das Licht sie blendete. Sie setzte alle Eindrücke zusammen – die verschiedenen Geräusche, der antiseptische Geruch, die Linien, die rhythmisch über einen Monitor liefen: Sie war im Krankenhaus.

»Sie ist wach«, ertönte eine weibliche Stimme, die sie kannte, aber nicht einordnen konnte. »Stellt fest, wie weit ihre Eltern noch entfernt sind.«

Ihre Pupillen gewöhnten sich an das Licht, und sie fing an, scharf zu sehen. Sie war in der Chirurgie des MSU, im postoperativen Aufwachraum. Sie war schon dort gewesen, um neurochirurgische Verfahren zu beobachten. Sie konnte sich nicht erinnern, warum sie jetzt in einem Krankenhaus lag.

»Claire.«

Dieselbe weibliche Stimme. Sie neigte den Kopf nach links. Fairborn stand dort, lächelnd, die Sorge stand ihr ins Gesicht geschrieben, ihre Augen waren gerötet – wovon? *Vom Weinen?*

Um mich?

»Hallo«, antwortete Claire, es war ein heiseres Quieken.

»Nicht sprechen«, sagte Fairborn. »Man hat Ihnen gerade vor zehn Minuten den Beatmungsschlauch herausgenommen. Ruhen Sie einfach. Aber schön, dass Sie wieder da sind.«

Wieder da? Von was? Wo war ich?

Und dann erinnerte sich Claire plötzlich. Der klare blaue Himmel. Wilkes, der über ihr stand.

»Nick«, flüsterte sie.

»Er ist hier«, sagte Fairborn eine Idee zu schnell. »Da draußen im Wartezimmer geht es zu wie auf einem Polizisten-Kongress.«

»Ich wurde angeschossen«, sagte Claire, deren Erinnerung stückweise zurückkam. »Wo?«

»In den Unterleib«, erwiderte Fairborn und klang wie die Ärztin, die sie war. »Sie haben viel Blut verloren, meine Liebe. Phil Mecklin musste Sie aufschneiden, um die Blutung zu stoppen.«

Claire erinnerte sich an das Brennen in ihrem Rücken. Obwohl sie keine Schmerzen hatte und noch nie operiert worden war, fühlte sie eine Spannung, die von dem Einschnitt in ihrem Bauch stammen musste.

»Eine Laparotomie?«, fragte sie. »Wo habe ich geblutet?«

»Die Kugel hat die rechte Nierenarterie getroffen, genau dort, wo sie in das Organ eintritt, und ist im Nierenbecken stecken geblieben«, sagte Fairborn, die sich vor diesem Augenblick gefürchtet hatte. »Der Schaden war zu umfangreich, um die Niere retten zu können. Phil musste sie entfernen.«

Claire war so benommen von der Anästhesie, dass sie die schlechte Nachricht kaum registrierte. »Das ist okay, ich brauche ja nur eine«, meinte sie. »Ich bin wirklich froh, dass Sie hier sind.«

Fairborn zwang sich zu einem Lächeln. »Ich bin froh, Sie wiederzuhaben«, wiederholte sie. »Ihre Eltern werden bald hier sein.«

»Sagen Sie ihnen, es ist nicht so schlimm, sie müssen nicht kommen«, entfuhr es Claire, obwohl sie wusste, Fairborn würde sie nicht aufhalten.

»Ihr Flugzeug ist bereits auf dem Kennedy Airport gelandet«, erklärte Fairborn. »Die Polizei fliegt sie in einem Hubschrauber direkt hierher aufs Dach. Genauso wie Sie selbst auch gekommen sind.«

Claire fiel es schwer, aufzunehmen, was ihre Mentorin sagte. »Ich wurde hierher geflogen?«, fragte sie leicht lallend, die Nachwirkungen des Anästhetikums.

»Mit freundlicher Genehmigung des scheidenden Polizeipräsidenten«, sagte Fairborn. »Er fand, es war das Mindeste, was er tun konnte.«

Claire erinnerte sich, dass Nick sie am Arm gezogen hatte, genau in dem Moment, in dem sie den Einschlag der Kugel spürte.

»Nick hat versucht, mich zu retten«, sagte Claire. »Sagen Sie dem Polizeipräsidenten, er sollte etwas für ihn tun. Es geht ihm gut, oder?«

Sie sah zu Fairborn hinauf, die ihrerseits den Blick abwandte. In ihren Augen glitzerten Tränen. »Bitte, ist ihm etwas passiert?«, fragte Claire mit der kräftigsten Stimme, zu der sie fähig war.

Fairborn nahm ihre Hand und streichelte sie. »Es gab einen zweiten Schuss. Nick wurde getroffen.«

Claire registrierte es. »Wie schlimm?«, fragte sie.

»Er hatte Glück. Er hat sich gerade gedreht, um Sie in den Rettungswagen zu heben, als er getroffen wurde. Die Kugel hat seine rechte Elle getroffen, es ist nur eine Absplitterung.«

»Er hätte getötet werden können«, sagte Claire, und Tränen schossen ihr in die Augen.

»Nein«, brachte Fairborn mühsam heraus.

»Wie bitte?«

Fairborn holte tief Luft. »Er war am Kopfende der Bahre. Sein Arm war direkt vor Ihrem linken Ohr.«

Selbst in ihrem benebelten Zustand begriff Claire, was das bedeutete. »Die Kugel war für mich bestimmt. Sie hätte mich in den Kopf getroffen.«

»Aber sie hat es nicht«, sagte Fairborn. »Sie sind hier …«

»Wo sind Jill und Katie?«, fragte Claire plötzlich, als ihr einfiel, wie die Mädchen zitternd in dem Wagen gesessen hatten, bevor Nick sie rettete.

»Sind das Nicks Töchter?«

Claire nickte.

»Ich weiß es nicht, meine Liebe«, sagte Fairborn. »Aber die Polizei weiß es sicher. Inspector Wilkes sagte, sonst wurde niemand verletzt.«

Dennoch spürte Claire ein Unbehagen bei Fairborn. Als würde ihre Mentorin – und Therapeutin – eine wichtige Information zurückhalten.

»Sie verheimlichen mir etwas.«

Fairborn schüttelte den Kopf, erstaunt, dass Claire in ihrem gegenwärtigen Zustand ihr Zögern bemerkt hatte. »Es ist wegen Ihrer Niere. Aber ich will sicher sein, dass Sie wach genug sind, um mich zu verstehen, denn es ist wichtig …«

Sie brach ab, als der Vorhang sich teilte und Claires Eltern in Begleitung von Inspector Wilkes ans Bett eilten.

»O mein Gott«, rief ihre Mutter Charlotte, die von ihrem Mann gestützt wurde. Claire versuchte sich aufzusetzen, aber ihr Vater hielt sie davon ab. »Nicht«, sagte Frank Waters und legte seiner Tochter sanft die Hand auf die Schulter.

Claire sah den Verband auf der Stirn ihres Vaters und erinnerte sich an seinen Unfall. »Tut dein Kopf weh?«, fragte sie.

»Mach dir keine Sorgen um mich. Es ist Zeit, dass du aufhörst, dich um alle Leute zu kümmern. Und dass wir anfangen, uns um dich zu kümmern.«

Sie winkte Wilkes zu sich. »Ich muss mit dem Inspector sprechen, allein«, sagte sie.

»Ihre Eltern wissen alles«, antwortete Wilkes in einem beruhigenden Ton, den sie noch nie von ihm gehört hatte. »Ich habe ihnen im Hubschrauber auf dem Weg hierher die ganze Geschichte erzählt.«

Genau das hatte Claire befürchtet. »Alles?«, fragte sie.

»Selbst die Sachen, die eigentlich nur wir von der Polizei wissen dürften«, sagte Wilkes. »Und Sie.«

Claire wandte sich an ihre Eltern. »Hat er einen Satz zu Ende gebracht, ohne zu fluchen?«, fragte sie.

Wilkes stieß ein Lachen aus und schüttelte erstaunt den Kopf. »Ja«, sagte Frank. »Und offenbar hat er gerade zwei weitere schimpfwortfreie Sätze geschafft.«

»Dann erkläre ich Sie für geheilt«, sagte Claire und begann ins Reich der Träume zu gleiten, was Fairborn veranlasste, den Besuch zu einem Ende zu bringen.

»Wir werden in Kürze ein Zimmer für sie fertig haben«, sagte sie. »Sie können sie dann dort besuchen. In der Zwischenzeit lassen wir sie besser schlafen.« Sie sagte es an Wilkes gerichtet, und es war eher ein Befehl als ein Vorschlag.

Es war das Letzte, was Claire hörte, bevor sie einschlief.

Sie sah Amy, die von ihrem Entführer weggeschleppt wurde. Er stieß ihre beste Freundin in seinen weißen BMW, aber Claire konnte Amys Gesicht erst sehen, als sie aus dem Heckfenster schaute. Doch es war nicht Amy. Sie sah stattdessen ein Mädchen mit ihrem eigenen Gesicht und ihren Sommersprossen, nur mit blondem Haar, wie es Amy hatte …

Wer war dieses Mädchen?, fragte sich Claire. Warum sieht es aus wie ich?

Claire spürte Bewegung. Sie öffnete die Augen und blinzelte in die Neonlampen, die über ihr vorbeizogen und sie hypnotisierten. Sie erkannte, dass sie zu ihrem Zimmer geschoben wurde. Dann schlief sie wieder ein.

Als Claire das nächste Mal die Augen öffnete, war das Licht viel matter. Das Kopfteil des Krankenhausbetts war erhöht, und sie blickte nach Westen aus einem Fenster auf das letzte Leuchten eines orange- und rosafarbenen Sonnenuntergangs über New York.

»Wunderschön, nicht wahr?«, sagte Charlotte Waters, die an ihrem Bett saß. Claire, die nicht mehr so stark in den Fängen der Narkose war, bemerkte, dass das sonst immer so ordentliche Haar ihrer Mutter zerzaust war.

Sie ist eingeschlafen. Hier in diesem Sessel. Neben meinem Bett.

»Ja«, sagte Claire, und ihre Stimme war schon viel kräftiger. »Es ist wunderschön.«

»Wie geht es dir?«, fragte Charlotte.

»Ich bin dankbar, dass ich den Sonnenuntergang sehen kann.«

Sie wusste zwar, sie war im MSU, aber ein Zimmer wie dieses hier hatte sie noch nie gesehen.

»Wo bin ich?«

»Im Krankenhaus.«

»Ich weiß, Mom. In welchem Teil?«

»Auf dem VIP-Stockwerk«, sagte Charlotte mit einer Spur Stolz in der Stimme. »Dr. Fairborn hat dafür gesorgt. Ich sollte wohl besser aufpassen, dass sie nicht noch meinen Platz einnimmt.«

»Niemand kann deinen Platz einnehmen«, versicherte Claire ihrer Mutter.

»Diesen Leuten bedeutest du viel«, sagte Charlotte und sah sich um. »Wenn sie dich so behandeln. Dr. Fairborn, dieser Detective oder Inspector, oder was er ist – wie es scheint, bist du ihnen sehr wichtig.«

Sie sagte es, als wäre ihr nie klar gewesen, wie viel ihre Tochter erreicht hatte. Claire wusste, es war die verquere Art ihrer Mutter, zu sagen, wie stolz sie war. Charlotte Waters war immer der emotional verschlossenste Mensch gewesen, den Claire kannte. Ihre Mutter selbst versuchte es als stoisches Naturell hinzustellen, im Gegensatz zur offenen, emotionalen Persönlichkeit ihres Vaters. Es war für Claire kein Geheimnis, dass sie in dieser Beziehung nach ihrer Mutter kam.

Sie wandte sich wieder dem Fenster zu. »Wie lange bin ich schon hier?«, fragte sie.

Charlotte sah auf die Uhr. »Sie haben mich kurz nach drei hereingelassen. Und jetzt ist es fast acht. Den größten Teil der Zeit hast du geschlafen.«

»Ich erinnere mich nicht, dass ich in diesem Zimmer überhaupt aufgewacht bin.«

»Das bist du auch nicht, strenggenommen«, sagte Charlotte und strich ihrer Tochter eine Haarsträhne aus dem Gesicht. »Aber du hast gesprochen.«

Oh, verdammt, dachte Claire. *Was habe ich gesagt?*

»Du hast nach Amy gerufen«, fuhr Charlotte fort, als hätte sie die Gedanken ihrer Tochter gelesen. »Erinnerst du dich an etwas?«

Claire erinnerte sich an ihren Traum, aber sie wollte nicht über ihre Freundin aus Kindertagen reden. Zu ihrem Schreck sagte Charlotte jedoch: »Du kannst es mir erzählen, Schatz. Ich fürchte mich vor nichts, was du sagen willst.«

Es gibt so viel, was ich dir sagen will, Mutter. Ich bin

mir nicht sicher, ob du bereit bist zuzuhören. Aber was habe ich zu verlieren?

»Ich gebe mir immer noch die Schuld an dem, was Amy zugestoßen ist«, antwortete Claire und blickte starr geradeaus, wo die Sonne hinter den Türmen von Midtown Manhattan versank. »Aber in meinem Traum wurde nicht Amy entführt, sondern ich. Nur dass ich blondes Haar hatte, so wie Amy.«

Als Charlotte nicht antwortete, dachte Claire, es sei eine dieser Gelegenheiten, bei denen ihre Mutter nicht die richtigen Worte finden konnte.

Aber ein Schniefen ließ sie den Kopf drehen, und sie sah, wie Charlotte eine Träne aus dem Auge fiel. Claire hatte ihre Mutter in ihrem ganzen Leben noch nie weinen sehen und war überrascht, wie tief es sie verstörte.

»Mom …?«

»Kümmere dich nicht um mich«, sagte Charlotte erstickt.

»Ich werde wieder gesund.«

»Ich weiß«, erwiderte ihre Mutter und wischte sich die Tränen aus dem Gesicht, ehe sie aufstand und den Stuhl so stellte, dass sie ihrer Tochter frontal gegenübersaß.

»Was ist es dann?«, fragte Claire.

»Während du geschlafen hast«, sagte Charlotte und setzte sich wieder, »kam Dr. Fairborn herein. Dein Vater war ebenfalls hier, und sie wollte mit uns sprechen. Sie wollte dir mitteilen, was ich dir jetzt sagen werde, aber ich habe darauf bestanden, dass ich es tue. Und du weißt, ich kann sehr hartnäckig sein.«

Claire nickte – so viel war zumindest richtig.

»Ich weiß, du und Dr. Fairborn steht euch sehr nahe«, fuhr Charlotte fort. »Sie ist nicht nur deine Vorgesetzte, oder?«

»Sie ist außerdem meine Therapeutin«, gestand Claire, hauptsächlich damit sich ihre Mutter weniger bedroht fühlte von ihrer Mentorin.

»Nun, sie hat uns erzählt, da du eine Niere verloren hast, hätten sie dein Gewebe bestimmt, was immer das heißen soll, für den Fall, dass deine andere Niere versagt und eine Transplantation notwendig wird.«

Claire verstand nicht, warum ihre Mutter ihr das sagen musste. »Das ist das übliche Verfahren, Mom«, meinte sie. »Nichts, worüber man sich Sorgen machen müsste.«

»Ich bin nicht wegen deiner Niere besorgt – die Ärzte sagen, der geht es gut.« Charlotte hielt inne, sie wusste nicht, wie sie fortfahren sollte. Dann holte sie tief Luft. »Dr. Fairborn kam vor einer Stunde hier herein. Und sie teilte uns mit, dass die DNA deiner Nieren sich von der DNA in deinem Blut unterscheidet.«

Es dauerte mehr als nur einen Augenblick, bis Claire diese Information verarbeitet hatte. Aber sie wusste, es gab nur eine Erklärung für ein solches Phänomen.

»Ich bin eine Chimäre«, sagte sie und dachte an ihre Embryologie-Vorlesung im Medizinstudium zurück. Sie erinnerte sich, dass eine Chimäre entsteht, wenn Zellen eines Embryos in einem frühen Stadium der Schwangerschaft von einem zweiten absorbiert werden. Der Grund, warum sich die DNA ihrer Nieren und ihres Blutes unterschieden, konnte nur der sein, dass die Nieren aus den Zellen eines Zwillings stammten, den sie absorbiert hatte.

Claire sah ihre Mutter an und erkannte an ihrem bekümmerten Gesicht, dass das noch nicht die ganze Geschichte war.

»Was ist, Mom?«, fragte sie. »Du siehst so traurig aus.« Und dann wurde ihr klar, worin der Rest der Geschichte bestand. »Du hast es immer gewusst, nicht wahr?«

»Ja«, sagte Charlotte. »Bei einem Ultraschall zu Beginn meiner Schwangerschaft zeigten sich Zwillinge. Und als ich das nächste Mal wieder beim Arzt war, war der Zwilling nicht mehr da.«

Claire war wie vom Donner gerührt.

Erklärt das, warum ich immer das Gefühl hatte, dass etwas in meinem Innern fehlt?

Charlotte sah den Schmerz in Claires Augen und nahm die Hand ihrer Tochter.

»Seit du sprechen konntest«, sagte sie, »hast du nach dem ›anderen Mädchen‹ gefragt. Obwohl du es nie gesagt hast, wusste ich, du spürst, dass ein Teil von dir fehlt, dass du die Hand nach jemandem ausstreckst. Und ich wusste, was dir fehlte, weil ich dieses Kind ebenfalls vermisst habe.«

»Warum hast du es mir nicht erzählt?«, fragte Claire.

»Erst dachte ich, du würdest es noch nicht verstehen. Und später dann hatte ich Angst, du würdest dir die Schuld daran geben, dass dein Zwilling nicht überlebt hat.«

»Mom, ich bin Ärztin. Ich weiß, wie diese Dinge funktionieren. Das geschieht im embryonalen Stadium. Es könnte unmöglich meine Schuld sein oder deine oder von irgendwem sonst.«

»Ich habe nie behauptet, dass meine Überlegungen immer vernünftig waren«, entfuhr es Charlotte. »Nach einer Weile kam es mir einfach nicht mehr wichtig vor. Es schien keinen Einfluss auf dein Leben zu haben, als du älter wurdest.«

Wenn du wüsstest, wie sehr es alles in meinem Leben beeinflusst hat. Wie sehr es mir geholfen hätte, mit dem Verlustgefühl fertigzuwerden, das ich immer empfand.

»Aber da habe ich mich geirrt, oder?«, fuhr Charlotte fort. »Oder ich wollte einfach nicht wahrhaben, welchen Einfluss es auf dich hatte.«

Es war, als hätte ihre Mutter gerade ihre Gedanken gelesen. Claire konnte sich nicht erinnern, dass sie so etwas je zuvor getan hatte.

»Was meinst du damit?«, fragte Claire. Was sah ihre Mutter, was sie nicht sah?

Die Blicke der beiden trafen sich. »Selbst nachdem du letztes Jahr Amys sterbliche Überreste gefunden hast, konntest du das, was ihr geschehen ist, nicht loslassen.«

»Ich weiß, es war nicht meine Schuld, Mom …«, begann Claire.

»Vom Verstand her weißt du es vielleicht, aber emotional bist du nie damit zurechtgekommen und tust es jetzt noch nicht«, sagte Charlotte. »Aber diese … Schuldgefühle der Überlebenden, oder was immer du all die Jahre mit dir herumgeschleppt hast – ich glaube, es fing lange vor Amy an.«

Es war ein Schock für Claire, nur abgemildert durch die immer noch anhaltende Wirkung der Narkose.

»Wieso glaubst du das?«, fragte sie.

»Weil du vom Tag deiner Geburt an nicht aufzuhalten warst«, brach es aus Charlotte heraus, und aus ihren Augen flossen Tränen. »Du hast alles bewältigt, was du angepackt oder angesehen hast. Als würdest du die Arbeit von zwei Menschen erledigen. Oder etwas ausgleichen, was in deinem Leben fehlte. Vielleicht auch beides. Du bist die Psychiaterin …«

Sie verstummte und weinte nur noch leise vor sich hin. Claire fand den Knopf, um das Kopfteil des Betts höher zu stellen. »Mom, bitte …«

Charlotte hob den Blick. »Es tut mir leid. Ich habe es einfach nicht gesehen …«

»Wie hättest du es auch sehen können?«, versuchte

Claire ihre Mutter zu trösten. »Du hast recht, ich habe tatsächlich schon vor Amys Entführung ein Verlustgefühl empfunden. Und ich bin die Psychiaterin, und mir war nicht klar, was los ist, bis du es eben gesagt hast.«

Charlotte holte ein Papiertaschentuch aus ihrer Handtasche und wischte sich über die Augen. »Ich wünschte, ich hätte es früher gesagt.«

»Man kann nicht etwas sagen, das man nicht weiß«, versicherte Claire.

»Aber ich hätte dir helfen können«, gab ihre von Schuldgefühlen geplagte Mutter zurück.

Ein leises Lächeln erschien auf Claires Gesicht. »Das hast du eben getan.«

»Besser zu spät als nie«, sagte Charlotte halb lachend, halb weinend.

»Weiß Dad es?«

»Ja, er weiß es, seit ich es weiß. Er wollte es dir seit Jahren erzählen. Er hat es nur deshalb nicht getan, weil ich es nicht erlaubt habe.«

Claire wusste, wie sehr ihr Vater sie auch vergötterte, er war unbeirrbar loyal gegenüber seiner Frau. Sie wollte gerade antworten, dass sie wünschte, ihr Vater hätte sich über ihren Willen hinweggesetzt, als Frank wie aufs Stichwort zur Tür hereinkam. Auf einem Pappkarton balancierte er zwei große Becher und eine Tüte, aus der es nach Burger und Fritten roch.

»Wie geht es dir?«, erkundigte er sich fröhlich.

Claire überlegte, ob er deshalb so gute Laune hatte, weil es ihm erspart geblieben war, dabei zu sein, als ihre Mutter ihr die Neuigkeit mitteilte. »Ich weiß Bescheid über den Zwilling, Dad.«

»Endlich«, sagte ihr Vater. »Du sollst nur wissen, dass ich nach dem, was deine Dr. Fairborn uns erzählt hat, damit drohte, deine Mutter vor den Bus zu stoßen, wenn sie nicht bereit gewesen wäre, sich dir zu stellen.«

»Besser so.« Claire konnte sich die Bemerkung nicht verkneifen. »Du bist schon genug geschädigt von einem Bus.«

Es sollte die Stimmung lockern und die Diskussion beenden, und das Lächeln auf dem Gesicht ihrer Eltern verriet Claire, dass ihre Strategie aufgegangen war. »Ich habe dir einen Eistee und einen Hamburger mit nichts darauf mitgebracht«, sagte Frank zu seiner Frau.

Während ihre Eltern ihr karges Mahl verzehrten, knüpfte Claire an ihre Überleitung mit dem Bus an, um ihren Vater weiter über den Unfall auszufragen. »Hat die Polizei herausgefunden, was genau passiert ist?«

»Mein Gott, wir sind ja noch gar nicht dazu gekommen, dir den Rest zu erzählen«, sagte Frank. »Offenbar war es kein Streich eines dummen Jungen, der mal eben einen Bus für eine Spritztour klaut. Sondern es war Mord im Spiel.«

»Mord?«, fragte Claire, plötzlich viel wacher.

»Ja, der Wachmann am Tor des Busdepots. Aus nächster Nähe in den Kopf geschossen. Die Polizei hat den ganzen Vorgang auf Video.«

»Wissen sie, wer es war?«

»Nein«, sagte Frank. »Der Täter war schlau genug, nicht in die Kameras zu schauen. Deshalb glaubt die Polizei, es müsse ein Insider gewesen sein.«

»Aber das ergibt keinen Sinn«, meinte Claire und bemühte sich, die letzten Reste ihrer Benommenheit abzuschütteln. »Wer tötet einen Menschen, um einen Bus zu stehlen?«

»Gute Frage«, antwortete ihr Vater. »Die Polizei weiß nur, nachdem er meinen Wagen gerammt hat und mit den Telefonmasten kollidiert ist, wurde der Kerl von einer anderen Überwachungskamera zwei Blocks vom Busdepot entfernt erfasst, als er in einen Wagen stieg und davonfuhr. In seiner Eile hat er sogar noch ein anderes Auto gerammt. Irgendwann wird die Polizei also einen roten Jeep finden, an dem weiße Farbe ist.«

Claire hätte sich aufgesetzt, wenn sie die Kraft dazu gehabt hätte. »Bist du dir sicher, dass es ein roter Jeep war?«, fragte Claire.

»Die Nachrichten waren voll davon. Ein alter Jeep Cherokee, New Yorker Kennzeichen …«

Er unterbrach sich, als Claire die Decke von sich warf und aufzustehen versuchte.

»Was um alles in der Welt tust du da?«, fragte er und hielt sie zurück.

Claire packte ihren Vater an der Hand. »Ich brauche mein Telefon«, sagte sie aufgeregt.

»Du hättest nur zu fragen brauchen«, meinte ihre Mutter und stand auf, um es ihr zu bringen. »Aber wen musst du jetzt so dringend anrufen?«

»Inspector Wilkes. Ich muss ihm erzählen, was Dad zugestoßen ist.«

Charlotte fand Claires Handtasche im Schrank und suchte darin nach dem Handy. »Aber, Schatz, das ist in Rochester passiert«, sagte ihr Vater. »Warum sollte die Polizei hier davon wissen müssen?«

»Weil es kein Unfall war.«

Claire sah, wie ihre Eltern einander anblickten und offenbar überzeugt waren, die traumatischen Ereignisse hätten sich auf ihren Geisteszustand ausgewirkt.

»Dieser rote Jeep gehört Nick Lawler.«

»Deinem Detective-Freund«, erinnerte sich ihr Vater. »Aber er ist bestimmt nicht der einzige Mensch im Staat New York, der ein solches Auto fährt …«

»Ihr versteht nicht«, sagte Claire. »Ich habe diesen Wagen gestern Abend gefahren und ihn bei mir um die Ecke abgestellt. Und heute Morgen war er fort, gestohlen. Am Nachmittag hat der Dieb Nicks Töchter gekidnappt. Ich habe den Wagen nach der Rettung der beiden gesehen, und er hatte eine Delle mit frischer weißer Farbe daran. Der Mann, der den Wagen gestohlen hat, ist der Mann, der die Mädchen entführt und auf mich geschossen hat, der Mörder, den Nick und ich suchen.« Sie sah ihren Vater an. »Und er hat versucht, dich zu töten, weil du mein Vater bist.«

Ihre Eltern dachten erkennbar, dass sie den Verstand verloren hatte.

»Soll ich Dr. Fairborn rufen?«, fragte ihre Mutter.

»Ich bin nicht verrückt, Mom«, versicherte ihr Claire. »Bitte gib mir einfach das Telefon.«

Wilkes war in einer knappen Stunde an Claires Bett. Nun, da sie hellwach war, hatte sie Schmerzen von dem Eingriff, aber sie weigerte sich, den Knopf zu drücken, der Opiate in ihre Adern fließen lassen würde. Sie brauchte einen klaren Kopf.

»Sie hätten sich eine quälende Stunde erspart, wenn Sie mir das alles am Telefon erzählt hätten, Doc«, sagte Wilkes, als er die Geschichte gehört hatte. »Wir wissen bereits, dass unser Mann mit Nicks Wagen nach Rochester gefahren ist, und wir haben der Polizei dort oben bereits mitgeteilt, dass wir den Wagen haben.«

»Aber er muss gewusst haben, wo er hinwollte, als er ihn gestohlen hat«, sagte Claire. »Es ist kein Zufall, dass er meinen Vater zu töten versucht hat.«

»Da hast du recht«, ertönte eine Stimme von der Tür, und Nick kam hereinspaziert. Bis auf einen Fiberglasverband am linken Arm schien es ihm gut zu gehen.

»Nick«, war alles, was Claire herausbrachte, während

sich ein Lächeln über ihr Gesicht ausbreitete. Seine Anwesenheit ließ sie momentan den Schmerz vergessen. Er kam zu ihr und küsste sie auf die Wange.

»Es hieß, du hast nur eine Absplitterung an der Elle«, sagte sie und berührte seinen Gips.

»Und eine Haarrissfraktur von dort bis auf die andere Seite, oder wie man in Doktorsprache sagt. Andererseits ist das Ding eine Waffe mehr.«

Claire stellte ihn ihren Eltern vor, die auf den ersten Blick sahen, dass die beiden mehr verband als ihre Verletzungen.

»Okay«, sagte Wilkes, der nun doch ungeduldig wurde. »Können wir jetzt, da das Wiedersehen abgeschlossen ist, vielleicht zur Sache kommen.«

»Ja, Sir«, antwortete Nick, wandte sich aber an Claire. »Der Schweinehund hat dich an dem Abend verfolgt, als ich dir den Jeep gegeben habe. Anscheinend hielt er meinen Wagen für das perfekte Fahrzeug, um zuerst deinen Vater und dann dich und mich zu attackieren.«

Claire wusste, an diesem Punkt war nicht mehr viel zu sagen. Wer immer sie treffen wollte, es war ihm hervorragend geglückt. Dann dachte sie an Jill und Katie und dass der Anagrammist immer noch frei herumlief.

»Was ist mit den Mädchen?«, fragte sie.

»Schutzhaft«, erwiderte Nick.

»Dann sind sie also sicher«, sagte Claire erleichtert.

»So sicher sie nur sein können«, beruhigte sie Wilkes. »Mit meiner Frau und drei Kindern in unserem Haus auf Long Island, umringt von einem Dutzend Polizisten des Countys und fünf von unseren Spezialkräften mit Automatikgewehren. Von denen stehen auch zwei vor Ihrer Tür, Doc, und eine Mannschaft wird Ihre Eltern beschützen, sei es hier oder in Rochester, bis wir diesen Wahnsinnigen erwischt haben.«

Claire bemühte sich, die Tränen zurückzuhalten, die ihr in die Augen traten.

»Sie wissen, dass Nick nur ein Kollateralschaden war.«

»Ich war im richtigen Moment am richtigen Ort«, witzelte er.

»Damit hängt Ihre Sicherheit nur noch mehr am seidenen Faden, Doktor«, sagte Wilkes. »Wenn der Täter erfährt, dass Sie noch am Leben sind, wird er es vermutlich noch einmal versuchen. Ihre Strategie, ihn mit der Pressekonferenz zu verärgern, hat vielleicht zu gut funktioniert. Ich muss annehmen, dass er es deshalb auf Sie abgesehen hat.«

Es war das Letzte, was Claires Eltern hören wollten. »Sie müssen ihn vorher finden«, forderte Frank.

»Mr. Waters, ich kann Ihnen versichern, dass es zusätzlich zu unserer zwei Dutzend Detectives starken Ermittlungstruppe nicht einen Polizisten in dieser Stadt gibt, der nicht nach ihm sucht«, sagte der Inspector. »Es melden sich sogar Leute, die freihaben, zum Dienst.«

»Glauben Sie, Sie kriegen ihn?«, fragte Charlotte.

»Bis jetzt war der Kerl leider ein Geist«, sagte Nick und sprach Claire direkt an. »Aber jetzt ist er ein Geist mit Fingerabdrücken.«

»Was?«, rief Claire aus. Die Neuigkeit erfüllte sie mit Hoffnung.

»Unser Schlaumeier hat geschlampt«, erzählte Wilkes. »Wir haben seine Fingerabdrücke von einem Metallpfosten in der Schule von Nicks jüngerer Tochter, an den er sich gelehnt hat. Das ist die gute Nachricht. Die schlechte ist, dass sie mit niemandem in unseren Datenbanken und denen des FBI übereinstimmen. Das heißt, er wurde noch nie verhaftet, und das wiederum bedeutet, die Aussicht, ihn zu finden, ist nicht sehr groß. Zwei Detectives sind in diesem Moment im Flugzeug nach Rochester unterwegs, sie haben die Kugeln dabei, die man aus Ihrer Tochter und Detective Lawler entfernt hat, und sie vergleichen sie mit dem Mordopfer dort oben. Aber selbst wenn sie übereinstimmen, verrät es uns nicht mehr, als dass es mit Sicherheit derselbe Kerl war. Es ist unmöglich, die Munition zurückzuverfolgen.«

»Was können Sie sonst noch tun?«, fragte Claire und schloss die Augen, da der Schmerz zurückkehrte.

»Die Mädchen haben unserem Phantombildzeichner beinahe identische Beschreibungen des Hurensohns geliefert«, sagte Nick. »Sobald die Bilder fertig sind, gehen sie überall raus – Polizei, FBI, Medien. Er ist auf der Liste der meistgesuchten Verbrecher des FBI. Wir hoffen, dass ihn jemand erkennt.«

Claire gab endlich nach und drückte den Knopf, der ihr schnell Erleichterung von dem heftigen Schmerz in ihrem Rücken bringen würde.

»Ich helfe Ihnen auf jede mögliche Weise, Inspector«, sagte sie, ehe Wilkes sie lachend unterbrach. »Finden Sie das komisch?«, fragte sie.

»Doc«, meinte er, »ich glaube, Sie haben dieser Stadt und unserer Polizei in den letzten zwei Jahren mehr als genug Blut geopfert. Mehr als die meisten Cops in ihrer ganzen Laufbahn.« Er wurde ernst. »Sie sagen immer, Sie arbeiten nicht für mich, aber ich gebe Ihnen trotzdem einen Befehl, und Sie werden ihn befolgen. Ich schicke Sie in Krankenurlaub. Wenn ich mich überzeugt habe, dass es Ihnen besser geht, und erst dann, hole ich Sie wieder an Bord. In der Zwischenzeit will ich Sie nirgendwo in der Nähe dieses Falls sehen. Wenn Sie Informationen brauchen, rufen Sie mich an. Alles klar?«

»Ja«, antwortete sie widerstrebend. »Aber um einen Gefallen bitte ich noch, euch beide«, sagte sie und sah Nick an. »Ich will auf dem Laufenden bleiben.«

»Solange weder Sie noch die Information diesen Raum verlassen«, erwiderte Wilkes.

»Danke, Inspector.«

»Danken Sie mir erst, wenn wir diesen Kerl haben. Und wir werden ihn finden. Ich weiß nicht, wie, aber wir schaffen es.«

In diesem Moment wirkten die Opiate, und Claire schlief ein.

Leuchtende Farben fluteten Claires Bewusstsein, als sie die Augen öffnete. Als sie schärfer sah, erkannte sie, dass es Blumen waren. Nicht echte Blumen, sondern das Muster auf dem Kittel, den eine sehr dicke Krankenschwester über einer weißen Hose trug. Das Namensschild wies sie als Rita Grantz aus.

»Hallo«, sagte Schwester Grantz und lächelte. »Ich bin Rita, und ich werde mich heute Nacht um Sie kümmern. Was macht der Schmerz?«

Claire spürte, wie die Beschwerden von dem Eingriff zurückkamen. »Nicht so toll«, sagte sie benommen und griff nach dem Knopf, der ihr eine weitere Dosis Morphium verabreichen würde.

»Lassen Sie mich noch rasch Puls und Blutdruck messen, ehe Sie sich einen Schuss gönnen«, sagte Rita und drückte den Knopf, der die mechanische Blutdruckmanschette an Claires rechtem Arm aufblies, während sie auf dem Monitor über dem Bett Herzfrequenz und arterielle Sauerstoffsättigung ablas.

»Wo sind alle?«, fragte Claire. Das Zimmer fühlte sich leer an.

»Die Polizei hat Ihre Eltern am Ende der Besuchszeit in

ihr Hotel zurückgebracht …«, begann Schwester Rita, bis Claire sie unterbrach.

»Wie spät ist es denn?«, fragte sie.

»Halb zwei Uhr morgens«, antwortete Schwester Rita, während aus der Blutdruckmanschette automatisch die Luft wieder entwich. »Sieht alles gut aus. Brauchen Sie noch etwas?«

Claire fühlte sich ausgetrocknet. »Darf ich schon trinken?«

»Nur Eisraspel«, sagte die Schwester. »Aber Dr. Mecklin hat mich angewiesen, Sie auf die Füße zu stellen.«

»Jetzt?«, fragte Claire, die zu erschöpft war, um auch nur ans Aufstehen zu denken.

»Ja, Doktor«, antwortete Rita respektvoll. »Und Sie wissen, warum.«

»Weil wir nicht wollen, dass sich Gerinnsel bilden«, sagte Claire. »In Ordnung.«

Schwester Rita ließ das Seitengitter herunter und half Claire, sich sehr langsam aufzusetzen.

»Autsch«, entfuhr es Claire, und sie verzog das Gesicht vor Schmerz.

Schwester Rita steckte ihr Krankenhauspantoffel an die Füße. »Bereit?«, fragte sie.

»Besser wird es nicht«, antwortete Claire.

Mithilfe der Schwester stand sie auf. Rita hatte die fleischigen Hände unter ihre Achselhöhlen geschoben, und ihre massige Gestalt versperrte Claire die Sicht.

»Okay, meine Liebe, jetzt halten Sie sich am Infusionsständer fest.« Claire gehorchte und klammerte sich mit der linken Hand an den Ständer, während Rita auf ihre rechte Seite wechselte und den Blick auf das geräumige Zimmer freigab.

Erst in diesem Moment sah Claire einen Mann, der eingerollt auf einer Art Sofa an der Wand lag … und tief und fest schlief.

»Nick?«, fragte sie, obwohl sie es genau wusste, da sie den Kunststoffgips an seinem linken Arm sah.

»Ich schätze, das ist einer der Cops, die Sie bewachen«, sagte Schwester Rita. »Kommen Sie, nur ein paar Schritte hinaus auf den Flur, wenn Sie es schaffen.«

»Ich schaffe es«, erwiderte Claire matt und befahl ihren Beinen vorwärtszuschlurfen, auch wenn ihre Augen auf Nicks schlafende Gestalt auf dem Sofa gerichtet blieben. »Wie lange ist er schon da?«, fragte sie.

»Er war bereits da, als meine Schicht anfing«, sagte Rita. »Draußen vor der Tür sind noch zwei, schwer bewaffnet. Als würden sie eine Invasion oder was erwarten.«

Claire sah sie, sobald sie aus der Tür trat. Wie Wilkes ihr versichert hatte, trugen sie zu ihren Handfeuerwaffen Automatikgewehre. Sie nickten ihr respektvoll zu, und Claire winkte kraftlos zurück und dachte, dass sie wohl kaum weit kommen würde. Tatsächlich schaffte sie den halben Korridor, ehe sie erklärte, dass sie genug hatte.

»Sie haben sich großartig gehalten für Ihren ersten Ausflug«, sagte Rita, als sie zurück waren.

Claire schaute sofort nach Nick, der immer noch schlief, sogar ein wenig schnarchte. Als sie ihn hier liegen sah, wurde ihr eine Wahrheit bewusst: Er war nicht einfach noch ein Cop, der sie bewachte, er war nicht nur ein Freund und Kollege. Er war der Mann, den sie liebte.

»Lassen Sie uns allein. Bitte«, sagte sie, als Rita ihr wieder ins Bett half.

»Sie wissen, wo der Knopf ist, mit dem Sie mich rufen können, Doktor«, erinnerte Rita sie. »Ich bin in der Nähe.«

Erst als die Schwester gegangen war, flossen Claires Tränen, wurde sie von ihren Gefühlen überwältigt, weil er hier war, weil er für sie da war. »Es tut mir leid, weil ich dich da hineingezogen habe«, fing sie an. »Es tut mir leid wegen deiner Töchter, weil sie erleben mussten, was kein Kind …«

»Es geht ihnen gut«, ertönte Nicks schläfrige Stimme von der anderen Seite des Zimmers.

Claire bemühte sich, klar zu sprechen. »Du solltest bei ihnen sein«, stammelte sie.

»Nein«, sagte er, schwang die Beine von der Couch und stand auf. »Bis wir diesen Kerl erwischt haben, sollte ich so weit wie möglich von ihnen weg sein.« Er kam zu ihr ans Bett. »Aber es geht ihnen gut, ehrlich«, fuhr er fort, zog ein Papiertuch aus dem Karton auf dem Nachttisch und tupfte ihr die Tränen fort. »Sie werden therapeutisch betreut und bekommen von Wilkes' Frau alle Liebe, die sie brauchen.«

Claire grinste matt. »Ist sie nicht ein kleines Mäuschen, wenn sie mit einem Brummbär wie ihm verheiratet ist?«

Nick lachte. »Keine Spur. Was denkst du, wo er gelernt hat, uns so herumzukommandieren? Sie lässt ihn wie einen richtigen Softie aussehen.«

Er ließ das Seitengitter von Claires Bett herunter.

»Ich habe meinen ersten Ausflug schon hinter mir«, sagte sie.

Aber er hatte etwas ganz anderes im Sinn, wie sie erkannte, als er sich auf der Matratze niederließ.

»Die Mädchen erholen sich wieder«, versicherte er ihr und strich ihr liebevoll über die Stirn. »Ich gehöre im Moment genau hierher.«

Beim letzten Satz sah er ihr in die Augen. Sie verzog das Gesicht und rutschte langsam so weit zur Seite, wie sie konnte. Er ließ sich neben ihr nieder und hielt ihre freie rechte Hand.

»Was macht der Schmerz?«, fragte er.

»Besser«, antwortete sie. »Und wie geht es jetzt weiter?«

Nick überlegte nur kurz. »Jetzt lassen wir ihn bezahlen«, sagte er und schloss die Augen.

Es war Nacht, als er aufwachte. Noch schläfrig warf er die Steppdecke zur Seite, schwang die Beine aus dem Bett und schlüpfte in seine Pantoffeln, weil er das Gefühl der nackten Füße auf dem Parkettboden nicht mochte.

Er sah auf den Wecker neben dem Bett. Es war nach zwei Uhr morgens. Er hatte dreizehn Stunden lang geschlafen, und nach der Erschöpfung, die sich in den vierundzwanzig Stunden davor aufgebaut hatte, würde er sicher noch mehr Schlaf benötigen. Aber jetzt brauchte er erst einmal Informationen. Er musste es wissen.

Er ging zu seinem Schreibtisch und schlug wahllos eine Taste an seinem Computer an, um ihn zum Leben zu erwecken. Dann setzte er sich und durchforstete die Nachrichten, um etwas über das Schicksal seiner Ziele in Erfahrung zu bringen.

Er musste nicht lange suchen. Dr. Waters und Detective Lawler waren beide »unter Bewachung«. Der Schütze war entkommen. Lawlers Töchter waren an einem unbekannten Ort, mutmaßlich unter Polizeischutz, für den Fall, dass ihr Kidnapper sie noch einmal zu entführen versuchte.

Er lachte. Er hatte es nie auf die Mädchen abgesehen. Tatsächlich nicht einmal auf ihren Vater. Gut, er hatte mit dem ersten Schuss zu tief gezielt und sie in den Bauch getroffen. Aber wenn Lawlers Arm nicht vor dem Kopf des Miststücks gewesen wäre, als er seinen perfekten zweiten Schuss abgab, wäre das Geschoss mitten in ihr Gehirn gedrungen. Ein Sekundenbruchteil wäre ihr am Ende ihres Lebens noch geblieben, um zu erkennen, dass er gewonnen hatte. Dass sie geschlagen war.

Von jemandem, der viel besser war als sie. Viel intelligenter.

Aber er setzte das Spiel genauso gern fort. Tatsächlich war es vielleicht sogar besser so. Denn jetzt würde er sehen, wie stark sie eigentlich war. Ob sie sich über das Unglück erheben konnte, das er geschaffen hatte. Den gestohlenen Jeep. Den Beinahe-Tod ihres Vaters. Die Entführung von Nick Lawlers Töchtern. Liebte sie die beiden? Liebte sie ihn?

Was, wenn Lawler starb? Konnte sie das überleben?

Er konnte es kaum erwarten, es zu sehen. Er hatte sich solche Mühe gemacht, es herauszufinden, war so weit gegangen. War selbst so viele Risiken eingegangen und hatte bei jedem Schritt seine Stärke unter Beweis gestellt. Er war dreizehnhundert Kilometer in zwölf Stunden nach Rochester und zurück gefahren. Er hatte den Faulpelz am Busdepot getötet, der ihm verwehren wollte, was ihm zustand. Er hatte den Vater des Miststücks nicht ganz erwischt, aber das ließ sich nicht ändern; der alte Mann hatte gute Reflexe. Und er war alles nachts gefahren, für den Fall, dass er angehalten wurde. Denn er hätte jeden Schmarotzer von der Highway-Patrouille exekutiert, der es gewagt hätte, sich in sein Lebenswerk einzumischen.

So wie er bereit war, Lawler und seine beiden Bälger zu exekutieren. Tatsächlich wäre das vielleicht sogar noch besser. Um dieses Miststück von Waters leiden zu sehen, bevor er sie erledigte. Aber nächstes Mal nicht mehr aus der Ferne, beschloss er. Nächstes Mal würde er ihr in die Augen sehen, wenn er ihr das Messer in die Brust stach und sie in ihrem eigenen Blut ertrinken ließ, wie er es bei Rosa Sanchez getan hatte. Ihren Anblick in den letzten Todeszuckungen genießen.

Er stand vom Computer auf und ging zu seinem Meis-

terwerk, dem Kreuzworträtsel. Es war fast vollständig ausgefüllt. Er wusste jedoch, er musste jetzt warten. Er konnte es im Augenblick nicht riskieren, einen von diesen Untermenschen zu töten. Er würde das Miststück früh genug wiedersehen, und so gern er sofort zuschlagen würde, er musste die Geduld aufbringen, sich Zeit zu lassen.

Denn Geduld erforderte vielleicht mehr Stärke als alles andere, nicht wahr?

23

»Ich habe eine Eins im Mathe-Test bekommen!«, schrie Katie Lawler voller Freude, als Nick mit Claire in die Wohnung kam und einen Rollkoffer hinter sich herzog.

»Dann hat die ganze Nachhilfe im Krankenhaus wohl geholfen«, sagte Nick, während das Mädchen Claire umarmte, die leicht das Gesicht verzog.

»Vorsicht«, ermahnte Nick seine Tochter und löste sanft ihre Arme von Claires Mitte. »Sie haben ihr heute früh erst die Klammern von der OP entfernt.«

Katie sah aus, als würde sie gleich zu weinen anfangen. »Habe ich dir wehgetan?«, stotterte sie.

»Aber nein«, versicherte ihr Claire. »Nachdem ich dich drei Wochen lang nur aus dem Krankenbett gesehen habe, ist es die beste Medizin überhaupt, hier bei euch zu sein.«

Sie drückte Katie einen Kuss auf die Stirn. Sie war in der Tat sehr froh; die Rekonvaleszenz nach der Schussverletzung hatte sich als steiniger Weg herausgestellt. Drei Tage nach der Operation war das Fieber plötzlich massiv gestiegen und hatte eine Infektion offenbart, die Claire eine zusätzliche Woche im Krankenhaus bescherte und wegen der man sie mit Antibiotika vollpumpte. Dr. Mecklin, ihr Arzt, hätte sie noch eine vierte Woche behalten, wenn Nick nicht eingegriffen und ihr das freie Zimmer in seiner Wohnung angeboten hätte, damit sie nicht allein war, während sie sich vollständig erholte.

Claire wollte das Angebot ablehnen, um niemandem zur Last zu fallen, aber Nick ließ es nicht zu. Und seine Töchter, die beide im Krankenhaus Mathematik-Nachhilfestunden von Claire bekommen hatten, unterstützten ihn.

»Du hast dich um uns gekümmert«, hatte Jill argumentiert, »jetzt sind wir dran.«

Bei Katies Begrüßung erkannte Claire, dass sie die richtige Entscheidung getroffen hatte. Inzwischen war Jill mit einer Schürze aus der Küche gekommen und umarmte sie vorsichtig. »Hallo, Schätzchen«, sagte Claire.

»Dein Zimmer ist fertig«, erwiderte Jill, »und ich bin dabei, das Abendessen zu machen.«

»Lass mich dir helfen …«

»Vergiss es. Du ruhst dich aus. In einer halben Stunde ist alles fertig.«

Sie lächelte und eilte in die Küche zurück, während Claire allein mit Nick im Flur blieb.

»Die beiden lieben dich wirklich«, sagte er und legte den Arm um sie.

»Das beruht auf Gegenseitigkeit«, antwortete Claire. »Und – in der Arbeit alles in Ordnung?« Während der ganzen Zeit, in der sie im Krankenhaus war, hatte man keinen Mucks von dem Anagrammisten gehört.

»Wir gehen alle wie auf Eiern«, sagte Nick und führte sie zu dem gemütlichen Gästezimmer. »Nicht nur wegen der Suche nach diesem Verrückten und weil wir darauf warten, dass er wieder auftaucht, sondern auch wegen der personellen Veränderungen unter dem neuen Polizeipräsidenten. Dem Gerücht nach wird Wilkes an ein paar Leuten vorbei zum Chief of Detectives befördert.«

Claire wusste, das konnte eine gute oder schlechte Neuigkeit sein. »Was würde das für dich bedeuten?«, fragte sie.

Nick zuckte mit den Achseln. »Ich weiß es nicht. Wilkes hat wiederholt gesagt, er werde sich um mich kümmern, solange er kann.« Er sah sie an. »Aber vielleicht spielt es gar keine Rolle mehr.«

Er drückte ihre Hand. Sie glaubte, ihr Herz einen Sprung machen zu fühlen, und es ließ sie daran denken, wie ihr Herz, solange sie lebte, in jeder Sekunde in seinem eigenen Rhythmus geschlagen hatte. Gleichmäßig. Berechenbar. Egal, was sie tat oder dachte, und ohne dass ihr die verlässliche Kontraktion des Muskels in ihrer Brust bewusst gewesen wäre. Dann kam ihr ein neuer Gedanke.

Ist das mein Herz oder das meines Zwillings?

Claire sah ein, dass es keine Rolle spielte. Irgendwie tröstete es sie, zu wissen, dass sie sich den Mutterleib für eine kurze Zeit mit einem anderen Lebewesen geteilt hatte.

Vielleicht befähigte sie dieser Trost, ihr Leben mit jemandem zu teilen.

Claire saß gegenüber von Dr. Fairborn im Büro ihrer Mentorin und war zum ersten Mal entspannt. Sonst ging sie immer mit einer defensiven Haltung zur Therapie und hatte Angst, sie könnte etwas sagen, was eine harsche Reaktion dieser Frau auslöste, die sie so achtete. Jetzt war sie im Einklang mit sich, was sie angesichts der Geschehnisse und der schockierenden Neuigkeit wegen ihres Zwillings merkwürdig fand.

»Ihre Mutter hat mir von der Chimäre erzählt«, sagte Fairborn. »Wie geht es Ihnen dabei?«

»Ich bin traurig in gewisser Weise«, sagte Claire. »Ich frage mich, ob es ein Junge oder ein Mädchen war und wie er oder sie ausgesehen hätte.« Claire lehnte sich zurück. »Die ganze DNA war da – das Ei hatte das Potential, zu einem Menschen heranzuwachsen ... aber dann ist es nicht geschehen. Es ist, als hätte ich jemanden verloren, den ich kannte …«

»Das ist schwer mit dem Verstand zu erfassen«, sagte Fairborn. »Zu wissen, dass ein Teil von einem anders ist als der Rest – und dass Sie Ihren Zwilling buchstäblich absorbiert haben.«

»Aber es erklärt so viel«, meinte Claire. »Dieses Drängen und Zerren, das ich immer empfunden habe, die Unfähigkeit, mich zu entscheiden.«

»Zum Beispiel, was Ihre Gefühle für Nick anging?«, fragte Fairborn.

»Ja«, sagte Claire. »Aber ich weiß jetzt, was ich für ihn empfinde.« Claire schloss die Augen und stellte sich seine blauen Augen vor. »Das Wissen um meinen Zwilling hat mich befreit. Der Kampf in mir ist vorbei.«

Claire öffnete die Augen und sah Fairborn lächeln.

»Sie können zu Ihren Patienten zurückkehren, sobald Sie sich dazu in der Lage fühlen. Und Walt McClure wartet ebenfalls darauf, dass Sie den Unterricht bei ihm wiederaufnehmen.«

»Ich bin bereit«, sagte Claire. »Wenn ich nicht bald wieder arbeite, werde ich noch verrückter, als ich schon bin.«

»Solange es Sie nicht stresst.«

»Mein Leben nicht weiterzuführen würde mich noch mehr stressen«, antwortete Claire und stand auf. Und obwohl sie noch eine Spannung von dem Eingriff spürte, fühlte sie sich auch leichter, als wäre eine Last von ihren Schultern genommen worden. Es war die Last eines ganzen Lebens.

Schon am nächsten Morgen war Claire wieder im Kurs bei Professor McClure, der ebenso begierig auf ihren Bericht der Ereignisse war wie die sechs Studenten, die vorgebeugt dasaßen und keinen Blick für ihre Handys und Laptops hatten.

»Ich kann Ihnen nicht sehr viel mehr sagen, als in den Nachrichten war«, begann sie, »denn wenn der Täter gefunden ist, wollen Polizei und Staatsanwaltschaft bei gewissen Einzelheiten sicher sein, dass nur er sie wissen kann. Für den Fall, dass jemand ein falsches Geständnis ablegt, weil er als berüchtigter Killer gelten will. Ist alles schon vorgekommen.«

Sie sah ihre Studenten der Reihe nach an: Cory, Kara, Miguel, Wesley, Justine und Leslie. »Aber lassen Sie mich sagen«, fuhr sie fort, »dass ich hoffe, niemand von Ihnen muss je eine solche Erfahrung machen. Und jetzt werde ich Ihre Fragen so gut wie möglich beantworten.«

Alle Hände gingen in die Höhe, von Professor McClure abgesehen, und Cory wartete nicht, bis er aufgerufen wurde. »Warum nennt ihn die Polizei den ›Anagrammisten‹?«, fragte er.

»Das ist eins der Dinge, über die ich nicht sprechen darf«, erwiderte Claire. »Aber der Grund dafür wird früh genug klar werden. Und wenn Sie von Ihrer Fantasie Gebrauch machen, fallen Ihnen bestimmt Ihre eigenen Theorien ein. Die ich selbstverständlich weder bestätigen noch bestreiten kann.«

»Lassen Sie uns ein paar Stichpunkte an der Tafel mitschreiben«, schlug Professor McClure vor, und Claire wollte schon aufstehen, aber der Professor legte ihr eine Hand auf die Schulter. »Nicht Sie, Doktor, Sie müssen sich noch schonen.« Er ließ den Blick über seine Studenten wandern. »Kara, Wes, helfen Sie uns doch bitte.«

Das blonde Mädchen und der gut aussehende junge Mann standen gehorsam auf, gingen zur Kunststofftafel und nahmen je einen Stift aus der Ablage. »Sehr gut«, sagte McClure, entschlossen, Claire durch ihren ersten Tag nach der Pause zu helfen. »Wir wollen nicht, dass Sie zu schwer arbeiten, Doktor, was halten Sie also davon, wenn Sie uns einfach der Reihe nach erzählen, was Sie erlebt haben?«

Claire begann dankbar den zeitlichen Ablauf der Ereignisse zu nennen, den Kara in Lila notierte: der gestohlene Jeep, die Ermordung des Wachmanns in Rochester durch den Anagrammisten, der Diebstahl des Busses, die Attacke auf ihren Vater … dann die Entführung von Jill und Katie, die Bombendrohung im Jeep, die Schüsse auf sie selbst.

»Mann, was für ein Höllentrip«, sagte Miguel, als sie geendet hatte.

»Und fast mein Ende«, erwiderte Claire. »Ich hatte Glück.«

»Haben Sie Angst, er könnte immer noch hinter Ihnen her sein?«, fragte Justine.

»Die Polizei geht kein Risiko ein«, sagte Claire. »Vor unserer Tür stehen zwei schwer bewaffnete Polizisten, und solange die mir auf Schritt und Tritt folgen, lautet meine Antwort, nein, ich habe keine Angst.«

Der Kurs brach in lautes Gelächter aus, was Claire grinsen ließ.

»Warum, glauben Sie, hat er Ihren Vater ins Visier genommen?«, fragte Leslie.

»Serienmörder dringen gern in die Psyche von Leuten ein, besonders in die der Leute, die sie jagen«, antwortete Claire. »Dieser ›Gentleman‹ dachte wohl, wenn er meinem Vater etwas antut, würde er mich treffen. Beides ist ihm nicht geglückt.«

»Ich habe eine Frage«, sagte Professor McClure. »Als Sie bei dieser Pressekonferenz, auf der die Polizei publik machte, dass ein Serienmörder am Werk ist, auf der Bühne standen, ging das auf Sie zurück? Oder wollte die Polizei Sie da oben haben?«

»Beides im Grunde«, antwortete Claire. »Ich habe jedes Wort geschrieben, das Inspector Wilkes sagte, und er wollte mich dort oben haben.«

»Wollten Sie selbst dort oben stehen?«, fragte Wes Phelps von der Tafel.

»Nein, am Anfang nicht«, räumte Claire ein. »Und dann dachte ich mir, wenn ich mich als Köder anbiete und den Kerl genügend verärgere, dann macht er vielleicht einen Fehler. Wie sich herausstellte, hatte ich recht …«

Sie brach ab, da sie im Begriff war, zu viel zu sagen. »Natürlich darf ich Ihnen nicht verraten, welcher Fehler das war«, fügte sie an.

Karas Hand ging nach oben. »Bezeichnen Sie ihn als Anagrammist, weil er durch Anagramme mit Ihnen kommuniziert?«

Claire hielt inne. Es war eine knifflige Frage. Wenn sie Ja sagte, riskierte sie, die Ermittlung zu beeinträchtigen, auch wenn der Spitzname des Killers kurz nach den Schüssen auf sie bereits durchgesickert war. Und wenn sie antwortete, das dürfe sie nicht sagen, war es nicht anders, als hätte sie Ja gesagt.

»Ichform Aspekte«, sagte Cory Mathis plötzlich.

»Was?«, gab Claire zurück, zu überrascht, um ihren Schock zu verbergen. »Wie um alles in der Welt konnten Sie das wissen?«

»Vielleicht ist er der Mörder«, spottete Justine Yu. »Er sieht jedenfalls aus wie einer, oder?«

»Halt die Klappe«, schoss Cory zurück und drehte seinen Laptop zu Claire herum. »Hier steht es, auf *Crime-Time News*.«

Claire las den Artikel und erkannte, dass er nicht viel

Schaden anrichten konnte; er enthielt nur eines der Anagramme. Immerhin war die Geschichte von anderen Nachrichtenkanälen aufgegriffen worden, und es war nur eine Frage der Zeit, bis sie allgemein verbreitet war. Sie würde Nick anrufen und ihm Bescheid sagen müssen, wenn er es nicht bereits wusste.

Aber was sollte sie jetzt und hier zu verlieren haben?

Sie sah zu Wes Phelps an der Tafel. »Wes, können Sie diese Worte bitte aufschreiben?«

»Sicher«, antwortete Wes sofort und wandte sich an Cory. »Kannst du sie wiederholen?«

»Ichform Aspekte«, sagte Cory.

»Ichform mit Bindestrich oder zusammen?«, fragte Wes.

»Zusammen.«

Wes schrieb es mit schwarzem Filzstift an die Tafel.

»Weiß die Polizei, was es bedeutet?«, fragte Cory.

»Keine Ahnung«, hielt sich Claire bedeckt. »Aber wichtiger ist, weiß es diese Website?«

»Hier steht nichts davon«, gab Cory zu.

»Warum versuchen wir es nicht selbst zu lösen?«, meinte Kara.

Die Studenten gingen daran, Anagramme für »Ichform Aspekte« zu suchen.

»Ich sehe ›Tempo Fachkreis‹«, meldete Leslie.

»Wir sind selbst so ein Fachkreis«, gab Justine zurück.

»Hier – ›Impakt Frösche‹«, sagte Cory und grinste übers ganze Gesicht. »Aber ich habe nicht die leiseste Ahnung, was das bedeuten könnte.«

Wes schrieb beide Kombinationen an die Tafel und überprüfte jeweils, ob die Buchstaben passten. »Sind beide möglich«, bestätigte er.

»Noch jemand?«, fragte Claire und war gerade halb

aufgestanden, als ihr plötzlich schwindlig wurde und sie ungebremst wieder auf ihren Stuhl sank.

»Alles in Ordnung, Claire?«, fragte Professor McClure, während Wes und Kara beide ihre Stifte fallen ließen und zu ihr eilten.

»Ich glaube, ich brauche nur einen Schluck Wasser«, meinte Claire. »Vielleicht sollte ich es doch ein wenig langsamer angehen lassen.«

McClure nahm das Stichwort auf. »Okay, das war's dann für heute«, sagte er zu seinen Studenten. »Wir sehen uns nächste Woche wieder.« Während die Studenten zusammenpackten und hinausgingen, wandte er sich wieder Claire zu. »Soll ich Sie zu Ihrem Büro begleiten?«, fragte er.

»Nein«, erwiderte Claire, »es ist schon wieder vorbei. Und ich habe ja meine Polizeieskorte, falls ich Hilfe brauche. Ich bleibe nur noch eine Minute sitzen, und wenn ich dieses Glas Wasser haben könnte …«

»Schon unterwegs«, sagte McClure und rannte praktisch hinaus. Sie wollte eben einen neuen Versuch machen aufzustehen, als sie ein Quietschen von der Tafel hörte. Sie erschrak und riss den Kopf herum. Wes ging eben daran, von der Tafel zu wischen, was er und Kara geschrieben hatten.

»Halt, warten Sie«, sagte Claire, die sichergehen wollte, dass sie Nick alles richtig erzählte. »Lassen Sie es einfach stehen. Ich schreibe es rasch ab und mache die Tafel dann selbst sauber.«

»Wie Sie meinen, Dr. Waters«, erwiderte Wes, nahm seine Jacke und seinen Rucksack und ließ Claire allein. »Ich hoffe, es geht Ihnen bald besser«, sagte er beim Hinausgehen.

Claire widerstand dem Drang aufzustehen, sie wusste,

sie sollte lieber warten, bis McClure mit dem Wasser zurück war, ehe sie es versuchte. Sie wusste außerdem, dass sie die Tafel besser nicht säuberte, weil die Bewegung der verheilenden Wunde schaden konnte.

Deshalb zog sie ihr Handy hervor und machte mehrere Fotos von der Tafel.

Ich schreibe es später ab, dachte sie. *Und McClure kann die Tafel wischen.*

Claire setzte sich zu einer Schale Tomatensuppe an den Tisch, die sie in Nicks Mikrowelle erwärmt hatte. Sie war nicht hungrig, aber sie sollte etwas essen. Sie hatte seit den Schüssen fast fünf Kilo verloren. Da die Mädchen in der Schule waren und Nick in der Arbeit, hatte sie ein paar Stunden für sich, auch wenn sie diese eigentlich gar nicht haben wollte. Was sie wollte, war wieder in Aktion sein. Aber Inspector Wilkes hatte sozusagen das Gesetz erlassen, dass sie aus der Polizeizentrale verbannt war, bis er ihre Rückkehr guthieß.

Sie war direkt von McClures Kurs in ihr Büro gegangen, wo Fairborn bereits auf sie wartete. Natürlich hatte McClure gepetzt und ihrer Mentorin von dem Vorfall im Unterrichtsraum erzählt. Auch Fairborn hatte sie daraufhin angewiesen, nach Hause zu gehen, und sich erboten, Claires Patienten bis zu ihrer vollständigen Genesung zu übernehmen.

Claire holte nun ihr Smartphone heraus und hörte ihre Nachrichten ab – zwei von ihrem Vater und eine von ihrer Mutter, die sich nach ihr erkundigten. Im Gegensatz zu früher telefonierten Mutter und Tochter jetzt mindestens einmal täglich. Zu ihrer eigenen Überraschung genoss Claire ihre Gespräche. Aber bevor sie die beiden zurückrief, wollte sie sich überzeugen, ob die Fotos, die sie von der Tafel in McClures Seminarraum gemacht hatte, lesbar waren.

Sie holte die Bilder auf den Schirm und scrollte sie durch. Das letzte war eine Nahaufnahme der Worte des Anagrammisten, die zu ihrem Entsetzen an diese Website durchgesickert waren.

Ichform Aspekte.

Sie starrte eine Weile darauf, als hätte sie die Worte noch nie gesehen. Dann scrollte sie zurück zu den früheren Fotos. Sie wollte das Handy schon weglegen, als sie noch einmal zu diesem letzten Bild zurückging.

Ichform Aspekte.

Was ist damit? Irgendetwas irritiert mich daran, aber was?

Es war sicherlich nicht das, wozu sie sich vermischen ließen, sie wusste ja bereits, dass sie ein Anagramm für »Perfekt im Chaos« waren. War es die Art ihrer Anordnung? Die Buchstaben …

Sie zoomte näher auf das Bild, um die einzelnen Buchstaben betrachten zu können.

I-c-h-f-o-r-m-A-s-p-e-k-t-e

Sie brütete über jedem einzelnen Buchstaben in Nahaufnahme. Und dann traf es sie wie ein eiskalter Guss, den ein vorbeifahrender Bus aus einer Pfütze hochspritzen lässt …

Rasch wählte sie eine Nummer auf ihrem Handy und geriet sofort an die Mailbox.

Mist.

Mit neuer Energie sprang sie vom Küchentisch auf, eilte zur Wohnungstür und riss sie zur Überraschung der beiden Einsatzpolizisten auf, die davor Wache standen.

»Alles in Ordnung, Dr. Waters?«, fragte einer von ihnen.

»Wir müssen eine Fahrt machen«, sagte sie.

Nick saß an seinem Schreibtisch und ging seine Notizen durch. Seit der Schießerei waren mehr als drei Wochen vergangen, und von ihrem Anagrammisten war nicht das Geringste zu vernehmen gewesen.

Worauf zum Teufel wartet er? Auf eine Einladung?

Nicht dass er sich eine weitere Leiche gewünscht hätte, als Zeichen, dass der Schweinehund wieder da war. Aber nach einundzwanzig Tagen, an denen die Taskforce beinahe rund um die Uhr gearbeitet hatte, waren die Detectives einer nach dem anderen zu anderen Fällen zurückgekehrt. Und Nick selbst hatte die meiste Arbeit geleistet, häufig, ohne sich Überstunden gutzuschreiben und trotz des Umstands, dass seine zunehmende Erschöpfung sein Sehvermögen rapide schlechter werden ließ.

Er riss den Kopf herum, als die Tür aufging und eine Gestalt in Jeans und Sweatshirt vom Flur hereinstürmte. Er konnte zunächst nur feststellen, dass es eine Frau war, aber dann erkannte er Claire und sprang auf.

»Hast du den Verstand verloren?«, rief er. »Wenn Wilkes dich sieht …«

»Ich musste es riskieren«, sagte Claire und zog ihr Handy hervor.

»Du hättest mich anrufen sollen.«

»Das habe ich. Aber da war nur die Mailbox. Und beim Büroanschluss hat niemand abgenommen.«

»Wir waren in einer Besprechung …«

Claire tippte den Bildschirm ihres Smartphones an. »Ich schicke ein Foto an deine E-Mail-Adresse hier. Ich brauche es ausgedruckt.«

»Das hättest du auch von zu Hause …«

»Ich durfte kein Risiko eingehen. Bitte. Tu es einfach und stell keine Fragen.«

Die Dringlichkeit in ihrer Stimme ließ ihn verstummen. Er beugte sich über seinen Schreibtisch, holte seine E-Mails auf den Schirm und druckte ihre Nachricht aus. Dann ging er zum Drucker, um das Blatt zu holen. Er zog es aus dem Gerät und überflog es, und die Worte darauf ließen ihn abrupt stehen bleiben.

»Wo wurde das aufgenommen?«, fragte er.

»Heute Morgen im Kurs von McClure. Es stand an der Kunststofftafel …«

»Jemand hat das an die Tafel geschrieben, damit du es findest?«

»Nein«, sagte Claire und riss ihm das Papier aus der Hand. »Irgendwie ist es an eine Website durchgesickert, die sich mit wahren Verbrechen befasst, und einer meiner Studenten hat es entdeckt. Aber das ist im Moment nicht wichtig.«

»Da bin ich aber anderer Meinung.«

»Hör einfach zu. Was als Nächstes passiert ist, das ist wichtig. Ein anderer Student hat es an die Tafel geschrieben. Sieh es dir an.«

»Das habe ich«, sagte Nick. »*Ichform Aspekte.* Was ist damit?«

Claire holte tief Luft. »Kennst du das, wenn man etwas kursiv schreibt, dass man gelegentlich einen Buchstaben einwirft, der in normalem Druck ist, oder umgekehrt?«, fragte sie und zeigte auf die Worte auf der Seite. »Schau dir das *m* und das *p* an …«

»Ich sehe nicht gut genug, um zu erkennen, worauf du hinauswillst«, sagte Nick frustriert.

Während er weiter die Schrift betrachtete, hob Claire einen dicken Ordner von seinem Schreibtisch auf, mit dem sie nur allzu vertraut war, und wusste genau, wo sie suchen musste.

»Und jetzt schau dir das hier an«, sagte sie atemlos, als sie die richtige Seite erreicht hatte und daraufdeutete.

»Das Streichholzbriefchen von dem Fundort der Leiche im Sumpf?«

»Schau hin, verdammt!«, rief Claire.

Nick tat es. Dann hob er mit einem Ruck den Kopf und sah Claire an.

»Du hast recht«, bestätigte er mit vor Aufregung zitternder Stimme. »Beide *m* haben denselben Höcker, und das *p* ist immer in zwei Teilen, ein gerader Strich und ein Bogen, die nicht miteinander verbunden sind.«

»Wir werden es von eurer Expertin bestätigen lassen müssen.«

»Wir haben keine Zeit für eine Expertin«, erwiderte Nick, griff nach dem Telefon auf seinem Schreibtisch und wählte eilig. Er sah aus, als würde er gleich explodieren.

»Paddy«, rief er in den Hörer. »Ich brauche Wilkes hier unten, auf der Stelle …«

Er brach ab, als Wilkes wie ein Corrida-Stier durch die Tür stürmte, Zorn im Gesicht, als hätte er Claires unerlaubte Anwesenheit im Gebäude gefühlt.

»Was zum Teufel tun Sie hier, Doktor?«, knurrte er, während Nick einhängte.

»Wir haben ihn, Inspector«, sagte Nick.

»Wen? Den Anagrammisten? Blödsinn!«, brauste er auf.

»Diesmal nicht«, gab Claire zurück und sah ihn herausfordernd an.

»Und wie heißt der Hurensohn dann?«, fragte der Inspector.

»Wesley Phelps«, sagte Claire mit ungläubiger Stimme. »Er ist einer meiner Studenten.«

Minuten später waren sie in Wilkes' Büro, und der Inspector legte gerade den Telefonhörer auf. »Norma sagt, die Neigung der Linien, der Schriftstil und die ungewöhnliche

Art, das *p* zu schreiben, lassen darauf schließen, dass ihr beide recht habt. Ihr Student und der Täter, der diesen Wortsalat auf das bei Robert Newman gefundene Streichholzbriefchen geschrieben hat, sind ein und dieselbe Person.«

»Sie meinen aber, es reicht noch nicht für einen Haftbefehl«, sagte Claire.

»Zwei Buchstaben sind nicht Beweis genug, auch wenn er es sein muss«, erwiderte Wilkes. »Deshalb muss ich alles über ihn wissen.«

»Ich weiß eigentlich nicht viel«, meinte Claire. »Außer dass er an diesem Kurs teilnimmt.« Sie schüttelte den Kopf. »Er saß genau vor mir. Ich kann es einfach nicht glauben.«

»Tja, aber das hier können wir glauben«, sagte Nick, der vor Wilkes' Computer saß. »Der Schweinehund war ein Einzelkind, seine Eltern starben vor drei Jahren bei einem nächtlichen Brand, als Wesley gerade mit dem College begonnen hatte.«

»Brandursache?«, fragte Wilkes.

»Nicht eindeutig«, antwortete Nick, der vom Schirm ablas. »Möglicherweise ein Kabelschaden im Keller, es könnte aber auch Farbverdünner als Brandbeschleuniger im Spiel gewesen sein. Wesley wurde in seinem Heimatort River Edge in New Jersey vernommen und hatte ein solides Alibi – er schlief sechzig Kilometer entfernt in seinem Wohnheimzimmer im College.«

»Oder auch nicht«, sagte Claire. »Wäre nicht so schwer gewesen, sich mitten in der Nacht hinauszuschleichen und wieder im Bett zu sein, bevor irgendwer wach war.« Sie trat hinter Nick und spähte über seine Schulter. »Ist noch etwas aufgetaucht?«, fragte sie. »Ärger mit dem Gesetz als Jugendlicher? Beschwerden wegen Tierquälerei?«

»Wir brauchen keine Triade, um zu wissen, dass der

Typ ein Psychopath ist«, sagte Wilkes. »Ich wette, er hat Tiere gequält, Feuer gelegt *und* war als Kind Bettnässer.«

»Davon steht hier nichts«, sagte Nick, die Augen immer noch auf dem Bildschirm. »Aber eine Sache ist noch aufgetaucht. Er hat sich beim NYPD beworben, weil er Polizist werden wollte, ist dann aber kurz vor seinem Hintergrundgespräch mit dem Polizeipsychologen ausgestiegen.«

»Das beweist natürlich nicht, dass er ein Serienmörder ist«, sagte Claire, »aber es ist kein Zufall. Er hat sich wohl überlegt, dass er durch dieses Feuer auf den Radarschirm des Psychologen gerät, und wollte nicht das Risiko eingehen, erwischt zu werden.«

»Er ist unser Mann«, sagte Wilkes, »und wir nageln ihn fest, bevor er noch jemandem etwas antut.« Er zog sein Handy hervor. »Ich kenne einen Richter, der uns ohne viel Aufhebens einen Durchsuchungsbefehl ausstellt – aber die Sache muss erst einmal im kleinen Kreis bleiben. Niemand darf etwas davon erfahren, bis ich es persönlich genehmige.«

»Ich sehe mir Mr. Phelps' Stundenplan an«, bot Claire an. »Dann können Sie seine Wohnung durchsuchen, während er im Unterricht ist.«

»Und ich lasse ihn beschatten, damit er nicht überraschend nach Hause kommt und uns stört«, fügte Nick an.

»Tony und Simms werden seine Wohnung heute Nacht überwachen«, sagte Wilkes. »Und morgen lasse ich ihn von verdeckten Ermittlern der Drogenfahndung zum Campus verfolgen, bis wir ihn legal festnehmen und in Gewahrsam behalten dürfen.«

Er sah Claire an und nahm ihre Hand. »Diesmal kriegen wir ihn«, versprach er. »Bevor noch eine Menschenseele zu Schaden kommt.«

24

Wesley Phelps trat mit dem Rucksack über der Schulter aus seiner Souterrainwohnung in der West 24th Street in Chelsea ins Sonnenlicht hinaus und ging nach Westen. Wie fast jeden Morgen marschierte er das kurze Stück zur U-Bahn-Station Eighth Avenue und 23rd Street, wo er einen Expresszug zur Universität weiter nördlich nehmen würde.

Er bemerkte, dass der Verkehr in seiner Straße, der um diese Uhrzeit sonst immer sehr stark war, heute stillstand. Er sah sich um und entdeckte den Grund dafür: Eine Mannschaft des Elektrizitätswerks arbeitete nur wenige Meter von seinem Gebäude entfernt in einem offenen Bauschacht, ihr LKW und ihre Ausrüstung blockierten die halbe Straße, und alle Fahrzeuge mussten sich einzeln vorbeiquetschen.

Der schrille Ton einer Hupe neben ihm ließ ihn zusammenfahren. »Ruhe, verdammt noch mal!«, schrie Wes den Übeltäter an, einen kahlen, schwergewichtigen Mann mittleren Alters am Steuer eines silbernen BMWs. Rauch von der dicken Zigarre, an der er paffte, wehte aus dem offenen Fenster. Aber der Trottel hatte außerdem seine Musikanlage so laut aufgedreht, dass er fast alles übertönte und allen Leuten auf die Nerven ging.

Manchmal wünschte ich, ich könnte sie einfach alle umbringen, *dachte Wes und ging an dem Untermenschen-*

Abschaum vorbei. Was in seinen Augen so gut wie jeder außer ihm selbst war. Er würde sie töten, wieder und wieder.

Aber er wusste, von allen anderen unterschied ihn, dass er seinem Impuls widerstand, es einfach zu tun. Von den Hickmans und Palmers, die nicht so wählerisch vorgingen wie er, die nie einen Plan hatten. Seinetwegen würde man sich nun für immer an ihre Namen erinnern.

Wie auch an den seinen. Sobald sein Lebenswerk vollendet war.

Wes lächelte, zufrieden mit sich, weil er sich Zeit gelassen hatte. Und weil er wusste, es dauerte nicht mehr lange, dann würde das alles vorbei sein. Der Schmerz seiner Existenz würde ausgelöscht sein.

Und endlich, endlich würde er Ruhe finden.

»Er ist unterwegs«, sagte einer der Arbeiter leise in ein verstecktes Mikrofon unter der gelben Weste, die er über seiner Arbeitskleidung trug, während er aus dem Schacht spähte und der sich entfernenden Gestalt nachsah.

»Hat er Sie bemerkt?«, ertönte eine mürrische Männerstimme aus dem Ohrstöpsel des Mannes.

Wie aufs Stichwort fuhr der junge Mann herum und blickte in die Richtung des Arbeiters. Nur für eine Sekunde, dann setzte er seinen Weg fort.

»Er hat gerade in unsere Richtung geschaut, aber ich glaube nicht«, sagte der Mann in sein Mikro. »Er ist wieder auf dem Weg zur Seventh Avenue.«

»Verstanden«, antwortete die Stimme. »Haltet still, bis ich das Signal gebe.«

Der Arbeiter tippte zur Bestätigung zweimal an sein Mikro. Er war in Wahrheit ein Drogenfahnder des NYPD und hatte keine Ahnung, was er hier tat. Die einzigen Informationen, die er und seine Kollegen bekommen hatten, waren ein Foto der Zielperson und der Ort, den sie überwachen sollten.

Keiner von ihnen hatte auch nur den Namen der Zielperson oder die Identität der Stimme in ihren Ohrstöpseln erfahren, des großen Zaubermeisters, der ein paar Meter entfernt in dem LKW saß.

»Wo ist er jetzt?«, sagte Wilkes leise und geduldig in ein Funkmikrofon auf seinem kleinen Schreibtisch im Laderaum des LKWs. Der natürlich nicht den Elektrizitätswerken gehörte, sondern eins der vielen Überwachungsfahrzeuge der New Yorker Polizei war; Wilkes hatte speziell um dieses gebeten, weil es versteckte Kameras außen und Batterien von Monitoren, Funkgeräten und Laptops im Innern hatte.

»Er ist gerade in die U-Bahn Eighth Avenue und 23rd Street gegangen«, meldete sich eine weibliche Stimme.

Wilkes drückte den Sprechknopf. »Okay. Niemand rührt sich, bis der Schwei…, ich meine die *Zielperson* in einem Zug ist.«

Er hängte das Mikro ein und drehte sich zu Claire und Nick um, die wie Wilkes selbst mit Overalls und Arbeitsstiefeln der E-Werke bekleidet waren.

»War das wirklich nötig?«, fragte Claire.

»Sie wollten auf Worte Taten folgen lassen, Doc«, gab Wilkes zurück. »So machen es die Profis. Jetzt müssen wir nur noch warten, bis Tony mit dem Durchsuchungsbefehl aufkreuzt, dann können wir loslegen.«

Tanisha Fuller, eine hübsche fünfundzwanzigjährige Afroamerikanerin mit Haarknoten stand am Bahnsteig der U-Bahn-Station Eighth Avenue und ließ den Blick über die Menge schweifen. Sie wollte sich gerade dem anderen

Eingang zuwenden, als sie einen dunkelhaarigen jungen Mann in blauem Oxford-Hemd und Khakis durch das Drehkreuz kommen sah, genau in dem Moment, in dem ein Expresszug in Richtung Norden quietschend zum Stehen kam. Fuller beobachtete, wie der junge Mann in den Zug stieg, und erst als die Türen geschlossen waren und die Räder sich in Gang setzten, warf sie einen Blick auf das Foto in ihrem Handy, um sich zu vergewissern, dass es die richtige Person war.

Sie griff nach dem Mikrofon, das an ihrer Schulterklappe befestigt war, und führte es an den Mund. »Transit Sieben David, Ihr Junge ist auf dem Weg nach Norden. Dritter Wagen von vorn.«

»Zehn-Vier«, hörte sie Wilkes' Stimme.

Fuller befestigte das Mikro wieder an der Schulterklappe und ging in Richtung Ausgang. Sie schüttelte verwundert den Kopf. Man hatte sie eigens zu diesem Zweck hier unten postiert, und die dunkelhaarige Zielperson, wer immer sie sein mochte, hatte nicht die geringste Notiz von ihr genommen. Nicht einmal sie selbst hätte gedacht, dass sie undercover in genau der Tracht arbeiten konnte, die sie jeden Tag zur Arbeit trug: die frisch gestärkte Uniform der U-Bahn-Polizistin, die sie war.

Die Hecktür des falschen E-Werk-Wagens flog auf und spuckte Wilkes, Nick und Claire in ihren Overalls und gelben Helmen auf die Straße aus. Der Inspector und Nick zogen ihre Dienstmarken, die sie an Bändern um den Hals hängen hatten, unter dem Hemd hervor und stürmten die Treppe zu Phelps' Backsteingebäude hinauf, wo Nick an die Tür im Erdgeschoss schlug.

»Polizei! Machen Sie auf!«, schrie er.

Claire hörte hämmernde Schritte auf dem Asphalt und drehte sich zur Sixth Avenue um, wo Savarese atemlos angerannt kam und mit Papieren in seiner Hand wedelte.

»Wo zur Hölle ist er?«, murmelte Wilkes.

Im selben Moment ging die Tür auf, und ein dürrer, weißhaariger Schwarzer, den Nick auf etwa siebzig schätzte, stand vor ihnen.

»Was ist los, verdammt?«, sagte der Mann.

»Polizei«, wiederholte Wilkes.

»Ach nein«, sagte der Mann. »Was soll der Lärm?«

»Wer ist hier der Verwalter?«, fragte Wilkes.

»Norbert Miller«, antwortete der Mann.

»Und wo finden wir ihn?«

»Sie stehen vor ihm, mein Sohn.«

Savarese händigte ihm die Papiere aus. »Das ist ein Durchsuchungsbefehl für die Wohnung eines gewissen Wesley Phelps, der bei Ihnen im Souterrain zur Miete …«

»Heilige Maria und Josef!«, rief Miller aus. »Sie wollen mich wirklich dazu zwingen?«

»Ja, und was haben Sie für ein Problem damit?«, fragte Wilkes barsch.

»Der Kerl ist nicht ganz dicht, das ist mein Problem«, sagte Miller. »Ich bin vor zwei Monaten nach dem schweren Gewitter da hineingegangen, um ein Leck abzudichten, und ich dachte, er rammt mir ein Messer in den Bauch.«

»Hören Sie, für so etwas haben wir keine Zeit«, sagte Wilkes. »Wir müssen in seine Wohnung, und zwar sofort.«

»Aber er hat eine Klausel in seinem Mietvertrag, dass man einen Tag im Voraus Bescheid sagen muss«, jammerte Miller.

»Jetzt sofort. Oder ich verhafte Sie wegen Behinderung der Polizei«, gab Wilkes zurück.

»Okay, ist ja gut. Aber dann bleiben Sie hier, bis das

Arschloch nach Hause kommt, und schlagen sich mit ihm herum, weil ich tue es garantiert nicht.«

»Er wird nach dem heutigen Tag kein Problem mehr darstellen«, versicherte ihm Wilkes. »Und jetzt holen Sie den verdammten Schlüssel.«

Wes wurde mit der Flut der Menschen aus der U-Bahn auf den Columbus Circle gespült. Wie üblich blieb er an seinem bevorzugten Imbissstand stehen und kaufte dasselbe Frühstück, das er jeden Morgen aß: einen Bagel mit Cream Cheese und einen Becher schwarzen Kaffee.

»Danke, Samir«, sagte er zu dem karibischen Verkäufer und gab ihm einen Dollar mehr als Trinkgeld, was Samir lächeln ließ.

Er fühlte sich gut, jetzt da er sein Essen hatte, als er in westlicher Richtung die 59th Street entlangging. Er war hungrig, biss ein großes Stück ab und kaute schnell, während er sich beeilte, um die grüne Ampel an der Columbus Avenue noch zu schaffen.

Er war fast an der Kreuzung, als etwas in seiner Tasche vibrierte. Abrupt blieb er stehen, platzierte Kaffee und Bagel vorsichtig auf dem Dach eines geparkten Autos und holte sein Handy aus der Tasche.

Was immer es war, es konnte nichts Gutes sein. Denn niemand rief Wesley Phelps je an. Niemand.

Ein Blick auf den Schirm bestätigte seine schlimmsten Befürchtungen.

Er nahm den Kaffee und den Bagel vom Wagendach und warf beides in einen Abfalleimer an der Ecke, dann eilte er in die entgegengesetzte Richtung zurück zur U-Bahn-Station, als würde sein Leben davon abhängen.

Was sehr gut der Fall sein konnte, wie er wusste.

Norbert Miller drehte den Schlüssel in dem Schloss über dem Türgriff zu Wes Phelps' Wohnung. Oder versuchte es zumindest.

»Was gibt es für ein Problem?«, fragte Nick ungeduldig.

»Das sehen Sie doch«, sagte Miller. »Ich kann den Schlüssel nicht in dem verdammten Schloss drehen.«

»Sind Sie sicher, dass es der richtige Schlüssel ist?«, fragte Wilkes, der kurz davor war zu explodieren.

»Ja, ganz sicher«, erwiderte Miller. »Der Hurensohn muss die Schlösser ausgetauscht haben.« Er lächelte und ließ dabei einen Mund voll gelber Zähne sehen. »Endlich etwas, für das ich ihn rauswerfen kann ...«

»Gehen Sie zur Seite«, kommandierte Wilkes.

»Wollen Sie die Tür eintreten, wie im Fernsehen?«, fragte der Verwalter.

»Nur wenn es nicht anders geht«, antwortete Nick und zog Miller zur Seite, damit Terry Aitken von der Spurensicherung Platz hatte, seine Kunst anzuwenden.

»Wie lange wird das dauern?«, fragte Wilkes.

»Das Schloss ist nicht sonderlich kompliziert«, antwortete Aitken und holte einen gebogenen Dietrich aus seiner Werkzeugtasche, den er fachkundig in das Schlüsselloch einführte. Dann klopfte er mit seinen langen Fingern darauf, das Schloss klickte, und Aitken öffnete die Tür.

»Niemand geht ohne Stiefelüberzüge und Handschuhe da hinein«, befahl Wilkes. »Doktor, wir haben auch eine Duschhaube für Ihr Haar. Der Kerl darf nicht wissen, dass wir hier waren.«

Wesley atmete schwer, als er die U-Bahn-Station erreichte, er entschied sich für die Treppe statt der Rolltreppe und zog seine MetroCard bereits aus der Tasche, als er noch die Stufen hinunterhastete.

Unten angekommen, sah er sich in alle Richtungen um. Nichts, worüber er sich Sorgen machen musste. Alle Leute schienen sich in normalem Tempo zu bewegen, alles war wie immer.

Und dann hörte er Lärm hinter sich. Vom oberen Ende der Treppe. Eine Frau schrie: »Passt doch auf, ihr Arschlöcher!«

Er wirbelte herum. Zwei junge Männer, etwa in seinem Alter, Rucksäcke auf dem Rücken, stürmten die Treppe herunter. Auf ihn zu. Den Blick auf ihn geheftet. Ihre Hände griffen unter die Shirts.

Wesley wusste, er hatte nicht mehr viel Zeit. Aber er war vorbereitet.

Rasch streifte er den Rucksack ab, griff hinein und holte die 9mm-Browning heraus, die er für genau einen solchen Notfall gekauft hatte. Er packte eine Frau mittleren Alters, die gerade an ihm vorbeiging, schlang den Arm um sie und zog sie vor seinen Körper.

Sein menschlicher Schild. Der ihn vor dem schützte, was nun passieren würde.

»Polizei!«, riefen die beiden jungen Männer auf der Treppe, die inzwischen ihre Waffen gezogen hatten. »Alle auf den Boden!«

Wes begann zu feuern. Wieder und wieder. Er traf alles zwischen sich und den beiden Polizisten, die nicht zurückschießen konnten, wenn sie seine Geisel nicht treffen wollten.

Er lächelte, als sie über die Leichen unter ihnen auf der Treppe stolperten.

»Keine Bewegung! Keine Bewegung, Arschloch!«, schrien sie ihn an.

Wes sah zu ihnen hinauf, sie waren jetzt nur noch ein paar Meter entfernt, dann schoss er beiden in den Kopf.

Seine Geisel fing zu schreien an. »Du Monster! Was ist mir dir, hat dich deine Mama nicht genügend geliebt? Lass mich los! Lass mich los!«

Wes ließ sie los, und bevor sie noch einmal schreien konnte, feuerte er eine Kugel durch ihr linkes Auge. »Meine Mutter hat ihre Zigaretten auf meinem Rücken ausgedrückt, du Schlampe«, sagte er zu der toten Frau, steckte die Waffe in seinen Gürtel und rannte ans andere Ende der U-Bahn-Station, wo er verschwand.

Mit Handschuhen und Duschhaube angetan und mit Plastiküberzügen an den Füßen betrat Claire Wesley Phelps' kleine, makellos saubere Wohnung.

Und was sie sah, raubte ihr den Atem.

»Mein Gott«, sagte sie.

Denn sie starrte auf ein riesiges Kreuzworträtsel an der Wand, in das die Namen aller Opfer von Phelps eingetragen waren: Nick, Jill, Katie. Rosa Sanchez. Robert Newman. Victor Palmer. Jonah Welch. Wenngleich kein Opfer, stand auch William Edward Hickman, der Psychopath aus den Zwanzigern, den Phelps bewunderte, an der Wand. Dazwischen füllten andere Begriffe wie »Blut«, »Kadaver« oder »entbeinen« die riesigen Kästchen.

»Es sind nur zwölf Kästchen übrig«, sagte sie, an niemanden gerichtet.

»Claire«, sagte Nick hinter ihr.

Sie drehte sich um, und der Atem stockte ihr beim Anblick der gegenüberliegenden Wand: die Anagramme. Dutzende von Wortpaaren, fein säuberlich in Rot geschrieben, beginnend mit *EMPORE FAKTISCH*, *KOREA SCHIMPFTE* und *KASCHMIR TOEPFE*. Über der Liste stand mit gelbem Marker, braun umrandet, ASTHMA EINTRAG geschrieben. Die Lampe, die den vollkommen quadratischen Raum erleuchtete, ließ die Lettern wie Gold glänzen.

»Neu geordnet ergeben die Buchstaben ›The Anagramist‹«, erklärte Claire.

»Und diese anderen Wortpaare ergeben alle ›Perfekt im Chaos‹?«, fragte Wilkes.

»Sieht so aus«, erwiderte Nick. »Er war besessen von Perfektion und bestrebt, sie zu erreichen. Darum hat sich sein ganzes krankes Spiel gedreht.«

»Er war besessen von Ihnen, Doc«, sagte Aitken von der anderen Seite des Raums und kam mit einem Scrapbook in der Hand zu ihnen herüber. »Sehen Sie sich das an.«

Er schlug das Buch auf, und Claire stockte erneut der Atem. Auf der ersten Seite war ein Zeitungsausschnitt. Fotos von ihr und Nick über der Schlagzeile: *Team aus Detective und Psychiaterin findet Killer.* Der Artikel darunter berichtete über den Fall, der sie vor eineinhalb Jahren zusammengebracht hatte. Claire wurde immer unwohler, während Aitken die Seiten voller Fotos von Claire umblätterte, die alle mit Teleobjektiv aufgenommen waren: auf der Straße, beim Betreten des Krankenhauses, beim Verlassen ihrer Wohnung. Mit Nick vor dessen Wohnung.

»Wie um alles in der Welt war es nur möglich, dass wir ihn nicht gesehen haben?«, fragte sie.

»Nun ja«, erwiderte Nick bedrückt. »Ich habe immerhin eine Ausrede.«

»Es ist, als wollte er ich sein«, sagte Claire und blickte auf die Nahaufnahme ihres Gesichts neben einem weiteren Artikel, in dem sie für die Aufklärung des Mordes an ihrer Kindheitsfreundin Amy gepriesen wurde. »Aber er war außerdem besessen von Serienmördern. Er hat den Profiling-Kurs, in dem ich mit unterrichte, nicht gewählt, weil er sie fassen wollte, sondern weil er so sein wollte wie sie.«

»Und dann ist er vollkommen aus dem Ruder gelaufen«, ergänzte Nick. »Bei dem Kerl dreht sich alles um Perfektion, und er hat die perfekte Lehrerin gefunden. Er hat sich auf dich fixiert.«

»Und letzten Endes auch auf dich«, sagte Claire. »Er musste sich beweisen, dass er schlauer ist als wir, dass er mich in sein krankes kleines Spiel einbauen konnte. Deshalb hat er sich an Rosa herangemacht.«

»Er musste dich besiegen. Das war seine Perfektion in einer chaotischen Welt …«

»Boss!«, brüllte Savarese vom Eingang her. »Hier wird gerade ein Code am Columbus Square gemeldet!«

»Verdammt!«, rief Wilkes und eilte zur Tür, während Claire Nick fragend ansah. »Was ist jetzt los?«

»Das bedeutet, es hat entweder eine stichhaltige Terrordrohung oder sogar einen Anschlag gegeben«, sagte Nick und folgte Wilkes auf die Straße hinaus.

»Was zum Teufel ist passiert, Tony?«, fragte Wilkes.

»Ein Dutzend Tote in der U-Bahn-Station Columbus Circle«, stieß Savarese hervor. »Zwei von ihnen sind die Drogenfahnder, die wir auf Phelps angesetzt hatten.«

»Phelps ist im Augenblick an der Uni, verdammt noch mal«, bellte Wilkes.

»Ich weiß, dass er dort sein müsste, Boss«, sagte Savarese, »aber die Beschreibung des Schützen, die die Zentrale über Funk herausgibt, hört sich verdammt noch mal sehr nach Phelps an …«

»Er wusste, dass wir hier waren«, erkannte Claire und lief in die Wohnung zurück.

»Claire!«, rief Nick und ging ihr nach.

»Sie kontaminieren den Tatort, Doktor!«, schrie Wilkes und folgte. Nick und Claire suchten den Raum mit Blicken ab. »Wonach zum Teufel sucht ihr beiden?«

»Kameras«, sagte Claire und deutete zu einem winzigen Loch in der Decke, nicht weit von einer Ecke des kleinen Apartments. »Ich wette, da oben ist eine.«

Aitken überprüfte die Tür. »Hier ist auch etwas«, rief er.

Nick eilte zu ihm. »Was ist es?«

Der CSI-Detective zeigte auf kleine runde Metallstücke, die auf gleicher Höhe in die Tür und den Türstock eingelassen waren. »Kontakte«, sagte er. »Er hat die Wohnung verkabelt. Ich sehe im Computer nach, aber wenn ich raten müsste, würde ich sagen, er aktiviert den Alarm, wenn er geht, und falls jemand die Tür öffnet, wird er auf seinem Handy davon unterrichtet.«

»Und die Kamera schaltet sich ein«, sagte Wilkes und sah wieder zu dem winzigen Loch hinauf. »Der Schweinehund hat uns die ganze Zeit auf seinem Handydisplay.«

Er wandte sich an Claire. »Okay, Doc, jetzt wird es ernst. Wohin flieht er wohl?«

»Er flieht nirgendwohin, Inspector«, antwortete sie mit Bestimmtheit. »Bis er sein Kreuzworträtsel fertig hat.«

»Er wird auf keinen Fall hierher zurückkommen«, erklärte Nick.

»Das muss er nicht«, gab Claire zurück. »Aber er wird so oder so sein Meisterwerk vollenden.«

Nick wusste, was es bedeutete. »Er hat es auf uns abgesehen. Die Mädchen …«

»Tony«, rief Wilkes, »schicken Sie je ein Sonderkommando zu den beiden Schulen und holen Sie Nickys Mädchen dort raus!«

»Schon dabei, Boss«, rief Savarese und ging auf die Straße hinaus.

»Und was euch beide angeht …«, sagte Wilkes und drehte sich zu Nick und Claire um.

Nick wusste, was kommen würde. »Wir müssen die Wohnung hier untersuchen«, protestierte er.

»Einen Teufel werdet ihr tun«, erwiderte Wilkes. »Er weiß, dass ihr hier seid, und wir gehen kein Risiko ein. »Ich lasse euch von euren Bewachern zu Nicks Wohnung zurückbringen.«

»Inspector«, begann Claire, aber weiter kam sie nicht.

»Sparen Sie es sich, Doc«, unterbrach sie Wilkes. »Wir machen die Bude hier dicht und verschwinden. Das Einsatzkommando bringt die Mädchen nach Hause, und dort werdet ihr dann alle bleiben, bis Phelps im Gefängnis oder im Leichenschauhaus ist.«

»Wenn er ein Dutzend Menschen, darunter zwei Polizisten, getötet hat, wird er sich nicht von uns festnehmen lassen«, sagte Nick.

»Wie auch immer«, sagte Wilkes. »Tot oder lebendig, mir ist beides recht.«

»Sie haben Katie«, rief Claire und hängte das Festnetztelefon in Nicks Küche ein, dann ging sie ins Wohnzimmer, wo Nick auf der Couch saß.

»Wann werden sie hier sein?«, fragte er.

Claire setzte sich neben ihn. »Tony sagt, das Einsatzteam, das sie hierherbringt, trifft sich erst mit dem Team, das Jill von ihrer Schule geholt hat, und bei dem Verkehr rechnen sie mit einer halben Stunde bis vierzig Minuten.«

»Klingt vernünftig«, meinte Nick, der immer noch besorgt war.

Claire strich ihm über den Rücken. »Es ist gut, Nick«, versuchte sie ihn zu beruhigen. »Sie sind von Polizisten mit Maschinengewehren umringt. Den beiden geschieht nichts.«

»Das ist es nicht«, gestand Nick. »Die ganze Sache läuft

einfach falsch. Phelps rennt da draußen frei herum, und wir sind hier in unserem eigenen Gefängnis eingesperrt.«

»In einem Gefängnis gibt es aber nicht die Annehmlichkeiten, die du hier hast«, flirtete Claire, küsste ihn auf die Wange und stand auf.

»Warte«, sagte er. »Davon will ich mehr haben.«

»Ich bin bereits beim Kochen«, sagte sie und verschwand in die Küche. Als Nick ihr folgte, zog sie gerade einen alten gusseisernen Tiegel aus einem Schrank neben dem Herd.

»Den willst du mir aber nicht aufsetzen, oder?«, fragte er spielerisch.

»Nur wenn du Dummheiten machst«, entgegnete sie, stellte das Gefäß auf den Herd und ging zum Kühlschrank.

»Ich kann dir helfen, wenn du willst«, bot er an.

Claire sah ihn vom offenen Kühlschrank her an. »Wenn du mir helfen willst, kannst du zum Laden runterlaufen und mir eine Tüte weiße Zwiebeln holen.«

»Ich soll aber die Wohnung nicht verlassen, weißt du noch?«, erinnerte sie Nick.

»Dein Boss wird dich nicht vom Dienst suspendieren, weil du rasch zum Supermarkt gehst«, meinte sie tadelnd. »Solange du einen von deinen schwer bewaffneten Wächtern mitnimmst.«

Dagegen fiel Nick kein Argument ein. »Also gut«, gab er schließlich nach.

»Du wirst es nicht bereuen«, versprach Claire und fügte an: »Wenn du in zwanzig Minuten nicht zurück bist, rufe ich die Polizei.«

»Viel Glück damit«, witzelte Nick und ging zur Tür. »Wenn du mal einen Cop brauchst, ist nämlich nie einer in der Nähe.«

Fünf Minuten später war es ruhig in der Wohnung, bis auf das Knistern des Olivenöls, das in dem Topf auf dem Herd heiß wurde. Claire legte das scharfe Messer beiseite, mit dem sie die frischen Knoblauchzehen für die selbstgemachte Spaghettisoße geschnitten hatte, die die Mädchen so liebten. Sie schüttete den Knoblauch in das heiße Öl, stellte den Herd auf mittlere Stufe und brachte den restlichen Knoblauch zum Kühlschrank zurück.

Als sie die Tür öffnen wollte, hielt sie inne und betrachtete ein Foto von Nick mit den Mädchen, wie sie Arm in Arm im Wollman Rink im Central Park Schlittschuh liefen. Das Bild war mit einem herzförmigen Magneten am Kühlschrank befestigt, darüber stand: Alles Gute zum Vatertag, in Liebe Jill und Katie.

Vatertag, dachte Claire. *Ich würde alles dafür geben, den nächsten Vatertag mit Nick und den Mädchen zu verbringen.*

»Hübsche Familie«, sagte eine Stimme hinter ihr. Claire erstarrte, denn es war nicht Nick. »Hallo, Claire.«

Sie drehte sich um. Wesley Phelps stand zwei Meter vor ihr, ein Lächeln im Gesicht und eine sehr große Pistole in der Hand. Sie versuchte, trotz ihres Entsetzens ruhig zu bleiben.

»Ich wusste gar nicht, dass wir uns mit Vornamen ansprechen«, sagte sie.

»Aber sicher doch«, erwiderte Wes. »Wenn eine Frau zu einem Kerl in die Wohnung geht, wie Sie es getan haben, redet sie ihn nicht mit Nachnamen an. Das wäre unangemessen.«

»Da draußen stehen zwei Polizisten mit Maschinengewehren, Wesley«, warnte sie.

»Jetzt nicht mehr«, erwiderte er.

»An denen können Sie unmöglich vorbeigekommen sein«, sagte Claire.

»Ach, Mrs. Kerner auf der andern Seite des Flurs hat das für mich erledigt«, prahlte er. »Sie hat sie in ihre Wohnung gerufen, und ich habe den Rest besorgt. Sie waren vollkommen ahnungslos.«

»Wie sind Sie in Mrs. Kerners …?«

»Sie war eine nette alte Dame. Sie hat mich sofort zum Fenster hereingelassen, als ich die Feuerleiter herunterkam und sagte, dass jemand hinter mir her ist. Und dann ist sie auf den Flur hinausgegangen und hat die Polizisten geholt. Kinderleicht, das Ganze.«

Claire merkte, wie sie zu zittern anfing, und gab sich Mühe, es zu unterdrücken. »Ich kann Ihnen helfen, Wesley. Ich weiß sehr viel darüber, was jetzt emotional in Ihnen vorgehen muss.«

»Ach, jetzt wollen Sie mir also helfen?«, gab er zurück. »Nach all den Sachen, die Sie gesagt haben, wie krank und pervers ich sei? Als Sie mein Eigentum unerlaubt betreten, in meinem Leben herumgeschnüffelt haben?«

»Aber erst nachdem Sie in meines eingedrungen waren«, erwiderte Claire zornig. »Ich habe Ihr kleines Sammelalbum gesehen.«

»Ich bin gekränkt, Claire«, spottete er. »Ich dachte, Sie wären geschmeichelt, weil Ihnen endlich jemand ein wenig Aufmerksamkeit schenkt. Nach dem, was letztes Jahr mit Ihrem Verlobten passiert ist …«

»Ich habe jemanden, Wesley«, erklärte sie.

»Ich weiß, aber ist er wirklich das, was Sie sich gewünscht haben? Ich meine, kommen Sie, warum sollten Sie sich mit einem Typen einlassen, der bald nicht einmal mehr in der Lage sein wird, Ihren Anblick zu genießen?«

»Er wird jeden Augenblick wieder hier sein«, drohte Claire.

»Oh, ich weiß«, sagte Phelps. »Und die Mädchen auch. Ich baue darauf …«

Sie rannte zum Herd, packte den Topf und schleuderte ihn auf Phelps. Das siedend heiße Öl spritzte ihm ins Gesicht und blendete ihn vorübergehend. Er ließ die Waffe fallen und griff sich mit beiden Händen an den Kopf.

»Du Miststück«, schrie er und stürzte sich auf Claire. Er konnte den Arm um ihren Hals schlingen, bevor es ihr gelang, das Messer von der Küchentheke zu angeln. Er schnürte ihr mit solcher Kraft die Luft ab, dass sie das Bewusstsein zu verlieren drohte.

»Ich muss mein Rätsel nicht abschließen«, sagte er, während die Lebensgeister sie allmählich verließen. »Ich erledige dich und dann Nick und die Mädchen, wenn sie zurückkommen …«

Peng! Eine Kugel durchschlug Phelps' rechten Oberschenkel. Er ließ Claire los, stützte sich an der Küchentheke ab und schrie vor Schmerz.

Claire fiel mit ihm zusammen zu Boden, mit dem Gesicht zur Küchentür, wo Nick mit einem AR-15 Halbautomatik stand.

»Seit meiner Kindheit geht Mrs. Kerner jeden Dienstag um 14.00 Uhr zu dem Friseur neben dem Supermarkt. Sie verpasst es nie. Und als ich sie heute nicht dort gesehen habe …«

»Du hast mich angeschossen, du Arschloch«, schrie Wesley und hielt sich das zerschmetterte Bein.

»Der Teufel steckt immer in den Details, Wes«, sagte Nick, hob Phelps' Waffe vom Boden auf und richtete beide auf ihn, während Claire hinter ihn kroch.

»Ich habe mein verdammtes Rätsel noch nicht fertig!«, schrie Wes.

»Du hast es versaut, du Loser«, höhnte Nick. »Du bist

hier nicht der schlauste Kopf. Du hast dich von einer Frau und einem Bullen besiegen lassen. Wie fühlt sich das an, hm?«

»Ich bin noch nicht besiegt«, schrie der Killer und schleuderte etwas auf Nick.

Nick feuerte und traf ihn in die linke Schulter, aber es war zu spät, das Schälmesser, das Phelps geworfen hatte, drang in Nicks Bauch.

»Nick!«, schrie Claire.

Ein Blutfleck breitete sich rasch auf Nicks Hemd aus. Er stand noch, aber er war wie benommen und hustete. Und er ließ das Sturmgewehr fallen. Phelps sah seine Chance und kroch auf die Waffe zu.

Im nächsten Moment knallte ein weiterer Schuss, und eine Kugel schlug in Phelps' Seite. Er begann Blut zu spucken und hob den Blick zu Claire, die Nicks rechte Hand umklammert hielt und Wesleys eigenen Browning auf ihn richtete. Ihr Finger war am Abzug.

Und Phelps lächelte.

Dann schloss er die Augen.

25

Claire hatte nie Tagebuch geführt. Sie hatte immer einen Widerstand dagegen empfunden, ihre Gefühle aufzuschreiben, denn das hätte bedeutet, sie anzuerkennen. Standen sie erst einmal auf dem Papier, waren sie real, sie existierten schwarz auf weiß und ließen sich nicht mehr ignorieren.

Nach dem Tod von Wesley Phelps beschloss Claire, es sei an der Zeit, ihre Gedanken und Gefühle niederzuschreiben, sie dem Papier anzuvertrauen, um so ihr eigenes Trauma zu verarbeiten und diesen entsetzlich gestörten jungen Menschen zu verstehen. Dazu brauchte sie das perfekte Notizbuch, und sie fand es in einem kleinen Schreibwarenladen. Es hatte unlinierte Seiten (sie bevorzugte die offene weiße Leinwand) und war in purpurnes Batiktuch gebunden, mit leuchtend orangen, gelben und grünen Sprenkeln. Der Einband erinnerte sie an die Darstellungen von Nervenverbindungen im Gehirn, die sie in ihrem Studium kennen gelernt hatte. Sie nannte es ihr »Hirnbuch«, und sie wusste, sie würde sich wohlfühlen dabei, ihre Gedanken darin aufzuschreiben.

8. Oktober, Eintrag eins

Wesley Phelps
Wer war er?

Wesley wurde am 5. Januar 1988 in Morristown, New Jersey, als einziges Kind von Ray und Ellen Phelps geboren. Es gab keine auffälligen Krankheiten, längere Krankenhausaufenthalte oder Vorstrafen. Die Eltern sind verstorben (bei einem Brand ums Leben gekommen, als Wesley im College war). Die einzige lebende Verwandte ist seine Tante Susan Lantz, die ältere Schwester von Wesleys Mutter. Miss Lantz berichtet, Wesley habe nach dem Tod seiner Eltern kein Geld geerbt, da die beiden sich Sorgen wegen seines »seltsamen« Verhaltens gemacht hätten. Auf Nachfrage erinnerte sich Miss Lantz, dass Wesley nie ein Haustier für längere Zeit hatte, Hunde oder Katzen waren immer schnell »weggelaufen«. Aber als Ray Phelps irgendwann später einen Gemüsegarten anlegen wollte, grub er Dutzende von Tierknochen aus. Niemand konnte beweisen, dass es Wesleys »verschwundene« Haustiere waren, aber Ellen Phelps vertraute ihrer Schwester an, sie mache sich Sorgen, Wesley könnte auch die Haustiere der Nachbarn getötet haben, von denen im Lauf der Jahre auffällig viele verschwunden waren.
Mr. und Mrs. Phelps legten ihr Geld für Wesley in einem Treuhandvermögen mit Miss Lantz als Verwalterin an. Sie bekam genaue Anweisungen, wonach Wesleys College-Gebühren zu bezahlen seien, und er sollte eine monatliche Zuwendung von zweitausend Dollar bekommen. Unter keinen Umständen jedoch durfte er Zugang zu seinem beträchtlichen Erbe erhalten, ehe

er fünfunddreißig war und sich einer gründlichen psychiatrischen Untersuchung unterzogen hatte. Sollte er für geisteskrank befunden werden, würde das Erbe an eine Tierschutzorganisation gehen.

Miss Lantz berichtet, dass Wesley das nicht gut aufnahm und sein Verhalten bei der Testamentsverlesung ihr Angst gemacht habe. Statt wütend zu werden, habe er gekichert und sie kopfschüttelnd angesehen. Sie hat ihn seitdem nicht mehr gesehen.

Sie ist zutiefst betrübt über die Taten ihres Neffen und macht sich Vorwürfe, das »Böse in seinem Herzen« nicht gesehen zu haben. Sie fügt an, sie habe immer gefunden, dass Wesley ein »verrücktes Kind« sei, dass er unangemessenerweise immer lachte, wenn sich jemand weh tat. Sie vermutet, dass Wesley sie zu töten versuchte, nachdem seine Eltern starben. Sie hatte zwei Monate später einen furchtbaren Autounfall, bei dem die Bremsen ihres neuen Hondas versagten.

Walt McClure, Wesleys Professor, berichtet, sein Student habe immer »der Beste sein wollen«. Er erzählte Professor McClure, er »bewundere« meine Leistungen und hoffte, er könnte sich über das Masterprogramm in Forensischen Wissenschaften für ein Medizinstudium qualifizieren. McClure berichtet außerdem, Wesley habe ihm nach dem Beginn meiner Lehrtätigkeit in seinem Kurs erzählt, er wolle Forensischer Psychiater werden und hoffe, bei mir hospitieren und alles von mir lernen zu können.

Wesley bewunderte Serienmörder in einem Ausmaß, dass er ihre Taten in allen Einzelheiten kopierte. Ich glaube, in gewisser Weise sind sie seine Alter Egos. Diese Psychopathen haben für ihre entsetzlichen Verbrechen enorm viel Aufmerksamkeit erhalten. Wesley sehnte sich nach dieser Aufmerksamkeit und formte sich nach ihnen, aber er glaubte, er könnte sie noch übertreffen und nie gefasst werden. Er war überzeugt, er wäre »perfekt im Chaos«, wenn er es fertigbrächte, dass ich mit meinem Latein am Ende wäre und er mit seinen Verbrechen ungeschoren davonkäme.

Wesley litt möglicherweise unter Schizophrenie. Ich weiß nicht, ob er Dinge zu hören oder sehen glaubte, aber er wirkte auf jeden Fall paranoid. Und seine Identifikation mit Serienkillern lässt darauf schließen, dass er sich eventuell selbst für einen berühmten Serienmörder wie William Edward Hickman hielt.

Was ging in Wesley Phelps vor? Steckte eine zweite Person in ihm, die ans Licht drängte? Die gehört werden wollte? Wir werden es nie erfahren.

Ich glaube, in gewisser Weise ähnle ich Wesley. Wir haben beide Dämonen in uns. Es ist wie mit meiner Chimäre …

Ich hatte etwas in mir, das herauswollte. Und ich habe mein ganzes Leben lang versucht, diese andere Stimme zu ignorieren. Die Stimme meines Zwillings.

Ich schreibe dies jetzt auf, weil ich auf meine Stimme hören muss. Und sie sagt mir, ich bin offenbar dabei, gesund zu werden, weil ich eine tiefe Liebe für Nick empfinde und für ihn und seine Töchter sorgen möchte.

Ich will frei sein, um zu spüren, was das Leben zu bieten hat.
Ich möchte weitergehen in meinem Leben.

Claire ging in Nicks Schlafzimmer, das angenehm kühl war. Es war kurz nach sieben, und die Sonne lugte durch einen bewölkten Morgenhimmel und sprenkelte den Raum mit Licht. Sie beugte sich über Nick und küsste ihn sanft auf den Mund, dann zog sie ihm die Decke bis zum Kinn hinauf. Er öffnete die Augen.

»Guten Morgen, Sonnenschein«, sagte er und lächelte.

»Wie geht es dir heute?«, fragte sie.

»Nicht schlecht für jemanden, der binnen eines Monats von ein und demselben Kerl angeschossen und aufgespießt wurde«, witzelte er. »Wo warst du letzte Nacht?«

»Ich bin auf dem Sofa eingeschlafen, über meinem Hirnbuch«, gab sie verlegen zu. »Soll ich die Mädchen zur Schule aufwecken?«

Nick warf die Decke von sich und schwang die Beine aus dem Bett. »Ich mach schon. Geh du nur zur Arbeit«, sagte er mit einem Augenzwinkern. »Irgendwer in diesem Haushalt muss ja die Brötchen verdienen.«

Sie küsste ihn, schlüpfte aus ihrem Nachthemd und ging unter die Dusche.

»Sie wollten mich sehen?«, fragte Claire, als sie Dr. Fairborns Büro betrat. Sie bemerkte, dass ihre Mentorin ein ernstes Gesicht machte.

»Wie geht es Nick?«, fragte sie.

»Gut«, sagte Claire. »Er geht morgen selbst wieder zur Arbeit.«

»Und die Mädchen?«

»Die sind okay. Sie erholen sich immer noch von der Bombendrohung im Auto, aber sie haben keine Angst mehr, dass Phelps zurückkommt und sie jagt.«

Fairborn forderte Claire mit einer Handbewegung auf, auf dem Veloursofa Platz zu nehmen. Dann setzte sie sich neben sie – was sie noch nie getan hatte.

»Wenn Sie sich um diese Familie kümmern wollen, dann werden Sie einen richtigen Job brauchen. Und ich wollte Ihnen nur sagen, dass Sie hier einen haben können, wenn Sie wollen.«

»Aber ich bin noch nicht mit meinem Forschungsstipendium fertig.«

»Es gibt nichts mehr, was ich Ihnen beibringen könnte«, erwiderte Fairborn. »Sie sind so weit.«

Claire war sprachlos. Sie war kaum wieder zurück im Krankenhausalltag, und damit hatte sie nun wirklich nicht gerechnet.

»Aber der Einstellungsausschuss …«, war alles, was sie herausbrachte.

»Könnte keinen Kandidaten finden, der in einem ganzen Berufsleben geschafft hat, was Sie in den letzten beiden Jahren vollbracht haben. Sie haben mich gebeten, Sie zu fragen.«

»Aber wie kann ich eine Stellung annehmen, für die ich noch nicht einmal qualifiziert bin?«, fragte Claire.

»Sie werden im Dezember qualifiziert sein, wenn Sie das Fellowship-Programm abschließen, und Sie können die Stelle dann offiziell annehmen. Inoffiziell hätte ich gern, dass Sie sofort damit anfangen, sich auf diese wichtige Rolle vorzubereiten.«

»Ich weiß nicht, was ich sagen soll«, stammelte Claire.

»Sagen Sie, dass Sie annehmen«, drängte Fairborn. »Bitte. Wir brauchen Sie.«

Claire wartete auf die Stimme in ihrem Kopf, die ihr sagte, was sie tun oder nicht tun sollte. Aber diesmal war da keine Stimme. Ihr Kopf war klar.

»Ja«, sagte sie selbstbewusst. »Ich nehme an.«

Sie streckte Fairborn die Hand entgegen. Ihre Mentorin blickte finster drein.

»Das halte ich kaum für angemessen«, sagte sie, stand auf und umarmte ihre Starschülerin. »Sie sind der mutigste, eigensinnigste und anstrengendste Mensch, den ich je das Vergnügen hatte zu kennen. Von Paul Curtin abgesehen«, sagte sie. »Und er wäre stolz, wenn er wüsste, dass Sie in seine Fußstapfen treten. Wenn auch vielleicht ein wenig überrascht.«

»Danke, Doktor«, sagte Claire. »Ich weiß nicht, was ich ohne Sie getan hätte.«

»Sie wären gut zurechtgekommen, meine Liebe«, sagte Fairborn. »Sie brauchen meine Hilfe nicht. Sie haben sie im Grunde nie gebraucht.«

Claire ging in ihr Büro zurück. Sie setzte sich an ihren Schreibtisch, sah aus dem Fenster und überlegte, was Fairborn mit ihrer letzten Bemerkung gemeint hatte.

Vielleicht meint sie, ich soll nicht so an mir zweifeln. Mich mehr auf mein Bauchgefühl verlassen, statt mich die ganze Zeit selbst zu beurteilen. Aufhören, in der Vergangenheit zu leben, und weitergehen.

Ihr Blick fiel auf eine junge Frau, die draußen auf der Straße stand, das braune Haar zu einem Pferdeschwanz gebunden. Von hinten sah sie genauso aus wie Rosa Sanchez. Claire stockte der Atem. Dann drehte sich die Frau um und schien zu ihrem Fenster heraufzuschauen. Claire winkte, und die Frau winkte zurück. Aber natürlich war es gar nicht Rosa. Und sie hatte auch nicht Claire zugewinkt. Ein kleines Mädchen tauchte auf, und die Frau streckte die Hände aus, hob das Mädchen auf und drehte sich im Kreis mit ihm. Das Mädchen lachte mit so reiner Freude, dass Claire ebenfalls lachte.

Sie konnte sich nicht erinnern, wann sie zuletzt eine solche unverfälschte Freude empfunden hatte. Und sie wusste, alles würde gut werden.